STEPHENIE MEYER

księżyc
w nowiu

przełożyła
Joanna Urban

Wydawnictwo Dolnośląskie

Tytuł oryginału
New Moon

Projekt okładki
Gail Doobinin

Fotografia na okładce
© John Grant/Getty Images

Redakcja
Emil Kozłowski, Joanna Mika

Korekta
Sylwia Mazurkiewicz-Petek

Redakcja techniczna
Jacek Sajdak

Copyright © 2006 by Stephenie Meyer
Copyright © for Polish edition by Publicat S.A. MMVIII

ISBN 978-83-245-8824-4

Wrocław 2009

Wydawnictwo Dolnośląskie
50-010 Wrocław, ul. Podwale 62
oddział Publicat S.A. w Poznaniu
tel. 071 785 90 40, fax 071 785 90 66
e-mail: wydawnictwodolnoslaskie@publicat.pl
www.wydawnictwodolnoslaskie.pl

Mojemu tacie, Stephenowi Morganowi.
Od zawsze wspierasz mnie bez względu na okoliczności,
jak nikt inny.
Też cię kocham

„Gwałtownych uciech i koniec gwałtowny;
Są one na kształt prochu zatlonego,
Co wystrzeliwszy gaśnie"

William Szekspir, *Romeo i Julia* – akt II, scena VI
(tłum. J. Paszkowski)

Prolog

Czułam się tak, jakbym była uwięziona w jednym z tych przerażających koszmarów, w których myśli się tylko o tym, że trzeba biec, biec, ile sił w nogach, ale te nie chcą cię nieść dość szybko. Zdawało mi się, że przepycham się przez obojętny tłum w coraz wolniejszym tempie, a tymczasem prędkość, z jaką przesuwały się wskazówki zegara na wieży, wcale przecież nie malała. Nie zważając na moją rozpacz, zbliżały się nieubłaganie do punktu, którego osiągnięcie miało oznaczać koniec wszystkiego.

Niestety, nie był to jednak niewinny senny majak. Szaleńczym biegiem nie ratowałam też własnej skóry, jak to zwykle w koszmarach bywa. Nie, pędziłam, aby ocalić coś o stokroć mi droższego. Moje życie nie miało dla mnie w tym momencie żadnej wartości.

Alice powiedziała, że z dużym prawdopodobieństwem obie nie wyjdziemy z tego żywe. Cóż, być może wszystko potoczyłoby się inaczej, gdyby nie wpadła w świetlny potrzask. A tak zostałam sama i sama musiałam pokonać jak najszybciej zalaną słońcem połać wypełnionego ludźmi placu – tyle że szło mi to zbyt ślamazarnie.

I w końcu stało się. Kiedy zegar zaczął bić dwunastą, a pod zmęczonymi stopami poczułam wibracje jego rytmicznych uderzeń, wiedziałam już, że na pewno nie zdążyłam. To dobrze, pomyślałam, że alternatywą jest śmierć. Naprawdę nie dbałam o to, że jesteśmy otoczeni przez spragnionych naszej krwi wrogów. Świadomość, że nie wykonałam mojego zadania, odebrała mi wszelką chęć do życia.

Zegar uderzył raz jeszcze. Słońce doszło zenitu.

1 Przyjęcie

Na dziewięćdziesiąt dziewięć i dziewięć dziesiątych procent byłam przekonana, że śnię, a powody po temu miałam dwa. Po pierwsze, stałam w snopie oślepiająco jaskrawego światła, a w Forks w stanie Waszyngton, gdzie od niedawna mieszkałam, słońce nigdy nie świeciło z taką intensywnością. Po drugie, przede mną stała moja babcia Marie, a pochowaliśmy biedaczkę sześć lat temu. Bez dwóch zdań, był to dobry powód, aby wierzyć, że to jednak sen.

Babcia nie zmieniła się zbytnio – wyglądała tak samo, jak w moich wspomnieniach. Puszyste, gęste włosy otaczały białym obłokiem łagodną szczupłą twarz pooraną niezliczonymi drobnymi zmarszczkami. Skóra przypominała swoją fakturą suszoną morelę.

Nasze wargi – jej wąskie i zasuszone – w tym samym momencie wygięły się w wyrażający zaskoczenie półuśmiech. Najwyraźniej i babcia nie spodziewała się mnie spotkać.

Co sprowadzało ją do mojego snu? Co porabiała przez te sześć lat? Czy tam, dokąd trafiła, odnalazła dziadka? Jak się miewał? Do głowy cisnęło mi się tyle pytań... Miałam już zadać pierwsze z nich, kiedy zauważyłam, że babcia otwiera usta, więc zamilkłam w pół słowa, żeby dać jej pierwszeństwo, a ona z kolei zamilkła, chcąc, żebym to ja zaczęła. Uśmiechnęłyśmy się obie nieco zakłopotane.

– Bella?

To nie babcia mnie zawołała. Odwróciłyśmy się jednocześnie, żeby zobaczyć, kto się zbliża. Ja właściwie nie musiałam się nawet odwracać. Poznałabym ten głos wszędzie, a słysząc go, obudziłabym się w środku nocy – ba, mogłabym się założyć, że obudziłabym się i w grobie. Za tym głosem poszłabym przez ogień, a już na pewno przez chłód i bezustanną mżawkę – to drugie robiłam akurat z oddaniem dzień w dzień.

Edward.

Chociaż, jak zwykle, bardzo się ucieszyłam, że go widzę – i chociaż byłam niemal w stu procentach przekonana, że to tylko sen – spanikowałam. Spanikowałam rzecz jasna ze względu na babcię. Nie wiedziała, że chodzę z wampirem – poza jego rodziną nikt o tym nie wiedział – więc jak miałam jej wytłumaczyć, dlaczego skóra Edwarda iskrzy w słońcu tysiącami tęczowych rozbłysków, jakby pokrywał ją kryształ lub diament?

Nie wiem, czy zauważyłaś, babciu, ale mój chłopak trochę iskrzy się w słońcu. Proszę, nie zwracaj na to uwagi. To nic takiego, on tak już ma...

Co on najlepszego wyrabiał?! Nie po to sprowadzili się do najbardziej pochmurnego miejsca na świecie, żeby teraz paradował sobie w słońcu, obnosząc się z rodzinnym sekretem! Ręce opadły mi z bezsilności. I jeszcze uśmiechał się od ucha do ucha, jakby nie zdawał sobie sprawy, że nie jesteśmy sami!

Zwykle dziękowałam losowi za to, że Edward nie potrafi czytać mi w myślach, tak jak innym ludziom, ale w tej chwili niczego tak nie pragnęłam, jak tego, żeby usłyszał moje nieme ostrzeżenie i czym prędzej się schował. Krzyczałam, nie otwierając ust.

Zerknęłam nerwowo na babcię. Niestety, kierowała właśnie wzrok w moją stronę, a Edward był przecież tuż za mną. W jej oczach czaiło się przerażenie. Zerknęłam na Edwarda. Uśmiechnięty, był jeszcze piękniejszy niż zwykle. Kiedy patrzyłam na mojego anioła, serce rozsadzała mi czułość. Objął mnie, po czym spojrzał śmiało na babcię.

Jej mina zbiła mnie z tropu. Patrzyła na mnie nie ze strachem, żądając wyjaśnień, ale przepraszająco, jakby czekała na burę. W dodatku stała teraz tak dziwnie – lewą rękę wyciągnęła ku górze i lekko zgięła w łokciu. Wydawać by się mogło, że obejmuje kogoś wysokiego i niewidzialnego... Nagle zauważyłam coś jeszcze – że babcię otacza ciężka, złota rama. Zdziwiona tym odkryciem, wyciągnęłam machinalnie wolną dłoń, żeby jej dotknąć. Babcia powtórzyła mój gest prawą ręką, ale tam, gdzie powinny się były spotkać nasze palce, poczułam pod opuszkami tylko zimne szkło...

W ułamku sekundy mój sen przeobraził się w koszmar.

Nie było żadnej babci.

To byłam ja!

To było moje odbicie! Mnie – sędziwej, zasuszonej, pomarszczonej. Edwarda, jak na wampira przystało, w lustrze nie było widać.

Nadal się uśmiechając, przycisnął do mojego zwiędłego policzka chłodne wargi – jędrne, karminowe, na wieki siedemnastoletnie.

– Wszystkiego najlepszego z okazji urodzin – szepnął.

Obudziłam się raptownie, od razu otwierając szeroko oczy. Serce waliło mi jak oszalałe. Miejsce oślepiającego słońca ze snu zajęło znajome, dobrze przytłumione światło kolejnego pochmurnego poranka.

To tylko sen, uspokajałam się, *to był tylko sen*. Wzięłam głęboki oddech, a zaraz potem znowu podskoczyłam na łóżku jak oparzona – tym razem dlatego, że zadzwonił budzik. Jeśli wierzyć kalendarzowi w rogu ciekłokrystalicznej tarczy zegara, był trzynasty września, moje urodziny.

A więc sen był jednak proroczy. Mogłam nie chcieć wierzyć w resztę przepowiedni, ale to jedno się zgadzało – urodziny. Kończyłam dziś osiemnaście lat.

Już od kilku miesięcy bałam się nadejścia tego dnia.

Lato było cudowne. Nigdy wcześniej nie byłam taka szczęśliwa – nigdy wcześniej nikt inny nie był taki szczęśliwy. Humoru nie popsuł mi nawet fakt, że było to najbardziej deszczowe lato w historii tej części stanu. Tylko ta data czająca się w niedalekiej przyszłości wisiała nade mną niczym cień.

I wreszcie się doczekałam. Trzynasty września. Było jeszcze gorzej, niż się spodziewałam. Czułam, naprawdę czułam, że jestem starsza. Wiedziałam dobrze, że starzeję się z każdym dniem, ale tym razem mogłam to jakoś określić, nazwać. Miałam już osiemnaście lat, a nie siedemnaście, jak wczoraj.

A Edward na wieki przestawał być moim równolatkiem.

Kiedy poszłam do łazienki i stanęłam przed lustrem, żeby umyć zęby, niemal się zdziwiłam, że moja twarz nic a nic się nie zmieniła. Wpatrywałam się przez dłuższy czas w swoje odbicie, szukając na nieskazitelnie porcelanowej skórze jakiejś zmarszczki, ale bruzdy miałam jedynie na czole, a te znikłyby bez śladu, gdybym tylko przestała się choć na chwilę martwić. Nie potrafiłam się zrelaksować i stroszyłam brwi.

To był tylko sen, po raz setny powtórzyłam w myślach. Tylko sen, ale dotyczący tego, czego obawiałam się najbardziej.

Żeby jak najszybciej wyjść z domu, postanowiłam nie jeść śniadania; nie mogłam jednak uniknąć spotkania z tatą, przed którym musiałam przez kilka minut grać wesołą solenizantkę. Starałam się szczerze cieszyć z prezentów, których miał mi nie kupować, ale przy każdym uśmiechu bałam się, że zaraz się rozpłaczę.

Jadąc do szkoły, próbowałam wziąć się w garść. Twarz babci – tak, babci, bo nie byłam gotowa pogodzić się z myślą, że patrzyłam na własne odbicie – trudno mi było wymazać z pamięci.

Kiedy wjechałam na parking, zauważyłam opartego o swoje srebrne volvo Edwarda. Nie idealizowałam go we śnie – wyglądał jak marmurowy posąg jakiegoś zapomnianego boga urody. I czekał tam na mnie, tylko na mnie, czekał tak codziennie.

Moja rozpacz rozwiała się w mgnieniu oka – teraz nie czułam nic prócz zachwytu. Chociaż byliśmy parą od pół roku, nadal nie mogłam uwierzyć, że spotkało mnie takie szczęście.

Obok Edwarda stała jego siostra Alice. Ona też na mnie czekała.

Tak naprawdę nie byli z sobą spokrewnieni. Według oficjalnej wersji rozpowszechnionej w Forks wszyscy młodzi Cullenowie zostali adoptowani, co miało tłumaczyć, dlaczego tak młodzi ludzie jak doktor Carlisle i jego żona Esme mają takie dorosłe dzieci. Brak wspólnych przodków nie przeszkadzał jednak Alice i Edwardowi być do siebie podobnymi. Skóra obojga zachwycała identycznym odcieniem bladości, tęczówki zaskakiwały jednakową, niespotykanie złocistą barwą, a rysy twarzy oszołamiały harmonią. Obserwatora mogły razić w tej boskiej parze tylko ciemne worki pod oczami. Ktoś wtajemniczony – ktoś taki jak ja – wiedział doskonale, że wszystkie te cechy świadczą o przynależności do nieludzkiej rasy.

Alice była wyraźnie podekscytowana, a w ręku trzymała coś małego i kwadratowego, owiniętego w ozdobny srebrny papier. Skrzywiłam się. Mówiłam jej przecież, że nie chcę ani żadnych prezentów, ani składania życzeń, ani w ogóle niczego. Marzyłam, żeby zapomnieć, którego dzisiaj mamy. Cóż, kolejna osoba zignorowała moje prośby.

Ze złości trzasnęłam drzwiami wiekowej furgonetki i na mokry, czarny asfalt opadły drobiny rdzy. Ruszyłam w kierunku rodzeństwa. Alice wybiegła mi naprzeciw, cała w uśmiechach. Mimo mżawki jej krótkie kruczoczarne włosy sterczały na wszystkie strony.

– Wszystkiego najlepszego, Bello!

– Cii! – syknęłam, rozglądając się niespokojnie, żeby upewnić się, że nikt jej nie usłyszał. Jeszcze tego brakowało, by w świętowanie tego strasznego dnia włączyło się pół szkoły.

Alice zupełnie nie przejęła się moją reakcją.

– Otworzysz swój prezent teraz czy później? – spytała z autentycznym zaciekawieniem, zawracając w stronę Edwarda.

– Żadnych prezentów – wymamrotałam gniewnie.

Chyba naresczie zaczęło coś do niej docierać.

– Dobra, wrócimy do tego później. I co, podoba ci się ten album, który przysłała ci mama? A aparat fotograficzny od Charliego? Fajny, prawda?

Westchnęłam. Edward nie był jedynym członkiem rodziny Cullenów obdarzonym niezwykłymi zdolnościami. Alice wprawdzie nie czytała ludziom w myślach, ale „zobaczyła", co planują mi kupić rodzice, gdy tylko się na coś konkretnego zdecydowali.

– Tak, świetny. Album też.

– Moim zdaniem to bardzo trafiony pomysł. W końcu tylko raz w życiu kończy się liceum. Warto wszystko starannie udokumentować.

– I kto to mówi? Przyznaj się, ile razy byłaś w czwartej klasie?

– Ja to co innego.

W tym momencie doszłyśmy do Edwarda, który wyciągnął rękę, żeby ująć moją dłoń. Skórę miał jak zawsze gładką, twardą i nienaturalnie chłodną. Jego dotyk sprawił, że na chwilę zapomniałam o troskach. Ścisnął delikatnie moje palce. Spojrzałam w jego topazowe oczy, a moje biedne serce gwałtownie załomotało. Nie uszło to uwadze Edwarda. Uśmiechnął się.

– Jeśli dobrze zrozumiałem, mam ci nie składać życzeń, tak? – spytał, sunąc zimnym opuszkiem palca wkoło moich ust.

– Zgadza się – potwierdziłam. Za Chiny nie umiałam naśladować jego szlachetnego akcentu. Żeby wypowiadać słowa w tak charakterystyczny sposób, trzeba się było urodzić przed pierwszą wojną światową.

– Chciałem się tylko upewnić. – Wolną dłonią jeszcze bardziej potargał sobie kasztanową czuprynę. – Mogłaś w międzyczasie zmienić zdanie. Wiesz, większość ludzi lubi mieć urodziny i dostawać prezenty.

Alice parsknęła śmiechem, który dźwięcznością dorównywał srebrnym dzwonkom kołysanym przez wiatr.

– Spodoba ci się, sama zobaczysz. Wszyscy będą dla ciebie mili i będą ci ustępować. Co w tym takiego okropnego? – spytała retorycznie, ale i tak jej odpowiedziałam.

– To, że się starzeję. – Starałam się, ale głos mi przy tym mimowolnie zadrżał.

Edward przestał się uśmiechać i zacisnął usta.

– Osiemnaście lat to jeszcze nie tak dużo – stwierdziła Alice. – Kobiety zwykle denerwują się urodzinami, dopiero gdy skończą dwadzieścia dziewięć.

– Ale jestem już starsza od Edwarda – wymamrotałam.

Westchnął ciężko.

– Formalnie rzecz biorąc, tak – powiedziała Alice pogodnie – ale w praktyce to przecież tylko jeden mały roczek.

Ech... Gdybym miała pewność, że wkrótce stanę się jedną z nich i spędzę z nimi resztę wieczności (a nie tylko najbliższe kilkadziesiąt lat, z czego tych paru ostatnich mogę zresztą nie pamiętać przez Alzheimera), rok czy dwa nie robiłyby mi żadnej różnicy. Pewności jednak nie miałam, bo Edward kategorycznie odmówił majstrowania przy moim przeznaczeniu. Nie miał najmniejszego zamiaru przyłożyć ręki do tego, żebym stała się nieśmiertelna – nieśmiertelna jak on i jego rodzina.

Impas – tak to określił.

Szczerze mówiąc, nie rozumiałam, o co mu chodzi. Czego zazdrościł śmiertelnikom? Bycie wampirem nie wydawało się takie znowu straszne – przynajmniej oceniając je na przykładzie Cullenów.

– O której się u nas pojawisz? – Alice zmieniła temat. Sądząc po jej minie, planowała dla mnie pełen zestaw atrakcji, których tak bardzo chciałam uniknąć.

– Nie wiedziałam, że mam się dziś u was pojawić.

– No, nie bądź taka – zaprotestowała. – Chyba nie pozbawisz nas frajdy?

– Myślałam, że w swoje urodziny robi się to, na co samemu ma się ochotę.

– Podjadę po nią zaraz, jak wróci ze szkoły – zaoferował się Edward, puszczając moją uwagę mimo uszu.

– Po szkole pracuję! – zaprotestowałam.

– Nie dziś – poinformowała mnie Alice, zadowolona z własnej zapobiegliwości. – Rozmawiałam już na ten temat z panią Newton. Załatwi zastępstwo. Kazała złożyć ci w jej imieniu najserdeczniejsze życzenia urodzinowe.

– To nie wszystko. E... – Rozpaczliwie szukałam w głowie kolejnej wymówki. – Nie obejrzałam jeszcze *Romea i Julii* na angielski.

Alice prychnęła.

– Znasz tę sztukę na pamięć!

– Pan Berty powiedział, że aby w pełni ją docenić, trzeba ją zobaczyć odegraną. Po to ją Szekspir napisał, prawda?

Edward wzniósł oczy ku niebu.

– Widziałaś już film z DiCaprio – przypomniała Alice oskarżycielskim tonem.

– Pan Berty kazał nam obejrzeć tę wersję z lat sześćdziesiątych. Ponoć jest lepsza.

Alice nareszcie przestała się uśmiechać. Mój upór działał jej na nerwy.

– Możesz się stawiać, Bello, proszę bardzo, ale...

Edward nie pozwolił jej dokończyć groźby.

– Uspokój się, Alice. Nie możemy zakazać Belli oglądania filmu. A już szczególnie w jej urodziny.

– Właśnie – podchwyciłam.

– Przywiozę ją koło siódmej – ciągnął. – Będziecie mieli więcej czasu na przygotowania.

Alice rozchmurzyła się.

– W porządku. W takim razie, do zobaczenia wieczorem! Będzie fajnie, obiecuję! – W szerokim uśmiechu zaprezentowała idealny zgryz.

Zanim zdążyłam się odezwać, pocałowała mnie przelotnie w policzek i pobiegła tanecznym krokiem na lekcje.

– Nie chcę żadnego... – zaczęłam płaczliwie, ale Edward przycisnął do moich warg lodowaty palec.

– Zostawmy tę dyskusję na później. Chodź już, bo się spóźnimy.

Edward chodził ze mną w tym roku szkolnym niemal na każdy przedmiot – to niesamowite, jak potrafił omotać panie z sekretariatu*. Kiedy zajmowaliśmy nasze miejsca w tyle klasy, nikt nam się nie przyglądał – byliśmy parą już dostatecznie długo, żeby przestano się tym faktem ekscytować. Nawet Mike Newton pogodził się z tym, że możemy być tylko przyjaciółmi, i przestał rzucać w moim kierunku ponure spojrzenia, od których odrobi-

---

* W szkołach amerykańskich każdy uczeń ma indywidualny plan lekcji – przyp. tłum.

nę gryzło mnie sumienie. Mike zmienił się przez wakacje – wyszczuplał na twarzy, przez co jego kości policzkowe stały się lepiej widoczne, a jasne włosy zapuścił i układał przy pomocy żelu w pozornie niedbałą kompozycję. Łatwo się było domyślić, na kim się wzoruje, ale żadne zabiegi kosmetyczne nie mogły przeobrazić go w kopię Edwarda.

Na lekcjach zastanawiałam się, jak wymigać się z imprezy u Cullenów. Z moim nastrojem powinnam była raczej wybrać się na stypę niż na przyjęcie urodzinowe, zwłaszcza takie, na którym w dodatku to ja miałam przyjmować gratulacje i cieszyć się z prezentów.

Zwłaszcza, bo jak każda urodzona niezdara, nienawidziłam być w centrum uwagi. Nie zabiega o nią nikt, kto wie, że lada chwila się przewróci albo coś zbije.

A prosiłam – właściwie to zażądałam – żeby nie kupowano mi żadnych prezentów! Najwyraźniej nie tylko Charlie i Renée postanowili nie traktować mnie poważnie.

Nigdy nie żyłam w zbytku, ale też nigdy mi to nie przeszkadzało. Kiedy jeszcze mieszkałam z Renée, utrzymywała nas ze swojej pensji przedszkolanki. Praca Charliego także nie przynosiła mu kokosów – był komendantem policji w zapomnianym przez Boga Forks. Co do mnie, trzy dni w tygodniu pracowałam po szkole w miejscowym sklepie ze sprzętem sportowym. Miałam szczęście, że udało mi się znaleźć pracę w takiej dziurze. Tygodniówki sumiennie odkładałam w całości na studia. (Studia były moim Planem B, nadal nie traciłam jednak nadziei na Plan A, chociaż Edward zarzekał się, że za żadne skarby nie zmieni mnie w wampira).

Sytuacja finansowa mojego chłopaka przedstawiała się o niebo lepiej – wolałam nawet nie myśleć, ile tak naprawdę ma na koncie. I on, i jego bliscy nie zawracali sobie tym głowy. Nic dziwnego – Alice przewidywała trafnie tendencje giełdowe, a zarobione na Wall Street pieniądze lokowali w funduszach inwestycyjnych na kilkadziesiąt lat.

Edward nie potrafił zrozumieć, dlaczego nie życzę sobie, żeby wydawał na mnie znaczne sumy – dlaczego czułam się skrępowana, kiedy zabierał mnie do ekskluzywnych restauracji w Seattle, dlaczego nie wolno mu było kupić mi przyzwoitego samochodu, dlaczego nie godziłam się, aby płacił za mnie w przyszłości czesne na studiach (do Planu B podchodził z idiotycznym entuzjazmem). Uważał, że niepotrzebnie wszystko utrudniam.

Jak jednak mogłam pozwalać mu na obsypywanie mnie prezentami, skoro nie miałam do zaoferowania nic w zamian? Wystarczyło, że ktoś taki jak on był gotów być ze mną – za samą tę gotowość nie miałam mu się jak odwdzięczyć.

Od rozmowy na parkingu Edward nie poruszył tematu urodzin, więc kiedy po kilku godzinach lekcji szliśmy z Alice na lunch, byłam spokojniejsza niż rano.

Kiedyś rodzeństwo Cullenów siadywało w stołówce przy osobnym stoliku i żaden uczeń nie miał śmiałości się dosiąść – nawet ja się ich trochę bałam, zwłaszcza potężnie umięśnionego Emmetta. Odkąd jednak Emmett, Rosalie i Jasper skończyli liceum, Alice i Edward jadali ze mną i moimi znajomymi. Do tej grupy należeli Mike Newton i jego była dziewczyna Jessica (mimo zerwania próbowali pozostać przyjaciółmi), Angela i Ben (których związek przetrwał wakacje), Eric, Conner, Tyler i wredna Lauren (tę ostatnią tylko tolerowałam).

Przy stoliku mojej paczki obowiązywały pewne niepisane zasady. Nasza trójka siadała zawsze z samego brzegu, oddzielona od reszty niewidzialną linią. Bariera ta znikała w słoneczne dni, kiedy Edward i Alice nie chodzili do szkoły. Tylko wtedy pozostali swobodnie ze mną konwersowali.

Cullenowie zupełnie nie przejmowali się tym przejawem ostracyzmu. Mnie bolałoby takie odtrącenie, ale oni ledwie to zauważali. Przyzwyczaili się zapewne, że ludzie czują się przy nich dziwnie nieswojo i z nieznanych powodów wolą zachowywać dystans. Ja byłam wyjątkiem. Edwarda nawet czasem niepokoiło to, z jaką beztroską podchodzę do tego, że nie jest człowiekiem. Upierał się, że jego towarzystwo stanowi dla mnie zagrożenie. Za każdym razem, gdy to powtarzał, wykłócałam się, że to bzdura.

Popołudnie minęło szybko. Po szkole Edward odprowadził mnie jak zwykle do furgonetki, ale niespodziewanie otworzył przede mną drzwiczki od strony pasażera. Alice najwidoczniej wracała do domu jego wozem, a on miał mnie odwieźć moim, żeby upewnić się, że nie ucieknę.

Założyłam ręce na piersiach, jakby nie było mi spieszno skryć się w aucie przed deszczem.

– Dziś moje urodziny. Chyba dasz mi prowadzić?

– Tak jak sobie tego życzyłaś, udaję, że nie masz dziś urodzin.

– Jeśli to nie moje urodziny, to nie muszę do was wpadać dziś wieczorem...

– No dobrze, już dobrze. – Zamknął drzwiczki od strony pasażera, obszedł furgonetkę i otworzył te od strony kierowcy. – Wszystkiego najlepszego.

– Cicho! – syknęłam, nie licząc na to, że mnie posłucha. Żałowałam, że nie wybrał drugiej opcji.

Po drodze Edward zaczął bawić się pokrętłami radia. Pokręcił głową z dezaprobatą.

– Strasznie kiepsko odbiera.

Spojrzałam na niego spode łba. Nie lubiłam, kiedy krytykował moją furgonetkę. Miała ponad pięćdziesiąt lat, ale była świetna – jedyna w swoim rodzaju.

– Jak ci się nie podoba, to wracaj do swojego volvo – warknęłam. Zabrzmiało to brutalniej, niż zamierzałam, bo denerwowałam się, co też Alice planuje na wieczór, no i nadal przejmowałam się smutną rocznicą urodzin. Rzadko podnosiłam głos na Edwarda. Musiał się powstrzymać, żeby nie wybuchnąć śmiechem.

Kiedy zaparkowałam przed domem, ujął moją twarz w dłonie i z pietyzmem przesunął palcami po moich skroniach, policzkach i linii żuchwy – jakbym była czymś niezwykle kruchym. Cóż, w porównaniu z nim, byłam.

– Powinnaś być dziś w dobrym nastroju. To twój dzień – szepnął. Owionął mnie jego słodki oddech.

– A co, jeśli nie chcę być w dobrym nastroju? – spytałam. Serce znowu płatało mi figle.

Złote oczy chłopaka zabłysły od tłumionych emocji.

– Szkoda, że nie chcesz.

Zakręciło mi się głowie, jeszcze zanim się nade mną pochylił, by przycisnąć swoje chłodne wargi do moich. Jeśli zrobił to po to, żebym zapomniała o troskach, dopiął swego. Całując go, skupiałam się tylko nad tym, żeby nie zapomnieć oddychać.

Trwało to jakiś czas. W końcu nieco mnie poniosło: objąwszy Edwarda za szyję, przycisnęłam go mocniej do siebie. Jego reakcja była natychmiastowa. Odsunął się delikatnie acz stanowczo i uwolnił z uścisku.

Aby utrzymać mnie przy życiu, w naszych kontaktach fizycznych Edward wyznaczył sobie pewne granice, których nigdy, przenigdy nie przekraczał. Nie miałam nic przeciwko. Zdawałam sobie sprawę, że zadaję się z istotą o silnym instynkcie drapieżnika, uzbrojoną na domiar złego w komplet ostrych jak brzytwa zębów, z których w razie potrzeby tryskał paraliżujący jad – tyle że kiedy się całowaliśmy, takie trywialne szczegóły zawsze mi umykały.

– Błagam, bądź grzeczną dziewczynką – zamruczał mi nad uchem. Pocałował mnie raz jeszcze, krótko, a potem moje ręce, które trzymał wciąż za nadgarstki, skrzyżował na moim brzuchu.

W uszach huczała mi krew. Oddychałam jak po biegu. Przyłożyłam dłoń serca, które wyrywało mi się z piersi niczym spłoszony ptak.

– Jak myślisz, przejdzie mi to kiedyś? – spytałam, nie oczekując odpowiedzi. – Czy moje serce przyzwyczai się kiedyś do twojego dotyku?

– Mam nadzieję, że nie – odpowiedział, zadowolony z tego, jak na mnie działa.

– Macho! Obejrzysz ze mną potyczki Montekich i Kapuletów?

– Twoje życzenie jest dla mnie rozkazem.

W saloniku Edward rozłożył się na kanapie, a ja włączyłam film i przewinęłam napisy z czołówki. Kiedy wreszcie usiadłam, przyciągnął mnie do siebie, tak że opierałam się plecami o jego pierś. Wygodniejsza byłaby może poduszka – mięśnie miał twarde jak skała, a skórę lodowatą – ale i tak wolałam tę pozycję od jakiejkolwiek innej. Poza tym, pamiętając o niezwykle niskiej temperaturze swojego ciała, Edward owinął mnie starannie leżącym na kanapie kocem.

– Wiesz, nigdy nie przepadałem za Romeem – wyznał.

– Co masz mu do zarzucenia? – spytałam, niemile zaskoczona. Romeo należał do moich ulubionych postaci literackich. Po prawdzie, zanim poznałam Edwarda, miałam do niego słabość, jak do ulubionego aktora.

– Hm, przede wszystkim najpierw jest zakochany w tej całej Rozalinie – nie uważasz, że to nieco dyskredytuje stałość jego uczuć? A potem, kilka minut po ślubie z Julią, zabija jej kuzyna. Przyznasz, że nie jest to zbyt rozsądne z jego strony. Popełnia błąd za błędem. W dużej mierze sam jest sobie winny.

Westchnęłam.

– Nie musisz tu ze mną siedzieć.

– Posiedzę. I tak będę patrzył głównie na ciebie. – Gładził mnie po przedramieniu, zostawiając pasma gęsiej skórki. – Będziesz płakać?

– Raczej tak. Jeśli pozwolisz mi się skupić.

– W takim razie nie będę ci przeszkadzał – oświadczył. Nie minęło jednak dziesięć sekund, a poczułam jego pocałunki na włosach, co bardzo, ale to bardzo, mnie dekoncentrowało.

Film w końcu mnie wciągnął, bo Edward zmienił taktykę i zaczął szeptać mi do ucha kwestie Romea, które znał na pamięć. Ze swoim aksamitnym, męskim głosem był dużo lepszy od grającego młodego kochanka aktora.

Tak jak się tego spodziewałam, popłakałam się, kiedy Julia obudziła się i zobaczyła, że jej ukochany nie żyje. Edward spojrzał na mnie zafascynowany.

– Muszę przyznać, że mu poniekąd zazdroszczę – powiedział, ścierając mi łzy z policzka puklem moich włosów.

– Śliczna ta Julia, prawda?

Edward żachnął się.

– Nie zazdroszczę mu dziewczyny, tylko tego, z jaką łatwością Romeo mógł ze sobą skończyć – wyjaśnił. – Wy, ludzie, to macie dobrze! Starczy dosypać sobie trochę ziółek do picia i...

– Co ty wygadujesz?

– Raz w życiu zastanawiałem się nad tym, jak się zabić, a z doświadczeń Carlisle'a wynika, że w naszym przypadku nie jest to takie proste. Chyba pamiętasz, jak ci opowiadałem o jego przeszłości? Sam nie wiem, ile razy próbował popełnić samobójstwo, po tym jak się zorientował... po tym jak się zorientował, czym się stał... – Zabrzmiało to bardzo poważnie. Żeby rozładować atmosferę, Edward dodał szybko: – A jak sama dobrze wiesz, wciąż cieszy się świetnym zdrowiem.

Spojrzałam mu prosto w oczy.

– Nigdy mi nie mówiłeś, że zastanawiałeś się nad samobójstwem. Kiedy to było?

– Na wiosnę... kiedy o mały włos... – Zamilkł i wziął głębszy wdech. Starał się mówić z lekką ironią, grać luzaka. – Oczywiście koncentrowałem się na tym, żeby odnaleźć cię żywą, ale jakaś cześć mojej świadomości obmyślała też plan awaryjny. Jak już mówiłem, to dla mnie nie takie proste, jak dla człowieka.

Przez sekundę myślałam, że zwymiotuję. Wróciły bolesne wspomnienia: oślepiające słońce Arizony, fale gorąca odbijające się od rozgrzanej powierzchni chodnika w Phoenix. Biegłam do szkoły tańca, w której czekał na mnie James, sadystyczny wampir. Wiedziałam, że mnie zabije, ale chciałam uwolnić mamę, którą uprowadził. Okazało się jednak że mnie oszukał, a mama jest na Florydzie. Na szczęście Edward przybył w samą porę. Mało brakowało. Mimowolnie dotknęłam blizny w kształcie półksiężyca szpecącej moją dłoń. Skóra w tym miejscu była zawsze o kilka stopni chłodniejsza niż gdzie indziej.

Potrząsnęłam energicznie głową, jakbym mogła w ten sposób wymazać z pamięci te koszmarne obrazy. O czym to mówił Edward? Wzruszenie ścisnęło mi gardło.

– Plan awaryjny? – powtórzyłam.

– Wiedziałem, że nie mógłbym żyć bez ciebie, ale nie miałem pojęcia, jak się zabić – Emmett i Jasper na pewno odmówiliby, gdybym poprosił ich o pomoc. W końcu doszedłem do wniosku, że mógłbym pojechać do Włoch i sprowokować jakoś Volturi.

Nie chciałam wierzyć, że mówi serio, ale zamyślony wpatrywał się w przestrzeń. Poczułam, że narasta we mnie rozdrażnienie.

– Jakich znowu Volturi? – spytałam.

– Volturi to przedstawiciele naszej rasy, bardzo stara i potężna rodzina – wyjaśnił Edward, nadal patrząc w dal. – Są dla nas jakby odpowiednikiem królewskiego rodu. Carlisle mieszkał z nimi jakiś czas we Włoszech, zanim przeniósł się do Ameryki. Pamiętasz? Wspominałem ci o nich.

– Jasne, że pamiętam.

Jakbym mogła zapomnieć pierwszą wizytę w jego domu, w tej olśniewającej posiadłości w głębi lasu nad rzeką! Zaprowadził mnie wtedy do gabinetu Carlisle'a – swojego przyszywanego ojca, z którym łączyła go silna więź – aby pokazać mi gęsto obwieszoną obrazami ścianę i za ich pomocą opowiedzieć historię życia doktora. Największe wiszące tam płótno, o najżywszych barwach, zostało namalowane właśnie podczas pobytu Carlisle'a we Włoszech. Przedstawiało czwórkę stojących na balkonie mężczyzn o twarzach serafinów, wpatrzonych w kłębiący się w dole wielokolorowy tłum. Jednego z nich rozpoznawałam bez trudu, chociaż obraz miał kilkaset lat. Carlisle zupełnie się nie zmienił – nadal wyglądał jak jasnowłosy anioł. Pamiętałam też pozostałych – dwóch miało włosy kruczoczarne, a trzeci bielusieńkie – ale Edward nie przedstawił mi ich wówczas jako Volturi. Powiedział, że mieli na imię Aro, Marek i Kajusz, i byli „nocnymi mecenasami sztuki"...

Głos Edwarda nakazał mi wrócić do rzeczywistości.

– To ich właśnie nie należy prowokować. Chyba że chce się umrzeć, rzecz jasna. To znaczy, jeśli nasz koniec można nazwać śmiercią.

Mówił z takim spokojem, jakby umieranie uważał za coś wyjątkowo nudnego.

Moje poirytowanie ustąpiło miejsca przerażeniu. Położyłam mu dłonie na policzkach i ścisnęłam je mocno, żeby nie mógł się odwrócić.

– Zabraniam ci, zabraniam ci myśleć o takich rzeczach! Nigdy więcej nie bierz takiego wyjścia pod uwagę! Bez względu na to, co się ze mną stanie, nie wolno ci ze sobą skończyć!

– Obiecałem sobie, że już nigdy więcej nie narażę cię na niebezpieczeństwo, więc to czyste teoretyzowanie.

– Co ty pleciesz? Kiedy ty mnie niby narażałeś na niebezpieczeństwo? – Znowu się zdenerwowałam. – Ustaliliśmy chyba, że za każdym razem, gdy przytrafia mi się coś złego, wina leży po mojej stronie, prawda? Boże, jak możesz brać ją na siebie?

Nie mogłam się pogodzić z myślą, że Edward mógłby kiedykolwiek przestać istnieć, nawet już po mojej śmierci.

– A co ty byś zrobiła na moim miejscu? – zapytał.

– Ja to nie ty.

Zaśmiał się. Nie widział różnicy.

– Co bym zrobiła, gdyby tobie się coś stało? – Przeszedł mnie zimny dreszcz. – Chciałbyś, żebym popełniła samobójstwo?

Na ułamek sekundy na cudownej twarzy Edwarda pojawił się grymas bólu.

– Ha. Rozumiem, o co ci chodzi – wyznał – przynajmniej do pewnego stopnia. Ale co ja bez ciebie pocznę?

– Żyj tak jak dawniej. Jakoś sobie radziłeś, zanim pojawiłam się w twoim życiu i postawiłam je na głowie.

Westchnął.

– Gdyby było to takie proste…

– To jest proste. Nie jestem nikim wyjątkowym.

Miał już zaprzeczyć, ale się powstrzymał.

– Czyste teoretyzowanie – przypomniał.

Nagle usiadł prosto i zsunął mnie ze swoich kolan.

– Charlie? – domyśliłam się.

Tylko się uśmiechnął. Po chwili moich uszu dobiegł odgłos zbliżającego się samochodu. Auto zaparkowało na podjeździe. Wzięłam Edwarda za rękę – tyle tata był w stanie wytrzymać.

Charlie wszedł do pokoju. W rękach trzymał płaskie pudło z pizzą.

– Cześć, dzieciaki. – Uśmiechnął się do mnie. – Pomyślałem sobie, że będzie miło, jeśli odpoczniesz we własne urodziny od gotowania i zmywania. Głodna?

– Jasne. Dzięki, tato.

Charlie zdążył się już przyzwyczaić, że mój chłopak praktycznie nic przy nas nie je. I nie tylko przy nas, ale o tym już nie wiedział. Zasiedliśmy do obiadu w dwójkę, Edward tylko się przyglądał.

– Czy ma pan coś przeciwko, żeby Bella przyszła dziś wieczorem do nas do domu? – spytał, kiedy skończyliśmy posiłek.

Spojrzałam na Charliego z nadzieją. Może był zdania, że urodziny świętuje się w rodzinnym gronie? Nie wiedziałam, czego się spodziewać, bo do tej pory spędzałam z nim jedynie letnie wakacje. Przeniosłam się do Forks na stałe niespełna rok wcześniej, wkrótce po tym, jak Renée, moja mama, wyszła ponownie za mąż.

– Nie, skąd. – Moje nadzieje prysły jak bańka mydlana. – To się nawet dobrze składa, bo Seattle Mariners grają dzisiaj z Boston Red Sox – wyjaśnił. – I tak nie nadawałbym się na towarzysza solenizantki. – Sięgnął po aparat fotograficzny, który kupił mi na prośbę Renée (musiałam czymś w końcu wypełnić ten piękny album od niej), i rzucił go w moją stronę. – Łap!

Powinien był wiedzieć, że takim jak ja nie podaje się w ten sposób cennych przedmiotów – nigdy nie było u mnie za dobrze z koordynacją. Aparat musnął koniuszki moich palców i zgrabnym łukiem podążył w kierunku podłogi. Edward schwycił go w ostatniej chwili.

– Niezły refleks – pochwalił go Charlie. – Jeśli Cullenowie szykują coś na twoją cześć, Bello, powinnaś zrobić trochę zdjęć dla mamy. Znasz ją. Teraz, skoro masz już czym, będziesz musiała szykować dla niej fotoreportaż z każdego swojego wyjścia.

– Dopilnuję, żeby obfotografowała dziś wieczorem wszystkie atrakcje – przyrzekł Edward, podając mi aparat.

Zaraz zrobiłam mu zdjęcie na próbę. Pstryknęło.

– Działa.

– No to fajnie. Ach, przy okazji, pozdrówcie ode mnie Alice. Dawno już do nas nie zaglądała – dodał Charlie z wyrzutem.

– Trzy dni, tato – przypomniałam mu.

Charlie miał hopla na punkcie Alice. Przywiązał się do niej wiosną. Kiedy wypuszczono mnie ze szpitala, a Renée wróciła do Phila na Florydę, wpadała codziennie pomagać mi w łazience i przy ubieraniu. Był jej wdzięczny, że wyręczała go przy tych krępujących dla niego czynnościach.

– Pozdrowię ją, nie martw się.

– Bawcie się dobrze.

Zabrzmiało to jak pożegnanie. Najwyraźniej chciał się pozbyć nas jak najszybciej. Wstał od stołu i niby to od niechcenia zaczął powoli przemieszczać się ku drzwiom saloniku, gdzie czekały na niego kanapa i telewizor.

Edward uśmiechnął się triumfalnie i wziął moją rękę, żeby wyprowadzić mnie z kuchni.

Na dworze przy furgonetce znów otworzył przede mną drzwiczki od strony pasażera, ale tym razem nie zaprotestowałam. Wciąż miałam trudności z wypatrzeniem po zmroku zarośniętej bocznej drogi prowadzącej do jego domu w głębi lasu.

Wkrótce minęliśmy północną granicę miasteczka. Edward, przyzwyczajony do prędkości rozwijanych przez swoje volvo, niecierpliwie dociskał pedał gazu, próbując przekroczyć osiemdziesiątkę. Wystawiony na próbę silnik mojej staruszki rzęził jeszcze głośniej niż zwykle.

– Na miłość boską, zwolnij.

– Gdybyś tylko się zgodziła, sprawiłbym ci śliczne sportowe audi. Cichutkie, o dużej mocy...

– Mojemu autu nic nie brakuje. À propos sprawiania mi drogich, bezsensownych prezentów, mam nadzieję, że nic mi nie kupiłeś na urodziny?

– Nie wydałem na ciebie ani centa.

– Twoje szczęście.

– Wyświadczysz mi przysługę?

– Zależy jaką.

Edward westchnął, a potem spoważniał.

– Bello, ostatnie przyjęcie urodzinowe wyprawialiśmy w 1935 roku, dla Emmetta. Okaż nam trochę serca i przestań się dąsać. Oni tam już nie mogą się doczekać.

Zawsze, gdy wspominał o czymś takim jak robienie czegoś w roku 1935, czułam się trochę dziwnie.

– Niech ci będzie. Obiecuję, że będę grzeczna.

– Chyba powinienem cię o czymś uprzedzić...

– Tak?

– Mówiąc „oni", mam na myśli wszystkich członków mojej rodziny.

– Wszystkich? – wykrztusiłam. – Emmett i Rosalie przyjechali aż z Afryki?

W Forks wierzono, że starsi Cullenowie wyjechali na studia do Dartmouth, ale ja znałam prawdę.

– Emmettowi bardzo na tym zależało.

– A Rosalie?

– Wiem, wiem, ale o nic się nie martw. Dopilnujemy, żeby nie robiła scen.

Zamilkłam. Nic się nie martw – jasne. W odróżnieniu od Alice, druga przyszywana siostra Edwarda, olśniewająca blondynka o imieniu Rosalie, nie przepadała za moją osobą. Nie przepadała to mało powiedziane! Z jej punktu widzenia byłam natrętnym intruzem wydzierającym jej najbliższym głęboko skrywane sekrety.

Podejrzewałam, że to z mojego powodu Emmett i Rosalie wyjechali, i chociaż cieszyłam się w głębi duszy, że nie muszę widywać darzącej mnie nienawiścią dziewczyny, było mi okropnie głupio, że wprowadzam w rodzinnym domu Edwarda napiętą atmosferę. Poza tym tęskniłam za misiowatym osiłkiem Emmettem. Pod wieloma względami był dokładnie taki jak idealny starszy brat, którego nigdy nie było mi dane mieć – tyle że brat z moich dziecięcych snów nie polował gołymi rękami na niedźwiedzie.

Edward postanowił skierować rozmowę na inne tory.

– Skoro nie pozwalasz mi kupić sobie audi, to może powiesz, co innego chciałabyś dostać na urodziny?

– Wiesz, o czym marzę – wyszeptałam.

Na czole mojego towarzysza pojawiło się kilka głębokich pionowych zmarszczek. Pluł sobie zapewne w brodę, że bezmyślnie znów poruszył drażliwy temat.

Poświęciliśmy mu wcześniej aż za dużo czasu.

– Starczy już, Bello. Proszę.

– Jest jeszcze Alice. Kto wie, co dla mnie szykuje...

Edward warknął złowrogo, aż po plecach przeszły mi ciarki.

– To nie są twoje ostatnie urodziny. Koniec, kropka – oświadczył stanowczo.

– To nie fair!

Odniosłam wrażenie, że słyszę, jak mój chłopak zaciska zęby.

Podjeżdżaliśmy już pod dom Cullenów. W każdym oknie na parterze i na pierwszym piętrze świeciło się światło, a wzdłuż skraju daszku werandy wisiał rządek papierowych japońskich lampionów. Bijąca od budynku łuna oświetlała rosnące wokół cedry. Na każdym stopniu szerokich schodów prowadzących do drzwi frontowych stały po obu stronach pękate kryształowe wazony pełne różowych róż.

Wydałam z siebie cichy jęk.

Edward wziął kilka głębszych oddechów, żeby się uspokoić.

– To przyjęcie na twoją cześć – przypomniał mi. – Doceń to i zachowuj się przyzwoicie.

– Wiem, wiem – mruknęłam ponuro.

Obszedł auto, otworzył przede mną drzwiczki i podał mi rękę.

– Mam pytanie.

Skrzywił się, ale pozwolił mi je zadać.

– Jak wywołam ten film – powiedziałam, obracając w palcach aparat – to będziecie widoczni na zdjęciach?

Edward zaczął się śmiać. Pomógł mi wysiąść z furgonetki i poprowadził ku drzwiom. Atak wesołości minął mu dopiero, gdy stanęliśmy na progu.

Wszyscy członkowie jego rodziny już na nas czekali i gdy tylko znalazłam się w środku, powitali mnie gromkim: „Wszystkiego najlepszego, Bello!" Zarumieniłam się i wbiłam wzrok w podłogę. Ktoś – domyślałam się, że Alice – poustawiał gdzie się dało różowe świece i dalsze wazony z różami. Koło fortepianu Edwarda stał stół nakryty pięknie udrapowanym białym obrusem, a na nim różowy tort, kolejny bukiet, szklane talerzyki i zapakowane w srebrny papier prezenty.

Było sto razy gorzej, niż to sobie wyobrażałam.

Wyczuwając moje przerażenie, Edward objął mnie ramieniem w talii i pocałował w czubek głowy.

Najbliżej drzwi stali jego rodzice, Carlisle i Esme – jak zwykle uroczy i zaskakujący młodym wyglądem. Esme uściskała mnie ostrożnie i pocałowała w czoło, muskając mój policzek kosmykami jasnobrązowych włosów. Potem podszedł do mnie Carlisle i położył mi dłonie na ramionach.

– Wybacz nam, Bello – szepnął mi do ucha. – Alice była głucha na wszelkie prośby.

Następnymi w kolejce okazali się Rosalie i Emmett. Dziewczyna nie wyglądała na zadowoloną, ale i nie wpatrywała się we mnie z wyraźną wrogością, za to jej ukochany uśmiechał się od ucha do ucha. Nie widziałam ich obojga od paru ładnych miesięcy i zdążyłam już zapomnieć, jak oszałamiająca jest uroda Rosalie. Przyglądanie się jej niemal sprawiało fizyczny ból. A Emmett... Urósł czy naprawdę był wcześniej taki wielki?

– Nic się nie zmieniłaś – odezwał się, udając rozczarowanego. – Spodziewałem się wyłapać z miejsca jakieś różnice, a tę zaczerwienioną twarzyczkę przecież dobrze znam.

– Piękne dzięki – powiedziałam, rumieniąc się jeszcze bardziej. Emmett zaśmiał się.

– Muszę teraz wyjść na moment. – Mruknął porozumiewawczo do Alice. – Tylko powstrzymaj się przed robieniem głupstw, kiedy mnie nie będzie!

– Postaram się.

Dwoje pozostałych domowników stało nieco dalej, przy schodach. Widząc, że nadeszła jej kolej, Alice wypuściła dłoń Jaspera i podbiegła do nas. Jasper uśmiechnął się do mnie, ale nie ruszył z miejsca – opierał się nonszalancko o balustradę. Myślałam, że spędziwszy ze mną długie godziny w pokoju motelowym w Phoenix, zdołał się przyzwyczaić do przebywania w pobliżu mnie, ale odkąd wróciliśmy do Forks, wiedząc, że nie musi mnie dłużej chronić, znów trzymał się z daleka. Byłam przekonana, że nie żywi żadnej urazy, a jedynie zachowuje niezbędne środki bezpieczeństwa, więc starałam się nie brać sobie jego postępowania do serca. Rozumiałam, że ponieważ przestawił się na dietę Cullenów później niż pozostali, jest mu niezmiernie trudno panować nad sobą, kiedy czuje zapach ludzkiej krwi.

– Czas otworzyć prezenty! – ogłosiła Alice. Wzięła mnie pod rękę i podprowadziła do stołu.

Przybrałam minę męczennicy.

– Mówiłam ci, Alice, że nie chcę żadnych...

– Ale cię nie posłuchałam – przerwała mi z filuternym uśmiechem. Zabrała aparat fotograficzny, a wręczyła duże, kwadratowe pudło. – Masz. Otwórz ten pierwszy.

Według przyczepionej do wstążki karteczki trzymałam prezent od Rosalie, Jaspera i Emmetta. Pakunek był tak lekki, jakby krył tylko powietrze. Czując na sobie wzrok wszystkich zebranych, rozdarłam srebrny papier i moim oczom ukazał się karton ze zdjęciem jakiegoś elektronicznego urządzenia. Nie miałam pojęcia, do czego służyło, nazwa nic mi nie mówiła – pełno było w niej cyferek. Podniosłam pospiesznie wieko pudła, licząc na to, że bezpośredni kontakt z urządzeniem przyniesie rozwiązanie zagadki, ale czekał mnie zawód – karton rzeczywiście był pusty.

– Ehm... Dzięki.

Rosalie nareszcie się uśmiechnęła. Rozbawiłam ją. Jasper się zaśmiał.

– To radio samochodowe z wszystkimi bajerami – wyjaśnił. – Do twojej furgonetki. Emmett właśnie je instaluje, żebyś nie mogła go zwrócić.

Alice mnie przechytrzyła.

– Dziękuję, Jasper. Dziękuję, Rosalie. – Przypomniałam sobie, jak Edward narzekał w aucie na moje stare radio – najwyraźniej chciał mnie podpuścić. – Dzięki, Emmett! – zawołałam.

Z zewnątrz, od strony podjazdu, dobiegł nas tubalny rechot chłopaka. Nie mogłam się powstrzymać i też parsknęłam śmiechem.

– A teraz mój i Edwarda. – Alice była taka podekscytowana, że piszczała jak mysz. Wzięła ze stołu małą, płaską paczuszkę, którą widziałam już rano na szkolnym parkingu.

Rzuciłam Edwardowi spojrzenie godne bazyliszka.

– Obiecałeś!

Zanim odpowiedział, do salonu wrócił Emmett.

– Zdążyłem! – ucieszył się i stanął za Jasperem, który przysunął się niespodziewanie blisko, żeby mieć lepszy widok.

– Nie wydałem ani centa – zapewnił mnie Edward. Odgarnął z mojej twarzy zabłąkany kosmyk. Zadrżałam, czując jego dotyk.

Nabrałam do płuc tyle powietrza, ile tylko się dało.

– Dobrze. Zobaczmy, co to – zwróciłam się do Alice. Podała mi paczuszkę. Emmett zatarł ręce z uciechy.

Wsadziłam palec pomiędzy papier a taśmę klejącą, chcąc ją oderwać, i ostry kant papieru przeciął mi naskórek.

– Cholera – mruknęłam.

Na linii zadraśnięcia pojawiła się pojedyncza kropla krwi.

A potem wszystko potoczyło się bardzo szybko.

– Nie! – ryknął Edward, rzucając się do przodu. Pchnął mnie z całej siły. Przejechałam z impetem po blacie stołu, spychając na ziemię wszystko, co na nim stało: kwiaty, talerze, prezenty, tort. Wylądowałam po jego drugiej stronie wśród setek kawalątków rozbitego kryształu.

W tym samym momencie z Edwardem zderzył się Jasper. Huknęło. Można było pomyśleć, że to skała uderzyła o skałę. Gdzieś z głębi piersi Jaspera wydobywał się potworny głuchy charkot. Chłopak kłapnął zębami milimetry od twarzy mojego obrońcy.

Do Jaspera doskoczył też Emmett. Złapał go od tyłu w stalowy uścisk swoich niedźwiedzich barów, ale oszalały blondyn nie przestawał się szarpać, wpatrując się we mnie dzikimi oczami drapieżcy.

Leżałam na ziemi koło fortepianu. Szok po upadku mijał i docierało do mnie powoli, że padając na resztki wazonu i zastawy, zraniłam się w przedramię – linia bólu ciągnęła się od nadgarstka aż po zagięcie łokcia. Z obnażonej ręki, pulsując, wypływała krew. Wciąż zamroczona, podniosłam wzrok i nagle zdałam sobie sprawę, że mam przed sobą sześć niebezpiecznych potworów.

2 Szwy

Tylko Carlisle zachował spokój. Pracował jako chirurg od kilkuset lat i żadna rana nie była w stanie wyprowadzić go z równowagi.

– Emmett, Rose, wyprowadźcie Jaspera na zewnątrz, proszę – rozkazał tonem nieznoszącym sprzeciwu.

Emmett skinął głową. Już się nie uśmiechał.

– Idziemy, Jasper.

Chłopak nadal się wyrywał i kłapał zębami, a w jego oczach nie było nic ludzkiego.

Edward warknął ostrzegawczo. Z twarzą bledszą od białych ścian salonu, przykucnął na wszelki wypadek pomiędzy mną a braćmi, napinając gotowe do skoku mięśnie. Z mojej pozycji przy fortepianie widziałam, że przestał udawać, że oddycha. Rosalie wyglądała na dziwnie usatysfakcjonowaną. Podeszła do Jaspera i trzymając się w bezpiecznej odległości od jego zębów, pomogła Emmettowi wyprowadzić go siłą przez szklane drzwi, które zawczasu uchyliła Esme. Żona doktora Cullena zatykała sobie wolną ręką usta i nos.

– Tak mi przykro, Bello – zawołała zawstydzona i szybko wyszła za tamtymi.

– Będziesz mi potrzebny, Edwardzie – powiedział cicho Carlisle, podchodząc do stołu.

Edward nie zerwał się od razu – dopiero po kilku sekundach dał po sobie poznać, że usłyszał prośbę, i nareszcie się rozluźnił.

Uklęknąwszy, Carlisle nachylił się nad moją ręką. Uświadomiłam sobie, że wciąż mam szeroko otwarte oczy i rozdziawione usta, więc spróbowałam nad tym zapanować.

– Proszę – Alice pojawiła się z ręcznikiem.

Carlisle pokręcił przecząco głową.

– W ranie jest za dużo szkła.

Sięgnął po obrus i oderwał od niego długi, cienki pas tkaniny, po czym zawiązał tę prowizoryczną opaskę uciskową nad moim łokciem. Od zapachu krwi byłam bliska omdlenia. Dzwoniło mi w uszach.

– Bello – spytał Carlisle z czułością – czy odwieźć cię do szpitala, czy wolałabyś, żebym zajął się tobą na miejscu?

– Żadnego szpitala – wyszeptałam. Ktoś z izby przyjęć jak nic zatelefonowałby po Charliego.

– Pójdę po twoją torbę – zaoferowała się Alice.

– Zanieśmy ją do kuchni – zaproponował Carlisle Edwardowi.

Edward uniósł mnie bez wysiłku. Twarz miał jak wyrzeźbioną z kamienia. Doktor skupił się na dociskaniu opaski.

– Poza tym nic ci nie jest? – upewnił się.

– Wszystko w porządku.

Głos mi prawie nie drżał – byłam z siebie dumna.

W kuchni czekała już na nas Alice. Przyniosła nie tylko czarną torbę Carlisle'a, ale i lampę kreślarską z silną żarówką. Obie postawiła na stole, a lampę zdążyła podłączyć do kontaktu. Edward posadził mnie delikatnie na krześle, a doktor przysunął sobie drugie. Natychmiast zabrał się do pracy.

Edward stanął tuż obok. Bardzo chciał się na coś przydać, ale z nerwów wciąż nie oddychał.

– Idź już, nie męcz się – zachęciłam.

– Poradzę sobie – odparł hardo, choć było oczywiste, że z sobą walczy: szczęki miał kurczowo zaciśnięte, a w jego oczach płonął niezdrowy ogień. Jako mój chłopak, musiał czuć się jeszcze podlej niż pozostali.

– Nikt ci nie każe odgrywać bohatera – powiedziałam. – Carlisle opatrzy mnie i bez twojej pomocy. Idź, świeże powietrze dobrze ci zrobi.

Zaraz potem skrzywiłam się, bo Carlisle czymś mnie boleśnie uszczypnął.

– Poradzę sobie – powtórzył z uporem Edward.

– Musisz być takim masochistą? – burknęłam.

Doktor postanowił się włączyć.

– Edwardzie, sądzę, że lepiej będzie, jeśli pójdziesz odnaleźć Jaspera, zanim oddali się za daleko. Na pewno jest załamany. Wątpię, żeby ktokolwiek oprócz ciebie mógł teraz przemówić mu do rozumu.

– Tak, tak – podchwyciłam. – Idź poszukać Jaspera.

– Zróbże coś pożytecznego – dodała Alice.

Edward nie był zachwycony tym, że go wyganiamy, ale posłusznie wyszedł przez drzwi kuchenne do ogrodu i zniknął w mroku. Byłam w stu procentach przekonana, że odkąd skaleczyłam się w palec, ani razu nie odetchnął.

W zranionej ręce zaczęło zanikać czucie. Przynajmniej już tak nie bolało, ale nowe doznanie przypomniało mi, że nadal wyczuwam zapach krwi. Paza tym Carlisle miał lada chwila usuwać szkiełka. Żeby o tym nie myśleć, skoncentrowałam się na jego twarzy. Złote włosy doktora lśniły w ostrym świetle lampy. Co jakiś czas w ręce coś ciągnęło lub kłuło, a w moim żołądku lasowały się jakieś płyny, ale starałam się to ignorować. Nie miałam zamiaru poddać się słabości i zwymiotować jak byle mięczak.

Gdybym nie patrzyła akurat w jej stronę, nie zauważyłabym, że i Alice wymyka się z kuchni do ogrodu. Też było jej ciężko. Uśmiechnęła się przepraszająco na pożegnanie.

– No to już wszyscy. – Westchnęłam. – Ewakuowałam cały dom.

– To nie twoja wina – pocieszył mnie rozbawiony Carlisle. – Każdemu się to mogło przytrafić.

– Teoretycznie tak. Ale w praktyce zawsze przytrafia się to mnie.

Zaśmiał się.

Biorąc pod uwagę reakcję pozostałych, jego spokój był godny podziwu. Nie widać było, żeby czymkolwiek się przejmował. Działał szybko i zdecydowanie. Jeden po drugim, na blat stołu upadały kawałeczki szkła: bach, bach, bach. Poza tym nie było słychać nic z wyjątkiem naszych oddechów.

– Jak ty to robisz? – zapytałam. – Nawet Alice i Esme…

Nie dokończyłam zdania. Zadziwiona, pokręciłam tylko głową.

Chociaż wszyscy Cullenowie wzorem doktora przerzucili się z ludzi na zwierzęta, tylko jego zapach ludzkiej krwi nie wystawiał na pokusę. Jeśli musiał się przed czymś powstrzymywać, maskował się świetnie.

– Lata praktyki – odpowiedział. – Ledwie zauważam teraz, że krew jakoś pachnie.

– Jak sądzisz, czy to od regularnego kontaktu z krwią? Czy gdybyś wziął długi urlop i przez dłuższy czas unikał szpitala, nie przychodziłoby ci to już tak łatwo?

– Może. – Wzruszył ramionami, nie przerywając manipulacji przy ranie. – Nigdy nie miałem potrzeby, żeby zrobić sobie długie wakacje. – Podniósł wzrok i uśmiechnął się promiennie. – Za bardzo lubię moją pracę.

Bach, bach, bach. Nie mogłam się nadziwić, skąd w mojej ręce wzięło się tyle szkła. Kusiło mnie, żeby zerknąć na rosnący stosik i sprawdzić jego rozmiary, ale zdawałam sobie sprawę, że to nienajlepszy pomysł, jeśli nadal zależało mi, żeby nie zwymiotować.

– Co dokładnie w niej lubisz?

Nie miało to dla mnie sensu. Tyle wysiłku włożył, by móc znosić operacje ze spokojem. Mógł przecież zająć się czymś innym, nie przypłacając wyboru zawodu latami cierpień i wyrzeczeń. Naszą rozmowę kontynuowałam zresztą nie tylko z ciekawości – pozwalała mi nie skupiać się tak bardzo na podejrzanych ruchach w moim żołądku.

– Hm... – zamyślił się Carlisle. Nie uraziłam go dociekliwością. – Najbardziej podoba mi się świadomość, że dzięki moim dodatkowym zdolnościom ratuję życie tym, którzy przy innym lekarzu nie wymknęliby się śmierci. Gdybym nie był tym, kim jestem, i gdybym nie wybrał medycyny, wielu ludzi pewnie by zmarło, przeszło niepotrzebne operacje, dłużej chorowało... Taki wyczulony węch, na przykład, w niektórych przypadkach bardzo przydaje się w diagnostyce.

Na twarzy mężczyzny pojawił się kpiarski półuśmiech.

Zastanowiłam się nad tym, co powiedział. Carlisle tymczasem, upewniwszy się, że usunął z rany wszystkie drobiny, zaczął grzebać w torbie w poszukiwaniu nowych narzędzi. Starałam się nie myśleć, że będą to igła i nić.

– Próbujesz usilnie zadośćuczynić światu za to, że istniejesz, choć to nie twoja wina – zasugerowałam, czując na brzegach rany nowy rodzaj ciągnięcia. – Nie twoja wina, bo nie prosiłeś się o to. Nie wybrałeś dla siebie takiego losu, a mimo to musisz tak bardzo nad sobą pracować, żeby być uznanym za kogoś dobrego.

– Z tym zadośćuczynieniem to chyba przesada – stwierdził Carlisle łagodnie. – Jak każdy, musiałem podjąć decyzję, jak wykorzystać swoje talenty.

– Mówisz, jakby było to takie proste.

Doktor ponownie przyjrzał się uważnie ręce.

– Gotowe – oznajmił, odcinając nadmiar nici.

Przy pomocy nasączonego wacika rozprowadził po szwach nieznaną mi gęstą ciecz koloru syropu. Od jej dziwnego zapachu zakręciło mi się w głowie; płyn zostawiał na skórze ciemne plamy

– Ale na samym początku... – naciskałam, przyglądając się, jak Carlisle mocuje na moim przedramieniu długi płat gazy. – Jak to się stało, że w ogóle przyszła ci do głowy jakaś alternatywa?

Uśmiechnął się lekko, jakby do swoich wspomnień.

– O ile się nie mylę, Edward opowiadał ci historię mojego życia?

– Opowiadał, ale próbuję zrekonstruować twój tok myślenia.

Carlisle nagle spoważniał. Miałam nadzieję, że nie skojarzył, o co mi tak naprawdę chodzi – że intryguje mnie to, z czym mnie samej przyjdzie się zmierzyć („przyjdzie", nie „przyszłoby" – odrzucałam inną możliwość).

– Jak wiesz, mój ojciec był duchownym – zaczął, wycierając starannie blat stołu kawałkiem wilgotnej gazy. Zapachniało alkoholem. Doktor przetarł stół po raz drugi. – Miał bardzo skostniałe poglądy, które kwestionowałem jeszcze przed moją przemianą.

Carlisle zgarnął wszystkie odłamki szkła i kawałki zabrudzonej gazy do pustego szklanego wazonu. Nie rozumiałam, po co to robi, nawet gdy zapalił zapałkę. Kiedy wrzucił ją do naczynia i opatrunki buchnęły jasnym płomieniem, aż podskoczyłam na krześle.

– Przepraszam – zreflektował się. – Chyba wystarczy... No więc nie zgadzałem się z zasadami rządzącymi religią mojego ojca. Jednak nigdy przez te czterysta lat odkąd się urodziłem, nie zetknąłem się z niczym, co naruszyłoby moją wiarę w Boga. Nawet kiedy patrzę w lustro, nie nachodzą mnie wątpliwości.

Udałam, że sprawdzam, czy plaster się nie odkleja, żeby ukryć zażenowanie. Nie spodziewałam się, że nasza rozmowa zejdzie na kwestie wiary. Religijne roztrząsania i obrzędy nigdy nie odgrywały w moim życiu większej roli. Charlie uważał się za luteranina, ale tylko dlatego, że do tego kościoła należeli jego rodzice. Niedziele spędzał niezmiennie nad rzeką, z wędką w dłoni. Co do Renée, zmieniała wyznania w takim tempie, że ledwie orientowałam się, co aktualnie jest na tapecie. Z takim samym krótkotrwałym entuzjazmem zapalała się do tenisa, garncarstwa, jogi czy francuskiego.

– Musisz być w szoku, usłyszawszy takie wyznanie z ust wampira. – Carlisle znowu się uśmiechnął, wiedząc, że zaszokuje mnie też mówienie wprost o ich rasie. – Cóż, chcę po prostu wierzyć, że życie ma sens. Nawet nasze życie. Przyznaję, to mało prawdopodobne – ciągnął dość obojętnym tonem. – Wszystko wskazuje na to, że tak czy siak będziemy potępieni. Ale mam nadzieję, być może płonną, że w ostatecznym rozrachunku Stwórca weźmie pod uwagę nasze dobre chęci.

– Na pewno weźmie – powiedziałam nieśmiało. Postawa Carlisle'a nawet na Bogu musiałaby zrobić wrażenie. Nie akceptowałam także wizji nieba, do którego nie miałby wstępu Edward. – Jestem przekonana, że inni też ci to powiedzą.

– Tak właściwie jesteś pierwszą osobą, która zgadza się ze mną w tym punkcie.

– A twoi najbliżsi? – spytałam zdziwiona.

Interesowało mnie rzecz jasna wyłącznie zdanie jednego z domowników. Carlisle odgadł to bez trudu.

– Edward podziela moje poglądy tylko do pewnego stopnia. Podobnie jak ja, wierzy w Boga i w niebo... no i w piekło. Wyklucza jednak możliwość życia po śmierci dla przedstawicieli naszej rasy. – Doktor wpatrywał się w ciemności za kuchennym oknem. Ton jego głosu był niezwykle kojący. – Widzisz, on uważa, że jesteśmy pozbawieni duszy.

Przypomniałam sobie, co Edward powiedział mi kilka godzin wcześniej: „Chyba że chce się umrzeć, rzecz jasna. To znaczy, jeśli nasz koniec można nazwać śmiercią". Nagle coś sobie uzmysłowiłam.

– To w tym leży cały problem, tak? – Chciałam się upewnić. – To dlatego z takim uporem mi odmawia?

– Czasem patrzę na mojego syna – powiedział Carlisle powoli – i nic tak jak te obserwacje nie umacnia mnie w moich przekonaniach. Jest taki silny, taki dobry, to od niego aż bije... Dlaczego komuś takiemu jak Edward miałoby nie być dane coś więcej?

Przytaknęłam mu ochoczo.

– Gdybym jednak wierzył w to, w co on wierzy... – Przeniósł wzrok na mnie, ale w jego oczach nie umiałam się niczego doczytać. – Uznając, że to, w co wierzy, to prawda, czy można było odebrać mu duszę?

Nie spodobało mi się to pytanie. Gdyby spytał, czy dla Edwarda zaryzykowałabym utraceniem duszy, odpowiedź byłaby prosta. Ale czy byłam gotowa wymusić podjęcie takiego ryzyka na nim, dla mnie? Niezadowolona, zacisnęłam usta. To nie była sprawiedliwa wymiana.

– Sama rozumiesz.

Pokiwałam głową, świadoma, że nadal mam minę upartego dziecka.

Carlisle westchnął.

– To mój wybór.

– Jego również. – Uciszył mnie gestem dłoni, widząc, że zamierzam wysunąć kolejny argument. – Będzie się zadręczał myślą, że sam skazał cię na to, czego nienawidzi.

– Nie on jeden może pójść mi na rękę. – Spojrzałam na Carlisle znacząco.

Zaśmiał się, na chwilę rozładowując atmosferę.

– Co to, to nie! To sprawa między nim a tobą, moja panno! Będziesz musiała jakoś go urobić. – Ale potem znowu westchnął. – Nie licz na to, że będę go zachęcał. Sądzę, że pod wieloma innymi względami wykorzystałem moją sytuację, jak mogłem najlepiej, ale co do... co do tworzenia sobie towarzyszy, nigdy nie zyskałem i nie zyskam pewności. Czy miałem prawo ingerować w ich życie i skazywać na swój los? Cały czas się waham.

Milczałam. Wyobraziłam sobie, jak wyglądałoby moje życie, gdyby Carlisle nie doszedł do wniosku, że ma dość samotności, i wzdrygnęłam się.

– To matka Edwarda pomogła mi podjąć decyzję – wyszeptał doktor. Niewidzącymi oczami wpatrywał się w czarne szyby.

– Jego matka?

Zawsze, gdy pytałam mojego ukochanego o rodziców, odpowiadał, że zmarli dawno temu i mało co z tego okresu pamięta. Carlisle nie mógł mieć z nimi kontaktu dłużej niż przez kilka dni, ale najwyraźniej jego wspomnienia się nie zatarły.

– Miała na imię Elizabeth. Elizabeth Masen. Jego ojciec, Edward Senior, odkąd trafił do szpitala, nie odzyskał przytomności. Zmarł w pierwszej fazie epidemii. Ale Elizabeth była świadoma tego, co się wokół niej dzieje, niemal do samego końca. Edward jest do niej bardzo podobny: też miała taki niespotykany, kasztanowy odcień włosów i zielone oczy.

– Miał przedtem zielone oczy? – Usiłowałam to sobie zwizualizować.

– Tak... – Carlisle przymknął własne, cofając się o sto lat wstecz. – Elizabeth okropnie się o niego martwiła. Starała się nim opiekować, mimo że sama była w ciężkim stanie, nie zważając na to, jak ją to osłabia. W rezultacie zmarła pierwsza, choć spodziewałem się, że to na niego najpierw przyjdzie kolej. Stało się to niedługo po zachodzie słońca. Przyszedłem właśnie zmienić lekarzy, którzy od rana byli na nogach. Ciężko mi było udawać zwykłego człowieka w czasie epidemii. Zamiast ratować jej ofiary całą dobę, musiałem udawać, że w dzień odsypiam nocne dyżury. Jakże się męczyłem, spędzając długie bezczynne godziny w zaciemnionym pokoju!

– Po przybyciu do szpitala natychmiast poszedłem do Elizabeth i jej syna. Przywiązałem się do nich, zupełnie bezsensownie. Zawsze powtarzałem sobie, że muszę się tego wystrzegać, bo ludzkie życie jest takie kruche... Leżeli koło siebie. Już na pierwszy rzut oka było widać, że Elizabeth znacznie się pogorszyło. Gorączka wymknęła się lekarzom spod kontroli, a organizm kobiety nie miał sił do dalszej walki. Kiedy jednak chora wyczuła moją obecność i otworzyła oczy, nie było w nich ani cienia słabości. „Niech go pan ocali!", nakazała mi ochryple. Wcześniej gardło bolało ją tak, że nawet nie próbowała mówić. „Zrobię, co będę mógł", obiecałem, ujmując jej dłoń. Miała tak wysoką temperaturę, że prawdopodobnie nawet nie dostrzegła, jak nienaturalnie chłodna jest moja skóra. Wszystko było teraz dla niej nienaturalnie chłodne. „Musi go pan uratować", powtórzyła, ściskając mi dłoń z taką siłą, że pomyślałem, że może jednak wyjdzie z tego cało. Jej tęczówki lśniły jak dwa szmaragdy. „Musi pan naprawdę uczynić wszystko, co w pana mocy. Musi pan zrobić dla Edwarda to, czego nie może zrobić dlań nikt inny".

– Przestraszyłem się. Wpatrywała się we mnie tak intensywnie, że przez kilka sekund byłem przekonany, że przejrzała mnie i zna mój sekret. Ale zaraz potem jej oczy zaszły mgłą, odpłynęła w niebyt i już nigdy więcej nie odzyskała przytomności. Zmarła w niespełna godzinę potem.

– Od dziesiątek lat zastanawiałem się nad stworzeniem dla siebie towarzysza – tej jednej jedynej istoty, która miałaby znać mnie takiego, jakim byłem, a nie takiego, na jakiego starałem się wyglądać. Zastanawiałem się tylko, bo nie potrafiłem dostatecznie uzasadnić przed sobą takiego czynu. Czy mogłem zrobić komuś to, co zrobiono mnie? Zadałem sobie to pytanie po raz kolejny, spoglądając na umierającego Edwarda. Było jasne, że ma przed sobą najwyżej parę godzin. A na łóżku obok leżała jego nieżywa matka, na której twarzy nawet po śmierci malował się niepokój.

Chociaż od tego wydarzenia upłynęło prawie sto lat, Carlisle pamiętał wszystko w najdrobniejszych szczegółach. I mnie przed oczami stanęła owa scena: przepełniony szpital, wisząca w powietrzu rozpacz, Edward rozpalony gorączką... Z każdym tyknięciem zegara jego życie było bliższe końca. Zadrżałam i odgoniłam od siebie tę przerażającą wizję.

– Słowa Elizabeth powracały echem w moich myślach. Skąd wiedziała, do czego byłem zdolny? Czy ktoś rzeczywiście mógł pragnąć, aby jego dziecko przestało być człowiekiem? Przyjrzałem się Edwardowi. Choroba nie przyćmiła urody. W jego twarzy kryło się coś szlachetnego. Taką właśnie twarz mógłby mieć mój wymarzony syn.

– Po tylu latach niezdecydowania zadziałałem pod wpływem impulsu. Wpierw odwiozłem do kostnicy jego matkę, a następnie wróciłem po niego. Nikt nie zauważył, że chłopak jeszcze oddycha – z powodu epidemii hiszpanki pacjentów było tylu, że nie miał kto doglądać ich, jak należy. W kostnicy nie zastałem nikogo, a przynajmniej nikogo żywego. Wyniosłem Edwarda tylnimi drzwiami i przemknąłem się chyłkiem do domu.

– Rzecz jasna, nie miałem pojęcia, jak się do tego wszystkiego zabrać. Postanowiłem, że najlepiej będzie, jeśli odtworzę po prostu rany, jakie sam otrzymałem. To był błąd. Później gnębiły mnie wyrzuty sumienia. Zadałem Edwardowi więcej bólu, niż to było konieczne. Oprócz tego nie żałowałem jednak niczego. Nie, nigdy nie żałowałem, że uratowałem Edwarda. – Pokręcił głową. Wrócił już do teraźniejszości. Uśmiechnął się do mnie. – Odwiozę cię do domu.

– Ja ją odwiozę – zadeklarował Edward. Wyszedł z cienia jadalni. Poruszał się wolniej, niż to miał w zwyczaju. Nie byłam w stanie odczytać z jego twarzy żadnych emocji, ale z jego oczami było coś nie tak – bardzo starał się coś ukryć. Poczułam się nieswojo.

– Ten jeden raz Carlisle może cię zastąpić – powiedziałam.

– Nic mi nie jest. – Edward mówił z intonacją robota. – Tylko przebierz się przed wyjściem. Alice coś ci pożyczy. Charlie dostałby zawału, gdyby zobaczył cię w tej bluzce.

Miał rację. Błękitną bawełnę szpeciły plamy zakrzepłej krwi, a do ramienia przykleiły mi się kawałki różowego lukru.

Edward wyszedł, zapewne znaleźć swoją siostrę.

Spojrzałam zatroskana na Carlisle'a.

– Jest bardzo przybity – stwierdziłam.

– Niewątpliwie. Od początku waszej znajomości czegoś takiego się obawiał. Że przez to, jacy jesteśmy, otrzesz się o śmierć.

– To nie jego wina.

– Twoja także nie.

Odwróciłam wzrok od jego pięknych, mądrych oczu. Tu się akurat z nim nie zgadzałam.

Carlisle pomógł mi wstać. Wyszłam za nim do salonu. Esme już wróciła – wycierała mopem podłogę w miejscu, w którym upadłam. Sądząc po zapachu, stosowała jakiś silny środek dezynfekujący.

– Daj, pomogę ci – zaofiarowałam się, czując, że się czerwienię.

– Jeszcze tylko kawałeczek. – Uśmiechnęła się na mój widok.

– I jak tam?

– Wszystko w porządku – zapewniłam ją. – Carlisle zakłada szwy o wiele sprawniej niż którykolwiek ze znanych mi chirurgów.

Oboje się zaśmiali.

Tylnymi drzwiami weszli Alice i Edward. Dziewczyna podeszła do mnie szybkim krokiem, ale Edward stanął kilka metrów ode mnie. Jego twarz nadal przypominała maskę.

– Chodź – powiedziała Alice. – Dam ci coś na zmianę. Tę bluzkę możesz co najwyżej zachować na Halloween.

Wybrała dla mnie bluzkę Esme w podobnym kolorze. Byłam pewna, że Charlie nie zauważy różnicy. Co do opatrunku, na tle niezakrwawionej bawełny nie wyglądał tak źle. Poza tym Charlie był przyzwyczajony do tego, że jakąś część ciała miałam obandażowaną.

– Alice – szepnęłam, kiedy ruszyła już w kierunku garderoby.

– Tak? – odpowiedziała cicho, przekrzywiając z ciekawości głowę.

– Co o tym wszystkim myślisz? – Nie byłam pewna, czy moje szeptanie na coś się zda. Byłyśmy wprawdzie w zamkniętym pomieszczeniu na piętrze, ale mogłam nie doceniać słuchu Edwarda.

Dziewczyna spoważniała.

– Trudno powiedzieć.

– Jasper doszedł już do siebie?

– Jest na siebie wściekły, chociaż wie, że jest mu przecież trudniej niż nam. Nikt nie lubi tracić nad sobą kontroli.

– To nie jego wina. Przekaż mu, że nie mam do niego żalu, dobrze?

– Jasne.

Edward czekał na mnie przy frontowych drzwiach. Kiedy zeszłam po schodach, otworzył je bez słowa.

– Zapomniałaś o prezentach! – zawołała za mną Alice. Wzięła ze stołu dwie paczuszki, w tym jedną w połowie odpakowaną, i podniosła mój aparat fotograficzny, który leżał pod fortepianem.

– Podziękujesz mi jutro, jak już zobaczysz, co to – powiedziała.

Esme i Carlisle życzyli mi cicho dobrej nocy. Nie uszło mojej uwagi, że kilkakrotnie zerknęli niespokojnie na swojego zobojętniałego syna. Ich także martwiło jego zachowanie.

Z ulgą znalazłam się na zewnątrz, choć na werandzie natknęłam się na lampiony i róże, które przypominały mi o niedoszłym przyjęciu. Minęłam je pospiesznie. Edward milczał. Kiedy otworzył przede mną drzwiczki od strony pasażera, bez protestów wślizgnęłam się do furgonetki.

Na cześć nowego radia do deski rozdzielczej przymocowano ogromną czerwoną kokardę. Oderwałam ją i rzuciłam na podłogę, a gdy Edward zasiadał za kierownicą, wkopałam ją pod swoje siedzenie.

Nie spojrzał ani na mnie, ani na radio. Żadne z nas nawet go nie włączyło. Ciszę przerwał dopiero głośnym warknięciem budzący się do życia silnik, co poniekąd podkreśliło, że istniała.

Mimo panujących ciemności i licznych zakrętów, Edward prowadził bardzo szybko. Jego milczenie było nie do zniesienia.

– No, powiedz coś – zażądałam, kiedy w końcu wyjechaliśmy na szosę.

– A co mam niby powiedzieć? – spytał zdystansowanym tonem.

Niemalże bałam się tego jego odrętwienia.

– Powiedz, że mi wybaczasz.

Coś w jego twarzy nareszcie drgnęło. Chyba go rozzłościłam.

– Że wybaczam? Co?

– Gdybym tylko było ostrożniejsza, bawilibyśmy się teraz świetnie na moim przyjęciu urodzinowym.

– Bello, zacięłaś się papierem! To nie to samo, co zabójstwo z premedytacją.

– Co nie zmienia faktu, że wina była po mojej stronie.

– Po twojej stronie? – W Edwardzie coś pękło. – Gdybyś zacięła się w palec u Mike'a Newtona, przy Jessice, Angeli i innych swoich normalnych znajomych, to co by się stało, jak myślisz? W najgorszym razie okazałoby się może, że nie mają w domu plastrów! A gdybyś potknęła się i sama wpadła na stos szklanych talerzy – podkreślam, sama, a nie popchnięta przez swojego chłopaka – co najwyżej poplamiłabyś siedzenia w aucie, gdy wieźliby cię do szpitala! Mike Newton mógłby w dodatku trzymać cię za rękę, kiedy zakładaliby ci szwy, i nie musiałby przy tym powstrzymywać się z całych sił, żeby cię nie zabić! Więc błagam, o nic się nie obwiniaj, Bello. Gdy to robisz, czuję do siebie tylko jeszcze większy wstręt.

– Dlaczego, u licha, akurat Mike Newton miałby trzymać mnie za rękę?! – spytałam rozdrażniona.

– Bo uważam, że dla swojego dobra to z nim powinnaś być, a nie ze mną!

– Wolałabym umrzeć, niż zostać dziewczyną Mike'a Newtona! – wykrzyknęłam. – Wolałabym umrzeć, niż zadawać się z kimkolwiek oprócz ciebie!

– No, już nie przesadzaj.

– A ty w takim razie nie wygaduj bzdur.

Nie odszczeknął się. Wpatrywał się tępo w jezdnię.

Zaczęłam zastanawiać się, jak uratować ten nieszczęsny wieczór, ale kiedy zajechaliśmy pod dom, nadal nic nie przychodziło mi do głowy.

Edward zgasił silnik, ale dłonie trzymał wciąż zaciśnięte na kierownicy.

– Może zostaniesz jeszcze trochę? – zasugerowałam.

– Powinienem wracać do domu.

Ostatnią rzeczą, jakiej sobie życzyłam, było to, żeby zadręczał się pół nocy.

– Dziś są moje urodziny – powiedziałam błagalnie.

– O czym kazałaś nam zapomnieć – przypomniał. – Zdecyduj się wreszcie. Albo świętujemy, albo udajemy, że to dzień jak co dzień.

Zabrzmiało to już niemal jak przekomarzanie się. Uff...

– Postanowiłam, że jednak chcę obchodzić te urodziny – oświadczyłam. – Do zobaczenia w moim pokoju! – dodałam na odchodne.

Wyskoczyłam z furgonetki i zabrałam się do zbierania prezentów zdrową ręką. Edward zmarszczył czoło.

– Nie musisz ich przyjmować.

– Ale mogę – odparłam przekornie. Gdy tylko to powiedziałam, pomyślałam sobie, że może Edward właśnie celowo mnie podpuścił.

– Przecież Carlisle i Esme wydali pieniądze, żeby kupić swój.

– Jakoś to przeżyję.

Przycisnęłam pakunki do piersi i nogą zatrzasnęłam za sobą drzwiczki. Edward w ułamku sekundy znalazł się przy mnie.

– Daj mi je, niech się na coś przydam. – Zabrał mi prezenty. – Będę czekał na górze.

Uśmiechnęłam się.

– Dzięki.

– Wszystkiego najlepszego.

Pocałował mnie przelotnie.

Wspięłam się na palce, żeby przedłużyć pocałunek, ale Edward się odsunął. Posławszy mi swój firmowy łobuzerski uśmiech, zniknął w okalających dom ciemnościach.

Mecz jeszcze trwał. Gdy tylko zamknęłam za sobą drzwi wejściowe, moich uszu dobiegł głos komentatora sportowego przekrzykującego rozszalały tłum kibiców.

– Bell, to ty? – odezwał się Charlie.

– Cześć. – Zajrzałam do saloniku, ranną rękę przycisnąwszy do boku, żeby ukryć opatrunek. Piekło w niej i ciągnęło – widocznie znieczulenie przestawało działać. Skrzywiłam się delikatnie.

– Jak było?

Charlie leżał na kanapie z bosymi stopami na przeciwległym oparciu.

– Alice przeszła samą siebie: kwiaty, tort, świece, prezenty – wszystko jak trzeba.

– Co dostałaś?

– Radio samochodowe z odtwarzaczem CD.

I Bóg wie co jeszcze.

– Fiu, fiu.

– Wiem, wykosztowali się. Pójdę już do siebie.

– Do zobaczenia rano.

– Hej.

Pomachałam mu odruchowo.

– Ej, co ci się stało w rękę?

Zarumieniłam się i zaklęłam pod nosem.

– Potknęłam się. To nic takiego.

– Bello. – Charlie pokręcił tylko głową.

– Dobranoc, tato.

Popędziłam na górę. W łazience trzymałam piżamę na takie okazje jak ta – schludny top i cienkie bawełniane spodnie do kompletu, zamiast dziurawego dresu. Włożyłam je, jak najszybciej się dało, krzywiąc się, gdy naciągałam szwy. Obmyłam twarz jedną ręką, ekspresowo umyłam zęby i w podskokach pognałam do pokoju.

Edward siedział już na środku mojego łóżka, obracając w palcach jedną ze srebrnych paczuszek.

– Cześć – powiedział smutno. A więc nadal się zamartwiał.

Podeszłam do łóżka i usadowiłam się na kolanach nocnego gościa.

– Cześć. – Oparłam się plecami o jego klatkę piersiową. – Mogę już otwierać?

– Skąd ten nagły przypływ entuzjazmu? – zdziwił się.

– Rozbudziłeś moją ciekawość.

Pierwszą podniosłam paczuszkę zawierającą prezent od Carlisle'a i Esme.

– Pozwól, że cię wyręczę. – Edward zdarł ozdobny srebrny papier jednym zgrabnym ruchem, po czym oddał mi pudełko. Było białe.

– Jesteś pewien, że mogę sama unieść pokrywkę? – zażartowałam. Puścił moją uwagę mimo uszu.

W środku był podłużny kawałek grubego papieru całkowicie pokryty drobnym drukiem. Zanim doczytałam się, o co chodzi, minęła minuta.

Trzymałam w ręku voucher na dwa dowolne bilety lotnicze, wystawiony na mnie i na Edwarda. Nie spodziewałam się, że z któregokolwiek z prezentów tak szczerze się ucieszę.

– Możemy polecieć do Jacksonville?

– Takie było założenie.

– Ale fajnie! Renée padnie, jak jej o tym powiem! Tyle że tam jest słonecznie. Nie masz nic przeciwko siedzeniu cały dzień w domu, prawda?

– Jakoś to wytrzymam. Hej, gdybym wiedział, że potrafisz tak przyzwoicie zareagować na prezent, zmusiłbym cię do otwarcia go w obecności Carlisle'a i Esme. Myślałem, że zaczniesz zrzędzić.

– Nadal uważam, że przesadzili z hojnością, ale z drugiej strony masz pojechać ze mną! Super!

Edward parsknął śmiechem.

– Żałuję, że nie kupiłem ci czegoś wystrzałowego. Nie zdawałem sobie sprawy, że czasami zachowujesz się rozsądnie.

Odłożywszy voucher na bok, sięgnęłam po kwadratową paczuszkę, którą próbowali mi już z Alice wręczyć na parkingu. Teraz naprawdę ciekawiło mnie, co jest w środku. Edward wyjął mi ją z rąk i ponownie wyręczył mnie w odpakowywaniu. Spod srebrnego papieru wyłoniło się przeźroczyste pudełko na CD z pozbawioną napisów płytą.

– Co to? – spytałam zaskoczona.

Nie odpowiedział, tylko włożył płytę do odtwarzacza stojącego na nocnym stoliku i nacisnął „play". Przez chwilę nic się nie działo. A potem rozległy się pierwsze tony.

Z wrażenia zamarłam. Wiedziałam, że Edward czeka na mój komentarz, ale zabrakło mi słów. W oczach stanęły mi łzy – otarłam je szybko, żeby nie spłynęły po policzkach.

– Boli cię? – zaniepokoił się.

– Nie, to nie szwy. To ta muzyka. Nawet nie marzyłam, że załatwisz dla mnie coś takiego. To najwspanialszy prezent, jaki mogłeś mi dać.

Zamilkłam, żeby słuchać dalej.

Melodię, która właśnie leciała, nazywaliśmy „moją kołysanką". Na płycie znajdowały się najwyraźniej same kompozycje Edwarda, w jego wykonaniu.

– Przypuszczałem, że nie zgodzisz się, żebym kupił ci fortepian i grał do snu – wyjaśnił.

– I słusznie.

– Jak twoja ręka?

– W porządku – powiedziałam, chociaż w rzeczywistości zaczynała niemiłosiernie piec. Marzyłam o tym, żeby przyłożyć do niej woreczek z lodem. Właściwie starczyłaby zimna jak zawsze dłoń Edwarda, ale nie chciałam się zdradzać ze swoją słabością.

– Przyniosę ci coś przeciwbólowego.

– Nie, nie trzeba – zaprotestowałam, ale Edward zsunął mnie już sobie z kolan i podszedł do drzwi.

– Charlie – syknęłam ostrzegawczo.

Ojciec żył w błogiej nieświadomości co do nocnych wizyt mojego lubego. Gdyby się dowiedział, dostałby pewnie udaru. Nie czułam jednak żadnych wielkich wyrzutów sumienia – nie robiliśmy z Edwardem nic, na co nie dałby nam przyzwolenia. Jeśli by to ode mnie zależało, byłoby zapewne inaczej, ale Edward był zdania, że nie wolno mu się przy mnie zapomnieć.

– Będę cichutki jak myszka – przyrzekł Edward. Zniknął za drzwiami... i wrócił, zanim zdążyły się za nim zamknąć. Trzymał szklankę wypełnioną wodą i fiolkę z tabletkami w jednej ręce.

Nie zamierzałam się kłócić – i tak zabrakłoby mi argumentów. Poza tym szwy piekły już na całego.

Z głośników nadal płynęły urocze, łagodne tony mojej kołysanki.

– Już późno – zauważył Edward. Podniósł mnie jedną ręką jak niemowlę, a drugą odsłonił prześcieradło. Ułożywszy mi głowę na poduszce, otulił mnie czule, po czym położył się za mną i otoczył mnie ramieniem. Żebym nie zmarzła, między nami była kołdra.

Rozluźniłam się w jego objęciach.

– Jeszcze raz dziękuję – szepnęłam.

– Cała przyjemność po mojej stronie.

Leżeliśmy zasłuchani. Wreszcie kołysanka dobiegła końca. Następna na płycie była ulubiona melodia Esme.

– O czym myślisz? – spytałam cicho.

Zawahał się.

– O tym, co jest dobre, a co złe.

Przeszył mnie dreszcz.

– Pamiętasz, postanowiłam, że jednak nie udajemy, że nie mam dziś urodzin? – Chciałam zmienić temat i miałam nadzieję, że Edward się nie zorientuje.

– Pamiętam – potwierdził podejrzliwie.

– Tak sobie myślałam, że może z tej okazji pozwolisz mi się jeszcze raz pocałować...

– Masz dzisiaj dużo zachcianek.

– Owszem – przyznałam. – Ale, proszę, nie rób nic wbrew sobie – dodałam z lekka urażona.

Zaśmiał się, a potem westchnął.

– Tak... Módlmy się, żebym nigdy nie zrobił czegoś wbrew sobie... – W jego głosie pobrzmiewała nuta rozpaczy.

Mimo wszystko, wziął mnie pod brodę i przyciągnął do siebie.

Z początku całowaliśmy się jak zwykle – Edward zachowywał ostrożność, a serce waliło mi jak młotem – ale po kilku sekundach coś się zmieniło. Nagle wargi chłopaka zrobiły się bardziej zachłanne, a palce wolnej ręki wplótł mi we włosy, aby móc silniej przycisnąć moją twarz do swojej. Nie pozostawałam mu dłużna – głaskałam go po głowie i plecach, i napierałam na jego tors, nie zważając na bijący od niego chłód. Chociaż bez wątpienia przekraczałam ustanowione przez Edwarda granice, wcale mnie nie powstrzymywał.

Przerwał pieszczoty raptownie i delikatnie odsunął mnie od siebie.

Opadłam na poduszkę. Miałam przyspieszony oddech, a świat wirował mi przed oczami. Coś mi ta sytuacja przypominała, o dziwo nieprzyjemnego, ale skojarzenie to szybko się ulotniło.

– Przepraszam. – Edwardowi także brakowało tchu. – Przeholowałem.

– Nie mam nic przeciwko.

Rzucił mi karcące spojrzenie.

– Spróbuj już zasnąć.

– Nie, chcę jeszcze.

– Przeceniasz moją samokontrolę.

– Co jest dla ciebie bardziej kuszące – spytałam odważnie – moja krew czy moje ciało?

– Pół na pół. – Uśmiechnął się wbrew sobie, ale zaraz na powrót spoważniał. – Śpij, już śpij. Dosyć miałaś igrania z ogniem jak na jeden dzień.

– Niech ci będzie.

Przytuliłam się do niego i zamknęłam oczy. Nie dało się ukryć, rzeczywiście byłam zmęczona. Od rana tyle się wydarzyło. Jednak, mimo że wszystko skończyło się dobrze, nie czułam ulgi. Odnosiłam wręcz wrażenie, że to dopiero początek – że następnego dnia czekało mnie coś znacznie gorszego. Idiotko, zbeształam się w myślach, co, jeszcze ci mało? Mój niepokój musiał być efektem opóźnionego szoku pourazowego.

Ranną rękę przycisnęłam dyskretnie do ramienia Edwarda. Podziałało natychmiast – z racji swojej specyficznej temperatury jego ciało było lepsze od jakiegokolwiek okładu.

Byłam w połowie drogi do krainy snów, a może nawet dalej, kiedy uświadomiłam sobie, z czym skojarzyła mi się ta nietypowa seria pocałunków. Tuż przed tym, jak Edward wyruszył wiosną zmylić trop, pocałował mnie na pożegnanie, nie wiedząc, czy jeszcze kiedyś się zobaczymy. Nie wiedzieć czemu i dziś wyczułam u niego podobną mieszankę emocji. Pogrążyłam się we śnie zdjęta strachem, jakby dręczyły mnie już koszmary.

3 Koniec

Obudziłam się w strasznym stanie: nie wyspałam się, szwy piekły, a głowa pękała z bólu. Na domiar złego, Edward znów popadł w dziwne otępienie, i kiedy całował mnie w czoło na pożegnanie, trudno było odgadnąć, co mu chodzi po głowie. Martwiłam się, że spędził całą noc na ponurych rozmyślaniach, co jest dobre, a co złe, a im bardziej się tym gryzłam, tym dotkliwiej pulsowały mi skronie.

Edward czekał na mnie jak co dzień na szkolnym parkingu, ale wyraz jego twarzy wciąż pozostawiał wiele do życzenia. W jego oczach kryło się coś, czego nie potrafiłam określić – i to mnie przerażało. Nie chciałam powracać w rozmowie do zeszłego wieczoru, ale obawiałam się, że unikanie tego tematu to jeszcze gorsze rozwiązanie.

Otworzył przede mną drzwiczki, żeby ułatwić mi wysiadanie.

– Jak samopoczucie?

– Świetnie – skłamałam.

Odgłos zatrzaskiwanych drzwiczek rozszedł się echem po mojej obolałej czaszce.

Szliśmy do klasy w milczeniu – Edward skupiał się na tym, żeby dopasować swoje tempo do mojego. Na usta cisnęła mi się masa pytań, ale większość musiała poczekać, bo wolałam je zadać Alice. Co z Jasperem? O czym rozmawiano, kiedy wyszłam? Jak skomentowała całe zajście Rosalie? Najbardziej interesowało mnie to, czy moją przyjaciółkę nawiedziła od wczoraj wizja jakichś przyszłych wydarzeń będących konsekwencją naszego niedoszłego przyjęcia i czy potrafiła wytłumaczyć mi, czemu Edward jest taki przybity. Czy mój ciągły niepokój miał racjonalne podstawy?

Poranne lekcje wlokły się w nieskończoność. Nie mogłam się doczekać spotkania z Alice, chociaż wiedziałam, że przy Edwardzie i tak będziemy obie musiały trzymać język za zębami. Mój ukochany siedział w ławce zasępiony i zabrał głos tylko po to, żeby spytać, czy nie boli mnie ręka.

Zazwyczaj Alice docierała do stołówki przed nami i kiedy się zjawialiśmy, siedziała już z tacą jedzenia, którego nie miała zamiaru skonsumować. Tym razem nie było jej ani przy stoliku, ani w kolejce. Edward nie skomentował jej nieobecności. W pierwszej chwili pomyślałam, że może nauczyciel przedłużył francuski, ale dostrzegłam Connera i Bena z jej grupy.

– Gdzie jest Alice? – zwróciłam się zdenerwowana do Edwarda.

– Z Jasperem – odpowiedział, nie podnosząc wzroku znad batonika zbożowego, który właśnie mełł w palcach.

– Co z nim?

– Wyjechał na jakiś czas.

– Co takiego? Dokąd?

Edward wzruszył ramionami.

– W żadne konkretne miejsce.

– A Alice z nim? – spytałam retorycznie. No tak, skoro jej potrzebował, na pewno nie odmówiła.

– Chciała mieć na niego oko. Będzie go próbować nakłonić do zatrzymania się w Denali.

W Parku Narodowym Denali na Alasce, w wysokich górach, mieszkała zaprzyjaźniona z Cullenami rodzina wampirów, której członkowie również nie polowali na ludzi. Ich przywódczyni miała na imię Tanya. Wiedziałam o tym, bo nazwa Denali co jakiś czas przewijała się w ich rozmowach. To tam wyjechał Edward, kiedy przeprowadziłam się do Forks i mój zapach doprowadzał go do szaleństwa. Tam też udał się Laurent, dawny towarzysz Jamesa, nie chcąc walczyć po jego stronie przeciwko Cullenom. Zgadzałam się z Alice, że pobyt na Alasce może wyjść Jasperowi na dobre.

Tylko dlaczego w ogóle musiał wyjeżdżać?! Przełknęłam ślinę, żeby przestało cisnąć mnie w gardle, i zwiesiłam głowę. Czułam się fatalnie. Wygoniłam tych dwoje z domu, tak samo jak Rosalie i Emmetta. To była jakaś epidemia.

– Ręka ci dokucza? – spytał Edward z troską.

– Kogo obchodzi moja głupia ręka! – fuknęłam.

Nie odpowiedział. Ukryłam twarz w dłoniach.

Nim lekcje dobiegły końca, miałam naszego obustronnego milczenia powyżej uszu. Nie byłam skora przemówić jako pierwsza, ale najwyraźniej było to jedyne rozwiązanie, jeśli chciałam jeszcze kiedykolwiek usłyszeć Edwarda.

– Wpadniesz do mnie później? – wydusiłam z siebie na parkingu. Zawsze wpadał.

– Później?

Ucieszyłam się, bo wydał mi się zaskoczony.

– Dziś pracuję. Zamieniłam się dyżurami, żeby móc świętować swoje urodziny.

– Ach tak.

– To co, wpadniesz, kiedy wrócę, prawda? – Nienawidziłam siebie za to, że mogłam w to wątpić.

– Jeśli chcesz.

– Zawsze tego chcę – zapewniłam go, być może nieco zbyt gorąco, niż tego wymagał kontekst.

– No to wpadnę.

Spodziewałam się, że parsknie śmiechem, uśmiechnie się albo przynajmniej zrobi jakąś minę.

Przed zamknięciem drzwiczek furgonetki znów pocałował mnie w czoło. Obrócił się na pięcie i odszedł w kierunku swojego samochodu.

Zdążyłam wyjechać na drogę, zanim ogarnęła mnie panika, ale pod sklepem Newtonów trzęsłam się już z nerwów.

Przejdzie mu, pocieszałam się. To tylko kwestia czasu. Może było mu smutno, bo jego rodzina się rozpadała? Ale Alice i Jasper mieli wkrótce wrócić, Rosalie i Emmett również. Hm... Jeśli miało to pomóc, mogłam po prostu przestać Cullenów odwiedzać. Nie byłoby to dla mnie wielkie poświęcenie. Alice i tak widywałabym w szkole. Przecież musiała wrócić do szkoły, prawda? W dodatku, gdyby wyjechała na dłużej, Charlie byłby niepocieszony. Przyzwyczaił się do jej wizyt. Chyba nie zamierzała sprawić mu zawodu.

Spoko. Alice i Edwarda widywałabym w szkole i po szkole, a Carlisle'a w izbie przyjęć – na pewno miałam tam trafić jeszcze nie raz.

W końcu przecież nic takiego się nie stało. I nic mi się nie stało. Upadłam, ale co z tego – szyto mi coś przynajmniej raz na kwartał. W porównaniu z wiosną, była to błahostka. James złamał mi nogę i kilka żeber, prawie że wykrwawiłam się na śmierć, a mimo to, kiedy leżałam długie tygodnie w szpitalu, Edward znosił to o niebo lepiej niż teraz. Czy jego przygnębienie brało się stąd, że tym razem nie bronił mnie przed nieprzyjacielem? Że zaatakował nie wróg, a jego własny brat?

A może byłoby lepiej, gdybyśmy to my dwoje wyjechali, a tamci wrócili do Forks? Na samą myśl o możliwości spędzania całych dni z Edwardem poprawił mi się odrobinę humor. Gdyby tylko wytrzymał do końca roku szkolnego, Charlie nie mógłby nam niczego zabronić. Zaczęlibyśmy studiować albo udawalibyśmy tylko, że jesteśmy w college'u, tak jak Emmett i Rosalie. Edward na pewno był gotowy przeczekać te parę miesięcy. Czym był niecały rok dla kogoś nieśmiertelnego? Nawet mnie nie wydawało się, że to znowu tak długo.

Znalazłszy potencjalne wyjście z sytuacji, uspokoiłam się na tyle, by móc wysiąść z furgonetki i udać się do sklepu. Mike Newton był już w środku. Uśmiechnął się i mi pomachał. Sięgając po firmowy podkoszulek, półprzytomna, skinęłam głową. Wyobrażałam sobie, dokąd to moglibyśmy wyjechać. Myślami byłam na odległej tropikalnej wyspie.

Mój kolega ściągnął mnie z powrotem na ziemię.

– I jak minęły urodziny?

– Ech – mruknęłam. – Dzięki Bogu, że to już za mną.

Mike spojrzał na mnie jak na wariatkę.

Czas mi się dłużył. Tak bardzo chciałam zobaczyć się znowu z Edwardem. Modliłam się, żeby do naszego kolejnego spotkania mu przeszło – czymkolwiek było owo coś, co miało mu przejść. To nic takiego, wmawiałam sobie. Wszystko wróci do normy.

Kiedy skręciłam w moją ulicę i zobaczyłam, że pod domem stoi srebrne auto Edwarda, kamień spadł mi z serca, a zarazem zmartwiłam się, że reaguję tak emocjonalnie.

– Hej, hej, to ja! Tato? Edward? – zawołałam, gdy tylko otworzyłam drzwi.

Z saloniku dobiegał charakterystyczny muzyczny temat studia sportowego.

– Tu jesteśmy – odkrzyknął Charlie.

Czym prędzej odwiesiłam płaszcz przeciwdeszczowy na wieszak i przeszłam do pokoju.

Edward siedział w fotelu, a Charlie na kanapie. Obaj wpatrywali się w ekran telewizora. Ojciec spędzał tak niemal każde popołudnie, ale do Edwarda było to niepodobne.

– Cześć – bąknęłam zbita z tropu.

– Cześć, Bell – odpowiedział Charlie, nie spuszczając wzroku z będącego przy piłce zawodnika. – Zjedliśmy na obiad pizzę na zimno. Jak chcesz, to chyba jeszcze leży na stole.

– Aha.

Nie ruszyłam się z miejsca. W końcu Edward zaszczycił mnie swoim spojrzeniem.

– Zaraz przyjdę – obiecał z grzecznym uśmiechem, po czym powrócił do oglądania meczu.

Zszokowana, dobrą minutę stałam po prostu na progu. Żaden z mężczyzn mojego życia tym się nie przejął. Narastało we mnie jakieś potężne uczucie, przypuszczalnie panika. Uciekłam do kuchni, żeby nie wybuchnąć.

Pizzę zignorowałam. Usiadłszy na krześle, podciągnęłam kolana do szyi i objęłam nogi rękami. Coś było nie tak. Chyba nawet nie uświadamiałam sobie w pełni, jak bardzo poważne miały być konsekwencje wydarzeń minionego wieczora.

Za drzwiami perorował bezustannie komentator sportowy, a od czasu do czasu Edward i Charlie wykrzykiwali coś ze złością lub przeciwnie, radośnie. Spróbowałam wziąć się w garść i wszystko przeanalizować. Co może się stać w najgorszym wypadku? Wzdrygnęłam się. Nie, przesadziłam. Musiałam inaczej sformułować to pytanie. Po tym oddychanie w przyzwoitym, powolnym tempie przychodziło mi z trudem.

Dobra, pomyślałam, spróbujmy z innej strony. Z czym w najgorszym przypadku będę miała siłę się zmierzyć? To pytanie także nie brzmiało najlepiej, ale pozwalało mi skupić się ponownie na tym, jakie scenariusze brałam pod uwagę.

Po pierwsze, trzymanie się z dala od rodziny Edwarda. Alice rzecz jasna nie mogłaby nagle przestać przyznawać się do mnie w szkole, ale skoro unikałabym Jaspera, i z nią widywałabym się rzadziej. Nie, nie byłoby tak źle. Stosowanie się do nowych reguł nie wymagałoby ode mnie żadnych wielkich poświęceń.

Po drugie, wyjazd we dwójkę, i tu dwie możliwości, bo może Edward wolałby nie czekać do końca roku szkolnego – może musielibyśmy wyjechać od razu.

Przede mną, na stole, leżały prezenty od Charliego i Renée, które zostawiłam tam poprzedniego dnia. Do tej pory nowym aparatem udało mi się zrobić tylko jedno zdjęcie. Pogładziłam piękną okładkę albumu od mamy w zamyśleniu. Nie mieszkałam z nią prawie od roku i powinnam była przyzwyczaić się już do jej nieobecności, ale mimo to nie uśmiechało mi się widywać jej jeszcze rzadziej niż teraz. A co z Charliem? Znów miałby mieszkać zupełnie sam? Oboje czuliby się tak bardzo zranieni...

Ale przecież odwiedzałabym ich regularnie, prawda? Zaglądałabym i do Forks, i do Jacksonville.

Nie, tego niestety nie byłam taka pewna.

Z policzkiem opartym o kolano wpatrywałam się w namacalne dowody miłości rodziców. Decydując się na związek z Edwardem, wiedziałam, w co się pakuję. Nasze wspólne życie nie miało być usłane różami. Poza tym, jakby nie było, rozpatrywałam same *najgorsze* scenariusze – najgorsze z tych, z którymi miałam siłę się zmierzyć.

Znów sięgnęłam po album. Otworzyłam go. Na pierwszej stronie przyklejono już metalowe narożniki do mocowania zdjęć. Poczułam nagłą chęć udokumentowania mojego życia w Forks. To nie był wcale taki zły pomysł. Może już niedługo miałam opuścić stan Waszyngton na zawsze?

Bawiłam się paskiem aparatu, zastanawiając się, czy Edward uwieczniony na pierwszym zdjęciu na filmie będzie choć trochę przypominał oryginał. Według mnie było to mało prawdopodobne. Dobrze, że w ogóle miał się pojawić na kliszy. Ależ go rozśmieszyłam swoimi obawami, że tak się nie stanie! Miło było wspomnieć, jak serdecznie się wtedy śmiał. Tymczasem nie minęła nawet doba, a tyle się zmieniło... Kiedy to sobie uświadomiłam, zakręciło mi się odrobinę w głowie, jakbym wyjrzała poza skraj przepaści.

Nie miałam ochoty dłużej o tym rozmyślać. Wzięłam aparat i poszłam na górę.

Mój pokój nie zmienił się za bardzo, odkąd siedemnaście lat wcześniej mama wyjechała z Forks na stałe. Ściany nadal pomalowane były na jasnoniebiesko, w oknie wisiały te same, pożółkłe już firanki. Miejsce łóżeczka zajął tapczan, ale zakrywającą go kapę mama powinna była rozpoznać – dostałam ją w prezencie od babci.

Zrobiłam zdjęcie. Może i marnowałam film na coś, co Renée dobrze znała, ale odczuwałam coraz silniejszą potrzebę zarejestrowania wszystkiego, z czym stykałam się tu na co dzień, a było już za ciemno, żeby wyjść z domu. Chodziło mi zresztą bardziej o siebie niż o mamę – zamierzałam obfotografować wszystko na pamiątkę przed swoją ewentualną wyprowadzką.

Szykowały się duże zmiany – to wisiało w powietrzu. Bałam się ich, bo mój obecny styl życia odpowiadał mi w stu procentach.

Zeszłam powoli po schodach, starając się ignorować dławiący mnie niepokój. Nie chciałam ponownie zobaczyć w oczach Edwarda tej dziwnej obcości. Przejdzie mu, powtarzałam sobie w duchu. Martwił się pewnie, że źle zareaguję na propozycję wyjazdu. Obiecywałam sobie, że nie dam po sobie poznać, że się czegoś domyślam. I że będę gotowa, kiedy padnie to ważne pytanie.

Podniosłam aparat do oczu i wychyliłam się zza framugi. Byłam przekonana, że nie zdołam zrobić Edwardowi zdjęcia z zaskoczenia, ale nawet na mnie nie spojrzał. Jego obojętność wywołała u mnie ciarki. Otrząsnęłam się i nacisnęłam spust migawki. Trzasnęło.

Obaj podnieśli głowy. Charlie zmarszczył czoło. Twarz Edwarda w przerażający sposób nie wyrażała żadnych uczuć.

– Co ty najlepszego wyrabiasz, Bello? – jęknął Charlie.

– Nie strój fochów. – Uśmiechając się sztucznie, usadowiłam się u jego stóp. – Wiesz, że mama zadzwoni lada dzień z pytaniem, czy używam moich prezentów. Jeśli nie chcę sprawić jej przykrości, muszę zabrać się do roboty.

– Ale czemu akurat mnie wybrałaś sobie na swoją ofiarę?

– Bo jesteś strasznie przystojnym facetem – odparowałam, usiłując dowcipkować. –Nie narzekaj, sam mi kupiłeś ten aparat.

Ojciec wymamrotał coś niezrozumiałego.

– Edward – zwróciłam się do mojego chłopaka z mistrzowsko zagranym nieskrępowaniem. – Bądź tak miły i zrób mi zdjęcie z tatą.

Z rozmysłem nie patrząc mu w oczy, rzuciłam mu aparat i przysunęłam się do leżącego na kanapie Charliego. Ojciec westchnął.

– Musisz się uśmiechnąć do zdjęcia – przypomniał mi Edward. Wykrzywiłam posłusznie usta. Błysnął flesz.

– Teraz ja zrobię wam – zaoferował się Charlie. Nie tyle był uprzejmy, co chciał uciec z linii strzału obiektywu. Edward wstał i podał mu aparat.

Stanęłam koło Edwarda. Objął mnie ramieniem, muskając bardziej, niż dotykając, a ja ścisnęłam go w pasie. Uderzyła mnie sztuczność tej pozy. Chciałam spojrzeć mu w twarz, ale nie pozwolił mi na to strach.

– Uśmiechnij się, Bello – nakazał mi Charlie. Znów się zapomniałam. Posłuchałam go, wziąwszy wpierw głęboki oddech. Błysk flesza na chwilę mnie oślepił.

– Starczy na jeden wieczór – oświadczył Charlie, wsuwając aparat w zagłębienie poduszek kanapy. Kładąc się, zasłonił go własnym ciałem. – Nie musisz wypstrykać filmu za jednym zamachem.

Edward wyślizgnął się z mojego uścisku i usiadł z powrotem w fotelu.

Zawahałam się. Wreszcie usiadłam na podłodze, opierając się plecami o sofę. Byłam tak przerażona, że trzęsły mi się ręce. Żeby to ukryć, wcisnęłam je pomiędzy brzuch a zgięte nogi i oparłam brodę o kolana. Półprzytomna, wpatrywałam się w migający ekran telewizora.

Do końca meczu nawet nie drgnęłam. Kiedy oddano głos do studia, kątem oka zauważyłam, że Edward wstaje.

– Będę się już zbierał – powiedział.

– Na razie – rzucił Charlie, śledząc wzrokiem fabułę reklamy.

Podniosłam się niezdarnie, bo cała zesztywniałam, i wyszłam za Edwardem na ganek. Nie żegnając się, poszedł prosto do samochodu.

– Zajrzysz później?

Spodziewałam się, co powie, więc nie wybuchłam płaczem.

– Nie dzisiaj.

Nie pytałam dlaczego.

Odjechał, a ja zostałam na ganku, zastygła w smutku. Nie przeszkadzał mi ani chłód, ani deszcz. Czekałam, nie wiedząc, na co tak właściwie czekam, aż po kilku czy kilkunastu minutach otworzyły się za mną drzwi.

– Bella? Co ty tu robisz, u licha? – spytał zaskoczony Charlie, widząc mnie samą, w dodatku przemoczoną do suchej nitki.

– Nic.

Odwróciłam się na pięcie i weszłam do domu.

To była długa, niemalże bezsenna noc.

Wstałam, gdy tylko drzewa za oknem rozświetliła przebijająca zza chmur zorza jutrzenki. Ubrałam się automatycznie. Kiedy zjadłam moją poranną miskę płatków, zrobiło się na tyle pogodnie, że postanowiłam zabrać do szkoły aparat. Zrobiłam zdjęcie swojej furgonetce i domowi od frontu, a potem obfotografowałam rosnący dookoła las. Trudno mi było sobie wyobrazić, jak mogłam się go kiedyś bać. Uzmysłowiłam sobie, że teraz, gdybym wyjechała, tęskniłabym za jego głęboką zielenią, za jego ponadczasowością i tajemniczością.

Wsadziłam aparat do torby. Wolałam koncentrować się na moim nowym projekcie niż na tym, że Edward jest taki odmieniony.

Oprócz strachu zaczynałam czuć także zniecierpliwienie. Jak długo to jeszcze miało trwać?

Najwyraźniej długo. Chcąc nie chcąc, musiałam znosić dziwne zachowanie Edwarda całe przedpołudnie. Jak zawsze wszędzie mi towarzyszył, ale raczej na mnie nie patrzył. Próbowałam skupić się na tym, co działo się na lekcjach, ale nie udało mi się to nawet na angielskim. Zanim zorientowałam się, że pan Berty kieruje do mnie pytanie, zdążył je powtórzyć. Edward podał mi wprawdzie szeptem właściwą odpowiedź, ale było to wszystko, co miał mi tego ranka do powiedzenia.

W stołówce nadal milczał. Pomyślałam, że jeszcze trochę i zacznę krzyczeć. Żeby nie oszaleć, pochyliłam się nad niewidzialną linią dzielącą nasz stolik i zagadnęłam Jessicę.

– Hej, Jess?

– Co jest?

– Wyświadczysz mi przysługę? – Sięgnęłam do torby po aparat. – Mama poprosiła mnie o zrobienie małego fotoreportażu ze szkoły do albumu, który mi dała. Zrobiłabyś wszystkim po zdjęciu?

– Jasne. – Jessica uśmiechnęła się zawadiacko i natychmiast uwieczniła dla żartu przeżuwającego coś Mike'a.

Tak jak przypuszczałam, pojawienie się aparatu wywołało spore poruszenie. Wyrywano go sobie, przekrzykując się i chichocząc. Jedni zasłaniali twarz rękami, inni przybierali kokieteryjne pozy. Wszystko to wydawało mi się bardzo dziecinne. Może nie byłam dziś w nastroju, by zachowywać się jak normalna nastolatka.

– Oj, film się skończył – zawołała Jessica. – Przepraszam, trochę się zagalopowaliśmy – powiedziała, oddając mi aparat.

– Nic nie szkodzi. Zrobiłam parę zdjęć wcześniej. Chyba, tak czy owak, mam już wszystko, co chciałam.

Po szkole Edward odprowadził mnie na parking. Równie dobrze mogło towarzyszyć mi zombie. Prosto ze szkoły jechałam do pracy, więc pocieszałam się, że skoro czas, jako taki, nie leczył ran, to może pomoże mu czas spędzony w samotności.

Po drodze do sklepu Newtonów oddałam film do wywołania. Kiedy skończyłam zmianę, był już gotowy. W domu przywitałam się z Charliem, wzięłam z kuchni batonik zbożowy i ze zdjęciami pod pachą popędziłam do swojego pokoju.

Usiadłszy na środku łóżka, otworzyłam kopertę i wyciągnęłam plik fotografii. Zżerała mnie ciekawość. A nuż na pierwszej klatce jednak nikogo nie było?

Był!

Aż jęknęłam z zachwytu. Edward wyglądał na zdjęciu równie fantastycznie, co w rzeczywistości. Spoglądał na mnie z kawałka błyszczącego papieru z czułością, której nie było mi dane widzieć w jego oczach od długich dwu dni. Jak ktoś prawdziwy mógł być tak nieziemsko przystojny? Jego urody nie dałoby się opisać nawet w tysiącu słów.

Przejrzałam pospiesznie resztę fotek, wybrałam trzy i ułożyłam je koło siebie na kapie.

Pierwszą była ta, którą zrobiłam Edwardowi w kuchni. Uśmiechał się delikatnie, nieco wzruszony, a nieco rozbawiony. Na drugiej Charlie i Edward oglądali mecz. Różnica była diametralna. Nawet na ekran Edward patrzył z trudnym do określenia dystansem, jakby stale miał się na baczności. Od jego pięknej twarzy bił chłód, jakby należała do manekina.

Na ostatnim zdjęciu stałam z moim chłopakiem ramię w ramię. I tu Edward przypominał rzeźbę, nie to jednak bolało mnie najbardziej. Najgorszy był kontrast. Po lewej młody bóg, po prawej przeciętna szara myszka, nawet jak na przedstawicielkę rasy ludzkiej mało atrakcyjna. Odwróciłam fotografię ze wstrętem.

Zamiast zabrać się do odrabiania lekcji, zagospodarowałam album. Pod każdym zdjęciem zapisałam datę i krótki komentarz, a naszą nieszczęsną wspólną fotkę zgięłam na pół, tak żeby nie było mnie widać. Drugi komplet odbitek wsadziłam do czystej koperty razem z długim listem, w którym dziękowałam Renée za fantastyczny prezent.

Edward się nie pojawiał. Nie chciałam się przyznać przed samą sobą, że nie kładę się spać mimo późnej pory, bo na niego czekam, ale oczywiście tak właśnie było. Spróbowałam sobie przypomnieć, czy kiedykolwiek wcześniej wystawił mnie do wiatru, i doszłam do wniosku, że to pierwszy raz – dotąd zawsze uprzedzał mnie, że dziś nic z tego, jeszcze w szkole lub telefonicznie.

Położyłam się w końcu, ale znów kiepsko spałam.

Rano poczułam ulgę, widząc, że Edward czeka na parkingu, ale moje nadzieje szybko się rozwiały. Jeśli w jego zachowaniu cokolwiek się zmieniło, to tylko na gorsze. Na lekcjach milczał wciąż jak zaklęty. Nie wiedziałam, czy powinnam się wściekać, czy bać.

Ledwo pamiętałam, od czego się to wszystko zaczęło. Miałam wrażenie, że obchodziłam urodziny wieki temu. Moją ostatnią deską ratunku była Alice. Gdyby tylko zechciała wrócić, zanim sytuacja wymknie się spod kontroli!

Nie mogłam jednak na to liczyć. Powzięłam więc decyzję, że jeśli nie uda mi się do wieczora odbyć z Edwardem poważnej rozmowy, nazajutrz skontaktuję się z jego ojcem. Musiałam wziąć sprawy w swoje ręce.

Rozmówimy się zaraz po lekcjach, obiecałam sobie. Żadnych wymówek.

Kiedy odprowadzał mnie do furgonetki, zbierałam siły, aby być w stanie przedstawić mu swoje żądania.

– Masz coś przeciwko, żebym cię dziś odwiedził? – spytał Edward ni stąd ni zowąd.

– Nie, skąd.

– Mogę teraz?

Otworzył przede mną drzwiczki.

– Jasne. – Uważałam na to, żeby nie zadrżał mi głos. Nie podobał mi się ten pośpiech. – Muszę tylko po drodze wrzucić do skrzynki list do Renée. Zobaczymy się pod moim domem, dobra?

Edward zerknął na grubą kopertę leżącą na siedzeniu pasażera, po czym niespodziewanie sięgnął po nią kocim ruchem.

– Pozwól, że ja to załatwię – powiedział cicho. – I tak będę na miejscu przed tobą. – Posłał mi swój firmowy łobuzerski uśmiech, dziwnie jednak zdeformowany – uśmiech, który nie sięgnął oczu.

– Skoro tak mówisz... – Ja nie potrafiłam się uśmiechnąć.

Edward zatrzasnął za mną drzwiczki i odszedł w kierunku swojego samochodu.

Nie przechwalał się – przyjechał pierwszy. Kiedy dotarłam do domu, srebrne volvo stało już na podjeździe, tam, gdzie miał w zwyczaju parkować Charlie. Czyżby Edward zamierzał ulotnić się przed powrotem ojca? Uznałam, że to zły znak. Wzięłam głębszy oddech, usiłując odnaleźć w sercu choć odrobinę odwagi.

Edward wysiadł z auta równo ze mną. Podszedł do mnie i wziął ode mnie torbę. Nie było w tym nic zaskakującego, bo często wyręczał mnie w dźwiganiu. Zdziwiło mnie dopiero to, że odłożył ją na siedzenie.

– Chodźmy się przejść – zaproponował wypranym z emocji tonem, biorąc mnie za rękę.

Chciałam zaprotestować, ale nie wiedziałam jak. Byłam zagubiona i oszołomiona. Nie miałam pojęcia, co jest grane – wyczuwałam jedynie, że może być tylko gorzej.

Edward nie potrzebował mojego ustnego przyzwolenia. Pociągnął mnie za sobą przez podwórko w stronę lasu. Poddałam mu się z oporami. Wzbierająca we mnie panika gmatwała mi myśli. Czego tak się bałam? Przecież oto nadarzała się okazja do przeprowadzenia owej planowanej przeze mnie „poważnej rozmowy".

Nie zaszliśmy daleko. Kiedy Edward się zatrzymał, zza drzew prześwitywała wciąż ściana domu.

Też mi spacer.

Edward oparł się o pień drzewa i spojrzał na mnie nieodgadnionym wzrokiem.

– Okej, porozmawiajmy – zgodziłam się na jego niemą propozycję z udawanym luzem.

Teraz to on wziął głęboki wdech.

– Wynosimy się z Forks, Bello.

Spokojnie, tylko spokojnie. Przecież brałaś tę opcję pod uwagę. Zaakceptowałaś ją. A może, mimo wszystko, warto było spróbować się potargować?

– Dlaczego tak nagle? Kiedy rok szkolny...

– Bello, już najwyższy czas. Carlisle wygląda góra na trzydzieści lat, a twierdzi, że ma trzydzieści trzy. Jak długo jeszcze kłamstwa uchodziłyby nam tu na sucho? I tak musielibyśmy niedługo zacząć gdzieś wszystko od nowa.

Zgłupiałam. Sądziłam, że wyjeżdżamy właśnie po to, żeby nie wchodzić w paradę pozostałym członkom jego rodziny, więc skąd ta wzmianka o Carlisle'u? Czemu mieliśmy opuścić Forks, skoro wyprowadzali się pozostali Cullenowie?

Odpowiedzi na te pytania udzieliły mi oczy Edwarda. Ziały chłodem. Zrobiło mi się niedobrze.

Uświadomiłam sobie, że opacznie go zrozumiałam.

– Mówiąc „wynosimy się" – wyszeptałam – masz na myśli...

– Siebie i swoją rodzinę – dokończył, akcentując dobitnie każde słowo.

Odruchowo pokręciłam z niedowierzaniem głową, jakbym pragnęła wymazać z pamięci to, co usłyszałam. Edward czekał, co powiem, nie okazując cienia zniecierpliwienia. Musiało minąć kilka minut, zanim odzyskałam mowę.

– Nie ma sprawy – oświadczyłam. – Pojadę z wami.

– Nie możesz, Bello. Tam, dokąd się wybieramy... To nieodpowiednie miejsce dla ciebie.

– Każde miejsce, w którym przebywasz, jest dla mnie odpowiednie.

– Ja sam nie jestem kimś odpowiednim dla ciebie.

– Nie bądź śmieszny. – Niestety, nie zabrzmiało to nonszalancko, tylko błagalnie. – Jesteś najwspanialszą rzeczą, jaka mi się przydarzyła w życiu.

– Nie powinnaś mieć wstępu do mojego świata – stwierdził Edward ponuro.

– Słuchaj, po co tak się przejmować tą historią z Jasperem? To był wypadek. Nic takiego.

– Masz rację – przyznał. – Nic, czego nie należało się spodziewać.

– Obiecałeś! W Phoenix przyrzekłeś mi, że zostaniesz ze mną na zawsze.

– Nie na zawsze, tylko tak długo, jak długo swoją obecnością nie będę narażał ciebie na niebezpieczeństwo – poprawił.

– Jakie niebezpieczeństwo? – wybuchłam. – Wiem, tu chodzi o moją duszę, prawda? Carlisle o wszystkim mi opowiedział, ale dla mnie nie ma to znaczenia. – Krzykiem żebrałam o litość. – To nie ma dla mnie znaczenia, Edwardzie! Możesz sobie wziąć moją duszę! Na co mi dusza po twoim odejściu? I tak już należy do ciebie.

Przez dłuższą chwilę stał ze wzrokiem wbitym w ziemię. W jego twarzy nie drgnął żaden nerw, może prócz kącika ust, ale kiedy w końcu podniósł głowę, miał odmienione oczy. Płynne złoto ich tęczówek zamarzło na kamień.

– Bello – odezwał się, cyzelując każde słowo z precyzją robota – nie chcę cię brać ze sobą.

Powtórzyłam sobie to zdanie kilkakrotnie w myślach, bo za pierwszym razem nie dotarło do mnie, co Edward stara mi się przekazać. Przyglądał się, jak stopniowo zyskuję pewność.

– Nie... chcesz... mnie? – Ten fragment najtrudniej było mi przełknąć. Czy naprawdę można było ustawić te trzy słowa w tej kolejności?

– Nie – potwierdził bezlitośnie.

Wpatrywałam się w niego osłupiała. Jego oczy były jak topazy – twarde, przejrzyste, nieskończone topazowe pokłady. Czułam, że mogłabym wejrzeć w nie na kilka kilometrów w głąb, ale i tak nie znalazłabym w tych niezmierzonych czeluściach dowodu na to, że Edward kłamie.

– Hm. To zmienia postać rzeczy.

Zaskoczył mnie spokojny ton własnego głosu. Był to raczej efekt oszołomienia niż hartu ducha. Edward mnie nie chce? Nie, to nie miało najmniejszego sensu. Rozumiałam, co powiedział, i nie rozumiałam zarazem.

Spojrzał w bok.

– Oczywiście zawsze będę cię kochał... w pewien sposób. Ale tamtego feralnego wieczoru uzmysłowiłem sobie, że czas na zmianę dekoracji. Widzisz, zmęczyło mnie już udawanie kogoś, kim nie jestem. Bo ja nie jestem przedstawicielem twojej rasy.

Zerknął na mnie. Tak, ta twarz nie należała do człowieka.

– Przepraszam za to, że nie wpadłem na to prędzej.

– Przestań – wykrztusiłam. Świadomość tego, co się dzieje, rozlewała się po moich żyłach niczym jad, paraliżując mi struny głosowe. – Nie rób tego. Może być tak, jak dawniej.

Z jego miny wyczytałam, że już za późno na protesty. Klamka zapadła.

– Nie jesteś kimś dla mnie odpowiednim, Bello.

Przekręcając swoją własną wypowiedź sprzed kilku minut, wytrącił mi z ręki kolejny argument. Wiedziałam aż za dobrze, że nie sięgam mu do pięt.

Otworzyłam usta, żeby coś powiedzieć, ale szybko je zamknęłam. Edward mnie nie popędzał. Po prostu stał i milczał, jak posąg.

– Skoro tak uważasz – skapitulowałam.

– Tak właśnie uważam.

Straciłam kontakt z własnym ciałem. Od szyi w dół byłam jak sparaliżowana.

– Chciałbym cię prosić o wyświadczenie mi przysługi, jeśli to nie za wiele.

Ciekawe, co dostrzegł w mojej twarzy, bo w odpowiedzi na ułamek sekundy zmienił wyraz swojej – opanował się jednak, nim domyśliłam się, co poczuł. Znów miałam przed sobą nieludzką istotę w porcelanowej masce.

– Zgodzę się na wszystko – zadeklarowałam nieco głośniejszym szeptem.

Nagle złoto w oczach Edwarda zaczęło topnieć, stając się na powrót płynne i gorące. Mógł mnie teraz zmusić do złożenia przysięgi samą siłą swojego spojrzenia.

– Pod żadnym pozorem nie postępuj pochopnie – rozkazał mi z uczuciem. – Żadnych głupich wyskoków! Wiesz, co mam na myśli?

Kiwnęłam głową.

Edward wrócił do swojej poprzedniej postaci.

– Proszę cię o to przez wzgląd na Charliego. Bardzo cię potrzebuje. Uważaj na siebie choćby tylko dla niego.

– Obiecuję.

Chyba przyjął z ulgą to, że się nie stawiam.

– Przyrzeknę ci coś w zamian – oświadczył. – Przyrzekam, Bello, że dziś widzisz mnie po raz ostatni. Nie wrócę już do Forks. Nie będę więcej cię na nic narażał. Możesz żyć dalej, nie obawiając się, że niespodziewanie się pojawię. Będzie tak, jakbyśmy nigdy się nie poznali.

Musiały zacząć mi drżeć kolana, których nadal nie czułam, bo otaczające nas drzewa zadygotały. W uszach zaszumiała mi krew. Głos Edwarda zdawał się dobiegać z coraz większej odległości. Edward uśmiechnął się delikatnie.

– Nie martw się. Jesteś człowiekiem. Wasza pamięć jest jak sito. Czas leczy wszelkie wasze rany.

– A co z twoimi wspomnieniami? – spytałam. Zabrzmiało to tak, jakbym miała coś w gardle, jakbym się dławiła.

– Cóż... – zawahał się na moment. – Niczego nie zapomnę. Ale nam... nam łatwo skupić uwagę na czymś zupełnie innym.

Znów się uśmiechnął. Był to pogodny uśmiech, który nie sięgał jego oczu.

Cofnął się o krok.

– To już chyba wszystko. Nie będziemy cię więcej niepokoić.

Nie będziemy... Zauważyłam, że użył liczby mnogiej, dziwiąc się jednocześnie, że mój mózg kojarzy jeszcze jakieś fakty.

Miałam zatem nie zobaczyć już nigdy nie tylko Edwarda, ale i Alice.

Alice wyjechała na dobre...

Chyba nie powiedziałam tego na głos, ale Edward i tak wiedział. Pokiwał wolno głową.

– Tak. Wszyscy już wyjechali. Tylko ja zostałem się pożegnać.

– Alice wyjechała na dobre... – powtórzyłam tępo.

– Chciała się z tobą spotkać, ale przekonałem ją, że będzie dla ciebie lepiej, jeśli odetniemy się od ciebie za jednym zamachem.

Pomyślałam, że zaraz zemdleję. Przed oczami stanęła mi scena z pobytu w szpitalu. Pokazując mi zdjęcia rentgenowskie mojej nogi, lekarz skomentował: „Tak zwane złamanie proste, jakby przeciąć kość siekierą. To dobrze. Takie złamania zrastają się szybciej i bez komplikacji".

Próbowałam oddychać w normalnym tempie. Musiałam się skupić, musiałam wpaść na to, jak wyrwać się z tego koszmaru.

– Żegnaj, Bello – powiedział Edward łagodnie.

– Zaczekaj! – wykrztusiłam, wyciągając ku niemu ręce.

Podszedł bliżej, ale tylko po to, żeby chwycić mnie za nadgarstki i przycisnąć moje dłonie do tułowia. Nachyliwszy się nade mną, musnął wargami moje czoło. Odruchowo przymknęłam powieki.

– Uważaj na siebie – szepnął. Od jego skóry bił chłód.

Znikąd zerwał się lekki wiatr. Natychmiast otworzyłam oczy, ale Edwarda już nie było – drżały jeszcze tylko liście drzew, które minął w biegu.

Choć było oczywiste, że nie jestem w stanie go dogonić, na drżących nogach ruszyłam za nim w głąb lasu. Nie zostawił za sobą żadnych śladów, a liście znieruchomiały po kilku sekundach, ja jednak uparcie szłam przed siebie. Nie myślałam o niczym innym, prócz tego, że muszę go odnaleźć. Nie mogłam się zatrzymać – przyznałabym wtedy, że to koniec.

Koniec miłości. Koniec mojego życia.

Przedzierając się przez gęste poszycie, straciłam poczucie czasu. Może minęło kilka godzin, a może kilka minut. Czy przeszłabym metr, czy kilometr, las i tak wszędzie wyglądałby jednakowo. Zaczęłam się bać, że chodzę w kółko i to kółko o bardzo niewielkiej średnicy, ale mimo to nie przerywałam marszu. Często traciłam równowagę, a po zapadnięciu zmroku kilka razy się przewróciłam.

W końcu potknęłam się o coś (było zbyt ciemno, by ustalić, o co), upadłam na ziemię i już się nie podniosłam. Przekulałam się na bok, żeby ułatwić sobie oddychanie, i zwinęłam się w kłębek na wilgotnych paprociach.

Dopiero leżąc, zdałam sobie sprawę, że minęło więcej czasu, niż przypuszczałam. Nie pamiętałam, jak dawno temu zaszło słońce. Czy nocą w lesie zawsze panowały takie egipskie ciemności? Przez chmury, igły i liście powinna była przecież przebijać się choć odrobina księżycowego światła.

Jeśli księżyc był, a najwyraźniej zniknął wraz z Edwardem. Akurat dziś przypadało widać zaćmienie – nów.

Nów. Szło nowe. Zadrżałam, choć nie było mi zimno.

Długo leżałam w ciemnościach, aż usłyszałam wołanie. To mnie ktoś wołał. Otaczające mnie mokre rośliny tłumiły dźwięki, ale nie miałam wątpliwości, że wśród drzew niesie się echem moje imię. Nie rozpoznawałam tylko głosu wołającego. Czy miałam dać mu znać, gdzie jestem? Byłam tak otępiała, że zanim uświadomiłam sobie, że *powinnam* odpowiedzieć, wołanie ucichło.

Jakiś czas później obudził mnie deszcz, a raczej ocucił, bo to, że zasnęłam, było mało prawdopodobne. Zatraciłam się we wszechogarniającym odrętwieniu, byle tylko nie dopuścić do siebie tej jednej przerażającej myśli.

Deszcz nieco mi przeszkadzał. Krople były lodowate. Puściłam nogi, żeby zakryć sobie twarz rękami.

To właśnie wtedy po raz drugi moich uszu doszło wołanie. Tym razem dobiegało z większej odległości, zdawało mi się także, że czasami woła wiele osób naraz. Pamiętałam, że powinnam na nie odpowiedzieć, ale uważałam, że i tak nikt mnie nie usłyszy. Czy byłam na siłach krzyczeć dostatecznie głośno?

Nagle coś szurnęło, zaskakująco blisko. Coś węszyło w poszyciu, jakieś zwierzę, duże zwierzę. Zastanowiłam się, czy powinnam się przestraszyć. Nic nie czułam. Nic mnie nie obchodziło. Szuranie się oddaliło.

Padało dalej. Pomiędzy moim policzkiem a liśćmi gromadziła się woda. Próbowałam właśnie zebrać dość sił, by przekręcić się na drugi bok, kiedy dostrzegłam, że ktoś się zbliża.

Z początku świadczyła o tym jedynie delikatna poświata rzucana przez jakieś niewidoczne jeszcze źródło światła na zarośla, która z czasem nabrała intensywności. Nieznajomy nie używał latarki, bo to, co niósł, oświetlało zbyt duży obszar. Zanim zupełnie mnie oślepił, zdążyłam zobaczyć, że to gazowa lampa turystyczna.

– Bella.

Już mnie nie wołał, znalazł po prostu to, czego szukał. Rozpoznał mnie, ale ja nadal nie wiedziałam, z kim mam do czynienia. Mówił basem i był bardzo wysoki, choć to drugie (co docierało do mnie z trudem) brało się chyba stąd, że wciąż leżałam z policzkiem przyciśniętym do ziemi.

– Jesteś ranna? Czy ktoś zrobił ci krzywdę?

Wpatrywałam się tępo w górującą nade mną postać. Wiedziałam, że te słowa coś znaczą, ale nie stać mnie było na nic więcej.

– Nazywam się Sam Uley.

Jego nazwisko nic mi nie mówiło.

– Szuka cię wielu ludzi. Charlie bardzo się martwi.

Charlie? Charlie to było coś ważnego... Starałam się skupić. Oprócz Charliego nic mi nie zostało.

Mężczyzna wyciągnął ku mnie dłoń, ale byłam w takim stanie, że nie zrozumiałam jego intencji i nawet nie drgnęłam. Pokręcił głową. Szybko ocenił sytuację i jednym zwinnym ruchem wziął mnie na ręce. Zwisałam bezwładnie niczym zrolowany dywan. Coś mi podpowiadało, że powinnam czuć się skrępowana, bo niesie mnie nieznajomy, jednak pozostałam głucha na te podpowiedzi, jak i na wszystko inne.

Sam szedł zdecydowanym krokiem. Nie trwało to długo. Wkrótce w oddali ukazał się krąg świateł. Sądząc po głosach, w lampy uzbrojeni byli sami mężczyźni.

– Mam ją! – zawołał mój wybawiciel do kompanów.

Szmer rozmów ucichł na chwilę, a potem wszyscy zaczęli się przekrzykiwać jeden przez drugiego. Otoczyły nas zmartwione twarze. Rozumiałam tylko to, co mówił Sam, może dlatego, że miałam ucho przyciśnięte do jego piersi.

– Nie, nie widać, żeby była ranna – odpowiedział komuś na pytanie. – Powtarza tylko: „Zostawił mnie, zostawił mnie".

Czyżbym naprawdę powtarzała to na głos? Przygryzłam dolną wargę.

– Bello, kochanie, nic ci nie jest?

Ten głos poznałabym wszędzie – nawet, jak teraz, zniekształcony troską.

– Charlie? – pisnęłam płaczliwie jak małe pobite dziecko.

– Jestem przy tobie, skarbie.

Zapachniała jego skórzana kurtka szeryfa. Zakołysałam się. To kolana ugięły się ojcu pod moim ciężarem.

– Może to ja ją poniosę? – zaproponował Sam.

– Poradzę sobie – powiedział Charlie troszkę zadyszany.

Szedł niezdarnie, wyraźnie się męczył. Chciałam go poprosić, żeby postawił mnie na ziemi i pozwolił iść samodzielnie, ale język i wargi odmówiły mi posłuszeństwa.

Razem z nami ruszyli mężczyźni niosący lampy i latarki. Wyglądało to jak jakaś uroczysta parada. Albo jak kondukt pogrzebowy. Przymknęłam powieki.

– Jeszcze trochę i będziemy w domku – pocieszył mnie Charlie kilkakrotnie.

Otworzyłam oczy dopiero na dźwięk przekręcanego w zamku klucza. Byliśmy już na ganku, a Sam przytrzymywał dla nas drzwi.

Charlie zaniósł mnie do saloniku i ostrożnie położył na kanapie.

– Tato, jestem cała mokra – zaprotestowałam słabym głosem.

– Nic nie szkodzi – burknął szorstko. Panował już nad swoimi emocjami. – Koce są w szafce u szczytu schodów – zawołał do kogoś.

– Bella? – odezwał się ktoś nowy. Pochylał się nade mną siwowłosy pan, którego rozpoznałam po kilku sekundach namysłu.

– Doktor Grenady?

– Tak, to ja. Czy jesteś ranna?

Nie odpowiedziałam od razu. Przypomniało mi się, że Sam Uley zadał mi to samo pytanie w lesie, tyle że dodał: „Czy ktoś zrobił ci krzywdę?". Ta różnica wydawała mi się, nie wiedzieć czemu, istotna.

Doktor Grenady czekał. Bruzdy na jego czole pogłębiły się, a krzaczasta brew powędrowała ku górze.

– Nic mi nie jest – skłamałam, choć nikt prócz mnie nie był w stanie tego zauważyć.

Doktor przyłożył mi do czoła ciepłą dłoń, a palce drugiej ręki zacisnął na moim nadgarstku. Obserwowałam ruchy jego warg, kiedy liczył po cichu, wpatrzony w tarczę zegarka.

– Co się stało? – spytał, niby od niechcenia.

Zamarłam. W gardle poczułam początki wywoływanej paniką sztywności.

– Zgubiłaś się na spacerze? – drążył Grenady.

Naszej rozmowie przysłuchiwało się sporo ludzi. Trzech wysokich Indian – Sam Uley z dwoma kompanami – stało w rządku tuż przy kanapie i nie odrywało ode mnie wzroku. Podejrzewałam, że przyjechali z pobliskiego rezerwatu La Push. W saloniku był też pan Newton z Mike'em i pan Weber, ojciec Angeli. Oni również bacznie mi się przyglądali. Z kuchni i podjazdu przed domem dobiegały liczne męskie głosy. W poszukiwania było pewnie zaangażowane z pół miasteczka.

Charlie kucał koło lekarza. Pochylił się, żeby lepiej usłyszeć moją odpowiedź.

– Tak – wyszeptałam. – Zgubiłam się.

Grenady pokiwał głową w zamyśleniu i zabrał się za sprawdzanie, czy nie mam powiększonych węzłów chłonnych. Twarz Charliego stężała.

– Zmęczona? – spytał doktor.

Potwierdziłam. Posłusznie zamknęłam oczy.

Po kilku minutach, sądząc, że zasnęłam, mężczyźni rozpoczęli rozmowę.

– Nie znalazłem nic niepokojącego – oznajmił cicho Grenady. – Jest tylko wyczerpana. Niech się wyśpi. Wpadnę do niej jutro... a właściwie dziś po południu.

Zaskrzypiały deski podłogi. Obaj wstawali.

– Czy to prawda? – spytał szeptem Charlie. Ledwie było go słychać, bo mężczyźni przeszli już pod drzwi. Nadstawiłam uszu. – Wszyscy się wyprowadzili?

– Oferta była bardzo atrakcyjna, a na podjęcie decyzji dali Cullenowi niewiele czasu – wyjaśnił Grenady. – Prosił nas o dyskrecję. Nie chciał ze swojego wyjazdu robić szopki.

– Ale nas można było uprzedzić – burknął Charlie.

– No cóż, rzeczywiście – zmieszał się Grenady. – Was tak.

Nie miałam ochoty dłużej ich słuchać. Wymacałam rąbek kołdry i naciągnęłam ją na głowę.

To przysypiałam, to budziłam się na chwilę. Słyszałam, jak Charlie dziękuje z osobna każdemu z ochotników. Powoli dom pustoszał. Ojciec zaglądał do mnie regularnie. Raz przytknął mi dłoń do czoła, innym razem narzucił na mnie dodatkowy koc. Kiedy dzwonił telefon, biegł go odebrać, żeby nie obudził mnie dzwonek.

– Tak, znaleźliśmy ją – mamrotał do słuchawki. – Nic jej nie jest. Zgubiła się. Teraz śpi.

Wreszcie krzątanina ustała i zapadła cisza. Jęknęły sprężyny fotela. Charlie zamierzał spędzić w nim noc.

Kilka minut później wyrwał go z drzemki kolejny telefon.

Przeklął i popędził do kuchni. Zagrzebałam się w pościeli, nie chcąc słyszeć po raz n-ty połowy tego samego dialogu.

– Halo? – powiedział Charlie, tłumiąc ziewnięcie. – Co takiego? … Gdzie? – Raptownie oprzytomniał. – Jest pani pewna, że to już poza granicami rezerwatu? – Kobieta coś mu objaśniała. – Ale co tam może płonąć? – Nie wiedział, czy się dziwić, czy martwić. – Spokojnie, zadzwonię i wszystkiego się dowiem.

Zaciekawiona, wyjrzałam spod koca. Charlie wystukiwał nowy numer.

– Cześć, Billy, tu Charlie. Przepraszam, że dzwonię o tej porze… Tak, nic jej nie jest. Śpi. … Dzięki, ale nie dlatego cię obudziłem. Przed chwilą zadzwoniła do mnie pani Stanley. Mówi, że z piętra swojego domu widzi jakieś ogniska na klifie… Ach, tak. – Ojciec wyraźnie się zirytował, albo nawet rozgniewał. – Skąd taki pomysł? … Doprawdy? – spytał z sarkazmem. – Nie musisz mnie przepraszać. … Tak, tak. Pilnujcie tylko, żeby ogień się nie rozprzestrzenił. Wiem, wiem. Jestem zaskoczony, że w ogóle udało im się coś podpalić w taką pogodę.

Charlie zawahał się, a potem dodał z oporami:

– Dziękuję, że przysłałeś swoich chłopców. Miałeś rację – znają las o niebo lepiej niż my. To Sam ją znalazł. Jakbym mógł się jakoś odwdzięczyć… No, zdzwonimy się jeszcze – zgodził się, nadal nie w humorze. Pożegnali się i odwiesił słuchawkę.

Wchodząc do saloniku, mamrotał coś do siebie.

– Coś nie tak? – spytałam.

Natychmiast znalazł się przy mnie.

– Przepraszam, skarbie. Obudziłem cię.

Kucnął przy kanapie.

– Co się pali?

– To nic takiego – zapewnił mnie. – Palą ogniska na klifie.

– Ogniska? – Nie wydawałam się być zaciekawiona. Wydawałam się być martwa.

– To dzieciaki z rezerwatu. – Charlie skrzywił się. – Przeginają.

– Przeginają? – powtórzyłam.

Widać było, że nie jest skory zdradzić mi szczegóły. Wbił wzrok w podłogę.

– Świętują – wytłumaczył rozgoryczony.

Było oczywiste, że młodzi Indianie nie cieszą się bynajmniej z mojego odnalezienia.

– Świętują, bo Cullenowie wyjechali – odgadłam. – No tak. Nie lubiano ich w La Push.

Quileuci w dawnych wiekach wierzyli nie tylko w Potop i w to, że wywodzą się od wilków, lecz także w istnienie tak zwanych Zimnych Ludzi – żywiących się krwią istot, wrogów plemienia. Dla większości mieszkańców La Push Zimni Ludzie byli obecnie jedynie postaciami z legendy, ale niektórzy nie odrzucili wiary przodków. Należał do nich między innymi serdeczny przyjaciel Charliego, Billy Black, chociaż jego własny syn Jacob wstydził się przesądnego ojca. Billy ostrzegł mnie, żebym trzymała się od Cullenów z daleka…

Cullenowie… To nazwisko coś mi mówiło… Coś przerażającego, z czym nie byłam gotowa się zmierzyć, zaczęło wypełzać z zakamarków mojej pamięci.

– Co za głupota – mruknął Charlie.

Siedzieliśmy w milczeniu. Niebo za oknem nie było już czarne. Gdzieś tam, za ścianą deszczu, zza horyzontu wyłaniało się nieśmiało słońce.

– Bella?

Spojrzałam na ojca niepewnie.

– Edward zostawił cię samą w lesie?

– Skąd wiedzieliście, gdzie mnie szukać? – odbiłam piłeczkę. Chciałam uciekać przed tym, co nieuniknione, tak długo, jak to było możliwe.

– Przecież zostawiłaś liścik – zdziwił się Charlie. Z tylnej kieszonki dżinsów wyjął poplamioną, niemiłosiernie pomiętą kartkę papieru. Musiał ją składać i rozkładać wiele razy. Tusz długopisu rozmazał się od wilgoci, ale pismo było wciąż czytelne i na pierwszy rzut oka wyglądało na moje własne.

„Idę na spacer z Edwardem. Będziemy trzymać się ścieżki. Niedługo wrócę. B."

– Kiedy zrobiło się ciemno, a ciebie ciągle nie było, zadzwoniłem do Cullenów. Nikt nie odbierał, więc zadzwoniłem do szpitala i doktor Grenady powiedział mi, że Carlisle już tam nie pracuje.

– Dokąd się przeprowadzili?

Charlie wytrzeszczył oczy.

– Edward ci nie powiedział?

Kuląc się, pokręciłam przecząco głową. Od trzykrotnej wzmianki o Edwardzie puściły tamy – moje serce zalała fala nieopisanego bólu. Nie spodziewałam się, że będzie wciąż tak żywy.

Charlie przyglądał mi się podejrzliwie.

– Carlisle'owi zaoferowano posadę w dużym szpitalu w Los Angeles. Sądzę, że skusiła go gigantyczna podwyżka.

Słoneczne L.A. – ostatnie miejsce, jakie w rzeczywistości by wybrali. Przypomniał mi się mój koszmar z lustrem sprzed kilku dni – Edward w snopie jaskrawego światła, iskrzący się niczym diamentowy posąg… Ból wzmógł się, kiedy przed oczami stanęła mi jego twarz.

– Chcę wiedzieć, czy Edward zostawił cię samą w środku lasu.

– Charlie nie dawał za wygraną.

Na dźwięk imienia ukochanego zwinęłam się w kłębek, jakby ktoś uderzył mnie w brzuch. Nie miałam pojęcia, jak oszczędzić sobie cierpienia.

– To moja wina. Zostawił mnie na ścieżce, tylko parę metrów od domu, a ja pobiegłam za nim, jak głupia...

Charlie zaczął coś mówić, ale zatkałam sobie uszy dziecinnym gestem.

– Nie chcę o tym rozmawiać, tato. Pójdę spać do siebie.

Nim zdążył zareagować, byłam już na schodach.

Gdy tylko dowiedziałam się, że ktoś był w domu, żeby zostawić liścik dla Charliego, przyszło mi do głowy, że nie tylko coś zostawiono, ale i coś zabrano. Musiałam to sprawdzić jak najszybciej. Ręce trzęsły mi się ze zdenerwowania.

W moim pokoju wszystkie sprzęty i przedmioty stały tam, gdzie rano. Zamknęłam za sobą drzwi i podbiegłam do odtwarzacza CD. Nacisnęłam przycisk blokady. Wieczko odskoczyło.

Odtwarzacz był pusty.

Album od Renée leżał na podłodze przy łóżku, tam, gdzie go położyłam, ale nie dałam się na to nabrać. Wystarczyło zajrzeć na pierwszą stronę. Malutkie metalowe narożniki nie przytrzymywały już żadnego zdjęcia. Jedynym dowodem na to, że kiedyś się tam znajdowało, był podpis: „Edward Cullen. W kuchni Charliego. Trzynasty września".

Nie przejrzałam albumu do końca. Byłam pewna, że Edward zabrał zarówno swoje pozostałe fotografie, jak i film. Nie zapomniał o niczym.

„Będzie tak, jakbyśmy nigdy się nie poznali". Obiecał mi i dotrzymał słowa.

Pod kolanami poczułam gładkość drewnianej podłogi – a potem pod dłońmi, a potem pod policzkiem. Miałam nadzieję, że zemdleję, ale niestety nie straciłam przytomności. Fale bólu, które dotąd smagały tylko moje serce, zalały mnie całą aż po czubek głowy, wciągały w otchłań.

Nie walczyłam o to, by powrócić na powierzchnię.

PAŹDZIERNIK

LISTOPAD

GRUDZIEŃ

STYCZEŃ

4 Wybudzanie się

Czas przemija nawet wtedy, kiedy wydaje się to niemożliwe. Nawet wtedy, kiedy rytmiczne drganie wskazówki sekundowej zegara wywołuje pulsujący ból. Czas przemija nierówno – raz rwie przed siebie, to znów niemiłosiernie się dłuży – ale mimo to przemija. Nawet mnie to dotyczy.

Charlie uderzył pięścią w stół.

– Dosyć tego, Bello! Odsyłam cię do domu.

Spojrzałam na niego zszokowana znad miski płatków, w których gmerałam od kilku minut, pozorując jedzenie. Nie zwracałam uwagi na to, co do mnie wcześniej mówił – ba, nie zdawałam sobie sprawy, że wcześniej coś do mnie mówił – i nie byłam pewna, czy dobrze go zrozumiałam.

– Jestem już w domu – wybąkałam.

– Odsyłam cię do Renée, do Jacksonville – wyjaśnił Charlie. Zirytowałam go jeszcze bardziej tym, że tak wolno kojarzę.

– Za co? – spytałam płaczliwym tonem. – Co ja takiego zrobiłam?

Pomyślałam, że to nie fair. Przez te cztery ostatnie miesiące zachowywałam się bez zarzutu. Z wyjątkiem pierwszego tygodnia, którego żadne z nas nigdy nie wspominało, nie opuściłam ani jednego dnia zarówno w szkole, jak i w pracy. Przynosiłam same dobre stopnie. Nie wracałam do domu później, niż obiecałam. Właściwie to w ogóle nie wychodziłam z domu. I bardzo rzadko serwowałam to samo danie dwa dni z rzędu.

Charlie patrzył na mnie z wyrzutem.

– Nic nie zrobiłaś. W tym cały kłopot. Nie robisz nic oprócz absolutnego minimum. Żyjesz jak na jakimś cholernym autopilocie.

– Mam zacząć sprawiać ci problemy wychowawcze? – spytałam zdumiona. Musiałam bardzo się starać, żeby nie odpłynąć i wysłuchać do końca, co ojciec ma mi do powiedzenia. Przyzwyczaiłam się już, że gdy tylko mogę, maksymalnie obniżam liczbę odbieranych bodźców.

– Wszystko byłoby lepsze od tego... tego wiecznego mazgajenia się!

Odrobinę mnie to zabolało. Bardzo się starałam, żeby w żaden sposób nie okazywać smutku – nie płakałam i nie użalałam się nad sobą.

– Wcale się nie mazgaję.

– Rzeczywiście, przesadziłem – przyznał niechętnie. – Żebyś tak chociaż jojczyła, to by było już coś! Jesteś po prostu taka... bezwładna. Przygaszona. To chyba najtrafniejsze określenia.

Z tym już nie mogłam się nie zgodzić. Westchnęłam.

– Przepraszam, tato.

Chciałam powiedzieć to energiczniej, z uczuciem, ale mi nie wyszło. I trudno się dziwić – dopiero co dowiedziałam się, że moje wysiłki z czterech miesięcy poszły na marne. Tylko dla dobra Charliego grałam grzeczną córeczkę, zamiast zupełnie się załamać. Sądziłam, że dał się nabrać. Myliłam się.

– Nie chcę, żebyś mnie przepraszała.

Znowu westchnęłam.

– Więc czego ode mnie chcesz?

– Bello... – Zawahał się, ale postanowił zaryzykować i brnąć w to dalej. – Córeczko, nie jesteś pierwszą osobą na świecie, której przydarzyło się coś takiego.

Skrzywiłam się.

– Wiem, tato.

– Tak sobie myślę, że... że może potrzebujesz pomocy.

– Pomocy?

Zastanowił się, jak inaczej to sformułować. Zmarszczył czoło.

– Kiedy twoja matka odeszła i zabrała cię z sobą... – Charlie wziął głęboki wdech. – Cóż, było mi bardzo, bardzo ciężko.

– Wiem, tato.

– Ale wziąłem się w garść – podkreślił – a widzę, że ty sobie z tym nie radzisz. Czekałem, miałem nadzieję, że mi to przejdzie. – Zerknął na mnie i zaraz na powrót wbił wzrok w blat stołu. – Chyba oboje wiemy, że to nie przechodzi.

– Nic mi nie jest.

Puścił tę uwagę mimo uszu.

– Wiesz, może gdybyś przed kimś się otworzyła... Przed fachowcem.

– Chcesz mnie wysłać na jakąś terapię?

Tym razem nie musiałam skupiać się na tym, żeby powiedzieć to z uczuciem, tyle że tym uczuciem było rozdrażnienie.

– Może wyszłoby ci to na dobre.

– A może wręcz przeciwnie.

Nie znałam się na psychoanalizie, ale odnosiłam wrażenie, że żeby podziałała, pacjent nie może przed terapeutą niczego ukrywać. Oczywiście nic nie stało na przeszkodzie, żebym powiedziała całą prawdę – musiałam tylko najpierw dojść do wniosku, że resztę życia chcę spędzić w pomieszczeniu bez klamek.

Widząc moją zaciętą minę, Charlie spróbował podejść mnie od innej strony.

– Ja nie jestem w stanie ci pomóc, ale może twoja matka...

– Słuchaj, jeśli ci na tym tak bardzo zależy, mogę gdzieś wyjść dziś wieczorem. Umówię się z Jess albo z Angelą.

– Nie, to nie tak – zaprotestował sfrustrowany. – Już teraz za bardzo się starasz. Nie mogę na to patrzeć. Nigdy jeszcze nie miałem do czynienia z kimś, kto tak dużo robiłby wbrew sobie.

– Nie rozumiem, o co ci chodzi, tato – udałam głupią. – Najpierw się wściekasz, bo nic nie robię, a teraz nie chcesz, żebym umawiała się z koleżankami.

– Chcę, żebyś była szczęśliwa. Nie, to by był szczyt marzeń. Chcę, żebyś przestała chodzić taka przybita. I uważam, że zmiana otoczenia ci w tym pomoże.

Po raz pierwszy od miesięcy znalazłam w sobie dość sił, by się z kimś kłócić.

– Zostaję w Forks – oświadczyłam stanowczo.

– Ale jaki to ma sens?

– To ostatni semestr liceum. Jeśli zmienię szkołę, mogę mieć trudności.

– Jesteś dobrą uczennicą. Nie będzie tak źle.

– Nie chcę się narzucać mamie i Philowi.

– Twoja matka o niczym tak nie marzy, jak o tym, żebyś wróciła.

– Na Florydzie jest za gorąco.

Charlie znów uderzył pięścią w stół.

– Oboje wiemy, jaki jest prawdziwy powód, więc przestań kręcić! – Opanował się. – Tak dłużej nie można, Bello, to niezdrowe. Przez te cztery miesiące ani razu nie zadzwonił, nie napisał, nie odwiedził cię. Przyjmij to do wiadomości. Nie możesz wiecznie czekać.

Spojrzałam na niego spode łba. Nieomal się zarumieniłam. Już od dawna nie zareagowałam na nic tak emocjonalnie.

Wspominając Pewną Osobę, ojciec złamał niepisany zakaz i był tego świadomy.

– Na nic nie czekam. Niczego się nie spodziewam – wydeklamowałam jak wyuczoną formułkę.

– Bello... – zaczął Charlie stłumionym głosem.

Nie miałam ochoty ciągnąć dłużej tego tematu.

– Muszę jechać do szkoły – przerwałam, zrywając się z miejsca. Miskę pełną płatków wsadziłam do zlewu.

– Postaram umówić się z Jessicą na popołudnie – zawołałam przez ramię, zakładając na nie torbę. Nie patrzyłam ojcu w oczy. – Może nie wrócę na obiad. Pojedziemy do Port Angeles i pójdziemy do kina.

Zanim zdążył coś powiedzieć, wybiegłam na zewnątrz.

Tak spieszno mi było wyjść z domu, że dotarłam do szkoły jako jedna z pierwszych. Miało to swoje wady i zalety. Zaletą było to, że mogłam zająć dobre miejsce na parkingu. Wadą, że do lekcji było jeszcze dużo czasu i musiałam szybko się czymś zająć, żeby nie pozostać sam na sam z myślami. Od czterech miesięcy za wszelką cenę unikałam bezczynności.

Zdecydowanym ruchem wyciągnęłam z torby podręcznik do matematyki. Otworzyłam go na rozdziale, który mieliśmy przerabiać jako następny, i zabrałam się do czytania. Było to jeszcze gorsze niż słuchanie nauczyciela, ale rozszyfrowywanie tekstu szło mi coraz lepiej. W ostatnim kwartale poświęcałam matematyce dziesięć razy więcej czasu niż kiedykolwiek wcześniej i średnia moich ocen z tego przedmiotu zaczęła oscylować w okolicach 4,8. Pan Verner był zdania, że to efekt jego doskonałych metod nauczania. Skoro poprawiało mu to humor, nie miałam zamiaru wyprowadzać go z błędu.

Zmusiłam się do studiowania rozdziału, dopóki parking się nie zapełnił, i w końcu mało brakowało, a spóźniłabym się na angielski. W tym tygodniu omawialiśmy „Folwark zwierzęcy", co przyjęłam z ulgą. Miałam powyżej uszu tragicznych romansów stanowiących podstawę curriculum. Poza tym, niezależnie od tematu, przedkładałam wykłady pana Berty'ego nad matematykę. Skoncentrowawszy się na jego monologu, nie myślałam też o swoich problemach.

W szkole najłatwiej było mi się zapomnieć. Jak na mój gust, dzwonek zadzwonił za szybko. Zaczęłam się pakować.

– Bella?

Rozpoznałam głos Mike'a. Wiedziałam aż za dobrze, co teraz powie.

– Przychodzisz jutro do pracy?

Podniosłam głowę. Pochylał się nad przejściem pomiędzy ławkami. Miał zatroskaną minę. W każdy piątek zadawał mi to samo pytanie, chociaż nigdy nie brałam wolnego, nawet z powodu choroby. No, może z jednym wyjątkiem, ale to było te cztery miesiące temu. Jego zatroskanie było bezpodstawne. Nie mieli w sklepie lepszego pracownika.

– Jutro jest sobota, prawda? – spytałam. Tak, mój głos był bez wątpienia przygaszony. Uświadomiłam to sobie dopiero rano, kiedy wypomniał mi to Charlie.

– Tak – potwierdził Mike. – No, to do zobaczenia na hiszpańskim. Pomachał mi niemrawo i odszedł. Już mnie nie odprowadzał pod drzwi klasy.

Powlokłam się na matematykę, na której siedziałam z Jessicą. Musiałam z nią wreszcie pogadać, a wiedziałam, że nie będzie to łatwe. Zwłaszcza, że chciałam ją prosić o przysługę.

Minęły tygodnie, a może miesiące, odkąd przestała mówić do mnie „cześć". Obraziłam ją swoją obojętnością. Teraz, krążąc pod klasą, zachodziłam w głowę, jak ją udobruchać.

Bardzo mi zależało, żeby pójść z Jess do kina. Zakładałam, że po powrocie zdołam zagadać Charliego relacją z naszego dziewczyńskiego wypadu i zyskam przynajmniej jeden dzień, a może nawet przekonam go, że ze mną wszystko w porządku. Kusiło mnie wprawdzie, żeby pojechać do Port Angeles w pojedynkę (nie mogłam po prostu zniknąć na kilka godzin, bo wydałby mnie stan licznika kilometrów w furgonetce), ale wiedziałam, że ta wygodna opcja odpada. Forks było tak małe, że prędzej czy później Charlie musiał wpaść na słynącą z gadulstwa matkę Jessiki. Prawda wyszłaby wtedy na jaw.

Otworzyłam drzwi do sali.

Pan Verner posłał w moim kierunku karcące spojrzenie – już coś tłumaczył. Pospiesznie przeszłam do swojej ławki. Jessica mnie zignorowała. Ucieszyłam się, że mam przed sobą pięćdziesiąt minut, żeby przygotować się psychicznie do naszej rozmowy.

Ani się obejrzałam, a lekcja dobiegła końca. Z jednej strony pomogło to, że tak dobrze się rano przygotowałam – z drugiej, czas zawsze płynął szybciej, kiedy czekało mnie coś nieprzyjemnego. W dodatku pan Verner zwolnił nas na pięć minut przed czasem. Uśmiechnął się, jakby robił nam prezent.

– Jess? – Czekając, aż się obróci, przygryzłam z nerwów wargę.

Zaskoczyłam ją.

– Do mnie mówisz? – Przyjrzała mi się z niedowierzaniem.

– Oczywiście, że do ciebie. – Udałam niewiniątko.

– W czym problem? – burknęła. – Pomóc ci w matmie?

– Nie, dzięki. – Pokręciłam głową. – Chciałam cię zapytać, czy... czy nie zgodziłabyś się pójść ze mną dziś do kina. Za dużo już chyba siedzę w domu.

Zabrzmiało to sztucznie i nieszczerze. Jessica wietrzyła jakiś podstęp.

– Dlaczego chcesz iść akurat ze mną?

– Byłaś pierwszą osobą, która przyszła mi na myśl, kiedy wpadłam na ten pomysł.

Uśmiechnęłam się, modląc się w duchu, żeby wypaść przekonywująco. Cóż, była pierwszą osobą, która przyszła mi na myśl, kiedy postanowiłam unikać Charliego. Różnica niewielka.

Jessica zaczęła się łamać.

– Czy ja wiem...

– Masz już plany na wieczór?

– Nie... – Zamyśliła się. – Hm... Dobrze, zgadzam się. Na co chcesz iść?

O tym drobnym szczególe zapomniałam.

– Nie jestem pewna, co teraz grają... – powiedziałam, grając na zwłokę. Próbowałam wyłowić z pamięci tytuł jakiejkolwiek kinowej nowości. Czy nie podsłuchałam ostatnio jakiejś rozmowy? Nie wpadł mi w oko żaden plakat? – Może zobaczymy ten o kobiecie-prezydencie?

Spojrzała na mnie, jakbym spadła z księżyca.

– Zdjęli to chyba z pół roku temu.

– Och. To może ty coś zaproponuj.

Jessica była na mnie jeszcze trochę obrażona, ale mimo to nie potrafiła do końca zapanować nad swoją wrodzoną gadatliwością.

– Niech tylko pomyślę… Leci taka nowa komedia romantyczna, dostała świetne recenzje. Mogłaby się nadać. A tata polecał mi „Bez wyjścia".

Tytuł wydał mi się obiecujący.

– O czym to?

– O zombie czy czymś takim. Tata mówił, że od lat nie widział tak przerażającego filmu.

– Super. Właśnie czegoś takiego mi trzeba.

Wolałabym stanąć twarzą w twarz z watahą prawdziwych zombie niż przez dziewięćdziesiąt minut oglądać cudze amory.

– Dobrze, możemy iść na „Bez wyjścia" – Jessica wzruszyła ramionami, ale widać było, że zaskoczyłam ją swoim wyborem. Próbowałam sobie przypomnieć, czy lubiłam kiedyś horrory, ale nie zyskałam pewności. – Podjechać po ciebie po szkole? – spytała.

– Jasne. Dzięki.

Na odchodne uśmiechnęła się niepewnie. Odwzajemniłam uśmiech z opóźnieniem, ale miałam nadzieję, że go dostrzegła.

Pozostałe lekcje minęły szybko. Myślałam głównie o zbliżającym się wypadzie do kina. Wiedziałam z doświadczenia, że kiedy Jessica się rozgada, nic jej już nie zatrzyma. Żeby czuła się usatysfakcjonowana, wystarczało w strategicznych momentach bąkać „aha" albo „no, no". Była dla mnie idealnym towarzyszem i vice versa.

W ostatnich miesiącach potrafiłam na jawie odpłynąć w niebyt do tego stopnia, że czasem, doszedłszy do siebie, potrzebowałam kilkunastu sekund, aby połapać się w tym, co się ze mną w międzyczasie działo. Tak było i tym razem. Ocknęłam się w swoim pokoju, nie pamiętając ani jazdy furgonetką, ani otwierania frontowych drzwi.

Nie przejmowałam się takimi incydentami, wręcz przeciwnie – tęskniłam za chwilami zupełnego zatracenia.

Otępienie przydawało się, zwłaszcza gdy musiałam zmierzyć się z przeszłością – tak jak teraz, przy otwieraniu szafy. Nie walczyłam z nim i tylko dzięki temu mogłam obojętnie przejechać wzrokiem po upchniętych w kącie przedmiotach zakrytych stertą nienoszonych już przez siebie ubrań. Nie myślałam o tym, że gdzieś tam, w czarnym plastikowym worku na śmieci, kryje się mój prezent urodzinowy i wieża stereo. Usiłując rozdrapać jej klawisze, zdarłam sobie kiedyś paznokcie do krwi, ale o tym także nie myślałam.

Zdjęłam z haczyka rzadko używaną torebkę i zatrzasnęłam drzwi. W tym samym momencie Jess zatrąbiła z podjazdu. Pospiesznie przełożyłam portfel i kilka drobiazgów z torby szkolnej do torebki. Wydawało mi się chyba, że od tych nerwowych ruchów wieczór minie jakoś prędzej.

W przedpokoju zdążyłam jeszcze zerknąć w lustro, aby wykrzywić usta w coś na kształt przyjaznego uśmiechu. Wychodząc na ganek, starałam się bardzo nie zmieniać ułożenia mięśni twarzy.

– Cześć – rzuciłam, zajmując miejsce pasażera. – Jak to fajnie, że się zgodziłaś. Jestem ci bardzo wdzięczna.

Musiałam mieć się na baczności, żeby pamiętać o odpowiednim modulowaniu głosu. Od dłuższego czasu przejmowałam się takimi drobiazgami jak odpowiednia intonacja tylko przy Charliem, a Jess była od niego o wiele lepsza w rozpoznawaniu stanów emocjonalnych. Nie byłam też pewna, co kiedy imitować.

– Spoko. A mogę wiedzieć, skąd w ogóle ta zmiana?

– Jaka zmiana?

– No, że nagle postanowiłaś… wyjść z domu.

Zabrzmiało to tak, jakby w ostatniej chwili Jess wybrała inne zakończenie swojego zapytania.

Wzruszyłam ramionami.

– Tak jakoś…

W radio zaczynała się romantyczna piosenka, więc rzuciłam się zmienić stację. Prowadzenie rozmowy z Jessicą przy jednoczesnym ignorowaniu rzewnych ballad mnie przerastało.

– Mogę? – spytałam.

– Jasne.

Długo przeszukiwałam fale eteru, zanim znalazłam coś nieszkodliwego. Wnętrze auta wypełniły agresywne pokrzykiwania. Jess zmarszczyła nos.

– Od kiedy to słuchasz rapu?

– Trudno powiedzieć... Od niedawna.

– Naprawdę podoba ci się taka muzyka?

– Tak.

Zaczęłam kiwać głową, mając nadzieję, że robię to do rytmu.

– Okej... – „Cóż, są różne dziwactwa", mówiła mina Jess. Czym prędzej zmieniłam temat.

– Jak tam sprawy stoją pomiędzy tobą a Mikiem?

– Widujesz go częściej niż ja.

– Ale w pracy trudno uciąć sobie pogawędkę.

Wbrew moim oczekiwaniom to pytanie nie wywołało u Jess słowotoku. Musiałam podjąć kolejną próbę.

– Byłaś z kimś ostatnio na randce?

– Trudno to nazywać randkami. Parę razy umówiłam się z Connerem... A dwa tygodnie temu byłam w kinie z Erikiem. – Jess wywróciła oczami. Zwietrzyłam okazję.

– Z Erikiem Yorkie? Kto kogo zaprosił?

– A jak sądzisz? – jęknęła dziewczyna. Nareszcie się ożywiła. – Jasne, że mnie. Nie wiedziałam, jak grzecznie mu odmówić. Zabrakło mi refleksu.

– I jak było? Dokąd poszliście po seansie? – Wiedziałam, że połknęła haczyk. – Opowiedz mi wszystko ze szczegółami!

Jessiki nie trzeba było dwa razy namawiać. Odetchnęłam z ulgą. Rozparta wygodnie w fotelu, wtrącałam w odpowiednich momentach „biedactwo", „co za palant" i liczne monosylaby. Kiedy skończyła relację z randki z Erikiem, przeszła płynnie do porównywania go z Connerem.

Seans zaczynał się stosunkowo wcześnie, więc zadecydowała, że pójdziemy coś zjeść po wyjściu z kina. Było mi wszystko jedno – liczyło się tylko to, że nie muszę rozmawiać z Charliem o Jacksonville i terapii.

Podtrzymywałam monolog Jess podczas reklam, co pozwoliło mi nie zwracać na nie uwagi, więc na pierwszą przeszkodę natrafiłam, dopiero kiedy zgasły światła. Po czołówce na ekranie pojawiła się zakochana para. Młodzi spacerowali po plaży, okazując sobie czułość w wyjątkowo przesłodzony sposób.

Zdenerwowałam się. Tego nie przewidziałam. W pierwszym odruchu chciałam zakryć sobie uszy i zacząć coś nucić. Opanowałam się z trudem.

– Myślałam, że kupiłyśmy bilety na to coś o zombie – szepnęłam do Jessiki.

– I dobrze myślałaś.

– To dlaczego nikt nikogo nie zjada jeszcze żywcem? – zaprotestowałam.

Koleżanka spojrzała na mnie z podejrzliwością graniczącą z zaniepokojeniem.

– Spokojnie. Wszystko w swoim czasie.

– Idę po popcorn. Chcesz coś ze sklepiku?

– Nie, dziękuję.

Ktoś warknął, żebyśmy się uciszyły.

W hallu kina wyliczyłam, że rozwinięcie wątku zajmie scenarzystom około dziesięciu minut i tyle też odczekałam cierpliwie, wpatrując się w zegar. Wróciwszy do sali, przystanęłam na progu, żeby się upewnić, czy miałam rację. Miałam – z głośników dochodziły przeraźliwe wrzaski.

– Przegapiłaś najważniejsze sceny – szepnęła Jessica, kiedy sadowiłam się na swoim miejscu. – Prawie wszyscy bohaterowie zmienili się już w zombie.

– Była długa kolejka.

Podsunęłam jej pod nos wiaderko z popcornem. Nabrała pełną garść.

Na resztę filmu składały się brutalne sceny ataków zombie przeprowadzanych do wtóru krzyków pozostałej przy życiu garstki ludzi. Ich liczba kurczyła się w zastraszającym tempie.

Wydawać się mogło, że w tych okropnościach nie kryje się nic będącego w stanie wyprowadzić mnie z równowagi, ale mimo to czułam się nieswojo. Dopiero w ostatnich minutach zrozumiałam dlaczego.

W finale krwiożercze zombie, szurając nogami, podążało krok w krok za rozhisteryzowaną główną bohaterką. Kamera to pokazywała jej wykrzywioną strachem twarz, to znowu martwe, nieruchome oblicze zbliżającego się do niej potwora.

Nagle uzmysłowiłam sobie, które z nich bardziej przypominam. Wstałam.

– Dokąd idziesz? – syknęła Jess. – Jeszcze góra dwie minuty.

– Muszę się napić – szepnęłam. Wybiegłam z sali, jakby mnie ktoś gonił.

Usiadłam na ławce przed wejściem do kina, usiłując nie myśleć o tym, co przed chwilą zauważyłam. Co za ironia! A więc skończyłam jako zombie? Co jak co, ale tego się nie spodziewałam.

Marzyłam kiedyś wprawdzie o zostaniu istotą rodem z horrorów, ale nie czymś tak groteskowym, co ożywiony trup!

Potrząsnęłam głową, chcąc odgonić wspomnienia. Zapuszczałam się na zakazany teren. Bałam się, że wpadnę w panikę.

Smutno było zdać sobie sprawę, że nie gra się już głównej roli kobiecej. Romans stulecia dobiegł końca.

Z budynku kina wyszła Jessica. Przystanęła. Pewnie zastanawiała się, gdzie mnie szukać. Kiedy mnie zobaczyła, najpierw się ucieszyła, a zaraz potem zdenerwowała.

– Co, nie wytrzymałaś napięcia? – spytała ostrożnie.

– Tak. Tchórz ze mnie.

– To zabawne. Wcale nie wyglądałaś na przestraszoną. Nie słyszałam, żebyś choć raz krzyknęła, chociaż ja darłam się cały czas jak głupia. Czemu wyszłaś?

Wzruszyłam ramionami.

– Za bardzo się bałam. Naprawdę.

Chyba ją przekonałam.

– Nigdy w życiu nie widziałam tak okropnego filmu – powiedziała. – Założę się, że będziemy miały dziś w nocy koszmary.

– Na sto procent – zgodziłam się, dbając o dobranie odpowiedniego tonu głosu. Też oczekiwałam koszmarów, tyle że nie o zombie.

Jessica przyjrzała mi się uważniej i odwróciła wzrok. Najprawdopodobniej nie zawsze udawało mi się dobierać ton stosownie do sytuacji.

– Dokąd pójdziemy coś zjeść? – spytała.

– Zdaję się na ciebie.

Ruszyłyśmy. Jess zaczęła opowiadać o aktorze grającym główną rolę. Rozwodziła się nad jego urodą i wdziękiem. Potakiwałam dla zachowania pozorów, ale zupełnie nie pamiętałam go bez trupiej charakteryzacji.

Nie patrzyłam, dokąd idziemy – wpatrywałam się w czubki swoich butów – wiedziałam jedynie, że zrobiło się ciemniej i ciszej. Dlaczego ciszej, uświadomiłam sobie ze sporym opóźnieniem. Jessica zamilkła. Pomyślałam, że może się na mnie obraziła. Spojrzałam w jej stronę, modląc się, żeby moja mina sugerowała skruchę.

Jessica nie patrzyła na mnie, tylko prosto przed siebie. Była spięta i szła nienaturalnie szybko. Zauważyłam, że co jakiś czas zerka nerwowo na drugą stronę ulicy.

Rozejrzałam się. Wszystkie okoliczne sklepiki były już pozamykane. Pokonywałyśmy właśnie krótki nieoświetlony odcinek chodnika. Latarnie zaczynały się za kilkanaście metrów, a dalej przy tej samej ulicy dostrzegłam charakterystyczne żółte logo McDonalda. To on zapewne był celem naszego spaceru.

Po drugiej stronie ulicy znajdował się jedyny otwarty przybytek w najbliższej okolicy. Okna miał zasłonięte od środka, a ściany zewnętrzne przyozdobione kolekcją neonów reklamujących różne gatunki piwa. Największy z nich, wiszący nad samym wejściem, głosił, że lokal nazywa się Jednooki Pete. Zaciekawiło mnie, czy wnętrze baru kryje inne pirackie akcenty.

Metalowe drzwi spelunki akurat się uchyliły – ktoś wychodził. W środku panował półmrok. Moich uszu dobiegł gwar głosów i odgłos kostek lodu uderzających o ścianki szklanek. Przy wejściu, oparci o mur, stali czterej mężczyźni.

Zerknęłam na Jessicę. Nadal nie zwolniła tempa i wpatrywała się w szyld McDonalda. Nie wyglądała na wystraszoną – po prostu zachowywała ostrożność.

Nie myśląc, co robię, zatrzymałam się. Ci czterej mężczyźni mnie zaintrygowali. Czyżbym przeżywała déjà vu? Ulica była inna, ale miasto i pora dnia te same. I jeszcze ta czwórka. Jeden z nich był nawet niski i ciemnowłosy. Kiedy przystanęłam, on pierwszy zwrócił na to uwagę.

Stałam jak zaczarowana.

– Bella? – szepnęła Jessica. – Co ty wyrabiasz?

Pokręciłam głową. Sama nie byłam pewna.

– Chyba ich znam… – wymamrotałam.

Co ja najlepszego wyprawiałam? Powinnam była uciekać przed tym wspomnieniem, gdzie pieprz rośnie, bronić się przed nim z całych sił, chronić się wewnętrznym paraliżem, bez którego nie potrafiłam funkcjonować. Dlaczego stawiałam właśnie lewą stopę na jezdni?

Czy nie byłby to zbyt duży zbieg okoliczności? Zmrużyłam oczy, starając się dopasować rysy twarzy najniższego z młodzieńców pod barem do tych, które miał mój napastnik sprzed niespełna roku. Zastanawiałam się, czy istnieje jakakolwiek szansa, że go rozpoznam. Z tamtego feralnego wieczoru pamiętałam raczej nie to, co widziałam, ale to, co czułam: napięcie w mięśniach nóg, kiedy podejmowałam decyzję, czy walczyć, czy uciekać; suchość w gardle uniemożliwiającą głośne wołanie o pomoc; paznokcie wbijające się w skórę dłoni, kiedy zacisnęłam je w pięść; ciarki, jakie mnie przeszły, kiedy brunet zwrócił się do mnie per „maleńka"…

Nawet jeśli nie miałam do czynienia z czwórką tych samych mężczyzn co wtedy, nie dało się ukryć, że było w nich coś złowieszczego. Trudno było powiedzieć, skąd brało się to poczucie – może stąd, że ich nie znałyśmy, że mieli nad nami przewagę, że było ciemno? Jessice to wystarczało.

– No chodź! – zawołała za mną spanikowana.

Nie posłuchałam jej, zresztą moje stopy nie słuchały teraz nikogo. Szłam powoli przed siebie, kierowana bezsensownym impulsem. Nie rozumiałam, skąd się wziął, ale dawałam się mu prowadzić, bo po raz pierwszy od dawna coś we mnie czegoś chciało.

Zdziwiłam się, kiedy znienacka krew zaczęła mi szybciej krążyć w żyłach. Ach, adrenalina. Zapomniałam już, jak to jest. Nie wiedziałam jedynie, dlaczego się pojawiła, skoro nie czułam strachu. Może mojemu organizmowi starczało echo lęku sprzed roku? Dekoracje były te same – ciemna uliczka w Port Angeles i czterech nieznajomych.

Nie widziałam potrzeby, żeby się bać. Nie potrafiłam sobie wyobrazić niczego, czego mogłabym się bać. Była to jedna z nielicznych zalet utracenia wszystkiego, co było mi drogie.

Doszłam już do przerywanej linii na środku jezdni, kiedy Jess chwyciła mnie za łokieć.

– Bella, przestań! – szepnęła głośno. – Zgłupiałaś? Chcesz wejść do baru?

– Nie chcę wejść do żadnego baru – odpowiedziałam sennie, wyszarpując rękę. – Chcę tylko coś sprawdzić...

– Coś sprawdzić? Co ty planujesz, do cholery? Oryginalną próbę samobójczą?

Słowo „samobójczą" przykuło moją uwagę. Spojrzałam Jess prosto w oczy.

– Nie chcę się zabić – oświadczyłam.

Nie kłamałam. Nawet we wrześniu nie rozważałam samobójstwa. Przez wzgląd na Charliego. I na Renée. Przysięgłam też Komuś, że będę wystrzegać się głupich wyskoków. Tylko z tych trzech powodów jeszcze żyłam.

Przypomniawszy sobie, co obiecałam, poczułam wyrzuty sumienia, ale zaraz uznałam, że przyglądanie się obcym mężczyznom to nie to samo, co podcinanie sobie żył. We własnej ocenie panowałam nad sytuacją.

Jess opuściła ręce. Wpatrywała się we mnie z przerażeniem. Uprzytomniłam sobie, że dziewczyna naprawdę ma mnie za samobójczynię i nie wie, jak mi pomóc.

– Idź coś zjeść – zachęciłam ją, wskazując na rozświetlonego McDonalda. – Dogonię cię.

Przeniosłam wzrok na młodzieńców spod baru. Przyglądali się nam z rozbawieniem. Moja towarzyszka nie próbowała mnie już zatrzymać. Zrobiłam kilka kroków do przodu.

– Bello, opanuj się!

Stanęłam jak wryta, bo to nie Jessica przywoływała mnie do porządku. Był to głos męski – głos doskonale mi znany i niezwykle piękny. Nawet przepojony gniewem zachwycał swoim aksamitnym tembrem.

Zaskoczyło mnie nie tylko to, kto mnie wołał (w pełni świadomie nie przywoływałam Jego imienia), ale i to, jak na ten fakt zareagowałam – nie padłam na kolana, nie wybuchłam płaczem, nie zgięłam się w pół z bólu. Ból wcale się nie pojawił.

Usłyszawszy rozkaz, raptownie oprzytomniałam. Odniosłam wrażenie, że dopiero co wynurzyłam się z morskich głębin. Dopiero teraz zaczęły do mnie docierać wszystkie bodźce zewnętrzne. Wcześniej nie zauważałam ani tego, że moją twarz smaga ostry zimny wiatr, ani że przez uchylone drzwi baru rozlewają się różnorodne zapachy.

Rozejrzałam się zszokowana.

– Wracaj do Jessiki! – usłyszałam. Głos nadal był wzburzony. – Obiecałaś! Żadnych głupich wyskoków!

Nikogo przy mnie nie było. Jessica stała kilka metrów dalej. Miała szeroko otwarte oczy i usta. Nieznajomi pod murem zachodzili pewnie w głowę, czemu wyszłam na środek jezdni.

Nie rozumiałam, co jest grane. Nie było Go przy mnie, a jednak był – wyczuwałam Jego obecność, wyczułam ją po raz pierwszy od... od końca wszystkiego. Gniewał się, ponieważ bał się o mnie. Kiedyś dobrze znałam ten gniew – teraz wydawało mi się, że to „kiedyś" przydarzyło mi się w innym życiu.

– Dotrzymaj słowa! – upomniał mnie. Jego głos oddalał się, jakby ktoś ściszał stopniowo radio.

Zaczęło budzić się we mnie podejrzenie, że dręczą mnie omamy, wywołane najprawdopodobniej podobieństwem sytuacji, w której się znalazłam, do tej sprzed roku. Zwariowałam, po prostu zwariowałam. Słyszałam głosy, a miejsce ludzi słyszących głosy jest u czubków.

Istniało jeszcze inne, łagodniejsze wytłumaczenie: to moja podświadomość podsyłała mi to, za czym tęskniłam. Takie fantazje pozwalały zapomnieć na chwilę o bólu. Wyobrażałam więc sobie, że właściciela aksamitnego głosu obchodzi to, jak nierozsądnie postępuję. Wyobrażałam sobie, że jest przy mnie, czuwa nade mną i zależy mu na mnie do tego stopnia, że denerwuje się, kiedy narażam się na niepotrzebne ryzyko. Wyobrażałam sobie to z taką intensywnością, że głos, który pragnęłam usłyszeć, głos wypowiadający odpowiednie formułki, zadźwięczał w moich uszach jak prawdziwy.

Podsumowując, albo byłam wariatką, albo nieuleczalną romantyczką – trzecia możliwość nie przychodziła mi do głowy. Mogłam mieć tylko nadzieję, że nie wymagam leczenia, a moja podświadomość wkrótce się uspokoi.

Miałam nadzieję, a nie pewność, bo moja reakcja na halucynacje nie była reakcją osoby zdrowej na umyśle. Kto inny by się przestraszył – ja czułam bezgraniczną wdzięczność. Tak bardzo bałam się wcześniej, że zapomniałam Jego głosu! Teraz byłam wdzięczna własnej podświadomości, że mimo wszystko przechowała go w swych zakamarkach.

Od tamtego spotkania w lesie nie pozwalałam sobie myśleć o Nim. Przywiązywałam dużą wagę do przestrzegania tego zakazu. Oczywiście zdarzało mi się go łamać – nie byłam święta – ale szło mi coraz lepiej. Potrafiłam unikać bólu przez kilka dni z rzędu. W wyniku tej strategii pogrążałam się w marazmie, wolałam jednak otępienie i pustkę w głowie od rozpaczy i natłoku męczących myśli.

Tak bardzo przyzwyczaiłam się do wiązania pewnych wspomnień z bólem, że nie mogłam uwierzyć, że teraz również mnie dopadnie. Dedukowałam, że skoro ustąpiło także odrętwienie zmysłów, muszę przygotować się na wiele cierpienia. Czekałam, wstrzymując oddech, aż nadejdzie fala.

Nie nadchodziła.

Zrobiło mi się tylko smutno, że głos słabnie. Na tyle smutno, że podjęłam spontaniczną decyzję, by temu zaradzić. Nikt rozważny nie prowokowałby na moim miejscu dalszych omamów, ale nie mogłam się powstrzymać. Chciałam coś wypróbować. Wysunęłam przed siebie stopę i przeniosłam na nią ciężar ciała.

– Wracaj do Jess! – warknął mój niewidzialny opiekun.

Odetchnęłam z ulgą. Właśnie to pragnęłam usłyszeć – gniew. Sfabrykowany dowód na to, że właścicielowi głosu leży na sercu moje bezpieczeństwo. Byłam pełna podziwu dla możliwości swojego umysłu.

Wszystkie te rozważania na środku drogi zajęły mi zaledwie kilka sekund. Wyglądałam zapewne na kogoś, kto namyśla się, czy podejść do mężczyzn przy barze, czy nie. Żadna z przyglądających się mi osób nie przypuszczała nawet, że stoję tak, zastanawiając się, czy nie oszalałam.

– Cześć! – zawołał do mnie jeden z młodzieńców z nutką sarkazmu w głosie. Miał jasną cerę i jasne włosy. Sądząc po jego pozie, nie brakowało mu pewności siebie, co brało się najwyraźniej stąd, że uważał się za przystojniaka. Czy miał rację, tego nie umiałam powiedzieć. Byłam uprzedzona.

Głos w mojej głowie warknął ostrzegawczo. Uśmiechnęłam się. Blondyn też się uśmiechnął. Wziął moją minę za przyzwolenie do dalszego nagabywania.

– Można w czymś pomóc? Zgubiłaś się? – Puścił do mnie perskie oko.

Zrobiłam większy krok, żeby pokonać wezbrany wodą rynsztok. Jej strumień połyskiwał czarno w ciemnościach.

– Nie, nie zgubiłam się.

Byłam już na tyle blisko (a moje zmysły stały się na tyle wyostrzone), że mogłam nareszcie przyjrzeć się dokładnie owemu niskiemu brunetowi, który przypominał mi napastnika sprzed roku. Nie, to nie był ten sam facet. Poczułam się perwersyjnie rozczarowana – rozczarowana, że to nie potwór, który osaczył mnie wtedy z kolegami w ciemnej przemysłowej ulicy.

Mój niewidzialny opiekun siedział cicho.

– Postawić ci drinka? – zaproponował nieśmiało brunet. Pochlebiało mu chyba to, że wybrałam jego, a nie blondyna.

– Jestem niepełnoletnia* – odpowiedziałam odruchowo.

Zbiłam go z pantałyku. Nie rozumiał, po co w takim razie do nich podeszłam.

– Z daleka wyglądałeś jak mój znajomy – pospieszyłam z wyjaśnieniami. – Przepraszam, pomyliłam się.

Nagle straciłam zainteresowanie nimi. Nie byli tamtymi groźnymi typami. Byli nieszkodliwi. Czterech kumpli wyskoczyło w piątkowy wieczór na piwo i tyle.

– Nic nie szkodzi – powiedział blondyn. – I tak możesz do nas dołączyć. Zapraszamy.

– Dzięki, ale nie mam czasu.

Zerknęłam na Jessicę. Stała na środku jezdni, wściekła na mnie za to, jak ją traktuję.

– Ach, tylko na parę minut.

Pokręciłam przecząco głową i wróciłam do Jessiki.

– Chodźmy coś zjeść – mruknęłam, nie patrząc jej w oczy. Zapomniałam już o swoim podobieństwie do zombie z filmu, ale i tak nie byłam w nastroju do rozmowy. Musiałam wszystko starannie przemyśleć. Dający mi poczucie bezpieczeństwa wewnętrzny paraliż znikł na dobre i coraz bardziej mnie to denerwowało.

---

* W Stanach Zjednoczonych można kupować i pić alkohol dopiero po ukończeniu dwudziestego pierwszego roku życia – przyp. tłum.

– Co to miało być? – naskoczyła na mnie Jess. – Zaczepiasz obcych facetów? Mogli ci zrobić krzywdę!

Wolałabym, żeby darowała sobie te wymówki. Wzruszyłam ramionami.

– Wydawało mi się, że znam tego niskiego.

– Za to ja cię nie poznaję. Zachowujesz się bardzo dziwnie, Bello.

– Przepraszam. – Nie wiedziałam, co innego powiedzieć.

Obie zamilkłyśmy. Jess pluła sobie pewnie w brodę, że zdecydowała się iść do McDonalda pieszo zamiast wsiąść od razu w samochód i skorzystać z Drive-in. Tak jak ja na początku, życzyła sobie, żeby ten wieczór jak najszybciej dobiegł końca.

Kiedy jadłyśmy, usiłowałam kilkakrotnie ją zagadnąć, ale teraz to ona odpowiadała monosylabami. Żeby zniechęcić mnie do podejmowania dalszych prób, znalazłszy się w aucie, bezceremonialnie przełączyła radio na swoją ulubioną stację i podgłośniła muzykę. Obraziła się na całego.

Chociaż nie chronił mnie już kokon otępienia, ignorowanie romantycznych treści popowych piosenek nie sprawiało mi większych trudności. Miałam zbyt dużo rzeczy do przemyślenia.

Nadal czekałam na powrót zobojętnienia na bodźce bądź nadejście fali bólu. Co jak co, ale ból miał pojawić się na bank. Przecież złamałam zasady. Zamiast uciekać przed wspomnieniami, wyszłam im naprzeciw. Usłyszałam Jego głos. Kilka razy. Tak wyraźnie, jakby stał obok. Nie miałam wątpliwości, że przyjdzie mi za to zapłacić. Zwłaszcza że nie potrafiłam wrócić do stanu otępienia. Czułam się zbyt ożywiona i bardzo mnie to niepokoiło.

A w moim sercu, zupełnie niezależnie ode mnie, wciąż królowała wdzięczność.

Od ponad kwartału starałam się o Nim nie myśleć, nie oznaczało to jednak, że starałam się o Nim zapomnieć. Nieraz nad ranem, kiedy z braku snu słabła moja silna wola, martwiłam się, że wszystko mi się wymyka. Moja pamięć była jak sito. Wzdrygałam się na myśl o tym, że pewnego dnia już nie przypomnę sobie koloru Jego oczu, chłodu Jego skóry, tembru Jego głosu. Nie wolno mi było tych cech wspominać, ale moim obowiązkiem było o nich pamiętać. Dlaczego? Ponieważ, aby dalej żyć, nie mogłam przestać wierzyć, że mój Towarzysz naprawdę istniał. Zbrojna w tę wiarę, byłam gotowa zmierzyć się z każdą odmianą cierpienia.

To dlatego nie chciałam wyprowadzać się z Forks i sprzeciwiłam się woli Charliego. Na pierwszy rzut oka nie miało to sensu – wiedziałam, że On tu nie wróci. Wiedziałam też jednak, że w Jacksonville czy jakiejkolwiek innej nieznanej mi miejscowości, pozbawiona punktów odniesienia, nie potrafiłabym odtworzyć w myślach tego, co mi się przydarzyło. W słońcu południa moje wspomnienia szybko by wyblakły.

A wraz z nimi moja chęć do życia.

Zakaz pamiętania, przy jednoczesnym lęku przed zapomnieniem – wybrałam dla siebie zdradliwą ścieżkę.

Kiedy Jessica zatrzymała samochód, zdziwiłam się, widząc, że jesteśmy już przed moim domem. Zamyśliłam się, owszem, ale byłam też przekonana, że moja przyjaciółka nie zdoła wysiedzieć w milczeniu dłużej niż kilkanaście minut.

– Dziękuję, że się zgodziłaś na to kino – przerwałam ciszę, otwierając drzwiczki. – Ehm... Świetnie się bawiłam.

Tak chyba należało powiedzieć po wieczornym wypadzie do miasta.

– Jasne – wycedziła Jess.

– Przepraszam za tamto... za tamto na ulicy.

Dziewczyna prychnęła. Nie patrzyła na mnie, tylko wpatrywała się gniewnie w przednią szybę. Zamiast zbagatelizować całe zajście, robiła się coraz bardziej poirytowana.

– Do zobaczenia w poniedziałek – dodałam przyjaźnie.

– Cześć.

Zrezygnowana, zatrzasnęłam drzwiczki. Odjechała, nawet na mnie nie zerknąwszy.

Zanim doszłam do ganku, zdążyłam o niej zapomnieć.

Charlie czekał na mnie w przedpokoju z założonymi rękami. Dłonie miał zaciśnięte w pięści.

– Hej – przywitałam się obojętnie, mijając go, żeby dojść do schodów. I żeby uniknąć konfrontacji.

– Gdzie się u diabła podziewałaś?! – wybuchnął ojciec.

Spojrzałam na niego zaskoczona.

– Pojechałam z Jessicą do Port Angeles, tak jak mówiłam ci rano. Poszłyśmy do kina.

– Hm... – chrząknął.

– Coś nie tak?

Przyjrzał mi się uważniej, jakby dostrzegł w mojej twarzy coś niezwykłego.

– Nie, nie. I co, fajnie było?

– Super. Zombie zjadały ludzi. Niezła jatka. Polecam.

Charlie zmarszczył czoło.

– Dobranoc, tato.

Nic nie powiedział. Pospiesznie zamknęłam się w pokoju.

Kilka minut później leżałam już w łóżku i cierpiałam męki. Tak, ból w końcu się pojawił. Było to porażające doznanie. Wydawało mi się, że wyrwano mi z ciała wszystkie najważniejsze organy, że mój tułów to jedna wielka rana o poszarpanych brzegach, pulsująca, niegojąca się mimo upływu czasu. Chociaż zdrowy rozsądek podpowiadał mi, że nie pozbawiono mnie płuc, łapałam spazmatycznie powietrze, walcząc z zawrotami głowy, jak gdyby moje wysiłki spełzały na niczym. Także moje serce z pewnością biło rytmicznie jak zwykle, ale ja nie słyszałam w uszach pulsu, a moje dłonie siniały z zimna. Zwinęłam się w kłębek, starając się obronić moje ciało przed rozpadem. Marzyłam o odpłynięciu w dawną nicość, która wciąż uparcie mi się wymykała.

Jedno było w tym cudowne: nie umierałam. Czułam potworny ból – promieniował z klatki piersiowej ku kończynom i czubkowi głowy – ale jakimś cudem go znosiłam. Mogłam z nim żyć. Zauważyłam też, że to nie ból osłabł od września, tylko raczej ja sama stałam się silniejsza.

Coś, z czym zetknęłam się w Port Angeles – może zombie, może halucynacje, może adrenalina – sprawiło, że nareszcie się wybudziłam.

Po raz pierwszy od czterech miesięcy nie wiedziałam, co może przytrafić mi się nazajutrz.

5 Oszust

– Bello, jak chcesz, możesz już iść – zaproponował Mike, zezując gdzieś w bok. Ciekawa byłam, od kiedy boi się patrzeć mi prosto w oczy. Wcześniej nawet tego nie zauważałam.

Tego popołudnia w sklepie Newtonów nie było dużego ruchu – zajrzało do nas tylko dwóch klientów. Mężczyźni byli najwyraźniej zapalonymi piechurami, ale na tym ich zalety niestety się kończyły. Przez godzinę zmuszali biednego Mike'a do objaśniania im wad i zalet dwóch plecaków i dali mu spokój tylko dlatego, że rozmowa zeszła przypadkiem ze zdzierstwa producentów na przygody na szlaku. Od kilku minut panowie turyści próbowali sobie na zmianę zaimponować, przywołując mrożące krew w żyłach wydarzenia z ostatnich kilku dni.

– Mogę zostać do końca – odparłam. – Nie ma sprawy.

Nadal nie potrafiłam przywołać otępienia i wszystko wydawało mi się dziwnie bliskie i głośne, jakbym wyjęła sobie watę z uszu. Bez powodzenia usiłowałam ignorować przekomarzania piechurów.

– Mówię panu – zarzekał się właśnie jeden z nich, przysadzisty mężczyzna z rudą brodą niepasującą do jego ciemnych włosów. Włosy miał zresztą niemiłosiernie brudne, podobnie jak ubranie – musiał spędzić w górach ładnych kilka dni. – W Yel-

lowstone nieraz widziałem z bliska grizzly, ale temu baribalowi*
nie dorastały do pięt.

– Niemożliwe – upierał się jego rozmówca, szczupły drągal
o ogorzałej słońcem twarzy wilka morskiego. – Niedźwiedzie
czarne nie osiągają takich rozmiarów. Te pana grizzly to pewni-
kiem były jeszcze młode.

– Mam dość – wyjaśnił mi szeptem Mike. – Jak tylko się wy-
niosą, zamykam sklep.

– Dobra, skoro tak…

Zabrałam się do pakowania torby.

– Był od pana wyższy nawet na czworaka – nie dawał za wygraną brodacz. – Wielki jak dom. Czarny jak smoła. Mam zamiar
zgłosić to do nadleśnictwa. Powinni ostrzegać turystów, że kręci
się tu po okolicy taka bestia. Nie spotkałem go przecież wysoko
w górach, tylko na dole, kilka kilometrów od szosy.

Wilk morski wywrócił oczami, parskając śmiechem.

– Niech zgadnę: zaczął pan schodzić? Po tygodniu na chiń-
skich zupkach?

Brodacz zdecydował, że potrzebuje wsparcia wiarygodnego
tubylca. Odnalazł nas wzrokiem.

– Ej, ty! Mike, prawda?

– Do zobaczenia w poniedziałek – szepnęłam do namierzonej
ofiary.

– Tak, proszę pana? – spytał grzecznie Mike.

– Czy nie ostrzegano tu ostatnio przed niedźwiedziami czarnymi?

– Nie, proszę pana. Ale zawsze warto trzymać się od nich na
odpowiednią odległość i przechowywać żywność w szczelnych,
trwałych pojemnikach. Czy widział pan nasze kanistry na wodę?
Ich odporność na zakusy misi potwierdzono certyfikatem, a ważą tylko…

Drzwi na fotokomórkę rozsunęły się przede mną i, chowając
głowę w ramionach, wybiegłam na deszcz. Odbijające się od mo-

---

* Grizzly – niedźwiedź siwy, baribal – niedźwiedź czarny – przyp. tłum.

jego kaptura krople także robiły więcej hałasu niż dawniej, ale kiedy znalazłam się w furgonetce, wszystkie inne dźwięki i tak zagłuszył jej sędziwy silnik.

Nie chciałam wracać do pustego domu. Ostatnia noc była dla mnie wyjątkowo ciężka i nie miałam ochoty przesiadywać w pokoju, w którym tyle wycierpiałam. Ból wprawdzie zelżał na tyle, że udało mi się zasnąć, ale na tym się nie skończyło. Spodziewałam się tego. Tak jak mówiłam Jessice, nie miałam najmniejszych wątpliwości, że w nocy nawiedzą mnie koszmary.

Od połowy września nie przyśniło mi się nic miłego, koszmary pojawiały się co noc. Właściwie był to jeden koszmar – wciąż ten sam. Teoretycznie, przeżywszy go ponad sto razy, powinnam była już dawno się do niego przyzwyczaić, uodpornić na jego dość niewinną zresztą treść, tymczasem nic takiego się nie działo. Zawsze potwornie się bałam i niezmiennie budziłam się z krzykiem. Budziłam też Charliego. Najpierw wpadał do mojego pokoju ze strzelbą w dłoni, ale z czasem przestał sprawdzać, czy nikt mnie nie dusi.

Gdybym pokazała komuś swój sen na DVD, z pewnością nie zrozumiałby, czemu reaguję tak gwałtownie – nikt nie gonił mnie w nim z siekierą ani nie zapadałam się w ruchomych piaskach. Mój koszmar był poniekąd piekielnie nudny. Szłam przez niekończący się, gęsty stary las. Rosnące w nim strzeliste drzewa miały pnie pokryte mchem. Panowała tam tak idealna cisza, że aż bolały od niej uszy. Było ciemno, jakby zapadał zmierzch, a niewidoczne niebo przesłaniały chmury. Przebijające się przez ich grubą warstwę ostatnie promienie słońca dawały tylko tyle światła, by móc stwierdzić, że nie było czemu się przyglądać. Nie trzymałam się żadnej ścieżki. Parłam do przodu, czegoś szukając, uporczywie czegoś wypatrując, a im dłużej trwały moje poszukiwania, tym bardziej robiłam się nerwowa. Zniecierpliwiona i zrozpaczona zarazem, próbowałam narzucić sobie szybsze tempo, ale prowadziło to tylko do tego, że częściej się potykałam. Czułam się taka niezgrabna i bezradna... W pewnym momencie

– chociaż wiedziałam, że się zbliża, nie potrafiłam się nigdy zawczasu obudzić – zdawałam sobie sprawę, że nie pamiętam, czego szukam, a zaraz potem, że po prostu nie istnieje nic, czego mogłabym szukać. Na świecie, w moim świecie, nie było nic prócz tego pustego lasu, nic a nic...

I wtedy zazwyczaj zaczynałam krzyczeć.

Nie zwracałam uwagi, dokąd jadę – krążyłam bez celu po smaganych deszczem ulicach, unikając jedynie tych dróg, które prowadziły do domu. Nie miałam gdzie się podziać. Dom był moją jedyną przystanią.

Pragnęłam bardzo popaść na powrót w otępienie, ale zapomniałam zupełnie, jak się do tej pory kontrolowałam. Dręczyło mnie wspomnienie mojego jedynego koszmaru, co zmuszało mnie do myślenia o rzeczach, które miały sprawić mi ból. Nie chciałam pamiętać tamtego lasu. Nawet kiedy zdołałam się otrząsnąć z tych złowrogich wizji, poczułam, że w oczach stają mi łzy, a obrzeża ziejącej w moim tułowiu fantomowej rany zaczynają pobolewać. Zdjęłam lewą dłoń z kierownicy i przyłożyłam ją sobie do piersi.

Będzie tak, jakbyśmy nigdy się nie poznali.

Tym razem tylko przypomniałam sobie Jego słowa, nie usłyszałam ich w głowie. Równie dobrze mogłabym patrzeć na nie wydrukowane na kartce papieru. Były to jedynie słowa, zbitki głosek lub liter, ale raniły jak sztylet. Zacisnęłam z bólu zęby.

Zaparkowałam na poboczu, świadoma, że nie powinnam prowadzić w takim stanie. Pochyliłam się do przodu, przycisnęłam twarz do kierownicy i spróbowałam równomiernie oddychać.

Zastanowiłam się, jak długo jeszcze będę tak cierpieć. Może pewnego dnia, za kilkadziesiąt lat – jeśli ból miał zelżeć kiedyś na tyle, żebym mogła lepiej go znosić – uda mi się ze spokojem wspominać te kilka krótkich miesięcy składających się na najszczęśliwszy okres w moim życiu. Wspominać, wdzięczna za to, że poświęcono mi choć trochę czasu. Że dano mi więcej, niż prosiłam, i więcej, niż na to zasługiwałam. Cóż, może pewnego dnia miało być mi dane tak to oceniać.

Ale co, jeśli rana miała się nigdy nie zagoić? Jeśli ból miał towarzyszyć mi do końca moich dni?

Objęłam się obiema rękami. *Jakbyśmy nigdy się nie poznali.* Co za idiotyczna obietnica! Mógł wykraść mi swoje zdjęcia i zabrać swoje prezenty, ale nie oznaczało to bynajmniej powrotu do punktu wyjścia. Brak namacalnych dowodów był tu najmniej istotny. To ja się przede wszystkim zmieniłam – zmieniłam nie do poznania. Nawet zewnętrznie, bo twarz mi poszarzała, a pod oczami widniały fioletowe cienie. Gdybym na dokładkę była nieziemsko piękna, z daleka można by mnie brać nawet za wampirzycę! Ale piękna nie byłam, więc raczej przypominałam zombie.

Jakbyśmy nigdy się nie poznali? Chyba żartował. Tej obietnicy nie miał szans dotrzymać. Złamał ją, gdy tylko ją złożył.

Uderzyłam czołem o kierownicę, mając nadzieję, że nowy ból odwróci moją uwagę od starego.

Jaka byłam głupia, że wcześniej tego nie zauważyłam! Po kiego licha dokładałam wszelkich starań, żeby nie złamać danego słowa, skoro druga strona od samego początku nie przestrzegała postanowień naszej umowy? Kogo obchodziło, czy postępuję pochopnie, czy nie? Miałam żyć tak, jakbyśmy nigdy się nie spotkali? Proszę bardzo! W takim razie byłam wolnym człowiekiem i mogłam robić wszystko, na co tylko miałam ochotę.

Głupie wyskoki w Forks? Zaśmiałam się ponuro. Trudno było powiedzieć, żebym miała tu pole do popisu.

Nagły przypływ ironii mnie zdekoncentrował, więc nie bolało mnie już tak, jak przedtem. Odważyłam się wyprostować. Mój oddech wracał powoli do normy. Chociaż na dworze było chłodno, czoło miałam mokre od potu.

Aby nie wracać myślami do bolesnych wspomnień, skupiłam się na tym, jakby tu zaszaleć. Narażanie się na ryzyko w Forks wymagało z mojego punktu widzenia dużej kreatywności i obawiałam się nieco, że nie należę do osób obdarzonych dostatecznie bogatą wyobraźnią, ale nie poddawałam się – bardzo mi na tym zależało. A nuż, nie dotrzymawszy obietnicy, poczułabym się lepiej? A nuż zupełnie bym wyzdrowiała? Tylko jak mogłam ją złamać w tej zabitej deskami dziurze? Z wszystkich kątów wiało tu nudą. Oczywiście w miasteczku nie zawsze było tak bezpiecznie, jakby się mogło wydawać, ale odkąd wyprowadziła się pewna rodzina, pozory już nie myliły.

Przez dłuższą chwilę siedziałam wpatrzona w przednią szybę. Nic nie przychodziło mi do głowy. Licząc na to, że świeże powietrze mnie orzeźwi, wyłączyłam silnik, który cały ten czas pracował na jałowym biegu, i wysiadłam z samochodu w gęstą zimną mżawkę.

Deszcz ściekał mi strużkami po policzkach niczym słodkie łzy. Po minucie takiej kuracji otrząsnęłam się, intensywnie mrugając, i uzmysłowiłam sobie nareszcie, gdzie jestem. Stałam na Russell Avenue, w takim miejscu, że blokowałam wjazd na podwórko Cheneyów. Po drugiej stronie drogi mieszkali z kolei Marksowie.

Wiedziałam, że nie mogę ani tu zostać, ani dłużej krążyć po miasteczku – prędzej czy później ktoś zauważyłby moje dziwne zachowanie i dał znać Charliemu. Poza tym półprzytomna i rozbita stanowiłam zagrożenie dla innych użytkowników dróg.

Chciałam już wsiąść do furgonetki, kiedy mój wzrok przyciągnął kawał grubej tektury oparty o słupek skrzynki na listy na podjeździe Marksów. Czarnymi drukowanymi literami napisano na nim coś nad wyraz intrygującego:

NA SPRZEDAŻ. STAN: JAK WIDAĆ.

Czyżbym miała uwierzyć w przeznaczenie?

Zbieg okoliczności czy może znak od Boga? Głupio mi było myśleć, że kazały mi zaparkować na tej właśnie ulicy jakieś wielkie, kontrolujące świat moce, i że dwa rozpadające się motocykle rdzewiejące koło brudnej tektury z napisem „Na sprzedaż" to ważny element będącej moim życiem układanki. Wolałam już wierzyć, że w Forks nie brakowało jednak okazji do głupich wybryków i po prostu nagle otworzyły mi się oczy.

Charlie zawsze powtarzał, że nie ma nic tak nieodpowiedzialnego i głupiego jak jazda na motorze.

W porównaniu z komendantami policji z większych miejscowości, ojciec rzadko miał do czynienia z morderstwami lub napadami, ale do wypadków samochodowych wzywano go regularnie. Drogi w okolicy były kręte i obrośnięte drzewami, co w połączeniu z częstymi deszczami nadzwyczaj sprzyjało kraksom. Większość kierowców i pasażerów mimo wszystko wychodziła z nich bez szwanku, nawet w przypadku ogromnych ciężarówek do przewozu pni. Wyjątek stanowili motocykliści. Na ich zmasakrowane zwłoki Charlie napatrzył się aż nadto. Byli to głównie młodzi, żądni ryzyka chłopcy. Nic dziwnego, że zanim skończyłam dziesięć lat, ojciec poprosił mnie, żebym zawsze odmawiała, jeśli ktoś zaprosi mnie na przejażdżkę. Nie trzeba mnie było specjalnie zmuszać do przystania na tę propozycję – nie rozumiałam, jak można dobrowolnie przemieszczać się w ten sposób. Jazda na motorze w Forks przypominało branie biczów szkockich w ubraniu.

Dotrzymałam tylu obietnic...

Dotrzymałam i czy dobrze na tym wyszłam? Nadeszła pora, żeby zacząć je łamać. Jedną po drugiej. Jak szaleć, to szaleć.

Nie traciłam czasu na dalsze rozmyślania. Przeszłam przez jezdnię i nacisnęłam dzwonek przy drzwiach frontowych właścicieli motorów.

Otworzył mi młodszy syn Marksów, który chodził ze mną do liceum, do pierwszej klasy. Sięgał mi do ramienia. Nie pamiętałam, jak ma na imię, za to on rozpoznał mnie od razu.

– Bella Swan? – zdziwił się.

– Ile chcecie za motor? – spytałam, wskazując na jeden z wraków.

– Nabijasz się ze mnie.

– Skąd!

– To dwa rzęchy.

Westchnęłam zniecierpliwiona. Wydedukowałam to już z drugiej części napisu na tekturze.

– No to ile chcecie za jeden?

– A weź go sobie za friko. Mama kazała tacie wywlec je przed dom, żeby zabrali je śmieciarze.

Zerknęłam na motory. Rzeczywiście, leżały na gałęziach i innych śmieciach z ogrodu.

– Jesteś pewien?

– Jasne. Jak nie wierzysz, zawołam mamę.

Pomyślałam, że lepiej będzie nie angażować w to dorosłych. Mogli donieść Charliemu.

– Nie trzeba. Wierzę.

– Pomóc ci? – zaoferował się. – Cholernie dużo ważą.

– Super, dzięki. Ale biorę tylko jeden.

– Lepiej oba – doradził. – Jak w jednym coś nie będzie działać, weźmiesz z drugiego.

Widząc, jak bardzo zależy mu na pozbyciu się obu naraz, postanowiłam nie oponować. Chłopak wyszedł za mną na deszcz i razem wciągnęliśmy motory na skrzynię furgonetki.

– Co zamierzasz z nimi zrobić? – spytał. – Stoją zepsute od lat.

Wcielenie w życie mojego planu nie miało być jednak takie łatwe. Wzruszyłam ramionami.

– Chyba zawiozę je do warsztatu Dowlinga.

Marks prychnął.

– Dowling skasuje od ciebie za naprawę więcej, niż są warte.

Nie przesadzał. John Dowling był znany ze swoich wygórowanych cen – zgłaszali się do niego wyłącznie ludzie z nożem na gardle, czyli ci, których wozy nie były w stanie dojechać do Port Angeles. Mi na tym polu jak na razie dopisywało szczęście. Kiedy Charlie podarował mi auto starsze od siebie, bałam się, że nie będzie mnie stać na ciągłe naprawy, tymczasem furgonetka okazała się być w idealnym stanie. Miała tylko dwie wady – nie rozwijała prędkości powyżej dziewięćdziesięciu kilometrów na godzinę i okropnie, okropnie hałasowała. Poza tym ani razu mnie nie zawiodła. Była to zasługa Jacoba Blacka, bo to on dbał o samochód, kiedy jeszcze należał do jego ojca, Billy'ego.

Nagle przyszło olśnienie. Jacob Black! Eureka!

– Już wiem, jak sobie poradzę – powiedziałam Marksowi. – Przypomniało mi się, że znam kogoś, kto sam składa samochody ze starych części.

– No to nie będzie tak źle. – Chłopak uśmiechnął się.

Kiedy odjeżdżałam, wciąż się uśmiechał. I pomachał mi. Miły dzieciak.

Teraz jechałam szybko, bo miałam cel – dotrzeć do domu przed Charliem, nawet gdyby pierwszy raz w życiu bez powodu wrócił do domu wcześniej. Nie odkładając torby ani kluczy, rzuciłam się do telefonu. Odebrał zastępca ojca, Steve.

– Z komendantem Swanem poproszę. Mówi Bella Swan.

– Cześć, Bello – przywitał mnie przyjaźnie policjant. – Już go wołam.

Nie czekałam długo.

– Co się stało? – spytał Charlie zaniepokojony.

– Czy nie mogę zadzwonić do ciebie do pracy, jeśli nic mi nie jest?

Ucichł na moment.

– Do tej pory zawsze coś ci było – wyjaśnił. – Powtarzam: czy coś się stało?

– Nie, nie. Chciałam cię tylko zapytać, jak dojechać do domu Blacków. Nie jestem pewna, czy wiem dokładnie, gdzie to jest. Widzisz, wpadłam na pomysł, żeby odwiedzić Jacoba. Nie widziałam go od miesięcy.

– O, jak fajnie – stwierdził Charlie. – Masz długopis? Lepiej, żebyś sobie zapisała.

Dojazd był tak prosty, że właściwie nie trzeba było nic notować, musiałam za to odwieść ojca od zamiaru przyjechania do La Push zaraz po pracy. Tego tylko brakowało, żeby odkrył moje motory, jeszcze zanim je naprawiłam! Zapewniłam go, że wrócę na obiad.

Zostało mi niewiele czasu, więc mimo że mżawka przeszła w burzę, jechałam dość szybko. Miałam nadzieję, że jakimś cudem nie zastanę Billy'ego. Gdyby dowiedział się, co kombinuję, z pewnością by mnie wydał.

Denerwowałam się też trochę tym, jak zniosę reakcję Billy'ego na moją wizytę. Nic do mnie nie miał – wręcz przeciwnie, troszczył się o mnie – ale nie było człowieka, który we wrześniu cieszyłby się bardziej z wyjazdu pewnej rodziny. Wcześniej nie śmiał nawet marzyć o tym, że tak się to skończy. Bałam się, że jego mina bądź zdawkowa uwaga przypomni mi dziś o tym, o czym tak bardzo starałam się nie myśleć. Błagam, na dwa dni starczy, modliłam się. Nie czułam się na siłach na kolejne spotkanie z przeszłością.

Dom Blacków był niewielki. Miał wąskie okna i drewniane ściany w charakterystycznym odcieniu ciemnej czerwieni, co upodabniało go do miniaturowej stodoły. Kiedy parkowałam, za szybą mignęła twarz Jacoba – zaanonsował mnie warkot silnika mojej furgonetki. Jacob był bardzo wdzięczny Charliemu, że odkupił ją od Billy'ego, bo inaczej musiałby nią jeździć po zdaniu prawka. Ja ją uwielbiałam, ale on wolał szybsze pojazdy.

Wyszedł przywitać mnie przed dom.

– Bella! – Wyszczerzył zęby w uśmiechu. Miał bardzo białe szkliwo, co zawsze zabawnie kontrastowało z jego miedzianą karnacją. Po raz pierwszy widziałam go z rozpuszczonymi włosami. Były gładkie i lśniące niczym czarna satyna.

Nie wiedziałam kiedy dokładnie, bo nie mieliśmy z sobą kontaktu od ośmiu miesięcy, ale bez wątpienia Jacob zaczął powoli przeistaczać się w mężczyznę. Dziecięce krągłości ustąpiły miejsca twardym mięśniom wysportowanego nastolatka. Pod skórą przedramion i dłoni chłopaka widać było zarys ścięgien i żył. Rysy jego twarzy, choć nadal delikatne, także się wyostrzyły – kości policzkowe zrobiły się bardziej wyraziste, szczęka bardziej kwadratowa.

Jego uśmiech wyzwolił we mnie coś, czego nie dane mi było poczuć od dawna: entuzjazm. Uświadomiłam sobie, że cieszę się z tego spotkania, i ten fakt najzwyczajniej w świecie mnie zaskoczył. Jak mogłam zapomnieć, jak bardzo lubiłam Jacoba!

Też się uśmiechnęłam.

– Cześć!

Stanęliśmy naprzeciwko siebie. Odkryłam, że aby patrzeć Indianinowi prosto w oczy, muszę nieźle zadrzeć głowę. Strumienie deszczówki ściekały mi wzdłuż nosa ku brodzie.

– Znowu urosłeś! – powiedziałam oskarżycielskim tonem.

Choć wydawało się to niemożliwe, uśmiechnął się jeszcze szerzej.

– Metr dziewięćdziesiąt pięć – oświadczył z dumą. Głos mu zmężniał, ale wciąż był mile ochrypły.

– Przestaniesz kiedyś? Masz dopiero szesnaście lat. – Pokręciłam głową z niedowierzaniem. – Jesteś taki... gigantyczny.

– Ale fasolowa tyka. – Skrzywił się. – Wejdźmy do środka, bo przemokniesz.

Poprowadził mnie ku drzwiom.

Po drodze swoimi wielkimi dłońmi zgarnął włosy w grubą kitkę, którą zabezpieczył wyjętą z kieszonki gumką.

– Hej, tato – zawołał od progu. – Zobacz, kto do nas wpadł.

Billy czytał coś w maleńkim saloniku. Na mój widok odłożył książkę i podjechał wózkiem bliżej.

– No, no! Kto by się spodziewał! Miło cię widzieć, Bello.

Podaliśmy sobie ręce. Dłoń starszego Indianina też była dwa razy większa od mojej.

– Co cię do nas sprowadza? U Charliego wszystko w porządku?

– Nic się takiego nie stało. Przyjechałam z powodów ściśle towarzyskich. Po prostu stęskniłam się za Jacobem. Nie widzieliśmy się od wieków.

Chłopakowi zapaliły się oczy. Uśmiechał się teraz tak szeroko, że bolały go pewnie policzki.

– Zostaniesz na obiedzie, prawda? – spytał z nadzieją Billy.

– Nie mogę. Kto nakarmi Charliego, kiedy nie wrócę na czas?

– To nie problem. – Billy zapalił się do swojego pomysłu. – Zaraz do niego zadzwonię i też go zaproszę.

Zaśmiałam się, żeby ukryć panikę.

– Spokojnie, jeszcze tu wrócę. I przyrzekam, że nie za osiem miesięcy. Mogę wpadać tak często, że w końcu sami mnie przegonicie.

Planowałam, że po wyremontowaniu dla mnie motoru Jacob zacznie udzielać mi lekcji jazdy na jednośladzie.

Billy też się zaśmiał.

– No dobrze. Może innym razem.

– To co robimy? – spytał Jacob. – Na co masz ochotę?

– Och, czy ja wiem? A co robiłeś, kiedy się pojawiłam? Na pewno ci w czymś przeszkodziłam.

W domu Blacków czułam się wyjątkowo dobrze. Jak przez mgłę pamiętałam go z dzieciństwa, ale nie należał do tego okresu z mojej przeszłości, do którego wolałam nie wracać.

Jacob zawahał się.

– Wychodziłem akurat popracować nad samochodem, ale jeśli cię to nie interesuje, to...

– Nie, nie – przerwałam mu. – Jestem bardzo ciekawa twojego samochodu.

– Skoro tak mówisz. – Trudno mu było w to uwierzyć. – Jest w garażu za domem.

Świetnie, pomyślałam. Pomachałam Billy'emu.

– Do zobaczenia!

Garaż krył się za gęstą kępą drzew i krzewów. Zbudowano go z kilku połączonych z sobą gotowych szop. W środku, wsparte na czterech cegłach z żużlobetonu, stało na pierwszy rzut oka skończone już auto. Rozpoznałam znaczek na osłonie chłodnicy.

– Co to za volkswagen? – spytałam.

– Stary rabbit, rocznik '86. Klasyka.

– Jak ci idzie?

– Już prawie gotowy – oświadczył wesoło. I zaraz dodał nieco smutniejszym tonem: – Tata bardzo sumiennie wywiązuje się z tamtej wiosennej obietnicy.

– Ach, tak – mruknęłam.

Jacob wydawał się rozumieć, że nie mam ochoty poruszać tego tematu. W maju Billy przyrzekł mu sfinansowanie zakupu części w zamian za wcielenie się w posłańca. W rezultacie chłopak pojawił się na naszym balu absolwentów, aby przekazać mi, że powinnam trzymać się z daleka od najważniejszej osoby w moim życiu. Billy niepotrzebnie się przejmował: Osoba sama się zwinęła. Nic mi już nie groziło.

Przynajmniej na razie, bo z pomocą Jacoba chciałam to zmienić. Przeszłam do rzeczy.

– Znasz się na motocyklach?

Wzruszył ramionami.

– Tak sobie. Mój kumpel Embry ma terenowy. Czasami w nim grzebiemy. A co?

– Tak się składa, że... – Zacisnęłam usta. Nie miałam pewności, czy się komuś nie wygada, ale z drugiej strony, do kogo innego mogłam się zwrócić? – Kupiłam niedawno dwa motory, oba dosyć zdezelowane, i zastanawiałam się, czy nie mógłbyś doprowadzić ich do porządku.

– Brzmi interesująco. – Wyglądał na podekscytowanego. – Mogę spróbować.

– Jest tylko jedno ale. – Pogroziłam mu palcem. – Ani słowa Billy'emu. Charlie nienawidzi motorów. Dostałby zawału, gdyby się dowiedział.

Jacob uśmiechnął się łobuzersko.

– Jasne, rozumiem.

– Zapłacę ci.

– No coś ty – obruszył się. – Chcę ci pomóc.

– Ale po naprawie będę musiała jeszcze pobierać u ciebie lekcje jazdy.

– Nie możesz mi płacić.

– To co powiesz na małą wymianę? – Dopiero teraz przyszło mi to do głowy. – Potrzebny mi tylko jeden motor. Drugi będzie dla ciebie.

– Hm... Okej. Skoro nie miałabyś z drugim co zrobić...

– Czekaj, czekaj... Czy ty w ogóle możesz jeździć legalnie? Kiedy masz urodziny?

– Przegapiłaś je. – Udał obrażonego. – Oczekuję przeprosin.

– Przepraszam, przepraszam.

– Nic nie szkodzi. Ja też twoje przegapiłem. Które to były, czterdzieste?

– Blisko.

– Może wyprawimy wspólne przyjęcie, żeby to nadrobić?

– Lepiej chodźmy gdzieś w dwójkę – zasugerowałam odruchowo.

Znowu zapaliły się mu oczy. Stwierdziłam w duchu, że muszę się pohamować, zanim chłopak dojdzie do niewłaściwych wniosków. Nie flirtowałam – od miesięcy nie czułam się po prostu tak swobodnie. Było to takie przyjemne, że opanowanie się przychodziło z trudem.

– Jak motory będą gotowe. Żeby to uczcić – dodałam szybko.

– Umowa stoi. Kiedy je przywieziesz?

– Są w furgonetce – przyznałam, nieco zawstydzona swoją zuchwałością.

– Super. – Najwyraźniej rzeczywiście tak uważał.

– Czy Billy nie zauważy nas przez okno?

Jacob mrugnął do mnie znacząco.

– Będziemy ostrożni.

Obeszliśmy powoli dom, udając na wszelki wypadek, że wybieramy się na spacer, a potem przekradliśmy się do furgonetki pod osłoną drzew. Jacob ściągnął oba motory bez mojej pomocy, po czym dociągnął je pojedynczo do zarośli, w których się ukrywałam. Zachowywał się tak, jakby wcale nie ważyły tyle, co przed godziną. Byłam pod wrażeniem.

– Są w całkiem dobrym stanie – ocenił moje zdobycze, kiedy zaciągaliśmy je do garażu. – Ten to nawet będzie coś wart, jak z nim skończę. To stary Harley Sprint.

– Jest twój.

– Mówisz serio?

– Jak najbardziej.

Jacob przyjrzał się poczerniałym metalowym elementom.

– Musimy najpierw odłożyć trochę forsy na części. Uprzedzam, że to dość kosztowne hobby.

– Nie „musimy", tylko „muszę" – poprawiłam. – Skoro robociznę zapewniasz gratis, ja płacę za resztę.

– Czy ja wiem...

– Mam oszczędności – pocieszyłam go. – Taki fundusz na studia.

Mniejsza o nie, pomyślałam. I tak nie uzbierałam na tyle dużo, by móc wybrać jakąś prestiżową uczelnię – a nawet gdyby tak było, nie miałam zamiaru wyjeżdżać z Forks. Uznałam, że nic się nie stanie, jeśli uszczknę coś z zaoszczędzonej sumy.

Jacob pokiwał głową. Jeśli były pieniądze, to wszystko w porządku. Nie widział w moim postępowaniu niczego złego.

Miałam wielkie szczęście, że to akurat on był jedynym znanym mi mechanikiem-amatorem. Tylko nastoletni chłopak przystałby na taki układ: naprawianie niebezpiecznych w obsłudze pojazdów w tajemnicy przed rodzicami, w dodatku za pieniądze przeznaczone na studia. Tak, Jacob był prezentem od losu.

6 *Przyjaciele*

Żeby zachować nasze plany w tajemnicy, wystarczyło zostawić motocykle w garażu – Billy na swoim wózku nigdy się tam nie zapuszczał, bo uniemożliwiała mu to nierówna powierzchnia podwórka.

Jacob otworzył drzwiczki rabbita, żebym miała gdzie usiąść, i od razu zabrał się do rozbierania czerwonego motoru przeznaczonego dla mnie. Pracując, bardzo się rozgadał, co było mi na rękę. Od czasu do czasu zadawałam mu co najwyżej jakieś narzucające się pytanie. Opowiedział mi o tym, jak mu idzie w szkole, a potem przeszedł do opisu swoich dwóch najlepszych przyjaciół.

– Quil i Embry? – powtórzyłam. – Oryginalne imiona.

Chłopak parsknął śmiechem.

– Quil odziedziczył swoje po pradziadku, a Embry to bodajże imię gwiazdy seriali sprzed lat. Ale nabijać się nie mam szans – próbowałem raz czy dwa i dostałem takie manto, że mi się odechciało.

– Świetni kumple – zauważyłam z sarkazmem.

– Nie, to naprawdę równi goście. Tylko nie lubią, jak ktoś się z nich śmieje.

W tym samym momencie ktoś zawołał go z zewnątrz.

– Jacob? Jesteś tam?

– To Billy? – Poderwałam się z miejsca.

– Nie. – Jacob zrobił zawstydzoną minę. Chyba się zarumienił, ale z powodu jego karnacji nie było to łatwe do ustalenia. – O wilku mowa.

– Jake? Hop, hop! To my!

Głos się przybliżył.

– Jestem, jestem! – odkrzyknął Jacob.

Po chwili do garażu weszło dwóch wysokich indiańskich chłopaków. Jeden z nich był równie szczupły, jak mój przyjaciel, ale włosy miał krótsze, do ramion. Jego obcięty na jeża towarzysz nie dorównywał mu wzrostem, ale za to imponował mięśniami klatki piersiowej. Sądząc po tym, jak się nosił, był ze swojej muskulatury bardzo dumny.

Na mój widok obu zatkało. Chudzielec zaczął zerkać to na mnie, to na Jacoba, a mięśniak przyjrzał mi się dokładnie.

– Cześć – przywitał się zmieszany Jacob.

– Cześć, cześć – odpowiedział powoli niższy z chłopaków, nie odrywając ode mnie wzroku. Na jego twarzy rozkwitł tak serdeczny uśmiech, że nie mogłam go nie odwzajemnić. – Hej – rzucił do mnie.

– Bello, poznaj Quila i Embry'ego – przedstawił kolegów Jacob. – A to Bella, moja dobra znajoma.

Nowo przybyli wymienili między sobą znaczące spojrzenia.

– Ta Bella od Charliego? – upewnił się mięśniak.

– Tak, to ja – potwierdziłam.

– Quil Ateara. – Uścisnęliśmy sobie dłonie. Chyba pomylił moją ze sztangą.

– Miło cię poznać, Quil.

– Cześć, Bello. Jestem Embry. Embry Call. – Chudzielec tylko pomachał mi nieśmiało i szybko schował rękę w kieszeni spodni. – Zresztą chyba sama się domyśliłaś.

– Nie było trudno. Ciebie też miło poznać, Embry.

– Co porabiacie? – spytał śmiało Quil. Cały czas nie odrywał ode mnie wzroku.

– Planujemy z Bellą uruchomić te dwa motory – wyjawił Jacob. Magiczne słowo „motory" odwróciło uwagę chłopców od faktu, że zastali kumpla sam na sam z dziewczyną. Rzucili się oglądać maszyny, zasypując Jacoba gradem fachowych pytań. Nie znałam połowy używanych przez nich terminów. Doszłam do wniosku, że bez chromosomu Y nigdy nie będę w stanie w pełni zrozumieć ich ekscytacji.

Byli wciąż pogrążeni w rozmowie, kiedy zadecydowałam, że jeśli chcę zdążyć do domu przed Charliem, muszę się już zbierać. Z westchnieniem wygramoliłam się z rabbita.

Jacob podniósł głowę.

– Zanudzamy cię na śmierć, prawda? – spytał przepraszającym tonem.

– Nie, skąd. – Nie kłamałam. O dziwo, naprawdę dobrze się bawiłam. – Obowiązki wzywają. Wiesz, ten obiad dla Charliego.

– No tak... Tak sobie myślę, że do wieczora rozłożę oba na części i zobaczę, co trzeba będzie dokupić. Kiedy znowu wpadniesz?

– Mogę przyjść już jutro, jeśli nie masz nic przeciwko.

W niedzielę zawsze się męczyłam. W końcu ile godzin można było przeznaczyć na prace domowe.

Quil dźgnął Embry'ego w bok i rzucił mu kolejne porozumiewawcze spojrzenie. Jacob na szczęście nie patrzył w ich stronę.

– Bomba – ucieszył się.

– Może zrób listę i pojedziemy na zakupy – zaproponowałam.

Odrobinę posmutniał.

– Nadal mi głupio, że chcesz wszystko fundować.

Cmoknęłam zniecierpliwiona.

– To uczciwa wymiana: ja zapewniam części, ty robociznę i fachową wiedzę.

Embry wywrócił oczami.

– Nie, to jakoś nie w porządku – upierał się Jacob.

– Jake, gdybym zawiozła te motory do mechanika, to ile by sobie policzył, co?

Uśmiechnął się.

– Okej, okej.

– Nie wspominając o lekcjach nauki jazdy – przypomniałam.

Quil rzucił jakiś komentarz, którego nie dosłyszałam. Jacob zdzielił go po głowie.

– Ej, bo obaj wylecicie!

– Nie, nie – zaprotestowałam. – Oni zostają, a ja lecę. Do jutra, Jacob.

Gdy tylko wyszłam z garażu, usłyszałam chóralne „uuu!", a zaraz potem odgłosy przepychanki, przerywane okrzykami „auć!" i „hej!".

– Jeśli jeden z was postawi na moim terenie choćby czubek palca u stopy...

Nie przerwałam marszu, więc nie dowiedziałam się, jak Jacob zakończył tę groźbę. Zachichotałam.

Boże, zachichotałam! Ze zdumienia otworzyłam szeroko oczy. Śmiałam się, naprawdę się śmiałam, i to będąc zupełnie sama. Poczułam się taka lekka, że zachichotałam raz jeszcze, tylko po to, by przedłużyć tę magiczną chwilę.

Udało mi się dojechać do domu przed Charliem. Kiedy wszedł do kuchni, przekładałam właśnie kawałki smażonego kurczaka z rondla na stos papierowych ręczników.

– Cześć, tato – przywitałam się radośnie.

Moja mina i ton głosu zaszokowały go, ale szybko się opanował.

– Cześć, skarbie – powiedział, niezdecydowany, jak się zachować. – Dobrze się bawiłaś u Blacków?

Zaczęłam nakrywać do stołu.

– Było fantastycznie.

– To dobrze. – Wciąż miał się na baczności. – Robiliście z Jacobem coś ciekawego?

Teraz to ja musiałam mieć się na baczności.

– Siedziałam z nim w garażu i przyglądałam się, jak pracuje. Wiedziałeś, że remontuje starego volkswagena?

– Tak, Billy coś wspominał.

Przesłuchanie dobiegło końca, bo Charlie zasiadł do obiadu, ale nawet przeżuwając, podejrzliwie mi się przyglądał.

Po posiłku sprzątnęłam dwukrotnie kuchnię, celowo przeciągając każdą czynność, po czym przeniosłam się do saloniku, gdzie ojciec oglądał mecz hokejowy, i zasiadłam do odrabiania lekcji.

Zwlekałam z pójściem spać tak długo, jak to było możliwe. Wreszcie Charlie oświadczył, że już późno, a kiedy nie zareagowałam, wstał, przeciągnął się i wyszedł, gasząc za sobą światło. Podniosłam się z niechęcią.

Wchodząc po schodach, poczułam, że mój organizm opuszczają resztki dobrego samopoczucia, które pojawiło się tak niespodziewanie tego popołudnia, a jego miejsce zajmuje niemy strach przed tym, z czym zapewne miało być mi dane się zmierzyć.

Nie chroniła mnie dłużej warstwa otępienia. Nie wątpiłam, że nadchodząca noc będzie równie potworna, co poprzednia. Umywszy się, wsunęłam się pod kołdrę i zwinęłam w kłębek, przygotowana na powitanie pierwszej fali bólu. Zacisnęłam oczy... a kiedy je otworzyłam, był już ranek.

Przez szyby wlewało się do pokoju blade, srebrzyste światło. Zaskoczona, długo wpatrywałam się w okno.

Po raz pierwszy od ponad czterech miesięcy nic mi się nie przyśniło, więc i nie obudziłam się z krzykiem. Nie umiałam określić, co przeważa w moim sercu: ulga czy szok.

Nie ruszyłam się z łóżka jeszcze przez kilka minut, pewna, że lada moment coś się jednak pojawi – jeśli nie ból, to dawne odrętwienie. Czekałam, ale nic się nie działo. Czułam się jedynie nadzwyczaj wypoczęta.

Nie wierzyłam, że taki stan rzeczy będzie trwały. Stąpałam po cienkim lodzie – w każdej chwili mogłam na powrót znaleźć się w mrocznych głębinach. Samo rozglądanie się po pokoju oprzytomniałymi oczami (był taki czysty, jakby nikt w nim nie mieszkał) wydawało mi się być potencjalnie niebezpieczne.

Odpędziłam tę myśl i ubierając się, skupiłam się na tym, że jadę odwiedzić Jacoba. Nieśmiało kiełkowała we mnie nadzieja. Może miało być tak samo miło, co wczoraj? Może miałam znów znaleźć w sobie dość energii, by rozmawiać w pełni naturalnie, a nie tylko mechanicznie potakiwać i sztucznie się uśmiechać? Może... Ale i w to nie byłam gotowa uwierzyć. Nie miałam zamiaru narażać się na tak wielkie rozczarowanie.

Przy śniadaniu Charlie nadal prowadził swoje obserwacje, był jedynie nieco bardziej dyskretny. Nie oderwał wzroku od jedzonych przez siebie jajek, dopóki nie uznał, że nie patrzę w jego stronę.

– Jakie masz plany na dzisiaj? – spytał, niby to od niechcenia.

– Znowu jadę do Blacków.

– Ach, tak.

– A co? – udałam troskę. – Mogę zostać, jeśli chcesz.

Rzucił mi spojrzenie pełne paniki.

– Nie, nie, jedź. Nie będę sam – Harry przyjdzie na mecz.

– Może Harry mógłby przywieźć Billy'ego? – zasugerowałam przebiegle. Im mniej świadków, tym lepiej.

– Ty masz łeb. Zaraz do obu zadzwonię.

Nie byłam pewna, czy ten cały mecz to nic więcej jak pretekst, żeby wygonić mnie z domu, ale ojciec wyglądał na dostatecznie podekscytowanego. Kiedy poszedł zatelefonować, założyłam kurtkę. W kieszeni miałam książeczkę czekową. Czułam się z nią nieswojo. Nigdy wcześniej nie nosiłam jej przy sobie.

Na dworze lało jak z cebra. Widoczność była fatalna. Musiałam jechać jeszcze wolniej, niż to miałam w zwyczaju, a na prowadzącej do domu Blacków gruntowej drodze nieomal ugrzęzłam w błocie. Zanim jeszcze zgasiłam silnik, Jacob wybiegł mi na spotkanie z wielkim czarnym parasolem w dłoni.

Przytrzymał go nade mną, kiedy wysiadałam.

– Dzwonił Charlie – wyjaśnił z uśmiechem. – Powiedział, żeby ciebie wyglądać.

– Cześć.

Odwzajemniłam uśmiech zupełnie machinalnie i bez najmniejszego wysiłku. Chociaż deszcz był lodowaty, poczułam, żc po moim ciele rozlewa się przyjemne ciepło.

– Miałaś świetny pomysł z tym zaproszeniem Billy'ego – ciągnął Jacob. – Przybij piątkę.

Musiałam wspiąć się na palce, żeby dosięgnąć jego podniesionej dłoni. Widząc moje wysiłki, rozcśmiał się.

Kilka minut później zjawił się Harry, żeby zabrać Billy'ego. Żeby zabić jakoś czas do wyjazdu mężczyzn, Jacob pokazał mi swój maleńki pokoik.

– To dokąd teraz pan rozkaże? – spytałam, kiedy zamknęły się za nimi drzwi.

Jacob wyjął z kieszeni kartkę papieru i starannie ją rozprostował.

– Zaczniemy od wysypiska, tak na wszelki wypadek. A nuż się nam poszczęści. Bo uprzedzam raz jeszcze, to droga impreza. Będziesz musiała zainwestować w te motory naprawdę dużo pieniędzy. – Moja twarz nawet nie drgnęła, więc dodał z powagą: – W grę może wchodzi suma powyżej stu dolarów.

Wyciągnęłam książeczkę czekową i powachlowałam się nią nonszalancko.

– Mamy za co szaleć.

To był niezwykły dzień. Świetnie się bawiłam. Nawet na wysypisku – w deszczu, po kostki w błocie. Z początku zastanawiałam się, czy to nie wynik szoku wywołanego moim oprzytomnieniem, ale stwierdziłam, że to naciągana koncepcja. Bardziej skłaniałam się ku hipotezie, że moje dobre samopoczucie jest efektem przebywania w towarzystwie Jacoba. Nie chodziło tylko o to, że traktował mnie inaczej niż pozostali. Owszem, zawsze bardzo cieszył się na mój widok i nie zerkał na mnie po kryjomu, żeby nakryć mnie na czymś sugerującym, że oszalałam lub wpadłam w depresję, ale to, jak się do mnie odnosił, nie odgrywało decydującej roli. Liczyła się przede wszystkim jego osobowość.

Jacob był niesłychanie wesołą osobą. Wrodzona radość życia biła od niego niczym aura i udzielała się każdemu, kto znalazł się w pobliżu. Przypominał słońce. Natura obdarzyła go wewnętrznym ciepłem, którym ogrzewał wszystkich szczodrze i bezwarunkowo.

Trudno się było dziwić, że nie mogłam się doczekać naszego spotkania.

Nie straciłam dobrego humoru nawet wtedy, kiedy chłopak zauważył, że w desce rozdzielczej mojej furgonetki zieje wielka dziura.

– Słyszałem, że dostałaś super radio – napomknął. – I co, zepsuło się?

– Tak – skłamałam.

Przyjrzał się otworowi.

– Kto ci je demontował? To wygląda na robotę złodzieja, a nie serwisanta.

– Sama je wyjęłam – wyznałam.

Jacob zachichotał.

– Chyba nie powinnaś tykać tych dwóch motorów.

– Proszę cię bardzo.

Zdaniem Jacoba, na wysypisku dopisało nam szczęście: zabraliśmy stamtąd z sobą kilkanaście poczerniałych od smaru części. Byłam pełna podziwu dla mojego przyjaciela za to, że potrafił powiedzieć, do czego służą.

Następnie udaliśmy się do sklepu Checker Auto Parts w Hoquiam. Jazda moją furgonetką na południe zajęła ponad dwie godziny, ale z Jacobem czas mijał szybko. Opowiadał o swoich znajomych i o szkole, a ja z własnej woli zadawałam mu wiele pytań, autentycznie zainteresowana jego życiem.

– Tylko ja gadam – poskarżył się, skończywszy długą opowieść o tym, jak to Quil wpakował się w tarapaty, gdy zaprosił na randkę dziewczynę faceta z ostatniej klasy. – Może teraz dla odmiany ty przejmiesz pałeczkę? Co słychać w Forks? Nie powiesz mi, że w La Push więcej się dzieje.

– Mylisz się – westchnęłam. – Twoi znajomi mają o wiele ciekawsze przygody od moich. I masz fajnych kumpli. Quil jest taki zabawny.

Jacob posmutniał.

– Chyba mu się spodobałaś.

Zaśmiałam się.

– Jest dla mnie odrobinkę za młody.

Mój towarzysz jeszcze bardziej się zasępił.

– Między wami nie ma wcale takiej dużej różnicy wieku. Tylko rok z kawałkiem.

Podejrzewałam, że nie o Quilu już mowa. Postanowiłam sprowadzić wszystko do żartu.

– Teoretycznie tak, ale trzeba też brać pod uwagę to, że dziewczyny szybciej dojrzewają psychicznie. Jakby spojrzeć na to pod tym kątem, wyszłoby, że jestem od niego starsza o jakieś pięć, sześć lat.

Rozweseliłam go.

– Niech ci będzie, ale jeśli chcesz być taka wybredna, musisz wziąć poprawkę na to, że sama mocno odbiegasz od normy: Quil – psychicznej, a ty – fizycznej. Jesteś strasznie niska. To ze trzy punkty karne, trzy lata do odjęcia.

– Metr sześćdziesiąt trzy to zupełnie przyzwoity wynik – żachnęłam się. – To ty jesteś wybrykiem natury.

Przekomarzaliśmy się całą drogę do Hoquiam, to dodając, to ujmując sobie lat, zależnie od różnych naszych cech i uzdolnień bądź ich braku. Straciłam jeszcze dwa lata za to, że nie umiałam zmieniać koła, ale Jacob zgodził się oddać mi jeden rok, bo sprawowałam pieczę nad domowymi rachunkami. Przerwaliśmy zabawę dopiero w Checker, gdzie musiał skoncentrować się na zakupach. Jako że znaleźliśmy wszystko, co było na liście, zapewnił mnie, że doprowadzenie motorów do porządku to tylko kwestia czasu.

Kiedy wróciliśmy do La Push, ja „miałam" dwadzieścia trzy lata, a Jacob trzydzieści – widać było, kto walczył jak lew, żeby wyszło na jego.

Mimo bogatego we wrażenia przedpołudnia, nie zapomniałam bynajmniej, po co bawię się w mechanika. Chociaż (dzięki Jacobowi) sprawiało mi to o wiele większą przyjemność, niż się tego spodziewałam, moje pierwotne postanowienie nie straciło na ważności. Nadal pragnęłam złamać dane Komuś słowo. Nie miało to większego sensu, ale nie dbałam o to – nie zamierzałam jako jedyna strona dotrzymywać warunków umowy. Zamierzałam za to być nierozważna aż do bólu.

Billy'ego jeszcze nie było w domu, więc mogliśmy spokojnie przenieść nasze zdobycze do garażu. Gdy tylko rozłożyliśmy je schludnie na płacie folii, Jacob zabrał się do roboty. Nie przerywając pogawędki, manipulował z wprawą przy metalowych elementach.

Przyglądałam się poczynaniom chłopaka z nieskrywaną fascynacją. Trudno było uwierzyć, że palce jego wielkich dłoni mogą wykonywać tak delikatne i precyzyjne zadania. Gdy stał, z powodu swojego wzrostu i olbrzymich stóp wydawał się równie niezdarny co ja, ale teraz jego ruchom nie można było odmówić gracji.

Quil i Embry nie pojawili się – chyba potraktowali wczorajsze groźby Jacoba serio.

Ani się obejrzeliśmy, jak zapadł zmrok, a jakiś czas później moich uszu dobiegło wołanie.

Rozpoznałam głos Billy'ego i rzuciłam się pomóc Jacobowi uprzątnąć części, ale zawahałam się, nie wiedząc, co mogę ruszyć.

– Zostawmy je tak, jak są – stwierdził chłopak. – Jeszcze tu dziś wrócę.

– Tylko nie zapomnij odrobić wpierw zadań domowych – zastrzegłam, czując lekkie wyrzuty sumienia. Nie chciałam, żeby z powodu motocykli spotkały go jakieś kłopoty. Szaleć miałam tylko ja.

– Bella!

Podskoczyliśmy jak oparzeni. Tym razem wołał Charlie. Był gdzieś niedaleko.

– Cholera – mruknęłam. – Już idę! – krzyknęłam w stronę domu.

Jacob się uśmiechał. To, że mamy sekrety przed rodzicami, wyraźnie go bawiło. Zgasił światło i korzystając z tego, że na moment oślepłam, wziął mnie za rękę i wyciągnął z garażu. Sam nie miał kłopotu ze znalezieniem w ciemności właściwej ścieżki. Jego dłoń była szorstka i bardzo ciepła.

On może znał ścieżkę, ale ja nie, więc kilka razy się potknęłam i wpadłam na niego. Za każdym razem wybuchaliśmy śmiechem i kiedy wyszliśmy w światło podwórka, śmialiśmy się nadal. Odzwyczaiłam się od tej czynności. Było mi dobrze i zarazem dziwnie. Na szczęście Jacob nie zwracał uwagi na to, czy śmieję się dość naturalnie.

Charlie stał nieopodal werandy na tyłach domu, a Billy siedział w wózku na progu.

– Cześć, tato – powiedzieliśmy z Jacobem jednocześnie, co wywołało u nas kolejny atak wesołości.

Charlie znów był w szoku. Zauważyłam, że zerknął na nasze splecione dłonie.

– Billy zaprosił nas na obiad – oznajmił sztucznie obojętnym tonem.

– Zrobiłem spaghetti – dodał Billy z powagą. – Według przepisu, który w naszej rodzinie przekazuje się z pokolenia na pokolenie.

Jacob prychnął.

– Nie sądzę, żeby spaghetti było bardzo popularne wśród Indian w dziewiętnastym wieku.

W domu było tłoczno – przyjechał też Harry Clearwater z rodziną. Jego żonę Sue pamiętałam z dzieciństwa. Córka Leah, egzotyczna piękność, miała idealnie gładką cerę, kruczoczarne włosy i rzęsy jak wachlarze. Tak jak ja, chodziła do ostatniej klasy liceum, ale była rok ode mnie starsza. Nie udało mi się zamienić z nią ani słowa, bo przez całą wizytę wisiała na telefonie. Jej czternastoletni brat Seth przyczepił się z kolei do Jacoba – zasłuchany, wodził za nim pełnym uwielbienia wzrokiem.

Nie zmieścilibyśmy się przy kuchennym stole, więc Charlie i Harry wystawili krzesła na podwórze*. Jedliśmy spaghetti w świetle bijącym przez uchylone drzwi, trzymając talerze na kolanach. Mężczyźni rozmawiali o meczu i umawiali się na ryby. Sue wypominała w żartach mężowi, że je za dużo cholesterolu, i starała się bez rezultatu przekonać go do zieleniny. Jacob rozmawiał głównie ze mną i z Sethem, który wtrącał się co chwila, żeby uwielbiany idol nie zapomniał o jego obecności. Charlie przyglądał mi się ukradkiem. Chyba chciał się upewnić, że nie śni.

Było bardzo głośno. Co rusz kilka osób mówiło naraz albo wybuch śmiechu części zebranych przerywał anegdotę opowiadaną w przeciwległym rogu. Nie musiałam często zabierać głosu, ale dużo się uśmiechałam, sama z siebie.

Mogłabym tak siedzieć bez końca.

Niestety, jak na stan Waszyngton przystało, wkrótce zaczęło padać i nie pozostało nam nic innego, jak rozjechać się do domów – w saloniku Billy'ego było za mało miejsca, żeby ugościć nas wszystkich. Charlie przyjechał do Blacków z Clearwaterami, więc wracaliśmy w dwójkę moją furgonetką. Po drodze wypytywał, jak mi minął dzień. Z grubsza powiedziałam prawdę – że załatwialiśmy z Jacobem części, a potem obserwowałam go przy pracy.

– Odwiedzisz go znowu w najbliższej przyszłości? – Próbował maskować swoją ciekawość.

---

* Autorka całe życie mieszkała w ciepłym, pustynnym klimacie stanów Arizona i Utah i bez przerwy zapomina, że w styczniu w stanie Waszyngton jest zimno, myli pory wegetacji roślin itp. – przyp. tłum.

– Umówiliśmy się jutro po szkole – zdradziłam. – Ale nie martw się, odrobię lekcje w warsztacie.

– Obyś nie zapomniała! – Tak naprawdę był zachwycony.

Im bliżej byliśmy Forks, tym dotkliwiej brakowało mi pogody ducha Jacoba. Robiłam się coraz bardziej podenerwowana. Nie miałam ochoty znaleźć się na powrót sama w swoim pokoju. Byłam pewna, że nie uda mi się wymknąć koszmarom dwie noce z rzędu.

Żeby opóźnić moment położenia się spać, sprawdziłam stan swojej skrzynki mailowej. Okazało się, że mam nową wiadomość od Renée.

Pisała o tym, jak spędziła dzień, o kółku literackim, na które zapisała się, zrezygnowawszy z kursu medytacji, i o tym, że w zeszłym tygodniu miała zastępstwo w drugiej klasie i tęskniła za swoimi przedszkolakami. Phil chwalił sobie nową posadę trenera. Planowali pojechać w drugą podróż poślubną do Disney World.

Uświadomiłam sobie, że jej mail przypomina bardziej wpis w pamiętniku niż tekst adresowany do drugiej osoby. Zrobiło mi się za siebie wstyd. Byłam wyrodną córką.

Odpisałam bezzwłocznie. Nie tylko skomentowałam każdy fragment jej listu, ale także dodałam kilka informacji o sobie. Opisałam wieczór u Blacków i to, jak się czułam, obserwując Jacoba składającego umiejętnie kawałki metalu w całość. Niczym nie zasygnalizowałam, że zdaję sobie sprawę, jak bardzo mój mail różni się od tych, które dostawała ode mnie od września. Nie pamiętałam prawie nic z tego, co napisałam tydzień wcześniej, ale musiało być to okropnie lakoniczne i bezduszne. Im dłużej myślałam o tym, jak traktowałam ostatnio mamę, tym większe czułam wyrzuty sumienia. Pewnie bardzo się o mnie martwiła.

Siedziałam celowo do późna, robiąc nawet te ćwiczenia, które nie były zadane, jednak ani senność, ani płytko zakorzeniona radość utrzymująca się po spotkaniu z Jacobem nie zdołały uchronić mnie przed powrotem koszmaru. Obudziłam się roztrzęsiona. Mój krzyk stłumiła poduszka.

Przez okno wpadało przyćmione światło przefiltrowane przez grube pokłady porannej mgły. Zostałam w łóżku, żeby otrząsnąć się z resztek męczącego snu. Zmienił się w nim pewien szczegół i zachodziłam w głowę, czemu.

Tej nocy nie snułam się po lesie sama. Towarzyszył mi Sam Uley – mężczyzna, który tamtego dnia, do którego nie chciałam wracać, znalazł mnie wśród paproci. W życiu nie wpadłabym na to, że mógłby nawiedzić mnie we śnie. Ciemne oczy Indianina były zaskakująco nieprzyjazne, kryły w sobie jakąś mroczną tajemnicę. Zerkałam na niego tak często, jak tylko pozwalało mi na to prowadzenie moich histerycznych poszukiwań. Chociaż, jak zawsze, w moim koszmarze górę brała panika, czułam się też nieswojo z powodu obecności Sama. Być może było tak dlatego, że kiedy patrzyłam na niego kątem oka, jego postać drgała, niemal się rozmywała. Nie odzywał się – stał tylko i przyglądał mi się spode łba. W odróżnieniu od swojego odpowiednika w rzeczywistym świecie, nie miał najmniejszej ochoty mi pomóc.

Przy śniadaniu Charlie nadal się na mnie gapił. Usiłowałam go ignorować, tłumacząc sobie, że zasługuję na takie traktowanie. Spodziewałam się, że ojciec dopiero za kilka tygodni uwierzy, że moje odrętwienie znikło na dobre. Cóż, trzeba było to jakoś ścierpieć. W końcu i ja miałam wyglądać powrotu zombie. Dwa dni normalności nie oznaczały jeszcze całkowitego wyleczenia.

W szkole, wręcz przeciwnie, ignorowano mnie. Do tej pory nie miałam o tym pojęcia. Dziwnie było odkryć, że stałam się niewidzialna.

Przypomniało mi się, jak to było, kiedy pojawiłam się tu po raz pierwszy. Marzyłam wówczas, żeby zmienić się w kameleona i wtopić w szarość mokrego betonu chodnika. Najwyraźniej moja prośba została wysłuchana – z rocznym opóźnieniem. Nikt mnie nie witał, nikt nie zagadywał. Nawet nauczyciele prześlizgiwali się po mnie wzrokiem, jakby moje krzesło stało puste.

Słyszałam nareszcie otaczające mnie zewsząd głosy, więc cały ranek podsłuchiwałam. Starałam się wywnioskować z fragmentów rozmów, co dzieje się w szkole i w miasteczku, ale były one zbytnio oderwane od kontekstu. Zniechęcona, po godzinie dałam za wygraną.

Kiedy zajmowałam swoje miejsce na matematyce, Jessica nie podniosła głowy.

– Hej, Jess – powiedziałam z udawaną nonszalancją. – Jak tam weekend?

Rzuciła mi pełne podejrzliwości spojrzenie. Czy jeszcze się na mnie gniewała? A może brakowało jej cierpliwości, by zadawać się z wariatką?

– Ekstra – mruknęła. Natychmiast przeniosła wzrok na swój otwarty podręcznik.

– To fajnie – wymamrotałam.

Przekonywałam się właśnie na własnej skórze, co oznacza określenie „traktować kogoś ozięble" – od mojej koleżanki bił taki chłód, że zrobiło mi się zimno. Bardzo zimno. Zdjęłam z oparcia krzesła kurtkę i założyłam ją z powrotem na siebie.

Czwarta lekcja przedłużyła się, przcz co spóźniłam się na lunch. Mój stały stolik w stołówce okupowała już niemal cała paczka: Mike, Jessica, Angela, Conner, Tyler, Eric i Lauren. Koło Erica siedziała niejaka Katie Marshall – mieszkająca niedaleko mnie ruda trzecioklasistka – a obok niej Austin Marks, starszy brat chłopaka, od którego dostałam motory. Zastanawiałam się, czy dołączyli do naszej paczki, kiedy chodziłam półprzytomna, czy też dziś dosiedli się po raz pierwszy.

Moja niewiedza zaczynała mnie drażnić. Równie dobrze mogłam była spędzić ostatnie miesiące w szczelnie zamkniętym pudle.

Na moje przybycie nikt nie zwrócił najmniejszej uwagi, chociaż nogi odsuwanego przeze mnie krzesła w kontakcie z linoleum wydały nieprzyjemny, ostry dźwięk.

Postanowiłam rozeznać się w tym, co słychać u moich znajomych, analizując zmiany w ich wyglądzie i to, co mówili. Siedzący najbliżej mnie Mike i Connor dyskutowali o sporcie, więc zwróciłam głowę w kierunku dziewczyn.

– Gdzie podziałaś Bena? – spytała Lauren Angelę. Nadstawiłam uszu. Czyżby Ben i Angela byli nadal parą?

Lauren bardzo się zmieniła, ledwie ją rozpoznałam. Długie jasne włosy zastąpiła krótka, wygolona na karku, chłopięca fryzurka. Byłam ciekawa, co skłoniło dziewczynę do wizyty u fryzjera. Czy we włosy wplątała jej się guma do żucia? Czy je sprzedała? A może wszystkie osoby, którym dokuczała, zmówiły się i zaatakowały ją z nożyczkami za salą gimnastyczną? Nie, to nie fair, pomyślałam. Daj jej czyste konto. Może jest już kimś zupełnie innym niż kiedyś, tak jak ty?

Angela też wyglądała inaczej – włosy bardzo jej urosły.

– Dostał grypy żołądkowej – wyjaśniła. – Biedaczek, całą noc wymiotował. Mam nadzieję, że to jedna z tych jednodniowych.

– Co porabiałyście w weekend? – spytała Jessica, ale takim tonem, że wątpiłam, aby była zainteresowana tym, co koleżanki mają jej do powiedzenia. Mogłam się założyć, że pytanie Jess to tylko pretekst, by opisać ze szczegółami własne przeżycia. Czyżby nasz wypad do kina? Czy byłam do tego stopnia niewidzialna, że można było plotkować na mój temat w mojej obecności?

– W sobotę mieliśmy urządzić piknik – wyjawiła Angela – ale… – zawahała się – ale po drodze zmieniliśmy zdanie.

Zmarszczyłam czoło. Jej wahanie przykuło moją uwagę. Lecz nie Jessiki.

– Och, jaka szkoda – rzuciła obojętnie, gotowa przejść do swojej opowieści.

Na szczęście nie byłam jedyną osobą, którą zaintrygowała odpowiedź Angeli.

– Co się takiego stało? – spytała Lauren.

– Hm… – Angela nigdy nie była gadułą, ale teraz dobierała słowa jeszcze staranniej niż zwykle. – Pojechaliśmy na północ, w stronę ciepłych źródeł. Jak się pójdzie jakieś dwa kilometry wzdłuż szlaku w głąb lasu, jest tam taka ładna polana. Byliśmy już prawie na miejscu, kiedy... coś nas wystraszyło.

– Wystraszyło? Co takiego? – Lauren pochyliła się do przodu. Nawet Jess zaciekawiła ta historia.

– Jakieś zwierzę – powiedziała Angela. – Nie wiemy, co to było. Miało czarną sierść, więc przypuszczamy, że niedźwiedź, bo co innego, tyle że... niedźwiedzie nie są takie ogromne.

– No nie, następni! – żachnęła się Lauren, a w jej oczach pojawiły się złośliwe ogniki. Najwyraźniej jej osobowość nie uległa jednak takiemu przeobrażeniu, co fryzura. – Tyler wciskał mi to samo w zeszłym tygodniu!

– Niedźwiedź tak blisko uzdrowiska? Niemożliwe. – Jessica stanęła po stronie Lauren.

Angela wbiła wzrok w blat stołu.

– Naprawdę go widzieliśmy – szepnęła nieśmiało.

Lauren prychnęła pogardliwie. Zerknęłam na Mike'a. Wciąż rozmawiał z Connerem. To ja musiałam przyjść Angeli z pomocą.

– Ona nie kłamie – wtrąciłam zniecierpliwiona. – W sobotę mieliśmy w sklepie klienta, który również widział niedźwiedzia. Całkiem blisko głównej drogi. Też mówił, że był czarny i wielki, prawda, Mike?

Zapadła cisza. Oczy wszystkich skierowały się w moją stronę. Rudowłosa Katie rozdziawiła usta, jakby własnie była świadkiem zamachu terrorystycznego. Przez kilka sekund nikt się nie poruszył.

– Mike? – wydusiłam z siebie, zbita z tropu. – Pamiętasz tego gościa w sklepie?

– J-jasne – wyjąkał. Nie wiedziałam, o co mu chodzi. Przecież rozmawiałam z nim regularnie w pracy. Przecież... A może nie uważał tamtych wymian zdań za rozmowy?

Mike otrząsnął się z szoku.

– Tak, mieliśmy takiego klienta – potwierdził. – Opowiadał, że widział olbrzymiego czarnego niedźwiedzia tuż na początku szlaku. Ponoć był większy od grizzly.

– Hm... – Lauren odrzuciła głowę do tyłu, obróciła się do Jessiki i zmieniła temat. – I jak tam, dostałaś już odpowiedź z USC*?

Wróciliśmy do przerwanych czynności i rozmów, z wyjątkiem Mike'a i Angeli. Angela uśmiechnęła się do mnie niepewnie. Szybko odwzajemniłam uśmiech.

– A jak tobie minął weekend? – spytał ostrożnie Mike.

Znów znalazłam się pod ostrzałem spojrzeń. Tylko Lauren udawała, że nie interesuje jej moja odpowiedź.

– W piątek byłam z Jessicą w kinie w Port Angeles, a w sobotę po południu i przez większość niedzieli siedziałam u znajomych w La Push.

Kiedy padło imię Jessiki, pozostali zerknęli na nią zaciekawieni. Wyglądała na poirytowaną. Nie wiedziałam, czy dlatego, że wstydziła się kontaktów ze mną, czy dlatego, że pozbawiłam ją szansy na wywołanie sensacji.

– Na jakim filmie byłyście? – ciągnął Mike. W kącikach jego ust czaił się już uśmiech.

– „Bez wyjścia". To ten o zombie. – Wyszczerzyłam zęby, żeby go zachęcić. Może przez te cztery miesiące nie spaliłam jednak za sobą wszystkich mostów.

– Słyszałem, że wbija w fotel. Bardzo się bałaś? – Chłopak nie zamierzał zostawić mnie w spokoju.

– Była w takim stanie, że musiała wyjść przed końcem – wtrąciła Jessica z sarkastycznym uśmieszkiem.

Pokiwałam głową, próbując zrobić zawstydzoną minę.

– Bardzo skuteczny horror.

Mike zasypywał mnie pytaniami aż do dzwonka. Wspomagała go Angela. Reszta towarzystwa stopniowo przyzwyczaiła się do tego, że wróciłam do świata żywych, ale co rusz łapałam się na tym, że ktoś mi się przygląda.

Kiedy wstałam, żeby odnieść tacę, Angela poszła za mną.

– Dzięki – szepnęła mi do ucha, kiedy oddaliłyśmy się od stolika.

---

* Jessica stara się zapewne o przyjęcie na University of South California lub University of South Carolina – przyp. tłum.

– Za co?

– Za to, że wstawiłaś się za mną. Że się przełamałaś.

– Cała przyjemność po mojej stronie.

Przyjrzała mi się z troską – szczerze, a nie ironicznie, w stylu „ciekawe, czy naprawdę jej odbiło".

– Wszystko u ciebie w porządku?

Zawsze miała w sobie dużo empatii – to dlatego pojechałam do kina z Jessicą, a nie z nią, chociaż to Angelę bardziej lubiłam.

– Niezupełnie – przyznałam. – Ale już mi trochę lepiej.

– Cieszę się. Brakowało mi ciebie.

Właśnie mijały nas Lauren i Jessica. Lauren rzuciła:

– Tak, umieramy ze szczęścia.

Angela skrzywiła się, a potem uśmiechnęła do mnie, żeby mnie pocieszyć.

Westchnęłam. Witaj na starych śmieciach, pomyślałam.

– Którego dzisiaj mamy? – zaciekawiło mnie nagle.

– Dziewiętnasty stycznia.

– Hm... – Coś sobie uzmysłowiłam.

– Co jest?

– Dokładnie rok temu przyszłam do szkoły po raz pierwszy.

– Niewiele się zmieniło od tego czasu – stwierdziła Angela, spoglądając na plecy Lauren.

– Tak. To samo przyszło mi do głowy.

7 Powtórka

Co ja najlepszego wyprawiałam?

Nie byłam pewna, co mną kieruje. Czyżbym chciała na powrót stać się nieczułym zombie? Czyżbym wyrobiła w sobie masochistyczne skłonności? Powinnam była zaraz po szkole pojechać do

La Push. Przy Jacobie czułam się o wiele lepiej, o wiele normalniej. To, co teraz robiłam, znacznie odbiegało od normy.

Jechałam powoli boczną drogą porośniętą z obu stron krzewami i drzewami, których korony łączyły się nad dachem auta w sklepienie zielonego tunelu. Trzęsły mi się ręce, więc zacisnęłam je mocniej na kierownicy.

Powtarzałam sobie, że jednym z powodów, dla których się tu znalazłam, jest mój stały koszmar. Teraz, kiedy byłam już niemal zupełnie rozbudzona, pustka z tego snu działała mi na nerwy, nie dawała spokoju niczym natrętny pies. Przecież miałam kogo szukać. Ten Ktoś odszedł, nie chciał mnie widzieć, nie dbał o mnie, ale jednak był – gdzieś tam, nie wiadomo gdzie. Musiałam w to wierzyć.

Drugim powodem było dziwne, wzmocnione zbieżnością dat poczucie, że dzisiejszy dzień jest czymś w rodzaju powtórki. Tak mógłby zapewne wyglądać mój pierwszy dzień w szkole, gdybym tamtego popołudnia przed rokiem to ja była najbardziej niezwykłą osobą w stołówce.

W moich myślach pojawiło się ponownie pewne znamienne zdanie – nie rozbrzmiało, ale właśnie pojawiło się, tak jakbym je przeczytała:

Będzie tak, jakbyśmy nigdy się nie poznali.

Twierdząc, że mam jedynie dwa powody, żeby jechać tam, dokąd jechałam, w rzeczywistości okłamywałam samą siebie. Nie chciałam się przed sobą przyznać, że motywuje mnie coś jeszcze. Nie chciałam, bo była to motywacja godna szaleńca.

Prawda była taka, że pragnęłam raz jeszcze usłyszeć Jego głos. Pragnęłam zmusić swój umysł, by omamił mnie w ten sam sposób, co w piątkowy wieczór. Słyszałam Go wtedy tak niesamowicie wyraźnie, jakże inaczej niż wtedy, kiedy celowo przywoływałam wspomnienia. Co najważniejsze, przez tę krótką chwilę słuchałam Jego głosu, nie cierpiąc. Nie trwało to długo – ból wkrótce się pojawił i byłam pewna, że i tym razem mnie odnajdzie – ale pokusa była nie do odparcia. Musiałam, po prostu musiałam odkryć, jak można prowokować tamtą halucynację, choćby nie było to niczym innym, jak świadomym nasilaniem objawów choroby.

Miałam nadzieję, że kluczem do wywoływania omamów jest efekt déjà vu. To dlatego jechałam do Jego domu, miejsca, którego nie odwiedzałam od swoich feralnych urodzin.

Za oknami furgonetki, jak w dżungli, migały gęste zarośla. Droga wiła się i wiła bez końca. Zniecierpliwiona, docisnęłam pedał gazu. Jak długo jeszcze? Czy las nie powinien już się skończyć? Droga tak zarosła, że znikły dawne punkty odniesienia.

A co, jeśli miałam nie znaleźć domu doktorostwa? Co, jeśli znikł ostatni namacalny dowód na ich istnienie?

Zadrżałam.

W tym samym momencie drzewa się rozstąpiły i wyjechałam na znajomą polanę. I tu Matka Natura nie próżnowała, zagarniając opuszczoną przez właścicieli połać ziemi, gdy tylko ci się wyprowadzili. Trawnik, aż po werandę, zarosły wysokie paprocie – rośliny tuliły się pierzastymi liśćmi do pni potężnych cedrów. Wydawać by się mogło, że cały tcren wokół domu zalały sięgające mi po pas, intensywnie zielone fale.

Tak, dom stał tam, gdzie przedtem, i z zewnątrz nawet się nie zmienił, ale od bijącej z jego okien pustki ciarki przechodziły po plecach. Dopiero teraz wyglądał tak, jak przystało na siedzibę rodziny wampirów.

Zaparkowałam tuż przy ścianie lasu, rozglądając się niespokojnie. Bałam się podjechać bliżej.

Odczekałam kilkanaście sekund. Nic. Nic się nie działo. W mojej głowie nie odezwał się żaden głos.

Nie gasząc silnika, wysiadłam z samochodu. Pomyślałam, że może, tak jak w piątek, muszę zrobić kilka kroków do przodu...

Warkot furgonetki dodawał mi otuchy. Mierząc wzrokiem ponurą, ciemną fasadę, podeszłam powoli do balustrady werandy. Zatrzymałam się przy schodkach. Nie było sensu iść dalej. Nie wyczuwałam niczyjej obecności. Nie było tu ani Ich, ani Jego –

żadnego śladu. Dom istniał, ale był tylko pustą skorupą i jako taki nie miał szans stać się celem poszukiwań w moich koszmarach.

Nie weszłam na werandę, nie chciałam zaglądać przez okna do środka. Nie byłam pewna, z jakim stanem wnętrza trudniej byłoby mi się pogodzić. Wolałam nie ryzykować.

Jeśli pokoje stały puste, wypełnione jedynie echem, na ich widok zabolałoby mnie pewnie tak, jak na pogrzebie babci, kiedy mama uparła się, że nie mogę zobaczyć wystawionego w trumnie ciała. Twierdziła, że będzie dla mnie lepiej, jeśli zapamiętam starszą panią żywą, a nie nieruchomą i upudrowaną.

Czy nie cierpiałabym jednak bardziej, gdyby, przeciwnie, nic się nie zmieniło? Gdyby kanapy stały dokładnie tam, gdzie je widziałam ostatnim razem, gdyby na ścianach wisiały wciąż te same obrazy, gdyby – wzdrygnęłam się – na podwyższeniu nadal bielał fortepian? Gorszym doświadczeniem byłoby jedynie odkrycie, że po domu nie zostało śladu.

Zapomniane, przykurzone sprzęty – porzucone. Tak jak ja.

Obróciłam się na pięcie i ruszyłam w stronę furgonetki. Prawie biegłam. Nie miałam ochoty zostać w tym miejscu ani minuty dłużej. Spieszno mi było jak nigdy do świata ludzi, do Jacoba. Może zaczynałam się od niego uzależniać, tak jak wcześniej uzależniłam się od odrętwienia? Miałam to gdzieś. Drogę do La Push pokonałam w rekordowym tempie.

Jacob czekał na mnie na zewnątrz. Od razu zrobiło mi się lepiej. Patrząc w jego uśmiechnięte oczy, mogłam wreszcie normalnie oddychać.

– Cześć!

– Cześć, Jacob!

Pomachałam też Billy'emu, który obserwował nas zza firanki.

– Chodźmy do garażu. – W głosie chłopaka słychać było niesłabnący entuzjazm.

Jakimś cudem udało mi się roześmiać.

– Naprawdę nie masz mnie jeszcze dosyć? – zapytałam. Musiał już się zorientować, jak desperacko łaknęłam towarzystwa.

Jacob poprowadził mnie ścieżką za dom.

– Nie. Jeszcze nie.

– Daj mi znać, kiedy stwierdzisz, że nadużywam twojej gościnności, dobrze? Nie chcę się narzucać.

– Załatwione. – Zaśmiał się gardłowo. – Ale uprzedzam, że możesz się nieźle naczekać.

Kiedy weszliśmy do garażu, wydałam okrzyk zachwytu. Stojący na środku wolnej przestrzeni czerwony motor wyglądał już jak motocykl, a nie kupa brudnego złomu.

– Jake, jesteś niesamowity!

Znowu się zaśmiał.

– Jak mam jakiś cel, nie umiem odpuścić – przyznał. Nagle posmutniał. – Gdybym miał trochę oleju w głowie, dokręcałbym mu jedną śrubkę dziennie.

– Dlaczego?

Wbił wzrok w podłogę. Nie odzywał się tak długo, że zaczęłam już wątpić, czy usłyszał moje pytanie.

– Bella, gdybym powiedział ci, że nie umiem naprawić tych motorów, to jakbyś zareagowała?

Tak jak Jacob przede mną, nie odpowiedziałam od razu. Zerknął na mnie, żeby zobaczyć moją minę.

– Hm... Powiedziałabym, że to wielka szkoda, ale że pewnie znajdziemy sobie coś innego do roboty. W ostateczności moglibyśmy razem odrabiać lekcje.

Chłopak wyraźnie się rozluźnił. Przykucnął przy motorze i podniósł z ziemi klucz.

– Będziesz do mnie wpadać, nawet jak już je skończę?

– To o to ci chodzi? – Pokręciłam głową. – Wykorzystuję go, a ten jeszcze się doprasza. No jasne. Jeśli tylko mi pozwolisz, będę cię odwiedzać regularnie.

– Licząc na to, że spotkasz tu Quila? – zażartował.

– Kurczę, wydało się.

Parsknął śmiechem.

– Naprawdę lubisz spędzać ze mną czas? – spytał nieśmiało.

– Nawet bardzo. Sam zobaczysz. Jutro po szkole muszę iść do pracy, ale w środę, obiecuję, wyciągnę cię z tego garażu na całe popołudnie.

– Co będziemy robić?

– Jeszcze nie wiem. Możemy pojechać do mnie, żeby motory cię nie kusiły. Weź z sobą zeszyty i podręczniki – założę się, że masz zaległości. Sama je mam.

– O niczym tak nie marzyłem, jak o wspólnym kuciu. – Skrzywił się. Ciekawa byłam, ile spraw zaniedbał od soboty, żeby móc ze mną przebywać.

– Nie kręć nosem – powiedziałam. – Od czasu do czasu trzeba będzie zachowywać się odpowiedzialnie. Inaczej Charlie i Billy dobiorą nam się do skóry.

Rozchmurzył się. Spodobało mu się chyba słówko „nam". Byliśmy partnerami.

– Jedna sesja w tygodniu? – zasugerował.

Podliczyłam w myślach liczbę ćwiczeń, które mi tego dnia zadano.

– Dwie, lepiej dwie.

Chłopak sięgnął do papierowej torby leżącej nieopodal skrzynki na narzędzia i wyciągnął dwie puszki z jakimś gazowanym napojem. Otworzył dla mnie i dla siebie. Wznieśliśmy toast.

– Za bycie odpowiedzialnym – oświadczył uroczyście – dwa razy w tygodniu.

– Za bycie nieodpowiedzialnym w pozostałe dni – dodałam.

Uśmiechnął się szeroko i przytknął swoją puszkę do mojej.

***

Wróciłam do domu później, niż zamierzałam. Charlie, jak się okazało, zamówił i zjadł pizzę na obiad. Nie chciał słyszeć o przeprosinach.

– Nic się nie stało – zapewnił mnie. – Poza tym masz prawo od czasu do czasu odpocząć od garów.

Wiedziałam, że nie mówi mi całej prawdy. Cieszył się, że zaczynam normalnie funkcjonować, i wolał mnie niepotrzebnie nie irytować, żeby nie sprowokować nawrotu depresji.

Przed zabraniem się do odrabiania lekcji, sprawdziłam skrzynkę mailową. Przyszła długa odpowiedź od Renée. Uszczęśliwiona moją przemianą, nie omieszkała skomentować każdego faktu, o którym jej napisałam, więc przesłałam jej zaraz równie szczegółowo relację z dobiegającego już końca dnia. Rzecz jasna, ani słowem nie wspomniałam o motocyklach. Nawet wyluzowaną Renée przeraziłyby moje plany.

We wtorek w szkole nie było tak źle. Angela i Mike wydawali się być gotowi powitać mnie w swoim gronie z otwartymi ramionami i zachowywali się tak, jakby minione cztery miesiące nie miały miejsca. Tylko Jess nadal traktowała mnie z dystansem. Zastanawiałam się, czy potrzebuje formalnych przeprosin na piśmie za tamten incydent pod barem.

W sklepie Mike był nadzwyczaj ożywiony i rozgadany. Najwyraźniej tak długo tłumił w sobie potrzebę rozmowy, że teraz musiał to sobie odrobić. Co do mnie, wprawdzie odpowiadałam na pytania i śmiałam się z jego żartów, ale zdawałam sobie sprawę, że łatwiej przychodziło mi to przy Jacobie. Mimo wszystko, udało nam się jednak nie poruszyć żadnego drażliwego tematu.

To jest, do czasu.

Wybiła piąta. Zdjęłam firmowy podkoszulek i cisnęłam go pod ladę, a Mike wystawił w oknie tabliczkę z napisem „Nieczynne".

– Fajnie się dziś pracowało, prawda? – powiedział wesoło.

– Fajnie – potwierdziłam ugodowo, chociaż gdybym miała wybór, siedziałabym od kilku godzin w garażu w La Push.

– Szkoda, że w piątek musiałaś wyjść wcześniej z filmu.

Jakoś nie nadążałam za jego tokiem rozumowania.

– Tchórz ze mnie i tyle. – Wzruszyłam ramionami.

– Chodzi mi o to – wyjaśnił – że następnym razem powinnaś wybrać się do kina na coś przyjemniejszego.

– Ach. – Wciąż nie rozumiałam, do czego pije.

– Może w ten piątek? Ze mną. Poszlibyśmy na jakąś komedię. Przygryzłam wargę. Czy już tego nie przerabialiśmy? Miałam rację – czekała mnie powtórka moich pierwszych dni w Forks. *Będzie tak, jakbyśmy nigdy się nie poznali.*

Nie chciałam psuć sobie stosunków z Mikiem, zwłaszcza że był jedną z nielicznych osób, które po moim „powrocie" odnosiły się do mnie przyjaźnie i bez podejrzliwości. Żałowałam, że tym razem nie mogę wykręcić się spotkaniem z Jessicą, tak jak przed rokiem.

– Masz na myśli randkę? – upewniłam się. W tym wypadku opłacało się chyba grać w otwarte karty. Żeby mieć to szybko za sobą.

Przeanalizował ton mojego głosu.

– Jeśli chcesz, to może być randka, ale nie musi.

– Nie umawiam się na randki – odpowiedziałam, uświadamiając sobie jednocześnie, jak bardzo obojętna była mi kwestia powodzenia u płci przeciwnej.

– To może pójdziemy bez żadnych zobowiązań? – zaproponował. – Jako para kumpli.

Jego jasnoniebieskie oczy odrobinę posmutniały. Miałam nadzieję, że nie kłamie i rzeczywiście się na mnie nie obrazi, jeśli odrzucę jego zaloty.

– Kumple, mówisz? To mi bardziej odpowiada. Tyle że piątkowy wieczór mam już zajęty, więc może w następnym tygodniu?

– A co porabiasz w ten piątek? – spytał, nieudolnie kryjąc podenerwowanie.

– Uczę się. Umówiłam się na taką… sesję kucia. Z koleżanką.

– Ach tak. No to może w przyszłym tygodniu.

Odprowadził mnie do furgonetki, ale nie był już taki rozmowny, co wcześniej. Zupełnie jak wtedy, rok temu. Zatoczyłam pełne koło. Czułam, że to, co przeżywam, to tylko echo przeszłości, blade jej odbicie wyprane z odczuwanych niegdyś przeze mnie emocji.

Nazajutrz wieczorem Charlie zastał mnie i Jacoba leżących na brzuchach na podłodze saloniku w otoczeniu podręczników, zeszytów i piórników. Ani trochę się nie zdziwił, z czego wywnioskowałam, że za moimi plecami kontaktuje się z Billym.

– Cześć, dzieciaki – rzucił, zezując w stronę kuchni, skąd rozchodził się apetyczny zapach mięsnej zapiekanki. Pichciłam całe popołudnie. Jacob przyglądał się, jak gotuję, i służył mi za testera. Chciałam wynagrodzić ojcu wczorajszą pizzę.

Jacob został na obiedzie i zabrał porcję dla Billy'ego. Z oporami zgodził się dodać do mojego niedzielnego wyniku jeden rok za bycie dobrą kucharką.

W czwartek pracowałam, w piątek siedzieliśmy w garażu, a w sobotę po sklepie odrabialiśmy lekcje. Charlie nabrał do mnie dostatecznie dużo zaufania, żeby zostawić nas samych i wybrać się z Harrym na ryby. Kiedy wrócił, mieliśmy już zrobione wszystkie ćwiczenia i z czystymi sumieniami oglądaliśmy „Monster Garage" na Discovery.

– Powinienem już się zbierać – westchnął Jacob. – Jest później, niż myślałem.

– Okej – powiedziałam jękliwie. – Odwiozę cię do domu.

Moja smutna mina go rozbawiła. Nie miałam ochoty opuszczać wygodnego fotela.

– Jutro znowu garaż – zakomunikowałam mu, kiedy siedzieliśmy już w aucie, w bezpiecznej odległości od uszu Charliego. – O której mam się stawić?

Uśmiechnął się tajemniczo.

– Zadzwonię do ciebie rano i się umówimy, dobra? – zaproponował niespodziewanie. Wyglądał na podekscytowanego.

– Dobra – zgodziłam się. Nie miałam pojęcia, co knuje. Nie pozostawało mi nic innego, jak poczekać do rana.

Po śniadaniu zrobiłam porządki, żeby zabić jakoś czas przed telefonem Jacoba, a przy okazji otrząsnąć się z ostatniego koszmaru. Zmieniła się jego sceneria. Nie wędrowałam już po lesie, ale po niezmierzonym polu paproci – tu i ówdzie rosły jedynie dorodne choiny. Jak zwykle krążyłam bez celu, nie wiedząc, dokąd idę ani czego szukam. Rano byłam na siebie wściekła za poniedziałkową wyprawę. Próbowałam zepchnąć swój nowy sen na krańce świadomości, skąd nie miałby szans wyrwać się, by znowu mnie nawiedzić.

Charlie mył radiowóz przed domem, więc kiedy telefon w końcu zadzwonił, rzuciłam szczotkę klozetową w kąt i popędziłam na dół go odebrać.

– Halo? – wydyszałam do słuchawki.

– Bello... – Jacob nigdy nie używał wołacza.

– Cześć, Jake.

– Musimy coś dzisiaj uczcić – oznajmił poważnym tonem.

Skojarzyłam, o co chodzi dopiero po sekundzie.

– Są gotowe? Już? To fantastycznie!

Co za prezent od losu! Tak bardzo potrzebowałam czegoś, co odciągnęłoby moje myśli od koszmarów o pustce! Nawet jeśli to coś miało być czymś na kształt, hm, randki.

– Oba są w pełni sprawne.

– Jacob, jesteś cudowny! Jesteś najbardziej utalentowaną osobą, jaką znam! Daję ci za to dziesięć lat ekstra.

– Super! To chyba niedługo zacznę siwieć.

Rozśmieszył mnie.

– Zaraz u ciebie będę!

Wróciłam jeszcze na górę odstawić środki czyszczące pod umywalkę w łazience, naciągnęłam w biegu kurtkę i popędziłam do samochodu.

– Jedziesz do Jake'a – oświadczył Charlie, kiedy go mijałam. Nie było to pytanie.

– Tak – potwierdziłam, wskakując do furgonetki.

– Później będę na posterunku – zawołał za mną ojciec.

– Okej – odkrzyknęłam, przekręcając kluczyk w stacyjce.

Charlie powiedział coś jeszcze, ale zagłuszył go ryk mojego silnika. Zabrzmiało to jak „gdzie się pali".

U Blacków zaparkowałam nie od frontu, ale nieco z boku, blisko kępy drzew, tak żeby łatwiej było nam wywieźć motory w tajemnicy. Wysiadając, dostrzegłam, że w pobliżu przeziera zza igieł czerwony lakier – Jacob przezornie wyprowadził zawczasu oba pojazdy z garażu. Z wnętrza domu jaskrawe plamy były niewidoczne.

Podeszłam bliżej. Na kierownicy każdego z motocykli widniała niebieska kokarda. Śmiałam się właśnie z tego pomysłu, kiedy dołączył do mnie mój wspólnik.

– Gotowa? – szepnął. Oczy błyszczały mu z ekscytacji.

Zerknęłam w stronę okien. Billy chyba nas nie śledził.

– Tak – odpowiedziałam, ale w głębi duszy zaczynałam się denerwować. Próbowałam wyobrazić sobie siebie na motorze.

Jacob bez trudu załadował oba jednoślady na skrzynię, układając je tak, żeby nie wystawały ponad jej boki.

– No to w drogę. – Głos miał, z emocji, wyższy niż zazwyczaj. – Znam idealne miejsce. Nikt nas tam nie przyłapie.

Kazał mi jechać drogą gruntową na południe. Wiła się łagodnie, to zagłębiając się w lesie, to się z niego wynurzając. Od czasu do czasu zza drzew wyłaniał się zapierający dech w piersiach widok – ciągnący się po horyzont stalowoszary Pacyfik i równie szare, nabrzmiałe chmurami niebo. Byliśmy coraz bliżej klifu, który w tych stronach ogradzał plażę.

Zmniejszyłam prędkość, żeby móc do woli zerkać na morze. Jacob opowiadał o tym, jak wykańczał motory, ale używał tylu technicznych określeń, że mimo szczerych chęci nie potrafiłam skupić uwagi na tym, co mówił.

Nagle zauważyłam cztery postacie stojące na klifie tuż nad skrajem przepaści. Sądząc po budowie ich ciała, byli to mężczyźni, ale zbyt duża odległość nie pozwoliła mi ocenić, w jakim wieku. Pomimo niskiej temperatury, wydawali się mieć na sobie jedynie szorty.

Chciałam już pokazać ich Jacobowi, kiedy najwyższy ze śmiałków zrobił krok do przodu. Odruchowo zwolniłam. Moja stopa zastygła nad pedałem hamulca.

A potem mężczyzna rzucił się ze skały do morza.

– Nie! – krzyknęłam, gwałtownie hamując.

– Co się stało? – przeraził się Jacob.

– Tamten facet... Jeden z tamtych facetów skoczył właśnie z klifu! Dlaczego go nie powstrzymali? Musimy zadzwonić na pogotowie!

Zaczęłam gramolić się na zewnątrz, co nie miało najmniejszego sensu – najbliższy telefon był zapewne w domu Billy'ego. Po prostu byłam w szoku. Miałam chyba nadzieję, że jeśli przyjrzę się mężczyznom nie przez szybę, zobaczę coś zupełnie innego.

Jacob parsknął śmiechem. Spojrzałam na niego wzburzona. Jak mógł być taki nieczuły?

– Bella, oni tylko nurkują. Skaczą z klifu dla zabawy. Taka rozrywka. Nie wiem, czy wiesz, ale w La Push nie ma centrum handlowego – naigrywał się ze mnie, ale w jego głosie dało się też wyczuć dziwne poirytowanie.

– Skaczą z klifu dla zabawy? – powtórzyłam. Przyglądałam się z niedowierzaniem, jak kolejny mężczyzna podchodzi do krawędzi, odczekuje chwilę, po czym odbija się zwinnie od skały. Spadał całą wieczność, zanim zniknął wśród ciemnych fal.

– Kurczę, przecież to strasznie wysoko. – Przysiadłam na fotelu kierowcy, śledząc szerokimi ze zdumienia oczami poczynania pozostałej dwójki. – Musi być ze trzydzieści metrów.

– Hm, no tak. Większość z nas skacze mniej więcej z połowy. Widzisz, tam wystaje taka skałka. – Podążyłam wzrokiem za jego palcem. Miejsce, które wskazywał, nie wyglądało już tak strasznie. – Moim zdaniem ci goście mają nie po kolei w głowie. Popisują się tylko, zgrywają twardzieli. Woda musi być lodowata. Nie wmówią mi, że robią to dla przyjemności.

Patrzył w stronę klifu z niechęcią, jakby czuł się obrażony kaskaderskimi wyczynami skoczków. Nie przypuszczałam, że coś jest w stanie zepsuć mu humor.

– To ty też skaczesz? Powiedziałeś „większość z nas".

Wzruszył ramionami.

– Skaczę, skaczę. – Uśmiechnął się. – To niezła jazda. Ma się pietra, ale warto.

Przeniosłam wzrok z powrotem na skały. Nad przepaścią stanął trzeci śmiałek. Nigdy w życiu nie byłam świadkiem czegoś równie niebezpiecznego.

– Jake, musisz mnie zabrać na te skoki – powiedziałam urzeczona.

Moja propozycja nie przypadła mu do gustu. Zmarszczył czoło.

– Dopiero co chciałaś wzywać ambulans dla Sama – przypomniał. Zdziwiłam się, że rozpoznał skoczka z takiej odległości.

– Chcę zobaczyć, jak to jest – obstawałam przy swoim. Znów wysiadłam z auta.

Jacob chwycił mnie za nadgarstek.

– Ale nie dziś, dobra? Pozwolisz, że poczekamy przynajmniej na cieplejszy dzień?

– Niech ci będzie. – Przy otwartych drzwiczkach, kiedy zawiał wiatr, dostawałam gęsiej skórki. – Byle jak najszybciej.

– Jak najszybciej. – Jacob wywrócił oczami. – Wiesz, czasami zachowujesz się trochę dziwnie.

– Wiem. – Westchnęłam.

– Ale nie będziemy skakać z samej góry – zastrzegł.

Przyglądałam się zafascynowana, jak trzeci chłopak bierze rozbieg i wystrzeliwuje w powietrze dalej niż jego poprzednicy. Ułamek sekundy później okazało się, po co – zrobił salto. Ruchami ciała przypominał mi spadochroniarzy-akrobatów. Wydawał mi się taki wolny, taki beztroski – taki nieodpowiedzialny.

– Dobrze – zgodziłam się. – Przynajmniej nie na początku.

Teraz to Jacob westchnął.

– To jak, jedziemy wypróbować motory czy nie? – rzucił zniecierpliwionym tonem.

– Już, już.

Z trudem oderwałam wzrok od ostatniego skoczka i zatrzasnęłam drzwiczki. Cały ten czas silnik furgonetki pracował, rzężąc w tle. Zapięłam pas. Ruszyliśmy w dalszą drogę.

– Kim są ci wariaci z klifu? Znasz ich dobrze?

Jacob wydał z siebie zdegustowane prychnięcie.

– To nasz miejscowy gang.

– Macie w La Push gang? – Było słychać, że jestem pod wrażeniem. Rozśmieszyło go to.

– Nie, nie taki prawdziwy. Tak ich nazwałem. To nie kryminaliści, wręcz przeciwnie. Są jak szkolni dyżurni, którym trochę odbiło. Nie wdają się w bójki. Pilnują porządku – dodał sarkastycznie, jakby kogoś cytował. – Kręcił się u nas taki jeden z rezerwatu Makah* czy skądś, nabity, strach było go zagadnąć. Ludzie zaczęli gadać, że sprzedaje dzieciakom dragi, więc Uley i jego „uczniowie" wygonili go z naszego terytorium. Tak – nasze terytorium, nasz lud, nasza ziemia... W kółko tak gadają. To już robi się śmieszne. Najgorsze jest to, że rada traktuje ich całkiem poważnie. Embry twierdzi, że nawet konsultują się z Uleyem. – Jacob pokręcił głową. – Embry słyszał też od Lei Clearwater, że nazywają siebie „obrońcami" czy jakoś tak.

Dłonie miał zaciśnięte w pięści, jakby chciał się z kimś bić. Nigdy go jeszcze takim nie widziałam.

Sam Uley, kto by pomyślał... Nie miałam zamiaru wspominać tamtego niedawnego koszmaru, więc szybko dodałam coś od siebie, żeby się zdekoncentrować.

– Nie przepadasz za nimi.

– Tak bardzo to widać? – spytał z ironią.

– Hm... Z tego, co mówisz, wynika, że nie robią nic złego. – Próbowałam załagodzić sprawę. Wolałam, kiedy Jacob był w lepszym nastroju. – To żaden gang, tylko jakiś klub dobrych młodych obywateli, tak dobrych, że działają ci na nerwy.

– Tak, cholernie działają mi na nerwy. W kółko się popisują, tak jak na tym klifie. Zachowują się jak... Sam nie wiem. Jak banda rewolwerowców. W zeszłym semestrze stałem raz z kumplami pod sklepem. Sam mijał nas z dwoma swoimi „wyznawcami",

---

* Rezerwat plemienia Makah znajduje się około pięćdziesięciu kilometrów na północny zachód od Forks – przyp. tłum.

Paulem i Jaredem, a wtedy Quil rzucił coś głupiego, znasz go, i Paul strasznie się wkurzył. Oczy zrobiły mu się całkiem czarne, uśmiechnął się krzywo – nie, nie uśmiechnął się, tylko tak... obnażył zęby. Był taki nabuzowany, że prawie się trząsł. Ale Sam położył mu dłoń na ramieniu i pokręcił przecząco głową. Paul popatrzył na niego, popatrzył i w końcu się uspokoił. Naprawdę, wyglądało to tak, jakby Sam go powstrzymywał. Jakby Paul miałby nas rozszarpać, gdyby nie Uley. Jak w westernie. A przecież Paul ma dopiero szesnaście lat, nie tak jak Sam, który ma dwadzieścia i jest wysoki, i w ogóle. Ten Paul jest niższy ode mnie i nie taki umięśniony jak Quil. Każdy z nas położyłby go jedną ręką.

– Jak rewolwerowcy – przyznałam.

Wyobraziłam sobie tę scenę i coś mi się przypomniało: trzech wysokich Indian, w tym Sam, stojących ramię w ramię przy kanapie w saloniku ojca. Nie przyglądałam im się wtedy uważnie, wyczerpana po przeżyciach w lesie. Czy tamci dwaj należeli do gangu?

Znów odezwałam się szybko, żeby uciec od przykrych wspomnień.

– Czy Sam nie jest odrobinkę za stary na takie rzeczy?

– Dobre pytanie. Miał iść na studia, ale został. I nikt się go za to nie czepiał. Nie, złego słowa nie pozwolą na niego powiedzieć. A jak moja siostra nie przyjęła stypendium, tylko wyszła za mąż, członkowie rady podnieśli taki raban, jakby Bóg wie, co się stało!

Na jego twarzy malowało się rozżalenie i coś jeszcze, coś, czego na razie nie potrafiłam zidentyfikować.

– Rzeczywiście, to denerwujące. I trochę dziwne. Ale nie bierz tego tak do siebie. – Zerknęłam na niego kątem oka, mając nadzieję, że go nie uraziłam. Uspokoił się nagle. Wyglądał przez boczną szybę.

– Powinnaś była tam skręcić – zauważył obojętnym tonem.

Zawróciłam. Droga była tak wąska, że nieomal zahaczyłam o drzewo na poboczu.

– Przepraszam, zagapiłem się – dodał.

Milczeliśmy kilka minut.

– Możesz zatrzymać się w tym miejscu. Wszystko jedno gdzie – odezwał się Jacob serdeczniej.

Zaparkowałam i zgasiłam silnik. Cisza była tak idealna, że dzwoniło w uszach. Wysiedliśmy oboje i chłopak zabrał się do ściągania jednośladów ze skrzyni. Usiłowałam rozgryźć jego minę. Coś go dręczyło. Trafiłam w czuły punkt.

Popychając w moim kierunku czerwony motor, uśmiechnął się półgębkiem.

– Wszystkiego najlepszego z okazji urodzin. Lepiej późno niż wcale. Gotowa na lekcję jazdy?

– Chyba tak.

Motocykl wydał mi się nagle taki duży i ciężki. Zadrżałam.

– Nie będziemy jeździć szybko – obiecał Jacob.

Niezdarnie oparłam pojazd o błotnik furgonetki. Mój towarzysz sięgnął po Harleya.

– Jake... – Zawahałam się.

Podniósł głowę.

– Co?

– Powiedz, co cię gryzie? To coś związanego z Samem, prawda? Nie powiedziałeś mi wszystkiego?

Obserwowałam jego twarz. Skrzywił się, ale nie był na mnie wściekły. Wbił wzrok w ziemię i zaczął kopać butem oponę swojego motoru, jakby odliczał czas.

Westchnął.

– Chodzi... chodzi o to, jak tamci się do mnie odnoszą. Nie podoba mi się to. Widzisz, w radzie teoretycznie wszyscy są sobie równi, ale gdyby mieli wyłonić spośród siebie przywódcę, zostałby nim mój tata. Nigdy nie mogłem zrozumieć, skąd w ludziach bierze się ten respekt wobec niego. Dlaczego jego zdanie najbardziej się liczy. To ma coś wspólnego z jego ojcem i z ojcem jego ojca. Mój pradziadek, Ephraim Black, był kimś w rodzaju ostatniego wodza plemienia. Może to z tego powodu słuchają Billy'ego. Mnie w każdym razie nikt nigdy nie wyróżniał, nikt nie dawał mi do zrozumienia, czyim jestem synem. Aż do teraz...

Zaskoczył mnie tym wyznaniem.

– Sam traktuje cię inaczej niż innych?

– Tak. – Jacob spojrzał mi w oczy. Był zakłopotany. – Nie wiem, może sądzi, że lada dzień dołączę do jego ekipy czy coś w tym rodzaju. Patrzy na mnie tak, jakby na coś czekał. Poświęca mi więcej uwagi niż innym chłopakom spoza swojego gangu. Nie cierpię tego.

– Nikt cię nie będzie zmuszał, żebyś do nich dołączył! – oburzyłam się. Jacob naprawdę się martwił. Zdenerwowałam się na Uleya. Co sobie ci jego „obrońcy" wyobrażali?

Jacob nie przestawał kopać rytmicznie opony.

– To nie wszystko? – domyśliłam się.

Zasępił się jeszcze bardziej.

– Jest jeszcze Embry. Od tygodnia mnie unika.

Z twarzy chłopaka wyczytałam, że nie gniewa się na kolegę, ale raczej się o niego boi. Tylko co wspólnego miała ta sprawa z Samem? Jak już, była to raczej moja wina. Zrobiło mi się głupio. Egoistycznie próbowałam zawłaszczyć Jacoba tylko dla siebie.

– Wiesz, ostatnio spędzałeś tak dużo czasu ze mną…

– Nie, to nie to. Z Quilem też się nie kontaktował. Z nikim się nie kontaktował. Przez kilka dni nie było go w szkole, ale kiedy zaglądaliśmy do niego po lekcjach, nigdy nie zastaliśmy go w domu. A kiedy w końcu wrócił, wyglądał jak… Wyglądał na zastraszonego. Próbowaliśmy od niego wyciągnąć, co się stało, ale nie chciał z nami rozmawiać.

Jacob też wyglądał na przerażonego. Wpatrywałam się w niego w napięciu, nerwowo przygryzając wargę. Unikał mojego spojrzenia. Nadal przyglądał się, jak kopie oponę, jakby jego stopa należała do kogoś innego. Kopał w coraz szybszym tempie.

– A teraz – szepnął – ni stąd ni zowąd, Embry trzyma się z Samem i jego bandą. Jest dzisiaj z nimi tam, na skałach. Widziałem. – Podniósł głowę. – Bella – jęknął – oni czepiali się go jeszcze bardziej niż mnie. Nigdy nie chciał mieć z nimi nic do czynienia. A teraz, jak gdyby nigdy nic, skacze za Samem z klifu. Zahipnotyzowali go, czy co? – Zamilkł na moment. – To samo było z Paulem. Na początku wcale się z Samem nie przyjaźnił, o nie. A potem przez kilka tygodni nie pojawiał się w szkole, a kiedy wrócił, był już na każde zawołanie Uleya. Cholera, nie wiem, co jest grane. Nie umiem sobie tego poukładać, a sądzę, że muszę – ze względu na Embry'ego i... ze względu na siebie.

– Mówiłeś o tym wszystkim Billy'emu? – spytałam. Udzielało mi się jego przerażenie. Po plecach przebiegały mi ciarki.

– Tak. – Rysy stwardniały mu z gniewu. – Bardzo mi, kurczę, pomógł.

– Co powiedział?

Chłopak zaczął z sarkazmem naśladować bas swojego ojca:

– O nic się nie martw, Jacob. Za kilka lat, jeśli przez ten czas ci się... Albo lepiej wyjaśnię ci to kiedy indziej. – Wrócił do swojego głosu. – I co mam teraz sobie myśleć? Że chodzi o jakiś idiotyczny rytuał inicjacyjny? To coś innego. Czuję, że coś z tym jest nie tak.

Przetarł sobie oczy, jakby chciał się ocucić, obudzić z tego koszmaru. Miałam wrażenie, że jeszcze trochę, a się rozpłacze. Zrobiło mi się go żal.

Odruchowo przytuliłam go do siebie, choć z racji jego wzrostu to ja wtulałam się w jego pierś, jak dziecko w dorosłą osobę.

– Nie przejmuj się – pocieszyłam go. – Będzie dobrze. Jakby co, przeprowadzisz się do mnie i Charliego. Nie bój się. Coś razem wymyślimy.

Kiedy go objęłam, Jacob zamarł na ułamek sekundy, a potem z wahaniem położył mi dłonie na łopatkach.

– Dzięki – powiedział, bardziej ochryple niż zwykle.

Staliśmy tak chwilę w milczeniu. Nie krępowała mnie nasza bliskość – wręcz przeciwnie, dodawała mi otuchy. Chociaż przytulałam się do kogoś po raz pierwszy od września, nie wracały bolesne wspomnienia. Pomagało to, że ja i Jacob byliśmy tylko przyjaciółmi, i że mój kolega miał zdecydowanie normalną temperaturę ciała.

Mimo wszystko, czułam się jednak nieco dziwnie. To nie było w moim stylu. Nigdy nie należałam do osób skorych nie tyle do spontanicznych uścisków, co do nawiązywania tak bliskich i szczerych znajomości z innymi ludźmi.

Z innymi przedstawicielami swojego gatunku.

Tak czy owak, udało mi się poprawić Jacobowi nastrój.

– Będę częściej ci się zwierzać, jeśli tak właśnie masz zamiar mnie zawsze pocieszać – stwierdził z humorem. Jego palce delikatnie dotknęły moich włosów.

Cóż, dla Jacoba było to coś więcej niż przyjaźń.

Odsunęłam się od niego szybko, usiłując obrócić całą sytuację w żart.

– Trudno uwierzyć, że jestem dwa lata od ciebie starsza. – Zaakcentowałam słowo „starsza". – Przy tobie czuję się jak karzełek.

Stojąc tuż przy nim, musiałam wciąż zadzierać głowę.

– Zapominasz, że jestem czterdziestolatkiem.

– Ano tak.

– Jesteś jak laleczka. – Poklepał mnie po głowie. – Porcelanowa laleczka.

Cofnęłam się o krok, wywracając oczami.

– Błagam, tylko żadnych żartów o albinosach.

– Jesteś pewna, że nie jesteś albinosem? – Przytknął swoją miedzianą dłoń do mojej. Kontrast bił po oczach. – Nigdy nie widziałem nikogo bledszego od ciebie. To znaczy, z pewnym wyjątkiem... – urwał znacząco.

Spojrzałam gdzieś w bok, starając się odwrócić swoją uwagę od tego, kogo miał na myśli.

– To co, jeździmy czy nie? – zapytał.

– Jasne, że jeździmy. Do dzieła.

Jeszcze pół minuty wcześniej nie umiałabym wykrzesać z siebie tyle entuzjazmu, ale swoim niedopowiedzeniem Jacob przypomniał mi, po co tutaj jestem.

8 Adrenalina

– Okej, pokaż mi, gdzie jest sprzęgło.

Puściłam kierownicę, żeby wskazać na dźwignię po lewej stronie kierownicy. Nie był to najlepszy pomysł. Przód motoru natychmiast skręcił w bok, omal nie straciłam równowagi. Złapałam kurczowo kierownicę.

– Jacob, on nie chce stać prosto – pożaliłam się.

– Podczas jazdy będzie stabilniejszy – obiecał. – A gdzie masz hamulec?

– Za prawą stopą.

– Źle.

Złapał moją prawą dłoń i przytknął ją do dźwigni przy gazie.

– Ale przecież sam mówiłeś...

– Tamten hamulec – przerwał mi – nie jest dla początkujących. Na razie używaj tego. Przestawisz się, jak będziesz już lepiej panowała nad maszyną.

– To brzmi podejrzanie – zauważyłam. – Czy oba hamulce nie są tak samo ważne?

– Po prostu zapomnij o tamtym, dobra? Popatrz. – Zacisnął moje palce na dźwigni i pociągnął ją w dół. – Tak się nią hamuje. Zapamiętaj! – Ścisnął moją dłoń raz jeszcze.

– Zapamiętam, zapamiętam.

– Gdzie jest gaz?

Pokazałam.

– Zmiana biegów?

Trąciłam właściwą dźwignię lewą łydką.

– Bardzo dobrze. Wszystkie dźwignie masz już chyba obcykane. Czas na właściwą naukę jazdy.

– Aha.

Nie powiedziałam nic więcej, bo coś ścisnęło mnie w gardle, a nie chciałam zmienionym głosem zdradzić swojego stanu ducha. Byłam przerażona. Starałam wmówić sobie, że nie mam się czego bać – doświadczyłam już przecież najgorszej rzeczy, jaka mogła mi się przytrafić. Powinnam była odważnie patrzeć śmierci prosto w twarz i jeszcze się gorzko śmiać.

Moje nerwy były jednak głuche na taką argumentację.

Spojrzałam przed siebie. Droga była piaszczysta i lekko wilgotna (zawsze lepsze to niż błoto, pomyślałam), a po obu stronach porastały ją gęste, zielone zarośla.

– Najpierw sprzęgło – pouczył mnie instruktor.

Posłusznie zacisnęłam palce we wskazanym miejscu.

– To bardzo ważne – podkreślił Jacob. – Nie możesz go puścić. Wyobraź sobie, że podałem ci odbezpieczony granat. Nie ma zawleczki i przytrzymujesz łyżkę.

Zacisnęłam palce jeszcze mocniej.

– Świetnie. Będziesz umiała zapuścić silnik z buta?

– Jeśli oderwę stopę od ziemi, to przewrócę się z całym motorem – wycedziłam przez zaciśnięte zęby, wciąż trzymając swój odbezpieczony granat.

– Dobra, ja to zrobię. Tylko nie puść sprzęgła!

Odsunął się odrobinę, a potem nagle z całej siły uderzył stopą o pedał. Silnik warknął, ale zaraz zgasł, za to kopniak Jacoba wytrącił mnie z równowagi. Na szczęście chłopak zdążył złapać przewracający się motor i postawił go na powrót w pionie.

– Tylko spokojnie. Trzymasz wciąż to sprzęgło?

– Tak – wykrztusiłam.

– Przygotuj się. Spróbuję jeszcze raz.

Na wszelki wypadek położył dłoń z tyłu siodełka.

Po czterech podejściach wreszcie się udało. Jednoślad dygotał pode mną niczym rozwścieczone dzikie zwierzę. Od trzymania sprzęgła rozbolały mnie palce.

– Teraz gaz – rozkazał Jacob. – Byle delikatnie. I nie puszczaj sprzęgła!

Niepewnie przekręciłam rączkę. Chociaż zachowywałam ostrożność, motor warknął zaskakująco głośno. Był teraz nie tylko wściekły, ale i głodny.

Jacob uśmiechnął się z satysfakcją.

– Pamiętasz, jak się wrzuca pierwszy bieg?

– Tak.

– No to wrzucaj i ruszaj.

– Dobra.

Przez kilka sekund nic się nie działo.

– Lewa stopa – podpowiedział.

– Wiem – jęknęłam. Wzięłam głęboki wdech.

– Jesteś pewna, że chcesz spróbować? Wyglądasz na przerażoną.

– Wydaje ci się – syknęłam. Lewą stopą przesunęłam dźwignię zmiany biegów.

– Bardzo dobrze – pochwalił mnie Jacob. – A teraz bardzo łagodnie puść sprzęgło.

Cofnął się o kilka kroków.

– Mam puścić granat? – spytałam z niedowierzaniem. Nic dziwnego, że wolał się odsunąć.

– Tak się właśnie rusza. Byle bez pośpiechu.

Zaczęłam stopniowo zwalniać uścisk, kiedy nagle przerwał mi czyjś głos – Czyjś głos.

– To, co robisz, Bello, jest nieodpowiedzialne, dziecinne i głupie!

– Ach! – Z wrażenia puściłam nieszczęsne sprzęgło.

Motor wierzgnął, wyrwał się do przodu, a potem przewrócił na bok, przygniatając mnie do ziemi. Silnik zadławił się i zgasł.

– Nic ci nie jest? – Jacob rzucił mi się na pomoc.

Ale ja go nie słuchałam.

– Mówiłem ci – mruknął w mojej głowie aksamitny baryton.

– Bella? – Jacob potrząsnął mną, żeby mnie ocucić.

– Wszystko w porządku – wymamrotałam oszołomiona.

Więcej niż w porządku. Wrócił Głos. Wciąż dźwięczał mi w uszach.

Przeanalizowałam sytuację. Nie było mowy o déjà vu – znajdowałam się na tej drodze po raz pierwszy i po raz pierwszy siedziałam na motorze – halucynacje musiało więc wywoływać coś innego. Tylko co? Hm... Nagle uświadomiłam sobie, że moje żyły pulsują resztką adrenaliny, i doszłam do wniosku, że znalazłam rozwiązanie zagadki. Adrenalina plus niebezpieczeństwo, tak, to było to. No, może ewentualnie adrenalina plus sama głupota.

Jacob pomógł mi wstać.

– Uderzyłaś się w głowę?

– Nie, nie sądzę. – Pokręciłam nią, żeby zobaczyć, czy w którejś pozycji zaboli. – Mam nadzieję, że nie uszkodziłam motocykla? – spytałam szczerze zaniepokojona. Chciałam jak najszybciej ponowić próbę okiełznania jednośladu. Nie przypuszczałam, że moim szaleńczym wybrykom będą towarzyszyć tak fantastyczne atrakcje. Nie musiałam już napawać się tym, że łamię postanowienia umowy. Wystarczyło napawać się możliwością usłyszenia pewnej Osoby.

– Nie, nie – przerwał moje rozmyślania Jacob. – Tylko zadusiłaś silnik. Za szybko puściłaś sprzęgło.

– No tak. – Krytykę przyjęłam potulnie. – Daj, wsiądę.

– Jesteś pewna?

– W stu procentach.

Tym razem zaczęłam od nauki samodzielnego odpalania motoru. Była to dosyć skomplikowana czynność. Żeby uderzyć w pedał z dostateczną siłą, musiałam podskoczyć w miejscu, a podskakując, traciłam niezmiennie kontrolę nad pojazdem i ten niebezpiecznie się chybotał. Jacob czaił się u mego boku, gotowy w krytycznym momencie złapać kierownicę.

Kilkakrotnie mało brakowało – kilkadziesiąt razy brakowało bardzo dużo – w końcu jednak silnik zaskoczył i rozbudził się na dobre. Pamiętając o przytrzymywaniu „granatu", delikatnie dodałam gazu. Maszyna zachęcająco warknęła. Rzuciłam Jacobowi triumfujące spojrzenie.

– Tylko spokojnie ze sprzęgłem – przypomniał zadowolony.

– Czy mam rozumieć, że zamierzasz się zabić? – spytał mnie Niewidzialny surowym tonem. – Czy o to właśnie ci chodzi?

Uśmiechnęłam się pod nosem – adrenalina nadal czyniła cuda – ale pytania zignorowałam. Wierzyłam, że przy Jacobie nie może stać mi się nic złego.

– Wracaj do domu! – rozkazał mi głos. Jego uroda zwalała z nóg. Niezależnie od ceny, jaką miało mi przyjść za to zapłacić, nie mogłam sobie pozwolić na to, żeby to wspomnienie zblakło.

– Puszczaj stopniowo – zachęcił mnie Jacob.

– Dobrze, dobrze. – Poczułam się trochę dziwnie, bo uzmysłowiłam sobie, że jednocześnie odpowiadam obu.

Usiłując się maksymalnie skoncentrować, by kolejny komentarz Niewidzialnego mnie nie zaskoczył, rozluźniłam uścisk na sprzęgle. Nagle bieg wskoczył i rzuciło mną do przodu.

Poleciałam.

Znikąd pojawił się wiatr. Silny podmuch wbił mi skórę twarzy w kości czaszki, a włosy nie tyle odgarnął, co pociągnął do tyłu ostrym szarpnięciem. Żołądek podszedł mi gardła. Adrenalina rozeszła się po żyłach z charakterystycznym mrowieniem. Rosnące wzdłuż drogi drzewa zlały się w jeden zamazany, zielony mur.

A jechałam dopiero na jedynce! Kusiło mnie, żeby wrzucić drugi bieg. Podekscytowana prędkością, dodałam nieco gazu.

– Bello! Patrz, co robisz! – rozległo się w mojej głowie.

Gniewny okrzyk trochę mnie ocucił. Zdałam sobie sprawę, że droga przede mną odbija łagodnie w lewo, a ja nadal jadę prosto. Jacob nie powiedział mi, jak się skręca.

Nie pozostawało mi nic innego, jak zahamować. Odruchowo użyłam prawej stopy, tak jak w furgonetce.

Motocykl wymknął mi się spod kontroli – przechylił się wpierw na prawo, a potem na lewo. Pędziłam w kierunku zarośli. Spróbowałam skręcić, żeby wrócić na drogę, ale poruszywszy się, przeniosłam punkt ciężkości w inne miejsce i straciłam równowagę. Maszyna przycisnęła mnie do ziemi. Silnik motoru zawył, jego koła zawirowały w powietrzu, a on sam pociągnął mnie za sobą (i pod sobą) po mokrym piachu, aż wreszcie zderzył się z czymś i stanął. Z czym, tego nie widziałam – twarz miałam wduszoną w mech. Chciałam się podnieść, ale coś stało mi na przeszkodzie.

Nie wiedziałam, co się dzieje. Zewsząd otaczał mnie warkot, a raczej trzy warkoty: motocykla, Niewidzialnego i jeszcze jeden... Jeszcze jeden?

To Jacob dogonił mnie na swoim harleyu. Kiedy zahamował, jeden z warkotów ucichł.

– Bella!

Chłopak musiał odciągnąć mój motor na bok, bo zrobiło mi się lżej. Przewróciłam się na plecy, żeby zaczerpnąć powietrza. Zapadła cisza.

– Ale jazda – szepnęłam. To doświadczenie bardzo przypadło mi do gustu. Byłam przekonana, że odkryłam receptę na omamy. Czegóż mogłam chcieć więcej?

– Bella! – Jacob przykucnął i pochylił się nade mną z zatroskaną miną. – Bella, żyjesz?

– Czuję się znakomicie. – Gdybym mogła, wykrzyczałabym to na całe gardło. Wyprostowałam ręce i nogi. Działały bez zarzutu. – Pokaż, jak się skręca, to postaram się poprawić.

– Obawiam się, że nic ci już dzisiaj nie pokażę. Za to zaraz zawiozę cię do szpitala.

– Nic mi nie jest.

– Doprawdy? – spytał z przekąsem. – Bella, masz wielką ranę na czole, z której leje się krew.

Przytknęłam wierzch dłoni do czoła. Rzeczywiście, było mokre i lepkie. Zapach wilgotnego mchu tłumił na razie przykry odór krwi.

Przycisnęłam rękę mocniej, jakby mogła zatamować krwawienie.

– Tak bardzo mi przykro. Nie chciałam.

– Przepraszasz mnie za to, że zraniłaś się w głowę? – zdziwił się Jacob. Objął mnie ramieniem w talii i pomógł mi się podnieść. – Chodźmy do auta. Daj kluczyki. Poprowadzę.

– A co z motorami? – Wyjęłam kluczyki z kieszeni.

Jacob zamyślił się na chwilę.

– Dobra, poczekaj. – Posadził mnie na poboczu. – Masz tu prowizoryczny opatrunek. – Jednym ruchem zdjął podkoszulek i cisnął w moją stronę. Był już cały w plamach. Zwinęłam go w wałek i przyłożyłam sobie do czoła. Zaczynałam czuć zapach krwi, wzięłam więc kilka głębszych wdechów i starałam się skupić na czymś innym.

Chłopak wskoczył na harleya, odpalił go jednym kopnięciem i gwałtownie ruszył. Spod kół wystrzeliły ziarnka piasku i kamyczki. Jacob prowadził pochylony niczym zawodowy kolarz, śmiało patrząc przed siebie. Nad jego silnymi plecami unosiły się lśniące włosy. Spojrzałam za nim z zazdrością. Byłam pewna, że sama na motocyklu prezentowałam się dużo gorzej.

Nie wiedziałam, że zdążyłam przejechać taki kawał. Kiedy zatrzymał się przy furgonetce, musiałam wytężyć wzrok, żeby zobaczyć, co robi. Wrzucił harleya na pakę i podbiegł do szoferki. Wkrótce zabrzmiał znajomy ryk mojego sędziwego auta.

Nie czułam się tak źle, jak by się mogło wydawać. Miałam lekkie mdłości i piekło mnie trochę czoło, ale nie poniosłam żadnych poważnych obrażeń. Jacob niepotrzebnie panikował. Zapomniał, że rany na głowie zawsze krwawią obficiej niż inne.

Zaparkowawszy nieopodal, chłopak nie zgasił silnika. Dopadł mnie w kilku susach i znów pomógł mi stanąć na nogach.

– Okej, powolutku. Podprowadzę cię do samochodu.

– Nie kłamię, nic mi nie jest – powtórzyłam. – Nie podkręcaj się tak. To tylko trochę krwi.

– To tylko wiadro krwi – mruknął. Cofnął się po mój motocykl.

– Przemyślmy wszystko starannie – zaproponowałam, kiedy zajął swoje miejsce w furgonetce. – Jeśli zawieziesz mnie na ostry dyżur w takim stanie, Charlie zaraz się tam zjawi i pozna naszą tajemnicę. – Wskazałam na swoje utytłane ziemią dżinsy.

– Bella, muszą ci założyć szwy. Nie pozwolę, żebyś wykrwawiła mi się na śmierć.

– Nie wykrwawię się – przyrzekłam. – Odwieźmy po prostu najpierw motory, potem wpadniemy do mnie, przebiorę się w coś czystego i pojedziemy do szpitala.

– A co z Charliem?

– Powiedział, że spędzi cały dzień na posterunku.

– Wytrzymasz tak długo?

– Zaufaj mi. Krwawię przy byle okazji. To tylko tak strasznie wygląda.

Jacob nie był zachwycony – skrzywił się z dezaprobatą – ale nie chciał narażać mnie na konfrontację z ojcem.

Przez całą drogę do Forks wyglądałam przez okno, przyciskając poplamiony podkoszulek do czoła. Nawet w najśmielszych marzeniach nie przypuszczałam, że ten motocykl to taki dobry pomysł. Spełnił swoje zadanie. Udało mi się zachować skrajnie nieodpowiedzialnie, a łamiąc dane słowo, odzyskałam nieco godności osobistej.

I jeszcze te halucynacje! Rewelacja! Mogłam je teraz wywoływać na życzenie – a przynajmniej taką miałam nadzieję. Zamierzałam jak najszybciej sprawdzić swoją teorię w praktyce. Jeśli wizyta w szpitalu nie zabrałaby zbyt dużo czasu, zdążyłabym wrócić na drogę nad klifem.

Tamten pęd... Rozmarzyłam się. Bardzo mi się spodobało. Ta prędkość, ten wiatr we włosach, to poczucie wolności... Przypomniało mi się moje poprzednie życie. Nieraz podróżowaliśmy w takim tempie na przełaj przez las, tyle że pieszo, to znaczy On biegł, a mnie brał na barana...

Wspomnienia przerwała nagła fala bólu. Zacisnęłam zęby.

– Nadal nic ci nie jest? – upewnił się Jacob.

– Nadal – potwierdziłam, starając się brzmieć równie przekonywująco co wcześniej.

– A tak przy okazji – dodał – chciałbym cię uprzedzić, że dziś wieczorem odłączę w twoim motorze hamulec nożny.

Pierwsze, co zrobiłam po przyjeździe do domu, to spojrzałam w lustro. Wyglądałam okropnie. Włosy miałam pozlepiane błotem, a do policzków i szyi przywarły strużki zaschniętej krwi. Zbadałam starannie każdy centymetr kwadratowy swojej twarzy, żeby nic nie przeoczyć. Wmawiałam sobie przy tym, że krew to tylko farba i starałam się oddychać przez usta. Obie metody zdały egzamin. Mój żołądek przestał się buntować.

Umyłam się, jak mogłam najlepiej, po czym schowałam zakrwawione ubrania na dnie kosza z brudną bielizną i przebrałam się w czyste dżinsy i koszulę (wybrałam górę zapinaną na guziki, żeby nie być zmuszoną wciągać czegokolwiek przez głowę). Wszystko to udało mi się zrobić jedną ręką – drugą przytrzymywałam prowizoryczny opatrunek.

– Pospiesz się! – zawołał z ganku Jacob.

– Już idę!

Upewniwszy się, że nie zostawiłam za sobą żadnych obciążających dowodów, zbiegłam po schodach na dół.

– I jak teraz? – spytałam.

– Lepiej. O wiele lepiej.

– Ale czy wyglądam jak ktoś, kto przewrócił się w garażu i uderzył głową o młotek?

– Chyba tak.

– No to jedziemy – zakomenderowałam.

Jacob wyprowadził mnie na zewnątrz, upierając się, że to on będzie znowu prowadził.

Byliśmy w połowie drogi do szpitala, kiedy zdaliśmy sobie sprawę, że mój kompan jest od pasa w górę nagi.

– To moja wina – jęknęłam. – Mogłam wziąć ci z domu jakąś kurtkę.

– I nas wydać? – zauważył przytomnie. – Nic nie szkodzi. Nie jest aż tak znowu chłodno.

– Chyba żartujesz? – Włączyłam ogrzewanie.

Przez chwilę obserwowałam Jacoba kątem oka, żeby sprawdzić, czy tylko nie udaje twardziela, ale chłopak nie dostał nawet gęsiej skórki. Prawą rękę wyciągnął swobodnie wzdłuż mojego zagłówka, chociaż ja siedziałam skulona, żeby tracić jak najmniej ciepła.

Nie wyglądał na szesnastolatka. Oczywiście nikt nie dałby mu czterdziestu lat, które przyznałam mu w żartach, ale można go było wziąć za starszego ode mnie. Ogarnęłam wzrokiem jego tors, ramiona i brzuch. Przesadzał, nazywając siebie „fasolową tyką". Chyba za często przyglądał się muskulaturze Quila. Miał całkiem ładne mięśnie – nie jak kulturysta, ale wszystko na swoim miejscu. I taki piękny odcień skóry... Zazdrościłam mu śniadej karnacji.

Spostrzegł, że mu się przyglądam.

– Co? – zapytał, odrobinę zmieszany.

– Nic, po prostu coś sobie dopiero uświadomiłam. Wiesz, jesteś całkiem przystojny.

Od razu pożałowałam swojej impulsywności. Mój komentarz mógł przecież zostać potraktowany jako zaproszenie do flirtu. Na szczęście Jacob wzniósł tylko oczy ku niebu.

– Musiałaś się mocno uderzyć w tę głowę – stwierdził.

– Mówię serio.

– W takim razie, dziękuję. Czy coś w tym stylu.

– Nie ma za co. Czy coś w tym stylu.

Założono mi aż siedem szwów. Bolał tylko zastrzyk znieczulający, potem już nic, ale mimo to Jacob do końca trzymał mnie za rękę. Usiłowałam nie myśleć o tym, ile w tym ukrytej ironii.

W szpitalu przetrzymywali nas całe wieki, ale jakimś cudem zdążyłam odwieźć Jacoba i ugotować obiad, zanim Charlie wrócił z pracy. Wydawał się usatysfakcjonowany moją historyjką o upadku i młotku. Już nieraz w przeszłości lądowałam na ostrym dyżurze tylko dlatego, że się potknęłam.

W nocy nie męczyłam się tak bardzo jak po incydencie w Port Angeles. Wprawdzie we mnie, jak zawsze, gdy nie towarzyszył mi Jacob, pojawiła się wielka, niewidzialna rana, ale nie pulsowała już na brzegach tak boleśnie jak dawniej. Snułam śmiałe plany na przyszłość, z niecierpliwością wyczekiwałam kolejnej porcji omamów, i to pomagało mi nie koncentrować się na nieprzyjemnych doznaniach. Poza tym, inaczej niż za pierwszym razem, wiedziałam, że do rana ból ustąpi. Pocieszała też myśl, że nazajutrz mam się spotkać z Jacobem.

Podobnie było z koszmarem – powrócił, jednak stracił nieco ze swojej mocy. Wprawdzie nadal przerażało mnie to, że krążę w tym śnie bez celu, ale świadomość, że niedługo się obudzę, choćby i z krzykiem, zaczęła mi w dziwny sposób dodawać otuchy.

Trzy dni później, w środę, przed wypuszczeniem mnie ze szpitala, doktor Grenady zadzwonił do Charliego i ostrzegł go, że mogę mieć wstrząśnienie mózgu. Z tego powodu nakazał ojcu budzić mnie w nocy co dwie godziny, żeby nie przegapić momentu, w którym stracę przytomność.

Kiedy wróciłam do domu i wyjaśniłam, że znowu się potknęłam, Charlie przyjrzał mi się podejrzliwie.

– Chyba powinnaś odpuścić sobie te wizyty w garażu – poradził mi przy obiedzie.

Przestraszyłam się nie na żarty. Czyżby zamierzał zabronić mi w ogóle odwiedzać La Push? Gdyby tak zrobił, nie miałabym zupełnie gdzie jeździć na motorze. Nie, z czego jak z czego, ale z motocykla nie byłam gotowa zrezygnować. Zanim trafiłam do szpitala, przeżyłam na piaszczystej drodze coś niesamowitego. Głos w mojej głowie wrzeszczał na mnie prawie przez pięć minut! Jaka szkoda, że potem źle użyłam hamulca i uderzyłam w drzewo. Za taką ucztę mogłam zwijać się z bólu pół nocy bez słowa skargi.

– To nie stało się w garażu – wymyśliłam szybko. – Byliśmy na spacerze w lesie. Potknęłam się o kamień.

– Od kiedy chodzisz na spacery po lesie? – szydził ojciec.

– Wszystko przez to, że pracuję w sklepie Newtonów – wyjaśniłam. – Jak się spędza całe dnie, zachwalając sprzęt turystyczny, to się w końcu człowiek robi ciekawy, jak to jest.

Była to ciekawa hipoteza, ale Charlie niestety jej nie kupił.

– Obiecuję, że od teraz będę ostrożniejsza – przyrzekłam, krzyżując przezornie palce pod stołem*.

– Nie mam nic przeciwko, żebyście spacerowali wokół La Push, ale, proszę, trzymajcie się w pobliżu ludzkich siedzib.

– Dlaczego?

– Cóż, wpłynęło do nas ostatnio dużo skarg od turystów. Nadleśnictwo rozpatrzy je w najbliższej przyszłości, ale na razie...

– Ach, chodzi ci o tego misia-giganta? – skojarzyłam. – Słyszałam o nim w sklepie. Widziało go kilku klientów. Sądzisz, że naprawdę po okolicy grasuje zmutowany grizzly?

Charlie zmarszczył czoło.

– Nie wiem, czy to mutant, ale coś to jest na pewno. Po prostu trzymaj się blisko miasteczka, dobra?

– Dobra, nie ma sprawy.

Ojciec nie wyglądał na przekonanego.

– Charlie zaczyna coś podejrzewać – pożaliłam się Jacobowi, kiedy podjechałam po niego w piątek po szkole.

– Może na jakiś czas odstawimy motory – zaproponował, ale widząc moją minę, dodał: – Tylko na tydzień czy dwa. Przynajmniej odpoczniesz trochę od szpitala.

– To co będziemy robić? – jęknęłam.

Uśmiechnął się wesoło.

– Co tylko chcesz.

Zamyśliłam się na moment.

To, że mam zrezygnować z obcowania z jedynymi w swoim rodzaju wspomnieniami, które nie tylko nie raniły, ale w dodatku nawiedzały mnie same z siebie, bardzo, ale to bardzo mi się nie podobało. Skoro odpadały motocykle, musiałam wynaleźć inny sposób na uaktywnianie adrenaliny, a to mogło potrwać – nie należałam do osób wybitnie pomysłowych. W międzyczasie wolałam być jak najbardziej zajęta, żeby przypadkiem nie wpaść

---

* Skrzyżowanie palców zwalnia z dotrzymania dawanego właśnie słowa – przyp. tłum.

znowu w depresję. W końcu obecność Jake'a niczego nie gwarantowała.

Zachodziłam w głowę, jak wywołać moje cudowne halucynacje w innych okolicznościach. W innych okolicznościach, a zatem w innym miejscu...

Dom w lesie był martwy, nie warto było fatygować się tam raz jeszcze. Więc dokąd miałam pojechać? Co jeszcze mi się z Nim kojarzyło, wyłącznie z Nim, a nie z kilkunastoma innymi osobami, tak jak szkoła, szpital, mój pokój czy kuchnia Charliego?

Coś mi się przypomniało, pewna wycieczka. Tak, to się nada, pomyślałam, wybraliśmy się tam przecież zupełnie sami. I miejsce było wyjątkowe – magiczne, pełne światła. Nigdy więcej tam nie wróciliśmy, ale pamiętałam jak dziś, jak wspaniale iskrzyła się w promieniach słońca Czyjaś skóra...

Mój pomysł niósł z sobą spore ryzyko – wizyta na łące mogła okazać się dla mnie niezwykle bolesnym doświadczeniem. Na samą myśl o tamtej sobocie sprzed niespełna roku kłuło mnie w piersi tak mocno, że z trudem to ukrywałam. Ale gdzie indziej, jeśli nie tam? Nie miałam wyboru. Wspomnialam też już Charliemu, że spacerujemy z Jacobem po lesie.

– Nad czym się tak zastanawiasz? – spytał Jacob.

– Wiesz – zaczęłam powoli – byłam kiedyś w lesie w takim fajnym miejscu. Odkryłam je przypadkiem, ehm, podczas dłuższego spaceru. To taka piękna polana. Nie wiem, czy umiałabym tam trafić, ale kto wie, może po kilku podejściach...

– Z kompasem i dobrą mapą z siatką na pewno sobie poradzimy – stwierdził Jacob z przekonaniem w głosie. – Pamiętasz, skąd startowałaś?

– Tak, stamtąd, gdzie na sto dziesiątce kończy się asfalt, a zaczyna szlak. Nie dam głowy, ale szłam chyba później głównie na południe.

– Znajdziemy tę polanę, jestem pewien.

Jacob był najwyraźniej chętny spełnić wszystkie moje zachcianki jak leci, bez względu na to, jak bardzo były oryginalne.

Umówiliśmy się na sobotę. Rano wykorzystałam po raz pierwszy przysługujący mi dwudziestoprocentowy rabat dla pracowników i zakupiłam u Newtonów specjalne wysokie buty trekkingowe oraz mapę topograficzną półwyspu Olympic, a po południu pojechałam do La Push.

Nie wyruszyliśmy od razu. Jacob rozłożył wpierw przywiezioną przeze mnie mapę na podłodze w saloniku Blacków i przez dwadzieścia minut pieczołowicie wykreślał w odpowiednim miejscu siatkę. Ponieważ robił to, leżąc na ziemi, a więc zajmując całą wolną przestrzeń, spędziłam ten czas na kuchennym krześle, zabawiając rozmową Billy'ego. O dziwo, mimo zamieszania wywołanego pojawieniem się misia-mutanta, Jacob zdecydował się powiedzieć ojcu, dokąd się wybieramy. Na szczęście, stary Indianin wydawał się nie mieć nic przeciwko naszej wyprawie. Wahałam się, czy nie poprosić go o dyskrecję, doszłam jednak do wniosku, że tylko zachęciłabym go do poinformowania o wszystkim Charliego.

– Może spotkamy tego superniedźwiedzia – zażartował Jacob znad płachty papieru.

Zerknęłam niespokojnie na Billy'ego, obawiając się, że zareaguje tak jak Charlie, ale tylko się zaśmiał.

– Weźcie lepiej na wszelki wypadek słoik miodu.

– Mam nadzieję, że twoje nowe buty są naprawdę wygodne – zwrócił się do mnie Jacob. – Mały słoiczek miodu nie powstrzyma głodnego misia na długo.

– Starczy, że będę biec szybciej od ciebie.

– Dobry dowcip. Powodzenia. – Jacob złożył mapę. – No to w drogę.

– Bawcie się dobrze! – zawołał za nami Billy, kierując się w stronę lodówki.

Mieszkając z Charliem, nie miałam z nim prawie żadnych problemów – Jacob miał ich widać z Billym jeszcze mniej.

Zaparkowałam furgonetkę przy tablicy wyznaczającej początek szlaku. Czułam się niepewnie. Czy dobrze robiłam? Ale jeśli miałam znów usłyszeć Jego głos, mogłam zapłacić każdą cenę.

Wysiadłszy z wozu, rozejrzałam się dookoła.

– Wtedy poszłam tędy – wskazałam palcem na ścianę drzew.

– Hm… – mruknął Jacob.

– Co takiego?

Zerknął na początek ścieżki, na zarośla, które wskazywałam, i znów na ścieżkę.

– Myślałem, że jesteś grzeczną dziewczynką. Taką, która za nic nie zboczy ze szlaku.

– Muszę cię zawieść. – Podparłam się pod boki. – Mam naturę buntownika.

Chłopak parsknął śmiechem i sięgnął po mapę.

– Poczekaj sekundę.

Sprawdził, gdzie jest północ, po czym odpowiednio przekręcił płachtę.

– Okej. Teraz pierwsza kreska. Gotowe.

Proces wyznaczania trasy spowalniał tempo, ale mój kolega nie narzekał. Jeśli o mnie chodzi, ze względu na to, kto mi towarzyszył w poprzedniej wyprawie na łąkę, starałam się nie przywoływać wspomnień. Bałam się, że pod ich wpływem zegnę się z bólu i zacznę spazmatycznie łapać powietrze. Jak miałabym wówczas wytłumaczyć Jacobowi swoje zachowanie? Wolałam uniknąć takiej sytuacji.

Szczerze mówiąc, myślałam, że będzie gorzej, tymczasem skupianie się na teraźniejszości nie nastręczało mi większych problemów. Otaczający nas las wyglądał w dużej mierze tak samo jak każdy inny na półwyspie, a obecność Jacoba skutecznie poprawiała mi nastrój. Chłopak szedł śmiało przed siebie, machając w rytm marszu rękami i pogwizdując nieznaną mi melodię. Przy moim Słoneczku nawet zalegające wśród paproci cienie wydawały się jaśniejsze.

Co kilka minut Jacob zerkał na kompas i nanosił kolejną kreseczkę na siatkę mapy. Sprawiał wrażenie osoby, która zna się na tym, co robi. Miałam go już pochwalić, ale powstrzymałam się w ostatniej chwili. Jak nic dodałby natychmiast kilka lat do swojego i tak już zawyżonego wyniku.

Odkąd opowiedział mi na klifie o gangu Sama, czekałam cierpliwie, aż ponownie poruszy ten intrygujący temat, ale wszystko wskazywało na to, że jeśli chcę zaspokoić ciekawość, muszę przejąć inicjatywę.

– Jake… – Zawahałam się.

– Tak?

– Powiedz, co słychać u Embry'ego? Przeszło mu już może?

Jacob nie odpowiedział od razu, za to przyspieszył kroku. Zatrzymał się po kilku metrach, żebym mogła go dogonić.

– Nie, nie przeszło mu – oświadczył ponuro, kiedy się z nim zrównałam. Nie podjął przerwanego marszu. Już się nie uśmiechał ani nie gwizdał. Przeklęłam się w duchu za to, że wyskoczyłam z tak głupim pytaniem.

– Ciągle trzyma z Samem?

– Aha.

Objął mnie ramieniem. W innych okolicznościach strzepnęłabym jego rękę w żartach, ale miał tak zasmuconą minę, że dałam sobie z tym spokój.

– Nadal dziwnie na ciebie patrzą? – spytałam cicho.

Spojrzał gdzieś w bok.

– Czasami.

– A Billy?

– Pomocny jak zawsze – odparł z goryczą w głosie.

Wzdrygnęłam się.

– Kanapa w naszym saloniku jest do twojej dyspozycji – przypomniałam.

Nareszcie się uśmiechnął.

– Tak, Billy zgłosi na policji, że mnie porwano, a tu okaże się, że porwał mnie sam pan komendant.

Też się uśmiechnęłam. Ucieszyłam się, że wraca mu dobry humor.

Kiedy Jacob ogłosił, że przeszliśmy ponad dziewięć kilometrów, zawróciliśmy wzdłuż innej linii na jego siatce. Zdawałam się w pełni na jego umiejętności. Nie poradzilibyśmy sobie bez kompasu – drzewa wyglądały wszędzie jednakowo.

Pochmurny dzień przechodził stopniowo w bezgwiezdną noc, a łąki jak nie było, tak nie było. Zwierzyłam się Jacobowi, że wątpię w powodzenie naszej misji. Był większym optymistą.

– Jeśli tylko jesteś przekonana, że wyszliśmy z właściwego punktu...

– Tak, to było tam.

– W takim razie na pewno prędzej czy później ją namierzymy.

– Wziął mnie za rękę i pociągnął za sobą przez zarośla. Po ich drugiej stronie stała moja furgonetka. – Jak widać, można mi zaufać – dodał zadowolony.

– Dobry jesteś – przyznałam. – Tylko następnym razem weźmy latarki.

– Od teraz będziemy się wyprawiać do lasu wyłącznie w niedziele. Nie wiedziałem, że tak wolno chodzisz.

Wyrwałam dłoń z jego uścisku i podeszłam do drzwiczek od strony kierowcy. Jacob zaśmiał się z mojej nerwowej reakcji.

– To co, masz ochotę przyjechać tu jutro jeszcze raz? – upewnił się, wślizgując się do samochodu.

– Jasne. Chyba że wolisz wędrować sam, a nie w moim ślimaczym tempie.

– Jakoś to przeżyję. Tylko jeśli znowu mamy chodzić po lesie, lepiej zaopatrz się w plaster na odciski, dobrze ci radzę. Te nowe buty pewnie nieźle dały ci w kość.

– Odrobinkę – przyznałam. Czułam, że mam na stopach bąbel na bąblu.

– Mam nadzieję, że jutro przyuważymy już tego słynnego misia. Muszę przyznać, że się dziś srodze zawiodłem.

– Ja też – powiedziałam. – Tak marzyłam o tym, żeby coś nas zjadło. Szkoda. Ale może jutro się nam poszczęści...

– Niedźwiedzie nie jadają ludzi. Nie jesteśmy dostatecznie smaczni. – Jacob uśmiechnął się łobuzersko. – Oczywiście ty możesz stanowić wyjątek. Założę się, że jesteś bardzo smaczna.

– Piękne dzięki – mruknęłam, odwracając wzrok. Ktoś mi to już mówił.

9 Piąte koło u wozu

Czas mijał mi teraz znacznie szybciej. Lekcje, praca i spotkania z Jacobem (choć może niedokładnie w tej kolejności) składały się na schludny i łatwy do przestrzegania plan dnia. Nie snułam się już po domu przygaszona. Życzenie Charliego się spełniło.

Oczywiście siebie samej nie mogłam do końca oszukać. Kiedy zbierało mi się na refleksję (stawałam na głowie, żeby mi się nie zbierało), widziałam wyraźnie, co tak naprawdę się ze mną działo.

Byłam niczym osamotniony księżyc – satelita, którego planeta wyparowała w wyniku jakiegoś kosmicznego kataklizmu. Mimo jej braku, ignorując prawo grawitacji, uparcie krążyłam wokół pustki po swojej dawnej orbicie.

Jazda na motorze szła mi coraz lepiej, więc rzadziej miałam okazję denerwować Charliego kolejną kontuzją. Oznaczało to jednak, że omamy przydarzały mi się coraz rzadziej. Głos w mojej głowie cichł, aż w końcu zupełnie przestał mnie nawiedzać. Nie zdradziłam się z tym przed nikim, ale prawda była taka, że wpadłam w panikę. Z jeszcze większą energią zaangażowałam się w poszukiwanie polany i spędzałam długie godziny, obmyślając nowe metody prowokowania zastrzyków adrenaliny.

Żyłam, trzymając się kurczowo teraźniejszości. Nigdy nie rozpamiętywałam tego, co wydarzyło się dzień czy tydzień wcześniej, nigdy nie wybiegałam też myślami w przyszłość. Nic dziwnego, że Jacobowi udało się mnie zaskoczyć, kiedy pewnego dnia uświadomił mi, którego dzisiaj mamy. Wybrałam się do niego po szkole odrabiać wspólnie lekcje. Czekał na mnie przed domem.

– Wszystkiego najlepszego z okazji dnia świętego Walentego! – przywitał się z uśmiechem. Pomachał mi przed nosem różową bombonierką.

– Kurczę, czuję się podle – wymamrotałam. – To dziś Walentynki? Jacob pokręcił głową, udając zdegustowanego.

– Czasami jesteś niemożliwa. Zejdź na ziemię! Tak, dzisiaj jest czternasty lutego. To jak, zgadzasz się być moją Walentynką? Skoro pożałowałaś pięćdziesięciu centów na bombonierkę, zrób dla mnie chociaż to.

Nie wiedziałam, co powiedzieć. Niby się ze mnie naigrawał, ale czułam, że liczy na coś więcej.

– Co tak właściwie należy do obowiązków Walentynki? – spytałam, robiąc unik.

– Niewolnicze oddanie i takie tam. Sama wiesz.

– Hm, jeśli to wszystko... – Przyjęłam prezent, choć zastanawiałam się jednocześnie, jak dać chłopakowi do zrozumienia, że możemy być tylko przyjaciółmi. Jak znowu dać mu to do zrozumienia. Jakoś nie tracił nadziei.

– Co robimy jutro? Jedziemy do lasu czy na ostry dyżur?

– Do lasu – zadecydowałam. – Nie tylko ty masz swoje obsesje. Zaczynam wierzyć, że ta polana mi się przyśniła.

– Znajdziemy ją – pocieszył mnie. – A motory w piątek? – zaproponował.

Zwęszyłam okazję i postanowiłam ją bezzwłocznie wykorzystać.

– W piątek idę do kina. Od tygodni obiecuję mojej paczce ze stołówki, że w końcu się z nimi wybiorę.

Zwłaszcza Mike byłby wniebowzięty.

Jacob raptownie posmutniał. Zanim spuścił oczy, zdążyłam jeszcze zobaczyć, co się w nich pojawiło.

– Pojedziesz ze mną? – dodałam szybko. – No, chyba że nie odpowiada ci towarzystwo staruchów z ostatniej klasy.

Próba pokazania Jacobowi, gdzie jego miejsce, się nie powiodła. Nie miałam serca go odrzucać. Żyliśmy w takiej symbiozie, że gdy się smucił, i mnie robiło się smutno. Poza tym wcale nie cieszyłam się na wyjście z ludźmi ze szkoły. Przyrzekłam Mike'owi, że pójdę, ale tylko z grzeczności. Pomyślałam, że z Jacobem u boku będzie mi przyjemniej.

– Naprawdę chciałabyś, żebym z tobą pojechał? Chcesz przedstawić mnie swoim znajomym?

– Tak – potwierdziłam, wiedząc, że pakuję się w tarapaty. Jak miałam go później przekonać, że nie zależy mi na nim w ten szczególny sposób? – Bez ciebie nie będę się tak dobrze bawić. Weź z sobą Quila. Zaszalejemy.

– Quil będzie w siódmym niebie. Rozumiesz, starsze dziewczyny... – Jacob wywrócił oczami.

– Dopilnuję, żeby miał szeroki wybór.

Żadne z nas nie wspomniało Embry'ego.

Nazajutrz, po angielskim, zagadnęłam Mike'a.

– Mike, co porabiasz w piątek wieczorem?

Oczy mu rozbłysły.

– Nic szczególnego. A co? Chcesz dokądś wyskoczyć?

Żeby nie wplątać się przypadkiem w randkę, przećwiczyłam różne wersje tego dialogu jeszcze w domu. Ba, żeby uniknąć niemiłych niespodzianek, przeczytałam nawet streszczenia wszystkich filmów wyświetlanych w kinie.

– Tak sobie myślałam, że moglibyśmy zorganizować jakiś grupowy wypad do kina – powiedziałam, starannie dobierając każde słowo. Zaakcentowałam słowo „grupowy". – Bardzo chciałabym zobaczyć „Na celowniku". Co ty na to?

„Na celowniku" było krwawym filmem akcji. Nie wyzdrowiałam jeszcze na tyle, żeby móc zmierzyć się z historią miłosną.

– Brzmi nieźle – przyznał, choć jego entuzjazm nieco przygasł.

– Świetnie.

– Hm... – Zamyślił się na moment, a potem nagle poweselał. – Może by tak zaprosić Angelę i Bena? Albo Erica i Katie?

Kombinował, jak mógł, żeby nasze wyjście wyglądało na randkę, choćby i podwójną.

– Może jednych i drugich? – zasugerowałam. – I Jessicę. I Tylera. I Connera. I może Lauren?

Tej ostatniej nie cierpiałam, ale cóż, obiecałam Quilowi szeroki wybór.

– Okej – mruknął Mike zrezygnowany.

– Na pewno zaproszę też moich kolegów z La Push – ciągnęłam. – Jeśli wszyscy się zgodzą, będziesz musiał ich zawieźć swoim vanem.

Na dźwięk słowa „koledzy", Mike zmarszczył czoło.

– To ci, z którymi ostatnio tak często zakuwasz?

– Ci sami. – Uśmiechnęłam się. – Właściwie można by powiedzieć, że daję im korepetycje. Wiesz, oni są dopiero w drugiej klasie.

– W drugiej klasie? – powtórzył Mike. Zaskoczyłam go tą informacją. Przetrawiwszy ją, też się uśmiechnął.

Pod koniec dnia okazało się niestety, że van nie będzie potrzebny: Quil dostał od rodziców szlaban za wdanie się w bójkę, Jessica i Lauren wymówiły się brakiem czasu, gdy tylko Mike zdradził im, kto jest drugim organizatorem, a Eric i Katie nie mogli do nas z kolei dołączyć, bo umówili się już na świętowanie faktu, że są razem pełne trzy tygodnie. Co do Tylera i Connera, Lauren dotarła do nich przed Mikiem, więc tak jak dziewczyny, stwierdzili, że są bardzo zajęci. Pozostawała Angela z Benem i rzecz jasna Jacob.

Liczne odmowy nie zniechęciły Mike'a, wręcz przeciwnie. Nie mógł się już doczekać. Nie był w stanie mówić o niczym innym.

– Może pójdziemy jednak na „Zawsze razem"? – spytał mnie w piątek podczas lunchu. – Dostało więcej gwiazdek.

Miał na myśli komedię romantyczną, która w całym kraju okupowała pierwsze miejsca w rankingach popularności.

– Tak się już napaliłam na „Na celowniku" – poprosiłam. – Chcę, żeby na ekranie lała się krew.

– Okej, okej. – Zanim Mike się obrócił, spostrzegłam, że zrobił minę z cyklu „a może ona jednak zwariowała".

Kiedy zajechałam pod dom po szkole, na podjeździe oczekiwał znajomy samochód. Triumfalnie uśmiechnięty Jacob opierał się o maskę.

– A niech mnie! – krzyknęłam, wysiadając z furgonetki. – Nie wierzę własnym oczom! Udało ci się! Skończyłeś rabbita!

Chłopak spuchł z dumy.

– Wczoraj wieczorem. To będzie jego pierwsza dłuższa podróż.

– Bomba.

Podniosłam rękę do góry, żeby przybił mi piątkę. Przybił, ale zaraz potem, korzystając z okazji, wplótł swoje palce pomiędzy moje.

– To dzisiaj ja prowadzę?

– Tak, ty. Jasne.

Zgodziwszy się, westchnęłam teatralnie.

– Coś nie tak?

– Poddaję się. Po rabbicie już niczym cię nie przebiję. Wygrałeś. Chylę czoła. Jesteś starszy.

Wzruszył ramionami.

– Oczywiście, że jestem starszy.

Zza rogu wyłonił się van Mike'a. Wyrwałam dłoń z uścisku Jacoba. Spojrzał na mnie wilkiem.

– Pamiętam tego gościa – odezwał się, przyglądając się, jak Mike parkuje po drugiej stronie ulicy. – Wtedy na plaży był taki zazdrosny, jakbyś była jego dziewczyną. Czy wciąż ma problemy z odróżnianiem życia od marzeń?

Uniosłam jedną brew.

– Niektórych trudno zniechęcić.

– Czasami wytrwałość zostaje nagrodzona.

– Ale w większości przypadków tylko irytuje drugą stronę.

Cóż, zebrało nam się na aluzje.

Mike wysiadł z auta i przeszedł przez jezdnię.

– Cześć, Bella – zawołał, po czym spojrzał na Jacoba. Zmierzył rywala wzrokiem. Zerknęłam na Indianina, starając się zachować obiektywizm. Ani trochę nie wyglądał na szesnastolatka. Twarz mu ostatnio bardzo wydoroślała. No i ten wzrost – Mike sięgał mu ledwie do ramienia. Wolałam nawet nie myśleć, jak ja prezentuję się przy nim.

– Cześć, Mike. Pamiętasz Jacoba?

– Nie za bardzo. – Mike wyciągnął rękę, żeby przywitać się po męsku. – Mike Newton.

– Jacob Black. Stary przyjaciel rodziny.

Uścisnęli sobie dłonie z większą siłą, niż wypadało. Po wszystkim Mike musiał rozmasować sobie palce.

W kuchni rozdzwonił się telefon.

– Przepraszam, to może być Charlie – usprawiedliwiłam się i pobiegłam odebrać.

Dzwonił Ben z informacją, że Angela dostała grypy żołądkowej. Sam też miał się nie pojawić, bo chciał się nią opiekować. Zdawał sobie sprawę, że stawia nas w nieco niezręcznej sytuacji, ale uważał, że nie powinien się bawić, kiedy jego dziewczyna cierpi.

Wróciłam na podjazd, kręcąc z niedowierzaniem głową. Chociaż było mi szczerze żal biednej Angeli, najchętniej bym ją udusiła. Ją i Bena. Co za pasztet! Pięknie – miałam spędzić wieczór z dwoma nienawidzącymi się zalotnikami.

Pod moją nieobecność Mike i Jacob bynajmniej nie przełamali pierwszych lodów. Stali kilka ładnych metrów od siebie, wpatrując się we frontowe drzwi. Mike wyglądał na zasępionego, Jacob jak zwykle się uśmiechał.

– Ang się rozchorowała. Nie przyjadą.

– To chyba nowa fala epidemii – stwierdził Mike. – Austina i Connera też nie było dzisiaj w szkole. Może przełożymy to wyjście na inny piątek?

Byłam gotowa przystać na jego propozycję, jednak ubiegł mnie Jacob.

– Mnie tam to nie przeszkadza, ale jeśli chcesz zostać, Mike, to się…

– Nie, skąd – przerwał mu. – Jadę, jadę. Chodziło mi o to, że możemy umówić się jeszcze raz z Angelą i Benem. Wskakujcie. – Wskazał na swojego vana.

– Nie masz nic przeciwko, jeśli zabierzemy się z Jacobem? – spytałam. – Przed chwilą mu to obiecałam. Widzisz, skończył właśnie tego rabbita. Sam go zbudował, bez niczyjej pomocy – pochwaliłam się niczym mamusia dumna ze swojego syneczka.

– Super – syknął Mike przez zaciśnięte zęby.

– Fajnie – powiedział Jacob, jakby zapadła jakaś decyzja. Wydawał się być najbardziej rozluźniony z naszej trójki.

Mike wgramolił się zdegustowany na tylne siedzenie volkswagena. Ruszyliśmy.

Jacob, jak gdyby nigdy nic, opowiadał mi różne anegdotki, aż zupełnie zapomniałam, że nie jesteśmy sami. Zauważywszy to, mój szkolny kolega postanowił zmienić strategię. Pochylił się do przodu i oparł się podbródkiem o oparcie mojego fotela, tak że niemal dotknął policzkiem mojego policzka. Szybko odwróciłam się plecami do okna.

– Czy to cudo nie ma radia? – spytał Mike zgryźliwym tonem, przerywając Jacobowi w połowie zdania.

– Ma – odparł Indianin – ale Bella nie lubi muzyki.

Rzuciłam mu zdziwione spojrzenie. Nigdy mu się z tego nie zwierzałam.

Mike się zirytował. Sądził, że się z niego nabijamy.

– Bella?

– To prawda – potwierdziłam, patrząc wciąż na Jacoba.

– Jak można nie lubić muzyki?

Wzruszyłam ramionami.

– Nie wiem. Po prostu mnie irytuje.

Kiedy znaleźliśmy się w kinie, Jacob wręczył mi banknot dziesięciodolarowy.

– Na co mi to? – zaprotestowałam.

– Musisz kupić mi bilet. Film, który wybrałaś, jest od osiemnastu lat.

Parsknęłam śmiechem.

– I panie z kasy nie dadzą się przekonać, że tak właściwie masz czterdzieści? W porządku, kupię ci ten bilet. Czy Billy mnie zabije, jeśli się dowie?

– Nie. Uprzedziłem go, że twoim hobby jest deprawowanie nieletnich.

Znowu mnie rozbawił. Tylko Mike'owi nie było do śmiechu. Prawie żałowałam, że nie postanowił się jednak wycofać – chodził naburmuszony i rzadko zabierał głos. Z drugiej strony, gdyby nie on, spędzałabym wieczór sam na sam z Jacobem. To też nie był mój wymarzony scenariusz.

Film mnie nie zawiódł. Zanim skończyły się napisy z czołówki, cztery osoby wyleciały w powietrze, a jednej odcięto głowę. Siedząca przede mną dziewczyna najpierw zasłoniła sobie oczy, a potem wtuliła twarz w pierś swojego kompana. Chłopak pogładził ją po ramieniu. Przy brutalniejszych scenach sam się wzdrygał.

Mike najwyraźniej postawił na samoumartwianie, bo wpatrywał się znieruchomiały w widoczny nad ekranem rąbek kurtyny.

Jeśli o mnie chodzi, nie odrywałam wzroku od ekranu, ale koncentrowałam się na plamach barw i ich ruchach, a nie na akcji. Zamierzałam wysiedzieć tak dwie godziny i wysiedziałabym, gdyby Jacob nie zaczął chichotać.

– Co jest? – spytałam.

– Widziałaś? Ale żenada! Z tamtego gościa krew trysnęła na siedem metrów. Chyba się nie spodziewali, że ktoś to kupi.

Znów zachichotał, bo wyrzucony w powietrze siłą eksplozji maszt flagowy przybił któregoś z bohaterów do betonowej ściany.

Od tego momentu razem wypatrywaliśmy idiotycznych scen. Z minuty na minutę rzeź robiła się coraz bardziej absurdalna. Jacob i tym razem mnie nie zawiódł – zawsze świetnie się z nim bawiłam. Zastanawiałam się, jak pohamować jego romantyczne zapędy tak, żeby się na mnie nie obraził.

Fotele, w których siedzieliśmy, jak to w kinie, dzieliły pojedyncze oparcia. Te po moich bokach były zajęte przez ręce kolegów.

Obaj trzymali dłonie dziwnie wykrzywione ku górze – gotowe na przyjęcie mojej, gdyby naszła mnie taka ochota. Wiedziałam, że mnie nie najdzie. Przypominały mi stalowe wnyki. Skrzyżowałam ręce na piersiach, a dłonie wsadziłam sobie pod pachy. Jacob łapał mnie za rękę, kiedy tylko nadarzała się po temu okazja, nie mogłam jednak uwierzyć, że i Mike ma czelność tak mnie nagabywać. Poza tym, zaciemniona sala kinowa to nie to samo co las czy garaż. Gdybym zdecydowała się chwycić za rękę któregokolwiek z nich w tak znaczącym miejscu, byłoby to odebrane jako jawna deklaracja uczuć.

Mike poddał się pierwszy. Mniej więcej w połowie filmu cofnął rękę, pochylił się do przodu i schował twarz w dłoniach. Z początku myślałam, że reaguje tak na to, co się dzieje na ekranie, ale pozostawał w tej pozycji zbyt długo.

– Mike – szepnęłam – wszystko w porządku?

Chłopak cicho jęknął. Para przed nami odwróciła głowy.

– Nie – wykrztusił. – Zbiera mi się na wymioty.

Nie kłamał. Na jego czole lśniły krople potu.

Nagle zerwał się i wybiegł z sali. Wstałam, żeby pójść za nim. Jacob poszedł w moje ślady.

– Zostań – powiedziałam. – Tylko sprawdzę, czy nic mu nie jest.

Nie posłuchał. Zaczął przeciskać się za mną do wyjścia.

– Naprawdę, nie musisz wychodzić – zaoponowałam przy drzwiach. – Niech chociaż jedno z nas nie zmarnuje tych ośmiu dolarów.

– Nic nie szkodzi. Ten film i tak jest do bani.

Wyszliśmy z sali. Ani śladu Mike'a. Jacob poszedł sprawdzić w męskiej toalecie. Poniekąd dobrze się złożyło, że zrezygnował z seansu – sama nie odważyłabym się tam zajrzeć.

Nie było go tylko kilka sekund.

– Zguba się znalazła – oświadczył drwiącym tonem. – Co za mięczak! Powinnaś trzymać się z ludźmi o silniejszych żołądkach. Z ludźmi, którzy na widok krwi śmieją się, a nie wymiotują.

– Masz rację – odparłam z sarkazmem – muszę się rozejrzeć za kimś takim. Obiecuję, że będę miała oczy szeroko otwarte.

Poza nami w przedsionku przy salach nie było żywego ducha – do końca każdego z seansów pozostało co najmniej pół godziny. Ciszę przerywały jedynie dochodzące z bufetu w hallu charakterystyczne odgłosy wydawane przez zamieniające się w popcorn ziarna kukurydzy.

Jacob usiadł na pokrytej welurem ławce stojącej pod ścianą i poklepał zachęcająco wolne miejsce obok siebie.

– Mike nie wyglądał na kogoś, kto szybko dojdzie do siebie – wyjaśnił. Wyciągnął nogi, gotując się na dłuższe czekanie.

Dołączyłam do niego z westchnieniem. Podejrzewałam, że zaraz ponowi próbę zalotów i nie pomyliłam się. Gdy tylko zajęłam miejsce na ławce, objął mnie ramieniem.

– Jake! – fuknęłam, odsuwając się. Cofnął rękę, ale nie wydawał się być ani trochę zakłopotany. Chwycił moją dłoń, a kiedy usiłowałam ją wyrwać, złapał mnie drugą ręką za nadgarstek. Skąd brał tyle pewności siebie?

– Poczekaj chwilkę, Bello – poprosił łagodnie. – Chciałbym ci zadać kilka pytań.

Skrzywiłam się. Nie zamierzałam poruszać tego tematu – ani tu, w kinie, ani nigdzie indziej. Jacob był moim jedynym przyjacielem. Po kiego licha robił wszystko, żeby zepsuć to, co nas łączyło?

– Co? – burknęłam.

– Lubisz mnie, prawda?

– Co za głupie pytanie.

– Bardziej niż tego pajaca, który wypluwa teraz własne flaki? – Wskazał głową drzwi do ubikacji.

– Bardziej.

– Bardziej niż jakiegokolwiek innego chłopaka?

Wciąż nie tracił pewności siebie, jakby było mu wszystko jedno, co powiem, albo jakby z góry znał moje odpowiedzi.

– I bardziej niż jakąkolwiek dziewczynę – uzupełniłam.

– Ale nic więcej.

Chociaż nie było to pytanie, czułam, że muszę coś powiedzieć, ale pewne słowo nie chciało mi przejść przez gardło. Bałam się reakcji Jacoba. Czy odmowa bardzo by go zraniła? Może miałam go już nigdy więcej nie zobaczyć? Nie byłam pewna, czy poradziłabym sobie z samotnością.

– Nic więcej – powtórzyłam w końcu cicho.

Uśmiechnął się pogodnie.

– Nie ma sprawy. Najważniejsze, że jestem twoim najlepszym kumplem. I że uważasz, że jestem przystojny. Czy coś w tym stylu. Ale nie odpuszczę.

– Nie licz na to, że mi się odmieni – uprzedziłam. Starałam się zachować normalny ton głosu, jednak sama wyczułam w nim smutek.

Jacob spoważniał.

– Cały czas za nim tęsknisz, prawda? – spytał z troską.

Wzruszyło mnie, że nie użył imienia. I wcześniej to z muzyką. Nie musiałam mówić. Podświadomie wyczuwał, jak się ze mną obchodzić.

– Spokojnie – dodał. – Nie oczekuję, że będziesz mi się zwierzać.

Uśmiechnęłam się z wdzięcznością.

– Ale nie denerwuj się na mnie za to, że będę się wkoło ciebie kręcił. – Poklepał mnie po wierzchu dłoni. – Bo tak łatwo się nie poddam. Mam czas.

Westchnęłam.

– Wolałabym, żebyś go na mnie nie marnował – powiedziałam, chociaż po prawdzie bardzo mi na tym zależało. Zwłaszcza że Jacob był gotowy zaakceptować mnie taką, jaką byłam – przyjąć bez protestów uszkodzony towar.

– Chciałbym nadal spędzać z tobą popołudnia i weekendy. Jeśli nie masz nic przeciwko.

– Nie wyobrażam sobie popołudni bez ciebie – przyznałam szczerze.

Ucieszył się.

184

– To mi się podoba.

– Tylko nie wymagaj ode mnie niczego więcej! – ostrzegłam go, próbując wyrwać dłoń z jego uścisku. Bez powodzenia.

– To ci chyba nie przeszkadza? – spytał, ściskając moje palce. Zastanowiłam się.

– Właściwie to nie.

Miał takie ciepłe ręce, a ja ostatnio marzłam bez przerwy.

– I nie przejmujesz się tym, co pomyśli sobie nasz wymiotujący kolega?

– Raczej nie.

– Więc w czym problem?

– Problem w tym, że to trzymanie się za ręce oznacza dla ciebie coś innego niż dla mnie.

– Hm... – Ścisnął moją dłoń jeszcze mocniej. – To mój problem, nie twój.

– Niech ci będzie – mruknęłam. – Tylko o tym nie zapominaj.

– Nie zapomnę. Jestem teraz na cenzurowanym, tak? – Dał mi sójkę w bok.

Wywróciłam oczami. Trudno, miał prawo żartować sobie ze swojego położenia.

Przez minutę siedzieliśmy w milczeniu. Zadowolony z siebie Jacob krążył małym palcem po wnętrzu mojej uwięzionej dłoni.

– Masz tu taką dziwną bliznę – zauważył nagle. Obrócił moją dłoń, żeby móc jej się przyjrzeć. – Gdzie się tak załatwiłaś? – Długi srebrzysty półksiężyc ledwie się odcinał od mojej bladej skóry.

Spojrzałam na niego wilkiem.

– Czy naprawdę sądzisz, że pamiętam, skąd wzięła się każda moja blizna?

Pewna, że lada chwila zegnę się wpół, zaciskając zęby, szykowałam się na nadejście bólu niesionego z falą wspomnień, ale obecność Jacoba, jak zwykle, działała odstraszająco na moje demony.

– To miejsce jest chłodne – zdziwił się Jacob, przesuwając palcami po pamiątce, jaką pozostawił mi James.

W tym samym momencie z ubikacji wyszedł Mike. Wyglądał jak żywy trup. Jedną ręką przytrzymywał się ściany.

– Och, Mike – szepnęłam. Podbiegłam do niego, żeby pomóc mu iść.

– Czy będziecie mieli mi za złe, jeśli już wrócimy do domu?

– Skąd – zapewniłam go gorąco.

– Przeceniłeś swoje możliwości, co? Za dużo krwi na ekranie?

– Jacob nie zamierzał stosować wobec rywala taryfy ulgowej.

Mike zacisnął usta.

– Nie widziałem nawet pierwszej sceny. Zemdliło mnie jeszcze na reklamach.

– Mike! Trzeba było nam powiedzieć – wypomniałam mu.

– Miałem nadzieję, że mi przejdzie – usprawiedliwił się.

Dochodziliśmy już do drzwi wyjściowych.

– Poczekajcie sekundkę. – Jacob zawrócił do bufetu. – Czy mógłbym prosić o puste wiaderko do popcornu? – spytał dziewczynę za ladą.

Zerknęła na Mike'a i bez zbędnych ceregieli podała Jake'owi to, o co prosił.

– Wyprowadźcie go szybko na zewnątrz, błagam – jęknęła. Najwidoczniej to do jej obowiązków należało mycie podłogi.

Wyszliśmy w chłodne, wieczorne powietrze – ja z Mikiem, a Jacob tuż za nami. Lekko mżyło. Mike wziął kilka głębokich wdechów, a potem pomogliśmy mu wsiąść do samochodu. Jacob wręczył mu z poważną miną tekturowe wiaderko.

– Proszę.

Nic więcej nie powiedział.

Spuściliśmy trochę szyby, żeby zrobić dla Mike'a przewiew. Podmuchy wiatru były lodowate. Skuliłam się i owinęłam rękami.

– Zmarzłaś? – Zanim zdążyłam odpowiedzieć, Jacob otoczył mnie ramieniem.

– A ty nie?

Pokręcił przecząco głową.

– Chyba masz gorączkę – stwierdziłam. Przyłożyłam mu dłoń do czoła. Było rozpalone. – Jake, można się o ciebie oparzyć!

– Bzdura. Jestem zdrów jak ryba.

Zmarszczyłam czoło i sprawdziłam jeszcze raz. Gorące, jak byk.

– Masz bardzo zimne ręce – wytknął mi.

– Może to ja – przyznałam.

Mike jęknął i zwymiotował do wiaderka. Jacob zerknął na tylną kanapę, żeby upewnić się, że tapicerka rabbita nie ucierpiała. Po aucie rozszedł się ostry zapach nadtrawionego jedzenia. Miałam nadzieję, że mój własny żołądek nie zbuntuje się pod wpływem tylu nieprzyjemnych bodźców.

Droga powrotna ciągnęła się w nieskończoność.

Jacob prowadził zamyślony. Jego ramię tak mnie grzało, że wiatr przestał mi przeszkadzać. Wpatrywałam się w przednią szybę. Zżerały mnie wyrzuty sumienia.

Nie powinnam była opowiadać Jacobowi, jak bardzo go lubię, ani pozwolić mu na okazywanie mi czułości. Kierował mną czysty egoizm – chciałam go przy sobie zatrzymać. To, że napomknęłam o przestrzeganiu pewnych granic, nie miało znaczenia. Jeśli wciąż wierzył, że kiedyś będziemy razem, to nie wyraziłam się dostatecznie jasno.

Jak miałam mu wyjaśnić, czym się stałam, tak żeby mnie zrozumiał? Byłam skorupą, a nie żywą istotą. Byłam jak opuszczony dom – skażony dom – w którym przez cztery długie miesiące nie dało się zupełnie mieszkać. Teraz sytuacja nieco się polepszyła – w najbardziej reprezentacyjnym pokoju przeprowadzono remont – ale to był tylko jeden pokój. Żadne wysiłki nie były w stanie przywrócić mnie do stanu używalności. Jacob zasługiwał na coś lepszego niż taką ruderę.

Wiedziałam, że mimo wszystko sama go nie przegonię. Za bardzo go potrzebowałam i zbyt wielką byłam egoistką. Może mogłam powiedzieć mu coś takiego, żeby przejrzał na oczy i sam dał sobie ze mną spokój? Zadrżałam na samą myśl o tym. Jacob wtulił ciepłe ramię w mój kark.

Odwiozłam Mike'a jego vanem, a Jacob pojechał za nami, żeby i mnie miał kto odwieźć. Całą drogę do domu milczał. Byłam ciekawa, czy nie doszedł czasem do tego samego wniosku co ja.

– Chętnie bym się do was wprosił, bo jeszcze wcześnie – oświadczył, parkując koło mojej furgonetki – ale chyba miałaś rację z tą gorączką. Tak mi jakoś... Zaczynam czuć się... dziwnie.

– O, nie! Ty też? Mam cię odwieźć do domu?

– Nie, nie. Dzięki. Nie chce mi się jeszcze wymiotować. To tylko takie... – Szukał właściwego słowa. – Tak coś nie tak. Jeśli będzie trzeba, po prostu zjadę na pobocze.

– Przyrzeknij, że zadzwonisz zaraz po wejściu do domu – poprosiłam.

– Jasne.

Przygryzł dolną wargę. Nie przestawał o czymś intensywnie myśleć.

Otworzyłam drzwiczki, ale kiedy miałam już wysiąść, złapał mnie za nadgarstek. Skórę dłoni też miał niezwykle ciepłą.

– Co jest, Jake?

– Muszę ci coś powiedzieć, Bello. Tylko uprzedzam, że zabrzmi to pompatycznie.

Westchnęłam. Zapowiadał się ciąg dalszy rozmowy z kina.

– Słucham.

– Widzisz, wiem, że miałaś depresję i nadal często bywasz nieszczęśliwa, więc chciałbym... Może to ci w niczym nie pomoże, ale chciałbym, żebyś wiedziała, że zawsze możesz na mnie liczyć. Nigdy cię nie zawiodę – zawsze będę przy tobie. Boże, gadam jak na łzawym filmie... Ale wiesz, o co mi chodzi, prawda? Wiesz, że nigdy cię nie zranię?

– Wiem, Jake. Już teraz na ciebie bardzo liczę, pewnie bardziej, niż jesteś tego świadomy.

Na twarzy Indianina rozkwitł najpiękniejszy z uśmiechów. Pożałowałam, że nie ugryzłam się w język. Powiedziałam prawdę, a powinnam była skłamać. Niepotrzebnie rozbudzałam w nim nadzieję. To ja miałam go w końcu zawieść i zranić.

Zrobił dziwną minę.

– Lepiej będzie, jak już pojadę – wymamrotał.

Czym prędzej wysiadłam.

– Nie zapomnij zadzwonić! – zawołałam za odjeżdżającym volkswagenem.

Jechał prosto, więc chyba miał dość sił, by nie stracić panowania nad autem.

Stałam jakiś czas na podjeździe, wpatrzona w pustą ulicę. Zebrało mi się na mdłości, ale nie z powodu ataku grypy.

Jak by to było wspaniale, gdyby Jacob był moim rodzonym bratem! Moglibyśmy spędzać razem czas i wzajemnie się wspierać bez tego całego uczuciowego zamieszania. Nigdy nie miałam zamiaru wykorzystywać chłopaka do swoich celów, ale wyrzuty sumienia, jakie czułam, podpowiadały mi, że tak się jednak stało.

Nie mogłam pokochać Jacoba. Jeśli czegoś byłam pewna, to tego, że ukochana osoba potrafi złamać serce. Moje już złamano, rozbito na tysiące kawałeczków. Nie chciałam przechodzić tego po raz drugi.

Nie zmieniało to faktu, że bardzo potrzebowałam teraz przyjaciela, że uzależniłam się od niego jak od narkotyku. Zbyt długo już służył mi, kalece, za kulę. Zaangażowałam się w ten związek mocniej, niż planowałam. Wpadłam w pułapkę. Z jednej strony bolało mnie okropnie, że Jacoba zranię – z drugiej, nie mogłam pozwolić sobie na to, by go nie zranić. Sądził, że z czasem się zmienię, że jego cierpliwość zdziała cuda, i chociaż wiedziałam, jak bardzo się myli, zdawałam sobie sprawę, że pozwolę mu czekać.

Był mi najdroższą osobą pod słońcem, kochałam go jak brata, ale nigdy nie miało mu to wystarczyć.

Weszłam do środka, żeby czatować przy telefonie. Z nerwów obgryzałam paznokcie.

– Co tak wcześnie? – zdziwił się Charlie. Siedział na podłodze tuż przed telewizorem. Dzisiejszy mecz musiał być wyjątkowo ekscytujący.

– Mike się pochorował. Dopadła go grypa żołądkowa.

– A ty jak się czujesz?

– Normalnie.

Obawiałam się, że to tylko kwestia czasu.

W kuchni oparłam się o jedną z szafek, tak żeby mieć telefon pod ręką. Moje palce wybijały werble na laminowanym blacie. Przypomniał mi się wyraz twarzy Jacoba, kiedy się ze mną żegnał, i plułam sobie w brodę, że nie okazałam mu więcej troski i nie odwiozłam go do domu.

Śledziłam wzrokiem ruch wskazówek zegara. Dziesięć minut. Piętnaście. Mnie jazda do La Push zajmowała kwadrans, a Jacob jeździł znacznie szybciej ode mnie. Po osiemnastu minutach nie wytrzymałam i wystukałam numer Blacków.

Odczekałam kilkanaście sygnałów. Nikt nie odbierał. Może Billy się zdrzemnął? Może wybrałam zły numer? Rozłączyłam się i spróbowałam raz jeszcze.

Po ósmym sygnale usłyszałam w słuchawce Billy'ego.

– Halo?

Miał przygaszony głos, jakby spodziewał się złych wiadomości.

– Billy, to ja, Bella. Czy Jacob jest już do domu? Wyjechał jakieś dwadzieścia minut temu.

– Tak, już przyjechał – powiedział obojętnym tonem.

– Miał do mnie zadzwonić – dodałam, nieco poirytowana. – Mówił, że źle się czuje. Martwiłam się o niego.

– Jacob jest teraz… Zamknął się w łazience i wymiotuje.

Odniosłam wrażenie, że Billy pragnie jak najszybciej zakończyć naszą rozmowę. Pewnie spieszno mu zobaczyć, co z synem, pomyślałam.

– Daj znać, jeśli mogłabym jakoś pomóc – zaoferowałam. Billy był przecież niepełnosprawny. – Mogę przyjechać w każdej chwili.

– Nie, nie – rzucił bez namysłu. – Nie trzeba. Poradzimy sobie. Nie ruszaj się z domu.

Zabrzmiało to niemal niegrzecznie.

– Skoro tak mówisz...

– Do zobaczenia.

Rozłączył się, nie czekając na moją odpowiedź.

Cóż, przynajmniej Jacob dotarł bezpiecznie do domu. Mimo to, nie przestawałam się o niego martwić. Powlokłam się na górę, zastanawiając się, jak mogę pomóc. Może by tak wpaść do niego przed pracą? Mogłabym zawieźć mu zupę – na pewno gdzieś w domu mieliśmy puszkę zupy Campbell.

Z moich planów nic nie wyszło. Obudziłam się nad ranem – według budzika było wpół do piątej – i rzuciłam się pędem do łazienki. Charlie znalazł mnie tam pół godziny później. Leżałam na podłodze z policzkiem przyciśniętym do chłodnej obudowy wanny.

Przez kilka sekund tylko na mnie patrzył.

– Grypa żołądkowa – zawyrokował wreszcie.

– Tak – wyjęczałam.

– Coś ci przynieść?

– Zadzwoń, proszę, do Newtonów – wykrztusiłam ochryple. – Powiedz im, że mam to samo, co Mike, więc nie przyjdę dzisiaj do sklepu. I przeproś ich w moim imieniu za kłopot.

– Załatwione.

Resztę dnia spędziłam w łazience. W przerwach spałam na dywaniku, z ręcznikiem pod głową. Charlie pojechał na posterunek, zarzekając się, że ma dużo pracy, ale podejrzewałam, że zależało mu raczej na swobodnym dostępie do toalety. Zostawił mi szklankę wody, żebym się nie odwodniła.

Obudziłam się po zmroku, kiedy wrócił do domu. Usłyszałam na schodach jego kroki.

– Żyjesz jeszcze?

– Powiedzmy.

– Czegoś ci trzeba?

– Nie, dziękuję.

Zawahał się. Jak zawsze w takich przypadkach, czuł się dość skrępowany.

– Jakby co, to wołaj – powiedział i zszedł z powrotem na dół.

Parę minut później w kuchni zadzwonił telefon. Charlie wymienił z kimś tylko kilka zdań.

– Mike'owi już przeszło! – krzyknął do mnie.

Zawsze była to jakaś pociecha. Chłopak rozchorował się mniej więcej osiem godzin przede mną, czyli tyle jeszcze musiałam przecierpieć. Osiem godzin. Brr... Mojemu żołądkowi też się to nie spodobało. Podźwignęłam się na rękach i pochyliłam nad muszlą.

Zasnęłam na ręczniku, ale kiedy znowu się obudziłam, leżałam już we własnym łóżku, a za oknem świeciło słońce. Nie pamiętałam przeprowadzki – Charlie pewnie sam mnie przeniósł. Na nocnym stoliku zostawił kolejną pełną szklankę. Dopiłam się do niej łapczywie i opróżniłam jednym haustem. Woda, która stała tam całą noc, nie smakowała najlepiej, ale było mi wszystko jedno.

Wstałam ostrożnie, żeby nie sprowokować nowej fali mdłości. W ustach czułam kwas i ledwie trzymałam się na nogach, ale nie pognało mnie do łazienki. Zerknęłam na budzik. Podręcznikowe dwadzieścia cztery godziny miałam już za sobą.

Żeby nie kusić losu, na śniadanie nie zjadłam nic prócz krakersów. Mój powrót do świata żywych Charlie przyjął z ulgą.

Upewniwszy się, że nie spędzę kolejnego dnia na podłodze łazienki, zadzwoniłam do Jacoba. Sam odebrał telefon, ale jego łamiący się głos świadczył o tym, że jeszcze nie doszedł do siebie.

– Halo?

– Och, Jake, biedaku. Strach ciebie słuchać.

– I strach na mnie patrzeć – szepnął.

– Że też musiałam cię wziąć do tego kina.

– Było fajnie. – Nie przestawał mówić bardzo cicho. – Nie masz o co się obwiniać.

– Szybko wyzdrowiejesz, obiecuję. Mnie dziś rano przeszło, jak ręką odjął.

– Byłaś chora? – spytał bez cienia współczucia czy zaciekawienia.

– Tak, też złapałam to świństwo. Ale już wszystko w porządku.

– To dobrze. – Mówił jak automat.

– Więc tobie też się niedługo poprawi, zobaczysz – spróbowałam dodać mu otuchy.

Ledwie usłyszałam jego odpowiedź.

– Nie sądzę, żebym chorował na to samo, co wy.

– Nie masz grypy żołądkowej? – Zbił mnie z pantałyku.

– Nie. To coś innego.

– Co ci dokładnie dolega?

– Wszystko. Wszystko mnie boli.

Każde słowo wymawiał z trudem.

– Czy mogę jakoś ci pomóc? Coś ci przywieźć?

– Nie, nie przyjeżdżaj – zaprotestował, podobnie jak jego ojciec dwa dni wcześniej.

– Byłam przy tobie, kiedy źle się poczułeś – przypomniałam mu. – I tak mogę być zarażona.

Puścił tę uwagę mimo uszu.

– Zadzwonię. Dam ci znać, kiedy będziesz mogła już przyjechać.

– Jacob...

– Muszę już iść – przerwał mi.

– Zadzwoń za parę dni.

– Jasne – zgodził się, ale takim tonem, że nie uwierzyłam, że to zrobi.

Umilkł na chwilę. Czekałam, aż się pożegna, ale on też na coś czekał.

– Do zobaczenia – odezwałam się w końcu.

– Czekaj na mój telefon – powtórzył.

– Dobrze... Trzymaj się, Jacob.

– Cześć – szepnął i odwiesił słuchawkę.

10 Łąka

Jacob nie zadzwonił.

Kiedy zatelefonowałam do niego po kilku dniach, odebrał Billy i poinformował mnie, że jego syn leży nadal w łóżku. Zapytałam dość bezczelnie, czy byli u lekarza. Chociaż Billy powiedział, że tak, nie wiedzieć czemu, nie uwierzyłam. W czwartek i piątek próbowałam się dodzwonić do Blacków wielokrotnie, ale nikt nie podnosił słuchawki.

W sobotę postanowiłam zapomnieć o dobrych manierach i pojechałam do La Push bez zapowiedzi. Ku mojemu zdziwieniu, czerwony domek Blacków zastałam pusty. Przestraszyłam się – czyżby mojemu przyjacielowi pogorszyło się tak bardzo, że musiał być hospitalizowany? Zajrzałam do szpitala w drodze powrotnej, ale pielęgniarka z izby przyjęć nie miała jego nazwiska na liście z ostatniego tygodnia.

Gdy tylko ojciec wrócił z pracy, namówiłam go, żeby zadzwonił do Harry'ego Clearwatera i zapytał o Jacoba. Usiadłam obok i spięta przysłuchiwałam się ich rozmowie. Moja cierpliwość została wystawiona na próbę – panowie się rozgadali, ale na zupełnie inny temat. Najwyraźniej tak się złożyło, że to Harry był niedawno w szpitalu i ojciec bardzo się tym przejął. Chodziło o jakieś badania kardiologiczne. Na szczęście, wyczuwszy zaniepokojenie kolegi, Harry spróbował obrócić wszystko w żart i rozbawiony Charlie uspokoił się na tyle, aby przejść do rzeczy. Nadstawiłam uszu. Przez kilka minut powtarzał tylko „aha" i „rozumiem", a w pewnym momencie przytrzymał moją rękę, bo doprowadzałam go do szału nerwowym postukiwaniem o blat.

Wreszcie rozmowa dobiegła końca.

– I co? I co? – Poderwałam się z miejsca.

– Harry mówi, że mają awarię sieci telefonicznej i to dlatego nie możesz dodzwonić się do Blacków. Billy był z Jakiem u ich miejscowego lekarza. Wygląda na to, że chłopak ma mononukleozę. Jest bardzo wyczerpany, więc Billy zakazał mu przyjmować gości.

– Zakazał? – Nie mogłam w to uwierzyć.

Charlie uniósł jedną brew.

– Tylko im się nie narzucaj, Bello. Billy wie, co jest najlepsze dla jego syna. Zobaczysz, ani się obejrzysz, a Jake wróci do zdrowia.

Nie kłóciłam się. Widać było, że ojciec martwi się wciąż o Harry'ego, więc nie chciałam zawracać mu głowy swoimi bezpodstawnymi podejrzeniami. Zamiast tego, poszłam do siebie na górę i po załączeniu komputera, wpisałam w wyszukiwarkę hasło „mononukleoza".

Wiedziałam o tej chorobie tylko tyle, że można się nią zarazić przez pocałunek. Cóż, Jacoba to nie dotyczyło, na sto procent. Przemknęłam wzrokiem po symptomach. Gorączkę miał bez wątpienia, ale co z resztą? Nie skarżył się ani na ból głowy, ani na senność. Mało tego, gdy wracaliśmy do domu z kina, twierdził nawet, że jest „zdrów jak ryba". Czy to możliwe, żeby rozchorował się tak szybko? Z artykułu wynikało, że pierwszy pojawiał się potworny ból gardła.

Wpatrywałam się w ekran, usiłując usprawiedliwić racjonalnie swoje zachowanie. Dlaczego byłam taka podejrzliwa? Dlaczego nie akceptowałam wersji Billy'ego? Po co Billy miałby okłamywać Harry'ego?

Wytłumaczyłam sobie, że histeryzuję, bo oprócz stanu zdrowia Jacoba przejmuję się też tym, jak zniosę długie dni rozłąki. No właśnie, jak długo mogło to potrwać? Wróciwszy do przerwanej lektury, natrafiłam na złowróżbne zdanie: „Gorączka utrzymuje się od kilku dni do czterech tygodni".

Cztery tygodnie? Rozdziawiłam szeroko usta.

Nie, Billy nie miał prawa izolować Jake'a przez tak długi okres! Chłopak zwariowałby z nudów przykuty do łóżka cały miesiąc. Musiał spotykać się z rówieśnikami.

I skąd w ogóle ten pomysł z zakazem odwiedzin? W artykule zalecano chorym ograniczenie aktywności fizycznej, ale ani słowem nie wspomniano o nakazie ich pełnej izolacji. Mononukleozą nie tak łatwo było się zarazić.

Podjęłam decyzję, że wspaniałomyślnie dam Billy'emu tydzień, a potem zacznę działać. Uważałam, że to z mojej strony hojny gest.

To był długi tydzień. Już w środę wydawało mi się, że nie dożyję soboty.

Kiedy postanowiłam odpuścić sobie wizyty w La Push na siedem dni, spodziewałam się, że inicjatywa wyjdzie w międzyczasie od Jacoba. Każdego dnia, po powrocie ze szkoły, biegłam do automatycznej sekretarki sprawdzić, czy nie zostawił dla mnie wiadomości. Każdego dnia odchodziłam od niej zawiedziona.

Trzy razy złamałam dane słowo i zadzwoniłam do Blacków, ale nikt nie odbierał, więc pewnie linii jeszcze nie naprawiono.

Zbyt dużo przesiadywałam w domu i zbyt często przebywałam sama. Bez Jacoba, bez naszych rozrywek i adrenaliny, wszystko to, co w sobie do tej pory tłumiłam, zaczęło wypełzać na powierzchnię. Gorzej znosiłam koszmary. Zapominałam, że wystarczy cierpliwie wypatrywać końca. Czy to w lesie, czy to na polu paproci, na którego środku nie stał już biały dom, nie widziałam nic prócz przeraźliwej pustki. Czasem towarzyszył mi Sam Uley – nadal natarczywie mi się przyglądał – nie zwracałam jednak na niego uwagi. Jego obecność w niczym mi nie pomagała, nie dostawałam z jego strony żadnego emocjonalnego wsparcia. Czy pojawiał się w moim śnie, czy nie, budziłam się z krzykiem.

Wieczorne bóle także dokuczały mi bardziej niż kiedykolwiek. Sądziłam, że podczas ataku umiem się już jakoś kontrolować, ale po zniknięciu mojego wiernego druha moje nadzieje prysły jak bańka mydlana. Noc w noc kuliłam się przed zaśnięciem na łóżku, obejmując się ramionami i łapiąc ustami powietrze niczym wyrzucona na brzeg ryba.

Zupełnie sobie nie radziłam.

Pewnego ranka, jak zwykle obudziwszy się z krzykiem, poczułam ulgę, bo przypomniało mi się, że jest sobota. Nareszcie mogłam zadzwonić do Jacoba, a jeśli telefony wciąż nie działały, mogłam z czystym sumieniem wybrać się do La Push. Każda z tych opcji była o niebo lepsza niż samotne czekanie.

Wystukałam numer, przygotowana na wysłuchanie kolejnej porcji sygnałów, tymczasem Billy odebrał już po drugim.

– Halo?

Aż podskoczyłam.

– Ojej, naprawione! Cześć Billy, tu Bella. Dzwonię zapytać, co tam u Jacoba. Czy wolno mu już przyjmować gości? Tak sobie myślałam, że mogłabym wpaść po...

– Przykro mi, Bello – przerwał mi Indianin – ale Jacoba nie ma w domu.

Był dziwnie zdekoncentrowany, jakby oglądał jednocześnie telewizję.

– Och. – Zbił mnie z tropu. – Czyli czuje się już lepiej?

– Tak, tak. – Billy zawahał się na moment, co też wydało mi się dziwne. – Okazało się, że jednak nie miał mononukleozy. Złapał jakiegoś wirusa.

– Rozumiem. A... a gdzie jest teraz?

– Zabiera swoim volkswagenem kilku kolegów do Port Angeles. Chyba zamierzają iść na podwójny seans czy coś w tym rodzaju. Wróci dopiero wieczorem.

– Miło to słyszeć. Tak się martwiłam. Fajnie, że miał ochotę i siły na taki wypad. To dobry znak.

Z nerwów paplałam jak najęta. Musiało to brzmieć bardzo sztucznie.

Jacob czuł się na tyle dobrze, żeby pojechać z kolegami do miasta, ale nie dość dobrze, żeby do mnie zatelefonować! Dobrze się bawił, kiedy ja z godziny na godzinę coraz bardziej zapadałam się w sobie. Tak się przez te dwa tygodnie martwiłam! Tak się nudziłam! Byłam taka samotna! Najwyraźniej nie tęsknił za mną tak samo, jak ja za nim.

– Czy coś mu przekazać? – spytał Billy uprzejmym tonem.

– Nie, dziękuję.

– Powiem mu, że dzwoniłaś. Do widzenia, Bello.

– Do widzenia – odpowiedziałam, ale już się rozłączył.

Przez chwilę stałam jak sparaliżowana.

Czyżby, tak jak się tego obawiałam, Jacob zmienił zdanie? Czyżby mnie posłuchał i zdecydował, że szkoda marnować czas na kogoś, kto nie może odwzajemnić jego uczuć? Krew odpłynęła mi z twarzy.

Charlie zszedł po schodach na parter.

– Złe nowiny?

– Nie – skłamałam, odwieszając słuchawkę na widełki. – Billy mówi, że Jacob doszedł już do siebie. Na szczęście nie miał jednak mononukleozy.

– Przyjedzie do ciebie, czy ty pojedziesz do niego? – spytał Charlie, myszkując w lodówce. Moja odpowiedź niespecjalnie go interesowała.

– Ani tak, ani tak – wyznałam. – Jedzie z kolegami do miasta.

Do ojca wreszcie coś dotarło. Oderwał wzrok od trzymanego w ręce sera i spojrzał na mnie z przestrachem.

– Nie za wcześnie na lunch? – Wskazałam podbródkiem na ser, próbując skierować rozmowę na inne tory.

– Ach, nie. Tak się rozglądam, co wziąć z sobą nad rzekę...

– Wybierasz się na ryby?

– Harry mnie zaprosił... no i nie pada. – Wyciągał z lodówki kolejne produkty i odkładał je na blat. Nagle drgnął, jakby coś sobie uświadomił. – Może chciałabyś, żebym został w domu, skoro Jake ma inne plany?

– Mną się nie przejmuj – rzuciłam z wymuszoną obojętnością. – Zresztą ryby lepiej biorą, kiedy pogoda dopisuje.

Przyjrzał mi się uważnie. Był w rozterce. Bał się z pewnością, że jeśli mnie zaniedba, wróci moje dawne otępienie.

– Jedź, jedź – zachęciłam go. Wolałam spędzić dzień w samotności niż z ojcem śledzącym każdy mój krok. – Chyba zadzwonię do Jessiki. Mamy niedługo test z matmy, a przydałyby mi się małe korepetycje.

To ostatnie akurat było prawdą, ale wiedziałam, że przyjdzie mi poradzić sobie bez pomocy koleżanki.

– Świetny pomysł, Bello. Przez to całe siedzenie w garażu z Jacobem zaniedbałaś pewnie znajomych ze szkoły. Jeszcze pomyślą, że o nich zapomniałaś.

Uśmiechnęłam się i pokiwałam głową, chociaż tak naprawdę opinia moich znajomych nic mnie nie obchodziła.

Charlie zabrał się do pakowania prowiantu, ale przerwał i znów na mnie zerknął.

– Będziecie się uczyć tu albo u Jessiki, prawda?

– Oczywiście. Gdzie indziej?

– Byle byście się nie zapuszczały do lasu. Mówiłem ci już, masz się trzymać od puszczy z daleka.

Wzmianka o lesie nieco mnie zaskoczyła. Potrzebowałam kilku sekund, żeby pokojarzyć fakty.

– Miś daje wam wciąż w kość?

Charlie spoważniał.

– Zaginął jeden turysta. Strażnicy leśni natrafili dziś rano na opuszczone obozowisko: namiot, plecak, wszystko w komplecie, ale ich właściciel zapadł się pod ziemię. Za to jakieś olbrzymie zwierzę zostawiło dookoła swoje ślady... Rzecz jasna, mogło przyjść później, zwabione zapachem jedzenia... Na wszelki wypadek, chłopcy zastawiają teraz pułapki.

Mruknęłam coś z grzeczności, ale myślami byłam gdzie indziej. Ostrzeżenia Charliego wleciały mi jednym uchem, a wypadły drugim. Bardziej od grasującego niedźwiedzia stresowało mnie zachowanie Jacoba.

Ojcu bardzo się spieszyło, co było mi na rękę. Nie zażądał ode mnie, żebym zadzwoniła przy nim do Jessiki, czym oszczędził mi wiele trudu. Dla zabicia czasu przed jego wyjazdem zaczęłam gromadzić na kuchennym stole podręczniki szkolne, żeby schować je do torby. Gdyby się nie pakował, pewnie by zauważył, że wszystkie nie miały być mi przecież potrzebne.

Byłam taka zajęta, udając zajętą, że dopiero, gdy auto Charliego zniknęło za rogiem, zdałam sobie sprawę, że mam cały dzień do swojej dyspozycji. Wystarczyły dwie minuty wpatrywania się w milczący telefon, żebym zyskała pewność, że w domu nie usiedzę. Zaczęłam rozważać różne opcje.

Jessica odpadała. Jeśli o mnie chodziło, dziewczyna przeszła na ciemną stronę mocy.

Mogłam pojechać do La Push po swój motocykl i poćwiczyć jazdę gdzieś na odludziu. Wizja ta była kusząca, ale do rozwiązania pozostawał jeden mały problem: kto miałby mnie później odwieźć na ostry dyżur.

Hm...

A łąka?

Kompas i mocno już zużytą mapę miałam w furgonetce i byłam zdania, że umiem posługiwać się już nimi na tyle sprawnie, żeby się nie zgubić. Gdybym Jacob raczył mnie kiedyś w przyszłości zaszczycić swoim towarzystwem, mogłabym mu się pochwalić wyeliminowaniem dwóch dalszych szlaków. Gdyby... Nie traciłam nadziei, choć istniało duże prawdopodobieństwo, że już nigdy się nie zobaczymy.

Wiedziałam, że jadąc do lasu, postępuję wbrew woli Charliego, ale wyrzuty sumienia postanowiłam zignorować. Kolejnego dnia w domu po prostu bym nie zniosła.

Kilka minut później pędziłam już furgonetką po znajomej drodze. Jak na Forks, warunki na spacer były idealne – niebo przesłaniały wprawdzie chmury, ale ani trochę nie padało. Spuściwszy wszystkie okna, rozkoszowałam się podmuchami ciepłego wiatru.

Wyznaczanie kursu zajęło mi rzecz jasna więcej czasu niż Jacobowi. Po zaparkowaniu auta w naszym stałym miejscu spędziłam dobre piętnaście minut nad kompasem i mapą, zanim zyskałam pewność, że kierunek, w którym pójdę, będzie odpowiadał właściwej linii na papierze.

Puszcza była dzisiaj wyjątkowo pełna życia – wszystkie stworzonka wyległy tłumnie korzystać z pięknej pogody. W koronach drzew ćwierkały ptaki, w powietrzu bzyczały owady, w zaroślach przemykały niewidoczne gryzonie. Mimo tylu różnorodnych dźwięków, miałam jednak większego stracha niż dawniej – las przypominał mi ten z moich najnowszych koszmarów. Tłumaczyłam sobie dzielnie, że to tylko złudzenie. Panikowałam, bo brakowało mi wesołego pogwizdywania Jacoba i odgłosów wydawanych przez drugą parę stóp w zetknięciu z wilgotną ściółką.

Te tłumaczenia nie na wiele się zdały. Im dłużej szłam, tym gorzej się czułam. Miałam coraz większe problemy z oddychaniem – nie z powodu narastającego zmęczenia, ale dlatego, że znowu zdawało mi się, że wyrwano mi żywcem płuca. Radziłam sobie, jak mogłam: starałam się nie myśleć o bólu i owinęłam się ciasno ramionami. Zastanawiałam się nawet, czy nie zawrócić, ale stwierdziłam, że szkoda byłoby zmarnować to, co już osiągnęłam.

Niczym medytacja podziałało na mnie wsłuchiwanie się w rytm własnych kroków. Oddech mi się wyrównał, a myśli uspokoiły. Cieszyłam się teraz, że przetrwałam kryzys i nie zrejterowałam.

Coraz lepiej radziłam też sobie z przedzieraniem się przez gęstwinę – wydawało mi się, że idę znacznie szybciej. Nie zdawałam sobie tylko sprawy, jak szybko. Sądząc, że pokonałam co najwyżej siedem kilometrów, nawet nie zaczęłam wyglądać celu swojej wędrówki. Tymczasem, przeszedłszy pod niskim łukiem z pnączy i przecisnąwszy się przez kępę sięgających mi do piersi paproci, znalazłam się niespodziewanie na skraju mojej magicznej łąki.

Trafiłam tam, dokąd chciałam, co do tego nie miałam żadnych wątpliwości. Nigdy nie widziałam tak symetrycznej polany. Była idealnie okrągła, jak gdyby ktoś wykarczował niegdyś celowo fragment lasu, nie pozostawiając jednak po sobie żadnych śladów dewastacji przyrody. Po lewej, w pewnym oddaleniu, szemrał strumień.

Kiedy zjawiłam się tu po raz pierwszy, było niezwykle słonecznie i kwitły już kwiaty, ale i w pochmurny dzień łąka zachwycała urodą. Porastały ją gęsto wysokie trawy, falujące uroczo na wietrze niczym powierzchnia jeziora.

Tak, było to to samo miejsce, co wtedy... ale nie znalazłam, czego szukałam.

Rozczarowanie uderzyło mnie swoją siłą. Przyklękłam wśród traw, z trudem łapiąc powietrze.

Dłuższe przesiadywanie na łące nie miało większego sensu. Nie pozostał tu żaden ślad po jej dawnym miłośniku, jej widok nie prowokował też u mnie upragnionych omamów. Przywoływał jedynie wspomnienia, do których i tak mogłam wracać w dowolnym momencie, jeśli tylko czułam się na siłach zmierzyć się z towarzyszącym im bólem. To przez ten ból nie byłam jeszcze w stanie wstać i odejść.

Bez Niego miejsce to było na dobrą sprawę zwyczajne. Nie wiedziałam, co właściwie spodziewałam się tutaj poczuć. Polana, chociaż piękna, ziała emocjonalną pustką. Jak mój koszmar. Na tę myśl zakręciło mi się w głowie.

Cóż, przynajmniej udało mi się dotrzeć tu samej. Dopiero teraz uświadomiłam sobie, że był to prezent od losu. Gdybym tak odkryła łąkę z Jacobem! Jak wyjaśniłabym mu swoje zachowanie? Nie potrafiłabym przecież ukryć, że staczam się w otchłań bez dna, że rozpadam się na tysiące kawałków. Musiałam zgiąć się w pół, żeby nie rozerwało mnie na strzępy. Zdecydowanie wolałam cierpieć bez świadków.

Miałabym też trudności z wytłumaczeniem mu, dlaczego tak mi spieszno do samochodu. Jak nic zdziwiłby się, że po tylu tygodniach wytężonych poszukiwań nie chcę spędzić na tej nieszczęsnej łące więcej niż pięć sekund. Gdyby nie fala bólu, od razu bym uciekła. Walczyły we mnie dwa sprzeczne pragnienia, próbowałam oderwać ręce od tułowia i wstać. Przyszło mi do głowy, że jeśli nie uda mi się podnieść, po prostu się odczołgam.

Jak dobrze, że nikt mi się nie przyglądał! Miałam wielkie szczęście, że byłam tu zupełnie sama!

Sama. Powtórzyłam to słowo w myślach z ponurą satysfakcją.

W tym samym momencie, w którym przełamałam się wreszcie i wyprostowałam, spośród drzew po przeciwnej stronie polany wynurzyła się samotna postać.

Zawładnęły mną emocje. W pierwszej chwili poczułam ogromne zdumienie – znajdowałam się z dala od szlaków i nie spodziewałam się nikogo spotkać. Zaraz potem w moim sercu zakiełkowała szaleńcza nadzieja – któż inny wiedział o istnieniu polany? Wytężyłam wzrok. Mężczyzna miał wprawdzie jasną cerę, ale czarne włosy. Wpierw ogarnął mnie smutek, a zaraz potem wyparł go lęk. Czemu nieznajomy stał wciąż nieruchomo, czemu nie trzymał mapy? Z pewnością nie miałam do czynienia ze zwykłym turystą...

I wtedy go rozpoznałam.

– Laurent! – zawołałam mile zaskoczona.

Była to z mojej strony irracjonalna reakcja. Powinien był mnie raczej przebiec zimny dreszcz.

Kiedy Laurent przybył do Forks przed niespełna rokiem, trzymał się z Jamesem, tym samym Jamesem, który później zastawił na mnie pułapkę i usiłował zabić. Laurent nie pomógł Jamesowi w osaczaniu mnie tylko dlatego, że się bał, bo stała za mną większa grupa wampirów. Gdyby tak nie było, zapolowałby na mnie bez najmniejszych skrupułów. Oczywiście od tego czasu musiał zmienić swoje upodobania, ponieważ, o ile było mi wiadomo, zamieszkał na Alasce z pewną wampirzą rodziną, która z powodów natury etycznej nie piła ludzkiej krwi – z rodziną, do której skierowali go ci, których nie miałam śmiałości wymieniać z nazwiska.

Tak, strach byłby bardziej na miejscu, czułam jednak głęboką satysfakcję. Oto łąka odzyskała magiczne właściwości – spotkałam istotę nie z tego świata. Cóż z tego, że obecność tej istoty zagrażała mojemu bezpieczeństwu, skoro stanowiła żywy dowód na to, że istnieli i inni przedstawiciele jej rasy – zwłaszcza jeden, tak drogi mojemu sercu.

Laurent ruszył w moją stronę. Wyglądał dokładnie tak samo, jak przed rokiem. Nie wiedzieć czemu, spodziewałam się, że coś się w nim zmieni, ale zaskoczona, nie pamiętałam, co to miało być. Nie było zresztą czasu na rozmyślania.

– Bella? – Był w jeszcze większym szoku niż ja.

– Nie zapomniałeś, jak mam na imię. – Uśmiechnęłam się. Ucieszyłam się jak idiotka, bo zostałam rozpoznana przez obcego wampira!

– Co za niespodzianka – powiedział Laurent, powoli się zbliżając.

– Chyba bardziej dla mnie. To ja tu mieszkam. Ty, o ile się nie mylę, miałeś przenieść się na Alaskę.

Zatrzymał się jakieś dziesięć kroków ode mnie i przekrzywił głowę. Tyle miesięcy minęło, odkąd na co dzień widywałam tak piękne twarze... Omiotłam wzrokiem jego szlachetne rysy z rosnącą ekscytacją. Nareszcie stałam oko w oko z kimś, przy kim nie musiałam niczego udawać, przy kimś, kto znał wszystkie moje sekrety.

– Masz rację – przyznał. – Przeniosłem się na północ. Widzisz, twój widok mnie zaskoczył, bo kiedy zobaczyłem, że dom Cullenów stoi pusty, pomyślałem sobie, że oni też się przenieśli.

– Ach, tak – bąknęłam. Kiedy padło feralne nazwisko, zagryzłam wargi, żeby zapanować nad nowym bólem. Potrzebowałam sekundy, żeby dojść do siebie. Laurent uważnie mi się przyglądał.

– Rzeczywiście, wynieśli się – dodałam.

– Hm – mruknął. – Ciekawe, że też ciebie nie zabrali. Odniosłem wrażenie, że jesteś dla nich czymś w rodzaju maskotki.

W jego oczach nie dopatrzyłam się śladu kpiny.

Uśmiechnęłam się krzywo.

– Tak to można było określić.

– Hm... – Moja odpowiedź bardzo go widać zaintrygowała.

Nagle uzmysłowiłam sobie, dlaczego zaniepokoiło mnie to, że Laurent nic a nic się nie zmienił. Kiedy dowiedziałam się, że zdecydował się zamieszkać z rodziną Tanyi, zaczęłam go sobie wyobrażać (nie, żebym robiła to często) z oczami tej samej barwy co oczy... Cullenów. Poczułam ukłucie bólu, ale zbagatelizowałam je poruszona swoim odkryciem. Laurent powinien mieć oczy w charakterystycznym dla dobrych wampirów kolorze ciepłego złota! Ciepłego złota, a nie ciemnoczerwone!

Cofnęłam się odruchowo. Krwiste ślepia mężczyzny śledziły każdy mój ruch.

– Zaglądają czasem do ciebie? – spytał, niby to wciąż na luzie, ale przenosząc ciężar ciała na wysuniętą do przodu stopę.

– Kłam! – szepnął mi do ucha znajomy aksamitny baryton.

Drgnęłam, chociaż przecież mogłam się tego spodziewać. Czy nie groziło mi niebezpieczeństwo o stokroć większe niż podczas jazdy na motorze? W porównaniu z konwersowaniem z ludożercą motocykle były doprawdy niewinną rozrywką!

Postąpiłam zgodnie z rozkazem mojego niewidzialnego opiekuna.

– Tak, bardzo o mnie dbają. – Usiłowałam rozpaczliwie przybrać zrelaksowany ton głosu. – Mi tam czas między ich wizytami się dłuży, ale wiesz, jak to jest u ludzi... Wy to co innego, tak łatwo się rozpraszacie.

Plotłam coś trzy po trzy. Już lepiej było siedzieć cicho.

– Hm... – powtórzył Laurent. – Ich dom pachniał tak, jakby nikt nie mieszkał tam z pół roku.

– Musisz się bardziej postarać, Bello! – zalecił mi mój cudowny słuchowy majak.

Spróbowałam.

– Muszę wspomnieć Carlisle'owi, że bawiłeś w tej okolicy. Pewnie będzie żałował, że przegapił twoją wizytę. – Zamilkłam na moment, udając, że się nad czymś zastanawiam. – Sądzę jednak, że na wszelki wypadek zataję ją przed... Edwardem. – Gdy wymawiałam z opóźnieniem jego imię, na mojej twarzy pojawił się niestety grymas, który Laurent mógł wziąć za objaw zdenerwowania.

– Tak... Edward jest taki popędliwy. Pewnie sam pamiętasz. Nadal nie może zapomnieć o tej aferze z Jamesem. – Wywróciłam oczami i machnęłam ręką, żeby podkreślić, że to stare dzieje, ale w moim głosie pobrzmiewały histeryczne nutki. Nie byłam pewna, czy mój rozmówca rozpoznaje je jako takie, czy nie.

– Doprawdy? – spytał Laurent grzecznie... i sceptycznie.

– Mm-hmm.

Skróciłam swoją odpowiedź do minimum, żeby nie wydało się, jak bardzo się boję.

Laurent odwrócił się do mnie bokiem i zaczął się powoli rozglądać. Można było pomyśleć, że podziwia symetryczność polany, ale tak naprawdę ten manewr pozwolił mu po kryjomu nieco się do mnie zbliżyć. W mojej głowie rozległo się złowrogie warknięcie.

– I jak ci się podoba w Denali? – wykrztusiłam piskliwie. – Carlisle mówił, że dołączyłeś do Tanyi.

Laurent na powrót stanął do mnie przodem.

– Tanya... – zadumał się. – Bardzo polubiłem Tanyę. A jeszcze bardziej jej siostrę Irinę. Nigdy nie mieszkałem dłużej w jednym miejscu, więc było to dla mnie nowe doświadczenie, ciekawe doświadczenie. Nie powiem, przypadły mi do gustu zalety takiego trybu życia. Ale te ich ograniczenia... Z tym było gorzej. Nie mam pojęcia, skąd tamci biorą taką siłę woli. – Uśmiechnął się łobuzersko. – Czasem trochę szachruję.

Nie udało mi się przełknąć śliny. Miałam ochotę rzucić się do ucieczki, ale gdy tylko moja stopa drgnęła, zamarłam, bo Laurent natychmiast zerknął na nią czerwonymi oczami.

– Och... Nasz Jasper też ma z tym problem – powiedziałam słabym głosem.

– Nie ruszaj się! – nakazał mi mój niewidzialny opiekun. Usiłowałam go posłuchać, ale przychodziło mi to z trudem – instynkt ucieczki powoli brał we mnie górę nad rozsądkiem.

– Co ty nie powiesz? – zainteresował się Laurent. – Czy to z tego powodu się wyprowadzili?

– Nie – odpowiedziałam szczerze. – Jasper ma się w domu na baczności.

– Rozumiem. Ja też – wyznał Laurent.

Tym razem zrobił krok do przodu, zupełnie się z tym nie kryjąc.

– Czy Victorii udało się ciebie odnaleźć? – spytałam, próbując jakoś opóźnić nieuniknione. Było to pierwsze pytanie, jakie przyszło mi do głowy. Pożałowałam tego, że je zadałam, jeszcze zanim je dokończyłam. Victoria – wampirzyca, która polowała na mnie z Jamesem, a potem zapadła się pod ziemię – z pewnością nie należała do osób, które miałam ochotę wspominać w takiej chwili.

– Tak – potwierdził, nie przestając się do mnie przysuwać. – Tak właściwie przybyłem tutaj, żeby wyświadczyć jej przysługę. – Skrzywił się. – Nie będzie zachwycona, kiedy się o tym dowie.

– O czym? – podchwyciłam wątek Victorii, licząc na to, że mężczyzna się rozgada. Patrzył akurat w bok, pomiędzy drzewa. Korzystając z okazji, ostrożnie się cofnęłam.

Przeniósł wzrok z powrotem na mnie. Miał bardzo pogodny wyraz twarzy. W innych okolicznościach wzięłabym go za ciemnowłosego anioła.

– Kiedy się dowie o tym, że cię zabiłem – zamruczał jak kot.

Cofnęłam się jeszcze trochę. Groźbę wampira zagłuszył słyszalny tylko dla mnie charkot.

– To jej marzenie – wyjaśnił Laurent. – Zamierza tym sposobem... wyrównać z tobą rachunki.

– Ze mną? – pisnęłam.

Parsknął śmiechem.

– Wiem, moim zdaniem też przesadza z tym starotestamentowym podejściem. Ale była partnerką Jamesa, a Jamesa zabił twój Edward.

Chociaż tylko kilka sekund dzieliło mnie od pewnej śmierci, imię ukochanego niczym sztylet rozdarło moje niezaleczone rany.

Laurent nie dał po sobie znać, że zauważył tę nietypową reakcję.

– Victoria uważa, że sprawiedliwiej będzie zabić ciebie niż Edwarda, bo wtedy i on straci ważną dla siebie osobę. Poprosiła mnie, żebym sprawdził dla niej, co u was słychać. Nie podejrzewałem, że tak łatwo będzie cię podejść. Być może Victoria przeceniła twoją rolę. Skoro Edwarda jeszcze tu nie ma, to tak bardzo mu na tobie nie zależy. Będzie musiała znaleźć sobie nową ofiarę, żeby zemścić się, jak należy.

Kolejna wzmianka, kolejny cios sztyletem.

Laurent zrobił krok do przodu, ja krok do tyłu.

Zmarszczył czoło.

– Ech, Victoria i tak będzie się na mnie gniewać.

– To czemu na nią nie zaczekać? – wymamrotałam.

Kolejny łobuzerski uśmiech.

– Masz pecha, złotko. Nie przyszedłem na tę łąkę ze względu na misję Victorii. Polowałem. Jestem bardzo głodny, a od twojego zapachu... ach, ślinka napływa do ust.

Laurent spojrzał na mnie z uznaniem, jak gdyby dopiero co powiedział mi komplement.

– Postrasz go – doradził mi roztrzęsiony baryton.

– Nie ujdzie ci to na sucho – szepnęłam posłusznie. – E... Edward dowie się, że to twoja sprawka.

– Ciekawe jak? – Laurent uśmiechnął się jeszcze szerzej i rozejrzał się znowu po polanie. – Mój zapach zmyje pierwszy deszcz. Twój także. Nikt nie odnajdzie twojego ciała. Tak jak wielu, wielu ludzi przed tobą, trafisz w końcu na listę zaginionych. A jeśli Edwardowi będzie się chciało przeprowadzić prywatne śledztwo, czemu akurat miałby pomyśleć o mnie? Zaręczam ci, że za nic się nie mszczę. Kieruje mną wyłącznie głód.

– Błagaj o litość – usłyszałam.

– Błagam... – wykrztusiłam jękliwie.

Laurent pokręcił przecząco głową z sympatycznym wyrazem twarzy, niczym matka, która odmawia dziecku, bo wie, co jest dla niego najlepsze.

– Spójrz na to z innej strony, złotko. Miałaś wielkiego fuksa, że to ja cię znalazłem.

– Fuksa? – powtórzyłam, znów się cofając.

Laurent przysunął się do mnie bliżej, kontynuując nasz upiorny taniec.

– Och, tak – zapewnił mnie. – Nie w moim interesie leży cię torturować. Oczywiście nakłamię później Victorii, że się na tobie wyżywałem, żeby trochę ją udobruchać, ale obiecuję, że tak na-

prawdę nic nie poczujesz. Szast, prast i po krzyku. Wierz mi, masz szczęście. Gdybyś wiedziała, co Victoria dla ciebie szykuje...
– Wydawał się tym niemal zdegustowany. – Dziękowałabyś mi za dobre serce.

Wpatrywałam się w niego szeroko otwartymi oczami.

Podmuch wiatru poniósł w stronę wampira falę mojego zapachu. Przez chwilę węszył z lubością.

– Tak... ślinka napływa do ust.

Za kilka sekund miał mnie dopaść. Napięłam mięśnie. Niemal zamknęłam oczy. Gdzieś w tyle mojej czaszki pobrzmiewały echa dalekiego charkotu Edwarda. Jego imię przebiło się niespodziewanie przez wszystkie zapory, którymi do tej pory odgradzałam je od swojej świadomości. *Edward, Edward, Edward.* Lada moment miałam umrzeć. Było mi już wszystko jedno, czy coś zaboli mnie, czy nie.

Edward, kocham cię.

Spod półprzymkniętych powiek dostrzegłam, że Laurent przestał nagle rozkoszować się moją wonią i obrócił raptownie głowę w lewo. Byłam rzecz jasna ciekawa, co przykuło jego uwagę, ale bałam się oderwać wzrok od jego twarzy i podążyć za jego spojrzeniem. Mógł wykorzystać moją chwilową dekoncentrację, by się na mnie rzucić, nawet jeśli miał nade mną na tyle dużą przewagę, by nie potrzebować tego typu forteli.

– A niech mnie... – szepnął.

Nie wierzyłam własnym oczom. Teraz to Laurent cofał się w przestrachu.

Cóż takiego przedłużało mi życie? Nie mogąc się dłużej powstrzymywać, zerknęłam na łąkę. Była pusta. Zerknęłam na Laurenta. Stąpał wolno tyłem, chyba niezdecydowany, czy powinien rzucić się do ucieczki, czy też raczej nie. I nadal się w coś wpatrywał, w coś, czego nie widziałam.

Znów zerknęłam na łąkę.

Z pomiędzy drzew wynurzał się wielki, ciemny kształt. Bestia skradała się bezszelestnie w kierunku wampira. Wysokością w kłębie dorównywała koniowi, ale była znacznie od konia szersza, o wiele bardziej muskularna. Kiedy rozwarła pysk, ukazując rząd ostrych zębisk, przez polanę przetoczyło się niskie warknięcie przedłużonego grzmotu.

Słynny niedźwiedź we własnej osobie.

Chociaż tak naprawdę nie był żadnym niedźwiedziem, nie miałam wątpliwości, że to właśnie o tym zwierzęciu opowiada cała okolica. Z daleka każdy musiał brać je za grizzly, bo za co innego. Żaden inny gatunek spotykany w tutejszych lasach nie osiągał takich rozmiarów.

Żałowałam, że tak jak innym, nie było mi dane oglądać go właśnie z daleka. Potwór sunął wśród traw zaledwie trzy metry ode mnie.

– Ani drgnij! – nakazał mi szeptem głos Edwarda.

Gapiłam się na monstrum, zachodząc w głowę, czym tak właściwie jest. Krótkie sterczące uszy, długi puszysty ogon... Budową ciała i sposobem poruszania się najbardziej przypominał psa. Mój struchlały mózg pracował z dużym wysiłkiem. Nasuwało mi się tylko jedno rozwiązanie zagadki, jednak bardzo nieprawdopodobne. Nigdy nie przypuszczałam, że wilki mogą być takie duże!

Z gardła bestii dobyło się kolejne przeciągłe warknięcie. Wzdrygnęłam się.

Laurent zbliżał się już do linii drzew. Nie rozumiałam motywów jego postępowania. Dlaczego się wycofywał? Owszem, wilczysko porażało rozmiarem, ale było tylko zwierzęciem. Z jakiego powodu wampir miałby bać się zwierzęcia? Czyż jego pobratymcy nie polowali w pojedynkę na niedźwiedzie i pumy? Ale Laurent się bał, widziałam to wyraźnie. W jego oczach, tak jak w moich własnych, malował się strach.

Jakby w odpowiedzi na to pytanie, z lasu wyłoniły się jednocześnie dwa kolejne wilki. Szły śladem pierwszego, łeb w łeb, niczym jego obstawa. Jeden był ciemnoszary, a drugi brązowy, oba nieco mniejsze od swojego czarnego przywódcy. Wszystkie trzy wpatrywały się intensywnie w Laurenta.

Zanim dotarło do mnie, co się dzieje, z zarośli wyszły jeszcze dwa. Najwyraźniej już wcześniej ustawiły się w szyku bojowym. Cała piątka, podobnie jak klucz gęsi, tworzyła teraz literę „v". Oznaczało to, że znajdowałam się na ścieżce jednego z nich, basiora o rdzawobrązowej sierści. Odruchowo odskoczyłam w tył, zaczerpując głośno powietrza.

Natychmiast znieruchomiałam, ale byłam przekonana, że swoją idiotyczną reakcją ściągnęłam na siebie całą watahę. Dlaczego Laurent nie atakował? Poradziłby sobie ze stadem w pięć minut. Miał rację – wolałam śmierć z jego ręki niż być rozszarpaną przez drapieżniki.

Na szczęście tylko wilk będący najbliżej mnie, ten rdzawobrązowy, odwrócił głowę. Na ułamek sekundy nasze oczy się spotkały. Ślepia bestii były ciemnobrązowe, prawie czarne. Wydały mi się zbyt rozumne jak na oczy dzikiego zwierzęcia.

Kiedy tak patrzyliśmy się na siebie, pomyślałam ni z tego, ni z owego o Jacobie. Po raz drugi tego dnia byłam wdzięczna losowi, że wybrałam się do lasu sama, że nie zaciągnęłam przyjaciela na polanę pełną potworów. Gdyby ze mną przyjechał, czułabym się współwinna jego śmierci.

Rozległ się trzeci ryk przewodnika stada, a rdzawobrązowy samiec przeniósł wzrok z powrotem na Laurenta. I ja na niego zerknęłam.

Mężczyzna nie ukrywał, ze jest zszokowany i przerażony. To pierwsze rozumiałam, ale z tym drugim nie umiałam się pogodzić. Przerażony wampir? To nie miało sensu. Tym większe było moje zdziwienie, kiedy Laurent obrócił się nagle na pięcie i zniknął pośród drzew.

Po prostu uciekł!

Wilki nie zwlekały ani sekundy. Warcząc i kłapiąc zębami, rzuciły się za ofiarą. Kilka potężnych susów wystarczyło, by i po nich pozostało jedynie wspomnienie. Instynktownie zatkałam sobie uszy, ale odgłosy pogoni ucichły zaskakująco szybko.

I znowu byłam na łące zupełnie sama.

Ugięły się pode mną kolana. Przykucnęłam, wspierając się na dłoniach. Bezgłośnie szlochałam.

Wiedziałam, że muszę odejść, odejść stąd jak najszybciej. Wilki mogły dopaść Laurenta w kilka minut i wrócić po mnie. A może Laurent zmienił zdanie i stanął jednak do pojedynku? Może to on miał po mnie wkrótce wrócić?

Ucieczka była czymś oczywistym, ale tak bardzo dygotałam, że nie mogłam wstać.

Moje myśli krążyły chaotycznie wokół tego, co się stało. Elementy układanki nie dawały się złożyć w logiczną całość.

Wampir, który się boi zgrai przerośniętych psów! Ich zęby, choć z pozoru groźne, nawet nie zadrasnęłyby jego granitowej skóry.

Wilki natomiast powinny były ominąć Laurenta szerokim łukiem. Jeśli natomiast, ze względu na imponujące rozmiary, przywykły niczego się nie lękać, nie miały powodu, by go gonić. Wątpiłam, żeby pachniał jak coś jadalnego. Czemu nie wybrały mnie – apetycznie pachnącej, bezbronnej, ciepłokrwistej?

Nic nie trzymało się kupy.

Wysokie trawy zafalowały, jakby coś się przez nie przedzierało. Zerwałam się i rzuciłam się biegiem przez las. Nie zatrzymałam się nawet wtedy, kiedy dotarł do mnie podmuch.

Następne kilka godzin było męczarnią. Droga powrotna zajęła mi trzy razy więcej czasu niż odnalezienie łąki. Z początku nie zwracałam uwagi, w którą stronę zmierzam – liczyło się tylko to, że oddalam się od tamtego upiornego miejsca. Kiedy w końcu oprzytomniałam, znajdowałam się w nieznanej sobie części puszczy. Przypomniałam sobie o kompasie. Zerknęłam na tarczę, ale wciąż tak bardzo trzęsły mi się ręce, że aby cokolwiek odczytać, musiałam położyć go na ziemi. Odtąd powtarzałam tę operację co kilka minut, kierując się wytrwale na północny zachód.

Gdy przystawałam i nie było słychać, jak mlaszczę butami w błocie, przyprawiały mnie o kołatanie serca dobiegające spośród liści szmery. W pewnym momencie tak przeraził mnie okrzyk sójki, że odskoczyłam i wpadłam w gęstą kępę młodych świerczków, haratając sobie przedramiona i brudząc włosy kroplami żywicy. Innym razem, zaskoczona przez wiewiórkę, zaczęłam krzyczeć tak głośno, że rozbolały mnie własne uszy.

Wyszłam wreszcie na drogę jakieś półtora kilometra od miejsca, w którym zaparkowałam samochód. Mimo zmęczenia, zmusiłam się do pokonania ostatniego odcinka sprintem. Zanim dotarłam do furgonetki, znowu się rozpłakałam. Zasiadłszy za kierownicą, wpierw zablokowałam drzwiczki z obu stron od środka i dopiero wtedy przekręciłam kluczyk w stacyjce. Znajomy ryk silnika dodał mi otuchy, pozwolił zapanować nad łzami. Docisnąwszy gaz do dechy, ruszyłam w stronę szosy.

Kiedy dojechałam do domu, byłam dużo spokojniejsza, ale jednak nie w najlepszej formie. Na podjeździe zastałam radiowóz Charliego. Uświadomiłam sobie, że słońce chyli się już ku zachodowi. Od mojej potwornej przygody minęło wiele godzin.

– Bella? – zawołał Charlie, słysząc, że zatrzaskuję za sobą drzwi i pospiesznie zamykam je na wszystkie zamki.

– Tak, to ja – potwierdziłam łamiącym się głosem.

– Gdzie się podziewałaś? – zagrzmiał, pojawiwszy się na progu kuchni. Jego mina nie wróżyła niczego dobrego.

Zawahałam się. Pewnie już dzwonił do Jessiki. Lepiej było powiedzieć prawdę.

– Chodziłam po lesie – wyznałam ze skruchą.

Zacisnął usta.

– Miałaś uczyć się z koleżanką.

– Jakoś nie byłam w nastroju do rachunków.

Charlie założył ręce na piersiach.

– Mówiłem ci przecież, żebyś trzymała się od lasu z daleka!

– Wiem. Ale nie martw się, już nigdy więcej nie złamię zakazu.

Zadrżałam na samo wspomnienie mojej wyprawy.

Charlie spojrzał na mnie, jakby dopiero teraz zauważył, w jakim jestem stanie. Przypomniało mi się, że spędziłam trochę czasu, klęcząc na ściółce, no i wpadłam w świerczki. Musiałam wyglądać jak sto nieszczęść.

– Co się stało?

Zadecydowałam, że jestem zbyt roztrzęsiona, by brnąć w kłamstwa o spokojnym spacerze i podziwianiu flory.

– Widziałam tego niedźwiedzia. – Chciałam powiedzieć to jak najbardziej naturalnym tonem, ale mój głos ani myślał mnie słuchać. – To właściwie żaden niedźwiedź, tylko coś w rodzaju wielkiego wilka. Jest ich pięć. Największy czarny, później szary, taki rudawy i jeszcze...

– Nic ci nie jest? – przerwał wstrząśnięty Charlie, kładąc mi dłonie na ramionach.

– Nie.

– Nie zaatakowały cię?

– Nie, zupełnie ich nie obchodziłam. Ale kiedy sobie poszły, rzuciłam się do ucieczki i parę razy się przewróciłam.

Przeniósł dłonie z moich ramion na plecy i przytulił mnie mocno do siebie. Przez dłuższą chwilę staliśmy w milczeniu.

– Wilki... – mruknął Charlie pod nosem.

– Co wilki?

– Strażnicy leśni mówili, że ślady nie pasują do niedźwiedzia... Ale wilki są znacznie mniejsze, trudno pomylić je z daleka z grizzly...

– Te były gigantyczne.

– Jeszcze raz, ile ich widziałaś?

– Pięć.

Charlie zamyślił się na moment. Zmarszczył czoło i pokręcił z niedowierzaniem głową.

– Od dzisiaj zero szwendania się po lesie, zrozumiano? – oświadczył tonem nieznającym sprzeciwu.

– Jasne – obiecałam. – Musieliby mnie zaciągać wołami.

Charlie zadzwonił na posterunek, żeby zdać raport z tego, co mi się przydarzyło. Skłamałam tylko raz, określając miejsce mojego spotkania z bestiami – powiedziałam, że byłam na szlaku wiodącym na północ. Wolałam, żeby ojciec nie dowiedział się, jak daleko zawędrowałam, a co najważniejsze, nie chciałam, żeby ktokolwiek napatoczył się na Laurenta. Kiedy przypomniałam sobie o jego istnieniu, zrobiło mi się niedobrze.

– Głodna? – spytał Charlie, odwiesiwszy słuchawkę.

Zaprzeczyłam, chociaż od rana nic nie jadłam.

– Tylko zmęczona.

Ruszyłam w kierunku schodów.

– Hej – zatrzymał mnie Charlie. Nagle znów zrobił się podejrzliwy. – Mówiłaś, że Jacob dokądś wyjechał, prawda?

– Tak powiedział mi Billy – uściśliłam, zaskoczona jego pytaniem.

Ojciec przyjrzał mi się uważniej, ale to, czego dopatrzył się w moich oczach, widać go usatysfakcjonowało.

– Hm...

– Co?

Zabrzmiało to tak, jakby chciał dać mi do zrozumienia, że okłamałam go dzisiejszego ranka nie tylko w sprawie Jessiki.

– Bo widzisz, kiedy pojechałem rano po Harry'ego, zobaczyłem Jacoba w La Push. Stał przed sklepem z grupą kolegów. Pomachałem mu, ale nie odmachał... Nie wiem, może mnie po prostu nie zauważył. Chyba się o coś kłócili. Wyglądał jakoś dziwnie, jakby bardzo się czymś martwił... I zmienił się. Boże, ten dzieciak rośnie w oczach! Za każdym razem, kiedy go widzę, jest wyższy o pięć centymetrów.

– Billy twierdził, że Jake wybiera się z chłopakami do Port Angeles, do kina. Może mieli pod tym sklepem miejsce zbiórki.

– No, tak. To możliwe.

Charlie wyszedł do kuchni.

Zostałam w przedpokoju sama, przetrawiając to, co przekazał mi ojciec. Jacob kłócił się z kolegami? Może dorwał w końcu Embry'ego i mówił mu akurat, co sądzi o jego kontaktach z Samem? Może to dlatego do mnie nie zadzwonił? Cóż, jeśli tak było, nie miałam mu tego dłużej za złe.

Zanim poszłam do siebie, sprawdziłam jeszcze zamki. Rzecz jasna, nie miało to większego sensu. Nie posiadając przeciwstawnych kciuków, wilki nie poradziłyby sobie z samą gałką, natomiast wampira nie powstrzymałyby nawet najgrubsze sztaby. Laurent mógł przyjść po mnie w każdej chwili.

Laurent albo Victoria...

W łóżku trzęsłam się tak bardzo, że straciłam nadzieję na to, że kiedykolwiek zasnę. Zwinąwszy się pod kołdrą w kłębek, pogrążyłam się w ponurych rozmyślaniach.

Byłam bezsilna, bezbronna. Nie miałam gdzie się schować. Nie miał mi kto pomóc. Nie istniały żadne środki ostrożności, które mogłabym przedsięwziąć.

Nagle uzmysłowiłam sobie coś jeszcze, co przypłaciłam falą mdłości. Sytuacja przedstawiała się znacznie gorzej! W takim samym położeniu co ja znajdował się przecież także Charlie! Nieświadomy grożącego mu niebezpieczeństwa, spał zaledwie kilka metrów ode mnie. Gdyby wampiry przyszły zabić mnie w domu, nie zawahałyby się zaatakować i jego. Nawet gdyby mnie nie zastały, mogłyby zamordować go dla sportu.

Teraz nie tyko drżałam, ale i szczękałam zębami.

Żeby się uspokoić, wyobraziłam sobie, że wataha dogoniła Laurenta i rozszarpała go na strzępy, jak gdyby był zwykłym śmiertelnikiem. Nie wierzyłam ani trochę, że bestie zdołały zgładzić wampira, ale ta niedorzeczna wizja podniosła mnie na duchu. Gdyby go dopadły, nie mógłby poinformować Victorii, że nikt mnie nie chroni. Victoria mogłaby też dojść do wniosku, że to Cullenowie go zabili. Jaka szkoda, pomyślałam, że wilki nie miały szans zwyciężyć w takim pojedynku! Jaka szkoda, że złe wampiry nie mogły zniknąć z mojego życia raz na zawsze, tak jak te dobre!

Z zaciśniętymi powiekami czekałam na zapadniecie się w nicość. Nigdy nie przypuszczałam, że będzie mi tak zależeć na szybkim rozpoczęciu się koszmaru. Chciałam znaleźć się w lesie jak najszybciej, byle tylko nie musieć wpatrywać się dłużej w uśmiechniętą tryumfalnie, nieludzko bladą twarz.

W moich wyobrażeniach oczy Victorii, z głodu czarne jak węgle, błyszczały z podekscytowania, a spod jej rozchylonych warg wystawały śnieżnobiałe zęby. Ognistorude włosy przypominały lwią grzywę.

Słowa Laurenta powracały niczym potworna mantra: „Gdybyś wiedziała, co Victoria dla ciebie szykuje..."

Przycisnęłam sobie do ust pięść, żeby powstrzymać się od krzyku.

11 *Sekta*

Codziennie rano budziłam się zaskoczona, że jeszcze żyję – po kilku sekundach zaskoczenie jednak znikało, a jego miejsce zajmował strach. Serce zaczynało bić mi szybciej, a na dłonie występował pot. Na dobra sprawę nie mogłam nawet normalnie oddychać, dopóki nie upewniłam się, że Charlie także przetrwał noc.

Widziałam, że się o mnie martwi, i miał po temu powody. Bałam się teraz wszystkiego – każdego hałasu, każdego cienia. Zrywałam się z fotela, gdy ktoś głośniej zahamował na drodze, bladłam, gdy za oknem przelatywał nisko ptak. Z pytań, jakie ojciec mi czasem zadawał, wywnioskowałam, że za zmianę w moim zachowaniu wini Jacoba. Mijał kolejny tydzień, jak chłopak nie dawał znaku życia.

W rzeczywistości towarzyszący mi bezustannie lęk pozwalał mi nie myśleć tyle o zdradzie przyjaciela. Ból rozłąki pojawiał się tylko wtedy, kiedy udawało mi się skoncentrować na codziennych czynnościach. W rezultacie albo strasznie się bałam, albo równie okropnie tęskniłam.

Było mi ciężko już wcześniej, zanim dowiedziałam się, że polują na mnie dwa wampiry, a co dopiero teraz! Dlaczego mnie opuścił? Tak bardzo potrzebowałam jego wsparcia, tak bardzo pragnęłam zobaczyć jego pogodną twarz! Nigdzie nie czułam się tak dobrze, jak w jego prowizorycznym garażu. Nic nie dodawało mi otuchy tak, jak uścisk ciepłej, miękkiej dłoni.

Łudziłam się, że skontaktuje się ze mną w poniedziałek – że nie zapomniał o mnie, tylko pochłaniała go sprawa przyjaciela. Rozmówiwszy się z Embrym, dlaczego nie miałby mi o wszystkim opowiedzieć?

Brzmiało to może logicznie, ale telefon milczał.

We wtorek to ja zadzwoniłam do Blacków. Nikt nie odbierał. Czy linia znów się zerwała, czy Billy zainwestował w aparat wyświetlający numer dzwoniącego?

W środę zrobiłam się tak zdesperowana, że dzwoniłam co pół godziny aż do dwudziestej trzeciej.

W czwartek wsiadłam po szkole do furgonetki, po czym (zablokowawszy drzwiczki od środka) spędziłam w szoferce bitą godzinę, próbując przekonać samą siebie, że mogę pojechać do La Push.

Jadąc do Blacków, narażałam ich na niebezpieczeństwo. Laurent na pewno wrócił już do Victorii. Co, jeśli wpadliby na mój ślad akurat, gdy przebywałabym w towarzystwie Jacoba? Dobrze robił, że mnie unikał, przyznawałam z bólem.

Już samo to, że nie miałam pojęcia, jak chronić Charliego, było nie do zniesienia. Nie miałam jak go ostrzec, nie miałam jak go namówić do nocowania poza domem. (Spodziewałam się, że wampiry zaatakują właśnie w nocy). Gdybym powiedziała mu prawdę, wsadziłby mnie do domu wariatów. Gdybym tylko zyskiwała tym sposobem gwarancję, że nic mu się później nie stanie, przeżyłabym i to – modliłabym się nawet, żeby trafić do celi – ale nie było to takie proste. Victoria mogła zakraść się do naszego domu, zanim jeszcze wiadomość o moim wyjeździe rozeszłaby się po miasteczku. Pocieszałam się, że może zadowoli się jedną ofiarą – że zabiwszy mnie, nasyci się i zignoruje obecność ojca.

To dlatego uważałam, że nie wolno mi opuścić Forks. Zresztą, nawet gdybym mogła, dokąd bym uciekła? Do Renée? Wzdrygnęłam się na samą myśl o tym, że miałabym ściągnąć za sobą dwa ciemne cienie do jej słonecznego świata. Dla jej dobra, lepiej było trzymać się od niej z daleka.

Ciągły stres odbijał się niekorzystnie na moim stanie zdrowia. Zastanawiałam się, co dopadnie mnie pierwsze – wampiry czy zawał? A może perforacja wrzodu żołądka?

Wieczorem Charlie po raz drugi wyświadczył mi przysługę i zadzwonił do Harry'ego spytać, czy Blackowie dokądś nie wyjechali. Harry odparł, że spotkał Billy'ego w środę na zebraniu rady i że ten nie wspominał o tym, żeby się dokądś wybierał. Po tej rozmowie ojciec poradził mi, żebym przestała się narzucać i uzbroiła się w cierpliwość.

W piątek, kiedy wracałam ze szkoły, nagle mnie olśniło.

Drogę znałam na pamięć, pozwoliłam więc rykowi silnika zagłuszyć troski. W tych bliskich medytacji, sprzyjających pomysłowości warunkach moja podświadomość podsunęła mi rozwiązanie zagadki, nad którą biedziła się zapewne od dłuższego czasu.

Zrobiło mi się głupio, że nie wpadłam na nie wcześniej. Oczywiście miałam dość dużo na głowie – mściwą wampirzycę, zmutowane wilki, krwawiącą ranę w miejscu serca – jednak dowody, którymi dysponowałam, były zawstydzająco jednoznaczne.

Jacob mnie unikał. Według Charliego wyglądał dziwnie, jakby się czymś martwił. Billy też zachowywał się dziwnie i udzielał wymijających odpowiedzi.

Nareszcie wiedziałam dokładnie, co jest grane.

Chodziło o Sama Uleya. Nawet mój koszmar mi to podpowiadał. Sam dobrał się do Jake'a. Przeciągnął go na swoją stronę. Nadal nie wiedziałam, co takiego robił tym chłopcom, ale bez wątpienia zrobił to Jacobowi.

Mój przyjaciel nie zerwał ze mną stosunków dobrowolnie! Kamień spadł mi z serca.

Stanęłam przed domem, ale nie wysiadłam z samochodu. Rozważałam, ile ryzyka niosły z sobą różne opcje.

Gdybym postarała się nawiązać kontakt z Jacobem, Victoria i Laurent mogliby zabić go razem ze mną. Gdybym jednak pozostawiła go samemu sobie, już nigdy nie miałby być wolnym człowiekiem. Z każdym dniem więź łącząca go z Samem stawała się mocniejsza.

Od mojej przygody w lesie minął niemal tydzień. Tydzień jak nic wystarczyłby wampirom, żeby mnie namierzyć, zatem najwidoczniej tak bardzo się nie spieszyły. Tak czy owak, byłam zdania, że przyjdą po mnie nocą. To, że Victoria zaatakuje mnie akurat w La Push, było o wiele mniej prawdopodobne niż to, że Sam zawładnie wkrótce duszą Jake'a na dobre.

Dom Blacków leżał nieco na uboczu, prowadząca do niego droga wiodła przez las, ale uważałam, że warto zaryzykować. Nie jechałam tam ot tak, sprawdzić, co u Jacoba. Wiedziałam, co u Jacoba. Jechałam go uratować. Zamierzałam z nim porozmawiać, a w razie potrzeby nawet go uprowadzić. Widziałam kiedyś w telewizji program o leczeniu ofiar sekt po praniu mózgu. Na pewno można było mu jakoś pomóc.

Postanowiłam, że wpierw zadzwonię do Charliego. Być może o tym, co się działo w La Push, powinna była wiedzieć policja. Popędziłam do domu, żałując każdej straconej sekundy.

Telefon odebrał sam Charlie.

– Komendant Swan.

– Tato, to ja, Bella.

– Co się stało?

Zwykle denerwowała mnie ta jego natura Kasandry, ale tym razem miał rację.

– Boję się o Jacoba – oznajmiłam roztrzęsionym głosem.

– Boisz się o Jacoba? – powtórzył, zbity z pantałyku.

– Myślę... Myślę, że w rezerwacie dzieje się coś podejrzanego. Jake zwierzał mi się, że niektórzy chłopcy w jego wieku zaczynają się znienacka dziwnie zachowywać, a teraz sam się tak zachowuje. To okropne!

– Jak się zachowuje? – Ojciec przybrał profesjonalny ton głosu, opanowany i oschły. Wzięłam to za dobry znak – traktował mnie poważnie.

– Z początku się bał, potem zaczął mnie unikać, a teraz... Boję się, że dołączył do tej dziwnej grupy, tego gangu. Gangu Sama. Sama Uleya.

– Gangu Sama Uleya? – zdziwił się znowu Charlie.

– Tak.

Charlie wrócił do swojego ojcowskiego głosu.

– Bello, kochanie, coś ci się pomieszało. Sam Uley to świetny chłopak. Tak właściwie, świetny facet. Billy wypowiada się o nim w samych superlatywach. Nastolatki z rezerwatu przestają pod jego wpływem robić głupstwa. To on przecież... – Ojciec urwał, żeby nie wspominać o tym, co przydarzyło mi się we wrześniu w lesie.

Szybko pociągnęłam rozmowę dalej.

– Wierz mi, tato, to wygląda trochę inaczej. Jacob bał się Sama.

– Powiedziałaś o swoich podejrzeniach Billy'emu? – Charlie starał się teraz mnie uspokoić. Straciłam w jego oczach wiarygodność, gdy tylko opowiedziałam mu o gangu Sama.

– Billy uważa, że wszystko jest w porządku.

– No właśnie, Bello. Ja też tak uważam. To, że Jacob cię zaniedbuje, nie oznacza, że dzieje się z nim coś niedobrego. To jeszcze dzieciak. Zapomniał się, szaleje, jak to młody chłopak. Nie ma obowiązku spędzać z tobą każdej minuty.

– Tu nie chodzi o mnie – powiedziałam oburzona, ale bitwa była już przegrana.

– Naprawdę, nie masz powodów, żeby się zamartwiać, skarbie. Billy'emu też zależy na Jake'u. W razie potrzeby na pewno zareaguje.

– Charlie... – jęknęłam. Zabrakło mi argumentów.

– Słuchaj, mam dużo spraw do załatwienia. Na szlaku w okolicy jeziora zaginęło dwóch kolejnych turystów. – Głos ojca stracił pewność siebie. – Te twoje wilki wymykają nam się spod kontroli.

Poraziło mnie. Jego słowa sprawiły, że błyskawicznie zapomniałam o Jacobie. Wilki? Jakim cudem przeżyłyby starcie z Laurentem?

– Jesteś pewien, że to one ich zaatakowały?

– Obawiam się, że wszystko na to wskazuje. Znowu znaleziono ich tropy i... – Zawahał się. – ...i tym razem natrafiono też na ślady krwi.

– Och!

Pewnie wcale się nie pojedynkowali. Laurent po prostu im uciekł! Tylko dlaczego? To, czego byłam świadkiem na łące, stało się dla mnie jeszcze bardziej niezrozumiałe.

– Muszę kończyć. Nie martw się o Jake'a. Ręczę, że to nic takiego.

– Okej. – Powróciło uczucie frustracji, bo ojciec przypomniał mi, że mam na głowie ważniejsze rzeczy niż rozwiązywanie zagadki wilków. – Do zobaczenia wieczorem.

Przez dobrą minutę wpatrywałam się niezdecydowana w telefon. A co mi tam, pomyślałam, zmęczona rozważaniem za i przeciw.

Billy odebrał po dwóch sygnałach.

– Halo?

– Cześć, Billy. – Niemalże warknęłam. Postarałam się przybrać bardziej przyjazny ton. – Czy mogę prosić Jacoba?

– Nie ma go w domu.

Co za niespodzianka.

– Wiesz, gdzie się podziewa?

– Umówił się z kolegami. – Billy miał się wyraźnie na baczności.

– Tak? Znam któregoś z nich? Może jest wśród nich Quil? – Nie potrafiłam maskować własnych emocji. Zabrzmiało to jak pytania z policyjnego przesłuchania.

– Nie – odparł Billy, powoli cedząc słowa. – Nie sądzę.

Rzecz jasna, nie byłam na tyle głupia, żeby wymieniać Sama.

– To może Embry?

Billy rozluźnił się odrobinę.

– Tak, Embry jest w tej paczce.

Więcej nie było mi trzeba. Embry należał do gangu.

– Przekaż mu, że dzwoniłam, kiedy wróci, dobrze?

– Oczywiście, nie ma sprawy.

Klik. Słuchawkę Blacków odłożono na widełki.

– Do zobaczenia, Billy – mruknęłam z ironią.

Klamka zapadła. Miałam zamiar pojechać do La Push i koczować przed domem Jacoba tak długo, jak miało się to okazać konieczne. Byłam gotowa nocować w furgonetce i nie chodzić przez kilka dni do szkoły. Prędzej czy później chłopak musiał wrócić, a wtedy czekała go konfrontacja ze mną.

Zasiadłam za kierownicą i pogrążyłam się w intensywnych rozmyślaniach. Choć dałabym głowę, że od mojego wyjazdu minęło kilkanaście sekund, kiedy się ocknęłam, rzedniejący las wskazywał już na to, że lada moment zobaczę pierwsze domy należące do rezerwatu.

Lewym poboczem, tyłem do mnie, szedł wysoki chłopak w czapce z daszkiem. Czyżby... Serce zabiło mi szybciej. Przez chwilę wydawało mi się, że los jest dla mnie nadzwyczaj łaskawy. Ale tylko przez chwilę. Indianin był zbyt szeroki w barach i nie miał długich włosów. Stawiałam na to, że to Quil, chociaż musiałby sporo urosnąć, odkąd go widziałam po raz ostatni. Co się działo z tymi młodymi Quileutami? Czy starszyzna plemienia podawała im potajemnie jakieś eksperymentalne odżywki?

Zjechałam na lewy pas i zatrzymałam się koło chłopaka. Dopiero wtedy podniósł wzrok. Jego mina przeraziła mnie raczej, niż zaskoczyła. Twarz miał wykrzywioną bólem, niczym ktoś, kto opłakiwał zmarłego bliskiego.

– O, to ty, Bella. Cześć – przywitał się bez entuzjazmu.

– Cześć, Quil. Co słychać?

– Obleci – odparł ponuro.

– Podwieźć cię dokądś? – zaoferowałam się.

– Ech, czemu nie.

Obszedł furgonetkę i wgramolił się do środka.

– Dokąd szedłeś?

– Do domu. Mieszkam na północnym krańcu miasteczka, zaraz za sklepem.

– Widziałeś może dzisiaj Jacoba? – Wyrzuciłam z siebie to pytanie, niemal przerywając mu w połowie zdania. Byłam głodna jakichkolwiek informacji na temat mojego przyjaciela.

Quil nie odpowiedział od razu. Wpatrywał się tępo w szybę.

– Z daleka – wykrztusił wreszcie.

– Z daleka? – powtórzyłam.

– Próbowałem go śledzić. – Chłopak mówił tak cicho, że jego głos z trudnością przebijał się przez ryk silnika. – Był z Embrym. Zauważyli mnie, jestem tego pewien, ale odwrócili się i zniknęli między drzewami. Sądzę, że nie byli sami – że w lesie czekał na nich Sam i jego ekipa. Szukałem ich przez godzinę, nawoływałem jak głupi. Omal się nie zgubiłem. Kiedy mnie znalazłaś, właśnie wyszedłem na drogę.

– Więc Sam jednak go dopadł – syknęłam.

Quil otworzył szeroko oczy ze zdumienia.

– To ty wiesz?

– Jake mi powiedział... zanim...

– Zanim się stało – dokończył za mnie.

– Jacob jest już taki jak cała reszta?

– Zawsze u boku Mistrza. – Quil splunął z pogardą przez otwarte okno.

– A przedtem... Czy wyglądało na to, że coś go dręczy? Czy wszystkich unikał?

– Nie tak długo jak pozostali. Może z jeden dzień. A potem zaprzyjaźnił się z Samem.

Quil wymawiał imię przywódcy gangu jak obelgę.

– Jak myślisz, co jest grane? Biorą prochy, czy co?

– Jacob i Embry nie pasują mi jakoś do prochów. Ale co ja o nich wiem? I jak nie prochy, to co innego? Tylko czemu dorośli się tym nie interesują? – Pokręcił wolno głową. W jego oczach dostrzegłam teraz strach. – Jacob wcale nie chciał być... nie chciał wstąpić do tej ich sekty. Nie rozumiem, dlaczego tak szybko zmienił zdanie. Dlaczego cały się zmienił. – Quil spojrzał na mnie błagalnie. – Nie chcę być następny!

Też się przeraziłam. Już po raz drugi wysłuchiwałam podobnego wyzwania, a wiedziałam, jak skończył mój pierwszy rozmówca. Wzdrygnęłam się.

– A co na to twoi rodzice?

– Rodzice... – Chłopak się skrzywił. – Mój dziadek jest w radzie razem z ojcem Jacoba. Powiem tak: gdyby mógł, powiesiłby sobie plakat z Samem Uleyem nad łóżkiem.

Na dłuższą chwilę we wnętrzu samochodu zapanowało milczenie. W międzyczasie dojechaliśmy do centrum La Push. Kawałek dalej było już widać sklep.

– Wysiądę tutaj – oznajmił Quil. – Stąd mam rzut kamieniem. – Wskazał palcem na zalesioną działkę za budynkiem sklepu. Zaparkowałam, a on wyskoczył na chodnik.

– Zamierzam poczekać na Jacoba przed jego domem – wyjawiłam mu tonem mściciela.

– Powodzenia.

Zatrzasnął drzwiczki. Odszedł przygarbiony, szurając nogami.

Jego twarz prześladowała mnie przez całą drogę do Blacków. Musiał się bardzo bać. Tylko czego?

Zatrzymawszy się przed samym domem, zgasiłam silnik, otworzyłam wszystkie okna (pogoda była bezwietrzna) i rozsiadłam się wygodnie z nogami wyciągniętymi na desce rozdzielczej. Super. Mogłam tak siedzieć godzinami.

Kątem oka dostrzegłam ruch. To w oknie od frontu pojawił się Billy. Miał zagubioną minę. Kiedy pomachałam mu ze zjadliwym uśmieszkiem, rozeźlił się i zaciągnął firanki. Wzruszyłam ramionami, po czym z powrotem zapadłam się w fotelu.

Nie miałam nic przeciwko długiemu czekaniu, ale żałowałam, że w pośpiechu zapomniałam zabrać z sobą coś do czytania. Pogrzebałam w plecaku. Na dnie znalazłam stary sprawdzian. Rozpostarłam go na kolanie i uzbrojona w długopis zabrałam się do bezsensownego gryzmolenia.

Zdążyłam naszkicować zaledwie rządek rombowatych brylancików, gdy nagle ktoś zapukał w drzwiczki furgonetki. Aż podskoczyłam. Pomyślałam, że to Billy postanowił mnie przegonić.

– Co ty wyrabiasz, Bello?!

Do środka auta zaglądał wściekły Jacob.

Byłam w szoku. Przez te kilka tygodni rzeczywiście ogromnie się zmienił. Pierwszą rzeczą, którą zauważyłam, było to, że znikły jego śliczne włosy. Był teraz obcięty na jeża – jego kształtna głowa lśniła w słońcu niczym futerko czarnego kota. Rysy twarzy mu zgrubiały, zhardziały... zmężniały. Szyja i ramiona chłopaka także wydawały się grubsze, jakby bardziej umięśnione. Dłonie, które zaciskał na okiennej ramie, porażały swoimi rozmiarami, a zza miedzianej skóry prześwitywały na nich ścięgna i żyły. Tak, fizycznie bardzo się zmienił, jednak to nie te zmiany zrobiły na mnie największe wrażenie.

Najgorszy, zupełnie nierozpoznawalny był wyraz jego twarzy. Przyjazny uśmiech i bijące od Jacoba ciepło znikły razem z włosami. W jego oczach nie malowało się nic poza wzgardą. Moje słońce zgasło. Moje serce krwawiło z żalu.

– Jacob? – szepnęłam.

Wpatrywał się we mnie gniewnym wzrokiem.

Zdałam sobie sprawę, że nie jesteśmy sami. Za moim odmienionym przyjacielem stało czterech innych Indian: wszyscy wysocy, miedzianoskórzy, identycznie krótko obcięci. Mogliby być braćmi – nie potrafiłam nawet rozpoznać Embry'ego. Podobieństwo młodzieńców potęgowała malująca się na ich twarzach wrogość.

Na wszystkich twarzach poza jedną.

Starszy od pozostałych o kilka lat Sam trzymał się z tyłu. On jeden przyglądał mi się ze spokojem. Musiałam przełknąć ślinę, żeby nie zachłysnąć się własną żółcią. Miałam ochotę wymierzyć mu policzek. Więcej, chciałam śmiertelnie go przerazić, stać się kimś, na czyj widok wziąłby nogi za pas. Kimś silnym, potężnym...

Chciałam być wampirem.

Żądna zemsty, zatraciłam się i zapomniałam o czymś istotnym. To pragnienie widniało na mojej prywatnej liście marzeń zakazanych, a w dodatku było spośród nich najbardziej bolesne. Zbyt wiele łączyło się z nim innych rojeń, innych wizji. Uświadamiając sobie, że straciłam na dobre możliwość wyboru, że tak właściwie nigdy niczego mi nie zagwarantowano, przypominałam sobie inne rzeczy, które utraciłam, i nie tylko rzeczy. W moim ciele rozwarła się na powrót wielka rana. Z trudem odzyskałam panowanie nad sobą.

– Czego tu szukasz? – warknął Jacob. Widział, co się ze mną działo, i nienawidził mnie za to jeszcze bardziej.

– Chcę z tobą porozmawiać – oświadczyłam słabym głosem. Usiłowałam się skupić, ale rozpraszały mnie myśli związane z wampirami.

– Słucham – mruknął. Nigdy nie widziałam, żeby patrzył tak na kogokolwiek, a już na pewno nie na mnie. Nie spodziewałam się, że tak bardzo to zaboli. Czułam się tak, jakby dał mi w twarz.

– W cztery oczy – uściśliłam.

Zerknął sobie przez ramię. Dobrze wiedziałam, kogo musi się poradzić. Pozostali podopieczni Sama też czekali na to, co powie mistrz.

Indianin skinął z powagą głową. Nadal był bardzo spokojny. Rzucił kilka słów w nieznanym języku, a potem obrócił się i wszedł do domu Blacków. Trzech rosłych młodzieńców – zakładałam, że to Paul, Jared i Embry – posłuchało rozkazu i poszło za nim. Domyśliłam się, że grupa porozumiewa się po quileucku.

– Proszę bardzo – mruknął Jacob.

Gdy nie towarzyszyli mu nowi koledzy, wydawał się nieco mniej agresywny, przez co w oczy rzucało się bardziej to, jak bardzo jest smutny – kąciki jego ust ciążyły ku dołowi.

Wzięłam głęboki wdech.

– Wiesz, czego chciałabym się dowiedzieć.

Nie odpowiedział, przyglądał mi się tylko z goryczą. Cisza się przeciągała. Im dłużej na niego patrzyłam, tym większą zyskiwałam pewność, że Jacob cierpi. W gardle zaczęła rosnąć mi dławiąca gula.

– Przejdziemy się? – zaproponowałam.

Znów nic nie powiedział, a wyraz jego twarzy pozostał niezmieniony.

Czując na sobie spojrzenia niewidzialnych oczu śledzących mnie zza firanek, wysiadłam z samochodu i ruszyłam w stronę drzew. Moje stopy zapadały się z mlaskiem w namokłej ziemi i jako że był to jedyny rytmiczny odgłos, jaki wyłapywały moje uszy, myślałam, że Jacob został przy aucie. Jakież było moje zaskoczenie, kiedy odwróciłam się i zobaczyłam, że idzie za mną! Jakimś cudem robił to bezszelestnie.

Wśród drzew poczułam się lepiej, bo Sam nie mógł tu nas podglądać. Idąc, zastanawiałam się, co powiedzieć przyjacielowi, ale nic odpowiedniego nie przychodziło mi do głowy. Byłam tylko coraz bardziej zła, że chłopak dał się omotać, że Billy na to pozwolił i że Sam miał czelność patrzeć na mnie z taką pewnością siebie.

Jacob przyspieszył nagle kroku. Dzięki swoim długim nogom z łatwością mnie wyminął i zastąpił mi drogę. Coś mi się nie zgadzało. Ta gracja w jego ruchach... Zawsze był równie niezdarny, co ja – wiecznie zawadzały mu przydługawe kończyny. Widocznie i na tym polu zaszła zmiana.

Chłopak uciął moje rozważania.

– Miejmy to jak najszybciej za sobą.

Nie odzywałam się. Zadałam mu już pytanie.

– To nie to, co myślisz. – Przez ułamek sekundy w jego głosie słychać było znużenie. – To nie to, o czym ci mówiłem. Bardzo się myliłem.

– Więc o co w tym wszystkim chodzi?

Przyglądał mi się długo w milczeniu, kontemplując możliwe odpowiedzi. W jego oczach tliły się wciąż resztki gniewu i odrazy.

– Nie mogę ci nic powiedzieć – oświadczył wreszcie.

Mięśnie w mojej twarzy stężały.

– Sądziłam, że do tej pory byliśmy przyjaciółmi – powiedziałam przez zaciśnięte zęby.

– Byliśmy. – Chyba chciał podkreślić czas przeszły.

– Cóż, teraz nie potrzebujesz przyjaciół – zauważyłam cierpko. – Masz Sama. Czy to nie wspaniałe – zawsze tak go podziwiałeś.

– Przedtem go nie rozumiałem.

– Ale spłynęło na ciebie światło. Alleluja!

– Bardzo się myliłem. To nie Sam jest za wszystko odpowiedzialny. To nie jego wina. On tylko stara się mi pomóc.

Jacob wyrażał się o Samie z wielkim oddaniem, niemalże z czułością. Patrzył przed siebie niewidzącym wzrokiem. Gniew w jego oczach rozgorzał z nową siłą.

– Ach, pomaga ci? – zadrwiłam. – Oczywiście.

Ale Jacob wydawał się mnie nie słuchać. Oddychał głęboko, jakby pragnąć się uspokoić. Denerwował się czymś tak bardzo, że trzęsły mu się dłonie.

– Proszę – zaczęłam inaczej. – Powiedz mi, co się stało. Może ja też mogę ci pomóc.

– Nikt mi nie może już pomóc – jęknął łamiącym się głosem.

Do oczu napłynęły mi łzy.

– Co on ci zrobił, Jacob?

Otworzyłam szeroko ramiona, żeby go przytulić, tak jak wtedy na klifie, ale tym razem cofnął się, podnosząc ręce w obronnym geście.

– Nie dotykaj mnie! – szepnął.

– Czy Sam nadal nas obserwuje? – spytałam. Głupie łzy pociekły mi po policzkach. Wytarłam je pospiesznie, po czym dłonie wetknęłam pod pachy.

– Przestań traktować go jak czarny charakter. – Jacob powiedział to szybko, wręcz odruchowo. Musiał naprawdę wierzyć w niewinność swojego mistrza. Sięgnął do ucha, żeby poprawić włosy i dopiero wtedy zorientował się, że już ich tam nie ma.

– To kogo mam tak traktować? – odparowałam. – Kogo obwiniać?

Przez twarz Jacoba przemknął ponury półuśmiech.

– Lepiej, żebyś nie wiedziała.

– Lepiej? – krzyknęłam. – Chcę się tego dowiedzieć i to zaraz!

– Dążysz do tego, żeby sobie zaszkodzić.

– I kto to mówi? To nie ja jestem po praniu mózgu! No, powiedz mi, czyja to wina, jeśli nie twojego ukochanego Sama!

– Sama się prosiłaś – warknął, podnosząc głos. – Jeśli tak bardzo zależy ci na znalezieniu kozła ofiarnego, to może byś tak skierowała swój oskarżycielski palec na tych, których ty z kolei tak uwielbiasz? Jeśli to czyjaś wina, to twoich obleśnych, odrażających krwiopijców!

Rozdziawiłam szeroko usta, spazmatycznie wydychając powietrze. Stałam jak sparaliżowana, raniona podwójnym ostrzem jego słów. Ból rozprzestrzeniał się po moim ciele według znajomego schematu, ale był niczym w porównaniu z chaosem, jaki zapanował w moim umyśle. Nie mogłam uwierzyć w to, że się nie przesłyszałam. W twarzy Jacoba nie było ani śladu niezdecydowania. Tylko furia.

– Ostrzegałem cię.

– Nie rozumiem – szepnęłam. – Co za krwiopijcy?

Uniósł jedną brew.

– Sądzę, że dobrze wiesz, o kogo mi chodzi. Przestań grać. Naprawdę chcesz, żebym wspomniał to nazwisko? Ranienie ciebie nie sprawia mi przyjemności.

– Jakie nazwisko? – brnęłam dalej bez sensu. – Co za krwiopijcy?

– Cullenowie – powiedział powoli, uważnie mi się przyglądając. – Widzę... widzę w twoich oczach, co się z tobą dzieje, kiedy wymawiam to słowo.

Pokręciłam kilkakrotnie głową. Jak się dowiedział? I co to miało wspólnego z gangiem Sama? Stworzył sektę wrogów wampirów, czy co? Po co zawiązał takie stowarzyszenie, skoro w Forks nie mieszkał już żaden wampir? I dlaczego Jacob zaczął wierzyć w krążące o Cullenach pogłoski właśnie teraz, pół roku po tym, jak wynieśli się na dobre?

Minęło dużo czasu, zanim obmyśliłam właściwą odpowiedź. Postawiłam na sarkazm.

– Nie mów mi, że hołdujesz teraz indiańskim przesądom, jak swój ojciec.

– Billy jest mądrzejszy, niż mi się wydawało.

– Chyba żartujesz.

Rzucił mi wściekłe spojrzenie.

– Dobra, zapomnijmy o plemiennych legendach – rzuciłam ugodowo. – Ale nadal nie rozumiem, co mają wspólnego... Cullenowie... z twoimi problemami. Wyprowadzili się stąd dawno temu. Jak możesz obwiniać ich o to, co robi z wami Sam?

– Sam nic z nami nie robi, Bello. I wiem, że Cullenowie wyjechali. Ale czasem... czasem wprawia się coś w ruch i nie można już tego zatrzymać.

– Co zostało wprawione w ruch? Czemu nie można już tego zatrzymać? Co dokładnie masz im do zarzucenia?

– To, że istnieją.

Jacob z trudem powstrzymywał się, żeby nie wybuchnąć.

– Spokojnie, Bello. Tylko go nie prowokuj – ostrzegł mnie ciepły baryton Edwarda. Zdziwiłam się niepomiernie, bo nawet nie czułam strachu.

Odkąd jego imię przebiło się w lesie przez wszystkie zapory, którymi je do tej pory odgradzałam, nie udało mi się ich odbudować, ale i nie było po temu dłużej potrzeby. Wspominanie Edwarda już mnie nie bolało – przynajmniej nie podczas tych kilku cennych sekund, kiedy wsłuchiwałam się w jego głos.

Jacob trząsł się z gniewu, nigdy nie widziałam kogoś równie wzburzonego. Mimo wszystko nie potrafiłam jednak pojąć, po co mój umysł mamił mnie ostrzeżeniami Edwarda. Nie groziło mi przecież niebezpieczeństwo – chłopak nie zrobiłby mi krzywdy. W moich żyłach nie krążyła też adrenalina. Czyżby za jej wydzielanie i za halucynacje odpowiadały w moim mózgu dwa różne ośrodki?

– Pozwól mu się uspokoić – nalegał niewidzialny Edward.

Od nadmiaru bodźców mąciło mi się w głowie.

– Co ty za głupoty wygadujesz? – spytałam obu swoich rozmówców.

– Okej – powiedział Jacob, wykonując głębokie wdechy. – Nie będę się z tobą kłócił. To zresztą bez znaczenia. Wyrządzonych szkód nie da się naprawić.

– Wyrządzonych szkód? – krzyknęłam.

Nawet nie mrugnął.

– Wracajmy. Nie mam ci nic więcej do powiedzenia.

– Masz mi masę do powiedzenia! – wydarłam się. – Nic mi jeszcze nie wyjaśniłeś!

Minął mnie, kierując się w stronę domu.

– Wpadłam dziś na Quila – zawołałam za nim.

Zatrzymał się, ale nie odwrócił.

– Pamiętasz swojego kumpla Quila? Umiera ze strachu.

Jacob zrobił zgrabny piruet i spojrzał mi prosto w oczy. Znów wyglądał na kogoś, kto cierpi.

– Quil – szepnął.

– Martwi się o ciebie. Nie wie, co robić.

Moja taktyka się sprawdzała. Jacob wyraźnie się męczył.

– Boi się, że będzie następny – wypaliłam z grubej rury.

Twarz Jacoba dziwnie poszarzała. Podparł się o drzewo, żeby nie upaść.

– Nie będzie następny – wymamrotał sam do siebie, jakby się pocieszał. – Nie, to niemożliwe. To musi się w końcu skończyć. To musi się skończyć. Boże, za jakie grzechy? – Kopnął pień ze złością – raz, potem drugi. Było to nieduże drzewo, zaledwie metr czy dwa wyższe od Jacoba, ale i tak podniosłam obie dłonie do ust, kiedy złamało się z trzaskiem.

Chłopak też się zdziwił, a właściwie wystraszył.

– Muszę wracać.

Obrócił się na pięcie. Szedł tak szybko, że dogoniłam go z wysiłkiem.

– Wracasz do Sama?

– Tak to można określić.

Nie byłam pewna, czy dobrze go zrozumiałam. Mówił bardziej do siebie niż do mnie

Dopadłam go przy furgonetce.

– Zaczekaj! – krzyknęłam.

Tym razem mnie posłuchał. Zauważyłam, że znów trzęsą mu się ręce.

– Wracaj do Forks, Bello. Nie mogę mieć już z tobą nic do czynienia.

Zabolało, zabolało okropnie. Oczy na powrót zaszły mi łzami.

– Zry… zrywasz ze mną? – wychlipałam. Oczywiście nie byliśmy parą, ale nie wiedziałam, jak inaczej to określić. W końcu łączyło nas dużo więcej niż przeciętną zakochaną parę nastolatków.

Zaśmiał się gorzko.

– Gdybym z tobą zrywał, powiedziałbym raczej: „Zostańmy przyjaciółmi", a nawet tego nie mogę ci zaproponować.

– Jacob… dlaczego mi to robisz? Sam nie pozwala ci się przyjaźnić z nikim innym? Obiecałeś. Obiecałeś! Tak bardzo cię potrzebuję!

Przed oczami stanęła mi wizja mojego życia z czasów pomiędzy odejściem Edwarda a odnowieniem kontaktów z młodym Blackiem. Nie zniosłabym po raz drugi tak dużej dawki samotności.

– Przykro mi, Bello – powiedział Jacob szorstkim głosem, który zdawał się do niego nie należeć.

Nic wierzyłam, że mówi takie rzeczy z własnej woli. Odniosłam też wrażenie, że wyrazem twarzy, z pozoru tylko zagniewanym, stara mi się przekazać coś zupełnie innego. Niestety, nie potrafiłam rozszyfrować tej wiadomości.

Być może nie chodziło tu ani o Sama, ani o Cullenów, ale o mnie. Być może Jacob doszedł do wniosku, że zadawanie się ze mną było dla niego bardziej bolesne niż dla mnie bycie odtrąconą. Być może próbował się tylko uwolnić z pewnego beznadziejnego dla siebie układu. Mając na względzie jego dobro, nie powinnam była mu w tym przeszkadzać…

Ale mój głos nie słuchał podpowiedzi rozsądku.

– Przepraszam, że nie mogę… – wyszeptałam – że nie mogę dać ci… że nic… Żałuję, że nie umiem się w tobie zakochać. – Byłam zdesperowana, balansowałam na krawędzi kłamstwa. – Ale może… może mi się odmieni. Może jeśli dasz mi trochę czasu… Tylko mnie nie skreślaj, Jake, proszę. Nie zniosę tego.

Znów miałam przed sobą człowieka w uczuciowej agonii. Wyciągnął ku mnie drżącą dłoń.

– Błagam, nie tłumacz tego w ten sposób. To nie twoja wina, Bello. To ja zawiniłem, nikt inny. Przysięgam, że to nie to, co myślisz.

– Najpierw oskarżasz Cullenów, teraz siebie. Czemu tak kluczysz?

– Tym razem nie kluczę. Po prostu się zmieniłem… – Szukał właściwych słów. Mówił coraz bardziej ochryple, walcząc o przejęcie kontroli nad nadmiarem emocji. – Nie jestem już kimś, kto może być dla ciebie przyjacielem czy czymkolwiek innym. Nie jestem już tym, kim byłem kilka tygodni temu. Jestem… prawdziwym potworem.

– Co? – zawołałam wstrząśnięta. Chyba nie nadążałam za jego tokiem myślenia. – O czym ty mówisz? Jesteś dobrym człowiekiem, Jake, sto razy lepszym ode mnie. Masz tyle zalet! Kto ci powiedział, że jesteś potworem? Sam? Co za bzdura! To obrzydliwe! Nie pozwól mu wmawiać sobie takich rzeczy!

– Nikt nie musiał mi niczego wmawiać – oświadczył Jacob z rezygnacją. – Dobrze wiem, jaki jestem.

– Jesteś moim przyjacielem! Jesteś fantastycznym facetem!

Jacob wycofywał się w stronę frontowych drzwi.

– Hej, stój!

– Przykro mi, Bello – powtórzył, poniekąd wybełkotał. Ani się obejrzałam, a zniknął we wnętrzu domu.

Nie mogłam ruszyć się z miejsca. Wpatrywałam się w domek Blacków. Wyglądał na zbyt mały, żeby pomieścić czterech rosłych młodzieńców i dwóch dorosłych mężczyzn. W środku panowała cisza. Za szybami nie przesuwały się żadne kształty. Nikt już nie podglądał mnie zza firanki.

Zaczęło mżyć, ale nie zwracałam na to uwagi. Nie mogłam oderwać wzroku od budynku. Jacob musiał w końcu kiedyś wyjść.

Porządnie się rozpadało. Zerwał się silny wiatr. Krople nie spadały już na moją głowę, ale chłostały biczami po policzkach, przyklejały mi do nich kosmyki włosów. W powietrzu czuć było zapach oceanu. Czekałam cierpliwie.

Wreszcie drzwi się otworzyły. Odetchnęłam z ulgą i zrobiłam krok do przodu. Do progu podjechał Billy. Zobaczyłam, że nikogo za nim nie ma.

– Dzwonił Charlie – zawołał. – Powiedziałem mu, że jesteś już w drodze do domu.

Oczy Indianina były pełne współczucia i właśnie to współczucie, nie wiedzieć czemu, powiedziało mi, że nie mam tu czego więcej szukać. Nic nie mówiąc, obróciłam się i wdrapałam do wnętrza szoferki. Okna auta zostawiłam otwarte, więc siedzenia oblepiły krople deszczu. Było mi wszystko jedno. I tak nie miałam już na sobie nic suchego.

Mogło być gorzej, pocieszałam się w duchu. Spotkaliście się. Porozmawialiście. Nie była to bynajmniej powtórka z września ani koniec świata. Świat skończył się już dawno – teraz znikło z powierzchni ziemi to, co udało mi się po tamtej katastrofie odbudować.

Mogło być gorzej, pomyślałam, ale jak na mój gust, beznadziei wystarczy.

Wydawało mi się, że Jake pomaga mi leczyć stare rany, a przynajmniej swoją obecnością opatruje je, uśmierzając ból. Myliłam się. Potajemnie sam toczył moje serce. Moja dusza była podziurawiona niczym szwajcarski ser i nie mogłam się nadziwić, że jeszcze się nie rozpadła.

Charlie czekał na mnie na ganku. Kiedy zaparkowałam, zszedł na podjazd.

– Dzwonił Billy – wyjaśnił, otwierając przede mną drzwiczki. – Powiedział, że wdałaś się w kłótnię z Jakiem i że bardzo cię to przybiło.

Nagle zauważył, jaką mam minę. Zastygł przerażony. Spróbowałam wyobrazić sobie, jak wyglądam. Czułam, że nie mam w sobie chęci do życia. Musiałam przypominać siebie samą sprzed paru miesięcy. Nic dziwnego, że ojciec się przestraszył.

– Opisałabym nieco inaczej to, co zaszło – wymamrotałam.

Charlie otoczył mnie ramieniem i pomógł mi wysiąść z samochodu. Tego, że jestem przemoczona do suchej nitki, zdecydował się nie komentować.

– Więc jak byś to opisała? – spytał, kiedy znaleźliśmy się w saloniku. Opatulił mnie ściągniętym z kanapy puszystym kocem. Zaskoczył mnie tym gestem. Nie byłam świadoma tego, że dygoczę.

– Sam Uley zakazał Jacobowi zadawać się ze mną – wyjawiłam głosem wypranym z wszelkich emocji.

Charlie skrzywił się.

– Kto tak twierdzi?

– Jacob.

Ujął to inaczej, ale do tego się to chyba sprowadzało.

Ojciec zmarszczył czoło.

– Naprawdę wierzysz, że z tym Uleyem jest coś nie tak?

– Jestem tego pewna. Jacob nie chciał zdradzić mi żadnych szczegółów. Więc jakieś są. Coś przede mną ukrywa. – Zerknęłam na podłogę. U mych stóp tworzyła się kałuża. – Pójdę się przebrać.

– Jasne, jasne. – Charlie machnął ręką. Myślami był już gdzie indziej.

Postanowiłam wziąć prysznic, żeby się trochę ogrzać, ale nawet strugom gorącej wody nie udało się podnieść temperatury mojego ciała. Kiedy zakręciłam kran, nagle zrobiło się bardzo cicho. Usłyszałam, że ojciec sprzecza się z kimś w kuchni. Zaciekawiona, owinęłam się ręcznikiem i uchyliłam nieznacznie drzwi łazienki.

– Nie wciśniesz mi takiej bujdy – oświadczył wzburzony Charlie. – To się nie trzyma kupy!

Nikt mu nie odpowiedział. No tak, rozmawiał przez telefon.

– Bella nie jest taka! – wrzasnął Charlie znienacka. Mało brakowało, a przytrzasnęłabym sobie nos drzwiami. Kiedy się znowu odezwał, mówił już ciszej, starając lepiej się kontrolować. – Od samego początku tej znajomości Bella dawała mi wyraźnie do zrozumienia, że są z Jacobem tylko przyjaciółmi. ...Cóż, jeśli tak było, czemu od razu mi o tym nie powiedziałeś? Nie, Billy, sądzę, że nie wyssała sobie tego z palca....Bo znam moją córkę i jeśli upiera się, że Jacob wyglądał wcześniej na zastraszonego... – Przerwano mu w połowie zdania. Kiedy na powrót zabrał głos, po raz drugi stracił nad sobą panowanie. – Co masz na myśli, mówiąc, że nie znam mojej córki tak dobrze, jak mi się wydaje?! – Wysłuchawszy odpowiedzi Billy'ego, zniżył głos do szeptu. Nadstawiłam uszu. – Jeśli sądzisz, że poruszę przy niej ten temat, to się grubo mylisz. Dopiero co się po tym otrząsnęła, i, moim zdaniem, głównie dzięki Jacobowi. Niezależnie od tego, co chłopak kombinuje z tym waszym cudownym Samem, jeśli odrzuci małą i na powrót wpędzi ją w depresję, to będzie miał ze mną do czynienia. Jesteś moim przyjacielem, Billy, ale rodzinę stawiam na pierwszym miejscu.

Zamilkł, żeby wysłuchać odpowiedzi Indianina.

– Właśnie tak zamierzam postąpić. Niech tym chłopcom tylko powinie się noga, a zaraz się o tym dowiem. Będziemy ich mieli na oku.

Tego nie mówił już Charlie, a komendant Swan.

– Dobrze. Proszę cię bardzo. Cześć. – Ojciec cisnął słuchawką o widełki i zaczął coś gniewnie mamrotać. Przebiegłam na paluszkach do mojego pokoju.

A więc taką strategię przyjął Billy. Żeby zemścić się na Edwardzie, potraktowałam Jacoba jak zabawkę, aż miał dość moich gierek i pokazał mi drzwi.

Dziwne. Sama obawiałam się, że tak to mogło zostać odebrane, ale po tym, co powiedział mi Jacob pod koniec naszej rozmowy, już tak nie uważałam. Gdyby chodziło tylko o szczeniackie zauroczenie! Nie, sytuacja przedstawiała się o wiele poważniej. Skoro Billy zniżył się do oskarżania mnie o rozkochanie w sobie jego niewinnego syna, musiał wraz z Samem i całą resztą ukrywać przed światem jakiś wyjątkowo mroczny sekret. Jak dobrze, że Charlie nareszcie stanął po mojej stronie!

Włożywszy piżamę, wpełzłam pod kołdrę. Byłam w tak kiepskim stanie, że pozwoliłam sobie na odejście od sztywnych zasad.

A co mi tam, pomyślałam. I tak już mnie wszystko bolało. Przypomniałam sobie słowa Edwarda – nie żadną tam prawdziwą jego wypowiedź (nie byłam aż taką masochistką), ale majak, który nawiedził mnie w lasku przy domu Blacków. Przywołałam wspomnienie głosu mojego ukochanego kilkanaście razy, aż w końcu zasnęłam z głową opartą o mokrą poduszkę.

Po raz pierwszy od września przyśniło mi się coś nowego. Padał deszcz. Szłam gdzieś z Jacobem. Chociaż pod moimi stopami chrzęściły kamyki, chłopak kroczył bezszelestnie. Niestety, nie był to „mój" Jake, ale jego nowe wcielenie – zgorzkniały młody mężczyzna. Jego zwinne ruchy kogoś mi przypominały i nagle zaczął się w tego kogoś zmieniać. Skóra mu pobladła, przybierając barwę białego marmuru. Oczy błysnęły złotem, potem szkarłatem, potem znowu złotem. Krótkie czarne włosy wydłużyły się i zrudziały, jakby malowane słońcem. A rysy tak wypiękniały, że ścisnęło mi się serce. Edward. Zapragnęłam go dotknąć, ale cofnął się, osłaniając się rękami. I zniknął. A ja obudziłam się zalana łzami.

Nie miałam pewności, czy płakałam już we śnie, czy rozszlochałam się dopiero po przebudzeniu. Popatrzyłam na ciemny sufit. Był środek nocy, a ja dryfowałam nadal na granicy jawy i snu. Zamknęłam oczy, mając nadzieję, że wkrótce zapadnę się w nicość.

I wtedy usłyszałam ten dźwięk – nieprzyjemnie wysoki, taki, jaki czasem wydaje kreda w zetknięciu z tablicą. To dlatego się obudziłam. Po szybie okiennej przesuwało się coś ostrego. Coś w nią drapało.

12 *Wizyta*

Byłam tak zmęczona i rozkojarzona, że mogło mi się to tylko śnić, ale i tak otworzyłam błyskawicznie oczy.

Nadal coś drapało o szybę.

Zaspana, wygrzebałam się z pościeli i mrugając załzawionymi oczami, wstałam z łóżka.

Za oknem majaczył wielki, ciemny kształt. Intruz kołysał się, jakby chciał nabrać rozpędu, by z impetem rozbić taflę szkła i dostać się do środka. Cofnęłam się odruchowo. Krzyk uwiązł mi w gardle.

Victoria.

Przyszła.

Już po mnie.

Boże, Charlie.

Nie, nie wolno było mi krzyczeć. Musiała zabić mnie w zupełnej ciszy. Tylko tym sposobem mogłam uratować ojca – nie wywabiając go z jego pokoju.

Moje rozpaczliwe rozmyślania przerwał znajomy głos. To wołał mój nocny gość.

– Bella! – syknął. – Auć! Otwórz wreszcie to okno! Auć! Do jasnej cholery…

Potrzebowałam dwóch sekund, żeby dojść do siebie i móc ruszyć się z miejsca. Rzuciłam się wykonać to, o co mnie poproszono. Do pokoju wtargnęło chłodne powietrze. Wzrok przyzwyczajał mi się powoli do ciemności.

– Co ty tu robisz? – wykrztusiłam.

Jacob kołysał się uczepiony wierzchołka rosnącego przed domem świerku. Od pasa w górę był nagi. Pod jego ciężarem drzewo przechyliło się sprężyście, tak że chłopak wisiał jakiś metr od parapetu – i jakieś sześć czy siedem metrów nad ziemią. To gałązki z czubka świerku drapały o szybę i tynk.

– Usiłuję… – Zmienił pozycję, żeby nie stracić równowagi. – Usiłuję dotrzymać swojej obietnicy.

Potrząsnęłam głową, żeby otrzeźwieć. To musiał być sen.

– Kiedy to mi obiecałeś, że popełnisz samobójstwo, rzucając się z naszego świerka?

Prychnął zniecierpliwiony.

– Zejdź mi z drogi – rozkazał. Zaczął machać nogami, żeby rozbujać drzewo.

– Co?

Bujał się coraz silniej. Zorientowałam się, co zamierza zrobić.

– Zwariowałeś!

Odskoczyłam, bo było już za późno. Jacob wystrzelił w powietrze jak z procy.

Zdusiłam w sobie kolejny krzyk. Byłam pewna, że złamie sobie kark i w najlepszym wypadku skończy na wózku inwalidzkim. Chłopak tymczasem nawet nie musnął framugi okna i z głuchym łomotem wylądował zgrabnie na piętach.

Oboje spojrzeliśmy trwożnie na drzwi. Wstrzymując oddech, czekaliśmy, czy hałas nie zbudzi Charliego. Przez dłuższą chwilę nic się nie działo, a potem usłyszeliśmy głośne chrapnięcie.

Jacob uśmiechnął się szeroko zadowolony ze swego wyczynu. Nie był to ciepły uśmiech, który znałam i uwielbiałam, tylko jego gorzka parodia – nowy uśmiech na nowej twarzy należącej do Sama.

Ten widok okazał się kroplą, która przelała czarę.

Zasnęłam we łzach, zadręczając się tym, co zostało z mojego przyjaciela. Przez to, jak mnie potraktował, na moim ciele pojawiły się nowe rany. W dodatku, jakbym nie miała już dosyć, swoim postępowaniem zmienił scenariusz mojego koszmaru. Kolejny policzek. A teraz stał na środku mojego pokoju, uśmiechając się triumfalnie, jakby nic się nie stało. Najgorsze było to, że chociaż dostał się na piętro dość nieporadnie, swoim pojawieniem się przypomniał mi o niezliczonych nocnych wizytach Edwarda, a wspomnienia te, jak wszystkie z tego okresu, zadawały ból.

Wszystko to, a także fakt, że byłam śmiertelnie zmęczona, skutecznie zniechęcało mnie do powitania Jacoba z otwartymi ramionami.

– Wynoś się! – warknęłam, wkładając w swój szept tyle jadu, na ile tylko było mnie stać.

Spojrzał na mnie spłoszony. Nie spodziewał się takiego przyjęcia.

– Co ty, Bella? Przyszedłem cię przeprosić.

– Przeprosiny odrzucone!

Pomyślałam, że skoro śnię, nie mogę zrobić mu krzywdy, więc spróbowałam wypchnąć go przez okno. Nic z tego. Nawet nie drgnął, choć natarłam na niego z całej siły. Odsunęłam się, przyglądając mu się z przestrachem. Zaskoczył mnie nie tylko siłą, ale i temperaturą ciała. Przyłożywszy dłonie do jego nagiego torsu, odkryłam, że skóra Jacoba niemal parzy – tak jak jego czoło wtedy po kinie. Tak, jakby nadal cierpiał na swoją tajemniczą chorobę…

Nie wyglądał na chorego – wyglądał, jakby był na sterydach. Barami przesłaniał całe okno. Mój wybuch agresji tak go zaszokował, że aż zaniemówił. Ja z kolei poczułam nagle, że wszystkie moje bezsenne noce postanowiły właśnie w tej chwili pokazać mi, na co je wspólnie stać. Zachwiałam się niczym ofiara hipnotyzera. Oczy zaszły mi mgłą.

– Bella? – zaniepokoił się Jacob. Zachwiałam się po raz drugi, więc przytrzymał mnie i podprowadził do łóżka. Kiedy wyczułam jego krawędź, ugięły się pode mną kolana i opadłam na pościel jak szmaciana lalka.

– Nic ci nie jest? Wszystko w porządku? – Chłopak miał zatroskaną minę.

Obróciłam się na bok. Łzy na moich policzkach jeszcze nie wyschły.

– Dobrze wiesz, co mi jest i że nic nie jest w porządku.

Malujące się stale na twarzy Jacoba rozgoryczenie ustąpiło czemuś na kształt rozpaczy.

– Tak – przyznał ze smutkiem. Wziął głęboki oddech. – Cholera. Boże… Tak chciałbym móc to naprawić, Bello.

Bez wątpienia mówił szczerze. Tylko ten gniew w jego oczach… Na kogo był tak potwornie zły?

– Dlaczego tu przyszedłeś? Nie potrzebuję twoich przeprosin.

– Wiem – powiedział – ale nie chciałem, żeby tamta rozmowa koło domu była naszą ostatnią. Potraktowałem cię jak śmiecia. Dręczyły mnie wyrzuty sumienia.

– Nic nie rozumiem...

– Wszystko ci wyjaśnię... – Przerwał niespodziewanie, jakby coś mu przeszkodziło. Znów zaczerpnął powietrza. – Nie, nie mogę nic ci wyjaśnić – poprawił się zdenerwowany. – A o niczym innym nie marzę...

Przyłożyłam głowę do poduszki.

– Dlaczego nie możesz?

Jacob nie odpowiedział. Otworzyłam oczy i zobaczyłam ze zdziwieniem, że napina wszystkie mięśnie, jakby bardzo starał się coś zrobić.

– Co się dzieje? – spytałam poruszona.

Chłopak wypuścił głośno powietrze z płuc. Uzmysłowiłam sobie, że cały ten czas wstrzymywał też oddech.

– Nie da rady – mruknął sfrustrowany.

– Czego nie da rady?

Zignorował mnie.

– Może inaczej. Słuchaj. Postaw się na moim miejscu. Na pewno ukrywałaś kiedyś przed resztą świata jakiś sekret, prawda?

Spojrzał na mnie wyczekująco. Rzecz jasna, natychmiast pomyślałam o Cullenach. Mogłam tylko modlić się o to, żeby nie dało wyczytać się tego z wyrazu mojej twarzy.

– Przyznaj – ciągnął – czy nie przydarzyło ci się nigdy coś takiego, o czym nie mogłaś powiedzieć Charliemu ani mamie? Z czego nie mogłaś się zwierzyć nawet mnie? Czego nawet teraz nie chcesz wyjawić?

Spuściłam wzrok. Podejrzewałam, że i tak potraktuje moje milczenie jako odpowiedź twierdzącą.

– Czy... czy potrafisz sobie wyobrazić, że ja też... ja też znalazłem się niedawno w podobnej sytuacji? – Znowu się męczył, walczył o każde o słowo, jakby część z nich była dla niego zakazana. – Czasami szczerości wchodzi w drogę lojalność. Czasami ten sekret nie jest do końca nasz i zdradzając go, można zaszkodzić innym.

Nie mogłam się z nim kłócić. Idealnie opisał moje położenie. Tak, tak naprawdę nie strzegłam swojej tajemnicy, ale cudzej – tajemnicy, którą Jacob niestety wydawał był się poznać.

Nadal nie rozumiałam, co ma ona wspólnego z nim, Billym czy Samem. Czemu przejmowali się Cullenami, skoro tamtych już od dawna nie było w okolicy?

– Jeśli masz zamiar serwować mi same zagadki zamiast odpowiedzi, to lepiej sobie już idź.

– Przepraszam. – Zmarkotniał. – Staram się, jak mogę.

Wpatrywaliśmy się w siebie, nie wiedząc, co począć.

– Najgorsze jest to – odezwał się Jacob – że już ci wszystko wyjaśniłem.

– Co mi wyjaśniłeś? Kiedy?

Analizował coś intensywnie. Widać było, jak z opóźnieniem dociera do niego znaczenie tego, co przed chwilą powiedział, ale wyraźnie wolał się nie łudzić nadzieją, zanim nie zyska pewności.

Nachylił się nade mną, podekscytowany. Jego oddech był równie gorący co skóra.

– Musi się udać. Bello, przecież już wszystko wiesz. Opowiadałem ci o tym! Nie mogę ci zaradzić, o czym, ale ty możesz to sobie przypomnieć. Sama się domyślisz. Zgadnij, no, zgadnij!

Podparłam się na łokciu.

– Mam zgadnąć? Co mam zgadnąć?

– Co mi jest! Uwierz, znasz już odpowiedź!

Byłam taka zmęczona. Nie nadążałam za tokiem jego rozumowania.

Jacob zmarszczył czoło. Dopiero teraz dotarło do niego, że jest środek nocy i mogę mieć kłopoty z koncentracją.

– Czekaj, niech pomyślę, jaką dać ci podpórkę... – Zaciskając zęby, zerknął na sufit.

– Podpórkę?

Przydałaby się. Moje powieki same się zamykały.

– No, wiesz, wskazówkę. Jak w teleturnieju.

Ujął moją twarz w swoje niezwykle ciepłe dłonie i przyciągnąwszy ją do siebie, tak że dzieliło nas tylko kilka centymetrów, zajrzał mi głęboko w oczy, jakby to, co się w nich kryło, było równie ważne jak to, co miał mi do powiedzenia.

– Pamiętasz, jak spotkaliśmy się po raz pierwszy? Na plaży w La Push?

– Jasne, że pamiętam.

– Opisz mi wszystko ze szczegółami.

Spróbowałam się skupić.

– Spytałeś, jak się spisuje furgonetka...

– I...

– Rozmawialiśmy też o twoim volkswagenie...

– A później? Co było później?

– Poszliśmy się przejść...

Krew napłynęła mi do policzków, ale pocieszyłam się, że Jacob, ze swoją dziwną gorączką, nie jest w stanie wyczuć różnicy. Tam na plaży usiłowałam z nim nieudolnie flirtować, żeby wydobyć od niego cenne informacje.

Pokiwał głową, zachęcając mnie, żebym mówiła dalej.

– Opowiadałeś mrożące krew w żyłach historie... – Ledwie było mnie słychać. – Legendy twojego plemienia.

Zamknął oczy i zaraz potem je otworzył.

– Właśnie. – O to mu chodziło. Miał minę archeologa, który, odkrywszy skarb, zabierał się do ostrożnego oczyszczania go z pyłu. – Pamiętasz, o czym były te legendy?

Jak mogłabym zapomnieć? Nadal odczuwałam wstyd, że tak go wówczas niecnie wykorzystałam. Nieświadomy moich manipulacji, przekonany, że opowiada bajki, Jacob wyjawił mi sekret Cullenów – sekret Edwarda. To od niego dowiedziałam się, że Edward jest wampirem.

– Skup się.

Teraz, kucając przy moim łóżku, był już we wszystko wtajemniczony.

– Coś tam pamiętam... – zaczęłam kluczyć.

– Pamiętasz tę o… – Zamilkł raptownie, jakby coś utknęło mu w gardle. Nieznana siła nie pozwalała dokończyć mu tego pytania. Hm… Dla mnie ważna była tylko jedna legenda. Czy myśleliśmy o tej samej? Czy w ogóle były jakieś inne? O czymś tam na plaży napomknął, ale zlekceważyłam to, potraktowałam jak nic nieznaczący wstęp. Wątpiłam, żeby o tej porze miało mi się udać odtworzyć tamte historie. Nie z galaretą w miejscu mózgu.

Jacob jęknął z rozpaczą i odskoczył od łóżka.

– Wiesz to, wiesz to, wiesz… – powtarzał, kręcąc głową.

– Jake? Jake, uspokój się, proszę. Jestem wykończona. Nic z tego nie będzie. Ale może rano…

Spojrzał na mnie.

– Może rano – przyznał. – Jak będziesz w lepszej formie.

Przysiadł na skraju łóżka.

– Nic dziwnego, że pamiętasz tylko jedno podanie – dodał sarkastycznym tonem. – Od dawna intryguje mnie pewna rzecz. Czy masz coś przeciwko, żebym zadał ci związane z nim pytanie? – Sarkazm nie znikał.

– Związane z czym? – Resztkami sił grałam głupią.

– Związane z podaniem o wampirach, które ci opowiedziałem.

Przyglądałam mu się bacznie, niezdolna do udzielenia przyzwolenia. Nie miał zamiaru czekać. Udzielił go sobie sam.

– Czy naprawdę wcześniej nic nie wiedziałaś? – wypalił. – Czy to ode mnie dowiedziałaś się, kim był? Czym był?

Skąd znał prawdę? Dlaczego uwierzył w „indiańskie bajki" dopiero teraz, właśnie teraz? Przygryzłam wargę. Jak wspomniał, pewnych sekretów nie chciałam mu wyjawiać.

– Widzisz, jak to jest z lojalnością? – Głos Jacoba robił się coraz bardziej ochrypły. – Ja też tak mam, tylko jeszcze gorzej. Nawet sobie nie wyobrażasz, jak silne to więzy…

Zamknął oczy, jakby mówienie o nich sprawiało mu ból. Nie spodobała mi się ta reakcja, oj nie. Uzmysłowiłam sobie, że jestem wściekła. Wściekła, ponieważ Jacob z jakiegoś powodu cierpiał.

Z czyjegoś powodu.

Z powodu Sama Uleya.

Sama strzegłam tajemnicy Cullenów, ponieważ ich kochałam. Nie odwzajemniali moich uczuć, ale z mojej strony było to szczere, gorące uczucie.

Najwyraźniej przypadek Jacoba różnił się od mojego.

– Czy nie możesz w jakiś sposób wyzwolić się z tych więzów? – szepnęłam z troską, dotykając ostrzyżonej skroni chłopaka.

Zaczęły trząść mu się ręce, ale nie otworzył oczu.

– Nie mogę. Tak już będzie zawsze. To jak wyrok dożywocia. – Zaśmiał się ponuro. – A może i jeszcze dłuższy.

– Boże, Jake. – Byłam gotowa na wszystko, żeby mu pomóc. – A gdybyśmy tak wyjechali? Tylko ty i ja. Gdybyśmy uciekli?

– Od tego nie ma ucieczki – oświadczył z rezygnacją. – Ale chętnie wyjechałbym z tobą, gdybym mógł. – Drżały mu już i ramiona. Odetchnął głęboko. – Muszę już iść.

– Dlaczego?

– Po pierwsze, wyglądasz tak, jakbyś lada chwila miała stracić przytomność. Musisz się porządnie wyspać, żeby poprawiła ci się pamięć. A jutro zastanów się jeszcze raz nad tymi legendami. To bardzo ważne. Bardzo.

– A po drugie?

Zasępił się.

– Ledwie udało mi się wykraść z domu – nie wolno mi się widywać z tobą bez pozwolenia. Pewnie zauważyli już, że mnie nie ma. – Skrzywił się. – Muszę dać im znać, co się ze mną dzieje.

– Niczego nie musisz! – syknęłam.

– Ale chcę.

Zagotowało się we mnie.

– Jak ja ich nienawidzę!

Jacob spojrzał na mnie zaskoczony.

– Nie mów tak. Nie zasługują na to. To nie ich wina. Ani chłopaków, ani Sama. Już ci mówiłem. To ja. To jest we mnie. Sam tak właściwie... To super gość. Jared i Paul też są bardzo fajni, chociaż Paul czasami... A z Embrym przyjaźniłem się przecież od małego. I nadal się z nim przyjaźnię. To chyba jedyna rzecz, która się nie zmieniła. Głupio mi, kiedy sobie pomyślę, co wygadywałem o Samie...

Sam to super gość? Postanowiłam zostawić to bez komentarza.

– Jeśli są tacy fajni, to dlaczego nie możesz się ze mną spotykać bez pozwolenia? – wytknęłam.

– To niebezpieczne – bąknął, wbijając wzrok w podłogę.

Po plecach przeszły mi ciarki.

Czy i o tym wiedział? O czym jak o czym, ale o tym nie mógł wiedzieć nikt oprócz mnie. Ale miał rację – był środek nocy, idealna pora na polowanie. Przebywanie ze mną w moim pokoju groziło mu śmiercią.

– Gdybym też tak uważał – szepnął – gdybym sądził, że ryzyko jest zbyt duże, nie przyszedłbym. – Podniósł głowę. – Ale dałem ci słowo. Dając ci je, nie miałem pojęcia, że tak trudno będzie mi go dotrzymać, ale nie oznacza to, że nie będę próbował.

Odgadł po mojej minie, że go nie rozumiem.

– Po tej beznadziejnej wyprawie do kina – odświeżył moją pamięć – przyrzekłem ci, że nigdy, przenigdy cię nie zranię. Kurczę, dziś po południu wszystko schrzaniłem, prawda?

– Nic nie szkodzi – pospieszyłam z zapewnieniem. – Wiem, że nie chciałeś.

– Dzięki. – Wziął mnie za rękę. – Zrobię, co w mojej mocy, żebyś zawsze mogła na mnie liczyć, tak jak obiecałem.

Uśmiechnął się znienacka. Nie był to „mój" uśmiech ani uśmiech „Sama", ale ich dziwaczne połączenie.

– Tylko błagam, poświęć rano trochę czasu na przypomnienie sobie legend. Domyśl się, co jest grane. Wysil mózgownicę.

– Postaram się.

Uśmiechnęłam się, ale wyszedł z tego grymas.

– A ja postaram się wkrótce znowu z tobą zobaczyć. – Westchnął. – Będą mnie odwodzili od tego pomysłu.

– Nie słuchaj ich.

Wzruszył ramionami, jakby wątpił, że będzie miał na to dość sił.

– Daj znać, jak tylko coś ci zacznie świtać. To znaczy... – Wzdrygnął się. – Jeśli jeszcze będziesz chciała mieć ze mną do czynienia.

– Jake! Nie pleć bzdur! Dlaczego bym miała nagle cię znielubić?

Znów spoglądał na mnie zgorzkniały druh Sama.

– Jest pewien powód – powiedział ze złością. – Słuchaj, naprawdę muszę już iść. Obiecasz mi coś?

Pokiwałam tylko głową, przestraszona powrotem „nowego" Jacoba.

– Zadzwoń przynajmniej. Jeśli nie będziesz chciała już mnie więcej widzieć. Żebym wiedział, jak jest.

– Na pewno nigdy...

Uciszył mnie zdecydowanym gestem.

– Przyjdź albo zadzwoń.

Wstał i podszedł do okna.

– Nie bądź głupi, Jake – jęknęłam. – Złamiesz nogę. Wyjdź normalnie. Charlie cię nie nakryje. Ma mocny sen.

– Nic mi nie będzie – mruknął Jacob, ale zawrócił do drzwi. Mijając mnie, zawahał się. Spojrzał na mnie z bólem. Chyba rzeczywiście wierzył, że to nasze ostatnie spotkanie. Wyciągnął ku mnie dłoń.

Kiedy ją chwyciłam, jednym zwinnym ruchem podłożył drugą rękę pod moje plecy i ani się obejrzałam, już byłam w jego ramionach.

– Tak na wszelki wypadek – szepnął mi we włosy.

– Nie... mogę... oddychać – wykrztusiłam. Jego niedźwiedzi uścisk zdawał się łamać mi żebra.

Odłożył mnie delikatnie na łóżko i przykrył kołdrą.

– Wyśpij się, Bello. Twój mózg musi jutro pracować bez zarzutu. Wiem, że ci się uda. Musi ci się udać. Nie chcę cię stracić, nie przez coś takiego.

W mgnieniu oka znalazł się przy drzwiach. Uchylił je ostrożnie i wyślizgnął się na zewnątrz. Nadstawiłam uszu, ale schody nie zaskrzypiały ani razu.

Kręciło mi się w głowie. Byłam taka zmęczona, taka zdezorientowana. Zamknąwszy oczy, by móc lepiej przeanalizować to, co się wydarzyło, poczułam, że wpadam do głębokiej studni. Niemal natychmiast przeniosłam się w krainę snu.

Nie był to rzecz jasna sprzyjający relaksowi sen, o jakim marzyłam – o nie. Trafiłam znowu do lasu.

Jak zwykle zaczęłam wędrować bez celu, szybko zdałam sobie jednak sprawę, że to nie mój stały koszmar. Po pierwsze, panowałam nad tym, czy chcę kontynuować wędrówkę, czy nie – podjęłam ją tylko z przyzwyczajenia. Po drugie, nie był to nawet ten sam las. Inaczej tu pachniało – w powietrzu unosił się słonawy zapach oceanu. Inaczej też padało tu światło. Niebo przesłaniały korony drzew, ale wszystko wskazywało na to, że nad nimi świeci słońce – liście miały piękny szmaragdowy odcień.

Rozpoznałam las w okolicach La Push, ten przy samej plaży. Ucieszyłam się – musiała być zalana słońcem! Ruszyłam w jej stronę, kierując się dochodzącym z oddali szumem fal.

Nie wiadomo skąd Jacob pojawił się przy mnie – mój Jacob, z długimi włosami związanymi w koński ogon. Złapał mnie za rękę i pociągnął z powrotem ku najmroczniejszej części lasu. Na jego chłopięcej twarzy malował się strach.

– Jacob! Czy coś się stało? – spytałam, zapierając się nogami. Ciągnęło mnie do światła. Bałam się ciemnej gęstwiny.

– Biegnij, Bello! Musisz uciekać! – szepnął zatrwożony.

Efekt déjà vu był tak silny, że omal się nie obudziłam.

To dlatego rozpoznałam ten fragment lasu. Już mi się kiedyś przyśnił – miliony lat wcześniej, w innym życiu. Przyśnił mi się po tym, jak po raz pierwszy spotkałam Jacoba. Po tym, jak Jacob zdradził mi, że Edward jest wampirem. To, że zmusił mnie podczas swojej nocnej wizyty do opowiadania o tamtym dniu, spowodowało, że nawiedził mnie zapomniany sen.

Co było później? Rozejrzałam się. Od plaży zbliżało się dziwne światło. Ach, tak. Zza drzew wyjdzie Edward. Będzie miał straszne, czarne oczy, a jego skóra będzie się delikatnie jarzyć. Skinie na mnie i uśmiechnie się. Będzie piękny jak anioł, ale spomiędzy jego warg będą wystawać ostro zakończone zęby.

Wybiegłam za bardzo do przodu. Zapomniałam o najważniejszym...

Jacob puścił moją dłoń z jękiem i wstrząsany silnymi dreszczami padł na ziemię.

– Jacob! – krzyknęłam, ale już go nie było.

Jego miejsce zajął olbrzymi rdzawobrązowy wilk o ciemnych rozumnych oczach.

Mój sen zboczył z kursu niczym wykolejający się pociąg.

Nie był to ten sam wilk, który przyśnił mi się w innym życiu. Tego tu już widziałam, tam na polanie, zaledwie tydzień temu. Dzieliło nas wtedy kilkanaście centymetrów. Był ogromny, potworny, większy od niedźwiedzia.

Wpatrywał się teraz we mnie intensywnie, próbując mi coś przekazać. Wpatrywał się ciemnymi, znajomymi oczami Jacoba Blacka.

Obudziłam się, wrzeszcząc na całe gardło.

Spodziewałam się, że tym razem Charlie jak nic przyjdzie sprawdzić, czy wszystko w porządku. Wybudzając się z mojego standardowego koszmaru, krzyczałam znacznie ciszej. Zagrzebałam się w pościeli, żeby stłumić szlochy, w które przeszły moje wrzaski. Najchętniej stłumiłabym przy okazji także swoją pobudzoną pamięć.

Nikt się nie zjawiał. Stopniowo dochodziłam do siebie.

Sen o wilku przywołał pogrzebane wspomnienia. Teraz potrafiłam odtworzyć moją pierwszą rozmowę z Jacobem z dokładnością co do jednego słowa. Przypomniały mi się wszystkie wspomniane przez niego podania, zarówno to o wampirach, jak i pozostałe.

– *Znasz którąś z naszych legend o tym, skąd się wzięliśmy? No wiesz, my, plemię Quileute?*

Zaprzeczyłam.

– *Dużo ich, niektóre cofają się w czasie aż do Potopu. Ponoć starożytni Quileuci przywiązali swoje canoe do czubków najwyższych rosnących w górach drzew, żeby przetrwać, podobnie jak Noe w arce.* – *Uśmiechnął się, żeby pokazać mi, że nie za bardzo w to wszystko wierzy.* – *Inna legenda głosi, że pochodzimy od wilków i że są one nadal naszymi braćmi. Kto je zabija, łamie prawo plemienne. Są wreszcie podania o Zimnych Ludziach* – *dodał z powagą.*

– *O Zimnych Ludziach?* – *Zamarłam. Nie musiałam już grać.*

– *Tak. Niektóre z nich są równie stare, co te o wilkach, ale inne pochodzą ze znacznie bliższych nam czasów. Podobno kilku z nich znał mój pradziadek. To on zawarł z nimi pakt o pozostawieniu naszych ziem w spokoju.*

– *Twój własny pradziadek?* – *wtrąciłam zachęcająco.*

– *Zasiadał w starszyźnie plemienia, tak jak tato. Widzisz, ci Zimni są naturalnymi wrogami wilka. No, nie wilka, ale wilków, które zmieniają się w ludzi, tak jak nasi przodkowie. Dla was to wilkołaki.*

– *Wilkołaki mają wrogów?*

– *Tylko jednego.*

Coś stanęło mi w krtani. Zaczęłam się krztusić. Usiłowałam to coś połknąć, ale się zaklinowało, więc spróbowałam wypluć.

– Wilkołak – wydusiłam. Przerażające słowo nie chciało przejść mi przez gardło.

Albo nadal śniłam, albo świat stanął na głowie! Czy każde amerykańskie miasteczko zaludniały monstra z legend? Czy każde indiańskie podanie zawierało w sobie coś więcej niż ziarno prawdy? Czy istniało jeszcze cokolwiek pewnego, czy też wszystko w co wierzyłam, miało okazać się iluzją?

Złapałam się za skronie, żeby moja czaszka nie eksplodowała od nadmiaru myśli.

Cichy, rzeczowy głosik dobiegający z głębin mojej świadomości spytał mnie, czemu się tak bardzo przejmuję. Czyż nie przyjęłam już do wiadomości, że po ziemi chodzą wampiry? Jakoś nie wpadłam wtedy w histerię.

Miałam ochotę wydrzeć się w odpowiedzi: co innego dokonać takiego odkrycia raz w życiu, a co innego raz do roku!

Poza tym, w przypadku Edwarda, podejrzewałam coś od samego początku. To, że jest wampirem, było dla mnie wprawdzie wielkim zaskoczeniem, nigdy jednak nie wątpiłam, że coś przede mną ukrywa. Nie mógł być zwykłym człowiekiem – za bardzo się wyróżniał.

Ale Jacob? Jacob, który był tylko Jacobem i nikim więcej? Jacob, mój kumpel, mój przyjaciel? Jedyna ludzka istota, z którą kiedykolwiek szczerze się zaprzyjaźniłam...

Okazała się nie być istotą ludzką.

Znów zdusiłam w sobie krzyk rozpaczy.

Coś było ze mną nie tak. Nie mogłam być normalna, skoro przyciągałam postacie z horroru. I skoro tak bardzo się do nich przywiązywałam, że kiedy odchodziły, nie mogłam normalnie funkcjonować.

Dosyć użalania się nad sobą. Musiałam zapanować nad mętlikiem w głowie, diametralnie zmieniając sposób, w jaki dotychczas interpretowałam fakty.

Sam nigdy nie przewodził żadnej sekcie ani gangowi. Nie, sytuacja wyglądała dużo gorzej.

Przewodził sforze.

Sforze składającej się z pięciu gigantycznych wilkołaków, tych samych, które minęły mnie na łące Edwarda.

Stwierdziłam nagle, że muszę porozmawiać z Jacobem – teraz, zaraz. Zerknęłam na budzik. Było o wiele za wcześnie na składanie wizyt, ale miałam to gdzieś. Wyskoczyłam z łóżka. Chciałam uzyskać od Jacoba potwierdzenie, że nie postradałam zmysłów.

Naciągnęłam na siebie pierwsze części garderoby, jakie wpadły mi w ręce, i zbiegłam po schodach, sadząc susy co dwa stopnie. W przedpokoju na dole niemal wpadłam na Charliego.

– Dokąd się wybierasz? – spytał, równie zaskoczony moim widokiem co ja jego. – Czy wiesz, która godzina?

– Wiem, ale muszę zobaczyć się z Jacobem.

– Myślałem, że Sam...

– Mniejsza o Sama. Muszę z nim natychmiast porozmawiać.

– Jest jeszcze bardzo wcześnie. – Ojcu nie podobała się moja determinacja. – Nie zjesz chociaż śniadania?

– Nie jestem głodna.

Zerknęłam niespokojnie na drzwi wyjściowe. Charlie blokował mi przejście. Zastanawiałam się, czy nie przemknąć bokiem i uciec, ale doszłam wniosku, że za taki wybryk przyszłoby mi się długo tłumaczyć.

– Niedługo wrócę – rzuciłam, żeby udobruchać ojca.

– Tylko nie zatrzymuj się nigdzie po drodze, dobra?

– A gdzie niby miałabym się zatrzymywać?

– Czy ja wiem... – Charlie zawahał się. – Po prostu... Widzisz, twoje wilki znowu kogoś zaatakowały. Nieopodal kurortu, przy ciepłych źródłach. Mężczyzna znajdował się zaledwie kilkanaście metrów od szosy, kiedy nagle zniknął. Tym razem mamy naocznego świadka, jego żonę. Poszła go szukać i po kilku minutach zobaczyła dużego, szarego wilka. Od razu zawróciła i pobiegła po pomoc.

Zamarłam.

– Zaatakował go wilk?

– Nie wiadomo. Ciała nie znaleziono, tylko drobne ślady krwi. Znowu. – Charlie wbił wzrok w podłogę. – Straż leśna będzie dziś przeszukiwać las z pomocą uzbrojonych ochotników. Zgłosiło się sporo ludzi. Za truchło wilka wyznaczono nagrodę. Nie jestem zachwycony taką nagłośnioną akcją. Im więcej podekscytowanych niedzielnych myśliwych, tym łatwiej o wypadek.

– Będą strzelać do wilków? – Z emocji mój głos zrobił się piskliwy jak u dziecka.

– A jest inne wyjście? Co jest? – Przyjrzał mi się uważniej. Chyba pobladłam, słuchając jego relacji. – Tylko nie mów mi, że zaczęłaś sympatyzować z jakimś radykalnym ruchem ekologicznym?

Nie odpowiedziałam. Gdyby nie jego obecność, klęczałabym już na podłodze, opasując się rękami. Zupełnie zapomniałam o tych wszystkich zaginionych turystach, o śladach łap i krwi... Nie skojarzyłam tych informacji z tym, czego dowiedziałam się o Jacobie.

– Wybacz, skarbie, nie chciałem cię nastraszyć. Po prostu nie zbaczaj z głównej drogi. I nie zatrzymuj się nigdzie w lesie.

– Okej – wymamrotałam.

– Będę leciał.

Po raz pierwszy tego ranka przyjrzałam mu się uważniej. Miał na sobie ciężkie buciory, a na ramieniu strzelbę.

– Tato! Chyba nie zamierzasz strzelać z innymi do wilków?

– Trzeba coś zrobić, Bello. Są kolejne ofiary.

Mój głos znów wymknął mi się spod kontroli.

– Nie! – pisnęłam histerycznie. – Nie chodź do lasu! Błagam! To niebezpieczne!

– Na tym polega moja praca, córeczko. Nie bądź taką pesymistką. Uszy do góry. Nic mi się nie stanie.

Otworzył przede mną drzwi frontowe, ale nie ruszyłam się z miejsca.

– Wychodzisz czy nie?

Najchętniej wsparłabym się o ścianę. Jak mogłam go powstrzymać, jego i całą resztę? Byłam zbyt oszołomiona, by wymyślić coś sensownego.

– Bello?

– Może rzeczywiście jest jeszcze za wcześnie na wizytę w La Push – szepnęłam.

– Popieram. – Wyszedł na deszcz i zamknął za sobą drzwi.

Gdy tylko zniknął mi z oczu, przykucnęłam, chowając głowę między kolanami.

Czy powinnam była wybiec za ojcem?

I co z Jacobem? Nie mogłam nie ostrzec najlepszego przyjaciela! Jeśli naprawdę był... wilkołakiem (nadal miałam problemy z wyduszeniem z siebie tego słowa), strach pomyśleć, co mu groziło. Na jego życie dybała dziś setka uzbrojonych, agresywnych mężczyzn! Trzeba było mu to przekazać. On i jego kompani musieli dać sobie spokój z bieganiem po lesie pod postacią monstrualnych wilków.

Nie chodziło mi tylko o nich – bałam się także o Charliego. Zamierzał spędzić w lesie cały dzień. Czy sfora była skłonna wziąć to pod uwagę? Do tej pory znikali tylko turyści, ale nie wiedziałam, czy tylko przypadkiem na nich trafiało, czy też było to świadome działanie.

Bardzo chciałam wierzyć, że przynajmniej Jacob był w stanie powstrzymać się od ataku na bliską mi osobę.

Tak czy owak, musiałam go ostrzec.

Ale czy na pewno?

Jacob może i był moim najlepszym przyjacielem, ale nie był człowiekiem. Trudno było ocenić, czego mogę się po nim spodziewać. Nie miałam przecież żadnej pewności, że nie stał się prawdziwym potworem, rodem z horrorów, złym i krwiożerczym. Co, jeśli on i jego kompani są mordercami? Jeśli z zimną krwią zabijają bezbronnych turystów? Czy chroniąc watahę, nie występuję przeciwko własnej rasie i zasadom moralnym?

Nie dało się uniknąć porównania sfory z Cullenami. Złożyłam ręce na piersiach, żeby móc wspominać tych drugich w miarę bezboleśnie.

Nie znałam zwyczajów wilkołaków. Pod wpływem filmów wyobrażałam je sobie inaczej – jako muskularne, włochate humanoidy, a nie jako zwierzęta. Nie miałam pojęcia, czy polują z głodu lub pragnienia, czy z czystej chęci mordu. Ponieważ nie dysponowałam tak istotną informacją, tym trudniej było mi ocenić, jak powinnam się zachować.

Cóż, nawet Cullenowie nie wyzbyli się do końca morderczych instynktów. Przypomniało mi się – i łzy nabiegły mi do oczu – jak Esme, troskliwa, kochająca Esme, musiała zatkać nos i pospiesznie wyjść na zewnątrz, kiedy się zraniłam. Pomyślałam też o Carlisle'u, o tym, ile stuleci przyzwyczajał się w mękach do zapachu krwi, żeby spełnić swoje marzenie i ratować ludzkie życie.

Może wilkołaki też walczyły ze swoją naturą? Którą ścieżkę wybrały?

I którą ja powinnam była wybrać?

13 *Morderca*

Ach, gdyby chodziło o kogoś innego, powtarzałam w duchu, jadąc do La Push. Droga wiodła przez las, a w lesie kryli się myśliwi…

Nadal nie byłam pewna, czy dobrze robię, ale postanowiłam pójść na pewien kompromis.

Zrozumiałam nareszcie, co Jacob miał na myśli, mówiąc „jeśli jeszcze będziesz chciała mieć ze mną do czynienia". Jeśli sfora zabijała ludzi, był to koniec naszej przyjaźni. Oczywiście, tak jak to sugerował, mogłam do niego zadzwonić, ale uważałam, że nie wypada. Zasługiwał na coś więcej. Chciałam oznajmić mu, patrząc prosto w oczy, że nie mogę milczeć i pozwalać na to, by ginęli ludzie. Nie mogę jak gdyby nigdy nic zadawać się z mordercą. Gdybym zaczęła tolerować to, co wataha wyczyniała w okolicy, sama zasługiwałabym na miano potwora.

Nie mogłam jednak czegoś jeszcze – nie mogłam nie ostrzec Jacoba. Mimo wszystko, czułam się w obowiązku go chronić.

Zaparkowawszy na podwórku Blacków, zacisnęłam usta. To, że Jacob okazał się wilkołakiem, było wystarczająco straszne. Dlaczego musiał do tego być potworem?

W domu nie paliło się ani jedno światło, ale zdesperowana nie dbałam o to, czy kogoś obudzę, czy nie. Zabębniłam gniewnie pięścią o drzwi. Szyby w oknach zadrżały.

– Proszę! – odezwał się po chwili Billy. W korytarzu zapaliło się światło.

Przekręciłam gałkę – drzwi nie były zamknięte na klucz. Billy nie siedział jeszcze na wózku, tylko na podłodze, na progu swojego pokoju. Na ramiona miał narzucony szlafrok. Zdziwił się na mój widok, ale zaraz się opanował.

– Witaj, Bello. Co się do nas sprowadza o tej porze?

– Cześć, Billy. Muszę pilnie porozmawiać z Jakiem. Czy wiesz, gdzie mogę go znaleźć?

– Nie za bardzo – skłamał bez zająknienia.

– A czy wiesz może, gdzie jest teraz Charlie?

Nie miałam czasu owijać niczego w bawełnę.

– A powinienem? – spytał Billy z lekką ironią.

– W towarzystwie kilkudziesięciu myśliwych ugania się po lesie za sforą olbrzymich wilków.

Twarz Indianina drgnęła. Zaniemówił.

– Właśnie o tym chciałabym porozmawiać z Jacobem, jeśli nie masz nic przeciwko – dodałam.

Billy skrzywił się. Długo nie odpowiadał.

– Chłopak pewnie jeszcze śpi – powiedział w końcu, wskazując głową odchodzący od saloniku wąski korytarzyk. – Ostatnio często zarywa noce. Teraz musi się porządnie wyspać. Wolałbym, żebyś go nie budziła.

Tę ostatnią uwagę puściłam mimo uszu.

– Moja kolej – mruknęłam, kierując się w stronę pokoju Jacoba. Billy westchnął.

Nawet nie zapukałam. Otworzyłam drzwi z takim impetem, że klamka uderzyła głośno o ścianę.

Jacob, w tych samych czarnych spodniach od dresu co w nocy, leżał rozwalony w poprzek małżeńskiego łoża, które zajmowało niemal całą powierzchnię jego klitki. I tak się na nim nie mieścił –

stopy dyndały mu w powietrzu. Z jego otwartych ust dochodziło donośne chrapanie. Był pogrążony w tak głębokim śnie, że kiedy huknęło, nawet nie drgnął.

Sen pozwolił mu się rozluźnić, oczyścił jego twarz z wszelkich śladów gniewu. Miał podkrążone oczy. Pomimo swoich rozmiarów, wyglądał znowu na dziecko, na bardzo zmęczone dziecko. W moim sercu wezbrały litość i rozczulenie. Wycofałam się na paluszkach, zamykając za sobą delikatnie drzwi.

Billy czekał na mnie w saloniku, spięty niczym ochroniarz.

– Chyba rzeczywiście powinnam pozwolić mu się wyspać – wyjaśniłam.

Indianin przytaknął. Przez chwilę patrzyliśmy na siebie w milczeniu. Korciło mnie, żeby spytać, jaką rolę odgrywa w tym wszystkim, jak się na to wszystko zapatruje, ale uzmysłowiłam sobie, że bronił Sama od samego początku. Zbrodnie watahy najprawdopodobniej nie robiły na nim wrażenia. To, jak je usprawiedliwiał, przerastało moje możliwości pojmowania.

W jego oczach również dostrzegłam wiele pytań, ale tak jak ja, zdecydował zachować je dla siebie.

– Jadę na plażę – oświadczyłam, przerywając ciążącą mi ciszę. – Zabawię tam jakąś godzinę. Jeśli Jacob zbudzi się w międzyczasie, przekażesz mu, gdzie jestem?

– Oczywiście – zapewnił mnie Billy.

Nie miałam gwarancji, że dotrzyma obietnicy, ale nie pozostawało mi nic innego, jak mu zaufać.

Pojechałam w to samo miejsce, w którym Jacob opowiadał mi plemienne legendy. Słońce jeszcze nie wzeszło, a dzień i tak zapowiadał się pochmurny, kiedy więc wyłączyłam światła, ledwie co było widać. Zanim zabrałam się do szukania ścieżki wiodącej wśród wysokich chwastów, musiałam poczekać, aż oczy przyzwyczają się do ciemności. Nad morzem było chłodniej niż w głębi lądu, wiatr gonił czarne fale. Wbiłam dłonie w kieszenie zimowej kurtki. Dobrze chociaż, że przestało padać.

Poszłam na północ, wytężając wzrok. Nie było widać Saint James ani innych wysp, rozróżniałam tylko kontur linii brzegowej. Stąpałam po skałach ostrożnie, nie chcąc się potknąć o kawałki wyrzuconych przez morze gałęzi.

Kilka metrów ode mnie wyłoniło się z mroku zbielałe od soli, powalone drzewo. Przeplatane wodorostami korzenie przypominały plątaninę macek. To jego podświadomie szukałam, błąkając się po plaży. Nie mogłam mieć pewności, że to to samo, przy którym poznałam przed rokiem legendy Quileutów, ale liczył się symbol. Przysiadłam na konarze, wpatrując się w niewidzialny ocean.

Na widok mojego przyjaciela – tak niewinnego i bezbronnego, gdy spał – zniknął cały mój gniew, cały wstręt. Nadal nie potrafiłam, tak jak Billy, ignorować tego, co się działo w lasach, ale też nie byłam w stanie za nic Jacoba potępiać. Za bardzo go kochałam, a miłość nie rządziła się zasadami logiki. Miał pozostać najbliższą mi istotą bez względu na to, czy zabijał czy nie. Trudno było mi się z tym pogodzić.

Kiedy wyobrażałam go sobie pogrążonego we śnie, czułam przemożną chęć otoczenia go opieką. Wilkołaka! Przecież to nie miało sensu! Nie mogłam się jednak opanować. Przywołując wspomnienie chłopięcej twarzy Jacoba, zastanawiałam się, jak mogę go chronić.

Czerń nieba powoli przechodziła w szarość.

– Cześć.

Drgnęłam. W głosie Jacoba nie było cienia agresji, wręcz przeciwnie, ale spodziewałam się, że usłyszę wpierw jego kroki. Na tle skał zamajaczyła sylwetka niezwykle wysokiego, umięśnionego mężczyzny.

– Jake?

Stanął kilka metrów ode mnie. Przebierał nerwowo z nogi na nogę.

– Billy opowiedział mi o twojej wizycie. Szybko ci poszło, co nie? Wiedziałem, że sobie poradzisz.

– Tak – szepnęłam. – Przypomniałam sobie właściwą legendę.

Zapadła długa cisza.

Poczułam na skórze mrowienie, jakby Jacob przyglądał mi się badawczo. Jak na mój gust, było zbyt ciemno, by móc ocenić z takiej odległości czyjś wyraz twarzy, jednak jakimś cudem chłopakowi się to udało, bo odezwał się oschle:

– Mogłaś po prostu zadzwonić.

– Wiem.

Nie zbliżył się, tylko zaczął chodzić w tę i z powrotem po skałach, jak ktoś czekający na ważny telefon lub przed drzwiami sali operacyjnej. Pode mną przybrzeżne głazy kolebały się i obijały o siebie niczym kastaniety, ale teraz słychać było co najwyżej delikatne szuranie.

– Po co przyjechałaś? – warknął.

– Pomyślałam, że lepiej będzie to załatwić osobiście.

Prychnął.

– Tak, o wiele lepiej.

– Jacob, przyjechałam cię ostrzec...

– Że od dziś po puszczy krążą bandy myśliwych? Nie martw się, ta informacja już do nas dotarła.

– Jak mam się nie martwić? – spytałam z niedowierzaniem. – Jake, oni są uzbrojeni! Zastawiają sidła, wyznaczyli nagrodę, a...

– Potrafimy o siebie zadbać – przerwał mi, nadal krążąc po skałach. – Nikogo i niczego nie złapią. Tylko utrudnią nam życie. Niedługo sami zaczną znikać, bałwany.

– Jake! – przeraziłam się.

– Co? Stwierdzam fakt.

– Jak możesz... – W moim głosie pojawił się wstręt. – Jak możesz tak mówić? Przecież znasz tych ludzi! A Charlie? Też jest w lesie!

Zrobiło mi się niedobrze.

Jacob zatrzymał się raptownie.

– A masz jakieś inne rozwiązanie?

Pod wpływem niewidocznego słońca chmury nad naszymi głowami przybrały odcień srebrzystego różu. Nareszcie mogłam dostrzec minę przyjaciela. Był zły, że nie stałam po jego stronie.

– Może mógłbyś – zaproponowałam nieśmiało – postarać się nie... no wiesz. Postarać się nie być tym całym wilkołakiem.

Machnął ręką.

– Jakbym miał jakiś wybór! – krzyknął. – I co by to dało? Ludzie tym bardziej by ginęli, prawda?

– Jak to?

Spojrzał na mnie gniewnie, z odrazą. Cofnęłam się odruchowo.

– Wiesz, co mnie doprowadza do szału? – spytał.

Spodziewał się najwyraźniej jakiejś odpowiedzi, więc pokręciłam przczcząco głową.

– Że jesteś taką straszliwą hipokrytką. Patrzysz na mnie i umierasz ze strachu. I gdzie tu sprawiedliwość?

Zacisnął dłonie w pięści.

– Hipokrytką? A dlaczego to, że boję się potwora, czyni ze mnie hipokrytkę?

– Ha! – Zazgrzytał zębami. – Żebyś tak mogła się posłuchać!

– Co ja takiego powiedziałam?

Jacob zrobił dwa kroki do przodu i wyprężył się dumnie.

– Przykro mi, że nie jestem tym potworem, którego ci trzeba, Bello. Tylko krwiopijcy to równe chłopaki, co?

Zerwałam się, wyprowadzona z równowagi.

– Nie chodzi mi o to, kim jesteś, ale o to, co robisz!

– A co ja takiego niby robię? – obruszył się Jacob. Trząsł się z emocji.

Ni stąd, ni zowąd, usłyszałam głos Edwarda. Nieomal przysiadłam ze zdumienia.

– Ostrożnie – ostrzegł mnie aksamitny baryton. – Przesadziłaś. Musisz pomóc mu się uspokoić.

Co on bredził? Co oni obaj bredzili? Czy wszyscy mężczyźni mojego życia postradali dziś rozum?

Posłuchałam jednak rozkazu. Dla tego głosu zrobiłabym wszystko.

– Jacob – zaczęłam słodko – czy naprawdę trzeba zabijać ludzi? Czy nie da się inaczej? Skoro niektórym wampirom udaje się przeżyć, nie posuwając się do mordowania, może i wy moglibyście się przestawić?

Wyprostował się błyskawicznie, jakbym poraziła go prądem. Zmarszczył czoło.

– Mamy przestać zabijać ludzi? – zdziwił się.

– A o czym jest cała ta rozmowa?

Przestał się trząść. W jego oczach pojawiła się nadzieja.

– Wydawało mi się, że o tym, jak bardzo brzydzisz się wilkołaków.

– Nie, nie brzydzę się wilkołaków. To, że bywasz wilkiem, mi nie przeszkadza, słowo. – Mówiąc to, zdałam sobie sprawę, że nie kłamię. Mimo swoich metamorfoz pozostawał Jacobem. – Przeszkadza mi tylko to, że giną ludzie. Niewinni ludzie, tacy jak Charlie czy ja. Nie mogę przymykać oczu na to, że...

– To wszystko? Naprawdę? – Nie pozwolił mi dokończyć. Uśmiechnął się szeroko. – Boisz się mnie tylko dlatego, że jestem mordercą? To jedyny powód?

– Chyba taki jeden wystarcza, prawda?

Wybuchł śmiechem.

– Jacob, to nie jest śmieszne!

– Wiem, wiem – przyznał, z trudem się powstrzymując. Jednym susem znalazł się przy mnie, a ja w jego niedźwiedzich objęciach.

– Szczerze, nie masz nic przeciwko temu, że od czasu do czasu zamieniam się w wielkie, włochate bydlę? – szepnął mi do ucha radośnie.

– Nnnie – wykrztusiłam. – Dddu... duszę się!

Puścił mnie, ale pochwycił zaraz za obie ręce.

– Nigdy w życiu nie zabiłem człowieka – oświadczył.

Przyjrzałam mu się uważnie – nie mógł być aż tak dobrym aktorem. Poczułam niewysłowioną ulgę.

– Nigdy?

– Nigdy – powtórzył z powagą.

Teraz to ja go przytuliłam. Przypomniała mi się scena na klifie, po tym, jak opowiedział mi o gangu Sama. Urósł od tamtego czasu. Skrzat ściskał olbrzyma.

Tak jak wtedy, pogłaskał mnie czule po głowie.

– Przepraszam, że nazwałem cię hipokrytką.

– Przepraszam, że nazwałam cię mordercą.

Znowu się zaśmiał.

Przyszło mi coś na myśl i odwróciłam się, żeby nie mógł zobaczyć mojego wyrazu twarzy.

– A Sam? A inni? – spytałam z zaciśniętym gardłem. Zerknęłam na Jacoba. Uśmiech nie znikał.

– Jasne, że nie. Nie pamiętasz, jak na siebie wołamy?

Jako że kilka sekund wcześniej wspominałam, jak dowiedziałam się o „sekcie", nie miałam problemów z przywołaniem tej nazwy.

– Obrońcy?

– Zgadza się.

– Czegoś nie rozumiem. To co jest grane? Kto zabija tych turystów?

Spoważniał.

– Robimy, co w naszej mocy. Staramy się ich chronić, ale jak na razie za każdym razem pojawiamy się na miejscu zbyt późno.

– Przed czym ich chronicie? Czy to naprawdę niedźwiedź?

– Bello, chronimy ludzi tylko przed jednym – przed naszymi śmiertelnymi wrogami. To dlatego istniejemy – bo i oni istnieją.

Musiała minąć sekunda czy dwie, zanim zrozumiałam nie tyle, o jakiej rasie mowa, ale kim dokładnie jest tajemniczy zabójca. Pobladłam. Podniosłam dłoń do ust.

Pokiwał głową.

– Tobie akurat nie trzeba na szczęście nic więcej tłumaczyć.

– Laurent – szepnęłam. – Jeszcze tu jest.

Jacob wyglądał na zbitego z tropu.

– Jaki znowu Laurent?

Nie wiedziałam, od czego zacząć. W moim umyśle panował chaos.

– Widziałeś go, widziałeś go wtedy na polanie. – Czułam się dziwnie, przyznając, że rudawy wilk i Jacob to jedno i to samo. – Odgoniliście go w ostatniej chwili. Uratowaliście mi życie.

– Ach, ta ciemnowłosa pijawka? – Jacob zrobił taką minę, jakby chciał splunąć. – To tak miał na imię?

Zadrżałam.

– Co wam wtedy strzeliło do głowy? Mógł was zabić! Nawet nie wiesz...

Przerwał mi kolejny wybuch śmiechu.

– Bello, samotny wampir nie ma szans w starciu z tak dużą sforą co nasza! Poszło nam tak szybko, że nawet nie zdążyliśmy porządnie się zabawić!

– Co poszło wam szybko?

– Zabicie tego drania, który chciał zabić ciebie. Nigdy nie zabiłem żadnego człowieka – podkreślił – ale wampiry to nie ludzie.

– Za...zabiłeś Laurenta? – wymamrotałam bezgłośnie.

– No, nie sam – sprostował.

– Laurent nie żyje?

– Chyba nie masz nam tego za złe? – zaniepokoił się Jacob. – Chciał cię zabić, już miał się na ciebie rzucić. Wierz mi, inaczej byśmy nie zaatakowali. Wierzysz mi, prawda?

– Tak, oczywiście. Po prostu... – Wymacałam za sobą ręką konar i z powrotem usiadłam, żeby się nie przewrócić. – Boże, Laurent nie żyje... Już po mnie nie wróci!

– Powiedz, nie jesteś na nas wściekła? To nie był jakiś twój znajomy?

– Mój znajomy? – Byłam w szoku. Do oczu napłynęły mi łzy. – Skąd. Boże uchowaj. Jake, jestem taka szczęśliwa. – Nie mogłam powstrzymać potoku słów. – Myślałam, że mnie znajdzie. Czekałam na niego każdej nocy, modląc się, żeby tylko nie zaatakował i Charliego. Tak się bałam. Tak się bałam! Ale jak... Jak wam się udało? Jak go zabiliście? Przecież to był wampir, taki silny, oni są jak z marmuru...

Jacob usiadł koło mnie i otoczył ramieniem.

– Do tego nas stworzono, Bello. My też jesteśmy silni. Biedactwo, tyle wycierpiałaś. Czemu mi nie powiedziałaś, że się boisz? I czego?

– Nie odbierałeś telefonu.

Nie chciałam mu tego wypominać – pogrążona w rozmyślaniach, stwierdziłam tylko fakt.

– No tak.

– Zaraz, poczekaj. Myślałam, że wiesz. Dzisiaj w nocy powiedziałeś, że spotkanie się ze mną nie jest bezpieczne. Pomyślałam wtedy, że się domyślasz, iż lada moment do mojego pokoju może zakraść się wampir. Czy nie tak było? To o co ci chodziło?

Jacob skulił się nagle.

– Nie o wampiry.

– Czy coś ci przy mnie grozi?

Spojrzał na mnie, zawstydzony i przybity zarazem.

– Nie mnie przy tobie, tylko tobie przy mnie.

– Jak to?

Spuściwszy wzrok, kopnął kamień.

– Moje spotkania z tobą nie są mile widziane z kilku powodów. Po pierwsze, nie mogę zdradzać nikomu naszej tajemnicy, a po drugie... Po drugie, stanowię dla ludzi zagrożenie. Jeśli się zbytnio zdenerwuję, rozłoszczę, mogę... mogę zrobić ci krzywdę.

Zastanowiłam się nad tym, co powiedział.

– Kiedy się denerwujesz, zaczynasz się trząść, tak jak przed chwilą? – upewniłam się.

– Tak. – Posmutniał jeszcze bardziej. – Głupek. Muszę się lepiej kontrolować. Obiecałem sobie, że się nie wścieknę, niezależnie od tego, co będziesz mi miała do zakomunikowania, ale kiedy wydało mi się, że się mnie brzydzisz... że już nigdy się nie zobaczymy...

– Co by się stało, gdybyś nie starał się uspokoić? – spytałam.

– Zmieniłbym się w wilka – wyszeptał.

– Nie potrzebujesz pełni?

Wywrócił oczami.

– Scenarzystów z Hollywood poniosła fantazja. – Westchnął, po czym na powrót spoważniał. – Nie zadręczaj się, Bello. Wszystkim się zajmiemy. Będziemy mieć oko na Charliego i resztę. Nie pozwolimy, żeby coś im się stało. Zaufaj mi.

Przez to, że Jacob użył czasu przyszłego, uzmysłowiłam sobie, że umknęło mi coś bardzo istotnego – i bardzo oczywistego. Usprawiedliwiało mnie tylko to, jak wielkim szokiem była dla mnie informacja, że wilki zabiły Laurenta.

Wszystkim się zajmiemy...

To nie był jeszcze koniec.

– Skoro Laurent nie żyje... – Dostałam gęsiej skórki.

– Bella, co jest? – Chłopak dotknął mojej skroni.

– Skoro Laurent nie żyje od tygodnia, to kto inny morduje teraz ludzi?

Jacob skinął głową, wykrzywiając twarz ze wstrętem.

– Tak, było ich dwoje – wycedził przez zaciśnięte zęby. – Sądziliśmy, że jego partnerka zechce go pomścić – w naszych podaniach tak zwykle bywa – ale ta tylko ucieka, wymyka się nam, a potem znowu wraca. Byłoby znacznie łatwiej nam ją dopaść, gdybyśmy wiedzieli, co kombinuje. Nie możemy się w tym rozeznać. Bawi się z nami w podchody, próbuje to tu, to tam, jakby chciała poznać wszystkie nasze słabe punkty, jakby chciała się prześlizgnąć – tylko po co? Czemu zależy jej właśnie na Forks? Sam podejrzewa, że aby mieć większą szansę na wniknięcie do środka kręgu, samica tak nas w końcu skołuje, że się rozproszymy.

Głos Jacoba oddalał się stopniowo, dochodził mych uszu z głębi coraz dłuższego tunelu. Nie rozróżniałam już poszczególnych słów. Moje czoło pokryły krople potu, a zawartość żołądka rwała mi się do gardła. Tak jak przy niedawnej grypie żołądkowej. Kropka w kropkę.

Odwróciłam się szybko od mojego towarzysza i pochyliłam do przodu. Moim ciałem wstrząsały dreszcze, żołądek pulsował boleśnie, ale nic nie zwymiotowałam, bo był zupełnie pusty.

Victoria wróciła. Szuka mnie. Zabija turystów. Grasuje po lesie, a w lesie jest teraz Charlie...

Jacob chwycił mnie za ramiona, żebym nie osunęła się na skałę. Na policzku poczułam jego gorący oddech.

– Bella! Co ci?

Gdy tylko pomiędzy skurczami nastąpiła dostatecznie długa przerwa, zaczerpnęłam powietrza i wykrztusiłam:

– Victoria.

Edward warknął gniewnie.

Wziąwszy mnie na sekundę na ręce, Jacob posadził mnie sobie na kolanach, tak że opierałam się policzkiem o jego pierś. Miał z tym trudności, bo tułów mi się zapadał, a moje kończyny wymykały mu się bezwładnie. Usadowiwszy mnie w miarę stabilnie, chłopak odgarnął mi z czoła mokre od potu włosy.

– Kto? – spytał. – Bello, słyszysz mnie? Bello?

– Ona nie jest wdową po Laurencie – wyjęczałam. – Byli tylko przyjaciółmi.

– Przynieść ci wody? A może wezwać lekarza? Powiedz mi, jak ci pomóc!

– Nie jestem chora – wyjaśniłam słabym głosem. – To ze strachu.

Słowo „strach" wydawało się dziwnie niewinne w porównaniu z tym, co się we mnie działo.

Jacob poklepał mnie delikatnie po plecach.

– Boisz się tej Victorii?

Potwierdziłam, wzdrygając się na dźwięk jej imienia.

– Victoria to ta ruda wampirzyca?

– Tak.

Znowu się wzdrygnęłam.

– Skąd wiesz, że nie była partnerką Laurenta?

– Sam nam powiedział. Była z Jamesem.

Odruchowo zacisnęłam dłoń z blizną po ranie, którą mi zadał. Jacob wziął mnie pod brodę i spojrzał mi w oczy.

– Czy mówił coś jeszcze, Bello? To bardzo ważne. Czy wiesz, o co jej chodzi?

– Oczywiście – szepnęłam. – O mnie. Chodzi jej o mnie.

– Boże, Bello! A to suka. Tylko dlaczego?

– Edward zabił Jamesa. – Jacob trzymał mnie tak mocno, że nie musiałam już obejmować się ramionami, żeby przetrwać nawałnicę wspomnień. – Victoria... Nieźle ją tym rozsierdził. Według Laurenta, stwierdziła, że lepiej będzie jednak zabić mnie niż jego. Oko za oko, ząb za ząb, dziewczyna za partnera. Tyle że ona nie wie... Myślę, że nie wie, że ... – Przełknęłam ślinę. – Że między mną a Edwardem nie jest już tak jak dawniej. Przynajmniej nie z jego strony.

– Zaraz... – Mój przyjaciel dedukował szybko, choć może niekoniecznie poprawnie. – Czy o to poszło? To dlatego Cullenowie wyjechali?

– Jestem tylko człowiekiem, nikim specjalnym – odpowiedziałam, wzruszając ramionami.

Jacob ryknął, a raczej spróbował ryknąć, zapominając, być może, że jest w swojej ludzkiej postaci.

– Jak ten oczadziały krwią kretyn mógł zostawić...

– Nie! – przerwałam mu. – Proszę.

Zawahał się, ale się opanował.

– To bardzo ważne – powtórzył, wracając do najistotniejszej kwestii. – Właśnie tego nam było trzeba. Muszę natychmiast powiadomić pozostałych.

Podniósłszy się ostrożnie, postawił obie moje stopy na ziemi i, nie mając pewności, czy nie stracę równowagi, przytrzymał mnie w pasie.

– Już dobrze – skłamałam.

Puścił mnie w talii, ale złapał za to za rękę.

– Chodźmy.

Pociągnął mnie w stronę furgonetki.

– Dokąd jedziemy?

– Jeszcze nie wiem – przyznał. – Muszę zwołać spotkanie. Wiesz co, poczekaj chwileczkę, dobra? – Oparł mnie o bok samochodu.

– A ty dokąd?

– Zaraz wracam – obiecał. Puścił się biegiem przez parking i zniknął w rosnącym wzdłuż drogi lesie. Biegł szybko i zgrabnie niczym młody jeleń.

– Jacob! – zawołałam za nim ochryple, ale nie zawrócił.

To nie był dobry moment na zostawienie mnie samej. Znów pojawiły się problemy z oddychaniem. Resztką sił pokonałam dzielący mnie od szoferki metr i wpełzłszy do środka, czym prędzej zablokowałam drzwiczki. Nie powiem, żeby poczuła się od tego pewniej.

A więc Victoria polowała na mnie… Miałam szczęście, że jeszcze mnie nie znalazła – szczęście i pięciu czworonożnych ochroniarzy. Wzięłam głęboki oddech. Bez względu na to, co Jacob opowiadał o zdolnościach wilkołaków, na myśl, że miałby walczyć z wampirzycą, przeszywał mnie dreszcz. Wyobraziłam ją sobie owładniętą szałem – z oczami ciskającymi błyskawice, wyszczerzonymi zębami i trupioblada twarzą otoczoną płomiennorudą grzywą – groźną, nieśmiertelną, niepokonaną…

Czy aby niepokonaną? Sfora zabiła przecież ponoć Laurenta. Komu miałam wierzyć, Edwardowi czy Jacobowi? Edward (tu machinalnie skrzyżowałam ręce na piersi) tłumaczył mi, że tylko inny wampir jest zdolny do uśmiercenia przedstawiciela swojej rasy, tymczasem Jacob wspomniał, że takie jest powołanie wilkołaków.

Jacob powiedział też, że wataha będzie bronić Charliego – że powinnam się uspokoić, bo ojcu nie spadnie włos z głowy. Czy i w to miałam wierzyć? Jak? Po lasach grasowała wampirzyca! Każde z nas było w niebezpieczeństwie, a już najbardziej sam Jacob, skoro zamierzał stanąć pomiędzy Victorią a Charliem, pomiędzy Victorią a mną…

Kolejny raz zrobiło mi się słabo.

Nagle ktoś zapukał w szybę. Odskoczyłam do tyłu z krzykiem, ale był to tylko Jacob. Trzęsącymi się palcami odblokowałam drzwiczki.

— Kurczę, ty naprawdę umierasz ze strachu — zauważył chłopak. — Nie martw się, zaopiekujemy się tobą. Tobą i Charliem. Obiecuję.

— To, że namierzysz Victorię — wyznałam — przeraża mnie jeszcze bardziej niż to, że Victoria namierzy mnie.

— To nam uwłacza! — zaśmiał się. — Musisz trochę bardziej uwierzyć w nasze możliwości.

Westchnęłam. Zbyt wiele wampirów w akcji widziałam w życiu.

— Dokąd przed chwilą poszedłeś? — zmieniłam temat.

Spojrzał gdzieś w bok zmieszany.

— Co? Kolejny sekret?

— Właściwie nie. Ale to znowu coś ze świata... no, powiedzmy, legend. Nie wiem, może popukasz się w czoło.

— Chyba już nic nie jest w stanie mnie zadziwić. — Spróbowałam się uśmiechnąć, ale bez większego powodzenia.

— Pewnie tak — Jacob odwzajemnił mi się swoim dawnym, szerokim uśmiechem. — Okej, powiem ci, dokąd poszedłem. Widzisz, przeobraziwszy się w wilki, umiemy... jakby to określić? Słyszymy się nawzajem.

Ściągnęłam brwi.

— Nie to, co mówimy — uściślił. — Słyszymy nasze myśli. To znaczy, rzecz jasna, myśli pozostałych. Niezależnie od tego, jaka dzieli nas odległość. Niesamowite, prawda? Bardzo się to przydaje, kiedy polujemy, ale poza tym to raczej kłopotliwe. Krępujące. Rozumiesz, nie możemy mieć przed sobą żadnych tajemnic.

— To do tego piłeś w nocy, mówiąc, że czy tego chcesz, czy nie, i tak dowiedzą się, co się z tobą dzieje?

— Szybko kojarzysz.

— Dzięki.

— Rzeczywiście, dobrze sobie radzisz z rewelacjami nie z tej ziemi. Bałem się, że zareagujesz histerią czy czymś w tym rodzaju.

– Cóż… po prostu nie jesteś pierwszą osobą, jaką znam, obdarzoną takimi zdolnościami.

– Naprawdę? Czekaj, masz na myśli swoich krwiopijców?

– Wolałabym, żebyś ich tak nie nazywał.

Rozbawiłam go.

– Niech ci będzie. To jak, masz na myśli Cullenów?

– Tylko… tylko Edwarda. – Przyłożyłam sobie w razie czego dłoń do piersi.

Jacob wyglądał na zaskoczonego – niemile zaskoczonego.

– A jednak… Słyszałem podania o wampirach obdarzonych dodatkowymi talentami, ale sądziłem, że to tylko takie gadanie.

– Czy cokolwiek można jeszcze włożyć między bajki? – spytałam retorycznie.

Skrzywił się.

– Chyba nie. Mniejsza o to, załatwiłem sprawę i mamy spotkać się z Samem i resztą na tej leśnej drodze, po której jeździmy na motorach.

Odpaliłam silnik.

– Czyli, żeby się z nimi porozumieć, dopiero co zmieniłeś się w wilka?

Jacob spuścił oczy.

– Tylko na sekundkę. Starałem się nie myśleć o tobie, żeby nie dowiedzieli się, że ze mną przyjedziesz. Sam nie pozwoliłby mi cię przyprowadzić.

– Sama bym się przyprowadziła – prychnęłam. Nie potrafiłam pozbyć się wrażenia, że Sam to czarny charakter. Za każdym razem, gdy padało jego imię, zgrzytałam zębami.

– Powstrzymałbym cię – oznajmił Jacob smutno. – Pamiętasz, jak w nocy nie mogłem kończyć zdań? Jak nie mogłem opowiedzieć ci ze szczegółami, co mi jest?

– Wydawało się, że się krztusisz.

– Bo poniekąd się krztusiłem. Za każdym razem, gdy przypominałem sobie, gdzie leży granica. O czym Sam zabronił mi mówić. Sam, widzisz, jest szefem naszej sfory, przewodnikiem stada. Kiedy coś nam każe, nie możemy go ot tak zignorować.

– Dziwne – mruknęłam.

– Bardzo – zgodził się. – To taka nasza wilcza cecha.

– Aha. – Tylko na taką odpowiedź było mnie stać.

– Dużo ich, tych wilczych cech. Cały czas się uczę. Nie wiem, jak Sam przeszedł przez to bez niczyjej pomocy. Mnie wspiera cała czwórka, a i tak czasem wszystkiego mi się odechciewa.

– Sam był pierwszy?

– Tak. – Jacob ściszył głos. – Kiedy... kiedy zacząłem przeobrażać się w wilka... Nigdy nie przeżyłem czegoś równie okropnego. Nie miałem pojęcia, że można się tak bać. Ale nie byłem sam. Towarzyszyły mi głosy – znane mi głosy, przyjazne – tłumaczące mi, co się ze mną dzieje i co mam po kolei robić. Zwariowałbym, gdyby nie one, jestem pewien. A Sam... – Chłopak pokręcił głową. – Sam nikogo nie słyszał.

Uley najwyraźniej istotnie zasługiwał na podziw, a nawet można było mu współczuć. Musiałam się wreszcie przestawić. Nie miałam najmniejszego powodu, żeby go dłużej nienawidzić.

– Czy będą bardzo źli, jeśli się z tobą pojawię?

Jacob przygryzł wargę.

– To prawdopodobne.

– Może nie powinnam...

– Nie, jest okej – uspokoił mnie. – Nie jesteś jakąś pierwszą lepszą ciekawską ignorantką. Posiadasz masę informacji, które są dla nas bezcenne. Jak szpieg czy coś. Byłaś za linią wroga.

Wygięłam usta w podkówkę. Czy Jacob nie zamierzał mnie wykorzystać? Nie podobała mi się ta łatka informatora. Nie byłam szpiegiem w szeregach wampirów, nie zbierałam nigdy celowo żadnych informacji, ale mimo to poczułam się jak zdrajca.

Nie występujesz przeciwko Cullenom, pocieszyłam się w duchu. Chcesz tylko, żeby Jacob dorwał Victorię, prawda?

Hm. Niezupełnie.

Oczywiście marzyłam o tym, żeby powstrzymano Victorię, najlepiej zanim zaatakuje mnie samą, Charliego bądź kolejnego turystę, ale nie chciałam, żeby uczynił to Jacob. Nie chciałam nawet, żeby próbował. Jeśli o mnie chodziło, powinien był trzymać się od niej z daleka.

– Choćby to czytanie w myślach – ciągnął Jacob, nieświadomy mojej postawy. – Wiesz, jakie talenty zdarza się posiadać wampirom. To dla nas bardzo istotne. Mieliśmy nadzieję, że to tylko legendy, bo oznacza to, że czasem mają nad nami pewną przewagę. Taka Victoria – sądzisz, że jest jakoś szczególnie uzdolniona?

Zawahałam się.

– Chyba by mi coś o tym powiedział.

– Kto? A, Edward? – skojarzył.

Złapałam się za brzuch.

– Co jest? – zmartwił się Jacob. – Och, przepraszam, zapomniałem. Tabu. Bardzo boli?

Brzegi mojej wirtualnej rany delikatnie pulsowały. Starałam się nie zwracać na to uwagi.

– Nie, prawie wcale.

– Jeszcze raz przepraszam.

– Skąd mnie tak dobrze znasz, Jacob? Czasami wydaje mi się, że potrafisz czytać w moich myślach.

– Skąd. Po prostu jestem dobrym obserwatorem.

Dojechaliśmy już do nieutwardzonej drogi, na której uczył mnie jazdy na motorze.

– Zaparkować czy podjechać dalej?

– Tu będzie dobrze.

Stanęłam na poboczu i zgasiłam silnik.

– Cały czas cierpisz po tym, jak cię zostawił, prawda? – szepnął Jacob.

Przytaknęłam, wpatrując się półprzytomnie w ścianę lasu.

– Nie przyszło ci kiedyś do głowy... że może... może dobrze się stało?

Wzięłam powoli głęboki oddech, po czym równie powoli wypuściłam powietrze z płuc.

– Nie.

– Bo, moim zdaniem, ten facet to był kawał...

– Jacob, litości – przerwałam mu. – Nie widzisz, w jakim jestem stanie? Błagam, nie poruszajmy więcej tego tematu.

– Jasne, jasne – zreflektował się. – Przepraszam. Zagalopowałem się.

– Nie miej wyrzutów sumienia. Gdybym tylko reagowała normalniej, chętnie bym ci się pozwierzała.

– No tak. Ja się męczyłem, nie mogąc zdradzić ci mojego sekretu przez dwa tygodnie. Musiałaś przejść przez piekło, osamotniona ze swoją tajemnicą.

– Musiałam.

Jacob drgnął nagle.

– Już tu są. Chodźmy.

Otworzył drzwiczki.

– Jesteś najzupełniej pewien, że powinnam iść z tobą? Może to nienajlepszy pomysł.

– Jakoś to przełkną – pocieszył mnie. Uśmiechnął się łobuzersko. – Nie powiesz mi, że boisz się stada wilkołaków?

– Świetny dowcip.

Pamiętałam aż za dobrze ostre zęby i silne mięśnie potworów z łąki. Wysiadłszy z furgonetki, podeszłam szybko do towarzysza, żeby zająć miejsce przy jego boku. Trzęsłam się, jak wcześniej Jacob, tyle że nie z gniewu, ale ze strachu.

Jake wziął mnie za rękę i mocno ją ścisnął.

– No to idziemy.

14 Rodzina

Przeczesywałam zielony gąszcz niespokojnym wzrokiem. Spodziewałam się, nie wiedzieć czemu, że członkowie watahy przybędą pod postacią monstrualnych wilków, i kiedy w końcu wyłonili się spośród drzew, przeżyłam miłe zaskoczenie. W cywilu byli tylko czwórką nastolatków.

Znów nasunęło mi się skojarzenie z braćmi, z czworaczkami. Wszyscy mieli tak samo krótko obcięte, kruczoczarne włosy, a opinająca jednakową muskulaturę skóra zachwycała u każdego identycznym odcieniem miedzi. Ustawiając się w rzędzie w poprzek drogi, poruszali się w sposób wysoce zsynchronizowany i w tym samym momencie zmieniali wyraz twarzy. Gdy tylko mnie dostrzegli, zaciekawienie i ostrożność malujące się w ich oczach ustąpiły złości.

Sam był najwyższy z piątki, choć Jacob powoli go doganiał. Z bliska nie wyglądał już na nastolatka. W jego rysach kryła się godna podziwu dojrzałość, dojrzałość zależna nie od metryki, ale od bagażu doświadczeń. Tylko u niego jednego gniew studziła cierpliwość.

– Co ty wyprawiasz, Jacob? – spytał opanowanym tonem.

Jeden z jego kompanów, Paul albo Jared – nie byłam pewna który – wystąpił przed szereg, zanim mój przyjaciel zdążył się usprawiedliwić.

– Co ty sobie wyobrażasz? – wrzasnął. – Dlaczego nie możesz przestrzegać zasad? Czy ta mała jest dla ciebie ważniejsza niż całe plemię? Niż to, że giną ludzie?

– Bella może nam pomóc – powiedział Jacob cicho.

– Pomóc?! – W chłopaku aż się gotowało. Zaczęły drżeć mu ramiona. – Już widzę, jak ta wielbicielka pijawek nam pomaga!

– Nie nazywaj jej tak! – zaprotestował oburzony Jacob.

Jego rozmówcą wstrząsnął silny dreszcz.

– Paul, uspokój się, ale to już! – zakomenderował Sam.

Chłopak potrząsnął głową, nie jakby się stawiał, ale jakby usiłował się skupić.

– Boże, człowieku, weź się w garść – burknął Jared.

Paul rzucił mu wściekłe spojrzenie, a zaraz potem obdarował podobnym i mnie. Jacob zasłonił mnie przed nim własnym ciałem.

Tego już było Paulowi za wiele.

– Tak, broń jej przed swoimi! – zawołał rozsierdzony. Wzdłuż jego kręgosłupa przetoczył się kolejny dreszcz. Odrzucił głowę do tyłu, rycząc niczym lew.

– Nie! – krzyknęli jednocześnie Jacob i Sam.

Wydawało się, że od drgawek Paul stracił równowagę, ale tuż przed tym, jak miał paść na piach, rozległ się głośny trzask i chłopak eksplodował. Jego ciało znikło w chmurze kęp srebrzystego futra, które, opadając, przybrały kształt gotowego do skoku drapieżnika – pięciokrotnie większego od swego ludzkiego wcielenia. Bestia ryknęła po raz drugi, obnażając zęby. Buchające nienawiścią ślepia wlepiała prosto we mnie.

W tej samej sekundzie mój przyjaciel puścił się biegiem w jej kierunku. I nim wstrząsały dreszcze.

– Jacob! – Głos uwiązł mi w gardle.

Rozpędziwszy się, chłopak dał olbrzymiego susa i eksplodował w locie. Huk był równie donośny co za pierwszym razem, a w powietrzu zaroiło się od strzępków białej i czarnej tkaniny. Wszystko to stało się tak szybko, że gdybym mrugnęła, przegapiłabym całą metamorfozę. Tam, gdzie przed chwilą Jacob odbijał się od ziemi, stał teraz wielki rdzawobrązowy basior. To, że mieścił się w skórze Indianina, przeczyło wszelkim prawom biologii.

Rudy wilk natychmiast zaatakował, a szary nie pozostał mu dłużny. Ich ryki odbijały się echem od pni drzew. W miejscu, w którym zniknął Jacob, na drogę opadały dopiero skrawki jego ubrania.

– Jacob! – zawołałam płaczliwie.

– Nie ruszaj się, Bello! – rozkazał Sam. Ledwie go było słychać wśród odgłosów walki. Bestie kotłowały się zajadle, kłapiąc groźnie zębami.

Na oko wygrywał rudy, czyli Jacob – najwyraźniej był nie tylko większy od przeciwnika, ale i silniejszy. Napierał na szarego wytrwale, spychając go w głąb lasu.

– Zabierzcie ją do Emily!

Zerknęłam na Sama. Zwracał się do dwóch pozostałych chłopców, którzy przyglądali się okrutnemu spektaklowi z nieskrywaną fascynacją. Ku swojemu zdumieniu, ujrzałam, że mężczyzna ściąga właśnie buty. Zdjąwszy i skarpetki, dygocząc na całym ciele, pobiegł w kierunku walczących. Jeszcze zanim ich dogonił, zniknęli w gęstwinie. I jego skryły krzewy. Ryki stopniowo się oddalały.

Nagle hałas ustał raptownie, jakby ktoś wyłączył dźwięk.

Jeden z moich towarzyszy wybuchł głośnym śmiechem. Spojrzałam na niego zgorszona – obawiałam się najgorszego. Okazało się, że śmieje się z mojej miny.

– Rozumiem cię – zadrwił. – Nie często widzi się takie rzeczy.

Jego twarz wydała mi się znajoma, szczuplejsza niż u reszty... No jasne, Embry Call.

– Ja tam muszę patrzeć na to dzień w dzień – powiedział ze smutkiem Jared.

– Bez przesady – zaoponował Embry z sarkazmem. – Paul nie jest aż taki beznadziejny. Traci nad sobą kontrolę najwyżej pięć dni w tygodniu.

Jared zatrzymał się, żeby podnieść coś białego. Pokazał znalezisko Embry'emu. Był to kawałek gumowej podeszwy.

– Zostały same strzępy – stwierdził. – Billy mówił, że nie stać go już na nową parę, nie w tym miesiącu. Biedny Jake będzie musiał pochodzić trochę boso.

– Patrz tam. – Embry wskazał brodą na leżący w trawie adidas. – Jake może skakać na jednej nodze.

Znowu się zaśmiał.

Jared zabrał się do zbierania pozostałych skrawków, żeby zatrzeć ślady po pojedynku.

– Wszystko do kosza – mruknął. – Weź buty Sama, dobra?

Embry posłuchał i zniknął w lesie. Wrócił kilka sekund później z przewieszoną przez ramię parą przyciętych dżinsów. Jared zgniótł w międzyczasie skrawki ubrań Paula i Jacoba w jedną wielką kulę i dopiero wtedy przypomniał sobie o moim istnieniu.

· Zmierzył mnie wzrokiem.

– Hej, chyba nie zamierzasz nam się tu porzygać, co, mała?

– Chyba nie – wykrztusiłam.

– Robisz się zielona. Lepiej klapnij sobie na trawkę.

– Okej. – Po raz drugi tego ranka wsunęłam głowę między kolana.

– Jake powinien był nas uprzedzić – pożalił się Embry.

– Po co, u licha, miesza w to swoją dziewczynę? – Jared znów zachowywał się, jakby mnie tam nie było.

– Pięknie – westchnął Embry.

Wyprostowałam się. Zdenerwowało mnie, że bardziej przejmują się moim pojawieniem niż tym, że ich koledzy rzucili się sobie do gardeł.

– Czy wcale nie martwicie się tym, jak to się wszystko skończyło?!

Embry spojrzał na mnie zaskoczony.

– Co jak się skończyło?

– Pojedynek.

– A, o to ci chodzi.

– Mogą być ranni! – oburzyłam się.

Obu ich rozśmieszyłam.

– Mam nadzieję, że Paulowi udało się capnąć Jacoba raz czy dwa – wyznał Jared. – Będzie miał chłopak nauczkę.

Skrzywiłam się z niesmakiem.

– Akurat – żachnął się Embry. – Nie widziałeś, jak szybko Jake się zmienił? Ułamek sekundy. Ma prawdziwy talent. Sam nawet nie zdążył zareagować.

– Paul siedzi w tym dłużej. Stawiam dziesięć dolców, że zostawił przynajmniej jeden ślad.

– Zakład stoi. Jake to as. Paul nie miał szans.

Uścisnęli sobie ręce, uśmiechając się szeroko.

Próbowałam wmówić sobie, że skoro koledzy Jacoba się nie przejmują, nic złego nie mogło się stać, ale nie potrafiłam się uspokoić. Przed oczami stawały mi mrożące krew w żyłach sceny, których przed chwilą byłam świadkiem. Od tego wszystkiego rozbolała mnie głowa. Chciało mi się też wymiotować, ale nadal nie miałam czym.

– Jedźmy już do Emily – zaproponował Embry. – Na pewno coś upichciła. Podwieziesz nas? – zwrócił się do mnie.

– Nie ma sprawy – szepnęłam.

Jared uniósł brew.

– Lepiej ty prowadź, Embry. Ona zaraz puści tu pawia.

– Rzeczywiście. Gdzie są kluczyki?

– W stacyjce – odpowiedziałam.

Embry otworzył drzwiczki po stronie pasażera.

– Hop, siup! – oznajmił wesoło, jednym ruchem podnosząc mnie z ziemi i sadzając w szoferce. Rozejrzał się po jej wnętrzu. – Będziesz musiał jechać na skrzyni – poinformował Jareda.

– To się nawet dobrze składa. Mam słaby żołądek. Nie chcę się posypać zaraz po niej.

– Założę się, że jest twardsza, niż się zdaje. Trzymała z wampirami.

– Pięć dolców?

– Stoi, chociaż taka łatwa wygrana to żadna przyjemność. Coś dzisiaj szafujesz forsą, chłopie?

Usiadłszy za kierownicą, Embry odpalił silnik, a Jared wskoczył zwinnie na pakę.

– Tylko nie wymiotuj, dobra? – szepnął mój szofer. – Mam tylko dziesiątaka, a jeśli Paul dziabnął Jacoba...

– Rozumiem.

Pojechaliśmy z powrotem do La Push.

– Te, Bella, jak udało się Jake'owi obejść zakaz? – spytał znienacka Embry.

– Jaki zakaz?

– No, ten rozkaz sfory. O tym, żeby nikomu się nie wygadać. Pokazał ci na migi, czy co?

– Ach, to. – Przypomniałam sobie, jak Jacob zatrzymywał się w nocy w pół słowa. – Tylko mnie naprowadził. Sama domyśliłam się prawdy.

Embry wyglądał na zaskoczonego. Podrapał się po brodzie.

– Hm... No tak. Tak, to prawdopodobne.

– Dokąd mnie wieziecie?

– Do Emily. To dziewczyna Sama. Nie, przepraszam, właściwie chyba już oficjalna narzeczona. Reszta też tam przyjdzie, jak Sam skończy swoje kazanie. I jak skombinują dla siebie jakieś nowe ubrania. Wątpię, żeby Paulowi jeszcze coś zostało.

– Czy Emily wie, że …

– Tak. Właśnie, tylko się na nią nie gap. Sama to bardzo drażni.

Zmarszczyłam czoło.

– Dlaczego miałabym się na nią gapić?

Embry zmieszał się.

– Cóż, sama widziałaś na własne oczy, że zadawanie się z wilkołakami niesie z sobą pewne ryzyko... – Szybko zmienił temat. – Nie masz nam za złe, że załatwiliśmy tego bruneta z polany? Sądząc po jego intencjach, nie był twoim dobrym znajomym, ale... – Chłopak wzruszył ramionami.

– Nie, nie był moim dobrym znajomym.

– Kamień spadł mi z serca. Baliśmy, że może łamiemy pakt i pakujemy się w niezłą kabałę.

– Pakt z wampirami? Pamiętam, Jake opowiadał mi o nim dawno temu. Dlaczego byście go złamali, zabijając Laurenta?

– Laurent – powtórzył Embry zjadliwie, jakby bawiło go to, że wampir może mieć jakoś na imię. – Widzisz, byliśmy wtedy na terytorium Cullenów. Nie wolno nam atakować wampirów, a przynajmniej Cullenów, chyba że zapuszczą się na nasz teren albo złamią pakt pierwsze. Nie mieliśmy pewności, czy ten brunet nie jest ich krewnym czy przyjacielem domu. Przecież wyglądało na to, że go znasz.

– A jak wampir może złamać pakt?

– Kąsając człowieka. Ale Jake stwierdził, że nie możemy dłużej czekać.

– Kochany Jake. Uratowaliście mi życie. Dziękuję.

– Cała przyjemność po naszej stronie. – Zabrzmiało to tak, jakby zabicie Laurenta istotnie sprawiło Embry'emu ogromną przyjemność.

Minąwszy ostatni dom stojący przy szosie prowadzącej na wschód, skręciliśmy w wąską, nieutwardzoną drogę.

– Twoja furgonetka jest strasznie powolna – pożalił się Embry.

– Przepraszam – bąknęłam.

Przy końcu alejki stał maleńki domek – miał od frontu tylko jedno okno. Niegdyś był szary, a jego frontowe drzwi niebieskie. Czyjaś troskliwa ręka zasadziła w skrzynce na parapecie pomarańczowe i żółte aksamitki, na których widok nie sposób było się nie uśmiechnąć.

– Mmm, Emily coś gotuje – węszył Embry.

Jared zeskoczył ze skrzyni i ruszył w stronę drzwi, ale Embry zatrzymał go, kładąc mu dłoń na piersi. Spojrzał na mnie znacząco i równie znacząco chrząknął.

– Nie mam przy sobie portfela – wymigał się Jared.

– W porządku. Tylko nie zapomnij.

Weszli do środka bez pukania. Nieśmiało podążyłam za nimi.

Pokój od frontu, tak jak u Blacków, służył jednocześnie za salonik i kuchnię. Przy blacie, bokiem do nas, stała młoda długowłosa Indianka zajęta przenoszeniem świeżo upieczonych muffinek z blachy na papierowy talerz. W pierwszej chwili pomyślałam, że Embry zakazał mi się na nią gapić, bo była taka piękna.

Nagle spytała melodyjnym głosem: „Jesteście głodni?" i odwróciła się do nas.

Prawą połowę jej twarzy szpeciły trzy grube pionowe blizny, żywoczerwone, choć już dawno się wygoiły. Jedna ze szram zniekształcała zewnętrzny kącik oka dziewczyny, inna ściągała jej usta w trwałym grymasie.

Wdzięczna Embry'emu za to, że mnie uprzedził, natychmiast skupiłam uwagę na trzymanym przez narzeczoną Sama talerzu ciastek. Pachniały cudownie wanilią i jagodami.

– Och – zdziwiła się Emily. – Kogóż tu mamy?

Podniosłam wzrok, starając się patrzeć tylko na lewą połowę jej twarzy.

– To słynna Bella Swan – przedstawił mnie Jared z niechęcią. – Któż by inny. – Najwidoczniej już tu o mnie wcześniej rozmawiano.

– Cholerny uparciuch. Udało mu się – mruknęła pod nosem Emily, mając zapewne na myśli Jacoba i obejście zakazu. Żadna z połówek jej twarzy nie spoglądała na mnie przyjaźnie. – Czyli to ty jesteś tą dziewczyną od wampirów?

Zesztywniałam.

– A ty jesteś tą dziewczyną od wilkołaków?

Cała trójka wybuchła śmiechem. Nasza gospodyni odrobinę się rozluźniła.

– Nie mogę zaprzeczyć – przyznała. – Gdzie Sam? – spytała Jareda.

– Wizyta Belli... nie przypadła Paulowi do gustu.

Emily wywróciła zdrowym okiem.

– Ach ten Paul – westchnęła. – Jak sądzicie, długo im to zajmie? Właśnie zabierałam się do jajek.

– Nie martw się – powiedział Embry. – Jeśli się spóźnią, nic się nie zmarnuje.

– W to nie wątpię. – Dziewczyna zachichotała i otworzyła lodówkę. – Bello, jesteś głodna? Śmiało, poczęstuj się muffinką.

– Dzięki.

Wzięłam jedną z talerza i zaczęłam obgryzać. Była pyszna i puszysta, w sam raz na mój obolały żołądek. Embry dorwał trzecią z rzędu i wsadził ją sobie w całości do ust.

– Jesteś obrzydliwy – skomentował Jared.

– Zostaw kilka dla swoich braci. – Emily zdzieliła Embry'ego po głowie drewnianą łyżką. Słowo „bracia" mnie zaskoczyło, ale chłopcy przełknęli je gładko.

Oparta o blat, przyglądałam się, jak przekomarzają się jak rodzina. Kuchnia Emily była bardzo sympatycznym miejscem, przyjemnie jasnym dzięki białym szafkom i jasnym deskom podłogowym. Na niewielkim okrągłym stole kuchennym stał biało-niebieski porcelanowy dzban pełen polnych kwiatów. Embry i Jared czuli się tu jak u siebie w domu.

Emily podciągnęła rękawy fioletowej bluzki wbiła, do żółtej misy kilka tuzinów jajek i zaczęła mieszać je starannie. Potrójna blizna ciągnęła się wzdłuż prawej ręki mojej gospodyni aż po palce. Embry nie przesadzał. Zadawanie się z wilkołakami rzeczywiście niosło spore ryzyko.

Drzwi frontowe otworzyły się i stanął w nich Sam.

– Emily – powiedział z takim uczuciem w głosie, że poczułam się jak intruz. Przeszedł przez pokój i ujął twarz ukochanej w swoje wielkie dłonie. Zanim pocałował dziewczynę w usta, złożył pocałunek na jej zniekształconym policzku. Przywarli do siebie na długo.

– Przestańcie już – poprosił Jared. – Ja tu jem.

– Więc zamknij się i wcinaj – polecił mu Sam, powracając do całowania Emily.

– Boże – jęknął Embry zdegustowany.

Długie miesiące unikałam jak ognia romantycznych piosenek i filmów, żeby nagle stanąć twarzą w twarz z parą rodem z hollywoodzkiego wyciskacza łez. Ba, to było gorsze niż kino – to działo się naprawdę. Odłożywszy ciastko, z założonymi rękami wpatrywałam się w polne kwiaty, starając ignorować się zarówno Emily i Sama, jak i narastający w moim sercu ból.

Na moje szczęście, chwilę później do kuchni wpadli niedawni przeciwnicy. Paul dał Jacobowi sójkę w bok, a Jacob odwdzięczył mu się kuksańcem. Byłam w szoku. Obaj głośno się śmiali i nie byli nawet podrapani.

Jacob rozejrzał się po pokoju i zatrzymał wzrok na mnie. Skulona i blada, nie pasowałam do tego wesołego towarzystwa.

– Cześć, Bells! – przywitał mnie radośnie. Mijając stół, porwał dwie muffinki i oparł się obok mnie o blat. – Przepraszam za tamto w lesie – szepnął. – Jak tam? Nic ci nie jest?

– Nie, nie, wszystko w porządku. – Nie kłamałam. Ból w mojej piersi zelżał, gdy tylko Jacob wszedł do kuchni. – Pyszne te muffinki. – Wzięłam swoją i odgryzłam maleńki kęs.

– Nie, tylko nie to! – rozległ się okrzyk Jareda. Razem z Embrym badał różowy ślad na przedramieniu Paula. Embry uśmiechał się triumfalnie.

– Piętnaście dolarów! – Zatarł ręce.

– To twoja sprawka? – spytałam Jacoba, przypominając sobie o zakładzie.

– Ledwie go musnąłem. Zniknie do zachodu słońca.

– Dlaczego akurat do zachodu słońca? – Przyjrzałam się skórze Paula. Wyglądało to tak, jakby rozharatał sobie rękę kilka tygodni wcześniej.

– Wilcze cechy – szepnął Jacob.

Pokiwałam głową z nadzieją, że nie mam głupiej miny.

– A tobie coś zrobił?

– Nawet mnie nie drasnął – oświadczył mój przyjaciel z dumą.

– Słuchajcie, chłopaki. – Sam przerwał wszystkie toczące się w kuchni rozmowy. Emily smażyła już jajecznicę, ale nadal czule dotykał jej szyi, na wpół świadomie. – Jacob ma nam do przekazania coś bardzo ważnego.

Jacob zwrócił się w stronę Jareda i Embry'ego. Najwidoczniej wyjaśnił wszystko Samowi i Paulowi po drodze. Albo... poznali jego myśli, kiedy zmienili się w wilki.

– Wiem, czego szuka ruda – oznajmił z powagą. – To o tym chciałem wam powiedzieć w lesie.

Kopnął nogę krzesła, na którym siedział Paul.

– Tak? – spytał Jared.

– Wampirzyca próbuje pomścić śmierć swojego partnera – tyle że nie był to ten brunet, którego dorwaliśmy. Tamtego zabili Cullenowie, jeszcze w zeszłym roku. Żeby wyrównać rachunki, ruda chce zabić Bellę.

Chociaż sama mu o tym powiedziałam, i tak zadrżałam.

Jared, Embry i Emily wpatrywali się we mnie z rozdziawionymi buziami.

– Przecież Bella jest zupełnie nieszkodliwa! – zaprotestował Embry.

– Nie obiecywałem, że to będzie trzymać się kupy. W każdym razie, to dlatego ruda nam się wymyka. Chce przekraść się do Forks.

Zapadła cisza. Spuściłam oczy, zawstydzona ich natarczywymi spojrzeniami.

– Świetnie – odezwał się w końcu Jared. – No to mamy przynętę.

Ani się obejrzałam, a Jacob cisnął w kierunku kolegi otwieraczem do puszek. Jared złapał narzędzie kilka centymetrów od swojej twarzy.

– Bella nie jest przynętą – syknął mój przyjaciel.

– Wiesz, co mam na myśli. – Jared zupełnie się nie przejął atakiem.

– Zmieniamy taktykę. – Sam też nie zareagował na ten przejaw agresji. – Zostawimy kilka luk i zobaczymy, czy ruda się na to nabierze. Niestety, będziemy musieli podzielić się na dwie drużyny, ale jeśli naprawdę zależy jej na Belli, to nie powinna wykorzystać tego, że będzie nas tylko dwóch.

– Na dniach dołączy do nas Quil – wtrącił nieśmiało Embry. – Wtedy byłoby po równo.

Wszyscy zmarkotnieli. Zerknęłam na Jacoba. Miał taką samą minę, jak zeszłego popołudnia przed swoim domem – minę człowieka, który stracił wszelką nadzieję. Piątka wilkołaków z pozoru świetnie się bawiła, ale w głębi ducha nie chcieli, żeby Quil podzielił ich los.

– To jeszcze nic pewnego – odparł Sam cicho. – Paul, Embry i Jared – dodał normalnym głosem – zajmiecie się zewnętrznym kręgiem. Ja i Jacob weźmiemy na siebie wewnętrzny. Zaciśniemy pętlę, kiedy ruda wpadnie w pułapkę.

Zauważyłam, że Emily znieruchomiała. Nie uśmiechało jej się, że Sam trafił do mniejszej z drużyn. Zaczęłam martwić się i ja, tyle że o Jacoba.

Teraz Sam zwrócił się do mnie.

– Jacob doszedł do wniosku, że powinnaś odtąd spędzać jak najwięcej czasu tu, w La Push. Tak na wszelki wypadek. Wampirzyca nie wie, gdzie cię tu szukać.

– A co z Charliem? – spytałam przytomnie.

– Trwają wciąż rozgrywki – przypomniał mi Jacob. – Billy i Harry postarają się ściągać go po pracy na teren rezerwatu.

– Nie rozpędzaj się, Bello – upomniał mnie Sam. Przeniósł wzrok na Emily, a potem z powrotem na mnie. – To tylko propozycja. Ostateczną decyzję musisz podjąć samodzielnie. Nie zapominaj, że przebywanie w naszym towarzystwie też nie jest do końca bezpieczne. Widziałaś dziś rano, jak szybko tracimy nad sobą kontrolę i jakie może mieć to konsekwencje. Rozważ wszystkie za i przeciw. Jeśli z nami zostaniesz, nie możemy gwarantować, że sami cię nie skrzywdzimy.

– Ja jej nie skrzywdzę – mruknął Jacob, wpatrując się w podłogę.

Sam puścił ten naiwny komentarz mimo uszu.

– Może znasz inne miejsce, w którym czułabyś się względnie bezpieczna?

Przygryzłam dolną wargę. Dokądkolwiek bym nie pojechała, narażałabym na niebezpieczeństwo ludzi z mojego otoczenia. Nie miałam najmniejszego zamiaru wciągać w wampirze bagno Renée, ani nikogo innego.

– Jeśli się wyprowadzę, Victoria podąży moim tropem.

– To prawda – przyznał Sam. – Lepiej, żeby nie opuszczała okolicy, inaczej jej nie dorwiemy.

Skrzywiłam się. Nie chciałam, żeby Jacob ani żaden inny z jego kompanów zbliżał się do wampirzycy. Jeśli o mnie chodziło, powinna była zapaść się pod ziemię, zniknąć bez niczyjej ingerencji. Zerknęłam na mojego przyjaciela. Zapowiedź dalszego polowania na krwiożerczą istotę nie zrobiła na nim żadnego wrażenia. Z jego twarzy zniknęły nawet oznaki gniewu i zrezygnowania – wyglądał niemal dokładnie tak jak kiedyś, jak mój stary Jacob sprzed tajemniczej „choroby".

– Tylko uważaj na siebie – poprosiłam go ze ściśniętym gardłem.

– Uu, dziewczyna się o ciebie boi – zaszydził Jared. Wszyscy wybuchli śmiechem. Wszyscy z wyjątkiem Emily. Spojrzała mi prosto w oczy i w jej własnych dostrzegłam jeszcze więcej lęku, niż musiało malować się w moich. Odwróciłam szybko głowę, żeby stojąca za owym lękiem miłość nie wywołała u mnie kolejnego ataku bólu.

– Jedzenie gotowe! – zawołała dziewczyna. Narada strategiczna zakończyła się w mgnieniu oka. Faceci obsiedli rachityczny stół (tylko cudem się przy tym nie załamał), by w rekordowo krótkim czasie pochłonąć ilość jajecznicy godną bufetu śniadaniowego w dużym hotelu. Emily, podobnie jak ja, jadła swoją skromną porcję, opierając się o blat, by uniknąć panującego przy stole rozgardiaszu. Obserwowała swoich mlaskających podopiecznych z nieskrywaną czułością – jej mina nie pozostawiała wątpliwości, że są dla niej jak rodzeni bracia lub synowie.

Nie tego spodziewałam się po sforze wilkołaków.

Siedziałam w La Push do wieczora, większość dnia u Blacków. Billy zostawił wiadomość dla Charliego i na naszej sekretarce automatycznej, i na posterunku, więc ojciec pojawił się w porze obiadu z dwiema pizzami. Szczęśliwym trafem zdecydował się na dwie ekstra duże – jedna ledwie Jacobowi wystarczyła.

Nie uszło mojej uwadze, że Charlie przygląda się naszej dwójce podejrzliwie, zwłaszcza odmienionemu Jacobowi. Spytał go, dlaczego ściął włosy. Mój przyjaciel wzruszył ramionami i odparł, że tak jest po prostu wygodniej.

Wiedziałam, że gdy tylko wrócimy z Charliem do Forks, Jacob przeobrazi się w wilka i ruszy patrolować las, tak jak robił to co kilka godzin od samego rana. Wataha nie przestawała wyglądać śladów powrotu Victorii. Zeszłej nocy, zastawszy ją przy gorących źródłach, zagonili ją według Jacoba aż pod granicę z Kanadą. Być może szykowała się do kolejnego wypadu na terytorium wroga.

Nie liczyłam na to, że wampirzyca zrezygnuje. Zawsze trzymał się mnie pech.

Chłopak odprowadził mnie po obiedzie do furgonetki. Czekał przy moich drzwiczkach, aż Charlie odjedzie pierwszy, ale ten udawał, że ma problemy z zapięciem pasa.

– Nie bój się dziś w nocy – powiedział Jacob cicho. – Będziemy stać na warcie.

– O siebie bać się nie będę – obiecałam.

– Głuptasie, polowanie na wampiry to straszna frajda. To najlepsza rzecz w życiu wilkołaka.

Pokręciłam głową z powątpiewaniem.

– Jeśli ja jestem głuptasem, to ty masz poważne zaburzenia psychiczne.

Zaśmiał się.

– Dobrze się wyśpij. Wyglądasz na padniętą.

– Postaram się.

Zniecierpliwiony Charlie popędził mnie, naciskając klakson.

– Do jutra – pożegnał się Jacob. – Przyjedź z samego rana.

– Przyjadę.

Ojciec puścił mnie przodem. Nie zawracałam sobie głowy jego zachowaniem. Zastanawiałam się za to, gdzie są teraz Sam, Jared, Embry i Paul, i czy Jacob już do nich dołączył.

Kiedy weszliśmy do domu, natychmiast skierowałam się ku schodom, ale Charlie nie dał się wywieść w pole.

– Bello, co jest grane? – zapytał gniewnie, zanim zdążyłam zniknąć za drzwiami swojego pokoju. – Sądziłem, że Jacob wstąpił do jakiegoś gangu i nie chce cię znać.

– Pogodziliśmy się.

– A co z gangiem?

– Poznałam dziś Sama Uleya i jego narzeczoną Emily i wydali mi się bardzo sympatyczni. Ten gang to jakaś lipa, jedno wielkie nieporozumienie. Kto pojmie nastoletnich chłopców?

– Nie wiedziałem, że Sam i Emily są już oficjalnie zaręczeni. To miło. Biedna dziewczyna...

– Co tak właściwie się jej stało?

– Ponad rok temu zaatakował ją niedźwiedź – na północ stąd, w trakcie połowu łososi. Straszny wypadek. Słyszałem, że Sam bardzo to przeżył.

– Rzeczywiście, to okropne – przyznałam. Ponad rok temu... Mogłam się założyć, że w La Push był wówczas tylko jeden wilkołak. Zadrżałam na myśl, jak Sam musiał się czuć za każdym razem, gdy patrzył na blizny ukochanej.

Długo leżałam w łóżku, rozmyślając o wydarzeniach minionego dnia: o obiedzie u Blacków, długim popołudniu w domu Billy'ego, wyczekiwaniu na powrót Jacoba, śniadaniu w kuchni Emily, pojedynku potworów, rozmowie na plaży... Przypomniało mi się, że Jacob nazwał mnie nad morzem hipokrytką, i zastanowiłam się, czy nie miał racji. Nie podobało mi się takie określenie mojej osoby, ale czy był sens się okłamywać?

Zwinęłam się w kłębek. Nie, Edward nigdy nikogo nie zabił, a przynajmniej nikogo niewinnego – nawet kiedy zbuntował się i na jakiś czas odszedł od Carlisle'a.

Ale co, gdyby jednak był mordercą? Gdyby, kiedy się poznaliśmy, nie różnił się niczym od swoich pobratymców? Gdyby przez cały ubiegły rok w okolicznych lasach ginęli bez śladu ludzie? Czy świadomość, że ma na sumieniu te zbrodnie, powstrzymałaby mnie od związania się z nim?

Odpowiedź brzmiała: nie.

Miłość jest ślepa. Im mocniej się kogoś kocha, tym bardziej irracjonalnie się postępuje.

Przewróciłam się na drugi bok, usiłując myśleć o czymś innym, ale jedyną alternatywą dla wampirów okazały się wilkołaki. Zasnęłam, wyobrażając sobie, jak mkną w ciemnościach wśród drzew, strzegąc mnie przed Victorią. Kiedy zasnęłam, znalazłam się na powrót w lesie, ale niczego w nim już nie szukałam. Trzymałam za rękę oszpeconą Emily. Obie wpatrywałyśmy się w zarośla, wyczekując z drżeniem serca naszych pięciu bohaterów.

15 Ciśnienie

W poniedziałek wypadał pierwszy dzień ferii wiosennych. Obudziwszy się rano, uświadomiłam sobie, że spędzam je w Forks po raz drugi w życiu i że w zeszłym roku o tej porze też polował na mnie wampir. Miałam nadzieję, że to nie nowa świecka tradycja.

Zgodnie z decyzjami, jakie zapadły w kuchni Emily, całą niedzielę spędziłam w La Push. Charlie oglądał z Billym telewizję, a ja przesiadywałam głównie nad morzem. Ojciec sądził, że towarzyszy mi Jacob, ale ten miał ważniejsze sprawy na głowie, przechadzałam się więc samotnie, ukrywając ten fakt przed Charliem.

Jacob miał wyrzuty sumienia, że tak mnie zaniedbuje, i przepraszał mnie za każdym razem, kiedy zaglądał na plażę. Do czasu odnalezienia Victorii członkowie watahy musieli stale patrolować okolicę. Rozumiałam to aż za dobrze i rzecz jasna nie robiłam mu żadnych wyrzutów.

Podczas spacerów mój przyjaciel trzymał mnie teraz zawsze za rękę. Jared wspomniał w sobotę, że Jacob niepotrzebnie „miesza w to swoją dziewczynę", i musiałam przyznać, że z punktu widzenia postronnego obserwatora tak to pewnie wyglądało. Pocieszałam się, że oboje wiemy, że sprawy mają się inaczej. Pocieszałam się, ale nie na wiele się to zdawało – dalej czułam się nieswojo. Jacob o niczym przecież tak nie marzył, jak o tym, żebyśmy byli parą. Dlaczego więc wyrażałam zgodę na ten dwuznaczny gest? Cóż, dotyk ciepłej dłoni chłopaka po prostu dodawał mi otuchy.

We wtorek po południu pracowałam. Jacob pojechał za mną na motorze z La Push do sklepu, żeby upewnić się, że dotarłam szczęśliwie, i nasze pożegnanie przyuważył Mike.

– Chodzisz z tym dzieciakiem z rezerwatu? – spytał, nieudolnie maskując swoje rozżalenie. – Z tym drugoklasistą?

– Jeśli z nim chodzę, to tylko do lasu. Spędzamy razem dużo czasu i tyle. To mój najlepszy kumpel.

Mike przekrzywił głowę.

– To twoja wersja. Nie wiem, czy wiesz, ale ten twój najlepszy kumpel jest w tobie na zabój zakochany.

– Życie jest skomplikowane – westchnęłam.

– Tak – mruknął. – A dziewczyny okrutne.

Przyznałam w duchu, że obserwując mnie i Jacoba, nietrudno było dojść do takiego właśnie wniosku. Nie mogłam mieć Mike'owi za złe tego oskarżenia.

Tego wieczora Billy zaprosił Charliego i mnie oraz Sama i Emily na podwieczorek. Dziewczyna przywiozła ciasto, którym podbiłaby serce każdego komendanta policji w kraju. Wszyscy obecni rozmawiali z sobą swobodnie, nie okazując żadnych animozji. Jeśli ojciec uważał jeszcze Sama za przywódcę tajemniczego gangu, po pierwszym kęsie wypieku jego narzeczonej musiał zmienić zdanie.

Jake i ja wymknęliśmy się stosunkowo szybko, żeby pobyć trochę sam na sam. Poszliśmy do garażu i usiedliśmy w samochodzie. Jacob zapadł się w fotelu z głową odchyloną do tyłu. Przymknął powieki.

– Powinieneś iść spać – doradziłam mu.

– Wiem, wiem.

Wymacał na siedzeniu moją dłoń. Temperatura jego skóry była nadal nienaturalnie wysoka.

– Czy to kolejna wilcza cecha? – spytałam. – Mam na myśli to, że jesteś taki gorący.

– Tak. Można by powiedzieć, że wszyscy mamy w kółko gorączkę – jakieś czterdzieści dwa, czterdzieści trzy stopnie. Dzięki temu nigdy nie jest mi zimno. – Wskazał na swój nagi tors. – Mógłbym tak stać choćby i w śnieżycy i nic. Płatki śniegu w kontakcie z moją skórą zmieniałyby się w krople letniej wody.

– Mówiłeś jeszcze, że szybko goją wam się rany. To też wilcza cecha, prawda?

– Zgadza się. Chcesz zobaczyć małą prezentację? – Otworzył oczy. – Świetna sprawa, nie pożałujesz.

Rozentuzjazmowany pogrzebał chwilę w schowku i wyciągnął scyzoryk.

– Schowaj ten nóż! – krzyknęłam, uzmysławiając sobie, co planuje mój towarzysz. – Dzięki za takie prezentacje!

Jacob zaśmiał się, ale posłusznie odłożył scyzoryk na miejsce.

– Niech ci będzie. Ale to naprawdę przydatna rzecz, to gojenie. Trudno chodzić do lekarza, kiedy się ma temperaturę, przy której powinno się już nie żyć.

– No tak... – Zamyśliłam się na moment. – A co z tym, że tak szybko rośniecie, i wszerz, i wzwyż? To też wilcze? Jakiś syndrom? Czy dlatego boicie się o Quila?

Jacob posmutniał.

– Jego dziadek doniósł Billy'emu, że na jego czole można by już smażyć jajka – wyjawił. – To teraz kwestia tygodni. Nigdy nie ma ściśle wyznaczonego terminu. Kumuluje się to w człowieku, kumuluje, aż nagle... – urwał i przez dobrą minutę siedział w milczeniu. – Czasami wystarczy się rozzłościć i gotowe, przed czasem. Ale ja na przykład byłem w tamtym okresie w szampańskim humorze – głównie ze względu na ciebie – i wszystko mi się opóźniło. Gdybym się czymś stresował, przeobraziłbym się z miesiąc wcześniej. A tak chodziłem sobie jak bomba zegarowa. Wiesz, jak w końcu doszło do pierwszego wybuchu? Wróciłem wtedy z kina i Billy napomknął, że dziwnie wyglądam. Banalna uwaga, ale wystarczyła. Omal nie oderwałem mu głowy – własnemu ojcu, wyobrażasz to sobie? – Wzdrygnął się, a jego twarz pobladła.

– Czy jest aż tak źle, Jake? – Tak chciałam mu pomóc. – Bardzo cierpisz?

– Nie, nie cierpię. Już nie. Kiedy musiałem się przed tobą kryć, było dużo gorzej.

Oparł się delikatnie policzkiem o moją skroń. Zapadła cisza. Zastanawiałam się, o czym rozmyśla, ale stwierdziłam, że może nie chcę wiedzieć.

– Powiedz, co jest w tym wszystkim najgorsze? – szepnęłam, wciąż licząc na to, że w czymś mogę mu ulżyć.

– Najgorsze jest to, że... że traci się nad sobą kontrolę. To poczucie, że nie można dłużej być siebie pewnym. Że dla twojego dobra powinienem trzymać się od ciebie z daleka, od ciebie i całej reszty. Muszę pamiętać, że jestem potworem, że mogę kogoś skrzywdzić. Widziałaś Emily. Sam się rozgniewał, ten jeden jedyny raz, a ona stała zbyt blisko... W żaden sposób jej tego nie zadośćuczyni. Słyszę jego myśli, wiem, co przeżywa...

– Kto chce być potworem?

– Najbardziej nienawidzę tego, że wszystko, co wilcze, przychodzi mi tak łatwo. Jestem lepszy w te klocki niż cała reszta sfory. Czy to oznacza, że mam w sobie mniej z człowieka niż Sam czy Embry? Czasami boję się, że zupełnie się w tym byciu wilkiem zatracę.

– Czy to trudne? Czy trudno przeistoczyć się z powrotem w człowieka?

– Zwłaszcza na początku – potwierdził. – Trzeba nabrać wprawy. Ale, tak jak mówiłem, jest mi łatwiej niż pozostałym.

– Dlaczego?

– Ponieważ dziadkiem mojego ojca był Ephraim Black, a dziadkiem mojej matki Quil Areara.

– Quil? – Coś mi się nie zgadzało. Quil Areara miał szesnaście lat.

– Jego pradziadek – wyjaśnił Jacob. – Quil, którego znasz, jest moim dalekim kuzynem.

– Ale jakie to ma znaczenie, kto był twoim pradziadkiem?

– Obaj należeli do ostatniej sfory, razem z Levim Uleyem. Odziedziczyłem wilcze geny i po ojcu, i po matce. Nie miałem szans się wymknąć. Quil też nie ma – dodał ponuro.

– Czy bycie wilkołakiem ma jakieś zalety? – spytałam, żeby go trochę pocieszyć.

Chłopak uśmiechnął się nagle i rozmarzył.

– Najfajniejszy jest ten pęd...

– Lepiej niż na motocyklu?

– Nie ma porównania.

– Z jaką prędkością potraficie...

– Biegać? – dokończył. – Cóż, nie nosimy przy sobie tachometrów. Jak by ci to przybliżyć... Znasz się na wampirach. Złapaliśmy tego tam, Laurenta, prawda? To już chyba ci coś mówi?

Tak, i to wiele. Nie byłam w stanie sobie tego wyobrazić. Zatem wilki biegały szybciej niż wampiry... Cullenowie, biegnąc, robili się niemal niewidzialni!

– Opowiedz mi o czymś, o czym nie wiem – zaproponował Jacob. – Coś o wampirach. Jak w ogóle znosiłaś ich towarzystwo? Nie umierałaś ze strachu?

– Nie – odpowiedziałam cierpko.

Mój ton głosu dał mu do myślenia. Zamilkł na moment.

– Dlaczego twój luby zabił tego całego Jamesa? – spytał znienacka.

– Tylko tak można było go powstrzymać. James próbował zabić mnie – ot tak, dla sportu. Pamiętasz, jak zeszłej wiosny miałam wypadek w Phoenix i leżałam tam, w szpitalu?

Jacob gwizdnął.

– Tak mało brakowało?

– Bardzo mało.

Wyrwałam rękę z uścisku Jacoba, żeby odruchowym gestem pogłaskać moją bliznę.

– Co tam masz? – Chłopak sięgnął po moją prawą dłoń. – A, to ta twoja zabawna blizna, która jest taka chłodna. – Z opóźnieniem dotarło do niego, skąd ją mam. – Ach! – przeraził się.

– Widzę, że się domyśliłeś – skomentowałam. – Tak, to tu James mnie ugryzł.

Jacob wybałuszył oczy, a miedziana skóra na jego twarzy dziwnie pożółkła. Wyglądał jak ktoś, komu nagle zachciało się wymiotować.

– Ale, skoro cię ugryzł, to...? Czy nie powinnaś być teraz...?

– Wiosną Edward dwukrotnie uratował mi życie – wyszeptałam. – Wyssał jad z rany – rozumiesz, tak jak po ukąszeniu grzechotnika.

Wzdłuż brzegów mojej wirtualnej rany rozlał się ból. Zadrżałam.

Nie ja jedna. Jacob także dygotał. Rozkołysał cały samochód.

– Spokojnie, Jake, tylko spokojnie.

– Tak – wykrztusił. – Najważniejszy jest spokój. – Pokręcił głową, jakby chciał otrzepać ją ze zdenerwowania. Podziałało. Po chwili trzęsły mu się jedynie dłonie.

– Wszystko w porządku? – spytałam.

– Prawie. Opowiedz mi o czymś innym. Żebym dłużej o tym nie myślał.

– Co chciałbyś wiedzieć?

– Hm... – Zamknął oczy, żeby się skoncentrować. – Interesują mnie te... dodatkowe talenty. Czy pozostali Cullenowie też potrafią coś ekstra? Na przykład czytać w myślach?

Zawahałam się. Było to pytanie adresowane raczej do szpiega, a nie do przyjaciółki. Ale jaki sens miało ukrywanie tego, co wiedziałam? Cullenowie byli daleko, a Jacobowi trzeba było pomóc się zrelaksować.

– Jasper potrafi... coś jakby kontrolować emocje ludzi ze swojego otoczenia. – Mówiłam bardzo szybko, mając przed oczami zdeformowaną twarz Emily. Raz po raz przebiegały mnie ciarki. Od mojego przyjaciela dzieliło mnie tylko kilka centymetrów. Gdyby zmienił się teraz w wilka, rozerwałby na kawałki nie tylko auto, ale i cały garaż. – Nie manipuluje ludźmi z jakichś niecnych pobudek, stara się po prostu ich uspokoić, odwrócić ich uwagę, tego typu sprawy. Przydałby się przy Paulu – zażartowałam. – Alice potrafi z kolei przewidywać przyszłość. No, powiedzmy, do pewnego stopnia. Ma wizje, które sprawdzają się tylko wtedy, jeśli ktoś do końca nie zmieni zdania.

Widziała mnie, jak umierałam... i widziała, jak staję się jedną z nich. Obie przepowiednie się nie sprawdziły. A jedna miała nie sprawdzić się już nigdy.

Zakręciło mi się w głowie. Zaczerpnęłam powietrza, ale było w nim za mało tlenu. A może to moje płuca znowu znikły?

Jacob odzyskał nad sobą kontrolę. Już nie drżał.

– Czemu tak robisz? – spytał. Pociągnął mnie delikatnie za mankiet, chcąc, żebym oderwała jedną z rąk od klatki piersiowej, ale poddał się, widząc, jak uparcie przyciskam ją do ciała. Nawet nie zauważyłam, kiedy je tam przeniosłam. – Robisz tak, kiedy się denerwujesz. Dlaczego?

– To boli – wytłumaczyłam. – Wspominanie Cullenów sprawia mi ból. Czuję się wtedy tak, jakbym się dusiła... i jakbym jednocześnie rozpadała się na małe kawałki.

To, że mogłam wreszcie o wszystkim Jacobowi opowiedzieć, było niesamowite. Nie mieliśmy już przed sobą żadnych tajemnic.

Przygładził moje włosy.

– Przepraszam, Bello. Nie zdawałem sobie sprawy. Przyrzekam, że nie będę już poruszał tego tematu.

– Nie przepraszaj – uśmiechnęłam się blado. – To nie twoja wina. W kółko mi się to zdarza.

– Ale z nas para popaprańców – stwierdził. – Oboje od czasu do czasu się rozpadamy i nie możemy nic na to poradzić.

– Tak, jesteśmy żałośni.

– Ale przynajmniej mamy siebie.

Ta świadomość najwyraźniej przynosiła mu ulgę.

Mnie również.

– Zawsze coś – powiedziałam.

Kiedy byliśmy razem, humor mi dopisywał, ale większość czasu Jacob spędzał jednak w lesie – wilczy honor nakazywał mu tropić wampirzycę do skutku. Nie pozostawało mi nic innego, jak przesiadywać dla bezpieczeństwa w La Push, nie wiedząc, czym się zająć, żeby odgonić natrętne myśli.

Chcąc nie chcąc, stałam się stałym elementem wyposażenia domu Blacków – chcąc nie chcąc, bo często wolałam być wszędzie, byle nie tam. Wszystko przez Billy'ego i jego małomówność. Kiedy nie uczyłam się do zapowiedzianego na następny tydzień testu z matematyki (a mój mózg buntował się już po dwóch-trzech godzinach), czułam się w obowiązku zabawiać gospodarza rozmową. Niestety, zupełnie mi nie pomagał w przestrzeganiu tej podstawowej zasady dobrego wychowania. Co kilkanaście minut (jeśli miałam szczęście) zapadała niezręczna cisza.

W środę po południu postanowiłam dla odmiany odwiedzić Emily. Z początku było nawet fajnie. Narzeczona Sama należała do tych pogodnych, serdecznych osób, którym robota pali się w rękach. Bezustannie krążyła po pokojach i podwórku – chodziłam za nią krok w krok. Najpierw wyszorowała fragment nieskazitelnej w moim mniemaniu podłogi, potem wyrwała z grządki kilka rachitycznych chwastów, wreszcie naprawiła zawias i zajęła się tkaniem na krosnach. W przerwach kroiła, mieszała i doprawiała. Narzekała odrobinę na rosnące apetyty chłopców ze sfory, ale było widać jak na dłoni, że karmienie tej gromadki sprawia jej ogromną przyjemność. Przebywanie z nią nie przysparzało mi żadnych trudności – w końcu obie byłyśmy teraz „dziewczynami od wilkołaków".

Idyllę zburzyło pojawienie się Sama, który wrócił z lasu kilka godzin później. Upewniłam się tylko, że Jacob jest cały i zdrów, i uciekłam pod pierwszym lepszym pretekstem. Aura miłości i samozadowolenia otaczająca tę parę była dla mnie nie do zniesienia, zwłaszcza gdy w kuchni Emily przebywało jedynie nas troje.

Z braku innych pomysłów wylądowałam na plaży. Zaparkowawszy furgonetkę w stałym miejscu, zaczęłam chodzić w tę i z powrotem po skalistym odcinku wybrzeża.

Samotność mi nie służyła. Tyle myśli nie dawało mi spokoju! Bałam się, że Victoria zrobi krzywdę komuś z watahy albo, co było bardziej prawdopodobne, Charliemu lub innemu myśliwemu. Ci biedacy z obławy sądzili, że polują na tępe zwierzę! Bałam się też, że, wbrew mej woli, znajomość z Jacobem przeradza się w coś głębszego. Zupełnie nad tym nie panowałam i nie wiedziałam, jak postępować z moim przyjacielem. Co gorsza, przez te wszystkie szczere rozmowy zbyt często mówiłam ostatnio o Cullenach i w rezultacie, przechadzając się, o wiele za często ich wspominałam. Bólu wywołanego tymi bezsensownymi reminiscencjami nie zagłuszało nawet to, że tak bardzo się martwiłam o najbliższych. Moje problemy z oddychaniem tak się nasiliły, że nie zdołałam dłużej spacerować. Przysiadłam na kamieniu i podciągnęłam kolana pod brodę.

W takiej właśnie pozycji znalazł mnie Jacob. Nie musiałam nic mówić – co przeżywałam, zrozumiał bez słów.

– Przepraszam – powiedział zamiast powitania. Wziął mnie za ręce, zachęcając do wstania, a kiedy się podniosłam, przytulił mnie do siebie. Dopiero wtedy uświadomiłam sobie, jak wyziębłam. Dostałam dreszczy, ale w ciepłych ramionach Indianina mogłam przynajmniej swobodnie oddychać.

– Psuję ci ferie – zarzucił sobie Jacob, kiedy zawróciliśmy do auta.

– Nie, skąd. Nie miałam żadnych planów. Wierz mi, nie wyczekiwałam ich z niecierpliwością.

– Jutro rano zrobię sobie wolne. Te kilka godzin sobie beze mnie poradzą. Zabawimy się!

– Zabawimy? – Zważywszy na naszą sytuację, określenie to wydało mi się nieco nie na miejscu.

– Zobaczysz, będzie fajnie. Możemy na przykład… – Rozejrzał się i nagle go olśniło. – Wiem! Świetnie się składa. Dotrzymam kolejnej obietnicy.

– Jakiej znowu obietnicy?

Wypuścił moją dłoń i wskazał palcem południowy skraj plaży, gdzie półksiężyc płaskiego fragmentu wybrzeża przechodził gwałtownie w wysoki, stromy klif. Nie miałam pojęcia, o co mu chodzi.

– Pamiętasz Sama i resztę, jak skakali? – podpowiedział.

Skakanie z klifu w taką pogodę? Wzdrygnęłam się.

– Tak, będzie zimno – przyznał Jacob – ale nie tak zimno jak dzisiaj. Nie czujesz, że idzie ciepły front? Że zmienia się ciśnienie? To jak, masz ochotę?

Ciemne fale oceanu nie wyglądały zapraszająco, a wysokość klifu porażała z plaży jeszcze bardziej niż z drogi.

Z drugiej strony, minęło wiele dni, odkąd ostatni raz słyszałam głos Edwarda, a chyba byłam od niego uzależniona. Łudziłam się, że jeśli znowu się nim trochę porozkoszuję, łatwiej będzie mi znieść resztę ferii. Jak każdy nałogowiec, nie myślałam, rzecz jasna, logicznie.

– Jasne. Jutro rano, tak? Super.

– No to jesteśmy umówieni. – Jacob znowu otoczył mnie ramieniem.

– Dobrze, a teraz chodźmy do domu – zakomenderowałam. – Musisz się przespać. Nie mogę już patrzeć na te twoje worki pod oczami.

Nazajutrz obudziłam się wcześnie i korzystając z okazji, przemyciłam do furgonetki ręcznik i komplet ubrań na zmianę. Podejrzewałam, że Charlie ma taki sam stosunek do skoków z klifu, co do rozbijania się po leśnych drogach motocyklem.

Perspektywa usłyszenia Edwarda dość mnie podekscytowała. Może naprawdę miałam zapomnieć na chwilę o wszystkich zmartwieniach? Może naprawdę miałam się dzisiaj świetnie bawić? Czekała mnie poniekąd podwójna randka – z Edwardem i z Jacobem. Zaśmiałam się w duchu. Jacob nazwał nas dwoje popaprańcami, ale przy takiej wariatce jak ja był tylko niewinnym wilkołaczkiem.

Parkując pod jego domem, spodziewałam się, że, jak zwykle, wyjdzie na podwórko, zaalarmowany wyciem mojego silnika. Nie wyszedł. Pomyślałam, że pewnie jeszcze śpi – nawet się ucieszyłam, bo ostatnio się zaniedbywał. Zadecydowałam, że nie obudzę go od razu, tylko wykorzystam ten czas na rozgrzewkę. Jake nie pomylił się co do pogody – przez noc niebo zasnuła gruba warstwa chmur, przez co bardzo się ociepliło. Było niemal parno. Zostawiłam sweter w samochodzie.

Zapukałam do drzwi.

– Wejdź, Bello – zawołał Billy.

Siedział na wózku przy stole kuchennym, jedząc zimne płatki śniadaniowe.

– Jake śpi?

– Nie. – Mężczyzna odłożył łyżkę i spojrzał na mnie z powagą.

– Co się stało? – Ugięły się pode mną kolana.

– Embry, Jared i Paul natrafili dziś o świcie na świeże tropy – w idealnym miejscu, u podnóża gór. Sam jest zdania, że mają duże szanse ją tam otoczyć i zakończyć dziś całą sprawę. Dołączyli z Jakiem do pozostałych, żeby pomóc im w poszukiwaniach.

– O nie – szepnęłam. – Tylko nie to.

Billy zaśmiał się łagodnie.

– W czym problem? Czyżbyś tak polubiła La Push, że nie chcesz się z nami rozstawać?

– Nie żartuj, Billy, proszę. Przecież mogą znaleźć się w niebezpieczeństwie!

– Masz rację – zgodził się, ale z jego pooranej zmarszczkami twarzy nie dało się nic wyczytać. – Ta mała jest sprytna – dodał. Przygryzłam wargę. – Ale spokojnie. Nie grozi im tak duże niebezpieczeństwo, jak to sobie wyobrażasz. Sam wie, co robi. Jeśli powinnaś o kogoś się bać, to o siebie. Tej wampirzycy nie zależy na wdaniu się w pojedynek z wilkami. Próbuje im się wymknąć, zwodzi ich, a wszystko po to, żeby dostać się do Forks.

– Skąd Sam wie, co robi? – spytałam, ignorując wzmiankę o sobie. – Wataha zabiła do tej pory tylko jednego wampira. Może po prostu dopisało im szczęście?

– Podchodziliśmy i podchodzimy do tego bardzo poważnie, Bello. Nic z wiedzy naszych doświadczonych przodków nie zostało zapomniane. Wszystko przekazywaliśmy z pokolenia na pokolenie, z ojca na syna.

Chciał mnie pocieszyć tym stwierdzeniem, ale na nic się to nie zdało. Zbyt żywy był w mojej głowie obraz Victorii – jej dzikie oczy, kocie ruchy, ruda grzywa. Byłam przekonana, że jeśli nie uda jej się przechytrzyć sfory, to nie zawaha się zaatakować.

Billy powrócił do przerwanego śniadania. Usiadłam na kanapie i zaczęłam bezmyślnie skakać po kanałach telewizyjnych. Nie trwało to długo. W niewielkim saloniku było dziś coś klaustrofobicznego, jego ściany mnie przytłaczały. Drażniło mnie też, że nie mogę wyjrzeć –przez przesłonięte firankami okna.

– Idę na plażę – rzuciłam lakonicznie i wybiegłam na dwór.

Widok nieba i drzew nie przyniósł niestety spodziewanej ulgi. Szare chmury parły ku ziemi niczym mający runąć lada chwila sufit. W lesie było dziwnie pusto – nie zauważyłam ani jednego ptaka, ani jednej wiewiórki. Od panującej dokoła ciszy przechodziły mnie ciarki. Jakimś cudem nawet wiatr nie szumiał w gałęziach.

Wiedziałam, że wszystkie te zjawiska można wytłumaczyć zmianą pogody – sama wyczuwałam wzrost ciśnienia, choć nie byłam zwierzęciem, a tylko obdarzonym kiepskimi zmysłami człowiekiem. Jak nic zbierało się na porządną, wiosenną burzę z piorunami. Zerknęłam na chmury. W przerwach pomiędzy ich stalowymi zwałami dostrzegłam wyższą warstwę, ciemnosiną, niemal fioletową. Tak, ulewa była tylko kwestią czasu. Zmyślne zwierzęta zawczasu się przed nią pochowały.

Mimo tych dedukcji nie opuszczał mnie niepokój.

Gdy tylko znalazłam się na plaży, doszłam do wniosku, że popełniłam błąd – miałam tego ponurego miejsca powyżej uszu. Te wszystkie nerwowe spacery, sam na sam ze swoimi myślami, to całe krążenie bez celu przypominało mi mój nieustający koszmarny sen. Chciałam się już wycofać, ale do saloniku Billy'ego też mnie nie ciągnęło. Ani do Emily. Nie miałam gdzie się podziać. Podreptałam w kierunku wyrzuconego przez morze drzewa i usiadłam tak, żeby móc oprzeć się o splątane korzenie. Zadarłam głowę, czekając, aż pierwsze krople deszczu przerwą ciszę.

Starałam się nie zastanawiać, co grozi Jacobowi i jego pobratymcom, żeby do szczętu się nie złamać. Straciłam już kilkoro bliskich – czy los miałby być dla mnie aż tak okrutny? Cóż, może pogwałciłam w przeszłości jakieś nieznane prawo i tym samym skazałam się na wieczne potępienie? Może zgrzeszyłam ciężko, odsuwając się od ludzi, a zbliżając do istot z podań i legend? Dość tego, powiedziałam sobie. Jacobowi nic się nie stanie. Musiałam w to wierzyć, żeby mieć siłę żyć.

– Basta! – krzyknęłam, podrywając się z pnia. To siedzenie było jeszcze gorsze od chodzenia w tę i z powrotem.

Naprawdę liczyłam na to, że usłyszę Edwarda tego ranka. Nastawiłam się na to i teraz nie dawałam sobie rady. Rana w moim ciele znowu piekła przy brzegach. Ostatnio często się odzywała, jakby mściła się na mnie za to, że wcześniej ujarzmiałam ją obecnością Jacoba.

Morze wzburzyło się nieco, ale wiatr wciąż się nie pojawiał. Ciśnienie nadchodzącej burzy wciskało mnie w ziemię. Wszystko wokół mnie zdawało się wirować, ale tam, gdzie stałam, powietrze było nieruchome – gęste i ciężkie. Od przesycających je ładunków elektrycznych unosiły się kosmyki moich włosów.

Pod klifem fale biły z większą zaciekłością niż wzdłuż brzegu zatoki, bryzgając strzępami piany. Zerknęłam na niebo. Chmury zaczęły się kłębić, krążyć po spirali niczym w maselnicy. Nie było wciąż wiatru, odnosiło się więc wrażenie, że są żywe. Zadrżałam, choć wiedziałam, że to efekt różnicy ciśnień.

Klify odcinały się od nieba ciemną plamą. Wpatrując się w nie, przypomniałam sobie dzień, w którym Jacob opowiedział mi o Samie i jego „gangu". Członkowie sfory po kolei wystrzeliwali w pustkę, by zgrabnym korkociągiem wbić się w taflę wody. Wyobraziłam sobie, że lecąc, człowiek musi czuć się wolny jak ptak... Do tego głos Edwarda – miękki, aksamitny, wściekły... Rana na sercu zapiekła ze wzmożoną intensywnością.

Musiał istnieć jakiś sposób, by ukoić ten ból. Nasilał się z każdą sekundą. Nie odrywałam oczu od skał i fal.

Hm... Czemu nie? Czemu nie miałabym sobie ulżyć?

Jacob obiecał mi, że dzisiaj skoczymy. Czy tylko dlatego, że jednak nie miał dla mnie czasu, powinnam była rezygnować z tak potrzebnej odrobiny rozrywki? Świadomość, że ryzykował właśnie życiem, sprawiała, że tym bardziej jej potrzebowałam. Narażał się przecież z mojego powodu. Gdyby nie ja, Victoria nie zabijałaby w okolicy... tylko gdzie indziej, daleko stąd. Gdyby Jacobowi coś się stało, byłaby to moja wina. To ostatnie odkrycie podziałało na mnie jak kubeł zimnej wody. Zmotywowana jak nigdy dotąd, popędziłam do domu Billy'ego po furgonetkę.

Wiedziałam, jak dojechać do drogi ciągnącej się wzdłuż klifów, ale ścieżki wiodącej na sam skraj przepaści szukałam po raz pierwszy. Ta, którą w końcu znalazłam, prowadziła prosto ku najwyżej położonemu rozbiegowi. Rozglądałam się za jakimś rozwidleniem, żeby zgodnie z wolą Jacoba skoczyć z niższej skały, ale bez powodzenia, tymczasem burza była coraz bliżej. Zerwał się wreszcie wiatr, na policzkach poczułam krople. Nie miałam wyboru – mogłam jedynie zrejterować, a to nie wchodziło w rachubę.

Nietrudno było mi przekonać samą siebie, że przed ulewą nie zdążę znaleźć alternatywnej ścieżki. Po prawdzie, nigdy nie chciałam skoczyć z niższej półki. Do skoku zainspirowały mnie wyczyny Sama i jego kompanów, a nie niewinne zabawy miejscowej dzieciarni. Pragnęłam spadać jak najdłużej, zupełnie zatracić się w locie.

Zdawałam sobie sprawę, że nigdy w życiu nie postępowałam jeszcze równie lekkomyślnie, ale poprawiało mi to tylko humor. Ból słabł już stopniowo, jakby moje ciało wiedziało, że lada moment usłyszę Edwarda.

Paradoksalnie, w miejscu, w którym piach ścieżki przechodził w litą skałę, szum oceanu zdawał się cichszy niż chwilę wcześniej pomiędzy drzewami. Smagana wilgotnymi podmuchami wiatru zrobiłam kilka kroków do przodu. Skrzywiłam się na myśl, jak zimna musi być woda u stóp klifu, ale nic nie było już w stanie mnie zniechęcić. Nie patrzyłam w dół, tylko prosto przed siebie. Sunęłam ostrożnie do przodu. Zatrzymałam się, kiedy palcami stóp wyczułam krawędź. Wzięłam głęboki oddech. Odczekałam kilka sekund.

– Bello!

Wypuściłam powietrze z płuc z triumfalnym uśmiechem.

Tak, Edwardzie? No, co masz mi do powiedzenia?

Nie odezwałam się, bojąc się, że dźwięk własnego głosu rozproszy mnie i przegoni omamy. Były takie piękne, takie realistyczne. Biły o głowę wyblakłe wspomnienia przyjemnych epizodów naszej znajomości. Dopiero gdy, niby to sprowokowany moim zachowaniem, Edward gniewał się na mnie w zwidach, mój mózg odtwarzał jego baryton w najdrobniejszych szczegółach – najcudowniejszych szczegółach pod słońcem.

– Przestań, błagam!

Chciałeś, żebym pozostała człowiekiem, przypomniałam mu w myślach. Cóż, tacy są ludzie. Szaleni.

– Proszę, nie skacz! Zrób to dla mnie!

Ale tylko w takich okolicznościach do mnie wracasz.

– Proszę! – Szept mojego ukochanego ledwie przebił się przez deszcz. Byłam tak mokra, jakbym już raz dziś skakała.

Przeniosłam ciężar ciała na pięty.

– Bello! – Edward już nie błagał, ale żądał. Jego gniew był taki uroczy!

Nie przestając się uśmiechać, uniosłam złączone ręce wysoko do góry, śmiało wypychając podbródek w deszcz. A może jednak nie na główkę? W Phoenix często chodziłam na publiczny basen, a tam podobne ekscesy były zakazane. Opuściłam ręce, za to ugięłam nogi w kolanach, żeby lepiej się wybić. Jeszcze ostatni wdech...

I rzuciłam się z klifu.

Darłam się na całe gardło, nie krzyczałam jednak ze strachu, ale z radości. Wiatr stawiał mi opór, walcząc daremnie z grawitacją, dzwonił mi w uszach, nadymał bluzkę. Przecinałam powietrze niczym meteoryt, wirowałam jak pędząca ku ziemi, zepsuta rakieta.

Tak! To z tym okrzykiem na ustach przebiłam taflę wody. Była lodowata, o wiele zimniejsza, niż przypuszczałam, ale szok, jaki przeżyłam w zetknięciu z nią, tylko spotęgował moją euforię. Strach nie towarzyszył mi nawet przez ułamek sekundy. W moich żyłach szumiała czysta adrenalina. Skoczyłam! Skoczyłam! Byłam z siebie taka dumna. Doprawdy, cóż było w tym takiego strasznego?

I wtedy porwał mnie prąd.

Myśląc o klifach, zwracałam uwagę wyłącznie na to, jakie są wysokie. Zupełnie wyleciało mi z głowy, że po skoku trzeba jeszcze wydostać się na brzeg. Nie podejrzewałam, że okaże się to takie skomplikowane.

Wrażenie było takie, jakby fale mnie sobie wyrywały, jakby usiłowały rozerwać mnie na strzępy, żeby sprawiedliwie się mną podzielić. Czytałam, że aby nie szarpać się z pływami, należy płynąć wzdłuż wybrzeża, a nie prosto ku plaży, ale kłopot był w tym, że nie miałam pojęcia, gdzie się ona znajduje.

Nie wiedziałam nawet, gdzie jest góra, a gdzie dół.

Wokół mnie kłębiła się czarna, mokra nicość, przez którą nie przebijał się ani jeden promyk słońca mogący wskazać właściwy kierunek. Z pomocą nie przychodziła również grawitacja. Tak wyraźnie odczuwalna w locie, tu, wśród wirów, straciła rację bytu. Nie opadałam na niewidoczne dno – topiłam się, ale nie tonęłam. Prąd szarpał mną na wszystkie strony jak szmacianą lalką.

Walczyłam o zatrzymanie w płucach powietrza, o to, by odruchowo nie otworzyć ust, pozbawiając się resztek zapasu tlenu.

– Bello!

Nie zdziwiłam się, że Edward nadal jest przy mnie. Na motorze czy przy roztrzęsionym Jacobie ryzyko było jedynie potencjalne, a mimo to mnie nie opuszczał, więc co dopiero teraz, kiedy umierałam. Zaskoczyło mnie raczej to drugie, to, że miałam pewność, że umieram. Zaraz miałam zacząć się dusić.

– Nie przestawaj płynąć! – nakazał mój niewidzialny opiekun.

Dobre sobie! Dokąd? W tę ciemność, czy w tamtą?

Fale nie wyrywały mnie już sobie tak brutalnie, przynajmniej z pozoru – to od chłodnej wody cierpły mi kończyny. Powoli stawałam się obojętna na to, co się ze mną działo. Bezwolna, zapadałam się w odrętwieniu.

– Ruszaj się! Ruszaj! Nie poddawaj się, do cholery!

Rozkaz mnie otrzeźwił. Zmusiłam nogi do wierzgania, rękami macałam na ślepo w mroku. Trudno było powiedzieć, czego szukałam – co sekundę lądowałam w innej pozycji. Nie wiedziałam, po co właściwie się tak staram. Jaki miało to jeszcze sens?

– Walcz! – dopingował mnie Edward. – Walcz, Bello! Nie przestawaj!

Po co?

Nie chciałam dłużej walczyć. Nie przeszkadzało mi ani zimno, ani to, że moje wyczerpane mięśnie nie miały już siły wprawiać w ruch moich ramion. Byłam poniekąd zadowolona, że to już koniec. I że przyszło mi umierać właśnie w ten sposób. Moje wcześniejsze spotkania ze śmiercią były dużo gwałtowniejsze. Podobało mi się, że jest tak ciemno, tak spokojnie.

Przypomniało mi się, że powinno przemykać mi teraz przed oczami całe moje życie. Dzięki Bogu, oszczędzono mi tego przykrego seansu. Zobaczyłam za to to, co było mi najdroższe na świecie.

Moja podświadomość przechowywała zapewne ten widok na taką okazję. Nie spodziewałam się, że zatrzyma w swoich zakamarkach nie tylko głos Edwarda, ale i jego postać. Jego idealna twarz pojawiła się nagle tuż przede mną, zawisła w przestrzeni na wyciągnięcie ręki. Zgadzało się wszystko: odcień skóry, kształt warg, linia szczęki, połyskujące w tęczówkach złoto. Co zrozumiałe, był na mnie bardzo zły – zęby miał zaciśnięte, a nos zmarszczony.

– Bello, opamiętaj się! – zawołał. – Musisz się ratować!

Słyszałam wszystko wyraźnie, chociaż moje uszy wypełniała lodowata woda. Treść błagań tym razem zignorowałam, wolałam skupić się na tembrze barytonu. Po co miałam się męczyć i walczyć, skoro byłam taka szczęśliwa? Wnętrzności paliły mnie z braku powietrza, kończyny siniały z zimna, ale byłam zachwycona. Zapomniałam już, czym jest prawdziwa radość.

Najpierw spokój, teraz radość – w takich warunkach umieranie nie było takie złe.

Prąd przejął nade mną kontrolę, ciskając w stronę niewidocznej w mroku skały. Twardy występ trafił mnie prosto w klatkę piersiową. Impet uderzenia nie połamał mi żeber, ale wycisnął z płuc resztki powietrza – uleciało chmarą srebrnych baniek. Jego miejsce natychmiast zajęła żrąca woda. Zaczęłam się krztusić, dusić, oddalać od Edwarda. Coś mnie od niego odciągało. Nareszcie poczułam, że opadam na dno, ale było już za późno, żeby przeć w odwrotnym kierunku.

Żegnaj, kocham cię – gdybym mogła mówić, tak brzmiałyby moje ostatnie słowa.

16 *Parys*

Niemalże w tym samym momencie moja głowa znalazła się ponad powierzchnią.

Jakie to dziwne, pomyślałam. Tonie się w dół, a nie w górę.

Odmęty nie dawały jednak za wygraną. Prąd pchał mnie chyba uparcie ku jakiejś grupie skałek, bo w rytmicznych odstępach waliłam plecami o coś twardego. Po każdym uderzeniu z moich ust i nosa wystrzeliwały strumienie wody. Trudno było uwierzyć, że mieści się jej we mnie aż tyle. Paliła sól, paliły płuca, skały siniaczyły łopatki, w gardle miałam zbyt dużo płynu, by zaczerpnąć powietrza. Chociaż moje zmysły odbierały wciąż kołysanie fal, jakimś cudem nie zanurzałam się ani nie wirowałam. Nic nie widziałam, ale woda była wszędzie, zalewała mi twarz.

– Oddychaj! – rozkazał mi przepełniony rozpaczą głos. Rozpoznałam go od razu. To nie Edward się o mnie martwił. Prawda zabolała jak ukłucie sztyletem.

Rozkaz i tak był nie do wykonania. Ledwie nadążałam z wypluwaniem. Ciekło ze mnie i ciekło. Nie miałam kiedy złapać tchu.

Kolejne uderzenie o skały, kolejny potrójny wytrysk lodowatej cieczy. Ani chwili wytchnienia.

– Oddychaj! No, Bello! Oddychaj, dziewczyno!

Zobaczyłam światło, ale przez rój czarnych mroczków, coraz gęstszych, coraz większych, zlewających się wreszcie w czarną kurtynę.

Bach. Znowu te skały... Tylko dlaczego były ciepłe?

Uzmysłowiłam sobie, że to, co brałam za kamienne wypustki, było w rzeczywistości pięściami Jacoba, który próbował wypompować ze mnie wodę. To coś, co odciągnęło mnie w głębinach od Edwarda, też było ciepłe... Zakręciło mi się w głowie, wróciły mroczki.

Czy znowu umierałam? Nie było mi tak przyjemnie, jak poprzednim razem. Nie miałam się w kogo wpatrywać. Szum fal cichł, przechodząc w miarowe szemranie, które zdawało się wydobywać z wnętrza moich uszu.

– Bello? – Głos Jacoba był już spokojniejszy. – Bello, czy mnie słyszysz?

Nie byłam pewna. Mózg lasował mi się w rytmie oceanu.

– Jak długo była nieprzytomna? – spytał ktoś drugi. To, że Jacob nie jest sam, zaintrygowało mnie na tyle, że nieco oprzytomniałam.

Uświadomiłam sobie, że leżę nieruchomo na czymś płaskim i stosunkowo twardym. W moje odsłonięte przedramiona wbijały się zaścielające podłoże drobiny. Prąd już mną nie szarpał – monotonne kołysanie obejmowało tylko moją obolałą czaszkę.

– Nie jestem pewien – odparł Jacob zasępiony. – Kilka minut? Doholowanie jej do plaży nie zabrało aż tak wiele czasu.

Jego głos dochodził z bardzo bliska. Charakterystycznie rozgrzana dłoń odgarnęła mi z policzka mokry kosmyk włosów.

Z głębi moich zatkanych uszu naprawdę wydobywało się miarowe szemranie, jednak nie fale, lecz moje własne wdechy i wydechy. Powietrze ocierało się o wnętrze tchawicy i oskrzeli nie jak mieszanina gazów, a jak druciana szczotka, ale najważniejsze było to, że powoli wracałam do życia. I marzłam! Ciągle padało. Tysiące zimnych kropel spływały po mojej skórze i ubraniu, potęgując wychłodzenie.

– Skoro oddycha, zaraz się ocknie. – Zorientowałam się, że rozmówcą Jacoba jest Sam. – Zanieśmy ją szybko w jakieś ciepłe miejsce. Nie podoba mi się to postępujące zsinienie.

– Sądzisz, że można ją ruszyć?

– Nie złamała kręgosłupa lub czegoś innego przy upadku?

– Nie dam głowy.

Zamyślili się.

Spróbowałam otworzyć oczy. Zajęło mi to z minutę, ale w końcu zobaczyłam niebo. Wypełniały je ciemne, fioletowoszare chmury.

– Jake? – wycharczałam.

Na tle chmur pojawił się Jacob.

– Bella! – wykrzyknął z ulgą. Jeśli wcześniej płakał, ulewa pozwoliła mu to miłosiernie ukryć. – Och, Bello! Jak się czujesz? Słyszysz mnie? Jesteś ranna?

– G… gga… ggardło bboli – wyjąkałam. Wargi trzęsły mi się z zimna.

– Jeśli tylko gardło, to możemy się stąd zabrać – stwierdził Jacob, biorąc mnie na ręce. Mogłoby się wydawać, że ważę tyle, co pusty karton. Chłopak nie miał na sobie podkoszulka, a jego ciało jak zwykle buchało gorącem. Zgarbił się, żeby choć trochę osłonić mnie przed deszczem. Wpatrywałam się tępo w bijące o brzeg bałwany, nie przyjmując jeszcze nadmiaru bodźców.

– Poradzisz sobie? – usłyszałam Sama.

– Tak, sam ją doniosę. Możesz wracać do szpitala. Dołączę do was później. Wielkie dzięki, Sam.

Sam nic nie powiedział. Zaciekawiło mnie, czy zdążył już się bezszelestnie oddalić. Byłam w takim stanie, że wzmianka o szpitalu nie zrobiła na mnie żadnego wrażenia.

Skrawek plaży, na którym przed chwilą leżałam, zalały pieniste fale, jak gdyby morze, wściekłe, że mu się wymknęłam, ponawiało próbę porwania. Zerknęłam na horyzont. Dziwne… Mój zmęczony wzrok przykuła jaskrawa plamka. Daleko na czarnych wodach zatoki, wśród grzywaczy, tańczył błędny ognik. Ogień nie pasował do wody, ale takie było moje skojarzenie. Zgasł zresztą szybko, a może zniknął czymś przesłonięty, nie mogłam więc nabrać pewności, że to nie iluzja. Nie myślałam o nim dłużej, przypomniały mi się za to głębiny – wszechobecna, kotłująca się ciemność. Nie wiedziałam, dokąd płynąć, byłam taka zdezorientowana, a jednak... a jednak Jacob mnie znalazł.

– Jak mnie znalazłeś? – wychrypiałam głośno, zadziwiona.

– Szukałem cię – wyjaśnił. Biegł pod górę ku drodze, ale nie za szybko, żeby mi nie zaszkodzić. – Poszedłem śladem opon furgonetki, a potem usłyszałem twój krzyk... – Wzdrygnął się. – Dlaczego skoczyłaś, Bello? Nie zauważyłaś, że zbiera się na burzę? Nie mogłaś zaczekać parę dni? – Widząc, że przeżyję, był już w stanie się na mnie złościć.

– Wybacz – wymamrotałam. – To był głupi pomysł.

– Niesamowicie głupi – poprawił. – Słuchaj, następnym razem wstrzymaj się z debilnymi wybrykami do czasu, aż znajdę się w pobliżu, okej? Nie będę mógł się skoncentrować na mojej robocie, jeśli zaczniesz regularnie wycinać mi takie numery.

– Przyrzekam, że to ostatni raz – oświadczyłam. Chrypką przypominałam nałogowego palacza w średnim wieku. Żeby to zmienić, postanowiłam odchrząknąć, ale równie dobrze mogłam zacząć czyścić sobie gardło żyletką. Okropnie zabolało. Natychmiast przestałam. – Jak tam w lesie? Zab... znaleźliście już Victorię? – Teraz to ja się wzdrygnęłam, chociaż dzięki temperaturze skóry Jacoba zdążyłam się już ogrzać.

Mój wybawca pokręcił głową.

– Żeby nam się wymknąć, wskoczyła do wody. Co było robić, daliśmy za wygraną. Wampiry pływają znacznie szybciej niż my. To dlatego popędziłem prosto do domu – bałem się, że nas wyprzedzi i zaskoczy cię na plaży. Spędzasz tam samotnie tyle czasu...

– Sama widziałam, a co z resztą? Też już wrócili? Wszystko w porządku? – Miałam nadzieję, że zaprzestali poszukiwań.

– Wrócili, wrócili.

Coś w jego minie mnie zaniepokoiło. Nagle skojarzyłam, jakimi słowami pożegnał Sama.

– Hej, wspomniałeś coś o szpitalu! – Mój głos podskoczył o oktawę. – Nie kłam! Któryś z was jest ranny? Zaatakowała?

– Nie, nie, nic z tych rzeczy. Kiedy wróciliśmy, Emily przekazała nam smutną wiadomość. To Harry Clearwater jest w szpitalu. Dziś rano miał rozległy zawał.

– Harry? – Zamilkłam na moment. Stopniowo docierała do mnie groza sytuacji. – O, nie! – jęknęłam. – Czy Charliego też powiadomiono?

– Oczywiście. Przyjechał od razu. Przywiózł z sobą Billy'ego.

– Jakie są rokowania?

Jacob spojrzał w bok.

– Obawiam się, że nie najlepsze.

Poczułam przeraźliwe wyrzuty sumienia. Skoki z klifu! Co za dziecinada! Jakby rodzice nie mieli dość zmartwień! Jak mogłam postąpić tak nierozważnie! I Harry akurat dostał zawału!

– Czy mogę na coś się przydać? – spytałam.

W tym samym momencie przestało padać i zorientowałam się z dużym opóźnieniem, że weszliśmy właśnie do domu Blacków. Deszcz wybijał werble na blaszanym dachu.

– No coś ty – żachnął się Jacob, kładąc mnie na kanapie. – Zostajesz tutaj – a mówiąc tutaj, mam na myśli tę sofę! Zaraz skombinuję ci jakieś suche ciuchy.

Wyszedł pospiesznie do swojego pokoju. Rozejrzałam się po zaciemnionym saloniku. Bez Billy'ego było tu dziwnie pusto, wręcz ponuro. Brało się to pewnie stąd, że wiedziałam o Harrym.

Jacob wrócił po kilkunastu sekundach. Rzucił mi coś miękkiego i szarego.

– Będzie na ciebie za duży, ale nie mam nic lepszego. Ehm... Wyjdę, żebyś mogła się przebrać.

– Nie odchodź! Nie będę się na razie ruszać, muszę trochę odpocząć. Posiedź ze mną, proszę.

Jacob usiadł na podłodze i oparł się plecami o kanapę. Podejrzewałam, że nie spał od wielu godzin – wyglądał na równie zmęczonego, co ja. Oparł głowę o poduszkę leżącą tuż obok mojej i ziewnął.

– Chyba nic się nie stanie, jeśli zdrzemnę się minutkę – powiedział, zamykając oczy. Poszłam za jego przykładem.

Biedny Harry. Biedna Sue. Charlie musiał odchodzić od zmysłów. Harry był jednym z jego dwóch najlepszych przyjaciół. Modliłam się o to, żeby lekarze nie mieli racji. Przez wzgląd na ojca właśnie. I na Sue. I na Leę i Setha.

Kanapa stała koło kaloryfera, więc mimo przemoczonego ubrania nie było mi już zimno. Miałam wielką ochotę zasnąć, żeby uciec w niebyt przed bólem w płucach. A może nie było mi wolno? Nie, to przy wstrząśnieniu mózgu. Wszystko mi się mieszało. Byłam nadal w szoku.

Jacob zaczął cichutko pochrapywać. Brzmiało to jak kołysanka. Odpłynęłam w mgnieniu oka.

Po raz pierwszy od bardzo, bardzo dawna przyśniło mi się coś w miarę zwyczajnego: kalejdoskop chaotycznie dobranych obrazów z moich wspomnień. Ostre słońce Phoenix, twarz mojej mamy, domek na drzewie, wypłowiała kapa, wyłożona lustrami ściana, pomarańczowy płomyk wśród czarnych fal... Zapominałam o każdym z nich, gdy tylko jego miejsce zajmował kolejny.

Dopiero ostatnia wizja przykuła na dłużej moją uwagę. Była to scena w teatrze, a na niej znajome dekoracje: renesansowy balkon, namalowany w tle księżyc. Ubrana w staromodną koszulę nocną dziewczyna wychylała się ponad balustradę, coś do siebie szepcąc...

Szekspirowska Julia. Kiedy się obudziłam, nadal o niej myślałam.

Jacob spał jeszcze. Osunął się z poduszki na podłogę i miarowo oddychał. W saloniku było jeszcze ciemniej niż przed paroma godzinami. Zesztywniałam, ale nie ziębłam, a ubranie niemal już wyschło. Z każdym oddechem gardło smagał mi ogień.

Chciałam wstać już na dobre, a przynajmniej zrobić sobie coś do picia. Nic z tego. Moje ciało miało inne plany. Było mu wygodnie i nie widziało potrzeby, dlaczego miałoby się ruszyć. Skapitulowałam. Zamiast walczyć sama z sobą, wróciłam do rozmyślania o Julii.

Zastanowiłam się, jak by postąpiła, gdyby Romeo ją zastawił – nie dlatego, że go wygnano, ale po prostu dlatego, że się odkochał. Co by było, gdyby zmienił zdanie i wrócił do Rozaliny? Gdyby nie ożenił się z Julią, tylko zniknął bez śladu?

Chyba domyślałam się, jak by się czuła.

Już nigdy nie otrząsnęłaby się po tej stracie, byłam tego pewna. Jeśli wróciłaby do swojego starego trybu życia, to tylko z pozoru. Nie zapomniałaby Romea, nawet gdyby dożyła sędziwego wieku. Jego twarz towarzyszyłaby jej na każdym kroku. W końcu musiałaby się z tym pogodzić.

Ciekawiło mnie, czy zdecydowałaby się jednak poślubić Parysa – dla świętego spokoju, żeby zadowolić rodziców. Nie, raczej nie. Chociaż, z drugiej strony, w dramacie nie opisano tej postaci zbyt dokładnie. Parys był tylko jednym z czarnych charakterów, narzędziem w rękach dramaturga, zagrożeniem wprowadzającym do fabuły napięcie.

A co, jeśli prawda o nim wyglądała nieco inaczej?

Co, jeśli Parys był przyjacielem Julii? Jej najlepszym przyjacielem? Jedyną osobą, której mogła zwierzyć się, jak bardzo cierpi po odejściu Romea? Co, jeśli nikt inny tak dobrze jej nie rozumiał i przy nikim innym tak dobrze się nie czuła? Jeśli był współczujący i cierpliwy? Jeśli się nią zaopiekował? Co, jeśli Julia nie umiała sobie wyobrazić bez niego dalszego życia? Jeśli w dodatku naprawdę ją kochał i zależało mu na jej szczęściu?

Co, jeśli… i ona kochała Parysa? Nie tak jak Romea, to oczywiste, ale dość mocno, by także pragnąć go uszczęśliwić?

Ciszę w pokoju zakłócał tylko równy oddech Jacoba. Ten rytmiczny szmer był jak kołysanka śpiewana dziecku, jak poskrzypywanie bujanego fotela, jak tykanie starego zegara… Był to odgłos, od którego lżej robiło się na sercu.

Gdyby Romeo porzucił Julię i na zawsze wyjechał z Werony, a ona przystała na propozycję matrymonialną Parysa, czy ktokolwiek miałby prawo ją za to potępiać? Była to chyba jej jedyna szansa na odbudowanie normalności. Tylko u boku przyjaciela mogła liczyć na to, że jeszcze nieraz się uśmiechnie.

Westchnęłam, a zaraz potem jęknęłam, bo wzdychanie bolało tak samo jak odchrząkiwanie. Poniosła mnie fantazja – Romeo nigdy nie odkochałby się w Julii. To dlatego ludzie na całym świecie pamiętali wciąż jego imię. To dlatego historia pary kochanków wszystkich wzruszała i zachwycała. Nawet sama tragedia tak się nazywała: *Romeo i Julia*. Zawsze razem. *Julia zadowala się Parysem* nie byłoby raczej hitem.

Zamknąwszy na powrót oczy, dałam porwać się myślom – byle dalej od tej durnej sztuki, której miałam powyżej uszu. Ważniejsza była rzeczywistość. Jak mogłam być taka lekkomyślna? Najpierw motory, teraz skakanie z klifu… Głupi ma szczęście. A gdybym tak się zabiła? Charlie mógłby się po tym już nigdy nie pozbierać. Zawał Harry'ego sprawił, że spojrzałam na swoje życie z innej perspektywy. Z perspektywy, z której nie chciałam na nie patrzeć. Od września pozostawałam ślepa na racjonalne argumenty. Być może nadszedł teraz czas, by to zmienić.

Czy czułam się gotowa zrezygnować z gonienia za omamami? Gotowa postępować jak osoba dorosła? Zdawałam sobie sprawę, że stanęłabym przed niełatwym zadaniem. Cóż, może był to mój obowiązek. Może bym sobie poradziła. Z pomocą Jacoba.

Postanowiłam podjąć decyzję nieco później, ochłonąwszy po wypadku. Na razie wolałam myśleć o czymś innym.

Kiedy szukałam jakiegoś przyjemnego tematu, umysł podrzucał mi obrazy i wrażenia z ostatnich paru godzin: świst powietrza podczas lotu, czerń fal oceanu, siłę prądu pod klifem, twarz Edwarda w mroku (tu zatrzymałam się na dłużej), ciepłe dłonie wypompowującego ze mnie wodę Jacoba, strugi deszczu bijące z fioletowych chmur, dziwny, pomarańczowy ognik wśród grzywaczy…

Ten odcień pomarańczowego z czymś mi się skojarzył. Zaraz, co to było...

Nagle usłyszałam, że przed dom zajeżdża samochód. Ciężkie koła zapadały się w błotnistej drodze. Auto zaparkowało przed samymi drzwiami. Trzasnęły drzwiczki. Przyszło mi do głowy, że może powinnam usiąść, ale odrzuciłam ten pomysł.

Rozpoznałam głos Billy'ego. Rozmawiał z kimś bardzo cicho. To było dla niego nietypowe.

Drzwi do pokoju otworzyły się gwałtownie. Włączono światło, co mnie oślepiło. Zamrugałam. Jake zerwał się na równe nogi.

– O, przepraszam – bąknął Billy. – Obudziłem was?

Na widok jego miny moje oczy wypełniły się łzami.

– O, nie! – jęknęłam. – O, nie!

Pokiwał tylko głową.

Jake podbiegł do ojca i wziął go za rękę. Twarz mojego przyjaciela, wykrzywiona bólem, zrobiła się bardzo chłopięca – nie pasowała do masywnego, umięśnionego ciała.

Za Billym stał w progu Sam, to on popychał wózek inwalidzki. Zwykle nieludzko opanowany, dziś jednak okazywał smutek.

– Tak bardzo mi przykro – wyszeptałam.

Oszczędnym skinieniem Billy dał mi znać, że przyjmuje moje kondolencje.

– Gdzie Charlie?

– Został w szpitalu z Sue. Musi... Na załatwienie czeka wiele spraw.

Ścisnęło mnie w gardle.

– To ja już chyba będę wracał – wymamrotał Sam, wycofując się ku drzwiom frontowym. Wkrótce naszych uszu doszedł odgłos odpalanego silnika.

Uwolniwszy się z uścisku Jacoba, Billy pojechał do swojego pokoju. Jake stał przez chwilę nieruchomo, a potem usiadł z powrotem na podłodze przy kanapie. Schował twarz w dłoniach. Poklepałam go po ramieniu, żałując w duchu, że nie wiem, co powiedzieć.

Jacob pierwszy przerwał ciszę. Chwycił mnie za rękę i przyciągnął ją sobie do policzka.

– Jak się czujesz? Wszystko w porządku? Powinienem cię pewnie zawieźć do lekarza, prawda?

– O mnie się nie martw – zadeklarowałam ochryple.

Obrócił się, by móc mi się przyjrzeć. Oczy miał przekrwione od płaczu.

– Nie wyglądasz najlepiej – stwierdził.

– I nie czuję się najlepiej.

– Pójdę nad klif po twój samochód, a później odwiozę do domu. Charlie nie będzie zachwycony, jeśli tam cię nie zastanie.

– Racja.

Czekając na Jacoba, nie ruszałam się z kanapy. Z pokoju Billy'ego nie dochodziły żadne dźwięki. Czułam się głupio, jak wścibski podglądacz ciekawy cudzej żałoby.

Jake uwinął się raz dwa – furgonetka zawyła pod oknami znacznie wcześniej, niż się tego spodziewałam. Chłopak pomógł mi się podnieść, a kiedy wyszliśmy na dwór i zadrżałam z zimna, otoczył mnie swoim rozgrzanym ramieniem. Bez pytania podprowadził mnie do auta od strony fotela pasażera, a sam zasiadł za kierownicą. Przyciągnął mnie do siebie, żeby nadal móc obejmować. Oparłam się skronią o jego pierś.

– Czym wrócisz do La Push? – spytałam zatroskana.

– Nie wrócę – burknął. – Nie pamiętasz? Nie złapaliśmy jeszcze twojej rudej zołzy.

Wzdrygnęłam się, ale tym razem temperatura powietrza nie miała tu nic do rzeczy.

Nie rozmawialiśmy po drodze, choć chłodne powietrze do końca mnie ocuciło. Mój mózg pracował na najwyższych obrotach. Przypomniał mi się dylemat związany z Parysem.

Jak miałam traktować mojego Parysa? Co było fair?

Nie wyobrażałam sobie dalszego życia bez utrzymywania kontaktów z Jacobem – wolałam nawet nie myśleć, że mogłyby zostać znowu zerwane. Brzmiało to pompatycznie, ale taka była prawda

– Jake był gwarantem mojego zdrowia psychicznego. Tylko czy miałam prawo nadal uważać go jedynie za przyjaciela? Czy nie było to z mojej strony, co zarzucił mi Mike, okrutne?

Parę tygodni temu marzyłam, żeby Jacob był moim bratem. Teraz uzmysłowiłam sobie, że to, czego tak naprawdę pragnę, to móc z czystym sumieniem zagiąć na niego parol. Jak by nie było, każdym gestem okazywał mi bynajmniej nie braterskie uczucie. I właściwie nie miałam nic przeciwko. Było mi tak dobrze, kiedy mnie przytulał – tak błogo i ciepło. Zapewniał mi poczucie bezpieczeństwa.

Nasza przyszłość leżała w moich rękach.

Po pierwsze, musiałabym mu o opowiedzieć o moich deliberacjach. Szczerość to podstawa. Musiałabym mu wszystko odpowiednio wyjaśnić, tak żeby nie uznał, że robię mu łaskę, tylko żeby zrozumiał, że jest wręcz przeciwnie – to ja nie dorównuję mu do pięt. Wiedział już, że rozstanie z Edwardem odmieniło mnie na zawsze, takie wyznanie nie byłoby dla niego zaskoczeniem, ale nie mogłabym zataić przed nim żadnej z moich nowych przypadłości. Miałabym obowiązek wyjawić mu nawet to, że chyba oszalałam, bo zdarza mi się słyszeć w głowie głos mojego byłego. Tak, zanim podjąłby ostateczną decyzję, musiałby poznać najbardziej wstydliwe szczegóły.

Mimo że było ich wiele, nie bałam się jednak odrzucenia. Nie miałam wątpliwości, że jeśli tylko się zdeklaruję, Jacob nie zawaha się ani sekundy.

Musiałabym zainwestować w ten związek wszystko, co mi zostało – każdy z kawałeczków mojego złamanego serca. Jedynie gdybym zaangażowała się w najwyższym stopniu, moje postępowanie można by było uznać za prawdziwie szlachetne.

Ale czy było mnie na to stać?

Tyle trudnych pytań…

Czy grzeszyłabym, próbując uszczęśliwić mojego najlepszego przyjaciela? Moje serce pewnie nie raz wyrywałoby się ku bezdusznemu Romeowi, ale przecież większość czasu przebywałoby w Forks. Moja miłość do Jacoba była niczym w porównaniu z tym, co czułam do Edwarda, ale przecież nadal zasługiwała na miano miłości.

Charlie jeszcze nie wrócił – wszystkie okna były ciemne. Zaparkowaliśmy. Zgasł silnik i zapadła głucha cisza. Doceniałam to, że Jacob nie dręczy mnie rozmową. Jak zwykle, domyślał się trafnie, czego po nim oczekuję.

Przycisnął mnie do siebie obiema rękami, zamykając w żelaznym uścisku. I znów nie miałam nic przeciwko temu. Swoją bliskością dodawał mi otuchy.

Sądziłam, że rozmyśla o śmierci Harry'ego, ale kiedy się odezwał, odkryłam, że się myliłam:

– Przepraszam. Wiem, że nie czujesz dokładnie tego, co ja. Nie mam zresztą o to do ciebie żalu, przysięgam. Jestem po prostu taki szczęśliwy, że nic ci nie jest, że aż chce mi się śpiewać! – Zaśmiał mi się w ucho. – Módl się, żebym nadal tak się skutecznie powstrzymywał, bo wystraszę wam fałszowaniem sąsiadów.

Z nadmiaru emocji zaczęłam nieco szybciej oddychać. Powietrze tarło uparcie o ściany mojego gardła.

Czy Edward nie chciałby, żebym walczyła o szczęście? Zakładałam, że jego intencją nie było zmienienie mnie w emocjonalną kalekę. Ucieszyłby się chyba, dowiedziawszy się, co planuję, a przynajmniej niczego by mi nie zabronił. W końcu to on sam odrzucił moją miłość. Teraz jej ułamkiem mogłam obdarzyć kogoś innego.

Jake przycisnął policzek do czubka mojej głowy.

Gdyby odrobinę skręciła szyję, gdybym dotknęła ustami jego nagiego ramienia... Wystarczyłoby przesunąć się o te kilka centymetrów. Byłam stuprocentowo pewna tego, co by się później wydarzyło. Dziś wieczór nie musiałabym się z niczego tłumaczyć.

Ale czy mogłam to zrobić? Czy mogłam zdradzić swoje umęczone serce, aby ocalić własne żałosne życie?

Dostałam gęsiej skórki.

A potem, tak wyraźnie, jak gdyby groziło mi straszliwe niebezpieczeństwo, usłyszałam głos Edwarda – jego aksamitny szept:

– Bądź szczęśliwa.

Zamarłam.

Jacob doszedł do wniosku, że mam dosyć, i odsunąwszy mnie od siebie, sięgnął do klamki.

Czekaj, chciałam zawołać do Edwarda. Chwileczkę, co to miało być? Tylko jaki sens miało konwersowanie z własną iluzją?

Jacob otworzył drzwiczki i do szoferki wtargnął zimny podmuch wiatru.

– Ach! – Chłopak zgiął się w pół, jakby otoczyła go chmura trującego gazu. – Cholera jasna! – Zatrzasnął szybko drzwiczki, przekręcając jednocześnie kluczyk w stacyjce. Ręce trzęsły mu się tak okropnie, że nie miałam pojęcia, jak sobie z tym poradził.

– Co z tobą? – wykrzyknęłam.

Silnik zakrztusił się i zgasł. Mój kompan działał zbyt nerwowo.

– Wampirzyca – wycedził.

O mało nie zemdlałam.

– Skąd wiesz?

– Bo suka śmierdzi na kilometr!

Nie zważając wcale na targające nim dreszcze, przeczesywał dzikim wzrokiem przydrożne zarośla.

– I co teraz? – mruknął, bardziej do siebie niż do mnie. Zerknął na mnie. Musiałam być biała jak ściana. To mu wystarczyło. – Okej, zmywamy się stąd.

Tym razem silnik zaskoczył bez problemu. Jacob manewrował jak na filmie, opony przeraźliwie piszczały. Mieliśmy już wyjechać na drogę, kiedy w świetle reflektorów zobaczyłam zaparkowane po drugiej stronie auto – duże, czarne, luksusowe… znajome.

– Stój! – wykrztusiłam.

Nigdy nie należałam do fanów motoryzacji, ale ten samochód znałam akurat aż za dobrze. Był to mercedes S55 AMG. Wiedziałam, ile ma koni i jakiego koloru jest jego tapicerka. Wiedziałam, że jego potężny silnik mruczy niczym tygrys. Wiedziałam, jak pachną jego skórzane siedzenia i że dzięki przyciemnianym szybom nawet w południe w środku panuje półmrok.

To tym samochodem, samochodem Carlisle'a, Alice i Jasper wywieźli mnie rok temu do Phoenix.

– Stój! – ponowiłam rozkaz głośniej, bo na pierwszy zaaferowany Jacob nie zwrócił żadnej uwagi. Byliśmy już kilkadziesiąt metrów od domu.

– Co jest?

– To nie Victoria! Stój! Wracamy!

Jacob zahamował tak raptownie, że tylko cudem nie rozcięłam sobie czoła.

– Co takiego?! – Równie dobrze mogłam poprosić go o to, żeby mnie zabił.

– To auto Carlisle'a! To Cullenowie!

Byłam podekscytowana, ale Jake znowu zaczął dygotać.

– Spokojnie, tylko spokojnie, Jake. Wszystko w porządku. Nic mi nie grozi. Możesz się rozluźnić.

– Spokojnie – powtórzył. Schował głowę między kolana. Podczas gdy skupiał się na tym, żeby nie przeobrazić się w wilka, wyjrzałam przez tylną szybę. Mercedes stał nadal na swoim miejscu.

To tylko Carlisle, powiedziałam sobie. Nikogo więcej się nie spodziewaj. No, może Esme... Dosyć tego, wystarczy! Tylko Carlisle. Co najwyżej Carlisle. Aż Carlisle. Nie przypuszczałam przecież, że kiedykolwiek go jeszcze zobaczę.

– W twoim domu czai się wampir, a ty chcesz tam wracać? – warknął Jacob.

Obróciłam się w jego stronę, z niechęcią odrywając wzrok od limuzyny. Bałam się, że lada chwila auto rozpłynie się w powietrzu.

– Oczywiście – przytaknęłam ochoczo.

Rysy Jacoba stężały. Jego twarz zmieniła się na powrót w zgorzkniałą maskę, której miałam nadzieję już nigdy nie oglądać. Zanim oczy przyjaciela zgasły na dobre, dostrzegłam w nich jeszcze zadrę zdrady. Ręce w dalszym ciągu mu się trzęsły. Wyglądał na dziesięć lat starszego ode mnie.

Wziął głęboki wdech.

– Jesteś pewna, że to nie pułapka?

Mówił bardzo powoli, jakby każde wypowiadane przez niego słowo ważyło tonę.

– To nie pułapka, to Carlisle! Proszę, zawieź mnie do domu!

Kark mu zadygotał, ale oczy pozostały martwe.

– Nie ma mowy.

– Jake, no co ty? Carlisle nic mi...

– Nie. Jak chcesz, to sama się zawieź – rzucił oschle. To zaciskał, to rozluźniał szczęki. – Zrozum, Bello, nie mogę się tam pojawić. Niezależnie od postanowień paktu, każdy wampir to mój wróg.

– Cullenowie są...

– Muszę niezwłocznie powiadomić o wszystkim Sama. – Znowu mi przerwał. – Jeśli któreś z nich wróciło, członkowie sfory muszą opuścić ich terytorium.

– Jake, to nie wojna!

Nie słuchał mnie. Wysiadł, nie zgasiwszy silnika.

– Żegnaj. Obyś miała rację z tym samochodem. Nie chcę, żebyś była kolejną ofiarą Victorii.

Nim zdążyłam cokolwiek powiedzieć, rozpłynął się w mroku. Zapewne biegł już z szybkością właściwą wilkołakom.

Po raz drugi tego dnia wstrząsnęły mną gwałtowne wyrzuty sumienia. Co ja najlepszego zrobiłam? Jak mogłam być taka nietaktowna!

Ale mój wstyd był niczym przy mojej tęsknocie. Wzięła górę.

Przeczołgałam się na lewą stronę kanapy i chwyciłam kierownicę. Ręce trzęsły mi się nie mniej niż Jacobowi. Odczekałam minutę, ostrożnie zawróciłam, a potem cofnęłam się pod dom.

Kiedy zgasły światła furgonetki, podjazd pogrążył się w mroku – Charlie wyjechał do szpitala w takim pośpiechu, że zapomniał zostawić zapaloną lampę na ganku. Ciemności ostudziły mój zapał. A co, jeśli to była pułapka?

Zerknęłam na mercedesa. Ledwie go było widać. Hm... Nie, to musiał być samochód Carlisle'a.

Mimo tej pewności, gdy sięgałam na progu po klucz, ręce drżały mi jeszcze bardziej niż wcześniej. Obróciłam gałkę i pchnęłam futrynę. Przedpokój przypominał wnętrze grobowca.

Miałam ochotę zawołać coś na powitanie, ale język odmówił posłuszeństwa. Wstrzymałam oddech.

Zrobiwszy krok do przodu, przejechałam dłonią po ścianie. Gdzie się podział włącznik? Ten mrok działał mi na nerwy. Czerń, wszędzie czerń... jak tam, w głębinach.

Czarne wody zatoki i płomień wśród fal, płomień, który nie mógł być płomieniem... Więc czym był? I co mi przypominał? Ten soczysty, ciemnopomarańczowy kolor... Gdzie się podział ten włącznik? Wciąż dygocząc, macałam uparcie ścianę.

Nagle dotarło do mnie, co powiedział Jacob nad morzem: „Żeby nam się wymknąć, wskoczyła do wody. Co było robić, daliśmy za wygraną. Wampiry pływają znacznie szybciej niż my. To dlatego popędziłem prosto do domu – bałem się, że nas wyprzedzi i zaskoczy cię na plaży".

Nareszcie zorientowałam się, dlaczego pomarańcz płomyka wydał mi się znajomy. Zmartwiałam. Dłoń przestała szukać włącznika.

To włosy Victorii były barwy ognia – jej słynna ruda grzywa. Wampirzyca dopłynęła dziś rano aż do zatoki. Kiedy Jacob opowiadał mi o nieudanym polowaniu na nią, dzieliło go od niej kilkaset metrów!

Gdyby nie towarzyszył nam Sam, gdybyśmy siedzieli na plaży tylko w dwójkę... Sparaliżował mnie strach. Nie byłam w stanie ani się ruszać, ani oddychać.

Skoro dotarła tak blisko, mogła równie dobrze...

Nie dokończyłam tej myśli, bo przedpokój zalało światło. Zamrugałam, oślepiona. To nie ja je włączyłam – zrobił to ktoś, kto czekał na mnie przy schodach.

17 Gość

Mój gość miał nienaturalnie bladą cerę i ogromne czarne oczy. Stał z gracją zupełnie nieruchomo, co w połączeniu z jego niespotykaną urodą sprawiało, że wyglądał jak posąg o idealnych proporcjach. Zadrżały mi kolana. Omal się nie przewróciłam. A potem opanowałam się i doskoczyłam do niego jednym susem.

– Alice, och, Alice! – zawołałam, rzucając się jej na szyję.

Bach! Jakbym zderzyła się z betonową ścianą. Wyleciało mi z głowy, że wampiry są takie twarde.

– Bella? – W głosie mojej dawno niewidzianej przyjaciółki pobrzmiewały, o dziwo, zaskoczenie i ulga.

Uściskałam ją serdecznie, rozkoszując się przy okazji słodkim zapachem jej skóry. Był jedyny w swoim rodzaju, ani kwiatowy, ani korzenny, ani cytrusowy, ani piżmowy. Nie mogły się z nim równać żadne znane mi perfumy, a moja pamięć przez te kilka miesięcy nie radziła sobie z jego odtwarzaniem.

Nie wiedzieć kiedy moje węszenie przeszło w płacz, a płacz w szloch. Alice zaprowadziła mnie niezwłocznie do saloniku, posadziła na kanapie i przytuliła. Czułam się trochę tak, jakbym dotykała chłodnego głazu, ale był to głaz wygodnie wyżłobiony na moją miarę. Dziewczyna głaskała mnie po plecach w stałym rytmie, czekając cierpliwie, aż się uspokoję.

– Prze… przepraszam – wymamrotałam. – Ja tylko… tak się cieszę, że cię widzę!

– Nie masz za co przepraszać, Bello. Wszystko w porządku.

– Rzeczywiście.

Nareszcie przydarzyło mi się coś miłego.

– Zapomniałam, jaka jesteś uczuciowa – powiedziała zmęczonym głosem.

Zerknęłam do góry, przecierając niezdarnie załzawione oczy. Szczęki mojej przyjaciółki były napięte, usta zaciśnięte, a szyję miała wykręconą tak, żeby głowę trzymać jak najdalej ode mnie. Tęczówki barwy atramentu zlewały się w jedno ze źrenicami.

– Och – wyrwało mi się.

Alice była głodna. Biedna Alice. A ja tak apetycznie pachniałam! Minęło sporo czasu, odkąd musiałam zwracać uwagę na takie rzeczy.

– Przepraszam – szepnęłam.

– To moja wina. Od dawna nie polowałam. Nie powinnam była tu przyjeżdżać w takim stanie, ale tak się spieszyłam... No właśnie – zmieniła ton na bardziej oschły – może wyjaśnisz mi, jak to się stało, że jeszcze żyjesz?

Naglc uzmysłowiłam sobie, czemu zawdzięczam jej wizytę. Błyskawicznie otrzeźwiałam. Potok łez wysechł. Spuściłam nogi na ziemię i oparłam się plecami o poduszki kanapy. Przełknęłam głośno ślinę.

– Widziałaś, jak spadam?

– Nie – poprawiła mnie Alice. – Widziałam, jak skaczesz.

Przygryzłam wargi, zastanawiając się, jak usprawiedliwić swoje zachowanie tak, żeby nie wyjść na wariatkę.

Moja rozmówczyni pokręciła głową.

– Mówiłam mu, że tak to się skończy, ale nie chciał mi wierzyć. „Bella dała mi słowo". – Alice naśladowała Edwarda tak doskonale, że zamarłam, zszokowana. Zaraz potem w moją klatkę piersiową wbił się niewidzialny sztylet. – „Tylko nie zaglądaj w jej przyszłość," nakazał mi – relacjonowała. – „Dość wyrządziliśmy szkód". Ale to, że nie zaglądam, nie oznacza, że nie widzę! Przysięgam, nie miałam zamiaru w żaden sposób cię kontrolować. Po prostu więź, jaka się między nami wytworzyła, jest wciąż silna. Odbieram sygnały. – Zamilkła na moment. – Kiedy zobaczyłam cię skaczącą ze skały, bez namysłu wsiadłam w pierwszy samolot. Przyjechałam z myślą, że może wesprę jakoś Charliego, a tu, chwilę po mnie, zjawiasz się ty! – Rozłożyła ręce. Była coraz bardziej rozdrażniona. – Widziałam w mojej wizji, jak wpadasz do wody, ale się nie wynurzyłaś. Trwało to całe wieki. Byłam pewna, że już po tobie! Jak wydostałaś się na brzeg? I jak w ogóle mogłaś zrobić coś takiego?! Jak mogłaś zrobić coś takiego ojcu?! A mój brat?! Czy masz pojęcie, co on...

– Alice – wtrąciłam się – to nie była próba samobójcza.

Powinnam była jej przerwać, gdy tylko zorientowałam się, o co mnie podejrzewa, ale górę wzięła chęć napawania się dźwięcznością jej głosu. Nie mogłam jednak dłużej zwlekać.

Przyjrzała mi się nieufnie.

– Chcesz powiedzieć, że wcale nie skoczyłaś ze skały do morza?

– Skoczyłam, ale nie... – Skrzywiłam się. – Skoczyłam dla frajdy.

Moja przyjaciółka zmarszczyła czoło.

– Obserwowałam kiedyś, jak robią to koledzy Jacoba Blacka. Wydawało mi się, że to świetna sprawa... nudziłam się dzisiaj... więc postanowiłam spróbować.

Alice milczała.

– Nie pomyślałam, że burza wpłynie jakoś na prądy. Tak właściwie to wcale nie myślałam o tym, że mój lot skończy się w wodzie.

Siostra Edwarda nie kupowała mojej historii. Przyglądała mi się sceptycznie. Nadal była przekonana, że chciałam się zabić. Zadecydowałam, że lepiej będzie zmienić temat.

– Skoro widziałaś, jak wpadam do wody, to czemu nie widziałaś Jacoba?

Zaskoczyłam ją tym pytaniem. Przekrzywiła głowę.

– Gdyby nie Jacob – ciągnęłam – chyba bym się utopiła. No dobra, nie było żadnego „chyba". Utopiłabym się jak nic. Miałam tyle szczęścia! Nawet nie pamiętam, jak mnie uratował – ocknęłam się na dobre dopiero na plaży. Tylko skoro skoczył za mną z klifu i doholował mnie do brzegu, a twierdzi, że zabrało mu to co najwyżej kilka minut, to czemu nie widziałaś go w swojej wizji?

– Ktoś cię uratował? – spytała z niedowierzaniem.

– Tak. Jacob. No przecież mówię.

Alice zaczęła intensywnie się nad czymś zastanawiać. Trudno było ocenić, w jakim jest nastroju. Czyżby coś ją gryzło? Czyżby po raz pierwszy miała do czynienia z tak niedoskonałym objawieniem i martwiła się, że jej dar ją zawodzi? Nagle pochyliła się w moją stronę i obwąchała moje ramię.

Serce podskoczyło mi do gardła.

– Nie bój się, głuptasie – szepnęła, nie przerywając swoich badań.

– Co ty wyprawiasz?

Pochłonięta dedukowaniem, puściła moje pytanie mimo uszu.

– Kto cię tu przywiózł? Z kim się tak kłóciłaś tam, za rogiem?

– Z Jacobem. Pamiętasz Jacoba Blacka z La Push, prawda? Jest teraz poniekąd moim najlepszym przyjacielem. A przynajmniej był... – Przed oczami stanęła mi jego zagniewana twarz. Nie byłam pewna, czy miał mi wybaczyć tę zdradę.

– Hm...

– Co?

– Nie wiem – przyznała. – Ale coś jest nie tak.

– Cóż, najważniejsze, że żyję.

Dziewczyna wywróciła oczami.

– A Edward sądził, że wystarczy cię poprosić, żebyś na siebie uważała! Ten facet jest albo chory, albo zaślepiony. Nigdy w życiu nie spotkałam nikogo, kto częściej od ciebie pakowałby się z głupoty w tarapaty! Masz chyba jakieś skłonności masochistyczne!

– Jeszcze żyję – przypomniałam,

Alice była już myślami gdzie indziej.

– Jeśli powrót na brzeg utrudniały ci prądy, to dlaczego nie przeszkodziły temu twojemu Jacobowi?

– Ee... to silny chłopak.

Zauważyła moje wahanie. Jedna jej brew powędrowała ku górze.

Czy mogłam jej zdradzić sekret watahy? Czy był to w ogóle sekret? A jeśli nim jednak był, kogo miałam uznać za swojego prawdziwego sojusznika, Jacoba czy Alice?

Doszłam do wniosku, że ukrywanie czegoś przed siostrą Edwarda zbyt wiele by mnie kosztowało. Jacob wiedział o Cullenach – czemu nie miała wiedzieć o sforze?

– Widzisz, Jacob jest kimś w rodzaju wilkołaka – wyznałam. – Kiedy w okolicy pojawiają się wampiry, niektórzy przedstawiciele plemienia Quileutów zmieniają się w wilki. Ostatni raz miało to miejsce, kiedy Carlisle zjawił się tu po raz pierwszy. Znał go pradziadek Jacoba. Byłaś już wtedy w rodzinie?

Alice wpatrywała się we mnie kilkanaście sekund szeroko otwartymi oczami, po czym doszła do siebie, szybko mrugając.

– To tłumaczy ten dziwny zapach – powiedziała do siebie. – Ale czy to wystarczający powód, żebym go nie widziała? – Znowu się zamyśliła.

– Dziwny zapach? – powtórzyłam.

– Okropnie śmierdzisz – rzuciła, nie podejmując rozmowy. Z jej alabastrowego czoła nie znikały zmarszczki. Milczała przez chwilę. – Na pewno jest wilkołakiem? Byłaś świadkiem tego, jak się przeobraża?

– Niestety tak. – Pojedynek Jacoba z Paulem nie należał do moich ulubionych wspomnień. – Czyli nie mieszkałaś jeszcze z Carlislem i Esme, kiedy w Forks były wilkołaki?

– Nie. Dołączyłam do nich później.

Na powrót zrobiła się nieobecna, ale zaraz potem coś do niej dotarło. Znienacka obróciła się gwałtownie.

– Twój najlepszy przyjaciel jest wilkołakiem? – spytała.

Potwierdziłam zawstydzona.

– Od jak dawna to trwa?

– Niedługo – podkreśliłam, jakby miało mnie to usprawiedliwić. – Pierwszy raz zmienił się dopiero kilka tygodni temu.

Alice uderzyła pięścią o kanapę.

– Czyli to młody wilkołak? A niech mnie! Ty to masz fart, dziewczyno! Edward miał rację – przyciągasz katastrofy jak magnes! I kto obiecał, że nie będzie narażał się na niebezpieczeństwo?

– Młode wilkołaki nie są wcale takie groźne – oświadczyłam, urażona trochę jej komentarzami.

– Tak, dopóki nie stracą nad sobą kontroli. Boże, Bello. Czy po wyjeździe wampirów nie mogłaś dla odmiany zaprzyjaźnić się z paroma ludźmi?

Nie chciałam się z nią kłócić – tak bardzo cieszyłam się, że wróciła – ale musiałam wyprowadzić ją z błędu.

– Mylisz się Alice, wampiry nie wyniosły się z Forks na dobre. W tym cały kłopot. Gdyby nie miejscowa sfora wilkołaków, już dawno dopadłaby mnie Victoria. A raczej Laurent, bo to on wpadł na mnie przed nią...

– Victoria? – syknęła Alice. – Laurent?

Chyba nigdy wcześniej nie miała przy mnie tak morderczej miny.

– Magnes działa – powiedziałam cicho.

– Mniejsza o twój magnes. Opowiedz mi wszystko od samego początku.

Opuściłam wprawdzie w mojej relacji cztery miesiące depresji, omamy słuchowe i eksperymenty z motorami, ale poza tym nie pominęłam niczego. Powtórzyłam nawet historyjkę o skakaniu z nudów z klifu. Moja przyjaciółka znowu jej nie łyknęła, więc przeszłam pospiesznie do płomienia na falach i mojej hipotezy wyjaśniającej jego pochodzenie. Słysząc, że mogła być to Victoria, Alice rozeźliła się nie na żarty. Jej półprzymknięte drapieżnie oczy ciskały błyskawice. Wyglądała teraz naprawdę groźnie – jak na wampirzycę przystało. Nigdy dotąd nie myślałam o niej jak o potworze. Przełknąwszy ślinę, zagłębiłam się w szczegóły dotyczące śmierci Harry'ego.

Alice ani razu mi nie przerwała, co najwyżej, zasępiona, kiwała głową. W końcu wyczerpały mi się tematy i zapadła cisza. Teraz, kiedy emocje związane z odejściem Jacoba i pojawieniem się przyjaciółki nieco opadły, wrócił lęk o ojca. Jak się czuł po tym strasznym dniu? W jakim stanie miał zjawić się w domu?

– Nasz wyjazd nic nie naprawił, prawda? – spytała retorycznie moja rozmówczyni.

Parsknęłam śmiechem – było w nim coś histerycznego.

– Jakie to ma znaczenie? Przecież nie z tego powodu się wynieśliście? Nie dla mnie?

Alice wpatrywała się przez dłuższą chwilę w podłogę.

– Hm... chyba zadziałałam zbyt impulsywnie. Nie powinnam była znowu ingerować w twoje życie.

Krew odpłynęła mi z twarzy. Żołądek ścisnął się w kulę.

– Alice, nie odjeżdżaj jeszcze – wyszeptałam. Zacisnęłam palce na kołnierzyku jej białej koszuli. Coraz szybciej oddychałam, przez co zaczynałam się dusić. – Błagam, nie zostawiaj mnie.

Moja reakcja ją zaskoczyła, ale starała nie dać tego po sobie poznać.

– Wszystko w porządku – powiedziała. Mówiła wolno, starannie odbierając słowa, jak negocjator policyjny do siedzącego na okapie samobójcy. – Jestem dziś wieczór przy tobie. A teraz weź głęboki oddech i spróbuj przez jakiś czas nie wypuszczać powietrza z płuc.

Ze zlokalizowaniem płuc miałam kłopot, ale skupiłam się i wykonałam jej polecenie. Przyglądała się z uwagą, jak się koncentruję. Odważyła się na szczery komentarz dopiero, kiedy doszłam do siebie.

– Z tego, co widzę, Bello, jesteś w kiepskiej formie.

– Rano omal się nie utopiłam – zauważyłam.

– Nie chodzi mi o twoje ciało, tylko o twoją psychikę.

Drgnęłam.

– Robię, co mogę.

– Czyli co?

– Nie było mi łatwo, ale są duże postępy.

Ściągnęła brwi.

– Mówiłam mu – mruknęła pod nosem.

– Alice, czego się spodziewałaś? To znaczy, oprócz tego, że się zabiłam, skacząc z klifu. Sądziłaś, że zastaniesz pogodną, imprezującą nastolatkę z nowych chłopakiem u boku? Nie znasz mnie?

– Znam cię, znam. Łudziłam się nadzieją.

– No to przynajmniej nie jestem jednak potentatem na rynku nielogicznego myślenia.

Zadzwonił telefon.

– To na pewno Charlie – stwierdziłam, podnosząc się z kanapy. Alice pociągnęłam za sobą – nie miałam ochoty tracić jej z oczu choćby na minutę.

Odebrałam.

– Charlie?

– Nie, to ja – usłyszałam znajomy głos.

– Jake!

Alice spojrzała na mnie badawczo.

– Sprawdzam tylko, czy jeszcze żyjesz – oświadczył kwaśno.

– Nic mi nie jest. Mówiłam ci, że to nie...

– Okej, okej – przerwał mi. – Starczy. Załapałem. Cześć.

Rozłączył się bezceremonialnie.

Odwiesiwszy z westchnieniem słuchawkę, odchyliłam głowę do tyłu i wbiłam wzrok w sufit.

– Jakbym nie miała dość kłopotów...

Alice ścisnęła pocieszająco moją dłoń.

– Nie są zachwyceni moją wizytą?

– Niespecjalnie. Ale mogą się wypchać, to nie ich sprawa.

Dziewczyna objęła mnie ramieniem.

– Hm... I co teraz? – Zamyśliła się. Znów mówiła do siebie. – I to... i jeszcze tamto. Jest co robić.

– Jest co robić? – powtórzyłam zaciekawiona.

– Czy ja wiem... – zmieszała się. – Muszę zobaczyć się z Carlislem.

Czyżby chciała już ruszać w drogę? Łzy napłynęły mi do oczu.

– Nie mogłabyś jeszcze zostać? – poprosiłam. – Tylko trochę? Tak bardzo się za tobą stęskniłam. – Głos mi zadrżał.

– Skoro nalegasz... – powiedziała bez entuzjazmu.

– Możesz zatrzymać się u nas. Charlie będzie wniebowzięty.

– Nasz dom nadal stoi, Bello.

Zwiesiłam głowę zrezygnowana.

– Nasz dom nadal stoi – poprawiła się Alice – więc wpadnę tam skompletować walizkę ciuchów, żeby twój ojciec nie zdziwił się, że podróżuję bez bagażu, dobrze?

Rzuciłam jej się na szyję.

– Dziękuję, ach, dziękuję! – zawołałam. – Jesteś wspaniała!

– A przedtem wybiorę się na krótkie polowanie – dodała. – Właściwie to muszę już lecieć. – Skrzywiła się.

Odsunęłam się od niej szybko.

– Wybacz. Zapomniałam.

– Będziesz umiała przez godzinę wstrzymać się z głupimi wybrykami?

Zanim zdążyłam się odezwać, powstrzymała mnie, przykładając sobie do ust palec. Zamknęła oczy. Na kilka sekund jej rysy wygładziły się nienaturalnie, jak gdyby pogrążyła się we śnie.

– Tak – ocknąwszy się, odpowiedziała sobie na własne pytanie. – Nic ci nie grozi. Przynajmniej dziś wieczorem. – Uśmiechnęła się ironicznie.

Nawet z taką miną wyglądała jak anioł.

– Wrócisz, prawda? – pisnęłam.

– Za godzinę. Obiecuję.

Zerknęłam na wiszący nad stołem zegar. Alice znów się zaśmiała. Pocałowała mnie na pożegnanie w policzek i wyszła.

Wróci, przyrzekła, wróci, powtórzyłam jak mantrę. W jej towarzystwie zapominałam o trapiących mnie problemach.

Na szczęście, miałam czym się zająć, żeby umilić sobie czekanie. Przede wszystkim poszłam wziąć prysznic. Rozbierając się, obwąchałam swoje ubrania, ale nie wyczułam nic oprócz rybiego zapachu morza. Może to i dobrze, że nie miałam dość dobrego węchu, żeby zapoznać się z odorem wilkołaków.

Umywszy się, zeszłam z powrotem do kuchni. Przypuszczałam, że Charlie będzie umierał z głodu, kiedy w końcu się pojawi. Nucąc, zabrałam się do nakrywania stołu.

Kiedy reszki czwartkowego obiadu podgrzewały się w mikrofali, nakryłam kanapę prześcieradłem i obłóczyłam pościel. Alice nie potrzebowała posłania, tak jak nie potrzebowała snu, ale należało dbać o zachowanie pozorów przed ojcem. Byłam dzielna – ani razu nie spojrzałam na zegar. Ufałam, że przyjaciółka mnie nie zawiedzie.

Swój kawałek zapiekanki zjadłam szybko, nie zwracając uwagi na jej smak. Przełykanie nadal sprawiało mi ból. Byłam bardzo spragniona – do posiłku wypiłam na oko półtora litra wody. Przedłużony kontakt moich tkanek z solą morską doprowadził widocznie do odwodnienia organizmu.

Nasyciwszy się, wróciłam do saloniku. Zamierzałam zabijać czas, oglądając telewizję. Jakież było moje zdziwienie, kiedy zastałam Alice wygodnie rozpartą na kanapie! Oczy dziewczyny były barwy jasnego miodu. Z uśmiechem na twarzy poklepała przygotowaną dla niej poduszkę.

– Dzięki.

– Jesteś przed czasem – skonstatowałam ucieszona.

Przysiadłam się do niej i oparłam się głową o jej ramię. Otoczyła mnie czule zimnym ramieniem.

– I co mamy teraz z tobą zrobić, Bello?

– Nie wiem – przyznałam. – Naprawdę, robiłam, co mogłam.

– Wierzę ci, wierzę.

Obie zamilkłyśmy.

– Czy... czy... – Musiałam ponowić próbę. W myślach wymieniałam już to imię bez trudu, ale na głos to było co innego. – Czy Edward wie, że tu jesteś?

Nie mogłam się powstrzymać, żeby o to nie zapytać, chociaż istniało wysokie prawdopodobieństwo, że sporo za to zapłacę. Obiecałam sobie, że jak tylko Alice wyjedzie, zabiorę się do naprawiania szkód. Jak tylko Alice wyjedzie... Naprawianie szkód... Przeszedł mnie zimny dreszcz.

– Nie, nie wie.

– Nie mieszka już z Carlislem i Esme?

– Melduje się co kilka tygodni.

– Ach tak. – Pewnie nieźle się bawił z dala od rodziców. Zmieniłam temat na bezpieczniejszy. – Wspomniałaś coś o łapaniu pierwszego samolotu... Skąd tak szybko przyleciałaś?

– Z Alaski. Byłam w Denali, w odwiedzinach u Tanyi.

– Z Jasperem? Przyjechał może z tobą?

Dziewczyna posmutniała.

– Jasper uważa, że źle postępuję, odświeżając z tobą kontakty. Daliśmy słowo... – nie dokończyła. Nagle coś przyszło jej do głowy. – Jak sądzisz, czy Charlie też będzie miał coś przeciwko temu, że się tu zjawiłam?

– Alice! Wiesz przecież, że Charlie cię ubóstwia.

– Hm... No cóż, niedługo się przekonamy.

Musiała wychwycić coś swoim wyczulonym słuchem, bo rzeczywiście kilka sekund później na podjazd przed domem wjechał radiowóz. Zerwałam się z miejsca i pobiegłam się przywitać.

Charlie szedł już w kierunku ganku, przygaszony i przygarbiony. Wyszłam mu naprzeciw. Nie odrywał oczu od żwiru, zauważył mnie więc dopiero wtedy, kiedy objęłam go w pasie. Mocno mnie uściskał.

– Tak mi przykro z powodu Harry'ego, tato.

– Tak... Będę za nim bardzo, bardzo tęsknił.

– Jak się miewa Sue?

– Jest oszołomiona, jeszcze chyba nie wszystko do niej dotarło. Sam będzie u nich dziś nocował. – Ojciec mówił coraz to ciszej, reflektował się, po czym znowu ściszał głos. – Najbardziej szkoda mi dzieci. Leah jest tylko o rok od ciebie starsza, a Seth ma czternaście lat. Czternaście lat!

Ruszyliśmy ku domowi. Charlie nadal mnie przytulał.

– Ach, tato, byłabym zapomniała. – Zadecydowałam, że lepiej będzie go uprzedzić. – Mamy gościa. Nigdy nie zgadniesz, kto do nas wpadł przejazdem.

Zbiłam go z pantałyku. Odruchowo zerknął za siebie na podjazd, żeby sprowadzić, czyj samochód tam zastanie, i dostrzegł zaparkowanego po drugiej stronie ulicy mercedesa. Czarny lakier auta lśnił w świetle wiszącej na ganku lampy. Charlie odwrócił się, żeby coś mi powiedzieć, ale w tym samym momencie w drzwiach frontowych stanęła Alice.

– Dobry wieczór.

– Alice Cullen? – Ojciec wytężył wzrok, jakby obawiał się, że ma halucynacje. – Alice, to naprawdę ty?

– Tak, ja we własnej osobie. Byłam w okolicy i pomyślałam, że zajrzę. Przepraszam, że tak bez zapowiedzi.

Poczułam, że ramię Charliego sztywnieje.

– Czy Carlisle...

– Nie. Przyjechałam tylko ja.

Oboje wiedzieli, że nie pytał o Carlisle'a.

– Alice może zostać u nas na noc, prawda? – spytałam błagalnie. – Już zaproponowałam jej nocleg.

– Oczywiście – odpowiedział machinalnie Charlie. – Miło cię gościć, Alice.

– Dziękuję za serdeczne przyjęcie, tym bardziej że zdaję sobie sprawę z zaistniałej sytuacji. Głupio mi, że musiałam pojawić się akurat dziś...

– Nic nie szkodzi, naprawdę. Będę teraz bardzo zajęty pomaganiem rodzinie Harry'ego, więc Belli przyda się towarzystwo.

– Gdybyś chciał, w kuchni czeka gorąca zapiekanka – wtrąciłam.

– Dzięki, Bells.

Ojciec ścisnął moją dłoń raz jeszcze i powłócząc nogami, poszedł jeść.

Wróciłyśmy z Alice do saloniku. Tym razem to ona pociągnęła mnie za sobą.

– Wyglądasz na zmęczoną – oświadczyła, sadowiąc się na kanapie.

– Bo jestem. – Wzruszyłam ramionami. – Wymykanie się śmierci to bardzo wyczerpujące zajęcie... A wracając do naszej przerwanej rozmowy – Jasper cię nie poparł. A co z Carlislem?

– O niczym nie wie. Pojechał z Esme na kilkudniowe polowanie. Odezwą się, kiedy wrócą.

– Alice... Nic mu nie powiesz, kiedy się zamelduje, prawda? Tak jak poprzednio z Charliem, wiedziała, że nie chodzi mi o Carlisle'a.

– Jasne, że nie. Dopiero by mi dał popalić!

Uśmiechnęłam się, a potem westchnęłam.

Nie chciałam kłaść się spać – chciałam przegadać z Alice całą noc. Dlaczego byłam taka zmęczona? To nie miało sensu – w końcu przez większą część dnia wylegiwałam się na kanapie Blacków. Cóż, niezależnie od tych rozsądnych argumentów, ciało odmawiało mi posłuszeństwa, a powieki same się zamykały. Te kilka minut walki z prądami rzeczywiście wypompowało ze mnie całą energię. Oparłszy się o ramię swojej przyjaciółki, w kilka sekund przeniosłam się w objęcia Morfeusza.

Nic mi się nie przyśniło. Obudziłam się rozkosznie wyspana, ale i zesztywniała. Było wcześnie. Leżałam na kanapie pod kołdrą, którą wyjęłam dla Alice. Z kuchni dochodziły przyciszone głosy – najwyraźniej Charlie szykował jej śniadanie.

– Jak to przyjęła? – spytała go z troską.

– Bardzo źle – odparł.

Moje pierwsze skojarzenie było takie, że rozmawiają o Sue Clearwater.

– Proszę, opowiedz mi o wszystkim. W najdrobniejszych szczegółach.

Nie podejrzewałam Alice o takie zainteresowanie samopoczuciem wdowy po Harrym. Co innego moim... Zadrżałam. Za chwilę miałam usłyszeć z ust ojca historię swojej choroby. Wcześniej nigdy nie poruszaliśmy tego tematu.

Skrzypnęły drzwi zamykanej szafki. Ktoś pokręcił gałką naszej elektrycznej kuchenki.

– Nigdy... – zaczął Charlie nieśmiało – nigdy nie czułem się taki bezradny. Ten pierwszy tydzień... Myślałem już, że trzeba będzie zamknąć ją w szpitalu. Nie chciała jeść, nie chciała pić, nie chciała ruszyć się z łóżka. Doktor Grenady straszył mnie, że to katatonia, ale nie pozwoliłem mu się do niej zbliżyć. Bałem się, że ją tylko wystraszy.

– Ale wyszła z tego?

– Poprosiłem Renée, żeby wzięła małą do siebie na Florydę. Gdyby Bella miała jednak być hospitalizowana, gdyby trzeba było podpisać zgodę na jakąś kurację... nie chciałem, żeby to na mnie spoczęła cała odpowiedzialność. Poza tym liczyłem, że obecność matki jakoś na nią wpłynie, pozytywnie. Nic z tego. Kiedy zaczęliśmy ją pakować, wpadła w furię! Cóż, przynajmniej nareszcie wstała, ale nigdy wcześniej nie widziałem jej tak zagniewanej. Zawsze była takim spokojnym dzieckiem, a tu nagle... Wyrywała nam ubrania, gryzła nas i drapała, krzyczała, że nigdzie nie pojedzie. W końcu wybuchła płaczem. Mieliśmy nadzieję, że to kryzys, punkt zwrotny. Nie spieraliśmy się z nią, pozwoliliśmy jej zostać – wszystko, byle tylko znowu nie popadła w otępienie. I z początku wydawało się, że wyzdrowiała...

Charlie przerwał swój monolog. Krajało się we mnie serce. Tak wiele z mojego powodu wycierpiał!

– Ale tylko z początku? – podchwyciła Alice.

– Wróciła do szkoły i do pracy, jadła, spała, odrabiała lekcje, odpowiadała grzecznie na zadawane jej pytania, ale nic poza tym. Była taka... pusta. Oczy miała jak lalka – martwe. I te wszystkie drobiazgi... Przestała słuchać muzyki – znalazłem w śmieciach jej płyty CD, połamane. Przestała czytać, chyba że coś było zadane do szkoły. Kiedy włączyło się telewizor, wychodziła z pokoju. Sama też go sobie nie włączała. Wreszcie wydedukowałem, co jest grane – unikała wszystkiego, co przypominało jej... twojego brata. Ach... Nie wiedziałem, jak ją zagadnąć. Bałem się, że jeśli powiem coś nie tak, będzie jeszcze gorzej – czasem wspominałem o czymś niewinnym i już się wzdrygała. Sama z siebie nie mówiła nic. Nic a nic. Odpowiadała tylko na pytania. I jeszcze zrezygnowała rzecz jasna z wszelkich kontaktów towarzyskich. Jeśli znajomi dzwonili, nie podchodziła do telefonu, a później nie oddzwaniała. Nic dziwnego, że po kilku tygodniach przestali próbować… Alice, czułem się, jakbym trafił do „Nocy żywych trupów". Ciągle mam w uszach jej krzyki… Co noc krzyczała przez sen.

Zadrżałam na samo wspomnienie tego okresu i ojciec pewnie też. Mimo starań, ani na sekundę nie zdołałam go oszukać, że wszystko jest ze mną w porządku.

– Tak mi przykro, Charlie – szepnęła Alice przepraszającym tonem.

– To nie twoja wina. – Powiedział to w sposób niepozostawiający żadnych wątpliwości co do tego, kto był odpowiedzialny za moją depresję. – Zawsze zachowywałaś się jak przystało na przyjaciółkę.

– Ale teraz jest już chyba lepiej, prawda?

– Tak, o wiele lepiej. To wszystko dzięki temu, że zaczęła trzymać z Jacobem Blackiem. Wraca do domu zarumieniona, rozpromieniona, oczy jej błyszczą. Wygląda na zadowoloną z życia. – Zamilkł na moment. Kiedy znowu się odezwał, przybrał inny ton głosu, wręcz srogi. – Jacob jest od niej o rok młodszy i Bella traktuje go jak dobrego kumpla, ale sądzę, że to się powoli zmienia, że coś z tego będzie.

Było to ostrzeżenie – nie adresowane do Alice, ale takie, które dziewczyna miała przekazać dalej. Bratu.

– Jake to miły chłopak – ciągnął Charlie z powagą. – Jak na swój wiek bardzo dojrzały. Jego ojciec jeździ na wózku inwalidzkim. Jacob zajął się nim i domem, tak samo jak Bella miała w zwyczaju opiekować się Renée. To doświadczenie wyszło mu na dobre. Brzydki też nie jest – wrodził się w matkę. Naprawdę, nie mogę narzekać.

– Bella ma szczęście – zgodziła się Alice.

Widząc, że siostra Edwarda nie ma zamiaru się z nim kłócić, Charlie wziął głęboki wdech i przeszedł do tego, co trapiło go najbardziej.

– Wiesz, być może jestem przewrażliwiony, ale… Sam nie wiem. Niby jest Jacob, ale czasem widzę w jej oczach coś takiego, że zaczynam się zastanawiać, czy w ogóle umiem wyobrazić sobie to, co ona przeżywa. Jeszcze jej nie przeszło. To nie jest normalne, Alice, i to... i to mnie przeraża. To nie jest normalna reakcja. Nie, jakby ktoś ją... zostawił... ale jakby... ktoś umarł.

Tak właśnie się czułam – jakby ktoś umarł. Ba, jakbym to ja umarła. Z odejściem Edwarda nie straciłam jedynie ukochanej osoby – a sama taka strata niejednego doprowadziła do samobójstwa. Straciłam tych ukochanych osób wiele – całą rodzinę – a co za tym idzie całą swoją przyszłość, przyszłość, którą spodziewałam się wśród nich spędzić. Żyłam bez celu, a więc tak, jakby mnie było.

– Nie jestem pewien, czy Bella kiedykolwiek wyzdrowieje – oznajmił Charlie. – Nie jestem pewien, czy jej psychika jest w stanie otrząsnąć się po czymś takim. Ona tak łatwo się nie zmienia. Zawsze była bardzo stała w uczuciach, od dzieciństwa ma te same upodobania.

– Tak, jest jedyna w swoim rodzaju – wtrąciła Alice z przekąsem.

– Nie wiem, co o tym wszystkim myśleć. Na przykład... – Charlie zawahał się. – Na przykład ta twoja wizyta. Nie miej mi tego za złe, bardzo cię lubię, ale nie wiem, jak to wpłynie na Bellę. Niby bardzo się ucieszyła, ale...

– Przepraszam, Charlie. Nie przyjechałabym, gdybym wiedziała, jak wygląda sytuacja. Też się teraz martwię, że może coś...

– Nie przepraszaj mnie, skarbie. Kto wie? Może akurat na tym skorzysta.

– Miejmy nadzieję, że się nie mylisz.

W kuchni zapadła cisza. Dopiero po pewnym czasie przerwał ją brzęk uderzających o talerze sztućców. Ciekawa byłam, jak moja przyjaciółka ukrywa to, że nie je.

– Alice, muszę cię o coś spytać – usłyszałam nagle.

– Tak?

– Twój brat nie planuje chyba pójść w twoje ślady i złożyć nam wizyty? – W głosie Charliego pobrzmiewał tłumiony gniew.

– Skąd – zapewniła go z emfazą. – Nawet nie wie, że tu jestem. Kiedy ostatni raz się z nim kontaktowałam, był zresztą w Ameryce Południowej.

Nadstawiłam uszu, ciekawa dalszych informacji.

– Dobre chociaż to – mruknął ojciec. – Cóż, mam nadzieję, że dobrze się tam bawi.

Alice, do tej pory miła i współczująca, zareagowała na tę uwagę nadzwyczaj ostro.

– Na twoim miejscu, Charlie, nie wysuwałabym pochopnych wniosków – rzuciła. Mogłam się założyć, że obdarzyła go przy tym mrożącym krew w żyłach spojrzeniem.

O kuchenną podłogę zgrzytnęło odsuwane krzesło. Z pewnością był to Charlie – wampiry poruszały się zawsze bezszelestnie. Ojciec umył używane przez siebie przy śniadaniu naczynia.

Wnioskując, że Alice nie powie już nic nowego o Edwardzie, postanowiłam się „obudzić". Wpierw zmieniłam pozycję, żeby skrzypnęły sprężyny kanapy, a potem, dla lepszego efektu, głośno ziewnęłam.

Nikt nie przychodził.

Przeciągnęłam się z jękiem.

– Alice? – zawołałam ochryple. Super, zabrzmiało to bardzo wiarygodnie.

– Jestem w kuchni! – odkrzyknęła. Jeśli domyśliła się, że podsłuchiwałam, to nie dała tego po sobie poznać. Niestety, była w tych sprawach prawdziwą mistrzynią.

Skoro Charlie nie odpowiedział, musiał już wyjść. Pomagał Sue Clearwater w przygotowaniach do pogrzebu. Gdyby nie obecność Alice, do wieczora miałabym siedzieć sama w domu. Czy zamierzała wyjechać wcześniej? Wiedziałam, że to nieuniknione, ale wolałam na razie o tym nie myśleć.

Spędziłyśmy cały dzień, rozmawiając, zamiast o jej wyjeździe, o jej rodzinie – wszystkich jej członkach, poza jednym.

Carlisle pracował na nocną zmianę w szpitalu w Ithaca, a także na pół etatu jako wykładowca na Cornell University*. Esme zajmowała się odrestaurowywaniem nowej rodzinnej siedziby Cullenów – zabytkowego, siedemnastowiecznego domu w lesie na pół-

---

* Cornell University – prestiżowa uczelnia wyższa w Ithaca w stanie Nowy Jork, należąca (tak jak np. Harvard czy Yale) do tak zwanej „Ivy League" – przyp. tłum.

noc od miasta. Emmett i Rosalie byli jakiś czas w Europie w kolejnej podróży poślubnej, ale wrócili już do kraju. Jasper studiował na Cornell, tym razem filozofię. Co do Alice, bazując na informacjach dostarczonych jej przez Jamesa, przeprowadziła prywatne śledztwo i ustaliła, gdzie mieścił się przytułek dla obłąkanych, w którym spędziła ostatnie lata swojej ludzkiej egzystencji. Było to dla niej niezmiernie ważne odkrycie, ponieważ ze swojego poprzedniego wcielenia nic nie pamiętała.

– Nazywałam się Mary Alice Brandon – wyznała mi. – Miałam młodszą siostrę, Cynthię. Jej córka, a moja siostrzenica, jeszcze żyje. Mieszka w Biloxi.

– Dowiedziałaś się, czemu... czemu umieszczono cię w tamtym miejscu?

Jak rodzice mogli zrobić swojemu dziecku coś takiego? Nawet jeśli nawiedzały je wizje przyszłych wydarzeń...

Alice pokręciła przecząco głową.

– W ogóle niewiele się dowiedziałam. Przejrzałam stosy starych czasopism na mikrofiszach, ale moi rodzice byli prostymi ludźmi i nie trafiali za często na łamy gazet. Znalazłam tylko kilka drobiazgów w rubrykach z ogłoszeniami towarzyskimi – ich zaręczyny, swoje narodziny, zaręczyny Cynthii... i własny nekrolog. Namierzyłam też swój grób, a z archiwów przytułku wykradłam formularz wypełniony, gdy mnie tam przyjmowano. Data przyjęcia i data na nagrobku są takie same.

Nie wiedziałam, co powiedzieć. Dziewczyna zauważyła moje zmieszanie i przeszła do omawiania przyjemniejszych wydarzeń minionego półrocza.

Korzystając z ferii wiosennych na Cornell University, Cullenowie (wszyscy, z wyjątkiem jednego) przyjechali na dłużej do Tanyi, do Denali. Chociaż Alice z rozmysłem wystrzegała się wszelkich wzmianek o swoim nieobecnym bracie i raczyła mnie dość trywialnymi szczegółami, w nabożnym skupieniu spijałam z jej ust każde słowo. Takie opowiastki w pełni mnie satysfakcjonowały –

rodzina Edwarda była mi niemal równie droga, co on sam. Jakby nie było, marzyłam do niedawna, żeby stać się jej częścią.

Ojciec wrócił dopiero po zmroku, jeszcze bardziej wypompowany niż dzień wcześniej. Nie siedział z nami długo, bo z samego rana miał jechać do La Push na pogrzeb.

I tej nocy spałam na kanapie.

Kiedy Charlie zszedł na dół przed świtem, ledwie go poznałam. Miał na sobie sędziwy garnitur, w którym nigdy go nie widziałam. Nie zapiął marynarki – domyśliłam się, że jest już na niego za ciasna. Szeroki krawat upodabniał go do bohaterów filmów sprzed dwudziestu lat. Zakradł się po cichu na próg saloniku i zajrzał do środka. Udałam, że śpię. Alice symulowała z kolei sen na fotelu. Podniosła się, gdy tylko zamknęły się za nim drzwi. Pod kołdrą była kompletnie ubrana.

– Co tam, masz jakieś plany na dzisiaj? – spytała.

– Czy ja wiem... Na razie nic ciekawego się nie dzieje, prawda? Alice zaśmiała się.

– Jest jeszcze bardzo wcześnie.

Spędzając sporo czasu w La Push, zaniedbywałam obowiązki domowe, postanowiłam więc nadrobić zaległości. Nie kierowałam się wyłącznie pragmatyzmem. Chciałam też okazać w ten sposób Charliemu, że się o niego troszczę – ułatwić mu jakoś życie. Może miał poczuć się odrobinę lepiej, wracając do pachnącego czystością domu? Zaczęłam od łazienki, gdzie moje lenistwo najbardziej rzucało się w oczy.

Alice przyglądała się, jak sprzątam, oparta nonszalancko o framugę drzwi. Wypytywała mnie, co słychać u moich znajomych ze szkoły (właściwie byli to nasi znajomi), i chociaż jej twarz pozostawała bez wyrazu, wyczuwałam, że moje skąpe odpowiedzi wywołują jej dezaprobatę. A może mi się tylko tak wydawało, bo odkąd podsłuchałam jej rozmowę z Charliem, dręczyły mnie wyrzuty sumienia?

Szorowałam właśnie dno wanny, kiedy ktoś zadzwonił do drzwi. Rzuciłam przyjaciółce pytające spojrzenie, ale wzruszyła ramionami. Wyglądała na zagubioną, niemal zmartwioną. To nie było do niej podobne – zwykle nic jej nie zaskakiwało.

– Chwileczkę! – krzyknęłam, zabierając się pospiesznie do spłukiwania rąk.

– Bello – odezwała się Alice z frustracją w głosie – o ile się nie mylę, muszę na chwilę zniknąć.

– O ile się nie mylisz? – powtórzyłam. A od kiedy to się myliła?

– Chyba znowu mam do czynienia z niekompletną wizją, więc zgodnie z tym, co ustaliłyśmy przedwczoraj, przed drzwiami stoi Jacob Black... albo jeden z jego kolegów.

Wpatrywałam się w nią zdumiona.

– Nie widzisz wilkołaków?

Skrzywiła się.

– Najwyraźniej nie.

Moją superopanowaną Alice nareszcie coś drażniło – i to bardzo. Zniecierpliwiony gość nacisnął dzwonek kilka razy pod rząd.

– Nie musisz nigdzie znikać, Alice – powiedziałam. – Byłaś tu pierwsza.

Zaśmiała się gorzko.

– Zaufaj mi – ja i Black w jednym pokoju to nie najlepszy pomysł.

Pocałowała mnie przelotnie na pożegnanie i weszła do sypialni Charliego – jak nic, żeby wymknąć się przez okno.

Zostałam sama. Dzwonek zabrzęczał nachalnie po raz trzeci.

18 *Pogrzeb*

Zbiegłam w dół po schodach i otworzyłam drzwi. Na podjeździe zastałam oczywiście Jacoba. Alice mogła być ślepa, ale nie była tępa.

Chłopak stał jakieś półtora metra od ganku. Marszczył z obrzydzeniem nos, ale poza tym na jego twarzy nie malowały się żadne emocje. Nie zdołał mnie jednak oszukać – był wściekły. Nie tylko wampirza woń mu przeszkadzała. Odgadłam to po tym, że trzęsły mu się ręce.

Bijąca od Jacoba agresja oraz maska, którą przesłonił swoją prawdziwą twarz, przypominały mi boleśnie tamto piątkowe popołudnie, kiedy to po raz pierwszy zobaczyłam go odmienionego. Szykując się na ostrą wymianę słów, uniosłam hardo podbródek.

W zaparkowanym przy krawężniku volkswagenie, nie wyłączywszy silnika, siedzieli Embry i Jared, ten drugi za kierownicą. Nietrudno było wydedukować, jaką strategię przyjęła sfora – bali się puścić Jacoba do Forks bez obstawy. Zasmuciło mnie to, a także nieco zdenerwowało. Jak śmieli zakładać, że Cullenowie zaatakowaliby ich bez powodu!

– Cześć – burknęłam, nie doczekawszy się powitania.

Jacob zacisnął zęby. Zamiast podejść bliżej, zezując lustrował ścianę budynku.

– Wyszła – wycedziłam. – O co chodzi?

Zawahał się.

– Jesteś sama?

– Tak – wyrzuciłam z siebie z irytacją.

– Możemy chwilę porozmawiać?

– *Oczywiście*, że możemy. Wejdź.

Jacob zerknął przez ramię na swoich towarzyszy. Embry niemalże zauważalnie skinął głową. Nie wiedzieć czemu, jeszcze bardziej mnie to rozeźliło.

– Tchórz – skomentowałam bezgłośnie.

Jake nastroszył brwi, ale nic nie powiedział. Stawiając kroki niczym musztrowany żołnierz, wszedł na ganek, minął mnie i zniknął we wnętrzu domu.

Czy Embry i Jared naprawdę wierzyli, że pozwoliłabym komuś skrzywdzić ich przyjaciela? Zanim zamknęłam drzwi, spojrzałam każdemu z nich z osobna prosto w oczy.

343 ∽

Jacob stał w korytarzu, przyglądając się pościeli zalegającej na kanapie w saloniku.

– Gość się wyspał? – spytał z sarkazmem.

– Nic ci do tego – odpłaciłam mu pięknym za nadobne.

Znów zmarszczył nos, jakby zwęszył coś o przykrym zapachu.

– Mówisz, że twoja przyjaciółka wyszła? – Słowo „przyjaciółka" wymówił jak eufemizm.

– Miała coś do załatwienia. Powiesz mi, po co przyszedłeś?

Puścił moje pytanie mimo uszu. Coś w saloniku działało na niego jak płachta na byka. Czując, że drżą mu już ramiona, przeszedł do kuchni. Cały czas się rozglądał. Sądząc po jego zachowaniu, można by było pomyśleć, że jest policjantem w mieszkaniu podejrzanego.

Poszłam za nim. Zaspokoiwszy swoją ciekawość, zaczął krążyć po niewielkim pomieszczeniu niczym zamknięty w klatce drapieżny kot.

– Hej! – Zastąpiłam mu drogę. Zatrzymał się. – Masz jakiś problem?

– Wolałbym być daleko stąd.

Zabolało. Chyba to dostrzegł, bo zmarszczył czoło.

– W takim razie bardzo mi przykro, że musisz tak się męczyć – oświadczyłam. – Może przejdź szybko do rzeczy, to będziesz mógł zaraz wyjść.

– Mam do ciebie tylko kilka pytań. Spieszy nam się na pogrzeb.

– Proszę, pytaj. Miejmy to już za sobą.

Pewnie przesadzałam z oschłością, ale nie chciałam pokazać mu, jak bardzo mnie rani. Byłam świadoma tego, że nie postępuję fair. To w końcu ja odrzuciłam go dla znajomej wampirzycy. To ja zraniłam go pierwsza.

Wziął głęboki wdech. Pomogło. Ręce natychmiast mu znieruchomiały.

– Nocuje u ciebie jeden z członków rodziny Cullenów.

– Tak. Alice Cullen.

– Jak długo tu zabawi?

– Tak długo, jak będzie miała na to ochotę.

Nie potrafiłam zmusić się do okazania mu więcej ciepła.

– Czy mogłabyś... proszę... wyjaśnić jej, że w okolicy grasuje Victoria?

Zbladłam.

– Już ją o tym poinformowałam.

– Widzisz, nie wolno nam się tu zapuszczać, kiedy Cullenowie są w Forks. Nie możemy cię dłużej chronić.

– Rozumiem – szepnęłam.

Spojrzał w bok, na okno.

– Czy to wszystko? – upewniłam się.

– Mam jeszcze tylko jedno pytanie – powiedział, nie patrząc w moją stronę. Znowu zamilkł.

– Tak? – zachęciłam go po kilku sekundach ciszy.

– Czy to, że jest tu Alice, oznacza, że niedługo przyjadą i pozostali? – spytał chłodno. Swoim opanowaniem przywiódł mi na myśl Sama. Stawał się coraz bardziej do niego podobny. Zastanowiłam się, dlaczego tak to mnie martwi.

Teraz to ja zaniemówiłam. Jacob przeniósł wzrok z okna na mnie. Walczył ze sobą, ale jego twarz pozostała maską.

– Tak czy nie?

– Nie – odpowiedziałam wreszcie. – Już tu nie wrócą.

Nie było mi łatwo się do tego przyznać.

Jacob nie zmienił wyrazu twarzy.

– Okej. Nie mam więcej pytań.

Znów się zirytowałam.

– No to leć do Sama przekazać mu radosną nowinę!

– Okej – powtórzył spokojnie.

Jacob wyszedł z kuchni. Czekałam, aż usłyszę odgłos zamykanych frontowych drzwi, ale mój przyjaciel przemieszczał się teraz widać ciszej niż tykanie wskazówek kuchennego zegara.

Co mnie napadło? Jak mogłam potraktować tak kogoś, kto uratował mi życie? Czy Jake miał mi wybaczyć po wyjeździe Alice? Co, jeśli nie?

Oparłszy się o blat, ukryłam twarz w dłoniach. Co ja narobiłam? Ale czy mogłam tego uniknąć? Analizowałam na nowo każdą moją wypowiedź.

– Bella? – zapytał nieśmiało Jacob.

Opuściłam ręce. Z opóźnieniem zdałam sobie sprawę, że policzki mam mokre od łez. Chłopak stał na progu kuchni – jednak nie wyszedł. Wyglądał na zatroskanego i niezdecydowanego. Maska znikła.

Jacob podszedł bliżej i przykucnął odrobinę, żeby móc spojrzeć mi prosto w oczy.

– Znowu to zrobiłem, prawda?

– Co? – wychrypiałam.

– Złamałem obietnicę. Wybacz.

– Nic nie szkodzi – wymamrotałam. – To ja zaczęłam.

Westchnął.

– Wiedziałem, co do nich czujesz. Twoja reakcja nie powinna mnie była zaskoczyć.

W jego oczach dojrzałam obrzydzenie. Miałam ochotę wykazać, że się myli, wyjaśnić, jaka Alice jest naprawdę, ale się powstrzymałam. Intuicja ostrzegła mnie, że to nieodpowiedni moment.

– Przepraszam – powiedziałam zamiast tego.

– Puśćmy to w niepamięć, okej? – zaproponował Jacob. – Twoja koleżanka nie zostanie tu długo. Jak wyjedzie, wszystko wróci do normy.

– Czy nie mogę przyjaźnić się jednocześnie z wami obojga? – jęknęłam. Tym razem nie udało mi się ukryć, jak bardzo boli mnie to rozdarcie.

– Nie, nie sądzę – odparł powoli.

Zerknęłam na jego wielkie stopy. Łzy wciąż spływały mi po policzkach i co jakiś czas pociągałam nosem.

– Ale zgłosisz się za parę dni? To, że Alice też kocham, nie zniszczy naszej przyjaźni?

Nie podnosiłam głowy, bojąc się, jak przyjmie moje zakamuflowane wyznanie. Chyba dobrze postąpiłam, bo odpowiedział dopiero po dobrej minucie.

– Zgłoszę się, zgłoszę. Nigdy nie przestanę być twoim przyjacielem. Niezależnie od tego, co tam sobie kochasz – dodał z niesmakiem.

– Słowo?

– Słowo.

Przytulił mnie.

– Ale to wszystko skomplikowane – szepnęłam.

– Tak... – zgodził się. – E, fuj!

– Co?! – zagrzmiałam, odsuwając się. Domyśliłam się, że nie przypadł mu do gustu zapach moich włosów. – Znowu śmierdzę, tak?! Boże, wszyscy macie jakąś obsesję!

Uśmiechnął się łobuzersko.

– Owszem, śmierdzisz, śmierdzisz wampirami. Ble. Tak słodko. Aż do omdlenia.

– Naprawdę? – zdziwiłam się. Zapach wampirów uważałam za najcudowniejszy na świecie. – To czemu według Alice też cuchnę?

Jacob przestał się uśmiechać.

– Hm. To raczej ja, jej zdaniem, cuchnę.

– Nie martw się. Dla mnie oboje pachniecie zupełnie normalnie.

Znów się przytuliliśmy.

To było błędne koło: z jednej strony, pragnęłam, żeby Alice została ze mną na zawsze, z drugiej, nie wyobrażałam sobie, jak wytrzymam długą rozłąkę z przyjacielem. Wiedziałam, że gdy tylko wyjdzie, zacznę za nim bardzo tęsknić.

– Będę za tobą tęsknił – powiedział Jacob, jakby czytał w moich myślach. – Mam nadzieję, że twoja koleżanka niedługo się stąd wyniesie.

– To nie ma sensu, Jake. Czy musicie się unikać?

– Musimy, Bello, musimy. Nie panuję jeszcze nad sobą tak, jak bym chciał. Nie chcę jej narażać. Sam by się wściekł, gdybym naruszył postanowienie paktu. Ty też nie byłabyś zachwycona, gdybym... zabił Alice. Gdybym zabił kogoś, kogo... kochasz.

Chciałam wyrwać się z jego objęć, słysząc te straszne słowa, ale mi na to nie pozwolił.

– Nie możemy się okłamywać, Bello. Stanowię dla niej poważne zagrożenie. Tak już jest.

– Nie podoba mi się, że tak już jest.

– Co poradzić. – Jacob wziął mnie pod brodę, żeby zmusić mnie do spojrzenia sobie prosto w oczy. Jego dłoń grzała mi skórę. – Zanim zmieniłem się w wilkołaka, wszystko było dużo prostsze, prawda?

Teraz to ja westchnęłam.

Wpatrywaliśmy się w siebie dłuższą chwilę. Wiedziałam, że w mojej twarzy chłopak nie dopatrzy się niczego poza smutkiem – nie chciałam się z nim rozstawać, choćby miało to być tylko na kilka dni. Z początku jego mina była podobna do mojej, ale potem zmieniła się i to diametralnie.

Nie poprzestał na minie. Podniósł i drugą rękę i powoli przesunął opuszkami palców po moim policzku. Znowu trzęsły mu się dłonie, ale już nie z gniewu.

– Bello – szepnął.

Zamarłam.

Co to miało być! Nie podjęłam jeszcze żadnej decyzji! Ach, ten popędliwy Parys. Jak miałam dokonać trafnego wyboru, mając do namysłu ułamek sekundy? Nie czułam się gotowa na nowy związek, ale nie byłam też na tyle głupia, by przypuszczać, że jeśli odrzucę jego awanse, nie poniosę żadnych konsekwencji.

Tak dobrze go znasz, kusił mnie rozsądek. Wiesz, że nigdy cię nie zawiedzie, jest oddany i szczery. Zapewni ci poczucie bezpieczeństwa. Zresztą, po co wysuwać pragmatyczne argumenty –

przecież go kochasz. Kochasz bardziej niż jakiegokolwiek mężczyznę, który kocha ciebie. Alice wpadła na trochę, ale to niczego nie zmienia. Twój romans stulecia dobiegł końca. Królewicz nie wróci. Nikt nie wyrwie cię pocałunkiem ze złego snu.

Jeśli czekał mnie za moment pocałunek, to zupełnie zwyczajny, taki, który nie miał zdjąć ze mnie żadnego uroku. Kto wie, może nawet miał mi sprawić przyjemność? Może miał okazać się czymś równie oczywistym, co trzymanie Jacoba za rękę? Może nie odniosłabym wrażenia, że dopuszczam się zdrady?

Jakiej zdrady, pomyślałam, zdradzasz co najwyżej samą siebie.

Chłopak zaczął już stopniowo przybliżać swoją twarz do mojej, ale nadal nie miałam pojęcia, czy to dobry pomysł.

Nagle zadzwonił telefon. Drgnęliśmy oboje, ale ostry dźwięk bynajmniej Jacoba nie rozproszył. Podniósł słuchawkę jedną ręką, nie odrywając drugiej od mojego policzka, ani nie spuszczając ze mnie wzroku. Sama byłam zbyt oszołomiona, żeby wykonać choćby najmniejszy gest, czy skorzystać z okazji i wyrwać się mojemu adoratorowi.

– Halo?

Ktoś się przedstawił i chłopaka zmroziło. Wyprostował się nagle, opuścił drugą rękę, a z jego twarzy odpłynęły wszelkie emocje. Mogłam się założyć o resztkę moich odkładanych na studia pieniędzy, że to nie kto inny tylko Alice.

Otrząsnąwszy się z chwilowego otępienia, wyciągnęłam dłoń po słuchawkę, ale Jacob mnie zignorował.

– Nie ma go tutaj – odpowiedział takim tonem, jakby ktoś mu groził.

Dzwoniąca osoba poprosiła widocznie o więcej informacji, bo dodał niechętnie:

– Jest na pogrzebie.

Niemal natychmiast rzucił słuchawką o widełki.

– Diable pomioty! – mruknął. Jego rysy nadal układały się w zgorzkniałą maskę.

– Dlaczego się tak chamsko rozłączyłeś? – wściekłam się. – Jak śmiesz tak traktować ludzi, którzy dzwonią do mojego domu?

– Spokojnie! Facet sam się rozłączył!

– Facet? Kto to był?

Mój przyjaciel uśmiechnął się jadowicie.

– Doktor Carlisle Cullen.

– Dlaczego nie pozwoliłeś mi z nim porozmawiać?!

– Nie poprosił ciebie do telefonu – odparł Jacob oschle. Z pozoru był opanowany, ale ponownie trzęsły mu się ręce. – Spytał, gdzie jest Charlie, to mu powiedziałem. Nie złamałem tym chyba żadnej z zasad dobrego wychowania.

– Wiesz co... – zaczęłam, ale nie miał zamiaru mnie wysłuchać. Zerknąwszy za siebie, jakby ktoś go zawołał z drugiego pokoju, wybałuszył oczy i cały zesztywniał. Dygotał teraz już od stóp do głów. Odruchowo i ja nadstawiłam uszu, ale wokół panowała cisza.

– Cześć.

Jacob ruszył w stronę wyjścia.

– Co jest?

Pobiegłam za nim, ale znieruchomiał znienacka, przeklinając pod nosem, i zderzyłam się z jego umięśnionymi plecami. Odwrócił się zaraz, przez co już zupełnie straciłam równowagę. Zaplątawszy się w jego nogi, runęłam na ziemię.

– Hej! – zawołałam za nim, bo zamiast mi pomóc, rzucił się ku tylnym drzwiom. Nie zdążyłam jeszcze wstać, kiedy znów coś go zatrzymało.

U stóp schodów stała Alice.

– Bello – wykrztusiła.

Bledsza niż kiedykolwiek, drżała delikatnie. Dopadłam jej w dwóch susach.

– Alice, co się stało?

Objęłam ją, żeby pomóc jej się uspokoić.

– Edward – wyszeptała jękliwie.

Moje ciało zareagowało na jej słowa szybciej niż umysł. Przez kilka sekund nie mogłam pojąć, dlaczego przedpokój wiruje ani skąd dochodzi basowy charkot. Zachodziłam w głowę, co ma wspólnego dziwne zachowanie Alice z Edwardem, chociaż uginały się już pode mną kolana. Organizm, chroniąc się przed szokiem, szykował się do ucieczki w niebyt.

Hm... Nigdy jeszcze nie patrzyłam na klatkę schodową pod tym kątem...

Ni stąd, ni zowąd, poczułam na policzku gorący oddech Jacoba. Klął szpetnie, co resztkami świadomości przyjęłam z dezaprobatą. Jego nowi koledzy mieli na niego zły wpływ.

Ocknęłam się na kanapie w saloniku. Dygotała pode mną, jakby trwało trzęsienie ziemi. Jak się tam znalazłam? Nie minęło chyba dużo czasu, bo Jacob wciąż przeklinał.

– Widzisz, co narobiłaś! – krzyknął do Alice.

Nie zwracała na niego uwagi.

– Bello? – Nachyliła się nade mną. – Bello, wstawaj. Mamy mało czasu.

– Bella ma leżeć! – zaprotestował Jacob agresywnie.

– Weź się w garść, Black – odparowała. – Chyba nie chcesz się przy niej przeobrazić?

– Nie będziesz mi mówić, co mam robić! – warknął, ale rozsądek i tak nakazał mu się pohamować.

– Alice? – spytałam słabym głosem. – Co się stało?

Tak naprawdę wolałam się tego nie dowiedzieć.

– Nie wiem. – Znów wyglądała na przerażoną. – Co on sobie myśli?!

Walcząc z zawrotami głowy, zebrałam siły i usiadłam. Zorientowałam się, że czepiam się przedramienia Jacoba. To on się trząsł, a nie kanapa.

Odszukałam wzrokiem Alice. Wyciągała właśnie z torby maleńki srebrny telefon komórkowy. W błyskawicznym tempie wybrała numer.

– Rose, podaj mi Carlisle'a, proszę – powiedziała tak szybko, że ledwie ją zrozumiałam. – Kurczę. Niech oddzwoni do mnie, jak tylko wróci. ...nie, będę już na pokładzie samolotu. Czy kontaktował się z wami Edward?

Tym razem Rosalie miała więcej do przekazania. Alice otworzyła szeroko usta. Komórka omal nie wypadła jej z ręki. Sądząc po minie dziewczyny, wizja, która sprowadziła ją do przedpokoju, była trafna. Sprawdzał się najgorszy z możliwych scenariuszy.

– Jak mogłaś, Rosalie? Co tobą kierowało?

Wysłuchując odpowiedzi przybranej siostry, zacisnęła zęby.

– Cóż – wycedziła – przekręciłaś dwa fakty, a to chyba istotne, prawda? ...tak, pomyliłam się. Nic jej nie jest. ...długo by opowiadać. ...ale wprowadziłaś go w błąd i dlatego dzwonię. ...tak, zgadza się. Tak to zobaczyłam. ...na to już trochę za późno, Rose. Oszczędzaj gadkę dla kogoś, kto w nią uwierzy.

Zamknęła telefon jednym ruchem, rozłączając się bez pożegnania. Gniew ustąpił rozpaczy. Nigdy wcześniej w jej oczach nie widziałam tyle bólu.

– Alice – odezwałam się prędko, byle tylko odwlec nieco straszliwy moment poznania prawdy. – Alice, Carlisle już wrócił. Dzwonił nie dalej jak przed pięcioma minutami.

Zamurowało ją.

– Przed pięcioma minutami?

– Tuż przed tym, jak się pojawiłaś.

– I co mówił?

Cała zmieniła się w słuch.

– To nie ja odebrałam telefon.

Spojrzałam znacząco na Jacoba. Alice poszła za moim przykładem. Chłopak drgnął, ale nie ruszył się z miejsca. Siedział przekrzywiony, jakby planował osłonić mnie własnym ciałem przed ewentualnym atakiem wampirzycy.

– Poprosił Charliego – wyjaśnił z oporami – to powiedziałem mu, że go nie ma.

– To wszystko? – Alice nie poddawała się tak łatwo.

– Rozłączył się. Nawet nie powiedział „dziękuję".

Jacoba tak zdenerwowało wspomnienie nieuprzejmości Carlisle'a, że wstrząsnął nim (i mną także) potężny dreszcz.

– Wyjaśniłeś mu, że Charlie pojechał na pogrzeb – przypomniałam.

Alice złapała trop.

– Jak to dokładnie sformułował?

– Powiedział: „Nie ma go tu", a potem: „Jest na pogrzebie".

Dziewczyna wydała z siebie cichy jęk i osunęła się na fotel.

– Alice, co się stało? – powtórzyłam po raz trzeci.

– To nie Carlisle do was dzwonił – szepnęła załamana.

– Zarzucasz mi kłamstwo? – oburzył się Jacob.

Alice nawet na niego nie zerknęła.

– To był Edward, Bello – wyszeptała. – Myśli, że nie żyjesz.

Nie tego się spodziewałam. Odetchnęłam z ulgą. Mój mózg nareszcie był w stanie prawidłowo funkcjonować.

– Rosalie przekazała mu, że popełniłam samobójstwo?

Prawie się uśmiechałam.

– Tak – potwierdziła Alice, ale jej nie było do śmiechu. – Na swoją obronę ma to, że rzeczywiście mi uwierzyła. W rodzinie przyzwyczaili się za bardzo polegać na moich wizjach. Ale żeby zaraz namierzać Edwarda, by go o tym poinformować?! Zadać sobie tyle trudu?! Czy Rosalie nie jest świadoma, że...? Czy nie ma serca...?

– Ach, to dlatego, usłyszawszy od Jacoba o pogrzebie, Edward nawet nie spytał, kto umarł – zrozumiałam. – Wszystko się zgadzało. Zabiłam się, to i wyprawiono pogrzeb.

Dzwonił tutaj! Edward zadzwonił do mnie do domu! Tylko centymetry dzieliły mnie od słuchawki, a Jake mi jej nie podał! Wbiłam paznokcie w jego ramię, ale nawet nie drgnął.

– Przyjmujesz to tak lekko? – zdziwiła się Alice.

– Wiem, to głupi zbieg okoliczności, ale wszystko się wyjaśni. Następnym razem, gdy Edward zadzwoni, ktoś powie mu, co... naprawdę... się wydarzyło... Alice?

Zbiła mnie z tropu jej przerażona mina.

Skąd ta panika? Skąd ta litość w jej oczach? Zaraz, zaraz... O co kłóciła się z Rosalie...? Miała jej coś za złe, tamta chyba przeprosiła, ale Alice kazała jej się wypchać. Hm... Gdyby chodziło tylko o mnie, przeprosiny nigdy nie przeszłyby Rosalie przez gardło. Ale gdyby zaszkodziła komuś z rodziny... swojemu bratu...

– Bello – szepnęła Alice – Edward już tu nie zadzwoni. Uwierzył jej.

– Cc... cco? – wyjąkałam. Nie czułam się na siłach dalej dedukować.

– Edward zamierza polecieć do Włoch. Pewnie już siedzi w samolocie.

Niestety, nie musiała dodawać nic więcej.

W mojej głowie rozbrzmiał znajomy, aksamitny baryton. Chociaż nie były to bliskie ideału halucynacje, lecz tylko niesione na falach wspomnień echa, w mojej klatce piersiowej otworzyły się stare rany. Tym razem liczyła się nie jakość głosu, ale ładunek emocjonalny. Pamiętałam tamtą rozmowę doskonale. Pochodziła z okresu, kiedy gotowa byłam przysiąc na największe świętości, że Edward mnie kocha.

„Wiedziałem, że nie mógłbym żyć bez ciebie" – powiedział, nawiązując do wypadków ubiegłej wiosny – „ale nie miałem pojęcia, jak się zabić".

Oglądaliśmy wtedy *Romea i Julię* – tu, w tym pokoju, na tej samej kanapie!

„Emmett i Jasper na pewno odmówiliby, gdybym poprosił ich o pomoc. W końcu doszedłem do wniosku, że mógłbym pojechać do Włoch i sprowokować jakoś Volturi".

„Nie należy ich prowokować. Chyba że chce się umrzeć, rzecz jasna".

Chyba że chce się umrzeć...

– NIE! – wykrzyknęłam. – Nie! Nie, to niemożliwe! Nie!

W ułamku sekundy nie tylko przypomniałam sobie o Volturi, ale i uzmysłowiłam, co sprowadziło Alice do mojego domu, mimo obecności Jacoba – kolejna wizja, równie potworna, co ta z klifem.

– Podjął decyzję, gdy tylko uzyskał potwierdzenie, że nie żyjesz – dodała dziewczyna.

– Ale... przecież mnie rzucił! Przecież mnie nie chciał! Co to za różnica? Wiedział, że kiedyś tam umrę!

– Sądzę, że gdybyś zmarła za kilkadziesiąt lat, postąpiłby tak samo – stwierdziła Alice cicho.

– Jak on śmie! – wrzasnęłam, zrywając się na równe nogi.

Jacob przesunął się niepewnie, żeby zająć pozycję pomiędzy mną a wampirzycą.

– Zejdź mi z drogi! – Odepchnęłam go niecierpliwie. – I co teraz? – spytałam Alice. Musiało istnieć jakiejś wyjście z tej sytuacji.

– Nie możemy do niego po prostu zadzwonić? Albo do Carlisle'a?

Pokręciła przecząco głową.

– Zrobiłam to już w pierwszym odruchu, ale okazało się, że wrzucił komórkę do kosza w Rio de Janeiro. Telefon odebrał przechodzień.

– Mówiłaś wcześniej, że mamy mało czasu. Masz jakiś pomysł?

Zawahała się.

– Nie wiem, czy mogę prosić cię o coś takiego...

– Proś! – rozkazałam.

– Być może jest już za późno. Widziałam, jak spotyka się z Volturi i prosi o śmierć.

Obie się wzdrygnęłyśmy. Zaślepiły mnie łzy.

Alice położyła mi dłonie na ramionach. Tłumacząc swój plan, co jakiś czas zaciskała na nich palce, żeby podkreślić najważniejsze fragmenty.

– Na razie wszystko zależy od Volturi. Nowa wizja nawiedzi mnie dopiero wówczas, kiedy dokonają wyboru. Jeśli mu odmówią, a to prawdopodobne – Aro bardzo lubi Carlisle'a i wolałby go do siebie nie zrazić – Edward wcieli w życie swój plan B. Volturi bardzo dbają o to, by w ich rodzinnym mieście panował spokój.

Edward sądzi, że jeśli go zakłóci, zrobią wszystko, by go powstrzymać. Ma rację. Tak właśnie się stanie.

Słuchałam jej z rosnącą frustracją. Po co jeszcze tu stałyśmy? Każda sekunda była na wagę złota!

– Podsumowując – ciągnęła Alice – jeśli Volturi zgodzą się spełnić prośbę Edwarda, nie mamy szans na jego uratowanie. Nie dolecimy do Włoch na czas. Ale jeśli będzie zmuszony działać na własną rękę... Na szczęście lubuje się w symbolice i teatralności...

– Chodźmy już wreszcie!

– Posłuchaj mnie, Bello! Najważniejsze jest to, że bez względu na to, czy nasza misja powiedzie się czy nie, trafisz do miasta Volturi. Jeśli Edward dopnie swego, wezmą mnie za jego wspólniczkę, ty z kolei jesteś osobą, która zna zbyt wiele ich sekretów i do tego apetycznie pachnie. Będą nas ścigać, a to ich teren. Nie ręczę za to, że im umkniemy. A wtedy nasz los będzie przesądzony...

– Tylko to nas tu jeszcze trzyma? – spytałam z niedowierzaniem. – Jeśli się boisz, pojadę sama.

Przeliczyłam w myślach swoje oszczędności, zastanawiając się, czy przyjaciółka pożyczyłaby mi brakującą sumę.

– O ciebie się boję, nie o siebie – wyjaśniła.

Prychnęłam.

– Alice, z własnej woli ryzykuję tu życiem niemal dzień w dzień! Coś musimy załatwić przed wyjazdem?

– Napisz liścik do Charliego. Zarezerwuję telefonicznie bilety.

– Charlie – wykrztusiłam.

Nie mogłam zostawić go na pastwę Victorii...

– Chrzanić pakt – odezwał się Jacob. – Nie pozwolę, żeby cokolwiek mu się stało, obiecuję.

Zerknęłam na niego przerażona. Jacob walczący w pojedynkę z Victorią! Jeszcze tego mi brakowało!

Obruszył się, że w niego nie wierzę.

– Szybciej, Bello – popędziła mnie Alice.

Pobiegłam do kuchni. Zaczęłam wyrzucać na ziemię zawartość jednej szuflady za drugą, ale w żadnej nie było nic do pisania. Coś dźgnęło mnie w plecy. To Jacob znalazł długopis.

– Dzięki – bąknęłam, zdejmując nakrętkę zębami.

Chłopak bez słowa podał mi leżący przy telefonie notatnik. Wyrwawszy jeden arkusz, odrzuciłam notes za siebie.

„Tato, jestem z Alice – napisałam. – Edward wpakował się w tarapaty. Pojechałyśmy mu pomóc. Wiem, że to nie najlepszy moment na taką eskapadę. Wybacz. Kiedy wrócę, możesz dać mi szlaban. Bardzo cię kocham. Bella."

– Nie jedź – poprosił Jacob. Z dala od Alice cała jego agresja znikła bez śladu.

Nie było sensu próbować przekonać go teraz do swoich racji.

– Błagam, miej oko na Charliego – rzuciłam i popędziłam z powrotem do saloniku. W przedpokoju zastałam Alice z torbą na ramieniu.

– Weź prawo jazdy, musisz mieć z sobą jakiś dowód tożsamości*. No i oczywiście paszport. Tylko mi nie mów, że go nie masz. Nie mam czasu na skombinowanie fałszywki.

Pognałam do swojego pokoju, dziękując Bogu za własną zapobiegliwość. Kiedy mama wychodziła za Phila, przez chwilę miała ochotę urządzić ślub na plaży w Meksyku. Jak to miała w zwyczaju, szybko zmieniła zdanie, zdążyłam jednak załatwić za nią wiele papierkowej roboty, w tym wyrobienie paszportów.

W sypialni wrzuciłam do plecaka portfel, spodnie od dresu, czysty podkoszulek i szczoteczkę do zębów. To całe pakowanie się w pośpiechu przypominało mi boleśnie wydarzenia sprzed roku. Różnica polegała na tym, że wówczas wyjeżdżałam do Phoenix, żeby *uciec* przed krwiożerczymi wampirami, a nie żeby się z nimi spotkać. Cóż, pomyślałam, przynajmniej tym razem nie muszę żegnać się z Charliem osobiście.

Zameldowałam się na dole pół minuty później. Jacob i Alice stali tak daleko od siebie, jak to tylko było możliwe w wąskim przed-

---

* W Stanach Zjednoczonych nie ma dowodów osobistych – przyp. tłum.

pokoju. Na pierwszy rzut oka nikt nie odgadłby, że są pogrążeni w rozmowie. Cóż, lepszym określeniem byłaby zresztą cierpka wymiana zdań. Oboje zdawali się nie zauważyć, że wróciłam.

– Ty to się jeszcze kontrolujesz, ale te padalce, do których ją zabierasz...

Nie zdziwiłabym się, gdyby Jacob zaczął toczyć pianę z ust.

– Tak, psie – wycedziła Alice. – To postacie rodem z twoich najgorszych snów. To dlatego, że istnieją, mój zapach napawa cię takim przerażeniem.

– A ty zabierasz ją do nich niczym butelkę wina na przyjęcie!

– Uważasz, że lepiej byłoby zostawić Bellę tutaj i czekać, aż dopadnie ją Victoria?

– Ruda nie ma przy sforze szans.

– Tak? To jakim cudem wciąż poluje?

Jacob warknął. Przeszedł go silny dreszcz.

– Przestańcie! – zawołałam. – Paliłam się do wyjazdu. – Kiedy wrócimy, będziecie się mogli kłócić do woli. Alice, idź po samochód!

Dziewczyna wybiegła. Wyszliśmy z Jacobem na ganek. Zatrzymałam się odruchowo, żeby zamknąć drzwi na klucz.

– Proszę, Bello. Błagam. – Chłopak złapał mnie za rękę. Jego brązowe oczy były pełne łez. Ścisnęło mnie w gardle.

– Jake, nie mam wyboru...

– Masz, masz. Mógłbyś zostać ze mną. Mogłabyś żyć. Dla Charliego. Dla mnie.

Za naszymi plecami zamruczał charakterystycznie silnik mercedesa Carlisle'a. Alice docisnęła kilka razy gaz, żeby mnie popędzić.

Płacząc, wyrwałam dłoń z uścisku Jacoba. Nie zaprotestował.

– Tylko wróć żywa – wyszeptał. – Obyś wróciła żywa.

Co, jeśli miałam już go więcej nie zobaczyć?

Z mojej piersi wyrwał się głośny jęk. Rozszlochałam się na dobre. Na moment – o wiele za krótki – przywarłam do Jacoba, obejmując go mocno obiema rękami. Pogłaskał mnie po głowie. Zdjęłam jego dłoń ze swoich włosów i pocałowałam ją delikatnie.

– Żegnaj. – Odsunęłam się. Nie miałam śmiałości spojrzeć mu w twarz. – Przepraszam.

Obróciłam się na pięcie i pognałam do auta. Drzwiczki od strony pasażera były już otwarte. Cisnąwszy plecak do tyłu, zatrzasnęłam je za sobą.

– Zaopiekuj się Charliem! – krzyknęłam, wyglądając przez okno, ale Jacob zniknął. Nie wiedziałam, co o tym myśleć. Rozejrzałam się niespokojnie.

Ruszyłyśmy z jękiem opon. Zanim wyjechałyśmy na drogę, dostrzegłam jeszcze na żwirze przy skraju lasu coś jasnego.

Był to strzęp białego adidasa.

19 *Wyścig z czasem*

Mało brakowało, a spóźniłybyśmy się na samolot. Zdyszane, zajęłyśmy miejsca.

To, że prócz nas nikt się nie spieszy, doprowadzało mnie do szału. Stewardesy krążyły jak gdyby nigdy nic po pokładzie, sprawdzając metodycznie, czy wszystkie pokrywy półek na bagaż podręczny są dobrze zamknięte. Zagadywali je piloci, widoczni przez drzwi kokpitu.

Alice położyła mi rękę na ramieniu, żebym przestała nerwowo podrygiwać.

– To szybsze niż bieganie – przypomniała mi.

Skinęłam głową, ale podrygiwałam dalej.

W końcu samolot przejechał na pas startowy i zaczął się rozpędzać – w moim mniemaniu stanowczo zbyt ślamazarnie. Spodziewałam się poczuć ulgę, kiedy wzniesie się w powietrze, ale nawet wtedy moje zniecierpliwienie nie osłabło.

Jeszcze zanim osiągnęliśmy ostateczną wysokość, moja towarzyszka, nic nie robiąc sobie z przepisów, sięgnęła po słuchawkę telefonu pokładowego, przymocowanego do oparcia znajdującego się przed nią fotela. Stewardesa posłała jej pełne dezaprobaty spojrzenie, ale coś w moim wyrazie twarzy powstrzymało ją przed zwróceniem dziewczynie uwagi.

Próbowałam się całkowicie wyłączyć, by nie poznać więcej mrożących krew w żyłach szczegółów, ale strzępki rozmowy i tak do mnie docierały.

– Nie mam pewności, Jasper, widzę najróżniejsze rzeczy – on co chwila zmienia zdanie. A to planuje zaatakować strażnika, a to polować na przypadkowych mieszkańców, a to podnieść samochód, stojąc na głównym placu – byle tylko pokazać wszystkim, że nie jest człowiekiem. Wie, że co jak co, ale za to na pewno zostanie natychmiast ukarany.

Alice zamilkła, żeby wysłuchać Jaspera.

– Odbiło wam? – przerwała mu. Nagle zaczęła mówić bardzo cicho. Mimo że dzieliło nas kilkanaście centymetrów, ledwie ją słyszałam. Z przekory nadstawiłam uszu. – Powiedz Emmettowi, że... ...no to leć za nimi i sprowadź ich z powrotem! ...zastanów się. Jeśli zobaczy którekolwiek z nas, to jak sądzisz, jak zareaguje? ...no właśnie. Bella jest naszą jedyną szansą... jeśli w ogóle jakieś mamy. Przygotuj, proszę, na to Carlisle'a, dobrze? ...tak, wiem. – Zaśmiała się gorzko. – Tak, obiecuję. Coś się wymyśli. Poradzę sobie. ...ja też cię kocham.

Odwiesiwszy słuchawkę, wyciągnęła się w fotelu, przymykając powieki.

– Nienawidzę kłamać.

– Alice, co jest grane? – spytałam jękliwie. – Dlaczego kazałaś Jasperowi biec po Emmetta? Dlaczego nie mogą nam pomóc?

– Z dwóch powodów – odparła szeptem, nie otwierając oczu. – O pierwszym mu powiedziałam. Teoretycznie Emmett mógłby pochwycić Edwarda i nie puścić, dopóki go nie przekonamy, że się jednak nie zabiłaś, ale niestety, to tylko teoria. W praktyce nie jesteśmy w stanie się do niego podkraść. Tylko go sprowokujemy. Gdy nas zobaczy, wyczuje albo wyłapie nasze myśli, z miejsca wyruszy, by wcielać w życie swój szalony plan. Podniesie pierwsze auto z brzegu, rozbije nim ścianę najbliższego budynku i ani się obejrzymy, a dopadną go Volturi. Hm... Istnieje też drugi powód, ale ten musiałam przed Jasperem zataić. Widzisz, jeśli zjawilibyśmy się tam w komplecie, jak nic skończyłoby się to pojedynkiem... pojedynkiem z gospodarzami. – Alice spojrzała na mnie błagalnie. – Gdybyśmy mieli choć marną szansę go wygrać, gdybyśmy w czwórkę mogli jakimś cudem ocalić Edwarda, może zachęciłabym ich do przyjazdu. Ale to niemożliwe, Bello, a ja nie zamierzam posłać Jaspera na pewną śmierć.

Dotarło do mnie, że dziewczyna błaga mnie o zrozumienie. Chroniła Jaspera naszym kosztem – być może także kosztem Edwarda. Nie miałam jej tego za złe. Pokiwałam głową.

Nadal nie pojmowałam, o co ta cała heca. Co ten Edward wyprawia?! To nie miało najmniejszego sensu! Owszem, do pewnego stopnia wszystko się zgadzało. Naszą rozmowę na kanapie pamiętałam jak dziś – widząc na ekranie Julię nad martwym Romeem, Edward wyznał mi, że kiedy umrę, też popełni samobójstwo, bo nie wyobraża sobie beze mnie życia. Było to dla niego coś, co nie podlegało dyskusji. Ale chyba do czasu, bo to, co mi zakomunikował trzy dni później w lesie, anulowało bezspornie wszelkie wcześniejsze przysięgi.

Czyż nie?

Mniejsza o to. Należało przekonać Edwarda, że żyję, i tyle.

– A co z podsłuchiwaniem waszych myśli? – przypomniałam sobie. – Czy Edward nie słyszy, że ze mną rozmawiasz? Czy to nie dostateczny dowód na to, że przeżyłam skok z klifu?

– Nie jest taki naiwny. – Alice westchnęła. – Wierz lub nie, ale można manipulować przy swoich myślach. Usiłowałabym go uratować, nawet gdybyś się zabiła. Powtarzałabym w duchu: „Ona żyje, ona żyje". Edward pewnie wcale mnie nie słucha, a jeśli, to podejrzewa mistyfikację.

Nasza bezradność była nie do zniesienia.

– Gdybym miała pomysł, jak go ocalić bez twojego udziału, Bello, nie narażałabym cię na tak wielkie niebezpieczeństwo. I tak mam wyrzuty sumienia.

– Niepotrzebnie. – Machnęłam ręką. – To najmniej ważne. Powiedz mi raczej, w którym momencie skłamałaś, skoro żałujesz, że musiałaś nałgać.

Uśmiechnęła się ponuro.

– Przyrzekłam Jasperowi, że jeśli zabiją Edwarda, ucieknę, zanim złapią i mnie. Ha! Jakby ktoś kiedykolwiek uciekł tropiącym go Volturi! Jak już mówiłam, wszystko zależy teraz od nich. Wszystko. To, czy przeżyję, również.

– Co to za jedni, ci Volturi? Co sprawia, że są o tyle groźniejsi od Emmetta, Jaspera, Rosalie czy ciebie?

Ich pobudki i zwyczaje nie mieściły mi się w głowie.

Alice wzięła głęboki wdech. Nagle spojrzała wilkiem na kogoś za mną. Odwróciłam się, ale nasz sąsiad udawał już, że patrzy w przeciwnym kierunku. Miał na sobie ciemny garnitur, a na kolanach laptopa – najprawdopodobniej był to biznesmen w podróży służbowej. Włączył notebooka i nałożył słuchawki. Teraz nie mogłyśmy mu nic zarzucić.

Przysunęłam się bliżej do przyjaciółki, tak żeby moje ucho znalazło się tuż przy jej wargach.

– Zaskoczyło mnie, że kojarzysz nazwę Volturi – wyszeptała. – Że rozumiesz, o co chodzi, chociaż zdradziłam tylko, że Edward leci do Włoch. Sądziłam, że nie obejdzie się bez dłuższych wyjaśnień. Ile wiesz na ich temat?

– Tylko tyle, że to stara, potężna rodzina... coś jak rodzina królewska. I że nie można z nimi zadzierać, chyba że się pragnie ...że pragnie się umrzeć.

To ostatnie słowo nie chciało mi przejść przez gardło.

Alice zaczęła mówić wolniej, w sposób bardziej wyważony.

– Musisz zrozumieć, Bello, że my, Cullenowie, jesteśmy o wiele bardziej nietypowi, niż ci się to wydaje. To... anormalne dla naszej rasy, żeby tak wielu jej przedstawicieli mieszkało razem w spokoju. Drugim wyjątkiem jest rodzina Tanyi. Carlisle głosi teorię, że to zasługa naszej wstrzemięźliwości. To ona ułatwia nam funkcjonowanie w społeczeństwie i tworzenie pomiędzy sobą więzi opartych na miłości, a nie na wygodzie. Taki James, na przykład, przewodził dwóm innym wampirom – to też dużo – a jednak, jak pamiętasz, Laurent opuścił go bez żadnych skrupułów. Nasi pobratymcy wędrują z reguły w pojedynkę lub w parach. O ile mi wiadomo, jesteśmy największą wampirzą rodziną na świecie – z jednym wyjątkiem. Są nim właśnie Volturi. Z początku było ich trzech – Aro, Marek i Kajusz.

– Widziałam ich – wtrąciłam. – Na obrazie w gabinecie Carlisle'a.

Alice skinęła głową.

– Od czasu tej wizyty dołączyły do nich dwie przedstawicielki płci pięknej, jest więc ich teraz pięcioro. Nie mam pewności, co umożliwia im pokojową koegzystencję, ale podejrzewam, że niebagatelne znaczenie ma wiek trzech mecenasów – każdy z nich liczy sobie ponad trzy tysiące lat. A może to ich talenty sprzyjają tolerancji? Podobnie jak Edward i ja, Aro i Marek są... wyjątkowo uzdolnieni.

Chciałam już spytać, co potrafią, ale podjęła przerwany wątek.

– A może po prostu tak kochają władzę? Rodzina królewska to trafne określenie.

– Ale skoro jest ich zaledwie pięcioro...

– Pięcioro – poprawiła mnie – nie licząc straży przybocznej.

– Straży przybocznej? – powtórzyłam osłupiała. Tyle wampirów w jednym miejscu! – To... brzmi... poważnie – wydukałam.

– O tak – potwierdziła. – Tworzą prawdziwy dwór. Strażników było ostatnio dziewięciu, ale oprócz nich kręci się tam wielu... Jak by ich nazwać? Gości? Ich liczba stale się zmienia. Wielu z tych osobników także jest obdarzonych paranormalnymi zdolnościami – potwornymi zdolnościami, przy których moja to salonowa sztuczka. Volturi specjalnie ich sobie dobierają.

Rozdziawiłam usta, by zaraz potem je zamknąć. Alice popełniła chyba błąd, uświadamiając mnie w tak dosadny sposób, jak bliskie zera są nasze szanse.

Patrzyła na mnie uważnie, jak gdyby czytała w moich myślach.

– Rzadko się zdarza, że muszą z kimś walczyć. Niewielu śmiałków dąży do konfrontacji z nimi, a oni sami nigdy nie opuszczają swojego rodzinnego miasta. No, chyba że wezwą ich dokądś obowiązki.

– Obowiązki? – zdziwiłam się.

– Edward nie mówił ci, co należy do obowiązków Volturi?

– Nie – wykrztusiłam. Musiałam prezentować się wyjątkowo żałośnie.

Moja przyjaciółka odsunęła się, by zerknąć raz jeszcze w stronę ciekawskiego biznesmena, po czym na powrót nachyliła się nad moim uchem.

– Nazwał ich rodziną królewską nie bez przyczyny. Z racji swojego wieku, wzięli na siebie wymierzanie sprawiedliwości. Karzą tych, którzy łamią nasze zasady. Niezwłocznie i bezlitośnie.

Byłam w szoku.

– To są jakieś zasady? – spytałam odrobinę zbyt podniesionym głosem.

– Cii!

– Dlaczego nikt mi nic nie powiedział? – szepnęłam gniewnie. – Przecież zamierzałam... chciałam stać się jedną z was! Czy ktoś nie powinien był mnie uprzedzić?

Moje oburzenie ją rozbawiło.

– Te zasady nie są takie znowu podchwytliwe czy skomplikowane. Właściwie istnieje tylko jeden główny zakaz. Rusz głową, a sama się domyślisz, na czym polega.

Zastanowiłam się nad tym, co by to mogło być.

– Nie, nie wiem – skapitulowałam.

Alice wyglądała na zawiedzioną.

– Cóż, może to zbyt oczywiste. Nie wolno nam się ujawniać.

– Ach – wyrwało mi się. Tak, to było zbyt oczywiste.

– Większość z nas zgadza się, że to rozsądne – ciągnęła – ale różnie bywa. Niektórzy po paru wiekach zaczynają się nudzić albo może wariują. W każdym razie, zanim taki ktoś wyda nie tylko siebie, ale i nas wszystkich, do dzieła przystępują Volturi. Albo ten, kto jest na podorędziu.

– To dlatego Edward...

– Planuje ujawnić się na ich terytorium – w mieście, w którym udaje im się ukrywać swój sekret od trzech tysięcy lat, od czasu Etrusków. W mieście, o które tak dbają, że nawet nie polują w jego granicach. Volterra to najbezpieczniejszy zakątek na świecie – przynajmniej jeśli chodzi o ataki wampirów.

– Nie polują w jego granicach i go nie opuszczają – to co jedzą?

– Strażnicy sprowadzają dla nich ofiary spoza miasta, czasami z bardzo daleka. Mają dzięki temu co robić, gdy nie karzą buntowników. Albo kiedy nie pilnują porządku w samej Volterze...

– Czyli kiedy nie szukają takich szaleńców jak Edward – dokończyłam.

Od niedawna wymawiałam jego imię z zadziwiającą łatwością. Ciekawa byłam, skąd się to brało. Może dlatego, że spodziewałam się go niedługo zobaczyć? A może dlatego, że spodziewałam się niedługo zginąć? Była jakaś pociecha w tym, że miałam zostać zabita zaraz po nim.

– Wątpię, czy mieli kiedykolwiek do czynienia z podobną sytuacją – mruknęła dziewczyna zdegustowana. – Wampiry rzadko miewają skłonności samobójcze.

Dźwięk, który z siebie mimowolnie wydałam, był ledwie słyszalny, ale Alice pojęła bez trudu, że to jęk rozpaczy. Przytuliła mnie do siebie.

– Zrobimy, co w naszej mocy. Jeszcze nie wszystko stracone.

– Jeszcze nie – zgodziłam się, nieco się rozluźniając. – A jeśli coś schrzanimy, dopadną nas Volturi...

Alice zesztywniała.

– Mówisz tak, jakby dodawało ci to otuchy.

Wzruszyłam ramionami.

– Odwołaj to, Bello, albo w Nowym Jorku przesiądziemy się w powrotny samolot!

– Co?!

– Już ty dobrze wiesz co. Jeśli się spóźnimy i Edwarda nie da się uratować, stanę na głowie, żeby odwieźć cię bezpiecznie do domu. Tylko bez głupich numerów, zrozumiano?

– Zrozumiano, zrozumiano.

Rozluźniła uścisk, żeby móc spojrzeć mi prosto w twarz.

– Żadnych... głupich... numerów – powtórzyła.

– Obiecuję.

Wywróciła oczami.

– Okej. A teraz pozwól, że się skoncentruję. Zobaczmy, co nasz kochany świr kombinuje.

Wciąż do mnie przytulona, oparła się policzkiem o swój fotel i zamknęła oczy. Opuszkami palców wolnej dłoni rytmicznie pocierała sobie skroń.

Zafascynowana, długo jej się przyglądałam. Kiedy w końcu znieruchomiała, przypominała kamienny posąg – gdybym nie była wtajemniczona, myślałabym, że śpi. Ciekawiło mnie bardzo, jaką decyzję podjął Edward, ale nie śmiałam wyrywać przyjaciółki z transu. Tak mijały nam kolejne minuty.

Żałowałam, że nie mam pod ręką żadnego neutralnego tematu, o którym potrafiłabym rozmyślać, bo nie mogłam sobie pozwolić na to, by choć przez kilka sekund zastanowić się na tym, co mnie czeka – nie mogłam, jeśli nie chciałam zwrócić na siebie uwagi histerycznym krzykiem.

Odpadało zarówno snucie wizji pesymistycznych, jak i wysoce optymistycznych. Gdyby nam się bardzo poszczęściło, strasznie poszczęściło, może mogłyśmy ocalić Edwarda, ale nie byłam na tyle głupia, by przypuszczać, że wówczas do mnie wróci. Moja misja ratunkowa nie miała niczego zmienić. Szykowałam się psychicznie na to, że w najlepszym przypadku spędzimy razem parę chwil, a potem znowu stracę go na wieki.

Znowu... Z bólu zacisnęłam zęby. Oto cena, jaką miało mi przyjść zapłacić za uwolnienie ukochanego ze szponów Volturi. Cena, jaką byłam gotowa ponieść.

Stewardesy rozdały chętnym słuchawki i wyświetlono film. Od czasu do czasu przyglądałam się z nudów poczynaniom jego bohaterów, ale jako że byli dla mnie jedynie plamami skaczącymi po niewielkim ekranie, nie potrafiłam nawet ustalić, czy to horror czy komedia romantyczna.

Po kilku godzinach, które zdawały mi się wiecznością, samolot obniżył lot, szykując się do lądowania w Nowym Jorku. Wyciągnęłam rękę, żeby wyrwać Alice z transu, ale zawahałam się. Powtórzyłam ten manewr, nigdy go nie kończąc, jeszcze z tuzin razy. Wreszcie dotknęliśmy kołami pasa startowego.

– Alice – zdobyłam się na odwagę – Alice, jesteśmy już na miejscu.

Dotknęłam jej przedramienia.

Bardzo powoli otworzyła oczy. Kilka razy pokręciła głową, kaprysząc lub protestując.

– I co tam? – spytałam dyskretnie, mając baczenie na mojego wścibskiego sąsiada.

– Nic nowego – szepnęła. – Nadal zastanawia się, jak poprosić Volturi o przysługę.

Na lotnisku musiałyśmy biec, żeby zdążyć na naszą przesiadkę, ale było to o stokroć lepsze od bezczynnego czekania. Gdy tylko odrzutowiec obrał kurs na Europę, Alice odpłynęła. Uzbroiłam się w cierpliwość. Kiedy na zewnątrz zrobiło się ciemno, podniosłam roletę i zagapiłam w czerń, żeby nie patrzeć w ścianę.

Szczęściem w nieszczęściu, miałam za sobą wiele miesięcy praktyki w kontrolowaniu własnych myśli. Zamiast rozważać, jakież to czekają mnie okropności (bez względu na to, co powiedziała Alice, nie zamierzałam ich przeżyć), skupiłam się na pomniejszych kwestiach, choćby takich jak ta, co powiem po powrocie ojcu. Tak, tym mogłam zamartwiać się aż do rana. I co z Jacobem? Przyrzekł, że pozostanie moim przyjacielem, ale czy miał dotrzymać słowa? Może obaj z Charliem mieli się na mnie śmiertelnie obrazić? Cóż, wolałam już zginąć we Włoszech, niż zmierzyć się z podobnym bezmiarem samotności.

W pewnym momencie poczułam, że Alice szarpie mnie za rękaw. Musiałam zasnąć.

– Bello! – syknęła. W zaciemnionym wnętrzu pełnym śpiących ludzi zabrzmiało to niemal jak okrzyk. – Bello!

Zorientowałam się, że wydarzyło się coś ważnego. Nie byłam na tyle rozespana, żeby to przeoczyć.

– Złe wieści?

Nieliczne lampki rzucały przytłumione światło, ale oczy Alice rozbłysły.

– Wręcz przeciwnie – odparła podekscytowana. – Wszystko idzie po naszej myśli. Rozmowy jeszcze trwają, ale decyzja już zapadła. Odmowna.

– Volturi odmówią Edwardowi? – upewniłam się.

– A któż by inny? – obruszyła się Alice. – Widziałam ich. Słyszałam, jak to uzasadnią.

– Co mu powiedzą?

Podszedł do nas na palcach jeden ze stewardów.

– Podać może paniom po jaśku?

Chciał nam dać w ten sposób do zrozumienia, że robimy zbyt dużo hałasu.

– Nie, nie trzeba. Dziękujemy. – Alice posłała mu najpiękniejszy ze swoich uśmiechów. Mężczyzna spojrzał na nią oczarowany. Wycofując się, potknął się o własne nogi.

– Co mu powiedzą? – nie przestałam się domagać.

– Są nim zainteresowani – szepnęła mi na ucho. – Uważają, że jego talent może się im przydać. Zaproponują mu, żeby z nimi został.

– I co on na to?

– Jeszcze nie wiem, ale założę się, że popisze się elokwencją. – Uśmiechnęła się szeroko. – Świetnie, nareszcie jakieś dobre nowiny. To przełom. Volturi są zaintrygowani, szkoda im go zabić. „To marnotrawstwo" – tak wyrazi się Aro. Ich postawa zmusi Edwarda do większej pomysłowości, a im dłużej będzie deliberował, jak ich skutecznie sprowokować, tym lepiej dla nas.

Mimo wszystko nie udzieliła mi się jej euforia. To, że zdążymy, nadal nie było takie pewne. W dodatku, gdybyśmy dotarły do Volterry po fakcie, nie miałabym szans na to, żeby powstrzymać przyjaciółkę przed dostarczeniem mnie Charliemu.

– Alice?

– Tak?

– Czegoś tu nie rozumiem. Jak to możliwe, że jesteś w stanie przekazać mi teraz tyle szczegółów? Przecież zdarza się, że twoje wizje są mgliste, niejasne – że rozmijają się z rzeczywistością. Czy to od czegoś zależy?

Zacisnęła szczęki. Ciekawa byłam, czy odgadła, do czego piję.

– Widzę wszystko wyraźnie, ponieważ relatywnie nie są to wydarzenia zbytnio odległe w czasie czy przestrzeni, a poza tym jestem bardzo na nich skoncentrowana. Kiedy coś pojawia się w moim umyśle ot tak, samo z siebie, to tylko blady poblask, mało prawdopodobna migawka. Istotne jest też to, o kogo chodzi – łatwiej mi z moimi pobratymcami niż z ludźmi. Zwłaszcza w przypadku Edwarda – to przez to, że łączy nas silna uczuciowa więź.

– Mnie też widujesz – przypomniałam.

– Ale nigdy z tyloma detalami.

Westchnęłam.

– Żałuję, że pewne twoje wizje dotyczące mojej osoby się nie sprawdziły. Te z samego początku, kiedy się jeszcze nie przyjaźniłyśmy…

– Które masz na myśli?

– Widziałaś, że staję się jedną z was – naprowadziłam ją nieśmiało.

I Alice westchnęła.

– Braliśmy to wtedy pod uwagę, to i miałam odpowiednie wizje.

– Wtedy – powtórzyłam.

– Tak właściwie, Bello, to... – zawahała się, ale tylko na chwilę. – Szczerze mówiąc, zastanawiam się, czy sama się za ciebie nie wziąć. Ta cała sytuacja powoli przeradza się w farsę.

Zmroziło mnie. Spojrzałam na nią zszokowana. Nie, nie mogłam ani na sekundę dopuścić do siebie takiej nadziei. Co, gdyby zmieniła zdanie?

– Przestraszyłam cię? – spytała zbita z tropu. – Sądziłam, że o tym marzysz.

– Ależ marzę! – niemalże wykrzyknęłam. – Och, Alice, błagam, ukąś mnie jak najszybciej! Będę mogła walczyć z Volturi jak równy z równym!

– Cii! – Przyłożyła palec do ust. Steward znów na nas patrzył. – Bądź rozsądna – sprowadziła mnie na ziemię. – Nie mamy wystarczająco dużo czasu. Wiłabyś się w agonii ładnych parę dni. Poza tym pozostali pasażerowie nie byliby chyba zachwyceni, prawda?

Przygryzłam wargi.

– Jeśli nie zrobisz tego teraz – wymamrotałam – niedługo się rozmyślisz.

– Nie sądzę. – Skrzywiła się. – Ale będzie wściekły! Tyle że już nic nie da się poradzić.

– Nic a nic – potaknęłam. Serce biło mi jak młotem.

Alice zaśmiała się cicho, po czym znowu westchnęła.

– Pokładasz we mnie zbyt dużą wiarę, Bello. Nie mam pojęcia, czy uda mi się przeprowadzić taką operację. Brak mi samokontroli Carlisle'a. Pewnie zabiję cię i tyle.

– Jestem gotowa zaryzykować.

– Nigdy nie spotkałam nikogo o tak nietypowych zapatrywaniach, co ty.

– Dziękuję za komplement.

– Ach, wrócimy do tego później. Na razie musimy przetrwać jutrzejszy dzień.

– Słuszna uwaga.

Ale jeśli miałyśmy go przetrwać, ileż otworzyłoby się przede mną nowych możliwości! To znaczy, jeśli miałyśmy go przetrwać, Alice miała się nie rozmyślić, a mi miało być dane wylizać się z zadanych przez nią ran. Edward mógłby wówczas choćby i wrócić do Ameryki Południowej – wytropiwszy go, podążałabym za nim krok w krok. Zresztą, kto wie, może gdybym była piękna i silna, to on nie dawałby mi spokoju?

– Prześpij się – doradziła moja towarzyszka. – Obudzę cię, kiedy dowiem się czegoś jeszcze.

– Okej – zgodziłam się potulnie. Podejrzewałam, że z emocji i tak nie zasnę.

Alice przyjęła pozycję płodową: podkurczyła nogi, objęła je rękami i oparła się czołem o kolana. Kołysała się łagodnie, żeby się skoncentrować.

Planując jej się poprzyglądać, przytuliłam się bokiem do oparcia fotela i ani się obejrzałam, a chmury za oknem poróżowiały. Obudził mnie odgłos podnoszonej przez Alice rolety.

– Co jest? – spytałam sennie.

– Poinformowali go o swojej odmowie.

Zauważyłam, że euforia dziewczyny zniknęła bez śladu.

– Jak zareagował? – Gardło ścisnęła mi panika.

– Najpierw w jego głowie panował zupełny chaos. Trudno było się w tym wszystkim rozeznać, tyle miał pomysłów.

– Jakich na przykład?

– Najdłużej obstawał przy tym, żeby wybrać się na polowanie – zdradziła ze zgrozą.

Polowanie? Czy w Toskanii były w ogóle jakieś rozległe lasy?

Alice dostrzegła na mojej twarzy zagubienie.

– Polowanie na ludzi – wyjaśniła. – Na mieście. Zmienił zdanie w ostatniej chwili.

– Pewnie przez wzgląd na Carlisle'a – stwierdziłam. – Żeby nie zdradzić jego ideałów.

– Być może.

– Zdążymy na czas?

Kiedy wypowiedziałam te słowa, we wnętrzu samolotu raptownie zmieniło się ciśnienie. Poczułam, jak maszyna obniża stopniowo lot.

– Mam taką nadzieję... Jeśli będzie się trzymał tego, co postanowił, jest szansa.

– To co w końcu postanowił?

– Postawił na prostotę. Po prostu wyjdzie na słońce.

Wyjdzie na słońce... Tylko tyle?

Aż tyle.

Pamiętałam doskonale, jak Edward iskrzył się na polanie – jak gdyby jego skórę pokrywały miliony kryształków. Tak, była to idealna metoda, żeby się ujawnić bez uciekania się do przemocy. Tego widoku nie był w stanie zapomnieć żaden śmiertelnik. Chcąc chronić swoją rasę i swoją tysiącletnią siedzibę, Volturi nie mogli pozwolić na podobną manifestację.

Zerknęłam na blade światło świtu sączące się przez samolotowe okienka.

– Spóźnimy się – wyszeptałam przerażona.

– Spokojna głowa – pocieszyła mnie Alice. – Edward ma skłonność do melodramatyzmu. Nie myśl, że planuje objawić się byle komu w przypadkowym zaułku, o nie. Chce sobie zapewnić jak największą widownię. Wiem już, że pójdzie na główny plac Volterry. Góruje nad nim wieża zegarowa. Edward wyjdzie z cienia, kiedy wskazówki wskażą południe.

– Mamy czas do dwunastej?

– Na to wygląda. Módlmy się, żeby nie zmienił scenariusza.

Pilot oznajmił przez głośniki, wpierw po francusku, a później po angielsku, że rozpoczynamy podchodzenie do lądowania. Rozległ się ostrzegawczy sygnał dźwiękowy i zapaliły lampki z symbolami zapiętych pasów.

– Jak daleko jest z Florencji do Volterry? – spytałam.
– Jeśliby przymknąć oko na ograniczenia prędkości... Bello?
– Tak?
Alice zmierzyła mnie wzrokiem, oceniając moją uczciwość.
– Czy miałabyś coś przeciwko, gdybym ukradła samochód?

Chodziłam nerwowo w tę i z powrotem po zatłoczonym chodniku przed głównym wejściem lotniska, kiedy nagle z piskiem opon zahamowało przede mną porsche. Jaskrawa żółć pojazdu biła po oczach. Wszystkich wokół mnie zamurowało.
– Pospiesz się! – zawołała Alice przez otwarte okno od strony pasażera.
Wgramoliłam się do auta pod ostrzałem spojrzeń. Równie dobrze mogłam mieć na głowie kominiarkę.
– Boże, Alice – jęknęłam. – Nie mogłaś ukraść jakiegoś normalniejszego wozu?
Dobrze, że chociaż szyby miał przyciemniane. Dzięki nim i czarnej skórzanej tapicerce w środku panował dający poczucie bezpieczeństwa półmrok.
Ruch był spory. Alice wyprzedzała auta z zabójczą precyzją, wykorzystując najdrobniejsze szczeliny. Krzywiąc się, wymacałam i zapięłam pas.
– Ważniejsze jest pytanie, czy nie mogłam ukraść jakiegoś szybszego wozu – poprawiła mnie. – Odpowiedź brzmi: raczej nie. Dopisało mi szczęście.
– Oby dopisywało ci nadal, kiedy zatrzyma nas policja.
Rozbawiłam ją.
– Zaufaj mi, Bello. Nie dogoni nas żaden radiowóz.
Jakby dla potwierdzenia swoich słów, docisnęła pedał gazu.
Byłam po raz pierwszy i, być może, po raz ostatni za granicą, powinnam więc była podziwiać okoliczne wzgórza, tudzież otoczone murami miasteczka. Nie za bardzo mi to wychodziło. Chociaż Alice była świetnym kierowcą, bałam się okropnie i wolałam

nie wyglądać zbyt często przez okno. Na bawienie się w turystkę nie pozwalał mi również stres. Zamiast napawać się krajobrazami Toskanii, skupiłam się na naszej misji.

– Widzisz coś nowego?

– Chyba mają dziś w Volterze jakieś święto – zdradziła Alice. – Wszędzie kłębią się tłumy, a ulice przyozdobiono czerwonymi flagami. Którego dziś mamy?

– Chyba dziewiętnastego.

– Co za ironia! Dziś przypada Dzień Świętego Marka!

– Co to takiego?

Zaśmiała się sarkastycznie.

– Obchodzą to święto hucznie raz w roku. Legenda głosi, że pięćset lat temu niejaki ojciec Marek – tak naprawdę był to ten Marek od Aro i Kajusza – przegonił z Volterry wszystkie wampiry, po czym kontynuował swoje dzieło w Rumunii, gdzie zginął męczeńską śmiercią. Oczywiście to bzdura – mieszka nadal w Volterze i ma się dobrze. To jego autorstwa są aktualne po dziś dzień przesądy głoszące, że wampiry odstrasza czosnek i krzyże. Cóż – Alice uśmiechnęła się krzywo – skoro wampiry nadal nie nękają mieszkańców miasta, musiały być to metody niezwykle skuteczne. Dzień Świętego Marka to poniekąd także święto policji. To ona zbiera laury za to, że dzięki strażnikom Volturi poziom przestępczości jest w Volterze tak niski.

Dotarło do mnie, czemu chwilę wcześniej zawołała „co za ironia".

– Volturi będą dziś bardziej skłonni ukarać Edwarda za jego wybryk niż w inny dzień, tak?

Dziewczyna spoważniała.

– Zgadza się. Zadziałają błyskawicznie.

Spojrzałam w bok, z trudem powstrzymując się przed przygryzieniem sobie dolnej wargi. Gdyby pojawiła się na niej krew, w najlepszym przypadku skończyłybyśmy z Alice w rowie.

Słońce stało już na niebie niebezpiecznie wysoko.

– Edward nadal zamierza ujawnić się w samo południe? –
upewniłam się.

– Tak. Postanowił zaczekać. A oni czekają na niego.

– Powiedz, na czym będzie polegać moja rola.

Alice nie spuszczała oczu z wijącej się szosy. Wskazówka szyb-
kościomierza niemal stykała się z prawym krańcem skali.

– Nie jest to zbytnio skomplikowane. Edward musi cię po prostu zobaczyć, zanim wyjdzie na słońce. I zanim zauważy albo wyczuje, że ci towarzyszę.

– Jak to zrobimy?

Alice wyprzedziła jakieś czerwone autko. Różnica prędkości pomiędzy nami a nim była tak duża, że wydawało się jechać do tyłu.

– Podprowadzę cię do niego tak blisko, jak to tylko będzie możliwe, a potem będziesz musiała pobiec w kierunku, który ci wskażę.

– Okej.

– Tylko się nie potknij – dodała. – Nie będziemy miały czasu
jechać na pogotowie.

Tak, to byłoby do mnie podobne – własną niezdarnością doprowadzić do katastrofy. Niestety, nie mogłam niczego obiecywać.

Alice wytrwale ścigała się z czasem. Co jakiś czas z niepokojem
zerkałam na słońce. Jego jaskrawość wpędzała mnie w panikę.
Może Edward miał dojść do wniosku, że świeci dość mocno, by
zagwarantować mu dostatecznie imponujący spektakl już teraz?

– Jesteśmy – oznajmiła moja przyjaciółka, wskazując podbródkiem najbliższe wzgórze o stromych zboczach.

Na jego rozległym szczycie budynki koloru sienny otaczały wysokie, sędziwe mury miejskie. Całość przypominała średniowieczny zamek. Efekt ten potęgowały liczne wieże.

Wpatrywałam się w cel naszej podróży, czując pierwsze prze-
błyski nowego lęku. Jedna jego odmiana, ale wyłącznie jedna, nie
odstępowała mnie ani na minutę, odkąd poprzedniego dnia rano
(a nie tydzień temu?) Alice przerwała moje spotkanie z Jacobem.
Teraz doszła druga – bardziej egoistyczna.

Spodziewałam się, że to bardzo piękne miasto. Równie piękne, co przerażające.

– Volterra – zaanonsowała je Alice wypranym z emocji głosem.

20 *Volterra*

Szosa pięła się bez końca, a ruch robił coraz większy. Chcąc nie chcąc, Alice musiała zrezygnować z brawurowych manewrów i dostosować tempo do jadącego przed nami beżowego peugeota.

Dałabym głowę, że wskazówki zegara na desce rozdzielczej przyspieszyły.

– Alice, zrób coś! – jęknęłam.

– Nie ma innej drogi.

Nawet jej nie udawało się ukryć, jak bardzo jest zdenerwowana.

Wąż samochodów sunął leniwie pod górę. Światło słoneczne spływało ku ziemi tak oszałamiającymi kaskadami, jakby gwiazda stała już w zenicie.

To hamowałyśmy, to przesuwałyśmy się o kilka metrów. Wzdłuż poboczy parkowało coraz więcej samochodów, wysiadali z nich ludzie. Z początku myślałam, że zniecierpliwiło ich stanie w korku. Rozumiałam ich doskonale i nie wzbudziło to moich podejrzeń. Dopiero kiedy pokonałyśmy kolejny zakręt i moim oczom ukazał się przepełniony parking tuż pod murami, pojęłam straszliwą prawdę – do centrum można było się dostać wyłącznie na własnych nogach.

– Alice...

– Wiem – ucięła. Jej twarz wyglądała na wyrzeźbioną z lodu.

Przyjrzałam się uważniej tłumom cisnącym się do środka przez bramę. Zdobiły ją długie wstęgi szkarłatnych proporców. Czerwień królowała wszędzie – czerwone były koszule, czerwone kapelusze. Te ostatnie trzeba było przytrzymywać z powodu silnego wiatru. Uprzykrzające życie podmuchy plątały włosy i nadymały ubrania. Pewnej pani znienacka odwinął się z szyi karminowy szal. Podskoczyła, by go złapać, ale wyrwał jej się, jakby był żywą istotą, i uniósł wysoko w górę, odcinając się wyraźnie na tle sędziwego muru.

– Bello – odezwała się Alice. Mówiła szybko, niskim rzeczowym głosem. – Nie widzę jeszcze, jak postąpi mężczyzna pilnujący bramy. Jeśli moja sztuczka nie zadziała, będziesz musiała dalej iść sama. Będziesz musiała biec. Pytaj o Palazzo dei Priori i biegnij, dokąd ci każą. Tylko się nie zgub!

– Palazzo dei Priori, Palazzo dei Priori – powtórzyłam, żeby egzotyczna nazwa wyryła mi się w pamięci.

– Jeśli twoi rozmówcy będą znać angielski, możesz też pytać o wieżę zegarową. Ja tymczasem podjadę pod mury w jakimś odludnym miejscu i po prostu się na nie wdrapię.

Pokiwałam głową, nie przestając mamrotać.

– Palazzo dei Priori, Palazzo dei Priori...

– Edward jest pod wieżą zegarową, przy północnej ścianie placu. Schował się w takiej wąskiej, zacienionej uliczce. Musisz zwrócić na siebie jego uwagę, zanim wyjdzie na słońce.

– Jasne, oczywiście.

Przed wjazdem na parking stał mężczyzna w granatowym mundurze. Gestami rąk nakazywał nadjeżdżającym autom zawrócić i zaparkować wzdłuż drogi. Jedno za drugim, posłusznie zakręcały o sto osiemdziesiąt stopni.

Przyszła kolej i na nasze porsche. Parkingowy ledwie na nie spojrzał. Machnął leniwie, nieprzyzwyczajony do nieposłuszeństwa. Jakież musiało być jego zdumienie, kiedy Alice dodała nagle gazu i zgrabnie go wyminąwszy, wystrzeliła jak z procy ku niedalekiej bramie. Strażnik krzyknął coś za nami, ale nie opuścił swojego stanowiska – gestykulując gwałtownie, rzucił się powstrzymać jadące za nami auto przed wzięciem z nas przykładu.

Mężczyzna przy bramie miał na sobie identyczny mundur. Mijający go w ścisku turyści przyglądali się z zaciekawieniem, jak

poradzi sobie z bezczelnym właścicielem ekskluzywnego sportowego wozu.

Strażnik wyszedł na środek ulicy. Alice nie zamierzała forso-
wać bramy siłą. Grzecznie wyhamowała. Tylko ktoś wtajemniczony, jak ja, wiedział, dlaczego stanęła pod takim kątem, żeby jej
drzwiczki znalazły się w cieniu. Zwinnym ruchem sięgnęła za siedzenie po swoją torbę i wyjęła z niej coś małego.

Mężczyzna zastukał w szybę. Jego mina wyrażała zniecierpliwienie. Alice otworzyła okno do połowy. Kiedy wyłoniła się zza ta-
fli przyciemnianego szkła, Włoch mimowolnie rozdziawił usta.

– Mi przykro, panienko, dzisiaj tylko autokary wycieczkowe –
oświadczył przepraszająco łamaną angielszczyzną. Podejrzewałam, że gdyby nie uroda mojej przyjaciółki, potraktowałby nas dużo gorzej.

– Ależ my jesteśmy na wycieczce – powiedziała Alice, uśmiechając się zalotnie. Ściskając coś w dłoni, wyciągnęła rękę przez
uchylone okno. Zamarłam. A nuż miał się odbić od jej skóry jakiś
zbłąkany promień? Uświadomiłam sobie jednak, że dziewczyna
ma na sobie sięgające łokcia cieliste rękawiczki, i odetchnęłam
z ulgą.

Alice rozwarła palce Włocha i zanim zdążył zaprotestować,
umieściła w nich wyjęty z torby drobiazg. Szybko cofnęła rękę.
Strażnik wpatrywał się tępo w to, co mu wetknęła. Był to gruby
zwitek tysiącdolarowych banknotów.

– To żart? – wykrztusił.

Alice zafurkotała rzęsami.

– Tylko jeśli uważa pan, że jest dostatecznie zabawny.

Mężczyzna zaniemówił. Zerknęłam na zegar. Jeśli Edward nie
zmienił zdania, pozostało nam pięć minut.

– Trochę nam się spieszy – popędziła Włocha Alice. Nie przestawała się słodko uśmiechać.

Strażnik zamrugał, otrząsając się z szoku, po czym wolno
wsunął zwitek do wewnętrznej kieszeni swojej kamizelki. Odsu-

nąwszy się, dał znak, że możemy jechać. Żaden z przechodniów nie zwrócił na tę scenkę uwagi.

Zagłębiłyśmy się w labirynt ulic. Były bardzo wąskie i wyłożone kocimi łbami w tym samym odcieniu beżu, co kamienie, z których zbudowano okoliczne domy. Wiatr gwizdał w tunelach zaułków, furkocząc proporcami zwieszającymi się co kilka metrów ze ścian. Tłum wciąż był gęsty. Skutecznie spowalniał nasz przejazd.

– Jeszcze kilka metrów – pocieszyła mnie Alice.

Trzymałam kurczowo klamkę, żeby wyskoczyć z auta, gdy tylko dostanę takie polecenie. Przesuwałyśmy się w kilkumetrowych zrywach. Niektórzy ludzie wymachiwali na nasz widok pięściami – cieszyłam się, że nie rozumiem ich obelg. W pewnej chwili Alice skręciła w uliczkę tak wąską, że przechodnie musieli stawać w progach domów, żeby nas przepuścić. Okazała się być skrótem prowadzącym do głównego deptaku. Liczne czerwone flagi po obu jego stronach niemalże stykały się z sobą czubkami. Domy były tu tak wysokie, że słońce nie miało szans na dotarcie do poziomu chodnika. Hordy turystów zajmowały każdy wolny skrawek przestrzeni.

Alice zatrzymała samochód. Błyskawicznie otworzyłam drzwiczki. Wskazała na jasną plamę u wylotu ulicy.

– Tam zaczyna się plac, to jego południowa ściana. Zaułek, o którym ci mówiłam, jest na prawo od wieży. Postaram zakraść się tam jakoś w cieniu i...

Kolejna wizja sprawiła, że dziewczynę zmroziło.

– Są wszędzie! – syknęła, odzyskawszy głos.

Jej słowa mnie sparaliżowały, ale wypchnęła mnie z auta.

– Mniejsza o nich. Masz dwie minuty, Bello. Leć!

Nie czekałam, aż zniknie w ciżbie. Nawet nie zamknęłam za sobą drzwiczek. Odepchnęłam bezpardonowo stojącą tuż przede mną matronę i puściłam się biegiem, uważając jedynie, żeby się nie potknąć.

Kiedy wypadłam na plac z cienia, oślepiona śródziemnomorskim słońcem i miotanymi wiatrem kosmykami włosów, zderzyłam się z twardą ścianą ludzkich ciał. Nigdzie nie było widać przejścia, nikt też nie miał zamiaru ustąpić mi drogi. Nie miałam wyboru – musiałam posłużyć się kuksańcami i paznokciami. Walczyłam z bezosobową masą niczym z morskimi falami, głucha na przekleństwa, nieczuła na własny i cudzy ból. Całe szczęście, że nie rozumiałam, co kto do mnie wołał. Zarówno ci wściekli, jak i ci zaskoczeni w przeważającej części mieli na sobie coś czerwonego, a w ustach jednego z malców niesionych na barana zauważyłam nawet plastikowe wampirze kły.

Otaczający mnie ludzie bezustannie się przesuwali, przez co kilkakrotnie, bezradna, zbaczałam z kursu. Dziękowałam Bogu, że Edward czekał pod wieżą – gdyby nie tak widoczny punkt odniesienia, nigdy nie poradziłabym sobie z trafieniem na miejsce.

Obie wskazówki zegara sterczały już pionowo ku górze, a ja nie pokonałam jeszcze choćby połowy dystansu. Wiedziałam, że się spóźniłam. Byłam beznadziejną ofermą. Byłam jedynie słabym, żałosnym człowiekiem, a swoją niezdarność miałam przypłacić rychłą śmiercią.

Miałam tylko nadzieję, że nic nie stanie się Alice. Że w porę się zorientuje, opamięta, wycofa i wróci do Stanów, do swojego Jaspera.

Wśród gniewnych komentarzy na swój temat starałam się wyłapać jakieś okrzyki, które świadczyłyby o tym, że Edward został już zauważony. Nic takiego nie wychwyciłam, ale za to dostrzegłam w tłumie przerwę. Jeśli wzrok mnie nie mylił, z jakiegoś powodu ludzie omijali środek placu. Uradowana, pospieszyłam w kierunku tego zjawiska. Dopiero kiedy łydkami uderzyłam o murek, zorientowałam się, że to centralnie usytuowana fontanna.

Bez wahania wskoczyłam do wody – sięgała mi po kolana. Mało brakowało, a rozpłakałabym się ze szczęścia. Wprawdzie biegnąc, zmoczyłam się od stóp do głów, przez co kolejne podmuchy chłodnego wiatru mocno dawały mi się we znaki, ale liczyło się jedynie to, że biec wreszcie mogłam. Zbiornik był na tyle szeroki, że w kilka sekund pokonałam niemal większy odcinek niż przez te dwie feralne minuty. Dotarłszy do przeciwległego brzegu, wdrapałam się na kolejny murek, by skoczyć z niego w ludzkie mrowisko niczym na rockowym koncercie.

Zgromadzeni na placu gapie chętniej ustępowali mi teraz miejsca, byle tylko uniknąć kontaktu z mokrym, zimnym ubraniem. Zerknęłam ponownie na zegar. W tym samym momencie zabił po raz pierwszy.

Dźwięk, jaki z siebie wydał, był tak donośny i głęboki, że w kamieniach bruku pod swoimi stopami poczułam wibracje. Co poniektórzy zatkali sobie uszy. A ja... a ja zaczęłam krzyczeć.

– Edward! – wydarłam się na całe gardło, chociaż wiedziałam, że to bezcelowe. Mój głos ginął w panującym wokół rozgardiaszu, w dodatku byłam skrajnie wyczerpana sprintem. Mimo to nie potrafiłam przestać. – Edward! Edward!

Zegar odezwał się po raz drugi. Minęłam matkę tulącą małego brzdąca – w słońcu jego jasne włoski kłuły w oczy bielą. Wepchnęłam się w grupkę mężczyzn ubranych w jednakowe czerwone marynarki. Zawołali coś za mną ostrzegawczo. Zegar zabił po raz trzeci.

Im bliżej byłam wieży, tym mniej kręciło się wokół mnie ludzi. Stanęłam na palcach, żeby zlokalizować zaułek, o którym mówiła Alice, ale ponad głowami przechodniów nie widać było jeszcze poziomu ulicy. Zegar zabił po raz czwarty.

Widziałam coraz gorzej także z własnej winy. Nie byłam do końca pewna, dlaczego płaczę. Może dlatego, że teraz, kiedy otaczało mnie coraz więcej pustej przestrzeni, moją twarz bez większych przeszkód chłostał wiatr? A może po prostu załamało mnie piąte uderzenie zegara, symbolizujące nieubłagany upływ czasu?

Na rogu zaułka, którego szukałam, stała czteroosobowa rodzina. Dwie córeczki miały na sobie karminowe sukienki, a ciemne włosy związano im w końskie ogony karminowymi wstążkami. Ich ojciec nie imponował wzrostem i może właśnie dzięki temu nad jego lewym ramieniem zdołałam dojrzeć tajemniczą jasną plamę. Ruszyłam w ich stronę, przecierając oczy. Zegar zabił po raz szósty.

Młodsza dziewczynka w teatralnym geście przyłożyła sobie do uszu pulchne łapki.

Jej starsza siostra, sięgająca matce ledwie do pasa, przytuliła się do nogi rodzicielki ze wzrokiem utkwionym w zalegających za nią cieniach. Nagle pociągnęła kobietę za łokieć i wskazała coś kryjącego się w mroku. Dzieliło mnie od nich tylko kilka metrów. Zegar zabił po raz siódmy.

Byłam już tak blisko, że słyszałam wysoki głos zaintrygowanego dziecka. Jego ojciec posłał mi zdziwione spojrzenie. Pędziłam prosto na nich, powtarzając głośno imię Edwarda.

Starsza dziewczynka zachichotała, znów wyciągnęła rączkę i powiedziała coś do matki zniecierpliwionym tonem.

Minęłam mężczyznę – przytomnie usunął z mojej drogi młodszą pociechę – i wbiegłam w zaułek przy wtórze ósmego uderzenia.

– Edward, nie! – zawołałam, ale zagłuszył mnie gong.

Zobaczyłam go. I zobaczyłam, że mnie nie widzi.

To był naprawdę on, on, a nie napędzane adrenaliną omamy. Oko w oko z Edwardem z krwi i kości, zdałam sobie sprawę, że przeceniałam nawiedzające mnie tej wiosny wizje – nijak się miały do oryginału.

Chłopak stał nieruchomo niczym posąg półtora metra w głąb uliczki. Oczy miał zamknięte, cienie pod nimi fioletowe, ręce opuszczone luźno wzdłuż boków. Na jego twarzy malował się wyjątkowy spokój, jakby był pogrążony we śnie i śnił o czymś przyjemnym. Sądząc po jego nagim torsie, to, co bieliło się u jego stóp, było rzuconą tam niedbale koszulą. Od mlecznej skóry odbijało się, iskrząc, kilka pojedynczych promieni.

Nigdy w życiu nie widziałam nikogo i niczego piękniejszego – mego zachwytu nie tłumiło ani zmęczenie, ani wyziębienie. Siedem miesięcy rozłąki okazało się nic dla mnie nie znaczyć. Nie dbałam o to, co powiedział mi wtedy w lesie. Nie dbałam o to, że mnie nie chciał. Byłam gotowa zrobić dla niego wszystko, nawet poświęcić własne życie.

Zegar zadźwięczał po raz dziewiąty. Edward drgnął.

– Nie! – krzyknęłam. – Edward, otwórz oczy! Spójrz na mnie! Nie słuchał mnie albo nie słyszał. Uśmiechając się delikatnie, uniósł powoli stopę. Wiedział doskonale, że jeden duży krok starczy, by znaleźć się na słońcu.

Skoczyłam na niego jak tygrysica. Zderzyliśmy się. Był twardy jak marmur. Gdyby mnie nie złapał i nie przytrzymał, jak nic bym się przewróciła. I tak zabolało.

Mój ukochany otworzył oczy. Zegar zabił po raz dziesiąty.

– Niesamowite – powiedział Edward zadziwiony i nieco rozbawiony. – Carlisle miał rację.

– Edwardzie! – Siła uderzenia pozbawiła mnie głosu, ale nie kapitulowałam. – Musisz się cofnąć! Musisz schować się w cieniu!

Spoglądał na mnie oczarowany, wręcz zahipnotyzowany. Zamiast zareagować na moje słowa, pogłaskał mnie po policzku. Zupełnie nie zwracał uwagi na to, że usiłuję go wepchnąć z powrotem w głąb zaułka. Równie dobrze mogłabym pchać pobliską ścianę.

Zegar zabił po raz jedenasty.

To wszystko było bardzo dziwne. Chociaż obojgu nam groziło śmiertelne niebezpieczeństwo, czułam się świetnie. Nareszcie nie rozpadałam się na tysiące kawałeczków. Moje rany się zagoiły, moje organy wróciły na swoje miejsce. Płuca wypełniały się energicznie powietrzem przesyconym słodką wonią wampira. Serce pracowało jak oszalałe, pompując gorącą krew. Byłam wyleczona. Lepiej – przysięgłabym, że nigdy nic mi nie dolegało.

– Nie mogę uwierzyć, że uwinęli się tak szybko – mruknął Edward w zamyśleniu. – Nic nie poczułem. Mają jednak wprawę.

Zamknąwszy znowu oczy, przycisnął wargi do mojej skroni. Jego aksamitny baryton pieścił moje uszy.

– „Śmierć, co wyssała miód twego tchnienia, wdzięków twoich zatrzeć nie zdołała jeszcze"* – wyszeptał.

---

* Cytat ze sceny III aktu V „Romea i Julii" Williama Szekspira w tłumaczeniu Józefa Paszkowskiego – przyp. tłum.

Rozpoznałam kwestię Romea wypowiedzianą nad ciałem Julii. Zegar zabił po raz dwunasty i ostatni.

– Pachniesz dokładnie tak jak za życia – ciągnął Edward – więc może rzeczywiście trafiłem do piekła. Wszystko mi jedno. Niech będzie i tak.

– Jeszcze żyję! – przerwałam mu, szamocząc się w jego ramionach. – I ty również! Błagam, cofnij się! Zaraz cię któryś zauważy!

Edward zmarszczył czoło, zdezorientowany.

– Czy możesz powtórzyć to, co powiedziałaś? – odezwał się uprzejmie.

– To nie piekło! Żyjemy, przynajmniej na razie! Ale musimy się stąd wynieść, zanim Volturi...

Nie czekał, aż skończę. Uzmysłowiwszy sobie swoją pomyłkę, przycisnął mnie znienacka do chłodnej ściany, a sam odwrócił się do mnie plecami, rozkładając szeroko ręce, jakby chciał mnie przed czymś osłonić. Wyjrzałam mu spod pachy. Z cienia wyłoniły się dwie złowrogie postacie.

– Witam. – Edward zaimponował mi swoim refleksem i opanowaniem. – Chyba nadaremno się panowie fatygowali. Proszę jednak przekazać Wielkiej Trójce moje serdeczne podziękowania za godne pochwały wywiązywanie się z obowiązków.

– Czy nie powinniśmy przenieść się w miejsce bardziej dogodne do rozmowy? – spytał jeden z przybyszów zjadliwie.

– Nie widzę takiej potrzeby – odparł Edward oschle. – Wiem, Feliksie, jakie ci wydano rozkazy, a ja nie złamałem żadnej z reguł.

– Feliks pragnie jedynie zauważyć, że stoimy niebezpiecznie blisko słońca – wyjaśnił drugi nieznajomy łagodząco. Obaj byli ubrani we wzdęte wiatrem szare peleryny z kapturami. – Odejdźmy kawałek w bok.

– Prowadźcie – zaproponował mój ukochany. – Będę szedł tuż za wami. Bello, może byś tak wyszła na plac i przyłączyła się do innych świętujących?

– Nie, dziewczyna też – rozkazał Feliks. Nie widziałam jego twarzy, ale wyczułam, że złośliwie się uśmiechnął.

– Nie ma mowy – warknął Edward.

Nie udawał dłużej, że to, co się dzieje, mu się podoba. Przeniósł ciężar ciała na drugą nogę. Szykował się do walki.

– Nie! – wykrztusiłam bezgłośnie.

Dyskretnie mnie uciszył.

– Feliks, nie tutaj – upomniał wampira jego rozsądniejszy towarzysz, po czym zwrócił się do Edwarda. – Aro pragnie po prostu znów cię widzieć, jeśli porzuciłeś na dobre swoje plany.

– Rozumiem, ale dziewczyna zostaje na placu.

– Obawiam się, że to niemożliwe – oświadczył tamten przepraszająco. – Musimy przestrzegać pewnych zasad.

– W takim razie ja się obawiam, że nie mogę przyjąć zaproszenia Aro, Demetri.

– Nic nie szkodzi – zamruczał Feliks.

Kiedy moje oczy przyzwyczaiły się do panujących w uliczce ciemności, zauważyłam, że jest potężny – wysoki i szeroki w barach. Przypominał Emmetta.

– Aro będzie niepocieszony – westchnął Demetri.

– Jakoś to przeżyje – stwierdził Edward.

Wysłannicy Volturi przesunęli się w stronę placu – Feliks nieco bardziej, tak że dzielący ich odstęp się zwiększył. Dzięki pelerynom i kapturom nie musieli się martwić słońcem. Domyśliłam się, że zamierzają doskoczyć do Edwarda z dwóch stron, a potem przegonić go w głąb wijącego się zaułka, żeby nie niepokoić mieszkańców i turystów.

Chłopak nie ruszył się choćby o centymetr. Chroniąc mnie, wydawał na siebie wyrok.

Nagle zerknął w mrok. Feliks i Demetri poszli w jego ślady. Moje ludzkie zmysły nie były w stanie wychwycić tego, co ich zaalarmowało.

– Panowie, proszę nie zapominać o dobrych manierach – nakazał ktoś sopranem. – Nie przy paniach.

Oba zakapturzone wampiry przyjęły bardziej neutralne pozy.

Alice sprawiała wrażenie w pełni zrelaksowanej. Jak gdyby nigdy nic, zajęła miejsce u boku brata. Chociaż przy barczystym Feliksie wyglądała na bezbronne chucherko, zrzedła mu mina. Wolał widać mieć nad przeciwnikiem wyraźną przewagę.

– Nie jesteśmy sami – przypomniała im dziewczyna.

Demetri zerknął na plac. Kilka metrów od wylotu zaułka stała nadal para małżeńska z dwiema córeczkami – wszyscy czworo bacznie się nam teraz przyglądali. Unikając wzroku Demetriego, matka dziewczynek powiedziała coś wzburzona do męża, a ten odszedł kawałek i poklepał po ramieniu jednego z odwróconych tyłem mężczyzn w czerwonych marynarkach.

Demetri pokręcił głową z dezaprobatą.

– Edwardzie, nie zachowujmy się jak dzieci.

– Właśnie – przytaknął Edward. – Rozejdźmy się w pokoju.

Jego rozmówca westchnął, sfrustrowany.

– Przenieśmy się dokądś i porozmawiajmy – poprosił.

Do rodzinki dołączyło sześciu identycznie odzianych mężczyzn. Nie interweniowali, ale byli na to gotowi. Czekali na rozwój wypadków.

Edward wciąż osłaniał mnie własnym ciałem. Podejrzewałam, że to głównie z tego powodu zbierają się gapie. Gdym tylko mogła, krzyknęłabym, żeby uciekali.

– Nie – odmówił mój luby stanowczo.

Feliks uśmiechnął się, odsłaniając zęby.

– Dosyć tego! – przerwał mu czyjś piskliwy głos.

Nasza gromadka powiększyła się o kolejnego przybysza. Nie miałam wątpliwości, że to także wampir – kto inny pętałby się po ciemnych uliczkach w długiej szacie?

Mimo peleryny – nie szarej, lecz niemal czarnej – widać było, że nieznajomy, niższy od Alice, jest bardzo szczupły i ma androgeniczną budowę ciała. To i krótko obcięte jasnobrązowe włosy sprawiły, że z początku wzięłam go za chłopca. Tyle że jego twarz była, jak na chłopca, zbyt piękna. Wielkich oczu i pełnych warg mógłby pozazdrościć mu (a raczej jej) anioł Botticellego –

nawet wziąwszy poprawkę na to, że tęczówki tych oczu były szkarłatne.

Dlaczego Feliks i Demetri bali się dziewczynki? Mogła być wampirem, ale była przecież od nich mniejsza. Tymczasem obaj, niczym pragnące uchodzić za niewiniątka łobuziaki, oparli się o przeciwległy mur z rękami założonymi na plecach.

Edward również się rozluźnił, ale z innych pobudek.

– Jane – wyszeptał z rezygnacją.

Nie pojmowałam, co jest grane. Wszyscy kapitulowali z powodu jednej małej dziewczynki!

Alice złożyła ręce na piersiach.

– Za mną – rozkazała Jane, odwracając się na pięcie. Była tak pewna siebie, że nie sprawdziła nawet, czy jej posłuchaliśmy.

Feliks puścił nas przodem ze złośliwym uśmieszkiem.

Alice ruszyła pierwsza. Edward objął mnie w pasie i pociągnął za sobą. Razem dołączyliśmy do jego siostry. Feliks wraz z Demetrim poszli zapewne za nami, chociaż nie zdradzał tego żaden dźwięk.

Uliczka, coraz węższa, skręcała po kilku metrach, jednocześnie łagodnie opadając. Wystraszona, spojrzałam na mojego ukochanego z niemym pytaniem w oczach, ale pokręcił tylko przecząco głową.

– Cóż, Alice – odezwał się, z pozoru swobodnym tonem. – Chyba nie powinienem się dziwić, że cię tu widzę.

– To ja popełniłam błąd, więc to ja musiałam go naprawić – wyjaśniła, wzruszając ramionami.

– Co się tak właściwie wydarzyło? – spytał, udając, że robi to tylko przez grzeczność, a tak naprawdę cała sprawa niezbyt go interesuje. Nie zapominali, że przysłuchują im się trzej wrogowie.

– Długo by opowiadać. – Alice zerknęła na mnie znacząco. – W dużym skrócie, Bella skoczyła jednak z klifu, ale nie z zamiarem popełnienia samobójstwa. Podczas naszej nieobecności stała się po prostu miłośniczką sportów ekstremalnych.

Zarumieniłam się. Resztę miał odczytać z jej myśli, a trochę tego było: motory, Victoria, wilkołaki, akcja ratunkowa Jacoba…

– Hm – mruknął Edward po chwili, zaniepokojony.

Zza kolejnego ostrego zakrętu wyłonił się koniec zaułka – pozbawiona wszelkich otworów ceglana ściana. Małej Jane nigdzie nie było widać.

Dla Alice nie było to najwyraźniej żadnym zaskoczeniem. Nie zwalniając tempa, podeszła do muru i sama zapadła się pod ziemię – dosłownie. W rzeczywistości wskoczyła zwinnie do ziejącego w bruku otworu. Dopiero wtedy go zauważyłam. Wyglądał na studzienkę kanalizacyjną – krata była do połowy odsunięta.

Zadrżałam.

– Nie bój się, Bello – powiedział cicho Edward. – Alice cię złapie.

Popatrzyłam na otwór z powątpiewaniem. Był taki mały i ciemny. Przypuszczałam, że gdyby nie Demetri i Feliks za naszymi plecami, mój towarzysz skoczyłby pierwszy.

Przykucnąwszy nieśmiało nad dziurą, wsunęłam do niej nogi.

– Alice? – wykrztusiłam.

– Jestem tu i czekam na ciebie – zapewniła mnie z dołu. Nie było to dla mnie zbyt wielką pociechą, bo jej głos dochodził z bardzo daleka.

Edward wziął mnie pod pachy – dłonie miał zimne jak kamienie w środku zimy – po czym powoli opuścił mnie w mroczne czeluści.

– Gotowa? – zawołał do siostry.

– Gotowa. Dawaj ją tu.

Zacisnęłam usta, żeby nie krzyczeć, i zamknęłam oczy. Edward mnie puścił.

Nie spadałam długo, może z pół sekundy. Ani się obejrzałam, a byłam już w objęciach przyjaciółki. Udało mi się nie krzyknąć, ale z pewnością mocno się posiniaczyłam – wampirze ciała nie należały do najmiększych.

Alice postawiła mnie na ziemi.

Na dole panował półmrok, bo przez otwór sączyło się przytłumione światło. Jego promienie odbijały się w mokrych kamieniach posadzki. Ciemno zrobiło się tylko na sekundę – kiedy do środka wskoczył Edward. Zdawał się delikatnie jarzyć w ciemnościach. Objął mnie zaraz ramieniem i przytulił do siebie – nie tylko po to, aby mnie pocieszyć, ale również po to, abyśmy szybkim krokiem ruszyli przed siebie. Szłam, nie odrywając rąk od jego chłodnego tułowia. Bez przerwy potykałam się o nierówności podłoża. Za nami rozległ się złowróżbny zgrzyt przesuwanej na miejsce kraty.

Dalsza część podziemi tonęła w mroku. Nie pozostawało mi nic innego, jak zdać się na wyczulone wampirze zmysły. To, dokąd iść, nie było zresztą takie oczywiste. Echo moich (i tylko moich) stóp niosło się w tak specyficzny sposób, że musieliśmy znajdować się nie w tunelu, a w jakiejś wielkiej sali. Gdyby nie ono i bicie mojego serca, nic nie mąciłoby idealnej ciszy. Tylko raz doszło mnie z tyłu czyjeś zniecierpliwione westchnienie. Trudno było uwierzyć, że nie jesteśmy z Edwardem sami.

Nie puszczał mnie nawet na moment. Wolną ręką sięgnął ku mojej twarzy i gładkim kciukiem musnął moje wargi. Co jakiś czas przyciskał mi też policzek do czubka głowy. Uświadomiwszy sobie, że to nasze ostatnie chwile razem, przywarłam do niego tak ściśle, jak pozwalało na to energiczne tempo marszu.

Edward zachowywał się, jakby mu na mnie zależało, i to wystarczało, bym nie myślała zbyt dużo o niekończących się podziemiach czy sługach Volturi podążających za nami. Skąd ten przypływ czułości? Chłopakiem kierowały najprawdopodobniej wyrzuty sumienia – te same, z powodu których postanowił odebrać sobie życie, uważając, że to z jego winy skoczyłam do morza. W rzeczywistości było mi wszystko jedno, co go motywuje – najważniejsze było to, że całował mnie właśnie w czoło. Całował mnie! Był przy mnie! A straciłam przecież nadzieję, że kiedykolwiek jeszcze się spotkamy! Ach, za takie błogosławieństwo warto było zginąć tragicznie w wieku osiemnastu lat!

Marzyłam, żeby spytać go, co się z nami dokładnie stanie – jak Volturi planują nas zabić, gdzie i w jakiej kolejności. Nie wiedziałam, na co mi ta wiedza, ale kwestie te niezmiernie mnie nurtowały. Niestety, nie mogłam się odezwać – nawet najcichszym szeptem. Nasi przeciwnicy usłyszeliby każde słowo, tak jak słyszeli każdy mój oddech.

Kiedy szliśmy w dół zaułkiem, schodziliśmy, być może, zboczem wzgórza, ale teraz, poniżej poziomu ulicy, zagłębialiśmy się niechybnie w trzewiach średniowiecznego grodu. Wyobraziwszy sobie, ile metrów jesteśmy pod ziemią, jakby tego tylko mi brakowało, poczułam przypływ klaustrofobii. Tylko dotyk Edwarda chronił mnie przed atakiem histerii.

Stopniowo wszechobecna czerń przeszła w szarość, choć nie dostrzegłam żadnego źródła światła. Szliśmy w niskim tunelu o łukowatym sklepieniu. Po ścianach spływały niespiesznie wąskie strużki, jakby kamienie krwawiły atramentem.

Cała dygotałam. Wpierw myślałam, że to ze strachu, ale potem zaczęłam szczękać zębami i doszłam do wniosku, że jest mi najzwyczajniej w świecie zimno. Ubranie miałam mokre, a powietrze w podziemiach było lodowate. Podobnie jak skóra przytulającego mnie Edwarda.

Uzmysłowił to sobie równocześnie ze mną i odsunął się, nie puszczając jednak mojej ręki.

– N... n... nie – wyjąkałam, rzucając mu się na szyję. Mogłam sobie marznąć. Nie wiadomo, ile czasu nam pozostało.

Edward spróbował mnie rozgrzać, masując w marszu moje ramię.

Przemieszczaliśmy się bardzo szybko, ale tylko z mojego punktu widzenia. Raz po raz jeden z wampirów – stawiałam na Feliksa – wzdychał za naszymi plecami, poirytowany ludzką ślamazarnością.

Tunel kończył się kratą o rdzewiejących prętach grubości mojej łydki. Zamocowane w niej drzwiczki były otwarte. Edward schylił się, żeby zmieścić się w otworze, i wciągnął mnie za sobą do większego, jaśniejszego pomieszczenia. Za nami brzęknął metal kraty, a potem ktoś przekręcił klucz w zamku drzwiczek. Wolałam nie oglądać się za siebie.

Na przeciwległym krańcu długiej komnaty zobaczyłam kolejne drzwi, tym razem potężne, ciężkie i drewniane. Były bardzo grube – wiedziałam to, bo i one stały przed nami otworem.

Jeszcze trzy kroki, jeszcze dwa... Za progiem czekała niespodzianka. Mimowolnie się rozluźniłam. Zerknęłam na Edwarda. Zamiast pójść w moje ślady, zesztywniał i zacisnął szczęki.

21 Werdykt

Drzwi szczęknęły za nami, huknęła głucho zasuwana sztaba. Za wrotami krył się niewinny, współczesny w wystroju korytarz – kremowe ściany, przemysłowa wykładzina. Na suficie w regularnych odstępach wisiały jarzeniówki. Było tu cieplej niż w podziemiach, co przyjęłam z ulgą. Opuszczając loch, poczułam się znacznie raźniej.

Edward wydawał się być innego zdania. Z napięciem drapieżnika wpatrywał się w drobną postać w czarnej pelerynie. Jane czekała na nas na końcu korytarza, przy windzie. Alice stała bliżej. Podeszliśmy do Jane w trójkę. Wpuściła nas do windy z obojętną miną.

Za nami do kabiny wślizgnęli się Feliks i Demetri. Jako że byli już na swoim terytorium i nie obawiali się przypadkowych obserwatorów, zrzucili kaptury i rozchylili peleryny. Obaj, chociaż wampirzo bladzi, mieli nieco oliwkową karnację, co dawało niecodzienny efekt. Tęczówki mężczyzn przerażały intensywnym szkarłatem, wokół źrenic przechodzącym w głęboką czerń. Ciemnowłosy Feliks był obcięty na jeża – Demetriemu pukle sięgały do ramion. Ich ubrania – jasne, czyste i współczesne – nie wyróżniały się niczym szczególnym.

Skuliłam się w kącie, tuląc się do Edwarda. Nie przestawał tarciem rozgrzewać mojego ramienia i nie spuszczał z oczu niepozornej Jane.

Nie jechaliśmy długo, a kiedy wyszliśmy z windy, znaleźliśmy się w czymś na kształt lobby ekskluzywnego hotelu. Ściany pokrywała tu ciemna boazeria, podłogi zaś gruba, butelkowozielona wykładzina. Duże podświetlone obrazy przedstawiające toskańskie pejzaże zastępowały okna. Obite beżową skórą kanapy pogrupowano w wygodne wyspy, a na lśniących stolikach ustawiono wazony z ogromnymi, wielobarwnymi bukietami. Przyszło mi na myśl, że tak samo pachnie kwiatami w domu pogrzebowym.

Jak przystało na lobby, była tu i recepcja. Za eleganckim mahoniowym kontuarem stała śniada brunetka o zielonych oczach. Na widok kobiety rozdziawiłam usta i to bynajmniej nie z powodu jej oszałamiającej urody. Piękna recepcjonistka była człowiekiem! Nie mogłam zrozumieć, skąd wzięła się w kwaterze głównej wampirów. W dodatku promiennie się uśmiechała.

– Witaj, Jane.

Widząc, kogo dziewczynka z sobą prowadzi, brunetka wcale się nie zdziwiła. Ani półnagi Edward, ani to, w jakim byłam stanie, nie zrobiło na niej najmniejszego wrażenia.

– Witaj, Gianno – rzuciła Jane, kierując się w stronę podwójnych drzwi w tyle lobby. Poszliśmy za nią. Zafascynowana obecnością drugiego człowieka, nareszcie odważyłam się spojrzeć za siebie. Kontuar mijał właśnie Feliks. Mrugnął do Gianny, a ta zachichotała.

Za drzwiami czekała na nas kolejna dziwna postać. Blady chłopiec w perłowoszarym garniturze mógłby być bratem bliźniakiem Jane. Miał wprawdzie ciemniejsze włosy i nie tak pełne wargi, ale twarz równie uroczą co ona. Podobnie jak Gianna, stał za kontuarem, ale zza niego wyszedł.

– Jane!

– Alec.

Pocałowali się w oba policzki.

– Hm. – Alec przyjrzał nam się ciekawie. – Nieźle się spisałaś. Wysłali cię po jednego, a wracasz z dwoma, z dwoma i pół.

To pół to byłam ja.

Jane wybuchła rozkosznie melodyjnym śmiechem. Alec przeniósł wzrok na mojego ukochanego.

– Miło cię znowu widzieć, Edwardzie. Wydajesz się być w lepszym nastroju niż rano.

– Marginalnie – burknął Edward.

Miał tak nachmurzoną minę, że zachodziłam w głowę, jak mógł wyglądać jeszcze smutniej.

Chłopiec zainteresował się teraz dla odmiany mną. Tuliłam się do boku Edwarda, mokra i potargana.

– I to ma być przyczyna całego tego zamieszania? – spytał Alec sceptycznie.

Edward tylko pogardliwie się uśmiechnął. Nagle zamarł. Ułamek sekundy później za naszymi plecami odezwał się Feliks.

– Zamawiam! – zawołał niczym w jakiejś dziecięcej grze podwórkowej.

Edward błyskawicznie się odwrócił. Z głębi jego piersi dobywał się złowrogi charkot. Ręka sługi Volturi była nadal wyciągnięta wysoko w górę. Wampir opuścił ją i gestem dłoni zachęcił przeciwnika, by podszedł bliżej.

Alice przysunęła się do brata i położyła mu dłoń na ramieniu.

– Opanuj się – szepnęła.

Długo patrzyli sobie w oczy. Domyśliłam się, że Edward czyta siostrze w myślach. Musiała wyperswadować mu rzucenie się na Feliksa, bo wziąwszy głęboki wdech, spojrzał z powrotem na Aleca.

– Aro będzie zachwycony, mogąc znowu cię podjąć – stwierdził chłopiec, jak gdyby nic się nie wydarzyło.

– Nie każmy mu dłużej czekać – zasugerowała Jane.

Edward skinął głową.

Alec i Jane złapali się za ręce i poprowadzili nas szerokim, bogato zdobionym korytarzem ku ogromnym złotym wrotom. Czy ten labirynt gdzieś się kończył?

Nasi dwaj przewodnicy zatrzymali się niespodziewanie w połowie drogi i przesunęli na bok jeden z paneli boazerii. Kryły się za nim zwykłe drewniane drzwi. Nie były zamknięte na klucz. Alec uprzejmie je dla nas przytrzymał.

Pierwsza próg przekroczyła Jane. Edward wepchnął mnie zaraz za nią. Wyrwał mi się jęk protestu, bo od ciemnego otworu bił chłód jak z podziemi. W budulcu ścian pokoiku rozpoznałam te same kamienie, co na placu, w zaułku i w lochach.

Na szczęście był to jedynie przedsionek, który łączył korytarz z jasną, przestronną komnatą. Idealnie okrągły kształt tego drugiego pomieszczenia wskazywał na to, że trafiliśmy do wnętrza średniowiecznej wieży. Słoneczne promienie padające przez wąskie szparki wysokich okien malowały na posadzce jaskrawe prostokąty. Nie było tu lamp ani żadnych mebli poza kilkunastoma pseudotronami. Stolce te rozstawiono w nieregularnych odstępach wzdłuż zakręcających po linii okręgu ścian. Na samym środku sali, w płytkim leju, zauważyłam kolejną studzienkę kanalizacyjną. Przez chwilę zastanawiałam się, czy i tej używano jako tajemnego przejścia.

Komnata nie była pusta. Przy jej przeciwległym krańcu stała grupka wampirów pogrążona w spokojnej rozmowie. Relaksujący szmer ich cichych, dźwięcznych głosów przypominał brzęczenie letnich owadów. Dwie z kobiet, blade, w wydekoltowanych sukienkach, iskrzyły się w jednej z kanciastych plam światła, niczym pryzmaty rzucając na mur tęczowe poblaski.

Głowy nieśmiertelnych zwróciły się w naszą stronę. Większość obecnych miała na sobie zwykłe, współczesne ubrania, ale mężczyzna, który odezwał się jako pierwszy, był jednym z tych, którzy nosili peleryny. Czarny jak noc materiał spływał do samej ziemi. Włosy nieznajomy także miał czarne, tak długie i lśniące, że z początku sądziłam, że to nałożony kaptur.

– Jane, skarbie, wróciłaś! – zawołał radośnie.

Podszedł bliżej. Reszta ustawiła się wokół niego w formalny orszak – część z tyłu, inni nieco z przodu, wzorem bodyguardów.

Z wrażenia opadła mi szczęka. Aro zdawał się nie iść, a sunąć w powietrzu! Nawet Alice nie miała w sobie tyle gracji, choć każdy jej ruch był jak baletowe pas.

Zdumiałam się jeszcze bardziej, kiedy spojrzałam na twarz mężczyzny. Wyraźnie odstawał od członków swojej świty – nie wyglądał ani jak przeciętny wampir, ani, rzecz jasna, jak człowiek. Rysy miał regularne, ale nie nienaturalnie piękne, przez co trudno było mi orzec, czy jest przystojny, czy też nie. Czarne włosy odcinały się od białej cery jak u gejszy. Niezwykły galaretowatomleczny odcień skóry Ara przywodził na myśl wewnętrzne błony cebuli. Resztką woli powstrzymałam przerażający swoją siłą odruch, by wyciągnąć rękę i sprawdzić, czy policzek Volturi jest w dotyku bardziej miękki niż u Cullenów, czy może pudrowy niczym powierzchnia kredy. Moją uwagę zwrócił za to fakt, że tęczówki wampira są nie tylko czerwone jak u innych, ale i dziwnie zamglone. Bardzo mnie ciekawiło, jak też się widzi takimi oczami...

Aro ujął twarz Jane półprzezroczystymi palcami i złożywszy na jej wargach delikatny pocałunek, odrobinę się odsunął.

– Tak, panie. – Dziewczynka uśmiechnęła się, upodabniając się do amorka. – Przyprowadziłam go żywego, tak jak sobie tego życzyłeś.

– Ach, Jane. – Odwzajemnił uśmiech. – Mam z ciebie pociechę.

Dopiero teraz zerknął na Edwarda i zorientowawszy się, że chłopak nie jest sam, wpadł w ekstazę.

– Alice i Bella! – wykrzyknął, łącząc dłonie z głośnym klaśnięciem. – Co za fantastyczna niespodzianka! Kto by pomyślał!

Jego bezpośredniość mnie zszokowała. Zachowywał się tak, jakby chodziło o stare znajome składające niezapowiedzianą wizytę.

– Feliksie – zwrócił się do naszego umięśnionego strażnika – bądź tak miły i przekaż moim braciom, jakich mamy gości. Jestem pewien, że nie chcieliby tego przegapić.

– Tak, panie. – Feliks skłonił się i zniknął w ciemnym przedsionku.

– No i wyszło na moje, Edwardzie. – Zabrzmiało to jak reprymenda życzliwie nastawionego do niesfornego wnuka dziadka. –

A nie mówiłem? Nie cieszysz się, że nie dałem ci tego, czego wczoraj ode mnie tak buńczucznie żądałeś?

– Cieszę się – przyznał niechętnie Edward, ściskając mnie mocniej w talii.

– Och – rozmarzył się Aro. – Jak ja uwielbiam szczęśliwe zakończenia! Są takie rzadkie. Ale powiedzcie, co tak właściwie się wydarzyło? Chcę znać wszystkie szczegóły. Alice? – Przeniósł zamglony wzrok na dziewczynę. – Czyżby twój brat przeceniał twoje możliwości?

– Trafność moich przepowiedni jest daleka ideału – żachnęła się z udawaną swobodą. Była dobrą aktorką: zdradzały ją jedynie zaciśnięte pięści. – Jak sam miałeś okazję się dziś przekonać, wpędzam najbliższych w tarapaty równie często, jak ich z nich ratuję.

– Jesteś zbyt skromna – złajał ją Aro. – Zapoznałem się z niektórymi z twoich dokonań i muszę przyznać, że nigdy nie spotkałem kogoś tak utalentowanego. To wspaniały dar!

Alice posłała Edwardowi pytające spojrzenie.

– Wybacz mi – skomentował to Aro. – Wiem, że nie zostaliśmy sobie nawet przedstawieni, ale czuję się tak, jakbym znał cię od dawna. To wszystko dlatego, że rozmawiałem już raz z twoim bratem. Widzisz, łączy mnie z nim pewna umiejętność, choć u mnie nie jest ona tak rozwinięta, jak u niego.

Wampir nie ukrywał, że tego chłopakowi zazdrości.

– Ta umiejętność jest rozwinięta u Ara bardzo dobrze, tylko inaczej – sprostował szybko Edward, patrząc na siostrę. – Wprawdzie Aro musi dotknąć danej osoby, żeby przechwycić jej myśli, ale słyszy o wiele więcej niż ja. Ja mogę dowiedzieć się, co myślisz w danym momencie – Aro ma wgląd we wszystkie myśli z całego twojego życia.

Alice uniosła ze zdziwienia brwi. Edward pokiwał głową. Aro przyglądał im się badawczo.

– Ale nie na odległość, nie na odległość – podkreślił, bagatelizując swój talent. – A byłoby to takie wygodne!

Wszyscy w komnacie wbili znienacka wzrok w coś za moimi plecami – tym razem postąpił tak nawet stojący nieopodal nas Demetri. Obróciłam się jako ostatnia. Okazało się, że wrócił Feliks. Przyprowadził z sobą dwóch mężczyzn. Obaj, tak jak Aro, „płynęli" w powietrzu, obaj mieli równie delikatną skórę i obaj byli odziani w czarne peleryny. Znałam ich doskonale z obrazu Carlisle'a. Odkąd namalowano go trzysta lat wcześniej, Volturi nic a nic się nie zmienili.

– Marku, Kajuszu, spójrzcie tylko – zachwycił się Aro – Bella jednak żyje i przyjechała do nas z Alice. Czy to nie cudowne?

Wyraźnie żaden z przybyłych wampirów nie podzielał jego zdania. Białowłosy z prawej zrobił kwaśną minę, brunet z lewej wydawał się być z kolei śmiertelnie znudzony, jakby o tysiąclecie za długo musiał znosić nadmierny entuzjazm swojego brata.

Brak zainteresowania z ich strony bynajmniej nie ostudził zapału gospodarza.

– Wysłuchajmy całej historii Belli od początku – zasugerował.

Białowłosy, nic sobie nie robiąc z tej propozycji, odszedł na bok i usiadł na jednym z masywnych krzeseł. Brunet tymczasem przysunął się do Ara, ale zamiast coś powiedzieć, musnął jedynie przelotnie jego dłoń. Zaskoczył mnie ten gest – myślałam, że mężczyźni uścisną sobie ręce. Aro chyba też się zdziwił, bo zmarszczył czoło. Jakimś cudem jego cienka skóra nie pękła przy rozciąganiu.

Edward prychnął cicho. Alice posłała mu kolejne pytające spojrzenie.

– Dziękuję, Marku – odezwał się Aro. – To bardzo ciekawe spostrzeżenie.

Uświadomiłam sobie, że brat pozwolił mu przed sekundą poznać swoje myśli. Cóż, może i miał ciekawe spostrzeżenia, ale na zaciekawionego nie wyglądał. Bez słowa ruszył w kierunku Kajusza. Podążyli za nim dwaj członkowie świty. Czyżby Volturi naprawdę mieli ochroniarzy? Wszystko na to wskazywało, bo przy siedzącym Kajuszu stały już tamte dwie kobiety w sukienkach.

Być może się nie myliłam i mleczna skóra członków Trójcy, ze względu na ich wiek, rzeczywiście była mniej odporna na urazy.

Aro pokręcił głową.

– Niesamowite – szepnął. – Niesamowite.

Frustracja Alice sięgnęła zenitu, więc Edward pospieszył z wyjaśnieniami.

– Marek wyczuwa charakter i natężenie związków międzyludzkich. Nasz jest wyjątkowo silny. Jest w szoku.

Aro uśmiechnął się.

– To takie wygodne – powtórzył tęsknie, ale zaraz potem powrócił do meritum sprawy. – Zaręczam, że mało co jest w stanie zaszokować mojego brata.

Nie musiał mnie do tego przekonywać.

– Po prostu tak trudno to pojąć – ciągnął Aro, wpatrując się w ramię Edwarda owinięte czule wkoło mojej talii. Nie łatwo było nadążać za jego chaotycznym tokiem myślenia. – Jak to możliwe, że potrafisz stać koło niej, jak gdyby nigdy nic?

– Kosztuje mnie to sporo wysiłku – odparł Edward spokojnie.

– Ale mimo wszystko, przy *la tua cantante*! Co za marnotrawstwo!

Edward zaśmiał się ponuro.

– Ja traktuję to raczej jak cenę, którą przyszło mi zapłacić.

– Bardzo wysoką cenę – zauważył Volturi sceptycznie.

– Szczęście kosztuje.

Aro rozbawiła ta uwaga.

– Gdybym nie poznał jej woni poprzez twoje wspomnienia – stwierdził – nie uwierzyłbym, że zapach czyjeś krwi może być tak kuszący. Sam nigdy nic podobnego nie czułem. Większość z nas wiele by dała za taki dar, a ty…

– A ja go marnuję – dokończył Edward, tym razem z sarkazmem.

Znów rozbawił swojego rozmówcę.

– Ach, jakże tęsknię za moim drogim Carlislem! Bardzo mi go przypominasz – tyle że on nie ma w sobie tyle gniewu.

– Ma za to wiele innych zalet, których ja nie posiadam.

– A jednak, chociaż samokontroli nigdy mu nie brakowało, ty bijesz go na tym polu na głowę.

– Nie sądzę.

Edward sprawiał wrażenie zniecierpliwionego – jak gdyby dość miał tych kurtuazji i wolał przejść od razu do rzeczy. Przestraszyło mnie to. Chcąc nie chcąc, zaczęłam sobie wyobrażać, jaki czeka nas los.

– Tak się cieszę, że Carlisle dopiął swego – oświadczył Aro. – Twoje wspomnienia dotyczące jego osoby, Edwardzie, są dla mnie jak najcenniejszy prezent. To doprawdy niezwykłe – nie spodziewałem się, że będę z niego taki dumny. Jakby nie było, nie popierałem jego wątpliwie szlachetnych zapędów. Sądziłem, że z czasem zapał go opuści. Krzywiłem się, słuchając, że marzy o odnalezieniu innych, którzy dzieliliby jego nietypowe poglądy. A tu, proszę, jestem szczęśliwy, że nie miałem racji.

Edward milczał.

– I to twoje opanowanie! – westchnął Volturi. – Nie przypuszczałem, że można mieć taką siłę woli. Tu ci śpiewa syrena, a ty ją ignorujesz i to nie raz, ale bez przerwy! Tak, tak – gdybym nie wniknął w twoje myśli, nie uwierzyłbym.

Twarz mojego ukochanego nie wyrażała żadnych emocji, znałam ją jednak na tyle dobrze, by wiedzieć, że pod tą maską coś się kryje. Walczyłam z sobą o utrzymanie wyrównanego oddechu.

– Na samo wspomnienie tego, jak ta mała na ciebie działa – dodał Aro – robię się głodny.

Edward najeżył się.

– Nie masz powodów do niepokoju – zapewnił go Volturi. – Nie zamierzam jej skrzywdzić. Jestem tylko taki zaintrygowany całą tą sprawą, a w szczególności jedną rzeczą… – Jego oczy rozbłysły. – Pozwolisz? – Wyciągnął ku chłopakowi rękę.

– Spytaj Bellę – zaproponował Edward obojętnym tonem.

– Oczywiście, co za gafę palnąłem – zreflektował się Aro. – Widzisz, Bello – zwrócił się do mnie – fascynuje mnie fakt, iż jesteś jedyną osobą, przy której na nic zdają się umiejętności twojego lubego. Jak już mówiłem, nasze talenty są podobnej natury, ciekaw więc jestem, czy i mnie nie ulegniesz. Czy miałabyś coś przeciwko, żebym to sprawdził?

Przerażona, zerknęłam na Edwarda. Aro grzecznie pytał mnie o pozwolenie, ale podejrzewałam, że tak naprawdę nie mam wyboru. Drżałam ze strachu na samą myśl o tym, że miałby mnie dotknąć. Z drugiej jednak strony byłaby to jedyna szansa, by poznać fakturę jego dziwnej skóry.

Edward skinął głową, dając mi swoje przyzwolenie. Nie miałam pewności, czy robi tak, ponieważ wie, że nic mi się nie stanie, czy też dlatego, że stawianie oporu nie miało sensu.

Wyciągnęłam rękę przed siebie. Wyraźnie się trzęsła.

Aro podpłynął bliżej. Nie wyglądał na kogoś, kto oczekuje porażki. Swoją miną chciał mnie też chyba podnieść na duchu, ale uniemożliwiały mu to jego potworne, czerwone oczy.

Jego skóra, choć z pozoru delikatna niczym skrzydełko owada, okazała się być twarda i zimna jak na skórę wampira przystało. Brakowało jej tylko gładkości – w dotyku przypominała nie granit, a łupek.

Aro spojrzał mi prosto w oczy. Nie sposób było odwrócić przy nim wzroku. Jego zamglone tęczówki miały w sobie coś nieprzyjemnie hipnotyzującego.

Wyraz twarzy wampira szybko się zmienił. Pewność siebie ustąpiła miejsca wahaniu, a później niedowierzaniu.

– Interesujące, interesujące – szepnął, maskując swoje odczucia serdecznym uśmiechem. Puściwszy moją dłoń, cofnął się o kilka kroków.

Znów zerknęłam na Edwarda. Starał się zachować obojętną minę, ale w kącikach jego ust zdawał się majaczyć łobuzerski uśmieszek.

Aro krążył w zamyśleniu po sali, spoglądając to na mnie, to na Alice, to na jej brata. Nagle zatrzymał się i pokręcił głową.

– Pierwsza – powiedział do siebie. – Ciekawe, czy jest odporna i na inne nasze talenty… Jane, skarbie?

– Nie! – krzyknął Edward.

Alice złapała go za ramię, żeby powstrzymać przed popełnieniem głupstwa. Strzepnął jej dłoń.

– Tak, panie? – spytała dziewczynka wesoło.

Edward zaczął głośno warczeć. Jego oczy ciskały ku Arowi błyskawice. Pozostałe miejscowe wampiry zmartwiały. Patrzyły na chłopaka zadziwione, a nawet nieco zażenowane, jak gdybyśmy znajdowali się na zwykłym, ludzkim przyjęciu. Tylko Feliks się uśmiechał. Zrobił krok do przodu, ale zaraz zmarkotniał, bo Aro przywołał go do porządku karcącym spojrzeniem.

– Ciekaw jestem, moja droga – Volturi podjął przerwaną rozmowę z Jane – czy Bella jest odporna i na ciebie.

Ledwie go było słychać ponad wściekłym charkotem mojego ukochanego, który ustawił się tak, by zasłaniać mnie własnym ciałem.

Kajusz wstał z krzesła i przesunął się bezszelestnie, jak duch, w miejsce, skąd miał na nas lepszy widok. Podążyły za nim dwie chroniące go kobiety.

Jane obróciła się przodem do mnie z promiennym uśmiechem. Edward rzucił się na nią jak tygrys.

– Nie! – jęknęła Alice.

Nim ucichł jej okrzyk, nim zdążyłam się wzdrygnąć, nim ktokolwiek pospieszył dziewczynce z pomocą, Edward leżał już na kamiennej posadzce. Nikt go nie dotknął, ale wił się z bólu. Podniosłam obie ręce do twarzy.

Jane uśmiechała się teraz tylko do niego. W jednej sekundzie wszystkie elementy układanki wskoczyły na swoje miejsce. Zrozumiałam, co miała na myśli Alice, mówiąc w samolocie o „potwornych zdolnościach", zrozumiałam, dlaczego wszyscy traktowali dziewczynkę z takim szacunkiem i dlaczego Edward zaatakował ją w mojej obronie.

Idealną ciszę przerwał mój piskliwy głos.

– Przestań!

Ruszyłam do przodu, chcąc stanąć Jane na drodze, ale Alice błyskawicznie do mnie doskoczyła i wzięła pod pachy. Edward nadal dygotał i wierzgał, ale z jego ust nie dobywał się żaden dźwięk. Czułam się tak, jakby serce miało eksplodować mi z rozpaczy. Nie mogłam na to patrzeć.

– Jane – odezwał się Aro.

Edward znieruchomiał. Domyśliłam się, że dziewczynka podniosła głowę, gotowa spełnić następną zachciankę władcy. Ja nie miałam zamiaru spuścić z chłopaka oczu. Wyrywając się Alice, modliłam się bezgłośnie, żeby wstał.

– Nic mu nie będzie – szepnęła mi do ucha moja przyjaciółka.

W tym samym momencie Edward usiadł, a potem zerwał się na równe nogi i spojrzał na mnie. W jego złotych oczach dostrzegłam lęk, ale szybko zastąpiła go ulga. Zerknął na Jane. Zerknęłam na nią i ja.

Już się nie uśmiechała. Patrzyła gniewnie prosto na mnie, zaciskając szczęki, żeby móc się lepiej skoncentrować. Aro widocznie rozkazał jej jakimś gestem, że pora na właściwy pokaz. Skuliłam się w oczekiwaniu na falę bólu.

Nie nadeszła.

Edward przejął mnie w milczeniu od Alice.

Aro wybuchł śmiechem.

– Ha, ha, ha! Niesamowite! Fantastyczne!

Jane syknęła, pochylając się do przodu w pozie drapieżnika.

– Nie denerwuj się, skarbie – uspokoił ją Volturi, kładąc jej na ramieniu delikatną dłoń. – Ta mała zawstydza nas wszystkich.

Dziewczynka świdrowała mnie spojrzeniem.

– Świetne, świetne! – Aro przeżywał jeszcze niedawną scenę. – Podziwiam cię, Edwardzie, za to, że nie krzyczałeś z bólu. To nie puste pochlebstwo, bo sam raz poprosiłem Jane z ciekawości o prezentację. Jesteś bardzo dzielny.

Edward patrzył na niego, zdegustowany.

– No i co teraz z wami zrobić? – Aro westchnął.

Rodzeństwo Cullenów zesztywniało. Przyszliśmy tu przecież usłyszeć werdykt. Zaczęłam się trząść.

– Jak mniemam – ciągnął nasz gospodarz – nie zmieniłeś, niestety, zdania, Edwardzie, prawda? Wielka szkoda. Twoje umiejętności stanowiłyby wspaniałe uzupełnienie naszych.

Kątem oka zauważyłam, że Feliks i Jane się skrzywili. Chłopak zawahał się.

– Nie, nie zmieniłem zdania.

– Alice? – Aro nie tracił nadziei. – Nie chciałabyś do nas dołączyć?

– Nie, ale dziękuję za propozycję – odparła.

– A ty, Bello?

Edward zaklął pod nosem. Gapiłam się tępo na Ara. Żartował sobie ze mnie, czy naprawdę chciał wiedzieć, czy nie zostałabym na obiad?

Pierwszy na propozycję wampira zareagował białowłosy Kajusz.

– Dlaczego? – spytał cicho, nie okazując ani gniewu, ani zaciekawienia.

– Och, chyba potrafisz docenić kryjący się w niej potencjał. – Aro uśmiechnął się dobrodusznie. – Nie spotkałem równie intrygującego śmiertelnika, odkąd odkryłem Jane i Aleca. Wyobraź sobie, jakie otworzą się przed nami możliwości, kiedy mała stanie się jednym z nas!

Sądząc po wyrazie twarzy Jane, nie spodobało jej się to, że została do mnie porównana. Mina Kajusza także nie wyrażała entuzjazmu.

Edward cały się gotował. Przestraszyłam się, że wybuchnie, co zmobilizowało mnie do działania.

– Nie, dziękuję – odpowiedziałam. Dygotałam ze strachu.

Aro ponownie westchnął.

– Ubolewam nad twoją decyzją. Zmarnować taki talent!

Edward syknął.

– Albo z wami, albo do grobu, taka jest alternatywa, prawda? Nie udawajcie niewiniątek! Gdybyście naprawdę przestrzegali zasad, nie przyprowadzilibyście nas do tej właśnie komnaty!

Byłam zdezorientowana. Z jednej strony chłopak wydawał się być autentycznie wściekły, z drugiej, w tonie jego głosu było coś aktorskiego, jakby wcześniej zastanowił się nad tym, co powie.

– Skądże znowu. – Aro zamrugał, zbity z pantałyku. – Zebraliśmy się tutaj, ponieważ czekamy na powrót Heidi, a nie ze względu na was.

– Aro – wtrącił się Kajusz. – Nasze prawo i tak nakazuje nam ich zabić.

– Jak to? – Edward znał myśli wampira, ale chciał go widocznie zmusić do wyjaśnienia zarzutów mi i Alice.

Kajusz wskazał mnie kościstym palcem.

– Ona za dużo wie. Wyjawiłeś jej nasze sekrety.

– O waszym dworze też wie kilka istot ludzkich – przypomniał mu Edward.

A więc piękna recepcjonistka nie była jedyną.

Białowłosy wampir ułożył usta w dziwnym grymasie. Czyżby miał to być uśmiech?

– Tak – przyznał. – Ale kiedy nie są nam już dłużej potrzebne, służą nam swoją krwią. Czy potraktujesz dziewczynę tak samo, jeśli coś komuś wypaple?

– Nikomu nie... – przerwałam jękliwie, ale zmroził mnie wzrokiem.

– Wątpię – kontynuował oschle. – Nie zamierzasz jej również zmienić w jedną z nas. Podsumowując, pozostawienie jej przez nas przy życiu rodzi spore ryzyko. Ale tylko jej. Tym razem wybaczymy wam brak dyskrecji. Wy dwoje możecie odejść.

Edward obnażył zęby.

– Tak myślałem – oznajmił Kajusz, nie bez zadowolenia. Także Feliks, gdyby mógł, zatarłby ręce z uciechy.

– Chyba że... – odezwał się Aro. Nie ukrywał, że martwi go to, w jakim kierunku potoczyła się rozmowa. – Chyba że jednak podarujesz jej w prezencie nieśmiertelność.

Edward zamyślił się.

– Co wtedy? – spytał.

Aro natychmiast się rozchmurzył.

– Wtedy pozwolimy wam wrócić bez przeszkód do domu i przekazać Carlisle'owi moje serdeczne pozdrowienia. Tyle że obawiam się, że nie będzie to mogła być obietnica bez pokrycia.

Aro wyciągnął rękę ku chłopakowi, żeby przekonać się na własnej skórze, że ten go nie oszuka. Kajusz, który wyglądał na coraz bardziej poirytowanego, nareszcie się rozluźnił.

Edward zacisnął usta w cienką linię. Nasze oczy się spotkały.

– Błagam, zdecyduj się – wyszeptałam.

Dlaczego tak go to odrzucało? Dlaczego wolał zginąć, niż mnie zmienić? Poczułam się tak, jakby ktoś kopnął mnie w brzuch.

Mój ukochany cierpiał katusze.

I wtedy do Ara podeszła z wyciągniętą ręką Alice. Zastąpiło jej drogę kilku członków jego świty, ale Volturi nakazał im się rozsunąć i zachłannie ujął dłoń dziewczyny. Żeby skutecznie się skupić, przymknął powieki. Alice zastygła w bezruchu. Jej twarz przypominała maskę. Usłyszałam, jak Edward zgrzyta zębami.

Wszyscy obecni wstrzymali oddech. Stresowałam się okropnie. Ile jeszcze? Czy Alice nie poddawano aby praniu mózgu? Czy to musiało aż tyle trwać?

Mijały kolejne sekundy. W końcu Aro otworzył oczy i szeroko się uśmiechnął.

– A niech mnie! – Powoli się wyprostował. – Fascynujące!

– Cieszę się, że ci się podobało – mruknęła dziewczyna.

– Twoje wspomnienia – bajka – i te wizje! Po raz pierwszy w życiu miałem wgląd w przyszłość!

– Jak widziałeś, zmienię Bellę w wampira.

– Tak, tak, to już postanowione. Nie ma sprawy.

Kajusz stęknął, rozgoryczony. Jego opinię podzielali Jane i Feliks.

– Ależ, Aro… – zaczął Kajusz.

– Mój drogi, o nic się nie martw. Przecież to cudowna nowina! Młodzi nie dołączą może do nas dziś, ale kto wie, czy im się nie odmieni, a wtedy… Sama Alice mogłaby się stać ozdobą naszej kolekcji. Umieram już z ciekawości, co też wyjdzie z naszej Belli.

Czy Aro nie zdawał sobie sprawy, jak subiektywne są wizje mojej przyjaciółki? Czy nie wiedział, że wszystko zależy od tego, czy nie zmieni zdania? Że mogą na nią wpłynąć bądź przeszkodzić jej inni, choćby jej brat?

Zresztą co z tego, że Alice była chętna mnie zmienić, co z tego, że nawet miała mnie zmienić, jeśli ten pomysł wzbudzał w Edwardzie takie obrzydzenie? Jeśli śmierć była w jego mniemaniu lepsza od życia z nieśmiertelną eks na karku? Na samą myśl o tym, jak bardzo mnie nie chciał, pogrążałam się w depresji.

– Czyli możemy już sobie pójść? – upewnił się Edward.

– Tak, oczywiście – potwierdził Aro – ale, proszę, wpadnijcie jeszcze kiedyś. Dawno tak dobrze się nie bawiłem.

– My także was odwiedzimy – obiecał Kajusz, przymykając oczy niczym jaszczurka. – Żeby sprawdzić, czy zastosowaliście się do naszych zaleceń. Na waszym miejscu, nie zwlekałbym z przeprowadzeniem operacji. Drugiej szansy nie dostaniecie.

Edward zacisnął szczęki, ale skinął głową. Kajusz uśmiechnął się zjadliwie, po czym wrócił na swój tron, obok którego siedział wciąż apatyczny Marek.

Feliks jęknął głośno.

– Feliksie, cierpliwości – doradził mu Aro. – Heidi będzie tu lada chwila.

– Właśnie – powiedział mój luby, jakby coś sobie przypomniał. – Lepiej już się zbierajmy.

– Tak, tak – zgodził się Aro. – Wypadki chodzą po ludziach. Zaczekajcie tylko na dole, aż się ściemni, dobrze?

– Zaczekamy – przyrzekł Edward.

Wzdrygnęłam się. Nie uśmiechało mi się przedłużanie naszego pobytu w Volterze.

– I jeszcze to. – Aro nakazał Feliksowi zbliżyć się do siebie, zdjął z niego szarą pelerynę i rzucił Edwardowi. – Weź ją. Żebyś nie wyróżniał się z tłumu.

Chłopak posłusznie włożył ją na siebie.

Aro znowu westchnął.

– Do twarzy ci w niej – zauważył.

Edward parsknął śmiechem, ale nagle przerwał i zerknął sobie przez ramię.

– Dziękuję, Aro. Zaczekamy na dole.

– Żegnajcie, młodzi przyjaciele. – Volturi również spoglądał w tym samym kierunku.

– Chodźcie – popędził nas obie Edward.

Odprowadzić miał nas Demetri. Ruszyliśmy za nim ku ciemnemu przedsionkowi – najwyraźniej było to jednak jedyne wyjście. Edward przyciągnął mnie opiekuńczo do siebie. Alice szła tuż przy mnie z drugiej strony.

– Spóźniliśmy się – mruknęła, gdy przekroczyliśmy pierwszy próg.

Spojrzałam na nią z przerażeniem, ale wyglądała jedynie na rozgoryczoną. Moich uszu dobiegł z korytarza gwar podekscytowanych głosów. A więc to wszystkich zaalarmowało! Drzwiczki się uchyliły i przedsionek zaczął się wypełniać rozgadanymi ludźmi.

– Hm, co za nietypowy układ – powiedział basem mężczyzna w szortach. Mówił po angielsku, z szorstkim amerykańskim akcentem.

– To takie średniowieczne – zawtórowała mu jego towarzyszka.

Demetri poprosił gestem naszą trójkę, żebyśmy odsunęli się na bok. Przywarliśmy plecami do chłodnej, kamiennej ściany.

Nowo przybyli rozglądali się zaintrygowani, przechodząc do okrągłej sali.

– Witajcie, moi mili! Witajcie w Volterze! – zawołał niewidoczny już dla nas Aro.

Gości było czterdziestu albo i więcej. Część zachowywała się jak turyści – niektórzy z nich nawet robili zdjęcia. Inni sprawiali wrażenie zdezorientowanych, jakby pretekst, pod którym ich tu ściągnięto, przestał pasować do tego, co się działo. Moją uwagę przykuła drobna pani z różańcem na szyi. Ściskając kurczowo krzyżyk, zadawała wszystkim po kolei dręczące ją pytanie, ale jako że żaden z uczestników „wycieczki" nie władał jej rodzimym językiem, wpadała w coraz większą panikę.

Edward przycisnął sobie moją głowę do piersi, ale zrobił to zbyt późno. Zdążyłam już się napatrzeć i domyślać, co jest grane.

Gdy tylko w tłumie pojawiła się luka, mój ukochany pchnął mnie ku drzwiczkom. Czułam, że twarz mam wykrzywioną strachem i że w oczach zbierają mi się łzy.

W bogato zdobionym korytarzu nie zastaliśmy nikogo poza oszałamiająco piękną kobietą o posągowych kształtach. Na widok nieznanych sobie osób, zwłaszcza mnie, uniosła wysoko brwi.

– Witaj w domu, Heidi – odezwał się zza naszych pleców Demetri.

Heidi uśmiechnęła się zdawkowo. Przypominała mi Rosalie, chociaż nie były do siebie podobne – moje skojarzenie brało się raczej stąd, że urody ich obu nie dawało się zapomnieć. Nie mogłam oderwać od niej wzroku.

Swoje wdzięki podkreślała odpowiednio dobranym strojem. Zgrabnych nóg kobiety, przyciemnionych dla lepszego efektu rajstopami, nie osłaniało nic prócz niezwykle krótkiej spódniczki, a biust opinała śmiała czerwona bluzka – cóż z tego, że z golfem i rękawami, skoro zrobiona z obcisłego lateksu! Długie włosy w mahoniowym odcieniu brązu lśniły w promieniach słońca, oczy Heidi szokowały zaś dziwnym odcieniem fioletu – tę niecodzienną barwę zawdzięczały najprawdopodobniej niebieskim szkłom kontaktowym nałożonym na szkarłatne, wampirze tęczówki.

– Witaj, Demetri.

Zerkała to na mnie, to na szarą pelerynę Edwarda.

– Niezły połów – pochwalił ją Demetri i nagle uzmysłowiłam sobie, dlaczego Heidi jest ubrana tak, a nie inaczej. Była nie tylko łowcą, ale i przynętą.

– Dzięki. – Szczerze się ucieszyła. – A ty dokąd?

– Zaraz wracam. Zostawcie kilku dla mnie.

Heidi skinęła głową i rzuciwszy mi ostatnie zaciekawione spojrzenie, zniknęła w drzwiach.

Edward narzucił ostre tempo – musiałam biec – na nic się to jednak zdało. Nim wymknęliśmy się przez wielkie wrota do lobby, okrągłą komnatę w wieży wypełniły krzyki ofiar.

22 Ucieczka

W lobby nic się nie zmieniło. Luksusowe meble zachęcały do wypoczynku, z ukrytych starannie głośników sączyła się relaksująca melodia, a Gianna nadal zajmowała swoje stanowisko za kontuarem.

– Tylko zaczekajcie do zmierzchu! – upomniał nas Demetri, zanim pobiegł na ucztę.

Gianna wydawała się być przyzwyczajona do podobnych rozkazów. Zaskoczyło ją tylko nieco, że Edward ma na sobie cudzą pelerynę.

– Wszystko w porządku? – spytał szeptem, żeby recepcjonistka nie mogła go podsłuchać. Wciąż był zdenerwowany. Nawet on po czymś takim nie potrafił szybko dojść do siebie.

– Usiądźmy lepiej, bo Bella zaraz się przewróci – wtrąciła się Alice. – Nie widzisz, że jest na skraju załamania nerwowego?

Rzeczywiście, dopiero teraz zorientowałam się, że dygoczę i szczękam zębami. Jakoś nie zdziwiło mnie wcześniej to, że całe pomieszczenie podryguje. Przyszło mi na myśl, że tak właśnie musi czuć się Jacob tuż przed przeobrażeniem się w wilka.

Przytomniejąc, zauważyłam coś jeszcze. Pogodną muzykę zagłuszał co chwilę trudny do zidentyfikowania dźwięk. Postanowiłam zastanowić się, skąd dochodzi, kiedy się uspokoję.

– Cii, cii, już dobrze, już dobrze – powtarzał Edward, prowadząc mnie ku najbardziej oddalonej od Gianny kanapie.

– To chyba atak histerii. Może powinieneś dać jej w twarz – zasugerowała Alice.

Chłopak popatrzył na nią jak na morderczynię.

Ups... Zrozumiałam, że źródłem dziwnego dźwięku jestem ja sama. Po prostu głośno szlochałam. To dlatego tak się trzęsłam.

– Już dobrze – ciągnął Edward swoją mantrę. – Jesteś bezpieczna, nic ci nie grozi.

Posadziwszy mnie sobie na kolanach, owinął mnie peleryną, żebym nie cierpiała z powodu bijącego od jego ciała chłodu.

Byłam na siebie zła, że marnuję czas na płacz, zamiast napawać się obecnością swojego byłego. Przez te idiotyczne łzy ledwo go widziałam, a zostało nam przecież jeszcze tylko kilka godzin razem. Uszliśmy z życiem, misja ratunkowa dobiegła więc końca i mógł mnie porzucić tuż po zapadnięciu zmroku. Weź się w garść, powiedziałam sobie w duchu. Każda minuta jest na wagę złota!

Zamiast Edwarda przed oczami miałam jednak wciąż to samo – struchlałą kobiecinę ściskającą krzyżyk różańca.

– Ci wszyscy ludzie... – wykrztusiłam.

– Wiem – szepnął.

– To takie okropne.

– Tak. Przykro mi, że musiałaś być świadkiem powrotu Heidi.

Oparłam się policzkiem o jego obojczyk, przecierając oczy rąbkiem peleryny. Zrobiłam kilka głębokich wdechów.

– Czy coś państwu podać? – spytał grzecznie sopran.

Była to Gianna. Pochylała się nad ramieniem Edwarda zatroskana i zarazem profesjonalnie opanowana. To, że tylko centymetry dzielą ją od obcego wampira, najwyraźniej zupełnie jej nie przeszkadzało. Albo była bardzo głupia, albo stworzona do wykonywanej przez siebie pracy.

– Nie, dziękujemy – odpowiedział oschle.

Skinęła głową, uśmiechnęła się do mnie i wycofała za kontuar. Zaczekałam, aż oddali się na tyle, by nie móc nic wychwycić.

– Czy ona wie, co się tutaj odbywa?

Ochrypłam trochę od płaczu, ale mój oddech wracał do normy.

– Tak, wie o wszystkim.

– I wie, że ją kiedyś zabiją?

– Wie, że to prawdopodobne.

Tylko prawdopodobne? Sądziłam, że pewne w stu procentach.

– Ma nadzieję, że przyjmą ją na stałe – wyjaśnił Edward z nieodgadnionym wyrazem twarzy.

Pobladłam.

– Gianna marzy o tym, by stać się jedną z nich?

– Tak.

Przyglądał mi się uważnie, chcąc poznać moją reakcję.

Wzdrygnęłam się.

– Jak może marzyć o czymś tak potwornym? – szepnęłam, bardziej do siebie niż do niego. – Jak może marzyć o tym, żeby do nich dołączyć, wiedząc, co robią w okrągłej sali? Słysząc, co tam robią?!

Edward milczał, skrzywił się tylko delikatnie.

Skąd ten grymas? Co ja takiego powiedziałam? Nie odpowiedziałam sobie jednak na to pytanie, bo nagle uderzyło mnie to, jakie mieliśmy szczęście. Edward żył! Volturi go nie zabili! Żył i trzymał mnie w swoich ramionach!

– Och, Edwardzie!

Znowu się rozszlochałam i znowu się na siebie rozzłościłam. Łzy zamazywały obraz jego anielskiej twarzy, a czasu było coraz mniej. Moim skarbem było mi dane cieszyć się tylko do zachodu słońca – jak w baśni.

– Co, Bello? – zaniepokoił się. Pogłaskał mnie po plecach.

Owinęłam mu ręce wokół szyi. Nie miałam nic do stracenia. Co najwyżej mógł mnie odepchnąć.

– Czy to chore – spytałam łamiącym się głosem – że tam giną ludzie, a ja jestem taka szczęśliwa?

Nie odepchnął mnie, wręcz przeciwnie – przycisnął mnie do siebie tak mocno, że trudno mi było oddychać.

– Doskonale cię rozumiem – wyznał cicho – ale mamy wiele powodów do tego, żeby tak się czuć. Przede wszystkim żyjemy.

– Tak – zgodziłam się. – To dobry powód.

– I jesteśmy razem.

Od zapachu jego słodkiego oddechu zakręciło mi się w głowie. Cóż, ten drugi powód wymienił tylko ze względu na mnie. Dla niego nie miało to na pewno większego znaczenia.

– A jeśli szczęście nam dopisze, dożyjemy i jutra – ciągnął.

– Miejmy nadzieję – wymamrotałam.

– Będzie dobrze – pocieszyła mnie Alice. Nie zabrała głosu od tak dawna, że prawie zapomniałam o jej obecności. – Za niespełna dobę zobaczę się z Jasperem – dodała z satysfakcją.

W tę wizję wierzyła bez zastrzeżeń. Mogła śmiało spoglądać w przyszłość.

Nie to, co ja. Szybko przeniosłam wzrok na Edwarda. Jeśli o mnie chodziło, przyszłość mogłaby nie istnieć. Marzyłam o tym, żeby ta chwila trwała wiecznie. Życie po kolejnym rozstaniu z ukochanym nie miało dla mnie najmniejszego sensu.

Edward także mi się przyglądał, więc udawanie, że odwzajemnia moje uczucia, przychodziło mi z łatwością. Popuściłam wodze wyobraźni. A co mi tam, pomyślałam, raz się żyje.

Przesunął opuszkami palców po moich skroniach.

– Wyglądasz na zmęczoną – stwierdził.

– A ty na głodnego.

Oczy miał czarne jak dwa węgielki i sino podkrążone.

Wzruszył ramionami.

– To nic takiego.

– Jesteś pewien? Mogę usiąść za Alice.

Tak naprawdę wolałabym, żeby mnie zagryzł, niż się przesunąć.

– Nie gadaj bzdur. – Westchnął. Jego oddech pieścił moje nozdrza. – Nigdy w życiu nie kontrolowałem tej części mojej natury tak dobrze jak teraz.

Do głowy cisnęły mi się setki pytań. Jedno z nich miałam już zadać, ale ugryzłam się w język. Nie chciałam wszystkiego zepsuć. Było tak cudownie – nawet mimo bliskości okrągłej komnaty i recepcjonistki pragnącej stać się potworem.

Skupiłam się na fantazjowaniu o tym, że Edward mnie kocha. Analizę tego, co nim kierowało, odłożyłam na później. Może obchodził się ze mną czule, bo chciał mnie wesprzeć psychicznie w obliczu niebezpieczeństwa? Może miał wyrzuty sumienia, że mnie w to wszystko wciągnął? Może cieszył się na swój sposób, że jednak się nie zabiłam? Może się za mną stęsknił przez te pół roku i jeszcze go nie nudziłam? Kto go tam wiedział. Nic mnie nie obchodziło. Najważniejsze było to, że mogłam go do woli przytulać.

Leżałam w jego objęciach, wmawiałam sobie, że mnie kocha, i starałam się zapamiętać z detalami jego twarz. On też wydawał się uczyć się mnie na pamięć. Jednocześnie dyskutował z Alice o tym, jak wrócić do Stanów. Ściszyli głosy i mówili bardzo, bardzo szybko, tak żeby Gianna nie miała szansy ich zrozumieć. Sama wyłapywałam może co drugie słowo. Jednym z nich było „włamać się", planowali więc chyba coś znowu ukraść. Żałowałam, że nigdy się nie dowiem, czy żółte porsche wróciło do prawowitego właściciela.

– Czemu Aro wspomniał coś o śpiewaczce? – spytała w pewnym momencie Alice.

– *La tua cantante*? – upewnił się Edward. Miał świetny akcent.

– Tak. O co mu chodziło?

Nadstawiłam uszu. I mnie zaintrygowało wtedy to włoskie wtrącenie.

Edward wzruszył ramionami.

– To takie ich określenie na kogoś, kto działa na jakiegoś wampira tak silnie, jak Bella na mnie. Bella jest moją „śpiewaczką", bo jej krew do mnie „śpiewa", przyzywa mnie.

Alice zachichotała.

Byłam tak zmęczona, że właściwie mogłabym zasnąć, ale uparcie walczyłam z sennością. Nie miałam zamiaru przegapić ani sekundy z tych, które miało być mi dane spędzić z Edwardem. Rozmawiając z siostrą, raz po raz pochylał się znienacka, by mnie pocałować – a to w czoło, a to w ciemię, a to w czubek nosa. Za każdym razem przechodziły mnie ciarki. Moje serce odzwyczaiło się od podobnych doznań. Odgłos jego uderzeń zdawał się wypełniać całe pomieszczenie.

Trafiłam do nieba – w samym środku piekła.

Rozanielona, straciłam zupełnie poczucie czasu, więc kiedy Cullenowie zesztywnieli nagle, wpatrzeni w prowadzące na korytarz wrota, przestraszyłam się nie na żarty i wtuliłam w Edwarda jak dziecko.

Do lobby wszedł Alec. Oczy miał teraz intensywnie rubinowe. Mimo że brał udział w popołudniowej uczcie, jego szary garnitur pozostawał idealnie czysty. Na szczęście chłopiec miał nam do przekazania dobrą nowinę.

– Możecie już sobie pójść – poinformował nas zaskakująco przyjaznym tonem. – Prosimy tylko, abyście jak najszybciej wyjechali z miasta.

– Żaden problem – oznajmił Edward chłodno, ale bez sarkazmu.

Alec uśmiechnął się, skinął głową i zniknął za drzwiami. Edward pomógł mi wstać.

– Korytarzem po prawej dojdziecie do wind – wyjaśniła nam usłużnie Gianna. – Z hallu dwa piętra niżej wychodzi się prosto na ulicę. Do widzenia!

Ciekawa byłam, czy kompetencja kobiety będzie dla jej pracodawców wystarczającym powodem, żeby jej nie zabijać.

Alice spojrzała na nią spode łba.

Z ulgą przyjęłam wiadomość o istnieniu innego wyjścia – nie byłam pewna, czy zniosłabym kolejną przeprawę przez podziemia.

Zjechawszy windą na parter, wyszliśmy na zewnątrz przez kolejne eleganckie lobby. Tylko ja z naszej trójki obejrzałam się za siebie. Tak jak myślałam, Volturi zamieszkiwali średniowieczny pałac. Dziękowałam Bogu za to, że od frontu nie było widać nieszczęsnej wieży.

Zagłębiliśmy się w labirynt wąskich, brukowanych uliczek. Dopiero zmierzchało, ale gęsta zabudowa miasta sprawiała, że na poziomie chodnika było ciemniej, niżby wypadało. Właśnie zapałały się uliczne latarnie.

Mieszkańcy Volterry, pospołu z przyjezdnymi, nadal świętowali. Mój ukochany nie wyróżniał się swoją peleryną w tłumie, bo wiele osób przebrało się na wieczór za hrabiego Drakulę. Plastikowe wampirze kły nosili teraz nawet dorośli.

– Co za idiotyzm – mruknął Edward.

Zmęczona, nie zauważyłam, kiedy zostaliśmy sami. Uzmysłowiwszy sobie, że jesteśmy w dwójkę, rozejrzałam się nerwowo.

– Gdzie Alice? – szepnęłam spanikowana.

– Poszła po twoją torbę. Gdzieś ją tu rano schowała.

No tak, przecież wzięłam ze sobą szczoteczkę do zębów i inne drobiazgi. Ucieszyłam się, że już niedługo będę mogła się odświeżyć.

– Poszła też ukraść dla nas samochód, prawda? – odgadłam.

Chłopak uśmiechnął się szelmowsko.

– Ale nie na terenie miasta.

Droga do bramy wjazdowej ciągnęła się w nieskończoność. Widząc, że jestem skrajnie wyczerpana, Edward owinął rękę wokół mojej talii i pozwolił mi się na sobie uwiesić.

Przechodząc pod łukiem bramy, zadrżałam. Wisząca nad naszymi głowami kratownica przypominała drzwi klatki. Bałam się, że spadnie i uniemożliwi nam ucieczkę z tego przerażającego miejsca.

Znalazłszy się poza murami, Edward skręcił w prawo i poprowadził mnie ku zaparkowanemu w cieniu autu, które czekało na nas z włączonym silnikiem. Ku memu zdziwieniu, zamiast przejąć kierownicę, chłopak wślizgnął się za mną na tylne siedzenie.

– Wybaczcie – przeprosiła nas Alice, wskazując na deskę rozdzielczą. – Nie było zbyt wielkiego wyboru.

– Nie ma sprawy. – Edward wyszczerzył zęby w ironicznym uśmiechu. – Ten jeden raz możemy przejechać się czymś dla tatusiów.

Dziewczyna westchnęła.

– Ach, to porsche 911… Muszę sobie chyba takie sprawić.

– Kupię ci na Gwiazdkę – obiecał jej brat.

Odwróciła się, żeby odwzajemnić uśmiech.

– Żółte – podpowiedziała.

Odruchowo zacisnęłam palce na skraju siedzenia. Zjeżdżaliśmy już po serpentynie w dół wzgórza, droga była kręta i ciemna.

Trudno było pogodzić się z tym, że moja przyjaciółka nie musi na nią patrzeć, żeby trzymać kurs.

Edward znowu trzymał mnie w ramionach, a wełniana peleryna skutecznie chroniła przed chłodem. Było mi więcej niż przyjemnie.

– Możesz się wreszcie zdrzemnąć – szepnął. – *Game over*.

Wiedziałam, że chodzi mu o rozgrywkę z Volturi, ale mimowolnie przypomniałam sobie naszą konfrontację w lesie, kiedy zakończył coś zupełnie innego. Cóż, miałam w sobie dość energii, żeby jeszcze trochę poudawać, że tamto zdarzenie nie miało miejsca.

– Nie chce mi się spać – skłamałam. – Może później.

Byłam gotowa podeprzeć sobie powieki zapałkami, byle tylko nie stracić ukochanego z oczu. Kontrolki deski rozdzielczej dawały dość światła, by umożliwić mi dalsze napawanie się jego urodą.

Przycisnął wargi do zagłębienia pod moim lewym uchem.

– Chociaż spróbuj – zachęcił.

Pokręciłam głową.

– Ech. Cała ty. Uparta jak zwykle.

Miał rację, byłam uparta. To upór pozwolił mi wygrać ze zmęczeniem. Najtrudniej było w panujących na szosie ciemnościach, ale już na lotnisku we Florencji otrzeźwiły mnie jasne światła i wizyta w toalecie, gdzie przebrałam się i umyłam zęby. W międzyczasie Alice kupiła Edwardowi nowe ubranie, mógł więc zostawić pelerynę na stercie śmieci w jakimś zaułku.

Lot do Rzymu był na tyle krótki, by nie nastręczyć mi większych trudności. Schody zaczęły się w drugim samolocie, ze stolicy Włoch do Atlanty. Przewidując zbliżające się załamanie, poprosiłam stewardesę o przyniesienie mi szklanki coli.

– Bello! – Edward spojrzał na mnie z dezaprobatą. Wiedział o mojej niskiej tolerancji na kofeinę.

Alice siedziała za nami. Ściszonym głosem rozmawiała przez telefon z Jasperem.

– Może i chce mi się już spać – powiedziałam – ale nie chcę zasnąć.

Jak mu to wyjaśnić, żeby nie domyślił się, co kombinowałam? Do głowy przyszło mi świetne usprawiedliwienie.

– Widzisz – dodałam – starczy, że zamknę oczy, a już widzę takie rzeczy, że mam dosyć. Boję się, że będę miała koszmary.

Podziałało. Już się ze mną nie spierał.

Nadarzała się idealna okazja do omówienia wydarzeń kilku ostatnich dni i miesięcy, do wyciągnięcia od Edwarda odpowiedzi na wszystkie nurtujące mnie pytania. Nie dość, że mieliśmy spędzić, siedząc koło siebie, ładnych parę godzin, to w samolocie nie mógł mi uciec (a przynajmniej nie tak łatwo, jak gdzie indziej) i nikt, z wyjątkiem Alice, by nas nie słyszał, bo reszta pasażerów szykowała się do snu – wyłączali już swoje lampki i prosili obsługę o poduszki. Ponadto, zaabsorbowana konwersacją, nie mogłabym zasnąć.

Tylko czy naprawdę chciałam poznać te odpowiedzi? Po raz drugi ugryzłam się w język. Być może z wyczerpania rozumowałam błędnie, ale miałam też nadzieję, że przekładając przesłuchanie, zyskam kilka dodatkowych godzin sam na sam z Edwardem w bliżej nieokreślonej przyszłości. Trochę tak jak Szeherezada, przedłużałam w ten sposób swoje życie.

Piłam jedną colę za drugą. Usiłowałam nawet nie mrugać. Każda minuta na jawie wynagradzała mi moje wysiłki. Edward nie tylko przytulał mnie wciąż do siebie, ale i gładził delikatnie po twarzy opuszkami palców i całował we włosy, nadgarstki i czoło. W dodatku wydawał się być tym uszczęśliwiony. Ja też go głaskałam. Wiedziałam, że po powrocie do Forks, przy pierwszym ataku bólu, przyjdzie mi tego żałować, ale nie potrafiłam się powstrzymać. Dobrze, że chociaż nie całował mnie w usta – tylko to chroniło mnie przed popadnięciem w obłęd. W końcu ile razy można czyjeś serce przepuścić przez magiel? Mimo że wiele przeszłam, żadne z moich doświadczeń mnie nie zahartowało. Czułam się przeraźliwie krucha, jakby można było mnie zniszczyć jednym słowem.

Edward nic nie mówił. Może nie miał mi nic do powiedzenia? Może liczył na to, że w ciszy jednak zasnę?

Z pojedynku z powiekami z ołowiu wyszłam zwycięsko. Czuwałam, kiedy lądowaliśmy w Atlancie, i czuwałam, kiedy lądowaliśmy w Seattle. Zza spowijającej metropolię warstwy chmur wychylała się nieśmiało czerwona tarcza wschodzącego słońca. Byłam z siebie dumna – nie przespałam ani minuty.

Zarówno Edward, jak i Alice nie byli zaskoczeni, że czeka na nas komitet powitalny, ale dla mnie było to szok. Tak długo ich nie widziałam! Pierwszego dostrzegłam Jaspera, ale całkowicie mnie zignorował. Dla niego istniała tylko Alice. Chociaż nie uściskali się na powitanie, tak jak inne pary w hali przylotów, popatrzyli na siebie z taką czułością, że musiałam odwrócić wzrok.

Carlisle i Esme stali na uboczu w cieniu szerokiego filaru, z dala od wykrywających metale bramek. Kobieta wyciągnęła ku mnie ręce i zachłannie przygarnęła do siebie. Edward ani myślał mnie puszczać, więc musieliśmy wyglądać w trójkę nieco dziwnie.

– Nie wiem, jak ci dziękować – szepnęła mi do ucha. – Edward! – Teraz to jemu z kolei rzuciła się na szyję. Była bliska łez. – Nigdy więcej mi tego nie rób! – zawołała z wyrzutem.

– Przepraszam, mamo.

Chłopak uśmiechnął się, zakłopotany.

– Bello, dziękuję – powiedział Carlisle. – Jesteśmy twoimi dłużnikami.

– Bez przesady – bąknęłam sennie. Jako że wreszcie przestałam się kontrolować, zmęczenie dawało mi się we znaki ze zdwojoną siłą. Miałam wrażenie, że moja głowa odłączyła się od ciała i dryfuje gdzieś na bok.

– Przecież ona ledwo żyje! – skarciła Esme syna. – Odwieźmy ją szybko do domu.

Nie byłam pewna, czy tam właśnie chcę trafić, ale nie miałam siły protestować. Nie sprawdziłam nawet, czy Alice i Jasper idą za nami. Esme przejęła moją torbę, a Edward wziął mnie na ręce. Przespałam całą drogę do lotniskowego parkingu.

Ocknęłam się, kiedy dochodziliśmy do samochodów Cullenów, przy których czekała mnie kolejna niespodzianka w postaci Rosalie i Emmetta. Na widok siostry Edward zesztywniał.

– Przestań – upomniała go Esme. – Przeżywała katusze.

– I bardzo dobrze – stwierdził Edward, dostatecznie głośno, by dziewczyna go usłyszała.

– To nie jej wina – wymamrotałam.

– Pozwól jej się przeprosić – poprosiła Esme. – Ja i Carlisle pojedziemy z Jasperem i Alice.

Edward rzucił Rosalie spojrzenie pełne niechęci.

– Edward, proszę cię, tak nie można – jęknęłam.

Piękna blondynka była ostatnią osobą, z którą miałam ochotę dzielić jedno auto, ale uważałam, że to ja sama w dużej mierze ponoszę winę za ten rodzinny rozłam.

Chłopak westchnął i ruszył w stronę samochodu. Emmett i Rosalie bez słowa wsiedli do środka.

Edward pomógł mi wgramolić się na tylne siedzenie. Nie miałam najmniejszego zamiaru dłużej walczyć z sennością. Oparłam się o jego chłodny tors i przymknęłam powieki. Emmett odpalił silnik.

– Edward... – zaczęła Rosalie.

– Wiem, wiem – przerwał jej nieuprzejmie.

– Bella, śpisz? – spytała słodko dziewczyna.

Natychmiast otworzyłam oczy. Po raz pierwszy, odkąd się poznałyśmy, zwróciła się bezpośrednio do mnie.

– Nie, a co? – odezwałam się z wahaniem.

– Ciebie też chciałabym przeprosić. – Rosalie unikała mojego wzroku. – Jest mi strasznie głupio. Bardzo to przeżywałam. Gdyby nie to, że jesteś taka dzielna... Przyczyniłabym się do śmierci własnego brata, a ty go uratowałaś. Dziękuję i jeszcze raz przepraszam. Czy kiedykolwiek mi wybaczysz?

Była to nieco chaotyczna przemowa, ale przez to nieuporządkowanie zabrzmiała tym bardziej szczerze.

– Oczywiście, że ci wybaczam – zapewniłam ją, chwytając się szansy na osłabienie nienawiści, jaką wampirzyca od zawsze mnie darzyła. – To nie twoja wina. To ja skoczyłam z tego durnego klifu.

– Każ jej to powtórzyć, jak będzie przytomna, Rosalie – zażartował Emmett.

– Jestem przytomna! – zaoponowałam bełkotliwie.

– Dajcie jej spać – wtrącił się Edward, ale ton jego głosu nie był już taki surowy jak przedtem.

W aucie zapadła cisza – tylko silnik mruczał miarowo. Musiałam zasnąć, bo zaraz potem mój ukochany otwierał już drzwiczki i wyciągał mnie z samochodu. W pierwszej chwili pomyślałam, że jesteśmy jeszcze w Seattle i przesiadamy się jednak do mercedesa.

Ale wtedy usłyszałam Charliego.

– Bella! – zawołał, pewnie z ganku.

– Charlie?

Moje oczy nie chciały się otworzyć.

– Cii! – szepnął Edward. – Śpij, skarbie, śpij. Wszystko w porządku. Jesteś już w domu. Jesteś bezpieczna.

– Jak śmiesz pokazywać się tutaj po tym wszystkim, co nam zrobiłeś! – zagrzmiał Charlie. Był coraz bliżej.

– Tato, daj spokój – jęknęłam, ale mnie nie słuchał.

– Co jej jest?! Jest chora?!

– Tylko bardzo zmęczona – wytłumaczył Edward cicho. – Niech pan od razu położy ją do łóżka.

– Nie będziesz mi rozkazywał! – wydarł się ojciec. – Puszczaj ją, potworze! Weź te brudne łapy!

Edward spróbował mnie mu podać, ale wtuliłam się w niego jak mała małpka. Charlie pociągnął mnie nerwowo za rękaw.

– Daj spokój, tato – powtórzyłam, otwierając wreszcie oczy. – Krzycz na mnie, nie na niego.

Staliśmy na naszym podjeździe. Drzwi frontowe były otwarte. Wiszące na niebie gęste chmury uniemożliwiały trafne określenie pory dnia.

– Jeszcze dam ci do wiwatu! – obiecał ojciec. – A teraz właź do domu!

– Okej, okej. Edward, postaw mnie – poprosiłam.

Pewnie to zrobił, bo moja głowa znalazła się na odpowiednim poziomie, ale nie czułam, żeby moje stopy czegokolwiek dotykały. Mimo to zrobiłam kilka kroków. Nagle chodnik podskoczył. Edward złapał mnie w ostatnim momencie – padłabym twarzą na beton.

– Wniosę ją tylko na górę – powiedział Edward Charliemu – a potem grzecznie się oddalę.

– Nie! Nie odchodź!

Spanikowałam. Nie poznałam jeszcze odpowiedzi na moje pytania! Musiał zostać w Forks przynajmniej na jedną sesję.

– Nigdzie się nie wybieram – szepnął mi Edward na ucho, żeby Charlie nie mógł go podsłuchać.

Ojciec najwyraźniej przystał na tę propozycję, bo weszliśmy do domu. Uspokojona, odpłynęłam, zanim doszliśmy do schodów. Ostatnią rzeczą, jaką odebrała moja świadomość, było to, że Edward odrywa moje palce od swojej koszuli.

23 Prawda

Obudziłam się z poczuciem, że spałam bardzo, bardzo długo – w dodatku moje ciało zesztywniało tak, jakbym cały ten czas ani razu się nie poruszyła. Przez mój oszołomiony, otępiały umysł przelewał się korowód wspomnień z dziwnych, kolorowych snów – melanż cudnych urojeń i potwornych koszmarów. I te piękne, i te straszne były niezwykle realistyczne. Towarzyszyły im wyjątkowo silne emocje, na przykład strach i zniecierpliwienie, kiedy nie mogłam biec dostatecznie szybko. Jakże często ma się takie sny! A potem otoczyły mnie wampiry, obce mi, czerwonookie, tym straszniejsze, że zachowywały się ze staromodną wręcz kurtuazją.

Ha! Pamiętałam nawet ich imiona! Co za sen... Mniejsza jednak o potwory – nie one były najważniejsze, a mój anioł.

Żałowałam, że musiałam go opuścić, by się zbudzić. Tej wizji z pewnością nie chciałam wyrzucić z pamięci, tak jak horroru wędrówek po lesie. Po kiego licha wymknęłam się z objęć Morfeusza? Ech... Tak, tak, wzywały obowiązki. Wprawdzie wypadło mi z głowy, czy to środa, czy może sobota, ale bez wątpienia czekała na mnie szkoła, pani Newton albo Jacob. Oddychałam głęboko, zastanawiając się, jak zmierzyć się z nadchodzącym dniem.

I wtedy coś chłodnego musnęło moje czoło...

Zacisnęłam mocniej oczy. Najwyraźniej nadal śniłam, dopiero dryfowałam w kierunku rzeczywistości. Jeszcze kilka sekund, a te i inne wrażenia miały prysnąć. A tak łatwo było uwierzyć, że to wszystko dzieję się naprawdę!

Zbyt łatwo. Oj, coś ponosiła mnie fantazja. Oplatające mnie kamienne ramiona były w dotyku jak żywe. Pomyślałam, że im dłużej będę się mamić, tym gorzej na tym wyjdę, i wzdychając z rezygnacją, otworzyłam oczy, żeby wrócić do realnego świata.

– O, nie! – wyrwało mi się. Zakryłam oczy dłońmi.

Stało się. Przesadziłam. Moja wyobraźnia wymknęła mi się spod kontroli. Wymknęła się? Raczej to ja sama zrezygnowałam z jej kontrolowania. Tak długo z uporem maniaka wymuszałam na swoim umyśle halucynacje, że doigrałam się – coś w moim mózgu się przestawiło. Zwariowałam.

Hm... Skoro sprawy zaszły tak daleko, nie byłam już sobie w stanie pomóc, ale... ale mogłam chociaż napawać się własnym szaleństwem. Przynajmniej dopóty, dopóki jego efekty były równie przyjemne.

Otworzyłam oczy po raz drugi. Nie, Edward nie zniknął. Jego twarz dzieliło od mojej zaledwie kilka centymetrów.

– Przestraszyłem cię? – spytał z troską w głosie.

Co jak co, ale tak doskonałych omamów jeszcze nie miałam. Nawet tonąc. Ta twarz, ten głos, ten zapach – wszystko idealnie się zgadzało.

Chłopak przyglądał mi się z niepokojem. Jego tęczówki były czarne jak smoła, a pod oczami miał sine cienie. Bardzo mnie to zdziwiło, bo do tej pory zawsze objawiał mi się najedzony.

Zamrugałam kilkakrotnie, starając sobie przypomnieć, co wydarzyło się w moim życiu, zanim poszłam spać. Czy wizyta Alice śniła mi się na samym początku tego dziwnego nocnego maratonu, czy też moja przyjaciółka rzeczywiście wróciła do Forks? Wydawało mi się, że jednak wróciła. Tego samego dnia, w którym skoczyłam z klifu...

– Cholera jasna! – jęknęłam ochryple. Zbyt długo nic nie piłam.

– Coś cię boli, kochanie?

Skrzywiłam się. Jeszcze bardziej go to zmartwiło.

– Nie żyję, prawda? Utonęłam pod tym pieruńskim klifem. A niech to szlag! Biedny Charlie! Jak on się po tym pozbiera?!

Edward zacisnął usta.

– Uratowałaś się. Żyjesz.

– Tak? To czemu nie mogę się obudzić?

– Właśnie się obudziłaś, Bello.

Spojrzałam na niego z sarkazmem.

– Jasne. A ty sobie tu siedzisz, jak gdyby nigdy nic. Ech... Zaraz się obudzę i znów mnie będzie bolało... Nie, nie obudzę się. Przecież nie żyję. Kurczę, to straszne. Biedny Charlie. I Renée, i Jake... Co ja narobiłam!

Pokręciłam z niedowierzaniem głową.

– Rozumiem, że możesz mylić mnie z kolejnym koszmarem – oświadczył Edward, uśmiechając się kwaśno – ale nie pojmuję, dlaczego uważasz, że zasługiwałabyś na to, żeby trafić do piekła. Czyżbyś od mojego wyjazdu zabiła paru ludzi?

– Skąd. Zresztą wcale nie twierdzę, że trafiłam do piekła. W piekle nie nagrodziliby mnie twoją obecnością.

Chłopak westchnął ciężko.

Oderwałam wzrok od twarzy Edwarda (niechętnie, choć tylko na sekundę) i zerknęłam w bok, na otwarte, ciemne okno. Powoli trzeźwiałam. Fragmenty wspomnień zaczęły się stopniowo układadać w moim umyśle w logiczną całość. Edward... Edward wszedł przez okno! To był naprawdę on! A ja marnowałam czas na dyrdymały! Poczułam, że się rumienię – krew rozgrzała mi policzki.

– Czyli... czyli to wszystko... to nie był sen? – wyjąkałam.

Jakoś nie mieściło mi się to w głowie.

– Zależy. – Chłopak nadal krzywo się uśmiechał. – Jeśli masz na myśli to, że cudem nie zmasakrowano nas w Volterze, to odpowiedź brzmi: tak.

– Ale numer! Naprawdę poleciałam do Włoch! Czy wiesz, że nigdy nie byłam dalej na wschód niż w Albuquerque*?

Mój ukochany wzniósł oczy ku niebu.

– Bredzisz, Bello. Chyba powinnaś jeszcze się zdrzemnąć.

– Nie, już się wyspałam. – Nareszcie odróżniałam jawę od snu. – Która godzina? Jak długo tak leżę?

– Jest parę minut po pierwszej, więc odpłynęłaś na ponad czternaście godzin.

Przeciągnęłam się, kiedy mówił. Byłam taka zesztywniała.

– Co z Charliem?

Edward zmarszczył czoło.

– Śpi. Wcześniej odbyliśmy poważną rozmowę i musisz wiedzieć, że łamię właśnie jedną z ustanowionych przez niego reguł. No, może nie do końca, bo zakazał mi przekraczać próg swojego domu, nie parapet, ale mimo wszystko... Jego intencje były jasne.

– Charlie zabronił ci wchodzić do naszego domu? – Najpierw się zdziwiłam, a zaraz potem zdenerwowałam.

– A spodziewałaś się czegoś innego? – spytał Edward ze smutkiem.

Wściekłam się. Co ten Charlie najlepszego wyprawiał?! Niech no tylko wstanie, pomyślałam, a powiem mu, gdzie mam jego zakazy. Chyba trzeba było mu przypomnieć, że jestem już pełnoletnia. Nie miało to, rzecz jasna, większego znaczenia, ale zawsze był to jakiś argument. Zresztą Edward i tak zamierzał niedługo

---

* Albuquerque – miasto w stanie Nowy Meksyk – przyp. tłum.

wyjechać. Miałam zostać sama... Jak najszybciej porzuciłam ten bolesny temat.

– Jaka jest oficjalna wersja?

Byłam tego naprawdę ciekawa, a poza tym chciałam sprowadzić naszą rozmowę na jak najbardziej neutralne tory, żeby zniwelować ryzyko odstraszenia Edwarda nagłym wybuchem wzbierających w moim sercu gorących, zaborczych uczuć.

– Wersja czego?

– Co mam powiedzieć Charliemu? Jak mam wytłumaczyć to, że zniknęłam na... Zaraz... Jak długo tak właściwie mnie nie było?

Zaczęłam podliczać w myśli godziny.

– Trzy dni – podpowiedział mi. Uśmiechnął się rozbrajająco. – Szczerze mówiąc, miałem nadzieję, że to ty coś wymyślisz. Nic nie przygotowałem.

– Świetnie! – jęknęłam.

– Jest jeszcze Alice – pocieszył mnie. – Tej pomysłów nie brakuje.

Postanowiłam się niczym nie przejmować. Co mnie obchodziło, co miało być później? Każda sekunda spędzona z Edwardem była bezcenna. Nie mogłam marnować ich na zamartwianie się reakcją ojca.

Przystojna twarz chłopaka jarzyła się delikatnie w słabym świetle rzucanym przez fluorescencyjne cyferki na tarczy budzika.

Nie miałam czasu do stracenia, musiałam rozpocząć moje przesłuchanie. Edward dostarczył mnie bezpiecznie do domu, mógł więc ulotnić się w każdej chwili. Chciałam też po prostu usłyszeć jego głos. Być może była to ostatnia okazja, żeby się nim nacieszyć.

Ze swojej listy pytań wybrałam na wszelki wypadek to najbardziej niewinne – choć pod żadnym względem nie najmniej interesujące.

– Co porabiałeś przez te kilka miesięcy?

Edward błyskawicznie zdwoił czujność.

– Nic takiego.

– Oczywiście – mruknęłam.

– Czemu się tak krzywisz?

– Jeślibyś mi się jednak tylko śnił, tak właśnie byś odpowiedział. Moja wyobraźnia jest już trochę nadwyrężona.

Edward znowu westchnął.

– Czy jeśli powiem ci prawdę, uwierzysz wreszcie, że to nie koszmar?

– Koszmar? Jaki koszmar? Co ty wygadujesz? – Opanowałam się, widząc, że czeka na moją odpowiedź. – Nie wiem. Chyba ci uwierzę.

– Zajmowałem się... polowaniem.

– Na nic lepszego cię nie stać? – zaszydziłam. – To żaden dowód na to, że nie śpię.

Zawahał się. Kiedy w końcu się odezwał, mówił powoli, starannie dobierając słowa. – Nie polowałem, żeby zaspokoić głód. Głównie to... tropiłem. Nie jestem w tym specjalnie dobry.

– Co takiego tropiłeś? – spytałam, zaintrygowana.

– Nic takiego.

Kłamał. Dało się to odczytać z jego miny. Wyglądał na zawstydzonego i zarazem zasępionego.

– Coś kręcisz – powiedziałam.

Był rozdarty. Przez dłuższą chwilę bił się z myślami.

– Jestem... – Wziął głęboki wdech. – Jestem ci winien przeprosiny. Nie, jestem ci winien o wiele, wiele więcej. Będę wobec ciebie zupełnie szczery.

Dostał słowotoku. Zawsze, gdy był podekscytowany, mówił dużo i szybko, tak szybko, że zrozumienie go wymagało nie lada skupienia.

– Po pierwsze, uwierz mi, że wyjeżdżając, nie miałem pojęcia, co ci grozi. Sądziłem, że będziesz w Forks bezpieczna. Nie przypuszczałem, że Victoria postanowi cię zabić. – Wymawiając jej imię, obnażył na moment zęby. – Przyznaję bez bicia, że kiedy spotkaliśmy się ten jeden jedyny raz, tam na polanie, zwracałem większą uwagę na Jamesa niż na nią. Wychwyciłem kilka jej myśli, ale nic, co wzbudziłoby moje podejrzenia. Nie wiedziałem nawet, że łączą ich takie silne więzi. Zupełnie się o niego nie bała. Dopiero teraz zdaję sobie sprawę, dlaczego – była pewna jego przewagi. Do głowy jej nie przyszło, że mogłoby mu się coś stać. I to mnie zmyliło. Nie bała się o niego, więc z pozoru o niego nie dbała, a skoro był jej w gruncie rzeczy obojętny, nie miała powodu się mścić. Nie żeby mnie to usprawiedliwiało. Zostawiłem cię bez opieki na pastwę wampirzycy! Kiedy usłyszałem w myślach Alice, co jej mówisz i co sama widzi – kiedy uświadomiłem sobie, że musiałaś złożyć swoje życie w ręce wilkołaków, w dodatku młodych i niedoświadczonych w poskramianiu własnej agresji, poniekąd niemal tak samo niebezpiecznych, co sama Victoria... – Wzdrygnął się. Na kilka sekund głos uwiązł mu w gardle. – Błagam cię, uwierz mi, że nie miałem o tym wszystkim pojęcia. Jest mi wstyd, gorzej, czuję do siebie obrzydzenie, nawet teraz, kiedy tak ufnie się do mnie przytulasz. Co ze mnie za...

– Przestań! – przerwałam.

Popatrzył na mnie z bólem. Nie wiedziałam, co mu powiedzieć, jakimi słowami zwolnić go z odpowiedzialności, jaką na siebie wziął, choć wcale tego od niego nie oczekiwałam. A może inaczej – wiedziałam, jak mu to zakomunikować, ale obawiałam się, że wybuchnę przy tym płaczem. Musiałam jednak spróbować. Nie chciałam, żeby się niepotrzebnie zadręczał. Powinien być szczęśliwy, bez względu na to, ile miało mnie to kosztować.

Miałam wcześniej nadzieję, że sprytnymi unikami odsunę w czasie tę część naszej rozmowy, podejrzewałam bowiem, że będzie stanowić jej ostatni akt. Cóż, nie udało się. Nie ma róży bez kolców.

Czerpiąc z doświadczenia nabytego w ciągu minionych miesięcy, kiedy to ustawicznie grałam przed Charliem, nie dałam po sobie poznać, co przeżywam.

– Edwardzie – zaczęłam.

Jego imię wydobyło się z głębin mojej krtani, kalecząc gardło niczym spory, kanciasty przedmiot. Na piersi, w miejscu, gdzie niegdyś dokuczała mi wirtualna rana, poczułam zapowiadające jej powrót mrowienie. Ból miał pojawić się, gdy tylko Edward by mnie opuścił. Nie wiedziałam, jak przetrwam ponowne ataki agonii.

– Edwardzie, musimy coś sobie wyjaśnić. Nie możesz tak tego odbierać. Nie możesz pozwolić na to, żeby twoim życiem rządziły wyrzuty sumienia. W żadnym wypadku nie odpowiadałeś za to, co działo się w Forks podczas twojej nieobecności. To nie twoja wina, że wszystko potoczyło się tak, a nie inaczej. To... to już są moje problemy, a nie nasze. Jeśli jutro poślizgnę się na przejściu dla pieszych przed nadjeżdżającym autobusem, czy co tam znowu wymyślę, nie musisz brać tego do siebie. Nie wolno ci brać tego do siebie. Dobra, nie uratowałbyś mnie, czułbyś się fatalnie, ale po co od razu lecieć do Volturi? Nawet gdybym skakała wtedy z klifu, żeby się zabić, nic ci do tego. To byłaby moja suwerenna decyzja. Powtarzam: nie możesz się za nic obwiniać. Wiem, taki już jesteś – wrażliwy, honorowy – ale, na Boga, bez przesady! Jadąc do Włoch, postąpiłeś bardzo nieodpowiedzialnie. Pomyśl, co przeżywali Carlisle i Esme...

Widząc, że jestem o krok od utracenia nad sobą panowania, przerwałam, żeby zaczerpnąć powietrza. Musiałam dać ukochanemu do zrozumienia, że niczego od niego nie wymagam. I zyskać pewność, że już nigdy nie odwiedzi siedziby Volturi.

– Isabello Marie Swan – wyszeptał Edward z bardzo tajemniczą miną. Sprawiał wrażenie bliskiego obłędu. – Czy naprawdę wierzysz, że poprosiłem Volturi o śmierć, ponieważ gryzło mnie sumienie?

Swoim pytaniem zupełnie zbił mnie z pantałyku.

– A nie? – wykrztusiłam zdezorientowana.

– Owszem, miałem wyrzuty sumienia. Ogromne. Tak ogromne, że nie potrafiłabyś wyobrazić sobie ich mocy.

– No to, co się nie zgadza? Nie rozumiem.

– Bello. – W oczach Edwarda płonął ogień, ale zachowywał spokój. – Pojechałem do Volterry, ponieważ sądziłem, że nie żyjesz. To, czy przyczyniłem się do twojej śmierci, czy nie, nie było najistotniejsze. Oczywiście, popełniłem poważny błąd, nie potwierdzając u Alice tego, co przekazała mi Rosalie, ale przecież zadzwoniłem do was do domu i Jacob powiedział, że Charlie jest na pogrzebie. Wszystko pasowało. Kto jeszcze mógł mu umrzeć? Jak wysokie jest prawdopodobieństwo takiego zbiegu okoliczności? Ach... – Wydawał się o czymś sobie przypomnieć. – No tak. – Zniżył głos do tego stopnia, że nie byłam pewna, czy trafnie odgaduję, co mówi. – Los zawsze przeciwko kochankom. Nieporozumienie za nieporozumieniem. Już nigdy nie będę krytykował Romea.

– Ale nadal nic z tego nie rozumiem – przyznałam. – Co jedno ma z drugim wspólnego?

– Co z czym?

– Moja ewentualna śmierć z twoim samobójstwem.

Zanim mi odpowiedział, wpatrywał się we mnie przez dobrą minutę.

– Czy nic nie pamiętasz z tego, co ci kiedyś wyłożyłem?

– Pamiętam każde słowo, które padło z twoich ust.

W tym te, które zaprzeczały wcześniejszym.

Edward przejechał mi chłodnym palcem po dolnej wardze.

– Najwyraźniej coś opacznie zrozumiałaś.

Przymknąwszy powieki, zaczął potrząsać głową w przód i w tył. Na jego twarzy malował się smutny półuśmiech.

– Myślałem, że wszystko ci szczegółowo wyjaśniłem. Bello, życie w świecie, którego nie byłabyś częścią, nie miałoby dla mnie najmniejszego sensu.

– Chyba... – Nie wiedziałam, jak określić to, co czułam. Byłam bliska omdlenia. – Coś... – powiedziałam wolno. – Coś mi się tu nie zgadza.

Edward spojrzał mi prosto w oczy. W jego własnych nie dopatrzyłam się ani grama zakłamania.

– Nic dziwnego. Jestem utalentowanym kłamcą. Muszę nim być.

Zamarłam. Napięłam mięśnie, jakbym szykowała się na cios. Obrąb mojej niewidzialnej rany zapulsował kilkakrotnie. Z bólu zaparło mi dech w piersiach.

Edward pogłaskał mnie po ramieniu, żebym choć odrobinę się rozluźniła.

– Pozwól mi skończyć! Wiem, że jestem utalentowanym kłamcą, ale nie spodziewałem się, że ty z kolei jesteś aż tak łatwowierna. – Skrzywił się. – Omal mi serce nie pękło.

Sparaliżowana, czekałam na to, co miał mi do zakomunikowania.

– Wtedy, w lesie, kiedy się z tobą żegnałem...

To był temat tabu. Z wysiłkiem zablokowałam wspomnieniom drogę do swojej świadomości. Walczyłam z całych sił, żeby nie odrywać się myślami od tu i teraz.

Mój ukochany zniżył głos do szeptu.

– Byłaś głucha na zdroworozsądkowe argumenty, to ustaliliśmy już dawno temu, więc nie miałem wyboru. Nie chciałem tego robić, ale wiedziałem, że tak będzie lepiej dla nas obojga. Lepiej! Wydawało mi się, że umrę z żalu! Ale czy była jakaś alternatywa? Gdybym cię nie przekonał, że cię już nie kocham, cierpiałabyś znacznie dłużej – a przynajmniej tak zakładałem. Po co tęsknić za kimś, kto tobą gardzi? Skoro mi niby przeszło, mogłaś sądzić, że przejdzie i tobie. I zostawić przeszłość za sobą.

– „Złamania proste zrastają się szybciej i bez komplikacji" – zacytowałam mojego lekarza.

– Właśnie. Tyle że nie podejrzewałem, że pójdzie mi tak łatwo! Myślałem, że porywam się z motyką na słońce – że jesteś tak pewna moich uczuć, że będę musiał kłamać jak z nut przez kilka godzin tylko po to, by zasiać w tobie choć ziarenko zwątpienia. Ale ty mi uwierzyłaś, uwierzyłaś od razu. A cała ta mistyfikacja i tak na nic się nie zdała. Nie udało mi się uchronić ciebie przed konsekwencjami kontaktowania się z rodziną wampirów. Co gorsza, zadałem ci ból. Tak bardzo mi przykro. Mogę cię jedynie błagać o wybaczenie. Jednego tylko nie pojmuję – dlaczego twoja wiara w moją miłość była taka krucha? Jak mogłaś we mnie zwątpić? Po tym wszystkim, co razem przeszliśmy, po wszystkich moich zapewnieniach...

Milczałam. Byłam zbyt zszokowana, by sformułować logiczną wypowiedź.

– Zobaczyłem w twoich oczach, że przyjmujesz moje straszne wyznanie bez zastrzeżeń. A poinformowałem cię przecież, że cię nie chcę! Czy mogłem powiedzieć coś bardziej nieprawdopodobnego, coś bardziej absurdalnego! Potrzebowała cię każda komórka mojego ciała!

To, co mówił teraz, brzmiało nieprawdopodobnie. Tak nieprawdopodobnie, że nadal niewiele do mnie docierało.

Edward położył mi dłonie na ramionach. Nawet nie drgnęłam.

– Bello, powiedz mi, proszę, jak to się stało?

Miałam dosyć. Łzy wezbrały we mnie nagłą falą, by niespodziewanie trysnąć na moje policzki.

– Wiedziałam – wyszlochałam. – Od początku wiedziałam, że śnię.

– Ach! Jesteś niemożliwa! – Edward zaśmiał się krótko, sfrustrowany. – Jak mam ci to przekazać, żebyś i tym razem mi uwierzyła? Nie śpisz i nie umarłaś. Jestem przy tobie. Kocham cię. Słyszysz? Kocham cię! Zawsze cię kochałem i zawsze będę cię kochał. Odkąd cię porzuciłem, nie było sekundy, żebym o tobie nie myślał. To, co powiedziałem w lesie, było świętokradztwem.

Pokręciłam głową, jakbym nie chciała przyjąć tego wszystkiego do wiadomości. Łzy wciąż ciekły mi ciurkiem.

– Nie wierzysz mi, prawda? – Chłopak pobladł. Dało się to zauważyć nawet w nikłym świetle cyferblatu budzika. – Dlaczego uwierzyłaś w kłamstwa, a nie wierzysz w prawdę?

– Zawsze trudno mi było uwierzyć w to, że kocha mnie ktoś taki jak ty.

Edward zmrużył oczy i zacisnął zęby.

– Dobrze. W takim razie udowodnię cię, że to nie sen.

Ujął stanowczo moją twarz w obie dłonie, ignorując to, że usiłuję mu się wyrwać.

– Przestań!

Znieruchomiał. Nasze usta dzieliły milimetry.

– Dlaczego mam przestać?

Od woni jego oddechu zakręciło mi się w głowie.

– Kiedy się obudzę…

Otworzył usta, żeby zaprotestować.

– Okej – poddałam się. – Niech ci będzie, nie śnię. Ale zrozum, kiedy znowu wyjedziesz, i bez tego będzie mi ciężko.

Odsunął się o centymetr, żeby móc ogarnąć wzrokiem moją minę.

– Wczoraj, kiedy cię dotykałem, reagowałaś z taką… ostrożnością. Miałaś się na baczności. Chciałbym cię spytać, dlaczego. Czy dlatego, że się spóźniłem? Że za bardzo cię zraniłem? Że zostawiłaś przeszłość za sobą, tak jak o tym marzyłem? Ja… Ja nie miałbym ci tego za złe. Nie podważałbym słuszności twojej decyzji. Jeśli mnie już nie kochasz, po prostu mi to powiedz. Nie oszczędzaj mnie, proszę. A może kochasz mnie jeszcze, mimo wszystko?

– Co za głupie pytanie.

– Głupie czy nie, chciałbym usłyszeć na nie odpowiedź.

Przez dłuższą chwilę wpatrywałam się w niego niemal ze złością.

– To, co czuję do ciebie, nigdy się nie zmieni – oświadczyłam z powagą. – Oczywiście, że cię kocham. Nawet gdybyś chciał, nie mógłbyś nic na to poradzić!

– To mi wystarczy – szepnął i wpił się w moje wargi.

Tym razem się nie opierałam – nie dlatego, że był ode mnie o stokroć silniejszy, ale dlatego, że zabrakło mi silnej woli. Gdy tylko nasze usta się zetknęły, nie pozostało po niej ani śladu.

Edward całował mnie z taką pasją, jakby zapomniał o wyznawanych wcześniej zasadach. Nie miałam nic przeciwko. Skoro swoim wybuchem namiętności i tak skazywał mnie na większe cierpienia po swoim wyjeździe, nie pozostawało mi nic innego, jak nacieszyć się życiem na zapas.

Nie miałam nic do stracenia. Zaczęłam na niego napierać, wić się, głaskać go po policzkach. Czułam pod sobą chłodny tors, twardy brzuch, umięśnione uda. Z nadmiaru emocji serce biło mi nierównym, przyspieszonym rytmem, a płytkie dotąd oddechy przeszły w ciche dyszenie. Byłam wdzięczna Edwardowi, że mnie nie posłuchał – taką sesję pieszczot byłam gotowa przypłacić największą nawet agonią. Gładził mnie po włosach, po skroniach, po szyi, łapczywie uczył się mnie na pamięć, a od czasu do czasu szeptał czule moje imię.

Kiedy myślałam już, że zaraz zemdleję, odsunął się, ale złożył głowę na mojej piersi.

Leżałam oszołomiona, z wolna dochodząc do siebie.

– A tak przy okazji – oznajmił Edward swobodnym tonem – nigdzie się nie wybieram.

Nic nie powiedziałam, ale moje milczenie wziął widocznie za przejaw sceptycyzmu, bo uniósł się na łokciu i spojrzał mi głęboko w oczy.

– Zostaję w Forks – powtórzył. – Nigdzie się bez ciebie nie ruszę. Widzisz, opuściłem cię po to, żebyś mogła prowadzić zwykłe, szczęśliwe, ludzkie życie. Przy mnie, przy nas, zbyt wiele ryzykowałaś, a w dodatku oddalałaś się od ludzi, od świata, do którego przecież należałaś. Nie mogłem czekać bezczynnie na kolejny wypadek. Wydawało mi się, że nasz wyjazd będzie najlepszym wyjściem z sytuacji. Gdybym w to nie wierzył, nigdy bym cię nie zostawił. Nigdy nie zdołałbym się do tego zmusić. Twoje dobro było dla mnie ważniejsze od własnego, ważniejsze od tego, czego chciałem i czego potrzebowałem. A prawda jest taka, że to ciebie chcę i ciebie potrzebuję. Teraz, kiedy wróciłem, nie zdobędę się na to, żeby znowu wyjechać. Dzięki Bogu, mam też dobrą wymówkę! I beze mnie pakujesz się notorycznie w tarapaty. I beze mnie otaczasz się istotami z legend. Nawet gdybym wyniósł się do Australii, nic by to nie pomogło.

– Niczego mi nie obiecuj – szepnęłam.

Snucie nadziei, które miałyby się nigdy nie ziścić, mogłoby mnie zabić. To nadzieja, obok obcych wampirów, stanowiła dla mnie największe zagrożenie.

W czarnych tęczówkach chłopaka zalśnił gniew.

– Uważasz, że znowu kłamię?

– Nie, nie, ja tylko... To, co mówisz, niekoniecznie mija się z prawdą.

Zamyśliłam się. A więc Edward jednak mnie kochał? Podjęłam się próby przeanalizowania tej hipotezy w sposób całkowicie obiektywny, na zimno, aby nie wpaść w pułapkę nadmiernego optymizmu.

– Może... może teraz jesteś wobec mnie szczery. Ale co będzie jutro, kiedy przypomnisz sobie inne powody, dla których ze mną zerwałeś? Albo za miesiąc, kiedy Jasper znowu się na mnie rzuci?

Edward wzdrygnął się mimowolnie.

Cofnęłam się myślami do tych kilku ostatnich dni przed naszą rozmową w lesie, przyglądając się poszczególnym wydarzeniom przez filtr tego, co przed chwilą usłyszałam. Skoro zostawił mnie, choć mnie kochał, skoro zostawił mnie dla mnie, to to, że po moich urodzinach zrobił się taki małomówny, że wręcz mnie odrzucił, można było zupełnie odmiennie interpretować.

– Dokładnie to wtedy przemyślałeś, prawda? – odgadłam. – Następnym razem też tak będzie. Odejdziesz, jeśli uznasz taki ruch za słuszny.

– Masz mnie za silniejszego, niż jestem w istocie. Słuszne, niesłuszne – to już nic dla mnie nie znaczy. I tak bym wrócił. Kiedy Rosalie do mnie zadzwoniła, byłem u kresu wytrzymałości. Nie żyłem już z tygodnia na tydzień, czy z dnia na dzień, ale z godziny na godzinę. To była tylko kwestia czasu, być może paru dni. Zjawiłbym się w Forks tak czy owak, padł ci do stóp i błagał o wybaczenie. Może mam zrobić to teraz? Czy poczułabyś się lepiej?

– Proszę, bądź poważny.

– Ależ jestem. – Prawie się zdenerwował. – Czy wysłuchasz wreszcie, co mam ci do powiedzenia? Czy pozwolisz mi wyjaśnić sobie, ile dla mnie znaczysz?

Odczekał kilka sekund, żeby upewnić się, że go naprawdę słucham.

– Zanim cię poznałem, Bello, moje życie przypominało bezksiężycową noc. Mrok rozpraszały jedynie nieliczne gwiazdy przyjaźni i rozsądku. A potem pojawiłaś się ty. Przecięłaś to ciemne niebo niczym meteor. Nagle wszystko nabrało barw i sensu. Kiedy znikłaś, kiedy meteor skrył się za horyzontem, znów zapanowały ciemności. Otoczyła mnie czerń. Nic się nie zmieniło, poza tym, że twoje światło mnie poraziło. Nie widziałem już gwiazd. Wszystko straciło sens.

Chciałam mu wierzyć. Tyle że opisał, jak wyglądał mój świat bez niego, a nie na odwrót.

– Kiedyś twoje oczy przyzwyczają się do ciemności – wymamrotałam.

– W tym cały problem – jakoś im to nie wychodzi.

– A kto twierdził, że wampiry łatwo skupiają uwagę na czymś zupełnie innym? – wypomniałam mu jego własne słowa. – Podróżowałeś po Ameryce Południowej...

Zaśmiał się gorzko.

– To kolejne kłamstwo. Nic nie było w stanie pomóc mi o tobie zapomnieć. Miałem zresztą takie straszne ataki bólu... To bardzo dziwne – moje serce nie bije od niemal dziewięćdziesięciu lat, ale kiedy wyjechałem, nagle przypomniałem sobie o jego istnieniu, a raczej uświadomiłem sobie, że go nie ma. Poczułem się tak, jakby mi je wyrwano. Jakbym zostawił je tu, przy tobie.

– To zabawne.

– Zabawne? – Edward uniósł jedną brew ku górze.

– To znaczy, dziwne. Myślałam, że tylko ja mam podobne objawy. Rozpadłam się na tysiące kawałków i wiele z nich zaginęło – serce, płuca. Dopiero teraz się odnalazły. Od tak dawna nie oddychałam pełną piersią!

Wzięłam głęboki wdech, rozkoszując się odzyskaną sprawnością.

Edward zamknął oczy i przyłożył mi ucho do klatki piersiowej. Przytuliłam się policzkiem do jego kasztanowej czupryny, napawając się jej zapachem.

– Tęskniłeś za mną nawet wtedy, kiedy tropiłeś? – spytałam.

Byłam nie tylko ciekawa, na co tak właściwie polował, ale i pilnie potrzebowałam zmienić temat. Do mojego mózgu dobijały się już zbyt optymistyczne wizje.

– Nie tropiłem, żeby zapomnieć. Tropiłem z obowiązku.

– Z obowiązku?

– Wprawdzie nie przypuszczałem, że Victoria zapragnie się na tobie zemścić, ale nie zamierzałem puścić jej niczego płazem. To ją tropiłem. Jak już mówiłem, byłem w tym beznadziejny. Ustaliłem, że jest w Teksasie, i choć ten jeden raz miałem rację, potem – kompletna klapa. Sądziłem, że poleciała do Brazylii, a tak naprawdę wróciła tutaj! Nawet kontynenty pomyliłem! Gdybym wiedział...

– Polowałeś na Victorię?! – przerwałam mu piskliwie, gdy tylko odzyskałam głos.

Rytm, w jakim pochrapywał Charlie, zmienił się na moment, ale na szczęście ojciec się nie obudził.

– Jak ostatnia oferma – powtórzył Edward, zaskoczony nieco moją gwałtowną reakcją. – Ale obiecuję się poprawić. Ten rudy babsztyl nie pożyje długo.

– Nie... nie ma mowy – wykrztusiłam.

Chyba oszalał! Za nic bym mu na to nie pozwoliła, nawet gdyby pomagał mu Emmett czy Jasper. Nawet gdyby obaj mu pomagali!

Najpierw mój przyjaciel wilkołak, a teraz on. Tyle razy prześladowała mnie wizja Jacoba stojącego oko w oko z wampirzycą! Edwarda w podobnej sytuacji wolałam sobie nawet nie wyobrażać. Co z tego, że był silniejszy od Jacoba w ludzkiej postaci?

– To już postanowione. Raz pozwoliłem jej się wymknąć, ale nie popełnię tego błędu po raz drugi. Nie po tym, jak...

Zdołałam się opanować, więc znowu mu przerwałam.

– Czy nie obiecałeś dopiero co, że nigdzie się beze mnie nie ruszysz? – spytałam, wmawiając sobie jednocześnie, że ta obietnica nic nie znaczy. – Jak to się ma do kolejnej ekspedycji tropicielskiej?

Edward spochmurniał. Musiał się powstrzymywać, żeby nie warczeć.

– Dotrzymam danego ci słowa, Bello, ale dni Victorii są policzone.

– Po co ten pośpiech? – powiedziałam, starając się ukryć wzbierającą we mnie panikę. – Może już nie wróci? Może sfora Jake'a odstraszyła ją na dobre? Moim zdaniem, nie ma powodów, żeby jej szukać. Poza tym, mam ważniejsze problemy na głowie.

Edward zmrużył drapieżnie oczy, ale skinął głową.

– Tak, te wilkołaki są zdolne do wszystkiego.

Prychnęłam.

– Nie miałam na myśli Jacoba. To coś o wiele poważniejszego niż banda młodocianych wilków szukających guza.

Mój ukochany chciał już coś powiedzieć, ale się opanował i zabrał głos z dwusekundowym opóźnieniem.

– Doprawdy? – wycedził przez zaciśnięte zęby. – Więc co jest dla ciebie największym problemem? Przy czym powrót Victorii wydaje ci się taki nieistotny?

– Może na początek porozmawiajmy o tym, co jest na drugim miejscu mojej listy problemów? – zaproponowałam chytrze.

– A co jest na drugim miejscu? – spytał zniecierpliwiony. Wiedział, że go zwodzę.

Zawahałam się. Czy wolno mi było głośno wymówić ich imię?

– Nie tylko Victoria pali się do złożenia mi wizyty – oznajmiłam szeptem.

Westchnął, ale tym razem się nie rozgniewał.

– Masz na myśli Volturi?

– Jakoś nie przeszkadza ci to, że są dopiero na drugim miejscu – zauważyłam.

– Cóż, mamy dużo czasu, żeby się przygotować. Dla nich płynie on inaczej niż dla ciebie, inaczej nawet niż dla mnie. Odliczają lata, tak jak ty odliczasz dni. Zanim sobie o tobie przypomną, pewnie stuknie ci już trzydziestka.

Trzydziestka?

Przeraziłam się nie na żarty.

A więc mimo wszystko jego obietnice były nic niewarte. Jeśli miałam pewnego dnia skończyć trzydzieści lat, nie planował zostać w Forks na dłużej. Zabolało. Uzmysłowiłam sobie, że chociaż nie dałam jej na to swojego przyzwolenia, do mojego serca wkradła się jednak nadzieja.

W oczach stanęły mi łzy.

– Nie masz czego się obawiać – pocieszył mnie Edward, mylnie interpretując moje zachowanie. – Nie pozwolę im cię skrzywdzić.

– A jeśli przyjadą, kiedy ciebie tu nie będzie?

Chciałam się tylko upewnić. Nie dbałam o to, co się ze mną stanie po jego wyjeździe.

Znowu ujął moją twarz w swoje kamienne dłonie. Atramentowe tęczówki głodnego wampira przyciągały niczym magnesy.

– Bello, zawsze już będę przy tobie.

– Przecież wspomniałeś coś o trzydziestce – wyjąkałam. Po policzkach spłynęły mi pierwsze łzy. – Zostaniesz i pozwolisz mi się zestarzeć?

Spojrzał na mnie czule, ale wykrzywił usta.

– Właśnie tak zamierzam postąpić. Czy mam inny wybór? Nie mogę bez ciebie żyć, ale nie unicestwię twojej duszy.

– Czy to naprawdę...

Urwałam. To pytanie nie chciało przejść mi przez gardło. Sam Aro niemal błagał go o rozważenie zmienienia mnie w istotę nieśmiertelną, i co? Doskonale pamiętałam wyraz twarzy Edwarda w tamtej chwili, to malujące się na niej obrzydzenie. Czy pragnął nie dopuścić do mojej przemiany za wszelką cenę ze względu na moją duszę, czy może przez wzgląd na siebie? Może wiedział, że po kilku dekadach mu się znudzę?

– Tak? – zachęcił mnie Edward.

W zamian zadałam inne pytanie – choć równie trudne.

– Ale co będzie, kiedy zrobię się taka stara, że ludzie zaczną myśleć, że jestem twoją matką? Twoją babcią?

Wzdrygnęłam się ze wstrętem. Przed oczami stanęło mi nasze odbicie w lustrze z mojego wrześniowego snu.

Edward rozczulił się. Otarł moje łzy wargami.

– Niech sobie mówią, co chcą. Dla mnie zawsze będziesz najpiękniejsza. – Nagle posmutniał. – Oczywiście, jeśli w jakiś sposób się z czasem zmienisz... Jeśli będziesz chciała od życia czegoś więcej... Uszanuję każdą twoją decyzję, Bello. Przyrzekam, że nie stanę na drodze twojemu szczęściu.

Sądząc z tonu jego głosu, musiał już nad tym deliberować nie raz. Spoglądał na mnie z miną żołnierza gotowego zginąć za ojczyznę.

– Chyba zdajesz sobie sprawę, że kiedyś umrę? – spytałam.

Odpowiedział bez chwili namysłu. Tak, wszystko miał starannie przemyślane.

– Pójdę w twoje ślady tak szybko, jak to tylko będzie możliwe.

– Wiesz co? W życiu nie słyszałam większej bzdury.

– Ależ Bello, to jedyne słuszne wyjście...

– Zaraz, zaraz. Może cofnijmy się trochę. Mówiliśmy o Volturi, prawda? – Zdenerwowanie dodało mi pewności siebie. Miałam dość kluczenia. – Nie pamiętasz warunków naszej umowy? Jeśli nie zmienicie mnie w wampira, to mnie zabiją. Może i odczekają całe dwanaście lat, ale nie przypuszczasz chyba, że o nas zapomną?

– Nie, na pewno o nas nie zapomną, ale...

– Ale co?

Edward uśmiechnął się niespodziewanie od ucha do ucha. Przyjrzałam mu się z powątpiewaniem. Może nie tylko ja z nas dwojga zwariowałam.

– Mam kilka scenariuszy – oświadczył z dumą.

– I, jak rozumiem, wszystkie twoje scenariusze opierają się na tym, że pozostanę człowiekiem?

Mój sarkazm mu bynajmniej nie umknął. Uśmiech zgasł na jego twarzy jak zdmuchnięta świeca.

– Oczywiście – odparł cierpko.

Przez dobrą minutę patrzyliśmy na siebie spode łba. W końcu wzięłam głębszy wdech, ściągnęłam łopatki i odepchnęłam ręce Edwarda od siebie, żeby móc usiąść.

– Chcesz, żebym już sobie poszedł?

Zraniłam go tym gestem odrzucenia, chociaż starał się nie dać tego po sobie poznać. Moje serce zadrżało.

– Nie – poinformowałam go. – To ja wychodzę.

Wygramoliwszy się z łóżka, zaczęłam przeczesywać pogrążony w mroku pokój w poszukiwaniu butów. Edward przyglądał mi się podejrzliwie.

– Mogę wiedzieć, dokąd się wybierasz?

– Do ciebie do domu – wyznałam, nie przerywając poszukiwań.

Wstał i stanął tuż za mną.

– Proszę, już je znalazłem. – Wręczył mi adidasy. – Czym chcesz pojechać?

– Furgonetką.

– Jej ryk obudzi Charliego – zauważył przytomnie.

Westchnęłam.

– Wiem, ale co mi tam. I tak dostanę szlaban. Czy mogę go jeszcze bardziej rozwścieczyć?

– Lepiej nie próbuj. Zresztą to mnie będzie obwiniał, a nie ciebie.

– Jeśli masz lepszy pomysł, zamieniam się w słuch.

– Powinnaś zostać tutaj – doradził, nie za wiele sobie jednak po mnie obiecując.

– Nie, dziękuję. – Przekomarzanie się nigdy dotąd nie przychodziło mi tak łatwo. – Ale ty się nie krępuj, czuj się jak u siebie w domu.

Podeszłam do drzwi.

Zanim zdążyłam położyć dłoń na gałce, pojawił się między mną a progiem.

Wzruszyłam ramionami i skierowałam się w stronę okna. Do ziemi nie było aż tak znowu daleko, a pod domem rosła sama trawa...

– Dobrze, już dobrze – poddał się Edward. – Zaniosę cię. Pobiegniemy.

– Zaniesiesz mnie i wejdziesz ze mną do środka.

– Bello, co ty kombinujesz?

– Nic takiego. Po prostu dobrze cię znam i uważam, że bardzo byś żałował, gdybym pozbawiła cię takiej szansy.

– Jakiej szansy? Na co?

– Na przedstawienie swojej opinii szerszemu forum. Widzisz, tu już nie chodzi tylko o ciebie. Musisz wiedzieć, że nie jesteś pępkiem świata. – (Dla innych. Dla mnie tak – dodałam w myślach.)

– Jeśli wolisz sprowadzić nam na kark Volturi, niż zamienić mnie w wampira, powinna się o tym dowiedzieć twoja rodzina i podjąć decyzję wspólnie z nami.

– Jaką decyzję?

– Decyzję w sprawie mojego przeobrażenia. Zamierzam urządzić małe głosowanie.

24 Głosowanie

Edward nie był zachwycony, tyle wiedziałam na pewno. Mimo to, zamiast się kłócić, wziął mnie na ręce i wyskoczyliśmy przez okno. Wylądował miękko i zwinnie niczym kot. A do ziemi wcale nie było tak blisko, jak myślałam!

– Okej – mruknął, stawiając mnie pod drzewem. Najchętniej mełłby pod nosem przekleństwa. – A teraz, hop! – Pomógł mi wdrapać się sobie na plecy i natychmiast ruszył.

Nie siedziałam na biegnącym wampirze od ponad pół roku, ale czułam się tak, jakby od ostatniego razu minął jeden dzień. Najwyraźniej, tak jak w przypadku jazdy na rowerze, była to umiejętność, której nigdy się nie traciło.

W lesie panowały egipskie ciemności i niczym niezmącona cisza, którą przerywał jedynie miarowy oddech mojego rumaka. Pnie drzew zlewały się w jedno z mrokiem, więc o tym, z jaką prędkością się przemieszczamy, świadczyło tylko chłoszczące moją twarz powietrze. Było w nim dużo wilgoci – nie paliło moich spojówek tak jak wiatr na głównym placu Volterry, co przynosiło mi ulgę. No i nie świeciło słońce, tamto straszne, ostre słońce. Jako dziecko, często bawiłam się pod grubą kapą – teraz noc otulała nas czarnym aksamitem, w podobny sposób dodając mi otuchy.

Przypomniałam sobie, że na samym początku bałam się tak podróżować, że ze strachu mocno zaciskałam powieki. Jakże taka postawa wydawała mi się teraz zabawna! Opierając brodę o ramię Edwarda, z szeroko otwartymi oczami upajałam się prędkością, jakiej na tym terenie nie byłby w stanie rozwinąć najlepszy nawet motor.

W pewnym momencie obróciłam głowę i przycisnęłam wargi do marmurowo chłodnej szyi mojego ukochanego.

– Dziękuję – powiedział. – Czy to oznacza, że wierzysz już, że nie śnisz?

Wybuchłam śmiechem. Nie było w nim nic sztucznego, nic wysilonego. Śmiałam się ot tak, po prostu. Jak ktoś normalny i zdrowy.

– Nie za bardzo – odpowiedziałam. – Raczej, że nie planuję się obudzić. Nie w taki momencie.

– Muszę zrobić wszystko, żebyś na nowo mi zaufała – szepnął, właściwie tylko do siebie. – Choćby miało to być moje ostatnie życiowe osiągnięcie.

– Ależ ja ci ufam – zapewniłam go. – Nie ufam sobie.

– Wyjaśnij mi to, proszę.

Zwolnił. Nie domyśliłabym się tego, gdyby nie znikł wiatr. Byliśmy już pewnie niedaleko. Chyba nawet słyszałam w oddali szemranie rzeki.

– Jak by ci to… – Nie wiedziałam, jak to dobrze wyrazić. – Nie ufam sobie, bo nie mam pewności, że jestem dostatecznie... dostatecznie wszystko: ładna, inteligentna... Myślę, że na ciebie nie zasługuję. Nie ma we mnie nic takiego, co mogłoby cię przy mnie zatrzymać.

Edward zatrzymał się i ściągnął mnie sobie z pleców. Postawiwszy mnie na ziemi, nie cofnął rąk, tylko przytulił mnie do swojej piersi.

– Urok, który na mnie rzuciłaś, nigdy nie osłabnie – szepnął. – Więź, która nas łączy, jest niezniszczalna. Nigdy nie trać w nie wiary.

Łatwo mu było mówić!

– Nie powiedziałaś mi w końcu...

– Czego?

– Co jest twoim największym problemem.

– Dam ci jedną podpórkę.

Dotknęłam palcem wskazującym czubka jego nosa.

Pokiwał głową ze zrozumieniem.

– Jestem gorszy niż Volturi... Cóż, chyba sobie na to zasłużyłem.

Wywróciłam oczami.

– Volturi! Volturi to nic.

Czekał na wyjaśnienia.

– Tamci czy Victoria mogą mnie co najwyżej zabić. Ty możesz mnie zostawić. To gorsze niż śmierć.

Mimo panujących wkoło ciemności, dostrzegłam, że twarz chłopaka wykrzywił grymas bólu. Przypomniało mi się, jak torturowała go Jane, i pożałowałam tego pokazu prawdomówności.

Pogłaskałam Edwarda po policzku.

– Nie przejmuj się – powiedziałam cicho. – Nie dręcz się, proszę.

Uniósł kąciki ust, ale jego oczy pozostały smutne.

– Gdybym tylko wiedział, jak cię przekonać, że nie mogę cię zostawić... Ech, może z upływem czasu sama się przekonasz...

Koncepcja z upływem czasu przypadła mi do gustu. Zabrzmiało to obiecująco.

– Wszystko się ułoży – zapewniłam Edwarda.

Nie pomogło. Nadal miał zbolałą minę. Postanowiłam odwrócić jego uwagę jakąś błahostką.

– Tak sobie myślę... – zaczęłam jak najbardziej swobodnym tonem. – Skoro zostajesz na dobre, to może oddałbyś mi moje rzeczy?

Ta próba się powiodła – Edward parsknął śmiechem. Smutek nie zniknął tylko z jego oczu.

– Och, zachowałem się jak głupek. To było z mojej strony takie dziecinne. Obiecałem, że będzie tak, jakbyśmy nigdy się nie poznali, ale jednocześnie chciałem zostawić ci jakiś symbol siebie. Więc nic tak naprawdę nie wziąłem. Wszystko jest w twoim pokoju – i płyta CD, i zdjęcia, i bilety – wszystko. Schowałem je pod deskami podłogi.

– Żartujesz?!

Rozbawiony, pokręcił przecząco głową. Może i nie zapominał o tym, jak bardzo mnie zranił, ale widząc moją entuzjastyczną reakcję, wyraźnie się rozchmurzył.

– Wydaje mi się... No, może do pewnego stopnia... Chyba cały czas o tym wiedziałam.

– O czym?

– Widzisz, jakaś część mnie, być może moja podświadomość, nigdy nie przestała wierzyć, że wciąż ci na mnie zależy. Że obchodzi cię to, czy żyję, czy umarłam.

Naciągałam fakty – pragnęłam jedynie, żeby tak nie cierpiał – ale moje słowa zabrzmiały bardziej szczerze, niż się tego spodziewałam.

– To chyba dlatego słyszałam głosy – dodałam.

Na moment zapadła cisza.

– Jakie głosy?

– Tak właściwie to tylko jeden. Twój. – Zmieszałam się. – Długo by opowiadać...

Po co poruszyłam ten temat?! Edward przyglądał mi się tak uważnie, że się przestraszyłam. Czy dochodził właśnie do wniosku, że jednak zwariowałam? W szkole myśleli tak już chyba wszyscy. A może mieli rację? Cóż, przynajmniej nareszcie odwróciłam jego uwagę od porzucenia – gorszego od śmierci.

– Nigdzie mi się nie spieszy – stwierdził, zachęcając mnie tym samym do zwierzeń.

– Byłam żałosna – jęknęłam.

Czekał cierpliwie.

Nie wiedziałam, od czego zacząć.

– Pamiętasz, w Volterze Alice powiedziała ci, że stałam się miłośniczką sportów ekstremalnych...

– Skoczyłaś z klifu dla frajdy – uściślił, zarazem mnie cytując.

– Eee... no tak. A przedtem... eksperymentowałam z motorami.

– Z motorami, mówisz?

Zachowywał spokój, ale znałam go na tyle dobrze, żeby wyczuć, że to tylko przykrywka. Gdzieś tam, w jego wnętrzu, stopniowo narastał gniew.

– Widzę, że nie wspominałam o tym Alice?

– Nie.

– Hm... Wybrałam motocykle, bo odkryłam... odkryłam, że kiedy robię coś niebezpiecznego lub głupiego, to... to łatwiej mi się ciebie wspomina.

Pięknie! Nadawałam się do czubków!

– Przypominało mi się – ciągnęłam nieśmiało – jak brzmiał twój głos, kiedy byłeś na mnie zły. Więcej, ja po prostu cię słyszałam! Jakbyś stał koło mnie i łajał za to, co wyprawiam! Zwykle starałam się o tobie nie myśleć, ale w takich chwilach... jakoś lepiej to znosiłam. Bez bólu. Wyobrażałam sobie, że mnie chronisz. Że wciąż przy mnie jesteś i troszczysz się o mnie. Więc tak sobie myślę, że powodem, dla którego słyszałam cię tak wyraźnie, mogło być to, że nie przestałam wierzyć... w twoją miłość.

I znów moje słowa zabrzmiały sensowniej, niż tego oczekiwałam. Sformułowawszy na głos swoją hipotezę, odkryłam, że jest całkiem przekonująca.

Edward był w szoku.

– Ryzykowałaś... życiem... żeby móc usłyszeć...

– Cii! – przerwałam mu. – Czekaj no. Chyba już rozumiem...

Wróciłam myślami do tamtego wieczoru w Port Angeles, kiedy to doznałam halucynacji po raz pierwszy. Znalazłam wówczas dwa wytłumaczenia na to, co się ze mną działo – albo oszalałam, albo kojące dźwięki podsuwał mi mój usłużny mózg.

A co, jeśli istniało trzecie rozwiązanie zagadki?

Co, jeśli byłam o czymś święcie przekonana, ale w rzeczywistości straszliwie się myliłam? Co, jeśli byłam tak zachłyśnięta swoją błędną wizją, że prawdy nawet nie brałam pod uwagę? Czy w takim wypadku siedziałaby cicho w zakamarkach mojej świadomości, czy też próbowałaby dać o sobie znać?

Trzecia opcja w skrócie: Edward mnie kochał. Łącząca nas więź była silna i żywa bez względu na to, ile dzieliło nas kilometrów. A Edward, podobnie jak ja, na zawsze już miał być naznaczony piętnem naszej miłości. Należał do mnie, tak jak ja należałam do niego, i to, że przewyższał mnie urodą czy inteligencją, nie miało żadnego znaczenia.

Czy to właśnie usiłował mi przekazać tamten aksamitny baryton?

– Boże! – wykrzyknęłam.

– Co?

– Och... Nic. Wszystko.

– Co dokładnie? – spytał, spięty.

– Ty mnie kochasz!

Nie mogłam się temu odkryciu nadziwić. Nagle wszystko stało się jasne.

W oczach Edwarda malowało się jeszcze zatroskanie, ale jego usta wygięły się w tak uwielbianym przeze mnie łobuzerskim uśmiechu.

– Oczywiście, że cię kocham. Kocham jak wariat.

Moje serce nadęło się szczęściem jak balon, napierając boleśnie na żebra. Zablokowało mi nawet gardło, tak że nie mogłam wydusić z siebie ani słowa.

Edward naprawdę czuł to samo, co ja! Chciał ze mną być, i to na zawsze. Jego obsesyjna walka o to, aby pozostawić mnie śmiertelną, wynikała tylko z tego, że bał się o moją duszę i efekty pozbawienia mojego życia typowych dla ludzi elementów.

W porównaniu z lękiem o to, że mój ukochany mnie nie chce, przeszkoda, jaką stanowiła moja dusza, jawiła mi się jako coś wyjątkowo trywialnego.

Nagle Edward ujął moją twarz w swoje zimne dłonie i zaczął mnie namiętnie całować. Nie przerywał tak długo, że las wokół nas zawirował. Kiedy w końcu oderwaliśmy się od siebie, nie byłam jedyną osobą, która oddychała szybciej niż zazwyczaj.

Edward oparł się czołem o moje czoło.

– Okazałaś się być silniejsza ode mnie – powiedział.

– Kiedy? Dlaczego?

– Kiedy odszedłem, mimo wszystko się nie załamałaś. Wstawałaś co rano z łóżka, dbałaś o Charliego, chodziłaś do pracy i do szkoły, odrabiałaś zadania domowe. Ja w przerwach w tropieniu Victorii nie nadawałem się do niczego, nawet do przebywania w gronie najbliższych. Zamykałem się w sobie. Wstyd mi to przyznać, ale miałem w zwyczaju zwijać się w kłębek i użalać nad sobą. – Uśmiechnął się zakłopotany. – Było to o wiele bardziej żałosne niż omamy słuchowe. Wiem, co mówię, bo przecież głosy też słyszę.

To, że zdawał się mnie w pełni rozumieć, przyniosło mi niewypowiedzianą ulgę. Nie potraktował mnie jak umysłowo chorą! I ten wzrok! Patrzył na mnie tak... jakby mnie kochał.

– Ja słyszałam tylko jeden głos – poprawiłam go.

Zaśmiał się, a potem przyciągnął mnie do siebie i objąwszy w talii, poprowadził w las.

– Przyprowadziłem cię tu tylko dla świętego spokoju – poinformował mnie, wskazując ręką coś przed nami. Zorientowałam się, że zza pni drzew prześwitują już jasne ściany domu Cullenów.

– To, co postanowią, nijak nie wpłynie na moją decyzję.

– Ale twoja decyzja ma wpłynąć na ich życie.

Mój towarzysz wzruszył tylko ramionami.

Drzwi frontowe nie były zamknięte na klucz. Weszliśmy do środka i Edward zapalił światło.

Nic w salonie nie świadczyło o długiej nieobecności gospodarzy: na meblach nie było białych prześcieradeł, na blatach i posadzce kurzu, w powietrzu nie unosił się zapach stęchlizny. Fortepian stał tam, gdzie zawsze, białe kanapy również.

– Carlisle? – powiedział Edward. Nie musiał podnosić głosu. – Esme? Rosalie? Emmett? Jasper? Alice?

Pierwszy pojawił się Carlisle. Zmaterializował się u mojego boku.

– Witaj na powrót w naszych skromnych progach, Bello. Co cię sprowadza o tak wczesnej porze? Podejrzewam, że nie wpadłaś przejazdem?

Przytaknęłam.

– Jeśli nie macie nic przeciwko, chciałabym zwołać małą rodzinną naradę. To dla mnie bardzo ważne.

Nie mogłam się powstrzymać i zerknęłam na Edwarda. Przyglądał mi się sceptycznie, ale z rezygnacją. Kiedy przeniosłam wzrok na Carlisle'a, też patrzył na syna.

– Nie ma sprawy. Może przejdziemy do drugiego pokoju? – zaproponował.

Włączając po drodze światła, poprowadził nas przez rozległy salon do położonej za rogiem jadalni. Ściany też były tu białe, a strop równie wysoki. Na środku, pod nisko zwieszającym się żyrandolem, stał lśniący owalny stół na osiem osób. Carlisle odsunął dla mnie krzesło u jego szczytu.

Nigdy nie widziałam, żeby Cullenowie używali jadalni – jej zadaniem było wyłącznie mydlenie oczy przypadkowym gościom. Wampiry żywiły się poza domem.

Gdy odwróciłam się, żeby usiąść, zobaczyłam, że nie jesteśmy sami. Za Edwardem do pokoju weszła Esme, a zaraz za nią pozostali domownicy.

Carlisle zajął miejsce na prawo ode mnie, a Edward na lewo. Nikt się nie odzywał. Alice pomachała do mnie wesoło – zapewne wiedziała, o co chodzi, dzięki kolejnej ze swoich wizji. Emmett i Jasper wyglądali na zaintrygowanych. Rosalie uśmiechała się do mnie niepewnie. Odpowiedziałam jej podobnym uśmiechem. Potrzebowałam czasu, żeby przywyknąć do jej nowego wcielenia.

Carlisle skinął głową w moją stronę.

– Oddajemy ci głos.

Przełknęłam głośno ślinę. To, że cała siódemka się we mnie wpatruje, nieco mnie krępowało. Edward sięgnął pod stołem po moją dłoń. Z zaciętą miną lustrował właśnie twarze najbliższych.

– Mam nadzieję, że Alice opowiedziała wam już, co wydarzyło się w Volterze?

– Oczywiście – zapewniła mnie dziewczyna.

Spojrzałam na nią znacząco.

– A o naszej rozmowie w samolocie?

– Też.

– Okej. W takim razie, wiecie, że mam problem. Alice obiecała Volturi, że stanę się jedną z was. Przyślą tu kogoś, żeby to sprawdził, i uważam, że należy temu zapobiec, bo nie wyniknie z tego nic dobrego.

Przejechałam wzrokiem po ich pięknych obliczach, to najpiękniejsze zostawiając sobie na koniec. Edward miał wykrzywione usta.

– Przykro mi, że sprawy potoczyły się w ten sposób. Chcąc nie chcąc, jesteście w to teraz wszyscy wmieszani. Ale jeśli mnie nie chcecie, nie zamierzam się wam narzucać, nawet jeśli Alice wyrazi gotowość przeprowadzenia operacji.

Esme otworzyła usta, żeby coś powiedzieć, ale powstrzymałam ją gestem.

– Proszę, pozwól mi skończyć. Wszyscy wiecie, czego pragnę. I wiecie, co na ten temat myśli Edward. Uważam, ze jedynym sprawiedliwym wyjściem z sytuacji będzie przeprowadzenie głosowania. Jeśli zadecydujecie w nim, że mnie nie chcecie, wtedy… Cóż, pojadę do Włoch sama. Byle tylko wysłannicy Volturi nie zjawili się w Forks.

Zmarszczyłam czoło. Tak, tak właśnie byłam gotowa postąpić.

Z piersi Edwarda dobył się cichy, przeciągły charkot. Zignorowałam go.

– Jak widzicie, zadbam o to, żebyście byli bezpieczni, niezależnie od tego, czy zostanę wampirem, czy nie – spuentowałam. – A teraz, podkreśliwszy to, chciałabym rozpocząć procedurę. Może Carlisle pierwszy.

– Chwileczkę! – wtrącił się Edward.

Spojrzałam na niego wilkiem.

– Mam coś do dodania, zanim rozpocznie się głosowanie – oznajmił.

Westchnęłam.

– Co do niebezpieczeństwa, o którym wspomina Bella – ciągnął – uważam, że nie mamy się czym przejmować.

Im dłużej mówił, tym bardziej robił się ożywiony. Nachylił się do przodu, spoglądając to na prawo, to na lewo.

– Jak zapewne pamiętacie, nie uścisnąłem Arowi ręki, ale z więcej niż jednej przyczyny. Jest coś, o czym nie pomyśleli, i nie chciałem im tego uświadamiać.

Chłopak uśmiechnął się od ucha do ucha.

– Co to takiego? – spytała Alice. Musiałam mieć równie sceptyczną minę, co ona.

– Volturi są bardzo pewni siebie i mają ku temu powody. Kiedy decydują się kogoś namierzyć, nie przysparza im to żadnych problemów. Pamiętasz Demetriego? – zwrócił się do mnie.

Zadrżałam. Wziął to za odpowiedź twierdzącą.

– To Demetri namierza – wyjaśnił. – Trzymają go na dworze właśnie ze względu na tę umiejętność. Jest jednak jedno małe ale. Otóż musicie wiedzieć, że podczas mojego pobytu w Volterze, gdy tylko miałem po temu sposobność, przeczesywałem umysły swoich przeciwników w poszukiwaniu wskazówek, które mogłyby pomóc nam się stamtąd wydostać. Poznałem dzięki temu metody działania Demetriego. Jest tropicielem – tropicielem tysiąc razy bardziej utalentowanym od Jamesa – a jego dar ma w pewnym sensie wiele wspólnego z darem Ara. Wychwytuje, hm, jakby to określić... Woń? Do czego można by przyrównać nośnik myśli danej osoby? W każdym razie chwyta trop i idzie po nim do celu. Potrafi wyśledzić swoją ofiarę z odległości tysięcy kilometrów. Ale cóż z tego, skoro, co wiemy po eksperymencie Ara...

– Nie można odczytać moich myśli? – dokończyłam za niego.

– Jestem o tym przekonany. – Był z siebie dumny jak paw. – Może co najwyżej błądzić po omacku.

– Przecież wiedzą, dokąd przyjechać.

– Nie zapominaj, że mamy nad nimi przewagę w postaci Alice. Kiedy zobaczy, że się do nas wybierają, dokądś cię zabiorę i dobrze ukryję. I będą bezradni! – Edward był wniebowzięty. – Równie dobrze mogliby szukać igły w stogu siana.

Zerknął na Emmetta. Na twarzach obu pojawił się złośliwy uśmieszek.

Coś mi się tu nie zgadzało.

– Co z tego, że nie namierzą mnie, skoro namierzą ciebie.

– Ach. Już ja potrafię o siebie zadbać.

Emmett zaśmiał się i wyciągnął ku bratu dłoń.

– Superplan.

Przybili piątkę.

– Wcale nie – syknęła Rosalie.

– Wcale nie – powtórzyłam.

– A mi się podoba – wyznał Jasper.

– Co za idioci – mruknęła Alice.

Esme milczała, ale jej oczy miotały błyskawice.

Wyprostowałam się w krześle, starając się skupić. W końcu to ja zwołałam tę naradę.

– W porządku – stwierdziłam opanowanym tonem. – Edward zaproponował alternatywny plan, który możecie wziąć pod rozwagę. A teraz czas na głosowanie. Edwardzie – Chciałam mieć go jak najszybciej z głowy. – Czy chcesz, żebym stała się członkiem waszej rodziny?

Zacisnął usta. Jego czarne tęczówki błyszczały jak dwa krzemienie.

– Tak, ale nie dosłownie. Masz pozostać człowiekiem.

Nie skomentowałam tego w żaden sposób, nie chcąc zakłócać powagi chwili.

– Alice?

– Ja jestem za.

– Jasper?

– Za.

Zaskoczył mnie – nie byłam pewna jego poglądów na tę sprawę – powstrzymałam się jednak od wyrażenia zdumienia i kontynuowałam procedurę.

– Rosalie?

Dziewczyna zawahała się. Przygryzła idealnie pełną dolną wargę.

– Przeciw.

Z twarzą pokerzysty przeniosłam wzrok na siedzącego koło Rosalie Emmetta, ale wyciągnęła ku mnie ręce w błagalnym geście.

– Nie zrozum mnie źle – powiedziała. – Nie mam nic przeciwko tobie jako siostrze, ale... nie takie życie bym sobie wybrała. Żałuję, że w moim przypadku nie miał kto przeprowadzić głosowania.

Pokiwałam głową.

– Emmett?

– Za, jak najbardziej za! – uśmiechnął się szeroko. – Jeszcze nadarzy się okazja, żeby dokopać temu całemu Demetriemu.

Skrzywiwszy się, spojrzałam na Esme.

– Ja oczywiście jestem za, Bello. Już cię uważam za jedną z nas.

– Dziękuję, Esme – szepnęłam, obracając się w kierunku Carlisle'a.

Poczułam się nagle nieswojo. Powinnam była zacząć od niego – autorytetu moralnego, głowy rodziny. Bez względu na rezultat, to jego głos miał być decydujący.

Carlisle nie patrzył w moją stronę, tylko na swojego syna.

– Edwardzie...

– Nie! – warknął chłopak, napinając mięśnie szczęki i obnażając zęby.

– To jedyne sensowne wyjście z sytuacji – usprawiedliwił się Carlisle. – Kiedy Bella umrze, zamierzasz popełnić samobójstwo, i tym samym nie dajesz mi wyboru.

Edward puścił moją dłoń, którą nadal ściskał pod stołem, i wyszedł szybko z pokoju, gniewnie coś mamrocząc.

Carlisle westchnął.

– Chyba znasz moją odpowiedź, Bello.

– Dziękuję ci – bąknęłam, nie odrywając wzroku od drzwi jadalni.

W salonie coś gruchnęło, jakby ktoś cisnął czymś ciężkim o ścianę. Podskoczyłam na krześle.

– Cóż, to wszystko. Jeszcze raz bardzo wam dziękuję. Dziękuję za to, że mnie akceptujecie. Ja czuję wobec was dokładnie to samo.

Głos łamał mi się ze wzruszenia.

Ani się obejrzałam, a stała już przy mnie Esme. Serdecznie mnie uścisnęła.

– Moja kochana Bella – szepnęła.

Też ją objęłam. Kątem oka dostrzegłam, że Rosalie wpatruje się tępo w blat stołu, i uzmysłowiłam sobie, że moją wypowiedź można było zinterpretować na jej niekorzyść.

– To jak, Alice – odezwałam się, kiedy Esme już mnie zostawiła. – Gdzie planujesz przeprowadzić operację?

Moja przyjaciółka rozdziawiła usta.

– Nie, nie i jeszcze raz nie! – ryknął Edward, wpadając do jadalni. Nachylił się nade mną, opierając się rękami o stół. – Odbiło ci?! – wrzasnął. – Postradałaś zmysły?!

Odsunęłam się od niego, zatykając sobie uszy.

– Ehm, Bello – przerwała nam Alice. – Nie sądzę, żebym była gotowa... Potrzebuję czasu, żeby się przygotować...

– Obiecałaś! – przypomniałam jej, zerkając na nią z wyrzutem spod ramienia jej brata.

– Wiem, ale widzisz... Tak bez owijania w bawełnę, nie mam zielonego pojęcia, jak cię nie zabić!

– Uda ci się – zachęciłam ją. – Ufam ci.

Edward warknął głośno, rozwścieczony.

Alice pokręciła przecząco głową. Wyglądała na spanikowaną.

– Carlisle? – zwróciłam się do najstarszego z wampirów.

Edward wziął mnie pod brodę, zmuszając do spojrzenia sobie w oczy. Wolną rękę wyciągnął w stronę ojca z dłonią postawioną na sztorc, jakby mógł tym zablokować mu do mnie dostęp.

Carlisle całkowicie zignorował jego zachowanie.

– Mogę się tym zająć – odpowiedział na moje nieme pytanie. Żałowałam, że nie widzę wyrazu jego twarzy. – Możesz być pewna, że nie stracę nad sobą kontroli.

– Szwetnie – wymamrotałam, mając nadzieję, że mówię dostatecznie wyraźnie. Nie było to łatwe w kleszczach palców Edwarda.

– Nie tak szybko – wycedził. – To nie musi stać się dziś.

– Nie muszy, ale mosze – odparowałam.

– Znam kilka powodów, dla których powinnaś się wstrzymać.

– Oczywyszcze, że żnasz. A terasz mnie puszcz!

Posłuchał mnie, po czym splótł sobie ręce na piersiach.

– Za około dwie godziny Charlie zacznie cię szukać. Nie wątpię, że jest zdolny postawić na nogi całą policję.

– Tak, tak, i FBI – dodałam z sarkazmem. W głębi ducha wiedziałam jednak, że Edward ma rację.

Powrócił stary dylemat – co z Charliem i Renée? Co z Jacobem? Miałam ich nie tylko zranić, ale i stracić. Marzyłam o tym, by dało się to załatwić tak, żebym tylko ja cierpiała po naszym rozstaniu, ale, niestety, było to nieosiągalne.

Pocieszałam się, że, pozostając człowiekiem, narażałabym moich bliskich na ciągłe niebezpieczeństwo. Charliego mogła zabić Victoria czy inny czyhający na mnie obcy wampir. Tego samego wampira czułby się w obowiązku tropić Jake. Co do Renée, nie jeździłam nawet do niej na Florydę, byle tylko nie wplątać jej w nic nadprzyrodzonego.

Przyciągałam katastrofy jak magnes – już się z tym pogodziłam.

Prawda była taka, że musiałam ich chronić, choćby miało to oznaczać dla nas rozłąkę. Musiałam być silna.

– Uważam – oświadczył Edward, patrząc na Carlisle'a – że zniknięcie Belli należałoby trochę lepiej zakamuflować. Proponuję odłożyć tę rozmowę przynajmniej do czasu, kiedy Bella ukończy szkołę i wyprowadzi się z domu.

– To brzmi rozsądnie – przyznał Carlisle.

Zaczęłam się zastanawiać. Co poczułby Charlie, gdyby odkrył, że moje łóżko jest puste? Zaledwie tydzień temu stracił najlepszego przyjaciela, a zaraz potem uciekłam do Włoch, zostawiając mu jedynie lakoniczny liścik… Ojciec zasługiwał na lepsze traktowanie. Poza tym, do końcu roku szkolnego pozostały tylko dwa miesiące…

Zmarszczyłam czoło.

– Muszę to przemyśleć.

Edward wyraźnie się rozluźnił.

– Zabiorę cię do domu. Może Charlie wstanie wcześniej niż zwykle.

Chciał mnie pewnie jak najszybciej odseparować od Carlisle'a, gdybyśmy oboje zmienili zdanie.

– Czyli widzimy się w wakacje? – rzuciłam do Carlisle'a.

– Umowa stoi.

Wzięłam głęboki wdech.

– Okej. – Uśmiechnęłam się. – Możemy ruszać.

Edward wyciągnął mnie z domu, zanim Carlisle zdążył obiecać mi coś jeszcze. Wyszliśmy tylnym wyjściem, więc nie dowiedziałam się, co stłukł w salonie.

Podczas biegu żadne z nas ani razu się nie odezwało. Przepełniało mnie poczucie triumfu. Rzecz jasna, umierałam także ze

455 ~

strachu, ale o nieprzyjemnych aspektach przemiany – o bólu, zarówno tym fizycznym, jak i psychicznym – starałam się nie myśleć. Po co miałam się zadręczać na zapas?

Kiedy dotarliśmy do mojego domu, Edward nie przyhamował, tylko z rozpędu wdrapał się po ścianie na wysokość pierwszego piętra i przez otwarte okno wszedł do mojej sypialni. Odwinąwszy sobie moje ręce z szyi, posadził mnie na łóżku.

Sądziłam, że wiem, w jakim jest nastroju, ale jego mina mnie zaskoczyła. Nie był wściekły, ale zamyślony, jakby coś podliczał. Obserwowałam, jak krąży nerwowo po pokoju.

– Nie wiem, co tam kombinujesz, ale wiedz, że nic z tego.

– Cii! Przeszkadzasz mi się skupić.

– A idź mi! – jęknęłam.

Przewróciłam się na plecy i zakryłam sobie głowę kołdrą.

Nagle znalazł się tuż przy mnie – leżał koło mnie na łóżku, podnosząc kołdrę tak, żeby móc mi się przyglądać. Odgarnął mi z policzka zbłąkany kosmyk.

– Jeśli nie masz nic przeciwko, wolałbym, żebyś się przede mną nie chowała. Dość się za tobą stęskniłem. Mam do ciebie jedno pytanie...

– Tak? – spytałam znużonym głosem.

– Powiedz mi, jakie jest twoje największe marzenie?

– Zostać wampirem i spędzić z tobą wieczność.

Edward pokręcił głową, zniecierpliwiony.

– Nie, nie. Chodzi mi o coś, czego nie masz zaklepanego.

Nie byłam pewna, do czego zmierza, więc starannie przemyślałam swoją odpowiedź.

– Chciałabym... żeby to nie Carlisle mnie zmienił. Żebyś zmienił mnie ty.

Spodziewałam się jeszcze gwałtowniejszej reakcji niż w jadalni Cullenów, ale Edward nawet nie mrugnął. Wciąż coś kalkulował.

– A co byś za to dała?

Nie wierzyłam własnym uszom!

– Wszystko – palnęłam bez namysłu.

Edward uśmiechnął się blado, a zaraz potem zacisnął usta.

– Pięć lat?

Moją twarz wykrzywiły strach i rozżalenie.

– Powiedziałaś, że wszystko – przypomniał mi.

– Tak, ale... wykorzystasz ten czas, żeby się z tego jakoś wykręcić. Muszę kuć żelazo, póki gorące. Poza tym, bycie człowiekiem jest niebezpieczne – przynajmniej dla mnie. Więc wszystko, tylko nie te pięć lat.

Edward uniósł do góry jedną brew.

– Trzy lata?

– Nie ma mowy!

– Zależy ci na tym czy nie?

Zamyśliłam się. Tak, naprawdę o tym marzyłam. Tylko jak się skutecznie potargować?

Postawiłam na niezdradzanie emocji.

– Pół roku? – zaproponowałam.

Mój ukochany wywrócił oczami.

– Chyba żartujesz.

– Jeden rok. Ale to moje ostatnie słowo.

– Zgódź się chociaż na dwa.

– Nigdy w życiu. Dziewiętnaście lat mogę skończyć, proszę bardzo, ale nie mam zamiaru zbliżyć się do dwudziestki. Chcę być wieczną nastolatką, tak jak ty.

Edward milczał przez chwilę.

– Wiesz co? Zapomnijmy o tych limitach czasowych. Mam dość kłótni. Jeśli chcesz, żebym to ja cię zmienił, musisz po prostu spełnić pewien warunek.

– Warunek? – powtórzyłam zbita z tropu. – Co znowu za warunek?

Wypowiedział swoją prośbę z taką ostrożnością, jakby spodziewał się z mojej strony gwałtownego wybuchu.

– Przed całą operacją... wyjdź za mnie.

Czekałam na jakiś ciąg dalszy, ale się nie pojawił.

– Czy ten dowcip ma jakąś puentę?

Edward westchnął.

– Ranisz moje ego, Bello. Proszę cię o rękę, a ty myślisz, że to żart.

– No bo to niepoważne.

– Jestem poważny w stu procentach.

Potwierdził to odpowiednim wyrazem twarzy.

– Bez przesady. – W moim głosie pobrzmiewały nutki histerii. – Przecież ja mam tylko osiemnaście lat!

– A ja prawie sto dziesięć. Pora się ustatkować.

Spojrzałam w bok na ciemne oko, usiłując opanować wzbierający we mnie atak paniki.

– Słuchaj, małżeństwo nie zajmuje wysokiej pozycji na mojej liście priorytetów. A dla Charliego i Renée to byłby gwóźdź do trumny. Pocałunek śmierci.

– Co za interesujący dobór metafor.

– Wiesz, co mam na myśli.

Chłopak nabrał powietrza.

– Tylko nie mów, że boisz się w pełni zaangażować – powiedział z niedowierzaniem. Dobrze wiedziałam, co rozumie przez to sformułowanie.

– Nie, nie do końca – odpowiedziałam wymijająco. – Uważam tylko, że... A może tak: boję się Renée. Jest bardzo przeciwna zawieraniu związków małżeńskich przed trzydziestką.

– Lepiej przyjęłaby wiadomość, że dołączysz do grona potępionych? – zakpił Edward.

– Myślisz, że się z ciebie nabijam?

– Bello, konsekwencje zawarcia związku małżeńskiego są niczym w porównaniu z konsekwencjami stania się wampirem. Jeśli nie masz dość odwagi, żeby za mnie wyjść, to chyba...

Chłopak pokręcił głową.

– A co, jeśli się zgodzę? – przerwałam mu. – Co, jeśli każę ci się zawieźć zaraz do Vegas? Czy za trzy dni będę już jedną z was?

Uśmiechnął się. W mroku zalśniły jego białe zęby.

– Jasne – potwierdził, podejmując pałeczkę. – Tylko skoczę po auto.

– Cholera – mruknęłam. – Dam ci półtora roku.

– O, nie, nie. Ten warunek z małżeństwem bardziej mi się podoba.

– Carlisle zmieni mnie za dwa miesiące i po krzyku.

– Skoro tak wolisz.

Wzruszył ramionami. Cały ten czas zawadiacko się uśmiechał.

– Jesteś niemożliwy – jęknęłam. – Prawdziwy z ciebie potwór.

Zaśmiał się.

– Czy to dlatego nie chcesz zostać moją żoną?

Znowu jęknęłam.

Edward pochylił nade mną. Bliskość jego czarnych tęczówek skutecznie mnie rozpraszała.

– Bello – zamruczał – błagam, wyjdź za mnie.

Na moment zapomniałam, jak się oddycha. Kiedy doszłam do siebie, potrząsnęłam głową, usiłując się na powrót skoncentrować. O czym to my właściwie mówiliśmy?

– Czy odmawiasz mi uparcie dlatego, że nie kupiłem ci pierścionka zaręczynowego? – spytał

– Nie! – wydarłam się. – Żadnych pierścionków!

– No i masz babo placek – skwitował cicho. – Obudziłaś Charliego.

– Ups.

– Zaraz przyjdzie sprawdzić, co to za hałasy. Ech... – Edward posmutniał. – Lepiej już sobie pójdę.

Serce zamarło mi w piersi. Nie uszło to jego uwadze.

– Co, mam się schować w szafie, jak nakryty na gorącym uczynku kochanek?

– Cokolwiek, tylko zostań – szepnęłam. – Proszę.

Uśmiechnął się i zniknął.

Pozostawiona sama sobie, oceniłam całą sytuację nieco bardziej obiektywnie i zakipiałam gniewem. Edward doskonale wiedział, co robi. Byłam gotowa się założyć, że każda jego kwestia i mina jest elementem spisku. Genialnego spisku. Oczywiście nadal mogłam liczyć na Carlisle'a, ale propozycja mojego ukochanego miała odtąd nie dawać mi spokoju.

A to ci sprytny intrygant!

Zaskrzypiały uchylane drzwi. Podniosłam się na łokciu.

– Dzień dobry, tato.

– Och. Cześć. – Zmieszał się, że go przyłapałam. – Już nie śpisz.

– Tak, ale planowałam wstać dopiero po tobie, żeby nie obudzić cię prysznicem.

Włożyłam stopy w kapcie.

– Czekaj no. – Charlie zapalił górne światło. Zamrugałam oślepiona, ale przytomnie nie zerknęłam na szafę. – Najpierw poświęć mi minutkę.

Wzdrygnęłam się odruchowo. Zapomniałam spytać Alice, czy nie wymyśliła dla mnie jakiejś wymówki.

– Miarka się przebrała, moja panno.

– Wiem – bąknęłam.

– Od trzech dni odchodzę od zmysłów! Wracam z pogrzebu Harry'ego – wracam z pogrzebu – a ciebie nie ma! Jacob był mi w stanie powiedzieć tylko tyle, że wyjechałaś z Alice Cullen i że chyba wpakowałaś się w jakieś tarapaty. Nie zostawiłaś żadnego numeru kontaktowego i ani razu nie zadzwoniłaś! Nie wiedziałem, gdzie jesteś ani kiedy – i czy w ogóle – wrócisz. Masz pojęcie, co ja tu... co to...

Urwał w połowie zdania i wziąwszy głębszy oddech, zmienił nieco temat.

– Czy potrafisz podać mi choć jeden powód, dla którego miałbym nie odesłać cię dziś do matki?

Hm. A więc zamierzał mi grozić? Owinęłam się staranniej kołdrą. Cóż, w tę grę mogły grać dwie osoby.

– Nie pojadę i tyle.

– Tak? W takim razie...

– Słuchaj, tato, przyznaję się do winy. Możesz dać mi szlaban, na ile ci się żywnie podoba, a ja, ze swojej strony, mogę za karę sprzątać, zmywać naczynia, prać i gotować aż do odwołania. Masz też prawo wyrzucić mnie z domu, proszę cię bardzo, ale na pewno nie pojadę wtedy na Florydę.

Charlie dostał wypieków. Zanim odpowiedział, policzył pod nosem do dziesięciu.

– Będziesz łaskawa wyjaśnić mi, gdzie się podziewałaś?

Cholera. A jednak.

– Eee... To była sprawa niecierpiąca zwłoki.

Ojciec podparł się pod boki, czekając na dłuższą opowieść.

Nadęłam policzki, po czym głośno wypuściłam z nich powietrze.

– Nie wiem, od czego zacząć. To był taki ciąg nieporozumień – ktoś coś komuś źle przekazał, tamta osoba coś sobie pomyślała... Takie domino. Od śnieżki do lawiny.

Charlie milczał. Nie wyglądał na usatysfakcjonowanego.

– Eee...

Nigdy nie umiałam przekonywująco kłamać. Rozpaczliwie przetrząsałam pamięć w poszukiwaniu prawdziwych faktów, żeby moja wersja wydarzeń nie odbiegała zbytnio od rzeczywistości, co znacznie ułatwiłoby mi zadanie.

– Widzisz, Alice opowiedziała Rosalie przez telefon o tym, jak skoczyłam z klifu, i Rosalie...

Mina Charliego uświadomiła mi, że popełniłam kolejny błąd. Jakby nie był na mnie dostatecznie wściekły! Co mnie, u licha, podkusiło, że wspomnieć ten durny skok?!

– No tak, nie mówiłam ci nic o klifie, ale wierz mi, to nie było nic takiego. Poszłam po prostu popływać z Jakiem, takie tam wygłupy. W każdym razie, Rosalie z kolei opowiedziała o skoku Edwardowi i coś tak idiotycznie przekręciła, że wyszło na to, że usiłowałam popełnić samobójstwo. Edward zupełnie się załamał i nie odbierał telefonu, więc Alice zabrała mnie do Los Angeles, bo inaczej, no... nie uwierzyłby, że go nie nabierają.

Byłam z siebie dumna – wszystko układało się w logiczną całość. Miałam nadzieję, że wpadka z klifem nie odwróci zbytnio uwagi ojca od tego wspaniałego osiągnięcia.

– A usiłowałaś popełnić samobójstwo? – spytał zdruzgotany Charlie.

– Nie, skąd. Boże broń. To była tylko zabawa, kto skoczy z wyższej skały i takie tam. Nic takiego. Dzieciaki z La Push w kółko to robią i nic nikomu nigdy się nie stało.

Otrząsnąwszy się z szoku, Charlie dla odmiany się rozzłościł.

– Co cię w ogóle obchodziło, w jakim stanie był ten cały Cullen?! – warknął. – Łajdak potraktował cię jak psa, a ty...

– To było kolejne nieporozumienie.

Ojciec znowu dostał niezdrowych wypieków.

– Czy on wrócił na stałe?

– Nie mam sprawdzonych informacji, ale z tego, co wiem, wszyscy wrócili.

Żyła na czole Charliego groźnie zapulsowała.

– Chcę, żebyś trzymała się od niego z daleka, Bello. Nie ufam mu. To kawał drania. Nie pozwolę, żeby znowu cię skrzywdził.

– Okej – odparłam, wzruszając ramionami.

– Och. – Ojciec zaniemówił na chwilę. Podrapał się po głowie. – Sądziłem, że będziesz się stawiać.

– Ależ będę – oznajmiłam, patrząc mu prosto w oczy. – Okej, czyli „Okej, to się wyprowadzę".

Oczy wyszły mu z orbit, a skóra twarzy przybrała purpurowy odcień. Zamierzałam być twarda, ale tego nie przewidziałam. A co, jeśli miał dostać przeze mnie zawału? W końcu nie był dużo młodszy od Harry'ego...

– Tato, ja wcale nie chcę się wyprowadzać – dodałam szybko łagodniejszym tonem. – Kocham cię. Wiem, że się o mnie martwisz, ale w tym przypadku musisz mi zaufać. I zmienić trochę swój stosunek do Edwarda, jeśli chcesz, żebym dalej mieszkała z tobą pod jednym dachem. Bo chcesz tego, prawda?

– To nie fair, Bello. Dobrze wiesz, że tego chcę.

– Więc odnoś się do Edwarda uprzejmie, ponieważ będzie mi bezustannie towarzyszył.

To nowo odkryta wiara, że Edward mnie kocha, pomagała mi być nieugiętym negocjatorem.

– Nie przepuszczę tego osobnika przez próg naszego domu! – zagrzmiał Charlie.

– Obawiam się, że to moje ostatnie słowo. Przemyśl to sobie, dobrze? Tylko nie zapominaj o jednym – albo będziesz miał mnie i Edwarda, albo nikogo.

– Bello...

– Przemyśl to sobie – powtórzyłam. – A teraz, czy mógłbyś, proszę, zostawić mnie samą? Chcę zacząć poranną toaletę.

Charlie nadal sprawiał wrażenie kogoś, kto lada moment dostanie apopleksji. Wyszedł, zatrzaskując drzwi, i zszedł po schodach, donośnie tupiąc.

Odrzuciłam kołdrę na bok. Na sekundę przesłoniła mi widok, a kiedy opadła na łóżko, Edward siedział już w fotelu, jak gdyby to stamtąd, a nie z szafy, przysłuchiwał się całej rozmowie.

– Przepraszam cię za Charliego – wyszeptałam.

– Zasłużyłem sobie na dużo więcej – skonstatował. – Tylko, błagam, nie odwracaj się od niego z mojego powodu.

– O nic się nie martw – pocieszyłam go, kompletując strój na nadchodzący dzień i przybory toaletowe. – Postaram się nie nadwyrężać jego wytrzymałości psychicznej. A może chcesz mi powiedzieć, że nie miałabym dokąd się wyprowadzić? – przestraszyłam się.

– Wprowadziłabyś się do domu pełnego wampirów?

– To chyba najbezpieczniejsze miejsce dla kogoś takiego jak ja. A poza tym – uśmiechnęłam się – jeśli Charlie naprawdę mnie wyrzuci, czekanie aż do wakacji straci sens, prawda?

Edward zacisnął zęby.

– Że też tak ci spieszno stracić duszę – mruknął.

– Nie przesadzaj. Tak naprawdę wcale nie wierzysz w tę gadkę o potępieniu.

– Co takiego?! – oburzył się.

– Tylko tak sobie wmawiasz.

Zdenerwowany, chciał mi coś wyłożyć, ale go uprzedziłam.

– Gdybyś naprawdę wierzył w to, że nie masz duszy, to kiedy znalazłam cię w zaułku w Volterze, natychmiast zorientowałbyś się, co jest grane, a ty tymczasem sądziłeś, że oboje nie żyjemy. Powiedziałeś: „Niesamowite. Carlisle miał rację" – wypomniałam mu triumfalnie. – Ciągle tli się w tobie nadzieja.

Nareszcie udało mi się zapędzić go w kozi róg. Nie wiedział, jak się bronić.

– I niech się w nas tli dalej – zasugerowałam. – Zresztą to nie ma znaczenia. Jeśli mamy być razem, niebo mi niepotrzebne.

Edward wstał powoli, podszedł do mnie i ujął moją twarz obiema dłońmi. Wciąż był nieco oszołomiony moim wywodem.

– Na zawsze razem – przyrzekł uroczyście.

– O nic więcej nie proszę.

To powiedziawszy, wspięłam się na palce, by złożyć na jego ustach gorący pocałunek.

Epilog: Pakt

Niemal wszystko wróciło do normy (tej sprzed okresu mojego otępienia) znacznie szybciej, niż się tego spodziewałam. Nasz miejscowy szpital przyjął Carlisle'a z otwartymi ramionami – ordynator nawet nie starał się ukryć, jak bardzo się cieszy, że życie w Los Angeles nie przypadło Esme do gustu. Ponieważ z powodu wyjazdu ominął mnie ważny test z matematyki, Alice i Edward bardziej kwalifikowali się do ukończenia szkoły niż ja*. Nagle najważniejszym moim problemem stało się to, gdzie dostanę się na studia. (Tak,

---

* W większości szkół średnich w Stanach Zjednoczonych nie ma czegoś takiego jak matura, należy jedynie zaliczyć przedmioty obowiązkowe – przyp. tłum.

plan B nadal obejmował college, w razie gdybym podziękowała Carlisle'owi skuszona ofertą Edwarda). Przegapiłam wprawdzie wiele ostatecznych terminów składania dokumentów, jednak mojego ukochanego to nie zniechęcało i każdego dnia przynosił mi do wypełnienia nowe formularze. Oboje mieliśmy duże szanse wylądować w nieobecnym w rankingach Peninsula Community College*. Na szczęście, Edward nie przejmował się tym tak bardzo, bo kilkadziesiąt lat wcześniej ukończył już Harvard.

Charlie nie pogodził się ani z faktem, że Edward wrócił, ani z samym Edwardem, ale przynajmniej wyznaczył mu wspaniałomyślnie godziny odwiedzin. Mnie dał szlaban i nie mogłam odwiedzać nikogo.

Wychodziłam tylko do szkoły i pracy, ale nie narzekałam. Brudnożółte ściany klas zaczęły mi się nawet dobrze kojarzyć. Jakim cudem? Cóż, brało się to w dużej mierze stąd, że nie siedziałam już w szkolnych ławkach sama.

Po tym, jak Cullenowie się wyprowadzili, zachowywałam się tak dziwnie, że nawet Mike, zawsze taki chętny do zalotów, nie zdecydował się na zajęcie pustego krzesła przy moim boku. Teraz Edward miał taki sam plan lekcji, co we wrześniu, więc znowu towarzyszył mi na większości lekcji. Zdawać by się mogło, że wydarzenia ostatnich ośmiu miesięcy nigdy nie miały miejsca – że obudziłam się wreszcie, zostawiając koszmary za sobą.

No, może nie do końca. Zmieniły się dwie rzeczy. Po pierwsze, nie mogłam ruszać się z domu. Po drugie, zeszłej jesieni nie znałam jeszcze dobrze Jacoba Blacka, więc gdyby nie pomysł z motorami, nie miałabym za kim tęsknić.

Nie widzieliśmy się już od kilku tygodni. Mnie nie było wolno pojechać do La Push, a Jake uparcie nie zjawiał się w Forks. Co gorsza, kiedy dzwoniłam, nigdy nie podchodził do telefonu.

Pocieszałam się, że to może dlatego, że telefonuję do niego zawsze o tej samej porze – pomiędzy godziną dziewiątą, z któ-

---

* College finansowany przez władze lokalne z regionu Półwyspu Olympic (Olympic Peninsula) z siedzibą w Port Angeles i filią w Forks – przyp. tłum.

rej wybiciem Charlie wyganiał demonstracyjnie Edwarda, a jedenastą czy dwunastą, kiedy to ojciec zasypiał, a Edward zakradał się do mojej sypialni przez okno. Dzwoniłam właśnie wtedy, ponieważ zauważyłam, że na moje wzmianki o Jacobie Edward reaguje alergicznie – dezaprobatą, nieufnością, a może i nawet stłumionym gniewem. Zapewne był równie uprzedzony do wilkołaków, co one do wampirów. Dobrze, że chociaż nie używał wobec nich tak obraźliwych określeń, co Jake'owe „krwiopijcy" i „pijawki".

Tak czy owak, na wszelki wypadek unikałam tematu sfory. Byłam zresztą taka zajęta i taka radosna, że nieczęsto myślałam o rzeczach nieprzyjemnych, a mój były najlepszy przyjaciel, paradoksalnie, do takich rzeczy się właśnie zaliczał. Dlaczego? Bo gdy już o nim myślałam, dręczyły mnie wyrzuty sumienia – nie dość, że go zapewne unieszczęśliwiłam, to jeszcze wspominałam go, swoim zdaniem, stanowczo za rzadko.

Na powrót znalazłam się w bajce – książę wrócił, zły czar prysł. Nie wiedziałam tylko, co zrobić z jedną nadprogramową postacią. Czy miało być mi dane wpłynąć jakoś na to, by i Jacob „żył długo i szczęśliwie"?

Mijały tygodnie, a chłopak wciąż nie oddzwaniał. Z każdym dniem coraz bardziej tym się przejmowałam. Świadomość, że nie zamknęłam tej sprawy, nie dawała mi spokoju niczym kapiący rytmicznie kran. Kap, kap, kap. Jake, Jake, Jake.

W rezultacie, chociaż nie poruszałam za często tematu Jacoba w rozmowach, czasem nie wytrzymywałam i dawałam ujście swojej frustracji.

– Co za chamstwo! – wykrzyknęłam pewnego sobotniego popołudnia, wsiadając do samochodu Edwarda, który przyjechał po mnie po pracy. O ile łatwiej było mi się złościć niż zadręczać! – Aż mnie skręca!

Zadzwoniłam do Blacków tuż przed wyjściem ze sklepu, licząc na to, że zdziałam coś, próbując skontaktować się z Jacobem o innej godzinie. Przeliczyłam się. Jak zwykle, słuchawkę podniósł Billy.

– I wiesz, co powiedział?! – ciągnęłam rozdrażniona. – Że Jacob po prostu nie chce mieć ze mną nic do czynienia! Do tej pory mówił, że Jacoba nie ma albo że śpi. Oczywiście wiedziałam, że wciska mi kity, ale przynajmniej przestrzegał ogólnie przyjętych zasad dobrego wychowania. Widać sam też się do mnie uprzedził. To nie fair!

– Tu nie chodzi o ciebie, Bello – powiedział Edward cicho. – To nie do ciebie są uprzedzeni.

– Ale tak się czuję – mruknęłam, zakładając sobie ręce na piersi. Wyrażałam w ten sposób tylko swój upór – rana zniknęła na dobre i ledwie pamiętałam, jak mi dokuczała.

– Jacob wie, że wróciliśmy do Forks i że my dwoje znowu spędzamy razem dużo czasu. Woli nie ryzykować konfrontacji ze mną. Jakby nie było, jestem jego naturalnym wrogiem. Nie da się o tym zapomnieć tak z dnia na dzień.

– To śmieszne. Wie też, że nie jesteś nikim... że nie jesteś taki jak inne wampiry.

Wpatrywałam się gniewnie w przednią szybę, zamiast deszczu widząc twarz Jacoba przesłoniętą ową zgorzkniałą maską, której tak nienawidziłam.

– Obaj jesteśmy, kim jesteśmy – stwierdził Edward z rezygnacją w głosie. – Trzeba się do tego dostosować. Jacob jest jeszcze bardzo młody. Ja potrafię się kontrolować, ale on raczej nie. Niewinne spotkanie jak nic przerodziłoby się w sprzeczkę, sprzeczka w bójkę, a wtedy, w samoobronie, musiałbym go za... Musiałbym go zranić. Byłoby to dla ciebie bardzo przykre doświadczenie. Chcę ci go oszczędzić.

Przypomniałam sobie, jak Jacob tłumaczył w kuchni, dlaczego unika Alice: „Nie panuję jeszcze nad sobą tak, jak chciałbym. Nie chcę jej narażać. Ty też nie byłabyś zachwycona, gdybym ją zabił. Gdybym zabił kogoś, kogo kochasz". Ale przecież potem stali koło siebie w przedpokoju i włos nie spadł jej z głowy.

– Edwardzie – wyszeptałam – czy przed sekundą o mało co nie powiedziałeś: „a wtedy musiałbym go zabić"?

Przeniósł wzrok ze mnie na światła uliczne. Czerwone zgasło, a rozbłysło zielone. Ruszyliśmy, ale bardzo wolno, w niepodobnym do Edwarda tempie.

– Zrobiłbym wszystko, co w mojej mocy, żeby tego uniknąć – odpowiedział z powagą po dłuższej chwili.

Ze zdziwienia otworzyłam szeroko usta. Edward patrzył wciąż prosto przed siebie, chociaż staliśmy akurat przed znakiem stopu.

Znów sobie coś przypomniałam – tym razem nie z własnego życia, ale z literatury. Co stało się z Parysem, kiedy wrócił Romeo? Didaskalia dramatu objaśniały to wyraźnie: „Walczą.", „Parys pada.", „Parys umiera."

Nie, to idiotyczne, pomyślałam. Zupełnie nieprawdopodobne. Odgoniłam tę wizję niczym natrętną muchę.

– Cóż – Odetchnęłam głęboko. – Nic takiego się nigdy nie wydarzy, więc nie ma o co się martwić. Za to Charlie spogląda teraz nerwowo na zegarek. Lepiej dowieź mnie do domu, zanim dojdzie do wniosku, że się spóźniłam.

Obróciłam głowę w lewo, zmuszając się do bladego uśmiechu.

Za każdym razem, kiedy patrzyłam na idealne rysy mojego towarzysza, serce zaczynało mi bić mocniej, upewniając mnie, że jest na swoim miejscu. Tym razem przcszło samo siebie – niemal rozsadziło mi pierś – a wszystko przez to, że rozpoznałam malujące się na twarzy chłopaka uczucie.

Był to niepokój.

– Bello – oznajmił Edward, niemalże nie poruszając wargami – obawiam się, że w domu czeka cię coś dużo gorszego niż kolejna sprzeczka o spóźnienie.

Przysunęłam się do niego bliżej i uwiesiłam na jego prawym ramieniu, rozglądając się trwożnie po okolicy. Nie wiem, co spodziewałam się zobaczyć – szarżującą Victorię? Grupę przybyszy w pelerynach? Watahę rozsierdzonych wilków? Ulica była pusta.

– Usłyszałeś czyjeś myśli? Co się stało?

Edward nie wiedział, jak przekazać mi nowinę.

– Charlie... – zaczął.

– Co z tatą?! – pisnęłam histerycznie.

Nareszcie na mnie spojrzał. Opanowałam się. Chyba wpierw by mnie przytulił, gdyby miał mi do przekazania, że mój ojciec nie żyje.

– Charlie... raczej ciebie nie zabije, ale ma na to wielką ochotę.

Jechaliśmy już wzdłuż mojej ulicy. Edward minął mój dom i zaparkował na skraju lasu.

– Czym ja znowu mu podpadłam? – wyjęczałam.

Edward zerknął za siebie ku naszemu podjazdowi. Poszłam za jego przykładem. Dopiero teraz zauważyłam, że przed domem, oprócz radiowozu, stał jeszcze jeden pojazd – czerwony, błyszczący, rzucający się w oczy. Był to mój odnowiony motocykl.

Skoro Charlie miał ochotę mnie zabić, musiał wiedzieć, że motor jest mój, a poinformować go o tym mogła tylko jedna osoba na świecie.

– O, nie! – zawołałam. – Ale dlaczego? Dlaczego mi to zrobił?

Poczułam się tak, jakbym została spoliczkowana. Ufałam Jacobowi całkowicie. Powierzyłam mu wszystkie swoje sekrety. Miałam go ponoć uważać za swojego powiernika, za kogoś, na kim zawsze mogłabym polegać. Rzecz jasna, ostatnio sprawy nieco się skomplikowały, ale nie sądziłam, że naruszyło to fundamenty naszej przyjaźni. Nie przypuszczałam, że cokolwiek było w stanie je naruszyć!

Czym sobie zasłużyłam na takie traktowanie? Charlie musiał być wściekły – nie tylko wściekły, ale i, co gorsza, zasmucony i zawiedziony. Czy nie miał na głowie wystarczająco dużo problemów? Nie podejrzewałam Jacoba o takie wyrachowanie, o taki brak serca. Do oczy napłynęły mi piekące łzy, nie były to jednak łzy smutku. Moja czaszka zdawała się być gotowa eksplodować od potężnej dawki emocji. Zdrada. Zdrada! Zakipiałam gniewem.

– Czy on nadal tu jest? – syknęłam jadowicie.

– Tak. – Edward wskazał brodą ścianę lasu. – Czeka na nas tam dalej, na ścieżce.

Wyskoczyłam z samochodu i zaciskając dłonie w pięści, rzuciłam się we wskazanym kierunku. Po raz kolejny na śmierć zapomniałam o tym, że przy wampirze nie mam szans. Edward natychmiast zastąpił mi drogę i chwycił mnie w pasie.

– Puszczaj mnie! Zabiję drania! Zdrajca! – wrzasnęłam w stronę drzew.

– Charlie cię usłyszy! – upomniał mnie Edward. – A kiedy zawlecze cię już do środka, pewnie zamuruje drzwi.

Odruchowo spojrzałam na dom. Znów zobaczyłam motor i zaklęłam. Tak bardzo korciło mnie, żeby się zemścić.

– Daj mi pięć sekund na Jacoba, a potem zajmę się Charliem – zaproponowałam, bezsensownie się wyrywając.

– Black chce się widzieć ze mną, a nie z tobą. To dlatego zaczekał.

Odechciało mi się mordu, za to ugięły się pode mną kolana. „Walczą". „Parys pada". „Parys umiera".

– Chce się z tobą rozmówić?

– Coś w tym stylu.

– Jaki dokładnie to styl? – spytałam drżącym głosem.

Chłopak odgarnął włosy z mojej twarzy.

– Nie martw się. Nie przyszedł po to, żeby się bić. Jest tu w charakterze… rzecznika sfory.

– Ach tak.

Edward zerknął znowu na dom, po czym zaczął ciągnąć mnie ku ścieżce.

– Musimy się pospieszyć. Charlie się niecierpliwi.

Nie mieliśmy daleko – Jacob czekał zaledwie kilka metrów w głębi lasu. Opierał się plecami o omszały pień. Jego twarz, tak jak myślałam, przesłaniała zgorzkniała maska, którą widywałam regularnie, odkąd przystał do wilków. Spojrzał na mnie, potem na Edwarda, wygiął usta w szyderczym uśmiechu i oderwał się od drzewa. Stopy miał bose, a trzęsące się dłonie zaciśnięte w pięści. Pochylał się odrobinę do przodu, ale mimo to było widać, że jest jeszcze wyższy niż wcześniej. Jakimś cudem nadal rósł. Gdyby podszedł do nas bliżej, górowałby nad nie tak znowu niskim Edwardem.

Mój ukochany zatrzymał się, gdy tylko go zobaczył, ze względów bezpieczeństwa zostawiając pomiędzy nami a nim spory odstęp i przesuwając mnie delikatnie za swoje plecy. Zza jego ramienia świdrowałam Jacoba wzrokiem.

Cyniczny wyraz twarzy mojego przyjaciela powinien był mnie tylko zirytować, a tymczasem przypomniał mi naszą ostatnią rozmowę, kiedy w oczach chłopaka błyszczały łzy. Ochłonęłam nieco. Moja złość ustąpiła rozżaleniu. Tak dawno nie widziałam Jacoba, tak bardzo go lubiłam – dlaczego musieliśmy się spotykać w takich okolicznościach?

– Cześć. – Jacob skinął mi głową, nie odrywając wzroku od mojego towarzysza.

– Skąd ten pomysł? – wyszeptałam, starając się ukryć, że w gardle rośnie mi gula. – Jak mogłeś mi zrobić takie świństwo?

Szyderczy uśmiech zniknął, ale maska nie.

– To dla twojego dobra.

– Dla mojego dobra? Co ty wygadujesz? Chcesz, żeby Charlie mnie udusił? A może miał dostać zawału, tak jak Harry? Na mnie możesz być wściekły, ale po co odgrywać się na nim?

Jacob skrzywił się i ściągnął brwi, ale nie odpowiedział.

– Nie miał zamiaru nikogo skrzywdzić – wytłumaczył Edward, czytając Jake'owi w myślach. – Chciał tylko, żeby Charlie dał ci szlaban, bo wtedy, jak sądził, nie mogłabyś spędzać ze mną zbyt dużo czasu.

Indianin patrzył na niego z nienawiścią.

– Ach, Jake! A jak myślisz, dlaczego nie złożyłam ci jeszcze wizyty, żeby skopać ci tyłek za to, że nie podchodzisz do telefonu? Przecież ja już mam szlaban! Od kilku tygodni!

Zaskoczyłam go tą informacją.

– To dlatego nie przyjeżdżałaś? – spytał i zaraz zacisnął usta, jakby pożałował, że się odezwał.

– Był przekonany, że to ja cię nie puszczam, a nie Charlie – wtrącił Edward.

– Przestań – warknął Jacob.

Edward się nie odszczeknął.

Jacobem wstrząsnął pojedynczy dreszcz.

– Bella nie przesadzała, mówiąc, że posiadasz nadprzyrodzone zdolności – wycedził. – W takim razie wiesz już zapewne, co mnie tu sprowadza.

– Owszem – przyznał Edward bez cienia wrogości. – Ale, zanim zaczniesz, chciałbym coś powiedzieć.

Jacob nie zaoponował, za to na dobre się rozdygotał. Próbował się uspokoić, na przemian zginając i prostując palce.

Edward odchrząknął, szykując się do dłuższej przemowy.

– Widzisz… nie wiem, jak ci dziękować. Jestem tobie niewysłowienie wdzięczny – dozgonnie wdzięczny, jeśli w moim przypadku takie wyznanie ma sens.

Jacob był w takim szoku, że z wrażenia niemal przestał się trząść. Zerknął na mnie pytająco, ale ja także nie wiedziałam, co jest grane.

– Za uratowanie Belli życia – wyjaśnił Edward, szczerze wzruszony. – Za opiekowanie się nią, kiedy mnie przy niej nie było.

– Edwardzie… – zaczęłam, ale gestem nakazał mi milczeć, nie spuszczając przy tym oczu z Jacoba. Ten już rozumiał i ze zdziwionego chłopca przeobraził się na powrót w wyniosłego wojownika.

– Nie chroniłem Belli ze względu na ciebie.

– Oczywiście, że nie. Ale nie umniejsza to twoich zasług. Jestem twoim dłużnikiem. Jeśli tylko mógłbym coś dla ciebie zrobić…

Jacob skrzywił się.

Edward pokręcił przecząco głową.

– To akurat nie leży w mojej mocy.

– Doprawdy? – żachnął się Indianin. – To w czyjej?

– W jej. – Edward cofnął się i położył mi ręce na ramionach. – Wierz mi, nie popełnię drugi raz tego samego błędu. Nie wyjadę stąd, chyba że sama mnie o to poprosi.

Utonęłam w jego miodowym spojrzeniu. I bez umiejętności czytania w myślach nie trudno było odgadnąć, o czym marzy Jacob – o tym, by pozbyć się rywala raz na zawsze.

– Nigdy – szepnęłam z uczuciem.

Jacob wydał z siebie taki odgłos, jakby zbierało mu się na wymioty. Z niechęcią przerwałam romantyczną sesję, by zgromić go wzrokiem.

– Czy to już wszystko? Jeśli chciałeś tylko napuścić na mnie Charliego, możesz już wracać do domu – ojciec jest w takim stanie, że wyśle mnie pewnie do szkoły wojskowej z internatem. Ale miej świadomość, że mnie i Edwarda nie rozdzieli żadna intryga. Nic nas nie rozdzieli. To jak, co cię jeszcze tu trzyma?

– Chciałbym tylko przypomnieć twoim znajomym, Bello, o pewnym punkcie paktu, jaki niegdyś z nami zawarli. Tylko to, że przestrzegam tej umowy, powstrzymuje mnie przed rzuceniem się twojemu towarzyszowi do gardła.

– My też go przestrzegamy – oświadczył Edward.

– O jakim znowu punkcie?! – zawołałam w tym samym momencie.

– Zawarte w pakcie sformułowanie – ciągnął Jacob oschle – nie pozostawia żadnych wątpliwości. Wampiry złamią umowę, jeśli jedno z nich ukąsi człowieka. Ukąsi, a nie zabije – podkreślił, patrząc na mnie znacząco.

Kiedy zrozumiałam, co ma na myśli, też przybrałam oschły ton.

– To nie twój interes.

– Jasne, że m...

Więcej nie zdołał wykrztusić, bo przeszedł go silny dreszcz, a potem kolejny i kolejny.

Nie spodziewałam się, że czterema nieopatrznymi słowami wywołam u niego tak silną reakcję. Chociaż przyszedł nas upomnieć, widocznie nie znał całej prawdy. Sądził, że sfora wyprzedza nasz tok myślenia. Nie zdawał sobie sprawy – albo nie chciał przyjąć do wiadomości – że już dawno dokonałam wyboru i rzeczywiście zamierzałam stać się członkiem rodziny wampirów.

Usiłując opanować konwulsje, chłopak przytknął dłonie do skroni, zamknął oczy, przykucnął i ciasno się skulił. Śniada skóra jego twarzy przybrała niezdrowy, zielony odcień.

– Jake? Wszystko w porządku? – spytałam z troską, robiąc krok do przodu.

Edward wepchnął mnie z powrotem za siebie.

– Ostrożnie! W każdej chwili może się na ciebie rzucić!

Ale Jacob już się w pełni kontrolował, trzęsły mu się tylko trochę ramiona. Wyprostował się powoli, spoglądając na mojego ukochanego z pogardą.

– Ja jej nigdy nie skrzywdzę.

Nadprogramowy przyimek nie uszedł naszej uwadze. To, kto już raz mnie skrzywdził, rozumiało się samo przez się. Edward warknął cicho. Jacob zacisnął pięści.

Nagle ciszę rozdarły echa ryku ojca.

– BELLA, DO DOMU! WCHODŹ DO ŚRODKA, ALE TO JUŻ!

Cała nasza trójka znieruchomiała, nasłuchując dalszego ciągu. Odezwałam się jako pierwsza.

– Cholera.

Głos mi drżał.

Jacob posmutniał.

– Przepraszam za ten numer z motorem – wymamrotał. – Musiałem mieć pewność, że wykorzystałem wszystkie możliwe środki. Wszystkie.

– Piękne dzięki – rzuciłam z sarkazmem, niestety mało wyczuwalnym przez drżenie.

Zerknęłam ku domowi. Nie zdziwiłabym się, gdybym zobaczyła Charliego miażdżącego w biegu wilgotne paprocie niczym rozjuszony byk. W takim scenariuszu to ja byłabym czerwoną płachtą.

– Mam jeszcze jedno pytanie – zwrócił się Edward do Jacoba. – Sprawdzamy regularnie nasz teren, ale nie natknęliśmy się na żadne ślady Victorii. A jak to wygląda u was?

Odczytał odpowiedź z myśli Indianina, ale ten i tak zabrał głos.

– Ostatni raz mieliśmy z nią do czynienia, kiedy Bella… kiedy Belli nie było. Udało nam się ją nabrać, że się nam wymyka, a tak naprawdę ją otoczyliśmy. Zaciskaliśmy już stopniowo pętlę, szykując się do ataku...

Ciarki przeszły mi po plecach.

– ...ale wtedy wystrzeliła nagle jak Filip z konopi i dała drapaka. Stawiamy na to, że zwęszyła Alice i zrejterowała. Od tamtej pory nie dała znaku życia.

– Rozumiem – stwierdził Edward. – Jeśli kiedyś wróci, dajcie sobie z nią spokój. My się nią zajmiemy.

– Jest nasza! – zaprotestował Jacob. – Zabiła na naszym terytorium!

– Przes... – zaczęłam, ale przerwał mi Charlie.

– BELLA, WIDZĘ JEGO SAMOCHÓD I WIEM, ŻE GDZIEŚ TAM JESTEŚ! JEŚLI W CIĄGU MINUTY NIE WEJDZIESZ DO DOMU...

Ojciec nie czuł potrzeby sformułowania groźby.

– Czas na nas – powiedział Edward.

Patrzyłam na Jacoba. Byłam rozdarta. Nie chciałam kończyć tej znajomości.

– Wybacz, Bells – szepnął. – Żegnaj.

– Dałeś mi słowo – przypomniałam mu w desperacji. – Będziemy nadal przyjaciółmi, prawda?

Jacob pokręcił powoli głową. Rozpacz chwyciła mnie za gardło.

– Wiesz, jak bardzo starałem się dotrzymać tej obietnicy, ale teraz... nie widzę takiej możliwości.

Walczył ze sobą, żeby nie okazać, jak mu na mnie zależy, ale w końcu dał za wygraną i sztywna maska znikła.

– Tęsknię za tobą – odczytałam z ruchów jego warg.

Wyciągnął ku mnie rękę, jakby miał nadzieję, że okaże się dość długa, by mnie nią dotknąć.

Wyciągnęłam rękę i ja.

– Ja też za tobą tęsknię – wykrztusiłam.

Mimo dzielącej nas odległości, czułam przeszywający go ból. Jego ból był moim bólem.

– Jake…

Chciałam go przytulić i sprawić, by tak nie cierpiał. Edward znowu mnie powstrzymał. Nawet nie zauważyłam, że przesunęłam się do przodu.

– Możesz mnie puścić – powiedziałam. – Tylko się pożegnamy.

Spojrzałam na niego ufnie. Byłam pewna, że zrozumie. Zmroziło mnie. To on przywdział teraz dla odmiany chłodną maskę.

– Nie ma mowy – oznajmił sucho.

– Puść ją! – zawołał Jacob, znowu się denerwując. – Sama tego chce!

W dwóch susach znalazł się przy nas. Jego oczy błyszczały zniecierpliwieniem.

Edward błyskawicznie zasłonił mnie własnym ciałem.

– Nie! Przestańcie!

– ISABELLO SWAN!

– Edward, pospieszmy się! Charlie jest wściekły! – Panikowałam, ale tym razem już nie z powodu ojca. – No, chodź już!

Uwiesiłam się na nim z całej siły. Nieco go to otrzeźwiło. Popychając mnie za sobą, zaczął ostrożnie się wycofywać. Cały ten czas bacznie obserwował Jacoba.

Indianin patrzył za nim tak, jakby chciał zabić go wzrokiem, ale tuż przed tym, jak przesłoniły go drzewa, na jego twarzy pojawił się nagle grymas bólu.

Wiedziałam, że ten widok będzie mnie prześladował, dopóki nie zobaczę mojego przyjaciela uśmiechniętego jak za dobrych, dawnych czasów.

Już niedługo, przyrzekłam sobie. Coś tam wymyślę. Nie pozwolę, żebyśmy stracili z sobą kontakt.

Gdyby nie to, że idąc, Edward mocno mnie do siebie przytulał, jak nic bym się rozszlochała.

W najbliższej przyszłości musiałam się zmierzyć z wieloma problemami.

Mój najlepszy przyjaciel wolał się do mnie nie zbliżać.

Wszystkim moim bliskim zagrażała Victoria.

Mnie samą, jeśli nie zostałabym wampirem, mogli zabić Volturi. A gdybym nim została, czy zamiast Wielkiej Trójki nie polowałyby na mnie miejscowe wilkołaki? Na mnie i na całą moją nową rodzinę? Czy Jacob był gotowy zginąć w imię paktu, miał zginąć w imię paktu z rąk jednego z Cullenów?

Same poważne problemy, kwestie życia i śmierci. Więc dlaczego wydały mi się tak mało istotne, kiedy wyszliśmy z lasu na podjazd i dostrzegłam wyraz twarzy swojego roztrzęsionego ojca?

Edward ścisnął moją dłoń.

– Jestem przy tobie.

Wzięłam głęboki wdech.

Tak, tego powinnam była się uczepić.

Tak długo, jak był przy mnie, jak tulił mnie do siebie, byłam gotowa stawić czoła każdemu i wszystkiemu.

Ściągnąwszy łopatki, wyszłam naprzeciw przeznaczeniu, z przeznaczonym sobie mężczyzną u boku.

Podziękowania

Dziękuję mojemu ukochanemu mężowi i synkom za to, że mimo wielu poświęceń dzielnie wspierają mnie w moim pisarstwie. Przynajmniej nie ja jedna na tym korzystam – wiele restauracji w okolicy z pewnością bardzo sobie chwali to, że piszę, zamiast gotować obiady dla naszej piątki.

Mamo, dziękuję ci, że jesteś moją najlepszą przyjaciółką i że wysłuchiwałaś cierpliwie moich rozterek, kiedy nie radziłam sobie z jakimś wyjątkowo perfidnym fragmentem. Dziękuję ci również za to, że przekazałaś mi w genach choć ułamek swojej niezwykłej pomysłowości i inteligencji.

Dziękuję moim braciom i siostrom – Paulowi, Sethowi, Jacobowi, Emily i Heidi – za to, że pozwolili mi nadać swoje imiona moim bohaterom. Mam nadzieję, że przeczytawszy książkę, tego nie żałujecie.

Specjalne podziękowania dla mojego brata Paula za lekcje jazdy na motorze – jesteś urodzonym nauczycielem.

Jestem dozgonnie wdzięczna mojemu bratu Sethowi, że własnoręcznie stworzył moją stronę internetową www.stepheniemeyer.com, co kosztowało go wiele godzin ciężkiej pracy. Seth, jesteś genialny! Czek wysłałam pocztą – tym razem nie trzeba mi przypominać!

Dziękuję (znowu) mojemu bratu Jacobowi za doradzanie mi przy wyborze pojazdów dla bohaterów.

Pragnę podziękować serdecznie mojej wspaniałej agentce Jodi Reamer za to, że zawsze jest gotowa przyjść mi z pomocą. Również za to, że znosi z uśmiechem moje wariackie zagrania, chociaż w głębi ducha aż ją korci, żeby wypróbować na mnie kilka ciosów karate.

Dziękuję mojej asystentce do spraw public relations, pięknej Elizabeth Eulberg, za to, że zmieniła moje trasy promocyjne z uciążliwego obowiązku w wielodniową dziewczyńską nasiadówę, a także za współudział w nagabywaniu (już ona wie kogo) w cyberprzestrzeni i przekonanie do mnie snobów z KEE (Klubu Elizabeth Eulberg). Aha, i jeszcze za to, że załatwiła dla *Zmierzchu* miejsce na liście bestsellerów „New York Timesa".

Beczka podziękowań dla pracowników wydawnictwa Little, Brown and Company za wsparcie i wiarę w potencjał moich bajdurzeń.

I wreszcie, dziękuję wszystkim twórcom, których muzyka mnie inspiruje, a w szczególności zespołowi Muse. Wiele scen, opisów i zwrotów akcji w tej książce ma swoje korzenie w piosenkach Muse i nie powstałoby, gdyby nie ci rewelacyjni ludzie. Z kolei Linkin Park, Travis, Elbow, Coldplay, Marjorie Fair, My Chemical Romance, Brand New, The Strokes, Armor for Sleep, The Arcade Fire i The Fray pomogli mi bardzo w tych chwilach, kiedy, załamana, sądziłam, że nie napiszę już ani jednej strony.

Spis treści